LAINI TAYLOR

Autora best-seller do *The Ne*

UM ESTRANHO SONHADOR

São Paulo
2024

Grupo Editorial
UNIVERSO DOS LIVROS

Diretor editorial: Luis Matos
Gerente editorial: Marcia Batista
Produção editorial: Letícia Nakamura e Raquel F. Abranches
Tradução: Eloise de Vylder
Preparação: Barbara P. Sincerre
Revisão: Aline Graça, Guilherme Summa e Alline Salles
Capa e diagramação: Renato Klisman

Dados Internacionais de Catalogação na Publicação (CIP)
Angélica Ilacqua CRB-8/7057

T241e

Taylor, Laini

Um estranho sonhador / Laini Taylor ; tradução de Eloise de Vylder. -- 2 ed. -- São Paulo : Universo dos Livros, 2024.

416 p.

ISBN: 978-65-5609-694-0

Título original: *Strange the dreamer*

1. Ficção norte-americana 2. Aventura e aventureiros - Ficção 3. Magia - Ficção I. Título II. Vylder, Eloise de 19-0757

19-0993 CDD 813.6

Universo dos Livros Editora Ltda.
Avenida Ordem e Progresso, 157 — 8º andar — Conj. 803
CEP 01141-030 — Barra Funda — São Paulo/SP
Telefone: (11) 3392-3336
www.universodoslivros.com.br
e-mail: editor@universodoslivros.com.br

Para Alexandra, única no mundo

PRÓLOGO

No segundo Sabá da décima segunda Lua, na cidade de Lamento, uma garota caiu do céu.

Sua pele era azul, seu sangue, vermelho.

Ela quebrou um portão de ferro, entortando-o com o impacto, e lá ficou pendurada, arqueada de um jeito impossível, graciosa como uma bailarina desmaiada nos braços de seu amor. Uma lança fina ancorava-a no lugar. A ponta, saliente em seu esterno, brilhava como um broche. Ela estremeceu brevemente enquanto seu fantasma se soltava, e botões de bastão-do-imperador choviam de seus longos cabelos.

Mais tarde, eles diriam que eram corações de beija-flor e não botões de flor.

Eles diriam que ela não *derramou* sangue, mas *chorou* sangue. Que ela estava lasciva, mostrando-lhes a língua e os dentes, de cabeça para baixo e morrendo, que ela vomitou uma serpente que se transformou em fumaça quando atingiu o chão. Eles diriam que um bando de mariposas veio, frenético, e tentou levantá-la dali.

Isso foi verdade. Só isso.

Contudo, eles não tinham uma oração. As mariposas não eram maiores do que a boca aberta das crianças, e mesmo dezenas juntas só puderam puxar mechas de seu cabelo escurecido até que suas asas cederam, empapadas com o sangue dela. Elas foram lançadas para longe com os botões de flor quando uma rajada de vento engasgada de areia veio descendo a rua. A terra levantou-se sob os pés. O céu girou em seu eixo. Um brilho estranho lançou-se através da fumaça ondulante, e as pessoas de Lamento tiveram de fechar os olhos. Areia soprando e luz quente e o odor de salitre. Houve uma explosão. Eles poderiam ter morrido, todos e facilmente, mas só essa garota havia morrido, sacudida de algum bolso do céu.

Seus pés estavam descalços, sua boca manchada de roxo. Seus bolsos estavam cheios de ameixas. Ela era jovem e adorável e surpresa e morta.

Ela também era azul.

Azul como opalas, azul-claro. Azul como centáureas, ou asas de libélula, ou um céu de primavera — não de verão.

Alguém gritou. O grito atraiu outras pessoas. As outras também gritaram, não porque uma garota estava morta, mas porque a garota era azul, e isso significava alguma coisa na cidade de Lamento. Mesmo depois que o céu parou de girar, e a terra aquietou-se, e a última fumaça foi cuspida do local da explosão e dispersou-se, os gritos continuaram, alimentando-se de voz em voz, um vírus do ar.

O fantasma da garota azul se recompôs e empoleirou-se, enlutado, sobre a ponta da lança que se projetava, poucos centímetros acima de seu peito imóvel. Ofegando em choque, ela inclinou a cabeça invisível para trás e olhou, tristemente, para cima.

Os gritos continuavam e continuavam...

E do outro lado da cidade, no alto de uma cunha de metal maciço e límpido como espelho, uma estátua moveu-se, como se acordada pelo tumulto e, lentamente, levantou sua grande cabeça com chifres.

PARTE I

shrestha (SHRES-thuh) *substantivo*

Quando um sonho se transforma em realidade — mas não para o sonhador.

Arcaico; de Shres, o deus bastardo da sorte, que se acreditava punir os suplicantes por oferendas inadequadas, concedendo o desejo de seu coração a outra pessoa.

1

MISTÉRIOS DE LAMENTO

Nomes podem perder-se ou serem esquecidos. Ninguém sabia melhor disso do que Lazlo Estranho. Ele teve outro nome primeiro, mas um nome que morrera como uma música sem ninguém mais para cantá-la. Talvez tivesse sido um velho nome de família, polido por usos de geração em geração. Talvez tivesse lhe sido dado por alguém que o amava. Ele gostava de pensar assim, mas não fazia ideia. Tudo o que tinha era *Lazlo* e *Estranho* — *Estranho* porque esse era o sobrenome dado a todos os enjeitados no Reino de Zosma, e *Lazlo* por causa do tio monge sem língua.

— Ele a teve cortada ao cumprir pena em uma galé — o Irmão Argos disse-lhe quando ele teve idade suficiente para compreender. — Ele era um homem misterioso e silencioso, e você era um bebê misterioso e silencioso, então me veio: *Lazlo*. Tive que dar nome a tantos bebês naquele ano que escolhia o que aparecia na minha cabeça. — Ele acrescentou, como se pensasse alto: — Não achei que você viveria, de qualquer forma.

Aquele foi o ano em que Zosma se ajoelhou e sangrou rios de homens para uma guerra por nada. A guerra, é claro, não se contentou com os soldados. Campos foram queimados e vilarejos saqueados. Bandos de camponeses desabrigados vagaram pelas terras devastadas, brigando com os corvos pelo restante das colheitas. Tantos morreram que as carroças usadas para levar ladrões para a forca foram usadas para carregar órfãos para os mosteiros e conventos. Eles chegavam como carregamentos de ovelhas, segundo os monges contam, e sem maior conhecimento de sua proveniência, assim como as ovelhas. Alguns tinham idade o suficiente para saber seus nomes, pelo menos, mas Lazlo era apenas um bebê, e um bebê doente.

— Cinza como a chuva, você era — disse o Irmão Argos. — Pensei que, com certeza, morreria, mas você comeu e bebeu e sua cor ficou normal com o tempo. Nunca chorou, nem uma vez, e isso não era natural, mas gostamos de você por isso. Nenhum de nós se tornou monge para ser babá.

Ao que o pequeno Lazlo respondeu, com fogo em sua alma:

— E nenhum de nós se tornou criança para ser órfã.

Mas órfão era o que ele era, e um Estranho, e embora ele tendesse à fantasia, nunca teve nenhuma ilusão a respeito disso. Mesmo quando era menor, entendia que não haveria revelações. Ninguém viria buscá-lo, e ele nunca saberia seu nome verdadeiro.

Talvez seja por isso que o mistério de Lamento o capturou tão completamente.

Na verdade, havia dois mistérios: um velho e um novo. O velho abriu sua mente, mas foi o novo que escalou para dentro, deu várias voltas, e instalou-se com um grunhido — como um dragão satisfeito em uma nova toca aconchegante. E lá ele ficaria — o mistério, em sua mente — exalando enigma por anos a fio.

Tinha a ver com um nome, e a descoberta de que, além de ser perdido ou esquecido, eles também poderiam ser roubados.

Quando aconteceu, ele tinha cinco anos, aluno do Mosteiro Zemonan, havia fugido para o velho pomar, refúgio de insetos voadores, para brincar sozinho. Era o começo do inverno, as árvores estavam pretas e sem folhas. Seus pés quebravam uma casca de gelo a cada passo, e a fumaça de sua respiração o acompanhava como um fantasma amigo.

O Angelus soou, sua voz de bronze derramando-se sobre o curral de ovelhas e as paredes do pomar em ondas lentas e intensas. Era um chamado para a oração. Se ele não entrasse, seria notada sua ausência, e se fosse percebida sua ausência, ele seria chicoteado.

Ele não entrou.

Lazlo sempre encontrava formas de fugir para ficar sozinho, e suas pernas estavam sempre marcadas pela vara de aveleira que ficava pendurada em um gancho com seu nome. Valia a pena. Fugir dos monges, das regras, das tarefas e da vida que o oprimia como sapatos apertados.

Para *brincar*.

— Volte agora se você sabe o que é bom para você — ele alertava aos inimigos imaginários. Ele segurava uma "espada" em cada mão: galhos negros de macieira com as extremidades firmes retorcidas para fazer empunhaduras. Ele era uma criança abandonada, pequena e desnutrida, com cortes na cabeça onde os monges entalhavam, raspando contra piolhos, mas ele portava-se com uma dignidade única, e não poderia haver dúvida de que, em sua mente, naquele momento, ele era um guerreiro. E não apenas qualquer guerreiro, mas um Tizerkane, o mais feroz que já existiu.

— Nenhum forasteiro — ele dizia a seus inimigos — jamais pousou os olhos na cidade proibida. E enquanto eu respirar, ninguém jamais pousará.

— Estamos com sorte, então — os inimigos respondiam, e lhes eram mais reais à luz do crepúsculo do que os monges cujo canto flutuava morro abaixo vindo do mosteiro. — Porque você não vai respirar por muito mais tempo.

Os olhos acinzentados de Lazlo espremiam-se.

— Vocês acham que podem *me* derrotar?

As árvores negras dançavam. Sua respiração fantasma desaparecia rapidamente em uma rajada de vento, apenas para ser substituída por outra. Sua sombra estendia-se enorme à sua frente, e sua mente brilhava com guerras antigas e seres alados, uma montanha de ossos derretidos de demônio e a cidade ao lado — uma cidade que desapareceu na névoa do tempo.

Esse era o mistério antigo.

Chegou até ele por um monge senil, o Irmão Cyrus. Ele era inválido, e recaiu sobre os meninos a tarefa de levar-lhe as refeições. Ele não era gentil. Nenhuma figura de avô, nenhum mentor. Ele tinha muita força, e era conhecido por segurar os meninos pelo punho por horas, forçando-os a repetir catecismos absurdos e confessar todo tipo de maldade que eles mal podiam entender, quanto menos terem cometido. Todos tinham horror dele e de suas mãos nodosas de ave de rapina, e os meninos mais velhos, em vez de protegerem os mais novos, enviavam-nos à sua toca em seu lugar. Lazlo tinha tanto medo quanto o resto, mesmo assim oferecia-se para levar *todas* as refeições.

Por quê?

Porque o Irmão Cyrus contava histórias.

Histórias não eram bem-vindas no mosteiro. Na melhor das hipóteses, elas distraíam da contemplação espiritual. Na pior, elas honravam deuses falsos e envenenavam o espírito para o pecado. Mas o Irmão Cyrus havia ido além dessas restrições. Sua mente havia se soltado das amarras. Ele nunca parecia entender onde estava, e essa confusão o deixava furioso. Seu rosto ficava contraído e vermelho. A saliva voava quando ele esbravejava. Mas ele tinha seus momentos de calma: quando passava por alguma porta do porão em sua memória, de volta à infância e às histórias que sua avó costumava lhe contar. Ele não conseguia lembrar do nome dos outros monges, ou mesmo das orações que foram sua vocação durante décadas, mas as histórias derramavam-se de sua boca, e Lazlo as ouvia. Ele ouvia como um cacto bebe água da chuva.

No sul e no leste do continente de Namaa — longe, bem longe da nortenha Zosma — havia um vasto deserto chamado Elmuthaleth, cuja travessia era uma arte dominada por poucos e ferozmente guardada contra todos os outros. Em algum lugar no meio de seu vazio ficava uma cidade que nunca foi vista. Era um rumor, uma fábula, mas era um rumor e uma fábula das quais surgiam maravilhas, carregadas por camelos que cruzavam o deserto para incendiar a imaginação das pessoas de toda parte.

A cidade tinha um nome.

Os homens que montavam os camelos, que traziam as maravilhas, contaram o nome e contaram histórias, e o nome e as histórias chegaram, com as maravilhas, até terras distantes, onde evocavam visões de domos cintilantes e cervos brancos dóceis, mulheres tão belas que derretiam a mente, e homens cujas cimitarras cegavam com seu brilho.

Por séculos isso foi assim. Alas de palácios eram dedicadas às maravilhas, e prateleiras de bibliotecas às histórias. Comerciantes ficavam ricos. Os aventureiros ficaram mais ousados e foram encontrar a cidade. Nenhum retornou. Era proibida aos *faranji* — forasteiros — que, se sobrevivessem à travessia do Elmuthaleth, eram executados como espiões. Não que isso os impedisse de tentar. Proíba um homem de alguma coisa e ele a anseia como a salvação de sua alma, ainda mais quando aquela coisa é a fonte de riquezas incomparáveis.

Muitos tentaram.

Ninguém nunca retornou.

O horizonte do deserto nascia sol após sol, e parecia que nada jamais mudaria. Mas então, duzentos anos atrás, as caravanas pararam de chegar. Nos entrepostos ocidentais do Elmuthaleth — Alkonost e outros — eles esperavam que as silhuetas distorcidas das fileiras de camelos emergissem do vazio como sempre tinha sido, mas elas não apareciam.

E não apareciam.

E não apareciam.

Não havia mais camelos, mais homens, mais maravilhas, e não havia mais histórias. *Nunca mais.* Essa foi a última que se ouviu sobre a cidade proibida, a cidade invisível, a cidade *perdida*, e esse foi o mistério que abriu a mente de Lazlo como uma porta.

O que podia ter acontecido? A cidade ainda existia? Ele queria saber tudo. Aprendeu a persuadir o Irmão Cyrus a ir àquele lugar de devaneio, e colecionava histórias como um tesouro. Lazlo não tinha nada, nem uma única coisa, mas desde a primeira vez que ouviu as histórias, elas pareciam sua própria reserva de ouro.

Os domos da cidade, dizia o Irmão Cyrus, eram todos conectados por fitas de seda, e as crianças balançavam-se nelas como equilibristas na corda bamba, indo de palácio em palácio vestindo capas de penas coloridas. Nenhuma porta era fechada para elas, e mesmo as gaiolas ficavam abertas para os pássaros irem e virem ao seu bel-prazer. Frutas maravilhosas cresciam em toda parte, maduras para serem colhidas, e bolos eram deixados nas janelas, para quem quisesse pegar.

Lazlo nunca tinha nem *visto* um bolo, quanto menos experimentado, e havia apanhado por comer maçãs caídas com o vento que eram mais bicho do que fruta. Essas visões de liberdade e abundância o enfeitiçavam. Certamente, elas distraíam da contemplação espiritual, mas da mesma forma que a visão de uma estrela cadente distrai a dor de uma barriga vazia. Elas marcaram sua primeira consideração de que poderia haver outras formas de viver além daquela que ele conhecia. Formas melhores, mais doces.

As ruas da cidade, dizia o Irmão Cyrus, eram pavimentadas com lápis-lazúli e mantidas minuciosamente limpas, para que nada sujasse os longuíssimos cabelos que as mulheres usavam soltos e as seguiam como capas da seda mais negra. Elegantes cervos brancos andavam pelas ruas como cidadãos, e répteis grandes como os homens flutuavam no rio. Os cervos eram espectrais, e a substância de seus chifres — spectralys, ou lys — era mais preciosa do que ouro. Os répteis eram svytagors, cujo sangue rosa era um elixir de imortalidade. Havia também ravides — felinos grandes com presas como foices —, pássaros que imitavam vozes humanas e escorpiões cuja picada concedia força sobre-humana.

E havia os guerreiros Tizerkane.

Eles carregavam espadas chamadas *hreshtek*, afiadas o bastante para separar um homem de sua sombra, e mantinham escorpiões em gaiolas de metal enganchadas em seus cintos. Antes da batalha, eles colocavam um dedo através de uma pequena abertura para serem picados, e, sob a influência do veneno, eram irrefreáveis.

— Vocês acham que podem *me* derrotar? — Lazlo desafiava seus inimigos no pomar.

— Há centenas de nós — eles respondiam — e apenas um de você. O que *você* acha?

— Acho que vocês deveriam acreditar em todas as histórias que já ouviram sobre os Tizerkane, dar meia-volta e ir embora!

A risada deles soava como um estalar de galhos, e Lazlo não tinha escolha a não ser lutar. Ele enfiava o dedo na pequena gaiola de gravetos pendurada em seu cinto de corda. Não havia nenhum escorpião lá dentro, apenas um besouro amortecido pelo frio, mas ele cerrava os dentes diante da picada imaginária e sentia o poder do veneno em seu sangue. E então levantava suas espadas, braços erguidos em um v, e *rugia*.

Ele rugia o nome da cidade. Como um trovão, uma avalanche, como o grito de guerra de um serafim que chegou em asas de fogo e limpou o mundo dos demônios. Seus inimigos tropeçavam. Ficavam boquiabertos. O veneno cantava nele, e ele era algo mais do que humano. Era um redemoinho. Era um *deus*. Os inimigos tentavam lutar, mas não eram páreos para Lazlo. Suas espadas emitiam raios à medida que, de dois em dois, ele desarmava a todos.

No auge da brincadeira, seus devaneios eram tão vívidos que um vislumbre de realidade o teria chocado. Se ele pudesse ficar de lado e ver o menino lutando contra a samambaia endurecida pelo gelo, brandindo galhos no ar, ele mal reconheceria a si mesmo, tão profundamente habitava o guerreiro no cerne de sua mente, que havia acabado de desarmar uma centena de inimigos e os mandado estupefatos para casa. Em triunfo, ele levou a cabeça para trás e soltou um grito de...

... um grito de...

— *Lamento!*

Ele congelou, confuso. A palavra saíra de sua boca como uma maldição, deixando um gosto de lágrima. Havia buscado o nome da cidade, como momentos antes, mas... havia desaparecido. Ele tentou de novo, e de novo encontrou *Lamento* em vez do nome. Era como estender a mão para pegar uma flor e voltar com uma lesma ou um lenço úmido. Sua mente esquivou-se. Não podia parar de tentar, contudo, cada vez era pior do que a anterior. Ele tateou pelo que sabia que estivera lá, e tudo o que pescou foi a horrível palavra *Lamento*, escorregadia de erros, úmida como pesadelos, e tingida com seu resíduo de sal. Sua boca encrespou-se com o amargor. Uma sensação de vertigem tomou conta dele, e a certeza louca de que ela havia sido *levada*.

Havia sido levada *de sua mente*.

Ele se sentiu nauseado, roubado. Diminuído. Subiu correndo a colina, arrastando-se sobre muros baixos de pedra, e atravessou o curral de ovelhas, passando pelo jardim e pelo claustro, ainda segurando suas espadas de galho de macieira. Ele não viu ninguém, mas foi visto. Havia uma regra contra correr e, de qualquer forma, ele deveria estar nas vésperas. Ele correu para o quarto do Irmão Cyrus e o sacudiu do sono.

— O nome — ele disse, quase sem fôlego. — O nome sumiu. A cidade das histórias, diga-me o nome dela!

No fundo, ele sabia que não o havia esquecido, que isso era algo diferente, algo sombrio e estranho, mas ainda havia a chance de que, talvez, o Irmão Cyrus se lembrasse, e tudo ficaria bem.

Mas o Irmão Cyrus disse:

— O que você quer dizer, garoto tolo? É *Lamento.* — Lazlo só teve tempo de ver o rosto do velho cheio de confusão antes de uma mão fechar-se em seu pescoço e empurrá-lo pela porta.

— Espere! — ele implorou. — Por favor. — Sem resultado.

Ele foi arrastado o caminho todo até o escritório do abade e, dessa vez, quando bateram nele, não foi com o galho de aveleira que estava pendurado em uma fileira com os galhos dos outros garotos, mas com um de seus ramos de macieira. Ele não era nenhum Tizerkane agora. Esqueça uma centena de inimigos; ele foi desarmado por um único monge e apanhou com a própria espada. Que herói. Ele mancou por semanas, e foi proibido de ver o Irmão Cyrus, que havia ficado tão agitado por sua visita que teve de ser sedado.

Não houve mais histórias depois disso, e tampouco escapadas — pelo menos, não para o pomar, ou para qualquer lugar fora de sua própria mente. Os monges ficavam em cima dele, determinados a mantê-lo livre de pecado — e de alegria, que, se não era explicitamente um pecado, pelo menos lhe abria caminho. O menino foi mantido ocupado. Se não estava trabalhando, estava rezando. Se não estava rezando, estava trabalhando, sempre sob "supervisão adequada" para prevenir seu desaparecimento como uma criatura selvagem em meio às árvores. À noite ele dormia, exausto como um coveiro, cansado demais até para sonhar. Parecia que o fogo dentro de si havia sido abafado, o trovão e a avalanche, o grito de guerra e o redemoinho, tudo fora aniquilado.

Quanto ao nome da cidade desaparecida, também havia desaparecido. Entretanto, Lazlo sempre se lembrava da sensação dela em sua mente. A sensação era como caligrafia, se caligrafia fosse escrita com mel, e isso era o mais perto que ele — ou qualquer um — podia chegar. Não eram apenas ele e o Irmão Cyrus. Onde quer que o nome fosse encontrado — impresso nas lombadas de livros que guardavam suas histórias, nos velhos cadernos amarelados dos mercadores que compravam seus produtos, e tecido nas memórias de qualquer um que o tivesse ouvido — ele havia sido simplesmente apagado, e *Lamento* havia ficado em seu lugar.

Esse era o novo mistério.

Isso, ele nunca duvidou, era mágica.

2

O SONHO ESCOLHE O SONHADOR

Lazlo cresceu.

Ninguém jamais o chamaria de sortudo, mas poderia ter sido pior. Entre os mosteiros que acolhiam os enjeitados, um era uma ordem flagelante, o outro criava porcos. Mas o Mosteiro Zemonan era famoso por seu scriptorium. Os meninos eram treinados a copiar desde cedo — entretanto, não a ler; ele teve de aprender sozinho essa parte — e aqueles com alguma habilidade eram recrutados como escribas. Habilidade ele tinha, e talvez tivesse ficado ali sua vida inteira, inclinado sobre uma escrivaninha, com o pescoço crescendo para frente em vez de para cima, se os irmãos não tivessem ficado doentes um dia por causa de peixe estragado. Isso *foi* sorte, ou talvez destino. Alguns manuscritos eram esperados na Grande Biblioteca de Zosma, e Lazlo foi encarregado de entregá-los.

Ele nunca voltou.

A Grande Biblioteca não era um mero lugar para guardar livros. Era uma cidade murada para poetas e astrônomos e toda gama de pensadores entre eles. Ela abarcava não só os vastos arquivos, mas a universidade também, além de laboratórios e estufas, salas de cirurgia e salas de música, e até um observatório celeste. Tudo isso ocupava o que havia sido o palácio real antes que o avô da atual rainha construísse um mais elegante ao longo do Eder e doasse o antigo à Guilda dos Acadêmicos. Ela passava pelo topo da Cordilheira Zosimos, que se erguia cortante da Cidade de Zosma como a nadadeira de um tubarão, e era visível a quilômetros de distância.

Lazlo ficou em um estado de reverência desde que passou pelos portões. Ficou literalmente boquiaberto quando viu o Pavilhão do Pensamento. Esse era o grandioso nome do salão de baile que agora abrigava a biblioteca de filosofia. Prateleiras erguiam-se doze metros sob um extraordinário teto pintado, e as lombadas dos livros brilhavam em couro com tons de pedras preciosas, suas folhas de ouro brilhando à luz das glaves como olhos de animais. As glaves eram esferas perfeitas polidas, penduradas às centenas e emitindo uma luz branca mais pura do que ele já tinha visto das pedras ásperas e avermelhadas que iluminavam o mosteiro. Homens de vestes cinza subiam em escadas com rodinhas, parecendo flutuar no ar, pergaminhos sacudindo atrás deles como asas à medida que se moviam de prateleira em prateleira.

Era impossível ir embora desse lugar. Ele era como um viajante em um bosque encantado. Cada passo adentro o enfeitiçava ainda mais, e quanto mais entrava, ia de sala em sala como se guiado por instinto, descia escadas secretas para um subsolo em que a poeira se deitava grossa sobre livros imperturbados por anos. Ele os perturbou. Parecia que os tinha *despertado*, e os livros o despertaram.

Ele estava com treze anos e não brincava de Tizerkane havia anos. Ele não brincava de nada, nem saía do caminho. No mosteiro, era mais uma figura vestida de cinza indo aonde lhe mandavam, trabalhando, rezando, cantando, rezando, trabalhando, rezando, dormindo. Poucos dos irmãos lembravam-se de sua rebeldia, que parecia ter saído dele por completo.

Na verdade, tinha apenas se aprofundado. As histórias ainda estavam lá, cada palavra que o Irmão Cyrus lhe disse. Ele as venerava como a uma pilha de ouro em um canto da sua mente.

Naquele dia, a pilha cresceu. E muito. Os livros sob a poeira, eles eram *histórias*. Folclore, contos de fadas, mitos e lendas. Eles abrangiam o mundo inteiro. Tinham séculos ou mais, e prateleiras inteiras deles — belas prateleiras — eram histórias de Lamento. Ele retirou um com mais reverência do que já havia sentido pelos textos sagrados no mosteiro, soprou a poeira e começou a ler.

Ele foi encontrado dias mais tarde por um bibliotecário sênior, mas só porque o homem estava lhe procurando, uma carta do abade no bolso de suas vestes. Do contrário, Lazlo poderia ter morado lá embaixo como um menino em uma caverna por sabe-se lá quanto tempo. Poderia ter se tornado feroz: o menino selvagem da Grande Biblioteca, versado em três línguas mortas e todas as histórias já escritas nelas, mas maltrapilho como um mendigo nas ruas de Grin.

Em vez disso, ele foi admitido como aprendiz.

— A biblioteca tem uma mente própria — o velho Mestre Hyrrokkin disse-lhe, levando-o de volta pelas escadas secretas. — Quando ela rouba um menino, nós permitimos que ela o guarde.

Lazlo não poderia pertencer à biblioteca mais verdadeiramente nem se ele mesmo fosse um livro. Nos dias que se seguiram — e depois nos meses e anos, enquanto se tornava um homem — ele era raramente visto sem um livro aberto em frente ao rosto. Lia enquanto andava. Lia enquanto comia. Os outros bibliotecários suspeitavam que, de alguma forma, ele lia enquanto dormia, ou talvez nem dormisse. Nas ocasiões em que desviava o olhar da página, era como se estivesse acordando de um sonho. "Estranho, o sonhador", eles o chamavam. "Aquele sonhador, Estranho". E não ajudava o fato de que às vezes ele trombava com as paredes enquanto lia, ou que seus livros favoritos vinham daquele subsolo empoeirado onde ninguém mais ia. Ele perambulava com a cabeça cheia de mitos, sempre meio perdido em uma história de outras terras. Demônios e fabricantes de asas, serafins e espíritos, ele amava tudo isso. Acreditava em magia, como uma criança, e em fantasmas, como um camponês. Seu nariz foi quebrado por um volume de contos de fadas que caiu no seu primeiro dia de trabalho, e isso, disseram, conta tudo o que se precisa saber sobre o excêntrico Lazlo Estranho: cabeça nas nuvens, mundo próprio, contos de fadas e devaneios.

Era isso o que queriam dizer quando o chamavam de sonhador, e não estavam errados, mas não sabiam do principal. Lazlo era sonhador de uma forma mais profunda do que sequer imaginavam. Em outras palavras, ele *tinha* um sonho — um sonho persistente e que o guiava, era parte de si como uma segunda alma dentro da pele. A paisagem de sua mente era toda devotada ao sonho. Era uma paisagem profunda e arrebatadora, e um sonho magnífico e audaz. Audaz *demais*, magnífico *demais* para aqueles como ele. Lazlo sabia disso, mas o sonho escolhe o sonhador, não o contrário.

— O que você está lendo, Estranho? — perguntou o Mestre Hyrrokkin, mancando atrás dele no balcão de informações. — Carta de amor, eu espero.

O velho bibliotecário expressava esse desejo com mais frequência do que era conveniente, sem desanimar com a resposta que era sempre não. Lazlo estava prestes a dar sua resposta de costume, mas fez uma pausa, considerando.

— De certa forma — respondeu, e levantou o papel, quebradiço e amarelado pelo tempo.

Um brilho iluminou os olhos castanhos apagados de Mestre Hyrrokkin, mas quando ajustou seus óculos e olhou para a página, o brilho desapareceu.

— Isso parece ser um recibo — ele observou.

— Ah, mas um recibo de quê?

Cético, Mestre Hyrrokkin espremeu os olhos para ler, então caiu em uma gargalhada que fez todas as cabeças se virarem na imensa sala silenciosa. Eles estavam no Pavilhão do Pensamento. Acadêmicos de vestes escarlate curvavam-se sobre mesas longas, e todos desviaram o olhar de seus pergaminhos e tomos, olhos severos de desaprovação. Mestre Hyrrokkin fez uma mesura, desculpando-se, e entregou o papel de volta a Lazlo, que era uma velha lista de um grande carregamento de afrodisíacos para um rei há muito tempo morto.

— Parece que ele não era chamado de Rei Amoroso pela sua poesia, não é? Mas o que você está fazendo. Diga-me que isso não é o que parece. Pelo amor de Deus, garoto. Diga-me que você não está arquivando recibos no seu dia de folga.

Lazlo já não era mais um garoto, sem traços remanescentes — externamente — do pequeno enjeitado careca com cortes na cabeça. Agora, ele era alto, tinha deixado seus cabelos crescerem uma vez que se viu livre dos monges e de suas lâminas cegas. Os cabelos eram escuros e pesados e ele os amarrava para trás com barbante de amarrar livros e não pensava muito neles. As sobrancelhas eram escuras e pesadas também, seus traços fortes e largos. "Bruto", alguns poderiam dizer, ou mesmo "ar de malfeitor" por causa de seu nariz quebrado, que fazia um ângulo pronunciado em seu perfil e, de frente, desviava-se distintamente para a esquerda. Tinha uma aparência rústica, severa — e também soava assim: sua voz era grave e masculina e nem um pouco suave, como se tivesse ficado na friagem. Em tudo isso, seus olhos sonhadores eram incongruentes: acinzentados, largos e inocentes. Nesse momento, não olhavam exatamente para o Mestre Hyrrokkin.

— É claro que não — respondeu, sem convicção —, que tipo de louco arquivaria recibos no seu dia de folga?

— Então o que você *está* fazendo?

Ele deu de ombros.

— Um criado encontrou uma velha caixa de listas num porão. Estou apenas dando uma olhada.

— Bem, isso é um desperdício chocante de juventude. Quantos anos você tem agora? Dezoito?

— Vinte — Lazlo o lembrou, embora, na verdade, ele não pudesse ter certeza, tendo escolhido um aniversário aleatoriamente quando era menino. — E você desperdiçou sua juventude do mesmo jeito.

— Eu sou a moral da história! Olhe para mim. — Lazlo olhou. Ele viu um homem corcunda, cujos cabelos, barba e sobrancelhas brancos como o dente-de-leão invadiam seu rosto de forma que apenas o narizinho e óculos redondos apareciam. Ele parecia, Lazlo pensou, um filhote de coruja caído do ninho. — Você quer terminar seus dias como um troglodita meio cego mancando pelas entranhas da biblioteca? — o velho perguntou. — Vá lá fora, Estranho. Respire o ar, veja coisas. Um homem deve ter rugas de olhar para o horizonte, não só de ler à luz fraca.

— O que é um horizonte? — Lazlo perguntou, com o rosto sério. — É como o fim de um corredor de livros?

— Não — respondeu o Mestre Hyrrokkin. — De jeito nenhum.

Lazlo sorriu e voltou aos recibos. Bem, aquela palavra os fazia parecer tolos, mesmo na sua cabeça. Eram velhos manifestos de carga, que soavam marginalmente mais interessantes, de uma época em que o palácio havia sido a residência real e as mercadorias chegavam de todo canto do mundo. Ele não os estava arquivando. Estava folheando-os em busca dos floreios de um alfabeto particularmente raro. Buscava, assim como sempre buscou, pistas da Cidade Perdida — como havia decidido pensar nela, uma vez que *Lamento* ainda trazia o gosto de lágrimas.

— Vou num instante — assegurou ao Mestre Hyrrokkin. Podia não parecer, mas ele tinha muita consideração pelas palavras do velho homem. O que não tinha, na verdade, era o desejo de terminar seus dias na biblioteca — meio cego ou outra coisa — e tinha toda esperança de ganhar suas rugas olhando para o horizonte.

O horizonte que ele queria ver, contudo, era muito distante.

E além disso, diga-se de passagem, proibido.

Mestre Hyrrokkin apontou para uma janela:

— Você pelo menos sabe, eu espero, que é verão lá fora? — Quando Lazlo não respondeu, acrescentou: — Grande círculo laranja no céu, decotes mais profundos no sexo oposto. Isso te diz alguma coisa? — Nada ainda. — *Estranho?*

— O quê? — Lazlo olhou para cima. Ele não tinha ouvido uma palavra sequer. Havia encontrado o que procurava: um maço de recibos da Cidade Perdida, e isso roubara sua atenção.

O velho bibliotecário deu um suspiro teatral.

— Faça como quiser — ele disse, meio em reprovação, meio em resignação. — Apenas se cuide. Os livros podem ser imortais, mas *nós* não somos. Você desce para as estantes uma manhã e, quando sobe, tem uma barba até a barriga e nunca criou um poema para a garota que conheceu patinando no Eder.

— É assim que se conhece garotas? — perguntou Lazlo, com tom de brincadeira. — Bem, o rio não vai congelar por meses. Tenho tempo para criar coragem.

— *Bah!* As garotas não são um fenômeno hibernal. Vá *agora*. Pegue algumas flores e encontre uma garota para presentear. É simples assim. Procure olhos meigos e quadris largos, você está me escutando? *Quadris*, garoto. Você não viveu até deitar sua cabeça num bom e macio...

Felizmente, ele foi interrompido pela aproximação de um acadêmico.

Lazlo podia facilmente fazer sua pele mudar de cor tanto quanto podia se aproximar e conversar com uma garota, muito menos deitar sua cabeça num bom e macio qualquer coisa. Entre o mosteiro e a biblioteca, mal conhecera uma mulher, ainda mais uma mulher *jovem*, e mesmo que tivesse a menor ideia do que dizer a uma, ele não imaginava que muitas receberiam bem as investidas de um bibliotecário novato sem dinheiro com um nariz torto e o nome vergonhoso de Estranho.

O acadêmico se foi, e Mestre Hyrrokkin retomou seu sermão.

— A vida não vai simplesmente acontecer a você, garoto — disse ele. — *Você* tem de fazer acontecer a vida. Lembre-se: o espírito fica preguiçoso quando negligencia as paixões.

— Meu espírito está bem.

— Então você está tristemente errado. Você é jovem. Seu espírito não deveria estar "bem". Deveria estar *efervescente.*

O "espírito" em questão não era a alma. Nada tão abstrato. Era o espírito do corpo — o fluido claro bombeado pelo segundo coração através de sua rede de vasos, sutis e mais misteriosos do que o primeiro sistema vascular. Sua função não era propriamente compreendida pela ciência. Você poderia viver mesmo que seu segundo coração parasse e o espírito endurecesse em suas veias. Mas ele tinha alguma conexão com a vitalidade, ou "paixão", como disse o Mestre Hyrrokkin, e aqueles sem isso eram desprovidos de emoção, letárgicos. Sem espírito.

— Preocupe-se com o seu próprio espírito — Lazlo lhe disse. — Não é tarde demais para você. Tenho certeza de que muitas viúvas ficariam felizes de serem cortejadas por um troglodita tão romântico.

— Não seja impertinente.

— Não seja imperioso.

Mestre Hyrrokkin suspirou.

— Tenho saudades da época em que você tinha medo de mim. Por mais curta que tenha sido.

Lazlo deu risada.

— Você tem de agradecer aos monges por isso. Eles me ensinaram a temer os mais velhos. Você me ensinou a não temer, e por isso, sempre serei grato — respondeu carinhosamente e, então, sem poder se segurar, seus olhos voltaram aos papéis em sua mão.

O velho homem viu e soltou um suspiro de exasperação.

— Tudo bem, tudo bem. Aproveite seus recibos. Mas não vou desistir de você. Qual é a razão de ser velho se você não pode importunar os jovens com seu vasto estoque de sabedoria?

— E qual a razão de ser jovem se você não pode ignorar todos os conselhos?

Mestre Hyrrokkin grunhiu e voltou a atenção para a pilha de folhas que tinha retornado à mesa. Lazlo se concentrou em sua pequena descoberta. O silêncio reinava no Pavilhão do Pensamento, quebrado apenas pelas rodinhas das escadas e pelo ruído de páginas virando.

E, após um momento, por um assovio lento e baixo de Lazlo, cuja descoberta, ao que parecia, não era tão pequena assim.

Mestre Hyrrokkin empertigou-se.

— Mais poções de amor?

— Não — respondeu Lazlo. — Veja.

O velho ajustou os óculos, como sempre, e espiou o papel.

— Ah! — exasperou-se, com o ar dos que sofrem há tempos. — Mistérios de Lamento. Eu deveria saber.

Lamento. O nome atingiu Lazlo como uma pontada desagradável atrás dos olhos. A condescendência também o afetou, mas não o surpreendeu. Geralmente, ele guardava o fascínio para si mesmo. Ninguém entendia, quanto menos compartilhava. Houve, uma vez, grande curiosidade em torno da cidade desaparecida e de seu destino, mas depois de dois séculos, ela havia se tornado pouco mais de uma fábula. E quanto ao sinistro negócio do nome, no mundo em geral isso não havia causado grande comoção. Apenas Lazlo havia *sentido* isso acontecer. Outros ficaram sabendo disso mais tarde, por meio de um lento gotejar de rumores, e para eles pareceu apenas alguma coisa que tinham esquecido. Alguns sussurravam sobre uma conspiração ou truque, mas a maioria decidiu, fechando firmemente uma porta em suas mentes, que sempre tinha sido Lamento, e qualquer alegação contrária era absurda e supérflua. Simplesmente não havia nenhuma outra explicação que fizesse sentido.

Certamente não era magia.

Lazlo sabia que o Mestre Hyrrokkin não estava interessado, mas ele estava animado demais para ligar para isso.

— Apenas leia — afirmou, e segurou o papel debaixo do nariz do velho.

Mestre Hyrrokkin leu e não se impressionou.

— Bem, o que tem?

O que tem? Entre as mercadorias listadas — especiarias, seda e coisas afins — havia um item para bala de sangue de svytagor. Até então, Lazlo só tinha visto referência a isso em fábulas. Era considerado folclore — que os monstros do rio existiam, que seu sangue rosa era colhido como um elixir de imortalidade. Mas aqui estava, comprado e pago pela casa real de Zosma. Da mesma forma, poderia existir um item para escamas de dragão.

— Bala de sangue — ele disse, apontando. — Você não vê? Era *real.*

Mestre Hyrrokkin bufou.

— *Isso* torna real? Se fosse *real*, quem quer que tivesse comido ainda estaria vivo para contar.

— Não exatamente — argumentou Lazlo. — Nas histórias, só se ficava imortal se *continuasse* comendo, e isso teria sido impossível depois que os carregamentos pararam. — Ele apontou para a data na lista. — Isso tem duzentos anos. Pode até ter vindo da última caravana.

A última caravana que emergiu do Elmuthaleth. Lazlo imaginou um deserto vazio, o sol se pondo. Como sempre, qualquer coisa que tocava os mistérios tinha um rápido efeito sobre ele, como um tambor no seu pulso — em *ambos* os pulsos, sangue e espírito, os ritmos de seus dois corações entrelaçados como a síncope de duas mãos batendo em tambores diferentes.

Quando ele chegou à biblioteca pela primeira vez, pensou que, com certeza, encontraria respostas ali. Havia os livros de histórias no subsolo empoeirado, é claro, mas havia muito mais do que isso. A própria história do mundo, parecia a ele, estava encadernada ou enrolada em pergaminhos e arquivada nas prateleiras desse lugar maravilhoso. Em sua ingenuidade, achou que até os segredos deveriam estar escondidos aqui, para aqueles que tinham vontade e paciência para procurar. Ele tinha ambos e, por sete anos, estava procurando. Procurou em velhos jornais e pacotes de cartas, relatórios de espiões, mapas e tratados, livros de comércio e minutas dos secretários reais, e qualquer outra coisa que pudesse desenterrar. E quanto mais aprendia, mais a pequena pilha de tesouros crescia, até que se derramou do canto de sua mente a fim de preenchê-la por completo.

Ela também tinha se derramado sobre o papel.

Quando menino, no mosteiro, as histórias tinham sido a riqueza de Lazlo. Ele era mais rico agora. Agora ele tinha livros.

Seus livros eram *seus* livros, entenda: *suas* palavras, escritas com sua própria mão e costuradas com seus próprios pontos caprichados. Nada de folha dourada em couro, como os livros do Pavilhão do Pensamento. Esses eram humildes. No começo, pescou papel nas lixeiras, folhas usadas que acadêmicos esbanjadores haviam jogado fora, e os juntava com as pontas de fio da enfermaria de livros onde faziam-se reparos. A tinta era difícil de achar, mas aqui, também, os acadêmicos ajudaram sem saber. Eles jogavam fora frascos que ainda tinham um bom tanto no fundo. Era preciso diluir com água, de forma que seus primeiros volumes eram cheios de palavras pálidas, mas depois de alguns anos, começou a receber um salário insignificante que permitia ao menos comprar tinta.

Ele tinha *muitos* livros, todos enfileirados no beiral da janela de seu quartinho. Os volumes continham sete anos de pesquisa e cada pista e detalhe que se encontrasse sobre Lamento e os dois mistérios.

Eles *não* continham respostas.

Em algum lugar no meio do caminho, Lazlo aceitou que as respostas não estavam aqui, não em todos esses tomos de todas essas grandes e vastas prateleiras. E onde poderiam estar? E se ele imaginasse que a biblioteca tinha fadas oniscientes para registrar tudo o que acontecia no mundo, não importa quão secreto ou distante? Não. Se as respostas estavam em alguma parte, era no sul e no leste do continente de Namaa, do outro lado do Elmuthaleth, de onde ninguém jamais retornou.

Será que a Cidade Perdida ainda estava de pé? Seu povo ainda estava vivo? O que aconteceu duzentos anos atrás? O que aconteceu quinze anos atrás?

Que poder era capaz de apagar um nome da mente do mundo?

Lazlo queria ir e descobrir. Esse era seu sonho, ousado e magnífico: *ir até lá*, do outro lado do mundo, e resolver os mistérios.

Era impossível, é claro.

Mas quando é que isso impediu qualquer sonhador de sonhar?

3

AS OBRAS COMPLETAS DE LAZLO ESTRANHO

Mestre Hyrrokkin era imune ao fascínio de Lazlo.

— São *histórias*, garoto. Coisa de fantasia. Não há elixir da imortalidade. Se existiu algo parecido, era apenas sangue com açúcar.

— Mas veja o preço — Lazlo insistiu. — Será que eles teriam pagado *isso* por sangue com açúcar?

— O que sabemos de quanto os reis pagariam? Isso não é prova de nada a não ser da ingenuidade de um homem rico.

A excitação de Lazlo começou a diminuir.

— Você está certo — ele admitiu. O recibo provava que alguma coisa chamada bala de sangue havia sido comprada, mas nada além disso. Entretanto, ele não estava pronto para desistir: — Ela sugere, pelo menos, que os svytagors eram reais. — Ele fez uma pausa. — Talvez.

— E se eles fossem? — indagou o Mestre Hyrrokkin. — Nós nunca saberemos. — Ele colocou uma mão no ombro de Lazlo. — Você não é mais criança. Não chegou a hora de deixar isso de lado? — Sua boca não era visível, seu sorriso era discernível apenas por uma ondulação no bigode de dente-de-leão que crescia por sobre a barba. — Você trabalha demais e ganha pouco. Por que acrescentar mais trabalho para não ganhar nada? Ninguém vai lhe agradecer por isso. Nosso trabalho é encontrar livros. Deixe para os acadêmicos encontrarem respostas.

Sua intenção era boa. Lazlo sabia disso. O velho homem era uma criatura da biblioteca do começo ao fim. Seu sistema de castas era, para ele, a regra justa do mundo perfeito. Dentro dessas paredes, os acadêmicos eram a aristocracia, e todos os outros eram seus servos — especialmente os bibliotecários, cuja ordem era apoiá-los em seu trabalho importante. Os acadêmicos eram formados pelas universidades. Os bibliotecários não. Embora pudessem ter a mente para isso, não tinham o ouro. O trabalho era sua educação e, dependendo do bibliotecário, podia superar a de um acadêmico. Mas um mordomo pode superar seu mestre em nobreza e mesmo assim permanecer um mordomo. Era assim para os bibliotecários. Eles não eram proibidos de estudar, desde que isso não interferisse em seus deveres, mas era entendido que se dedicar aos estudos era apenas para o engrandecimento pessoal, e não contribuía para a abundância do conhecimento mundial.

— Por que deixar os acadêmicos se divertirem sozinhos? — Lazlo indagou. — Além disso, ninguém estuda Lamento.

— É porque é um tema morto — respondeu o Mestre Hyrrokkin. — Os acadêmicos ocupam suas mentes com assuntos importantes. — Ele colocou bastante ênfase em *importantes*.

E, então, como para ilustrar seu argumento, as portas se abriram e um acadêmico entrou.

O Pavilhão do Pensamento havia sido um salão de baile; suas portas tinham o dobro do peso e da largura de portas normais. A maioria dos acadêmicos que ia e vinha achava adequado abrir uma delas, então, silenciosamente, fechá-la atrás de si, mas não esse homem. O acadêmico pousou uma mão em cada folha da porta massiva e empurrou e, no momento em que elas atingiram as paredes e tremeram, ele as atravessou, com as botas soando no chão de mármore, suas passadas longas e confiantes livres do roçar das vestes. Ele desdenhava o traje completo, exceto em ocasiões cerimoniais, portanto, vestia-se com casacos e calças impecáveis, com botas longas de montaria e uma espada de duelo ao seu lado. Sua única menção ao vermelho dos acadêmicos era a gravata, sempre dessa cor. Ele não era um acadêmico comum, mas a apoteose dos acadêmicos: o personagem mais famoso de Zosma, exceto a rainha e a hierarquia, e o mais popular, excetuando ninguém. Ele era jovem, glorioso e dourado. Era Thyon Nero, o alquimista, segundo filho do Duque de Vaal, e afilhado da rainha.

Cabeças se levantaram com a vibração das portas, mas diferentemente da irritação espelhada nos rostos quando Mestre Hyrrokkin gargalhou, desta vez eles registraram surpresa antes de mudar para adulação ou inveja.

A reação do Mestre Hyrrokkin foi de pura adulação. Ele se acendeu como uma glave ao ver o alquimista. Um dia, Lazlo já fizera o mesmo. Hoje, não mais, embora ninguém estivesse olhando para perceber a forma como ele congelou tal qual uma presa e pareceu se encolher com a aproximação do "afilhado dourado", cujo passo determinado o levou diretamente ao balcão de informações.

Essa visita era incomum. Thyon Nero tinha assistentes para fazer esse tipo de tarefa para ele.

— Milorde — disse o Mestre Hyrrokkin, endireitando-se o máximo que suas costas permitiam. — Que gentileza a sua nos visitar. Mas não precisava se dar ao trabalho de vir pessoalmente. Sabemos que tem coisas mais importantes a fazer do que vir até aqui. — O bibliotecário lançou um olhar para Lazlo. Aqui, no caso de Lazlo não entender o que ele queria dizer, estava o melhor exemplo possível de um acadêmico ocupando sua mente com "assuntos importantes".

E com quais assuntos importantes Thyon Nero ocupava sua mente?

Com nada menos que o princípio que anima o universo: "azoth", a essência secreta que os alquimistas buscam há séculos. Ele a havia destilado com dezesseis anos, permitindo que realizasse milagres, dentre os quais, a mais alta aspiração da antiga arte: a transmutação do chumbo em ouro.

— É gentil de sua parte, Hyrrokkin — respondeu o exemplo moral, que tinha não só o rosto, mas também a mente de um deus —, mas achei melhor vir eu mesmo — ele mostrou um formulário de pedido enrolado — para que não fosse questionado se isso é um erro.

— Um erro? Não há necessidade, milorde — Mestre Hyrrokkin assegurou-lhe. — Jamais poderia haver discussão sobre um pedido seu, não importa quem entregasse. Estamos aqui para servir, não para questionar.

— Fico feliz em ouvir isso — disse Nero, com o sorriso conhecido por deixar salões cheios de damas mudas e ofuscadas. E então ele olhou para Lazlo.

Foi tão inesperado, foi como uma imersão na água gelada. Lazlo não tinha se movido desde que as portas se abriram. Era isso que ele fazia quando Thyon Nero estava perto: parava de trabalhar e ficava tão invisível quanto o alquimista fingia que ele era. Lazlo estava acostumado ao silêncio cortante, e o olhar frio que o atravessava como se ele não existisse, então esse olhar veio como um choque, e as palavras, quando o acadêmico falou, como um choque ainda maior.

— E você, Estranho? Está aqui para servir ou para questionar? — Ele foi cordial, mas seus olhos azuis tinham um brilho que encheu Lazlo de pavor.

— Para servir, milorde — respondeu, sua voz tão quebradiça quanto os papéis em suas mãos.

— Bom. — Nero sustentou o olhar, e Lazlo teve de lutar contra a vontade de desviar os olhos. Ambos se olharam, o alquimista e o bibliotecário. Havia um segredo entre eles, que queimava como fogo alquímico. Até o velho Mestre Hyrrokkin sentiu, e observou inquieto os dois jovens. Nero parecia um príncipe de alguma saga contada à luz do fogo, todo esplendor e brilho. A pele de Lazlo não era mais cinza desde que ele era bebê, mas as vestes de bibliotecário eram, e seus olhos também, como se aquela cor fosse seu destino. Ele era quieto, e tinha o talento de uma sombra para passar despercebido, enquanto Thyon atraía todos os olhares como uma chama. Tudo nele era elegante como a seda recém-passada. O rapaz era barbeado por um servo com uma lâmina afiada diariamente, e a conta de seu alfaiate poderia alimentar um vilarejo.

Por outro lado, Lazlo era todo imperfeito: juta em comparação à seda de Nero. Suas vestes não eram novas nem quando chegaram há um ano. A bainha estava gasta de arrastar para cima e para baixo pelos degraus das estantes, e era larga, então a forma de seu corpo ficava perdida lá dentro. Embora tivessem a mesma altura, Nero portava-se como se posasse para um escultor, enquanto os ombros de Lazlo eram curvados em uma posição de cansaço. *O que Nero queria?*

Nero olhou para o velho homem. O rapaz tinha a cabeça erguida, como se consciente da perfeição de seu maxilar, e quando falava para alguém mais baixo, baixava apenas o olhar, não a cabeça. Ele entregou o formulário de requisição.

Mestre Hyrrokkin desenrolou o papel, ajustou seus óculos e leu. E... reajustou os óculos, e leu novamente. Fitou Nero. E então fitou Lazlo, e Lazlo soube. Sabia para o que era a requisição. Seu corpo ficou amortecido, sentiu como se seu sangue e seu espírito tivessem parado de circular, e a respiração em seus pulmões também.

— Entregue-os no meu palácio.

Mestre Hyrrokkin abriu a boca, confuso, mas nenhum som saiu. Mirou Lazlo novamente, e a luz das glaves brilhou em seus óculos de forma que Lazlo não pôde ver seus olhos.

— Você quer que eu escreva o endereço? — Nero perguntou. Sua afabilidade era totalmente falsa. Todos conheciam o palácio de mármore rosa-claro na frente do rio, dado pela rainha, e ele sabia que todos conheciam. O endereço não era um problema.

— Milorde, é claro que não — respondeu Mestre Hyrrokkin. — É só que, ah...

— Há algum problema? — indagou Nero, seu tom agradável traído pela dureza do olhar.

Sim, Lazlo pensou. *Sim, há um problema*, mas Mestre Hyrrokkin encolheu-se diante do olhar.

— Não, milorde. Tenho certeza... Tenho certeza de que é uma honra. — E as palavras foram como uma faca nas costas de Lazlo.

— Excelente — afirmou Nero. — É isso, então. Espero que me entreguem esta noite. — E ele saiu como chegou, com as botas batendo no chão de mármore e olhos o seguindo.

Lazlo voltou-se para Mestre Hyrrokkin. Seus corações não haviam parado de bater, afinal. As batidas estavam rápidas e irregulares, como um par de mariposas presas.

— Diga-me que não é — o jovem quis saber.

Ainda confuso, o velho bibliotecário apenas mostrou o formulário de requisição. Lazlo o pegou. Leu. Suas mãos tremeram. Era o que havia pensado:

Na letra grande e determinada de Nero, estava escrito: *As obras completas de Lazlo Estranho.*

Mestre Hyrrokkin perguntou, estupefato:

— Que diabos *Thyon Nero* quer com *seus livros?*

4

O DEUS BASTARDO DA SORTE

O alquimista e o bibliotecário não poderiam ser mais diferentes — como se Shres, o deus bastardo da sorte, tivesse colocado os jovens lado a lado e dividido sua cesta de dons entre os dois: *todos os dons* para Thyon Nero, um a um, até o último; então ele deixou a cesta cair na terra aos pés de Lazlo.

"Faça o que puder com isso", ele poderia ter dito, se houvesse um deus assim e ele fosse maldoso.

Para Thyon Nero: nascimento, riqueza, privilégio, aparência, charme, excelência.

E para Lazlo Estranho, pegar e tirar a poeira da única coisa que sobrou: honra.

Poderia ter sido melhor para ele se Nero também tivesse aquele dom.

Como Lazlo, Thyon Nero nasceu durante a guerra, mas a guerra, como a sorte, não toca a todos com a mesma mão. Nero cresceu no castelo do pai, longe da visão e do cheiro do sofrimento, bem como da experiência de senti-lo. No mesmo dia que um bebê cinza e sem nome foi jogado em uma carroça em direção ao Mosteiro de Zemonan, uma criança dourada foi batizada de Thyon — o mesmo nome do guerreiro-santo que expulsou os bárbaros de Zosma — em uma cerimônia luxuosa, na qual compareceu metade da corte. Ele era uma criança inteligente e bonita, e embora seu irmão mais velho herdasse os títulos e as terras, ele ficou com todo o resto — amor, atenção, riso, elogios — e reivindicava-os fortemente. Se Lazlo era um bebê silencioso, criado sem afeto por monges rancorosos, Thyon era um pequeno e charmoso tirano que demandava tudo e recebia ainda mais.

Lazlo dormia em um alojamento de meninos, ia para cama com fome, e acordava com frio.

Quando criança, a cama de Thyon tinha o formato de um navio de guerra, com velas e cordames, e até canhões em miniatura, tão pesada que era necessária a força de duas servas para balançá-la para dormir. Seu cabelo era de uma cor tão extraordinária — como o sol em afrescos, nos quais você pode olhar sem queimar os olhos — que permitiam que ele crescesse, embora esse não fosse o costume para os meninos. Ele só foi cortado em seu nono aniversário, para ser tecido em um elaborado colar para sua madrinha, a rainha. Ela o usava, e — para a frustração dos ourives — espalhou a moda de joias com cabelo humano, embora nenhuma das imitações pudesse se comparar ao original em brilho.

O apelido de Thyon, "o afilhado dourado", esteve com ele desde seu batismo, e talvez tenha determinado seu caminho. Os nomes têm poder, e ele era, desde a infância, associado ao ouro. Fazia sentido, então, que quando entrasse para a universidade, conseguisse seu lugar na escola de alquimia.

O que era a alquimia? Era a metalurgia embrulhada em misticismo. A busca do espiritual por meio do material. O grande e nobre esforço de dominar os elementos para alcançar a pureza, perfeição e divindade.

Ah, e ouro.

Não vamos esquecer do ouro. Os reis o queriam. Os alquimistas prometiam — vinham prometendo por séculos, e se eles alcançaram a pureza e a perfeição em algo, era a pureza e a perfeição de seu fracasso em produzi-lo.

Thyon, treze anos e afiado como a presa de uma víbora, olhou em torno de si para os rituais secretos e filosofias e viu tudo isso como um obscurecimento criado para desculpar o fracasso. *Veja como isso é complicado*, os alquimistas diziam, enquanto eles mesmos complicavam. Tudo era mirabolante. Os iniciados tinham de fazer um juramento em uma pedra de esmeralda que teria sido extraída da fronte de um anjo caído, e quando apresentado ao artefato, Thyon riu. Ele se recusou a fazer o juramento, e recusou-se a estudar os textos esotéricos, os quais chamava de "consolo para os pretensos magos fadados a viver em um mundo sem magia".

— Você, jovem, tem a alma de um ferreiro — o mestre de alquimia disse-lhe, friamente.

— Melhor do que a alma de um charlatão — Thyon devolveu. — Prefiro fazer o juramento a uma bigorna e trabalhar honestamente do que ludibriar o mundo com mentiras.

E foi assim que o afilhado dourado fez seu juramento diante de uma bigorna de ferreiro em vez da esmeralda do anjo. Qualquer outra pessoa teria sido expulsa, mas o jovem tinha o aval da rainha, e então o velho guarda não teve escolha a não ser ficar a seu lado e deixá-lo fazer seu juramento ao seu modo. Ele ligava apenas para o lado material das coisas: a natureza dos elementos, a essência e mutabilidade da matéria. Era ambicioso, meticuloso e intuitivo. Fogo, água e ar entregavam-lhe segredos. Minerais revelavam suas propriedades escondidas. E, aos quinze anos, para a profunda tristeza dos "pretensos magos", ele realizou a primeira transmutação da história ocidental — não ouro, infelizmente, mas chumbo em bismuto — e fez isso, conforme disse, sem recorrer a "espíritos ou feitiços". Foi um triunfo, pelo qual foi recompensado por sua madrinha com um laboratório próprio, que ocupava a grande e velha igreja da Grande Biblioteca, e nenhuma despesa foi poupada. A rainha o apelidou de "Chrysopoesium" — a partir de *chrysopoeia*, a transmutação de metal em ouro — e ela usou o colar com os cabelos do afilhado quando foi apresentar-lhe o laboratório. Ambos andaram de braços dados e usando ouro: o dele na cabeça, o dela no pescoço, e os soldados marchando atrás, vestidos com sobretudos de ouro encomendados para a ocasião.

Lazlo estava na multidão de espectadores aquele dia, admirado com o espetáculo e pelo brilhante garoto de ouro que sempre lhe parecera o personagem de uma história — um jovem herói abençoado pela sorte, ascendendo para tomar seu lugar no mundo. Era isso que todo mundo via — como uma plateia de teatro, alegremente despercebidos de que, nos bastidores, os atores encenavam um drama mais sombrio.

Como Lazlo iria descobrir.

Cerca de um ano depois disso, quando tinha dezesseis anos, ele estava andando pela passagem das tumbas uma noite quando ouviu uma voz tão dura e cortante quanto um machado. A princípio, não conseguiu entender as palavras e fez uma pausa, buscando de onde vinham.

A passagem das tumbas era uma relíquia do velho cemitério do palácio, separada do resto do terreno pela construção da torre dos astrônomos. A maioria dos acadêmicos nem sabia que ela existia, mas os bibliotecários sim, porque a usavam como atalho entre as estantes de livros e as salas de leitura na base da torre. Era isso que Lazlo estava fazendo, com os braços cheios de manuscritos, quando ouviu a voz. Havia um ritmo nela, e uma pontuação de tapas ou golpes que a acompanhava. *Tap. Tap.*

Havia um outro som, quase inaudível. Pensou que fosse um animal e, ao espiar detrás de um mausoléu, viu um braço levantando-se e caindo com aquele brutal e constante *tap*. Ele brandia um chicote de montaria, e a imagem era inequívoca, mas Lazlo ainda pensou que se tratava de um animal apanhando, porque estava abaixado e encolhido e seus gemidos não eram um som humano.

Uma fúria ardente tomou conta de si, tão rápido quanto o acender de um fósforo. Ele respirou fundo para não gritar.

E segurou-se.

Havia pouca luz, e no instante que sua voz levou para emitir uma única palavra, Lazlo percebeu a cena completa.

Costas curvadas. Um menino ajoelhado. A luz sobre os cabelos dourados. E o Duque de Vaal batendo em seu filho como um animal.

"*Pare!*", Lazlo quase disse. Ele segurou a palavra como se tivesse fogo na boca.

— Burro. — *Tap.* — Imbecil. — *Tap.* — Preguiçoso. — *Tap.* — Patético.

E continuou, sem piedade, e Lazlo encolhia-se a cada *tap*, sua raiva abafada por uma grande confusão. A cada vez que conseguia raciocinar, a raiva reacendia, mais forte do que antes. Mas diante de tal visão, o sentimento que o tomava era de choque. Ele estava familiarizado com punições. Ainda tinha cicatrizes ziguezagueando pelas pernas por causa de todas as chibatadas. Algumas vezes fora trancado na cripta durante a noite apenas com os crânios de monges mortos como companhia, e nem era capaz de contar quantas vezes fora chamado de burro, inútil ou algo pior. Mas isso era *ele,* que não pertencia a ninguém e não tinha nada. Jamais imaginaria que *Thyon Nero* poderia ser vítima de tal tratamento, e de tais palavras. Lazlo havia topado com uma cena privada que contradizia tudo o que sabia sobre o afilhado dourado e sua vida encantada, e algo dentro de si se partiu ao ver o outro garoto rebaixado.

Eles não eram amigos. Isso teria sido impossível. Nero era um aristocrata e Lazlo não era de jeito nenhum. Mas Lazlo havia atendido a vários pedidos de Thyon, e uma vez, há muito tempo, quando descobriu um raro tratado metalúrgico que achou que seria de interesse, Nero até disse "obrigado".

Pode não parecer nada — ou pior, pode ser uma surpresa que ele só tenha dito isso uma vez em todos aqueles anos. Mas Lazlo sabia que garotos como aquele eram treinados a apenas dar ordens, e quando Thyon ergueu os olhos do tratado e falou aquela simples palavra, com seriedade e sinceridade — "obrigado" —, o bibliotecário brilhou de orgulho.

Agora o seu "pare!" ficou queimando na língua; ele queria gritar, mas não gritou. Ficou paralisado, espremido contra o lado frio do mausoléu coberto de musgo, com medo de se mover. O chicote de montaria ficou parado no ar. Thyon balançava a cabeça entre os braços, com o rosto escondido. Ele não emitiu mais nenhum som, mas Lazlo podia ver seus ombros tremendo.

— Levante-se — rosnou o duque.

Thyon endireitou-se, e Lazlo o viu claramente. O rosto estava vermelho, com o cabelo dourado colado à testa em mechas molhadas de lágrimas. Ele parecia bem mais novo do que dezesseis anos.

— Você sabe quanto ela gastou no seu laboratório? — perguntou o duque. — Vidreiros que vieram de Amaya. Uma caldeira construída de acordo com seu projeto. Uma chaminé que é o ponto mais alto da cidade inteira. E o que você fez com isso tudo? Anotações? Medidas?

— A alquimia é feita de anotações e medidas — protestou Thyon. Sua voz estava embargada com as lágrimas, mas ainda mostrava rebeldia. — É preciso conhecer as propriedades dos metais antes de alterá-las.

O duque balançou a cabeça com profundo desdém.

— O Mestre Luzinay estava certo. Você tem a alma de um ferreiro. A alquimia é *ouro*, você me entende? O ouro é sua vida agora. A menos que você fracasse em produzi-lo, nesse caso, terá sorte de sequer ter vida. Você me entende?

Thyon recuou, espantado com a ameaça.

— Papai, por favor. Só faz um ano...

— *Só* um ano? — A risada do duque era uma coisa mortal. — Você sabe o que pode acontecer em um ano? Casas caem. *Reinos* caem. Enquanto você senta no seu laboratório *aprendendo as propriedades dos metais*.

Isso fez Thyon hesitar, e Lazlo também. *Reinos caem?*

— Mas... você não pode esperar que eu faça em um ano o que ninguém fez antes.

— Ninguém jamais transmutou metal, entretanto, você fez aos quinze anos.

— Apenas para o bismuto — respondeu o garoto, amargamente.

— Estou bastante consciente da inadequação de seu feito — cuspiu o duque. — Tudo o que ouvi a seu respeito desde que começou a universidade é como você é mais inteligente do que o resto. Então seja *mais inteligente*, maldito. Eu disse a ela que você conseguiria. Eu *garanti* a ela.

— Estou tentando, pai.

— *Tente com mais afinco!* — o duque urrou. Seus olhos estavam arregalados, com o branco do olho aparecendo completamente ao redor da íris. Havia desespero neles, e Lazlo, nas sombras, teve um calafrio. Quando a rainha nomeou o Chrysopoesium, ele achou que era um bom nome para um laboratório de alquimia, pois o havia entendido com espírito de esperança: de que a maior ambição da arte pudesse um dia ser alcançada ali. Mas parecia que não havia "um dia" nessa história. Ela queria ouro e queria agora.

Thyon engoliu em seco e fitou o pai. Uma onda de medo parecia ter se instalado ali. Lentamente, e praticamente sussurrando, o garoto indagou:

— E se não puder ser feito?

Lazlo esperava que o duque gritasse de novo, mas ele apenas rangeu os dentes.

— Deixe-me explicar para você. O tesouro está vazio. Os soldados não podem ser pagos. Eles estão desertando e nossos inimigos já perceberam. Se isso continuar, eles *vão* invadir. Você está entendendo?

E havia mais. Intrigas desastrosas e dívidas, mas o resumo era muito simples: *faça ouro, ou Zosma irá cair.*

Lazlo observou Thyon ficar pálido à medida que todo o peso do reino caiu sobre ele, e Lazlo sentiu como se estivesse todo em seus próprios ombros.

E estava.

Não porque ele foi colocado lá por um pai cruel e uma rainha gananciosa, mas porque ele o tomou para si. Lá mesmo na passagem das tumbas, como se fosse um fardo real, físico, colocou-se na posição de ajudar Thyon a carregar o peso — mesmo que Thyon não soubesse.

Por que ele fez isso, se poderia ter virado as costas e continuado sua noite e seguido sua vida, aliviado por não ter de carregar tal fardo? A maioria teria feito isso. Além do mais, a maioria teria corrido para espalhar o rumor antes que a noite tivesse terminado de cair. Mas Lazlo não era a maioria das pessoas. Ele ficou ali nas sombras, pensando furiosamente. Pensava na guerra, e nas pessoas que a última havia roubado dele antes que as pudesse conhecer, e todas as crianças que ficariam órfãs, e todos os nomes que morreriam como músicas.

Durante todo o tempo, ele tinha plena consciência de sua própria inutilidade. Como *ele* poderia ajudar o afilhado dourado? Ele não era um alquimista, nem um herói; era um bibliotecário, e um sonhador. Ele era um leitor, e o desvalorizado especialista sobre uma cidade há muito perdida para a qual ninguém se importava. O que ele poderia...?

Então teve uma ideia.

Ele não era um alquimista. Era um especialista em uma cidade há muito tempo perdida para a qual ninguém ligava. E acontece que aquela cidade, de acordo com suas lendas, praticava a alquimia desde que Zosma era um vazio povoado de bárbaros. Na verdade, as imagens arquetípicas da arte e de seus praticantes vieram das velhas histórias trazidas do outro lado do Elmuthaleth: histórias de homens e mulheres poderosos que haviam acessado os segredos da natureza e do cosmos.

Lazlo pensou nisso, e continuou pensando enquanto Thyon e o duque deixaram a passagem das tumbas em um silêncio tenso. Devolveu os manuscritos à biblioteca e continuou pensando sobre isso quando o prédio fechou à noite e ele perdeu o jantar para voltar para seu quarto e para seus livros.

Enquanto os acadêmicos residentes viviam nos grandes quartos de hóspedes dos andares superiores do palácio, os bibliotecários eram abrigados na ala de serviçais, um andar acima da equipe de limpeza, nos quartos antes ocupados pelas aias das senhoras e os valetes. Lazlo entrou em uma longa passagem de teto baixo com muitas portas idênticas, cada uma com uma glave pendurada em um gancho, então tirou a sua e levou para o quarto.

As glaves eram pedras cortadas, natural e perpetuamente luminosas, e não emitiam calor, apenas brilho, cuja cor e intensidade variavam tanto quanto a qualidade das pedras preciosas. Essa era fraca: um pedaço irregular de pedra avermelhada que emitia um brilho turvo. Apesar de o quarto ser pequeno, ela deixava os cantos no escuro. Havia uma cama estreita de um lado e uma escrivaninha e um banquinho do outro. Os dois ganchos presos às paredes continham todas as peças de roupa que Lazlo possuía, e não havia prateleira além do peitoril da janela, que era onde os livros estavam enfileirados. Ele pendurou a glave e começou a folheá-los. Logo estava sentado no chão, encostado na parede, marcando páginas e fazendo anotações. Passos ecoaram no corredor à medida que os outros bibliotecários se recolhiam à noite, mas Lazlo não tinha consciência deles, nem do silêncio que se fez, nem da Lua que nasceu e se pôs. Em algum momento da noite, ele deixou o quarto e foi até o subsolo empoeirado — que não era mais empoeirado havia anos.

Era seu santuário — um domínio de histórias, não só sobre a Cidade Perdida, mas sobre o mundo. Lamento podia ser seu sonho, mas ele amava todas as histórias, e conhecia cada uma das que estavam ali, mesmo as que tivesse de traduzir de uma dúzia de línguas com a ajuda de dicionários e gramáticas. Ali, capturada entre as capas, estava a história da imaginação humana, e nada nunca fora tão belo ou amedrontador, ou bizarro. Ali estavam feitiços e maldições, mitos e lendas, e Estranho, o sonhador, alimentou-se deles por tanto tempo que, se alguém pudesse entrar em sua mente, descobriria uma fantasia. Ele não pensava como as outras pessoas. Ele não desconsiderava a magia sem titubear e não acreditava que contos de fadas eram apenas para crianças. Ele *sabia* que a magia era real, porque a tinha sentido quando o nome da Cidade Perdida fora roubado de sua mente. E quanto aos contos de fadas, entendeu que eram reflexos das pessoas que os tinham tecido, e estavam repletos de pequenas verdades — intrusões da realidade na fantasia, como... migalhas de pão na barba de um mago.

Ele esperava que essa fosse uma dessas migalhas.

No coração da alquimia estava a crença no azoth, a essência secreta inerente a toda a matéria. Os alquimistas acreditavam que ele poderia ser destilado, permitindo assim dominar as estruturas subjacentes a todo o mundo físico. Para transmutar chumbo em ouro, derivar um solvente universal, e até mesmo um elixir da imortalidade.

Por muito tempo aceitou-se que isso seria feito por meio de algum elaborado processo envolvendo a trindade elementar: sal, mercúrio e enxofre. Um número absurdo de livros e tratados foram escritos sobre o assunto, considerando a completa ausência de evidência empírica. Eles eram repletos de diagramas de dragões engolindo sóis e homens sugando os seios de deusas, e Lazlo os considerava tão desvairados quanto qualquer conto de fadas, embora fossem guardados com mais respeito, na sala de alquimia da biblioteca, que, coincidentemente, antes abrigava o tesouro do palácio.

Enquanto isso, banidos para o andar de baixo, onde nenhum alquimista jamais procuraria, em um livro de histórias da Cidade Perdida, excentricamente intitulado *Milagres para o café da manhã*, havia menção a outra teoria: de que o *próprio* alquimista era o ingrediente secreto — que apenas a junção da alma humana com a alma elementar poderia dar nascimento ao azoth.

E lá estava ela, a migalha na barba do mago.

Talvez.

5

MILAGRES PARA O CAFÉ DA MANHÃ

Ele deveria ter esperado, pelo menos, alguns dias. Na verdade, sequer deveria ter ido. Ele entendeu isso mais tarde. Lazlo entendeu muitas coisas mais tarde.

Tarde demais.

O sol estava nascendo quando voltou das estantes agarrando o livro, e embora pudesse estar cansado por ter ficado acordado a noite inteira, a energia vibrava em si. Entusiasmo. Nervosismo. O jovem sentia fazer parte de alguma coisa, e esqueceu que apenas ele sabia disso. Não voltou ao seu quarto, mas foi até o palácio principal e atravessou o terreno até a velha igreja, que agora era o Chrysopoesium.

Toda a cidade esparramava-se lá embaixo. Um brilho iluminava o Eder onde ele se encontrava com o horizonte. À medida que o sol se ergueu, seu brilho subiu pelo rio rapidamente, como um pavio aceso, parecendo carregar a luz do dia consigo. Os sinos da catedral soaram, e todos os sinos da outra igreja se seguiram — leves e doces, como crianças respondendo ao chamado dos pais.

Lazlo achou que Thyon talvez não tivesse dormido também, não com o terrível fardo que carregava. Ele se aproximou das portas, que eram enormes portas de igreja, de bronze moldado, e não eram exatamente construídas para se bater nelas. De qualquer forma, bateu, mas mal pôde ouvir o ruído dos nós dos dedos. Ele poderia ter desistido, se afastado, e se permitido pensar melhor no que estava prestes a fazer. Se a emoção inicial da descoberta tivesse o tempo de se dissipar, certamente ele teria percebido sua loucura, e até quão ingênuo estava sendo. Mas, em vez disso, ele checou o lado da igreja, encontrou uma porta com um sino e o tocou.

E então as coisas aconteceram como aconteceram.

Thyon abriu a porta, impassível. Sem vida.

— Bem? — ele perguntou.

— Sinto muito por te perturbar — Lazlo disse, ou qualquer coisa nesse sentido. Essa parte tornou-se confusa depois. Seu pulso latejava nos ouvidos. Não era de seu feitio tomar a iniciativa. Se sua criação no mosteiro havia lhe ensinado alguma coisa, era em instilar nele uma sensação profunda de inconveniência. Mas ele estava deixando-se levar pela indignação em nome de Thyon, e a onda de solidariedade de um garoto que apanhou por outro e, acima de tudo, pela emoção da descoberta. Talvez ele tivesse deixado escapar "encontrei algo para você", e mostrado o livro.

Quaisquer que tenham sido suas palavras, Thyon deu um passo para trás para que ele entrasse. O espaço era alto e silencioso, como qualquer igreja, mas o ar fedia a enxofre, como um buraco do inferno. Raios pálidos da luz da aurora derramavam-se através dos vitrais, lançando cor nas prateleiras de vidro brilhante e cobre. A ala central era ocupada por uma longa mesa de trabalho cheia de equipamentos. Toda a abside havia sido tomada por uma caldeira monumental, e uma chaminé de tijolos cortava o centro do domo pintado com afrescos, tapando a cabeça dos anjos.

— Bem, o que é? — Thyon perguntou. Ele estava movendo-se rigidamente, e Lazlo não duvidou que suas costas estivessem cobertas de vergões e machucados. — Suponho que você encontrou outro tratado para mim — disse ele. — Eles são inúteis, você sabe.

— Não é exatamente um tratado. — Lazlo colocou o livro na superfície irregular da mesa de trabalho, notando apenas então o desenho gravado na capa, que mostrava uma colher cheia de estrelas e criaturas míticas. *Milagres para o café da manhã* parecia um livro infantil, e ele teve a primeira pontada de receio. Apressou-se em abri-lo, para esconder a capa e o título. — Mas tem a ver com ouro — disse, e lançou-se a explicar. Para seu desalento, isso soou tão fora de lugar nesse laboratório lúgubre quanto o livro parecia fora de lugar, e ele se viu apressando-se para manter-se à frente de sua crescente mortificação, o que só o fez parecer mais louco e tolo quanto mais rápido falava.

— Você conhece a cidade perdida de Lamento — afirmou, forçando-se a usar o nome impostor e imediatamente sentiu o gosto de lágrimas —, e seus alquimistas que diziam ter produzido ouro nos tempos antigos.

— Lendas — disse Thyon, desconsiderando.

— Talvez — respondeu Lazlo —, mas não é possível que as histórias sejam verdadeiras? Que eles fizeram ouro?

Ele notou o olhar de incredulidade no rosto de Thyon, mas interpretou-o mal. Pensando que o alquimista achava sua premissa inacreditável, ele continuou, apressado.

— Veja aqui — esclareceu, e apontou para a passagem no livro sobre o próprio alquimista ser o ingrediente secreto do azoth. — Fala da conjunção da alma humana e da alma elementar, que parece, sei lá, *inútil*, porque como você une a sua *alma* ao metal? Mas acho que é uma tradução equivocada. Eu já a vi antes. Na Cidade... quer dizer, na língua de Lamento, a palavra usada para "alma" e "espírito" é a mesma. É *amarin* para ambos. Então acho que isso é um erro. — Ele bateu com o dedo sobre a palavra *alma* e fez uma pausa. Ali estava, a sua grande ideia. — Acho que significa que a chave para o azoth é o *espírito*. Espírito do corpo. — Ele estendeu os punhos, com o lado pálido para cima, expondo as veias para que Thyon entendesse o que ele queria dizer.

E, com isso, ele descobriu que tinha ficado sem palavras. Uma conclusão era necessária, algo para iluminar sua ideia e fazê-la brilhar, mas, como não tinha nenhuma, a ideia ficou simplesmente pairando no ar e soando, francamente, ridícula.

Thyon lançou-lhe um demorado olhar.

— Qual é o sentido disso? — por fim, perguntou, e sua voz parecia fria de perigosa. — O que é isso? Um desafio? Você perdeu alguma aposta? Isso é uma *brincadeira*?

— O quê? — Assustado, Lazlo meneou a cabeça. Seu rosto esquentou e suas mãos esfriaram. — Não — disse ele, vendo a incredulidade de Thyon. Não era à *premissa* de Lazlo que ele estava reagindo. Era à sua *presença*. Em um instante, a percepção de Lazlo mudou e ele entendeu o que tinha acabado de fazer. Ele, Estranho, o sonhador, bibliotecário júnior, tinha entrado no Chrysopoesium, segurando um livro de contos de fadas, e atreveu-se a compartilhar suas ideias sobre o mistério mais profundo da alquimia. Como se *ele* pudesse resolver o problema que iludiu séculos de alquimistas — inclusive o próprio Nero.

Sua própria audácia, agora que ele a via, deixou-o sem fôlego. Como ele podia ter pensado que isso era uma boa ideia?

— Diga-me a verdade — ordenou Thyon. — Quem foi? Mestre Luzinay? Ele o enviou aqui para zombar de mim, não foi?

Lazlo balançou a cabeça para negar a acusação, mas percebeu que Thyon não estava nem o vendo. Ele estava perdido demais em sua própria fúria e sofrimento. Se estava vendo alguma coisa, eram os rostos de zombaria dos outros alquimistas, ou os cálculos frios da própria rainha, pedindo milagres como se fossem café da manhã. Ou talvez, provavelmente, ele estivesse vendo o desprezo no rosto de seu pai na noite anterior, e sentindo-o na sua carne viva e na dor de cada movimento. Havia nele grande fervura de emoções, como químicos jogados em um alambique: medo como uma névoa de enxofre, amargura tão pronunciada quanto o sal, e o instável mercúrio para o fracasso e o desespero.

— Eu nunca zombaria de você — Lazlo insistiu.

Thyon agarrou o livro, virando-o com atenção para observar o título e a capa. — *Milagres para o café da manhã* — ele entoou, folheando-o. Havia ilustrações de sereias, bruxas. — *Isso* não é zombaria?

— Juro que não é. Eu posso estar errado, milorde. Eu... eu provavelmente estou. — Lazlo viu o que aquilo parecia, e queria dizer-lhe que sabia o que era verdade, como o folclore estava repleto de verdades, mas até isso soava absurdo agora; migalhas na barba de um mago e toda aquela *bobagem*. — Sinto muito. Fui presunçoso ao vir aqui e peço-lhe perdão, mas juro que não quis desrespeitá-lo. Eu só queria ajudar.

Thyon fechou o livro.

— Para me ajudar. *Você*, ajudar a *mim* — ele riu. Era um som frio e duro, como gelo se partindo. E durou tempo demais, e com cada nova gargalhada, Lazlo sentiu que diminuía. — Ilumine-me, Estranho — disse Thyon. — Em que versão do mundo *você* poderia *me* ajudar?

Em que versão do mundo? Havia mais de uma? Havia uma versão em que Lazlo crescia com um nome e em uma família, e Thyon era colocado na carroça em direção ao mosteiro? Lazlo não conseguia ver isso. Apesar de toda sua imaginação, ele não conseguia formar a imagem de um monge raspando a cabeça dourada dele.

— É claro que você está certo — ele gaguejou. — Só pensei... Você não deveria carregar esse peso sozinho.

Foi... a coisa errada a se dizer.

— Carregar *que peso* sozinho? — perguntou Thyon, com interrogação firme nos olhos.

Lazlo viu seu erro. Ele ficou paralisado, como na passagem das tumbas, escondido inutilmente nas sombras. No entanto, não havia onde se esconder aqui, e como não havia malícia nele, tudo o que sentia aparecia em seu rosto. Choque. Indignação.

Compaixão.

E, enfim, Thyon entendeu o que havia levado esse bibliotecário júnior à sua porta nas primeiras horas da manhã. Se Lazlo tivesse esperado — semanas ou mesmo dias —, Thyon talvez não tivesse feito a ligação tão instantaneamente. Mas suas costas estavam ardendo de dor, e o olhar de Lazlo havia se desviado para elas como se ele soubesse. *Pobre Thyon, que apanhou do pai.* Em um instante ele soube que Lazlo o havia visto em seu momento mais frágil, e à fervura de emoções acrescentou-se mais uma.

Era *vergonha*. E ela acendeu todas as outras.

— Sinto muito — disse Lazlo, sem saber pelo que sentia muito, se pelo fato de Thyon ter apanhado, ou por ter assistido àquilo.

— Não ouse ter pena de mim, seu *nada* — Thyon vociferou com tanto veneno em sua voz que Lazlo se encolheu como se tivesse levado uma picada.

O que se seguiu foi uma terrível e nauseante névoa de ódio e indignação. Um rosto vermelho e contorcido. Dentes à mostra e punhos cerrados e vidro estilhaçado. Tudo isso se distorceu em pesadelos nos dias que se seguiram, e adornado pelo horror e arrependimento de Lazlo, que saiu tropeçando pela porta, talvez uma mão tenha lhe dado um empurrão, talvez não. Talvez ele tenha apenas tropeçado e se esparramado pelo pequeno lance da escada, mordendo a língua de forma que sua boca ficasse cheia de sangue. E ele estava engolindo sangue, tentando parecer normal em seu caminho de volta ao palácio principal.

Ele chegou às escadas antes de perceber que tinha deixado o livro para trás. Nada de milagres para o café da manhã. Nada de café da manhã, não hoje com a língua mordida inchando na boca. E ele não tinha jantado na noite anterior, nem dormido, mas não estava nem um pouco faminto ou cansado, e tinha algum tempo para se recompor antes de começar seu turno, então o fez. Lavou o rosto na água fria, e enxaguou a boca, cuspindo vermelho na pia. Sua língua estava horrível, a palpitação e a dor pareciam encher sua cabeça. Ele não falou uma palavra o dia todo e ninguém nem percebeu. Ele temia que Thyon mandasse demiti-lo, e ficou esperando isso, mas não aconteceu. Nada aconteceu. Ninguém descobriu o que ele havia feito naquela manhã. Ninguém sequer sentiu falta do livro, exceto ele, que sentiu muita falta.

Três semanas mais tarde ele soube da notícia. A rainha viria à Grande Biblioteca. Foi a primeira vez que ela a visitou desde a entrega do Chrysopoesium, que, ao que parece, tinha sido um investimento sábio.

Thyon Nero havia feito ouro.

6

PAPEL, TINTA E ANOS

Coincidência?

Por centenas de anos, alquimistas vinham tentando destilar o azoth. Três semanas depois da visita de Lazlo ao Chrysopoesium, Thyon Nero o fez. Lazlo tinha suas suspeitas, mas eram apenas suspeitas — até que, um dia, abriu a porta de seu quarto e encontrou Thyon lá dentro.

A pulsação de Lazlo falhou. Seus livros estavam derrubados no chão, as páginas vincadas debaixo deles como as asas quebradas de pássaros. Thyon segurava um em suas mãos. Era o melhor livro de Lazlo, sua encadernação quase digna do Pavilhão do Pensamento. Ele até havia iluminado a lombada com lâminas de restos de folha dourada que levou três anos para juntar. *A Cidade Perdida*, dizia, na caligrafia que aprendera no mosteiro.

O livro atingiu o chão com um baque, que Lazlo sentiu em seus dois corações. Ele queria inclinar-se para pegá-lo, mas permaneceu parado na porta do quarto e olhou para o invasor, sua compostura e elegância tão deslocadas no quartinho sujo quanto um raio de sol em um porão.

— Alguém sabe que você foi ao Chrysopoesium? — Thyon perguntou.

Lentamente, Lazlo balançou a cabeça.

— E o livro. Alguém mais sabe dele?

E lá estava. Não havia coincidência. Lazlo estava certo. O espírito era a chave para o azoth. Era quase engraçado — não só que a verdade tenha sido encontrada em um conto de fadas, mas que o grande ingrediente secreto fosse uma coisa tão comum quanto um fluido corporal. Todo alquimista que viveu e morreu em busca dele tinha a resposta o tempo todo correndo em suas próprias veias.

Se a verdade fosse conhecida, qualquer um com uma panela e fogo tentaria fabricar ouro, retirando espírito de suas veias, ou roubando-o de outras pessoas. Então, ele não seria tão precioso, e tampouco o afilhado dourado seria tão especial. Com isso, ele entendeu o que estava em jogo. Thyon queria manter o segredo do azoth a todo custo.

E Lazlo era um custo.

Ele considerou mentir, mas não conseguiu pensar em nenhuma mentira que pudesse protegê-lo. Hesitante, balançou a cabeça novamente, e achou que nunca tinha estado tão consciente de algo quanto estava da mão de Thyon na empunhadura de sua espada.

O tempo desacelerou. Ele observou os dedos de Thyon perderem a cor, viu o palmo de aço visível estender-se à medida que a espada era puxada da bainha. Ela tinha uma curva, como uma costela. E tinha o brilho de um espelho à luz da glave, refletindo o dourado e o cinza. Os olhos de Lazlo prenderam-se nos de Thyon. Ele viu a frieza, como se Thyon pesasse as consequências de matá-lo e o risco de deixá-lo viver.

E sabia como terminava esse cálculo. Com ele vivo, haveria sempre alguém que sabia o segredo, enquanto matá-lo não teria nenhuma consequência. Thyon poderia deixar sua ancestral espada gravada atravessada no corpo de Lazlo, e ela lhe seria devolvida limpa. A coisa toda seria simplesmente arrumada. Alguém como Nero podia fazer o que quisesse com alguém como Lazlo.

Mas... ele não fez.

E guardou a espada na bainha.

— Você nunca falará disso — alertou ele. — Nunca escreverá sobre isso. Ninguém jamais saberá. Você me entende?

— Sim — respondeu Lazlo, rouco.

— Jure — Thyon ordenou, mas então pousou os olhos sobre os livros no chão e abruptamente mudou de ideia. — Pensando bem, não jure. — Seus lábios curvaram-se com um escárnio sutil: — Prometa-me três vezes.

Lazlo ficou assustado. Uma promessa tripla? Era o que as crianças faziam nos contos de fadas, e quebrá-la era uma maldição, e era mais poderosa para Lazlo do que qualquer voto em nome de algum deus ou monarca seria.

— Eu prometo — afirmou, tremendo com a frieza da proximidade da própria morte. — Eu prometo — disse novamente, e seu rosto estava quente e queimando. — Eu prometo.

As palavras, repetidas, tinham o ritmo de um encantamento, e foram as últimas que se passaram entre os dois jovens por mais de quatro anos. Até o dia que o afilhado dourado foi pessoalmente ao balcão de informações para requisitar os livros de Lazlo.

As obras completas de Lazlo Estranho.

Segurando o formulário de requisição, as mãos de Lazlo tremeram. Os livros eram dele, e eram *tudo* o que possuía. Ele os havia feito, e os amava da forma que alguém ama as coisas que saíram de suas próprias mãos, mas mesmo isso não era o bastante. Não eram apenas uma coleção de anotações. Eram onde ele guardava seu sonho impossível — toda descoberta que já havia feito sobre a Cidade Perdida, cada pedaço de quebra-cabeça que juntara. E não era pela simples acumulação de conhecimento, mas com o objetivo de um dia... driblar a impossibilidade. De ir para lá de alguma forma, para onde nenhum forasteiro jamais estivera. De cruzar o deserto, ver aqueles domos brilhantes com seus próprios olhos, e descobrir, por fim, *o que aconteceu com a Cidade Perdida.*

Seus livros eram um registro de sete anos de esperança. Até o fato de tocá-los lhe dava coragem. E agora eles iam cair nas mãos de Thyon Nero?

— Que diabos *Thyon Nero* pode querer com *seus* livros? — Mestre Hyrrokkin havia perguntado.

— Não sei — respondeu Lazlo, perdido. — Nada. Apenas tirá-los de mim.

O velho estalou a língua.

— Com certeza essa mesquinhez não é do feitio dele.

— Você acha? Bem, então talvez ele os deseje ler de cabo a rabo.

Lazlo disse isso em um tom que fez Mestre Hyrrokkin entender seu ponto. Aquele cenário era ainda mais ridículo.

— *Mas por quê?* — Hyrrokkin persistiu. — Por que ele quereria tirá-los de você?

E Lazlo não podia lhe responder isso. O que ele mesmo estava se perguntando era: por que *agora*, quatro anos depois? Ele não havia feito nada para quebrar sua promessa, ou para atrair a ira de Nero de alguma forma.

— Porque ele pode? — ele perguntou, desolado.

Ele resistiu à requisição. É claro que sim. Foi direto ao mestre dos arquivos para expor seu caso. Os livros eram seus, explicou, e não propriedade da biblioteca. Sempre ficou claro que a expertise dos bibliotecários não merecia o termo *acadêmica.* Como tal, como eles podiam, agora, ser requisitados? Era contraditório e injusto.

— *Injusto?* Você deveria estar orgulhoso, jovem — Villiers, o mestre, disse a ele. — Thyon Nero se interessou pelo seu trabalho. É um grande dia para você.

Um grande dia, certamente. Por sete anos, Lazlo tinha sido "Estranho, o sonhador", e seus livros eram "rabiscos" e "tolices". Agora, de uma hora para outra, eles eram sua "obra", validada e roubada de uma só vez.

— Por favor — ele implorou, com urgência e em voz baixa. — Por favor, não dê meus livros a ele.

E... eles não deram.

Fizeram com que *ele* os desse.

— Você está se desgraçando — Villiers soltou. — E não vou permitir que você desgrace a biblioteca também. Ele é o afilhado dourado, não um ladrão de estantes. Ele os devolverá quando tiver terminado. Agora vá.

Então Lazlo não teve escolha. Colocou-os em uma caixa em cima de um carrinho de mão e os empurrou para fora da biblioteca, pelos portões da frente e pela estrada que espiralava em volta da Cordilheira Zosimos. Ele fez uma pausa para olhar a paisagem. O Eder brilhava ao sol, como o vívido castanho dos olhos de uma garota bonita. O Novo Palácio ficava do outro lado, tão fantástico quanto um cenário de uma peça de teatro. Pássaros voavam em círculos sobre os barcos de pesca, e uma longa flâmula dourada tremulava na cúpula do palácio rosa-claro de Nero. Lazlo caminhou devagar até lá. Tocou o sino com profunda relutância. Lembrou-se de quando tocou outro sino quatro anos antes, com *Milagres para o café da manhã* nas mãos. Ele não o vira novamente. Será que seria diferente com esses livros?

Um mordomo atendeu e pediu a Lazlo para deixar a caixa, mas ele se recusou.

— Preciso ver Lorde Nero — anunciou. E quando Thyon finalmente se apresentou, Lazlo perguntou apenas: — Por quê?

— Por quê? — O alquimista estava de camisa, sem sua gravata vermelha. A espada estava presa ao corpo e sua mão descansava casualmente na empunhadura. — Eu sempre quis perguntar isso a *você*.

— Para *mim?*

— Sim. Por que, Estranho? Por que você o deu a mim? *Ele*. O segredo, e tudo o que se seguiu dele, sendo que você poderia tê-lo guardado e ter se tornado alguém.

A verdade é que — e nada conseguiria persuadir Nero a acreditar nisso — nunca havia ocorrido a Lazlo tirar vantagem disso. Nas tumbas, aquele dia, havia ficado muito claro para ele: aquela era uma história de rainhas gananciosas e pais malvados, e guerra no horizonte, não era a *sua* história. Era a história de Thyon. Guardar para si... seria como roubar. Era simples assim.

— Eu *sou* alguém — respondeu o bibliotecário. E apontou para a caixa. — *Isso* é o que sou. — E então, com intensidade, pediu: — Não os tire de mim. *Por favor*.

Houve um momento, muito breve, em que a indiferença deixou o rosto de Thyon, e Lazlo viu algo de humano nele. Arrependimento, talvez. Então desapareceu.

— Lembre-se de sua promessa — ele advertiu, e fechou a porta na cara de Lazlo.

Lazlo voltou para seu quarto tarde aquela noite, tendo se arrastado para o jantar a fim de evitá-lo. Ao chegar à porta, pegou a glave do gancho, hesitou, então pendurou-a de volta. Com uma respiração profunda, entrou. Ele esperava que a escuridão atenuasse a perda, mas a luz da lua era suficiente para banhar o peitoril da janela com um brilho suave. O vazio era total. O quarto parecia oco e morto, como um corpo com os corações retirados. Respirar não era fácil. Ele se deixou cair na beirada da cama.

— São apenas livros — disse a si mesmo. Apenas papel e tinta.

Papel, tinta e anos.

Papel, tinta, anos e seu sonho.

Ele balançou a cabeça. O sonho estava em sua mente e em sua alma. Thyon podia roubar seus livros, mas não podia lhe roubar isso.

Tentou se convencer disso naquela primeira e longa noite privado de seus livros, e teve dificuldade de dormir por se perguntar onde estariam e o que Nero havia feito com eles. Ele podia tê-los queimado, ou os colocado em um porão bolorento. Ele podia estar agora mesmo rasgando-os página por página, dobrando-as em forma de pássaros e lançando-os de sua janela, um a um.

Quando finalmente dormiu, Lazlo sonhou que seus livros estavam enterrados debaixo da terra, e que a grama que crescia deles sussurrava "Lamento, Lamento" quando o vento soprava, e todos os que ouviam sentiam as lágrimas arder em seus olhos.

Lazlo nunca considerou que Thyon pudesse estar *lendo* seus livros. Que, em um quarto tão opulento, com seus pés para cima em um banquinho acolchoado e uma glave de cada lado, ele os estaria lendo noite adentro enquanto servos lhe levavam chá e jantar e, depois, chá novamente. Certamente, Lazlo nunca o imaginou tomando notas, com uma pena de cisne e tinta de polvo de um tinteiro incrustado de lys, que tinha, na realidade, vindo de Lamento cerca de quinhentos anos atrás. Que seu belo rosto não teria zombaria ou malícia, mas sim estaria atento, vivo e *fascinado*.

O que era muito pior.

Porque se Lazlo pensava que um sonho não podia ser roubado, ele subestimava Thyon Nero.

7

SONHO IMPOSSÍVEL

Sem seus livros, Lazlo sentia que uma ligação vital com seu sonho tinha sido cortada. A Cidade Perdida nunca havia parecido tão distante, ou tão inalcançável. Era como se uma névoa houvesse se erguido, forçando-o a confrontar uma verdade desconfortável.

Seus livros não eram seu sonho. Além disso, havia enfiado o sonho nas páginas como um marcador de livros e estivera contente de deixá-lo lá por bastante tempo. O fato era: nada que pudesse fazer ou ler ou encontrar dentro da Grande Biblioteca de Zosma o aproximaria de Lamento. Apenas uma viagem faria isso.

Mais fácil falar do que fazer, é claro. Era muito longe. Ele poderia encontrar um jeito de alcançar Alkonost, o cruzamento entre o continente e o entreposto ocidental do Elmuthaleth. Embora não tivesse qualificações que o recomendassem, havia pelo menos uma chance de que pudesse ser contratado por um comboio de mercadores e trabalhasse para chegar até lá. Depois disso, entretanto, ele estaria sozinho. Nenhum guia atravessaria o deserto com um faranji. Nem sequer lhes venderiam camelos para que pudessem tentar sozinhos — o que, de qualquer forma, seria suicídio.

E mesmo supondo que conseguisse cruzar o deserto, ainda haveria a Cúspide para enfrentar: a montanha de vidro branco que, segundo as lendas, era a pira funerária de demônios. Havia apenas um caminho para atravessá-la: pelos portões do Forte Misrach, onde os faranji eram executados como espiões.

Se a cidade estivesse morta, ele poderia atravessar para explorar suas ruínas. A ideia era infindavelmente triste. Ele não queria encontrar ruínas, mas uma cidade cheia de vida e cor, como a das histórias. Mas se a cidade estivesse viva, então podia esperar ser estripado e esquartejado e servido em pedaços às aves de rapina.

Não era difícil ver por que ele havia guardado o sonho nos livros, por segurança. Mas agora era tudo o que lhe restava, e era preciso dar uma bela olhada nele. Não era encorajador. Para qualquer lado que olhasse, tudo o que via era: impossível. Se o sonho escolhe o sonhador, então o dele havia escolhido mal. O sonho precisava de alguém muito mais ousado. Precisava do trovão e da avalanche, do grito de guerra e do redemoinho. Precisava de *fogo*.

Foram um ponto baixo as semanas depois que Thyon Nero levou seus livros. Os dias se arrastaram. As paredes se fecharam. Ele sonhou com desertos e grandes cidades vazias e imaginou que podia sentir os minutos e as horas de sua vida passando, como se ele não fosse nada além de uma ampulheta de carne e osso. Ele se viu olhando para as janelas, melancólico, ansiando por aquele horizonte distante e inatingível.

E foi assim que viu o pássaro.

Lazlo estava em cima de uma das escadas do Pavilhão do Pensamento, tirando livros para um filósofo impaciente que andava de um lado para o outro lá embaixo.

— Não tenho o dia inteiro — o homem gritou.

Eu tenho, pensou Lazlo, empurrando a escada para rolar nos trilhos. Ele estava na fileira de cima de estantes muito altas, ao longo da parede norte, onde a montanha em formato de nadadeira de tubarão despencava em um despenhadeiro íngreme até a cidade. Havia janelas estreitas entre cada seção de estantes, e ele tinha vislumbres do céu de verão à medida que passava deslizando por elas. Estante, janela, estante, janela. E lá estava ele: um pássaro, pairando em uma corrente de ar, como os pássaros gostavam de fazer desse lado da montanha, parado no lugar como uma pipa. Mas ele nunca tinha visto um pássaro como esse. Ele parou a escada para observá-lo, e alguma coisa ficou bem quieta no seu íntimo. O animal era de um branco puro, uma ave de rapina de bico curvo, e era imenso, maior do que as águias caçadoras que vira com os nômades que passavam pelo mercado. Suas asas eram como as velas de uma pequena embarcação, cada pena tão larga quanto um cutelo. Mas não foram apenas a cor ou o tamanho que chamaram sua atenção. Havia algo naquele pássaro. Algum truque de luz? Seus contornos... não eram definidos, pareciam derreter contra o céu azul, como açúcar se dissolvendo no chá.

Como a imagem difusa de um fantasma visto através do véu do mundo.

— O que você está fazendo aí em cima? — gritou o filósofo. Lazlo o ignorou. Ele inclinou-se para frente para espiar através do clarão do vidro. O pássaro fez uma pirueta em torno de uma das grandes asas e lançou-se em uma lenta e graciosa espiral. Ele o observou mergulhar e elevar-se para lançar sua sombra sobre a estrada abaixo, e sobre o teto de uma carruagem.

A carruagem real. A testa de Lazlo bateu na janela com sua surpresa. Havia uma procissão chegando pela estrada longa e sinuosa: não apenas a carruagem, mas fileiras de soldados montados na frente e atrás, o sol refletindo em suas armaduras. Ele espremeu os olhos. Uma tropa de soldados se diferenciava das outras, mas ele estava longe demais para ver com clareza. A armadura não brilhava. A montaria movia-se com uma andadura estranha. A estrada se curvava em torno da face sul da montanha, e logo toda a procissão havia desaparecido de sua vista. A imensa águia branca planou atrás dela e, então...

Talvez Lazlo tivesse desviado o olhar. Talvez tivesse piscado. Ele achava que não, mas de uma hora para outra o pássaro não estava mais lá. Estava e, então, não estava mais, e mesmo que ele *tivesse* piscado, não poderia ter desaparecido de sua visão tão rapidamente. Não havia onde se esconder ali perto. O rufar de tambor do sangue e do espírito de Lazlo aumentou. O pássaro havia desaparecido.

— Você aí! — O filósofo estava ficando irritado.

Lazlo olhou para baixo.

— A rainha vem nos visitar hoje? — ele perguntou.

— O quê? Não.

— Porque a carruagem real está chegando.

Os acadêmicos sentados ali perto ouviram e olharam para cima. A notícia espalhou-se em murmúrios. As visitas reais eram raras e, geralmente, anunciadas com antecedência. Logo os acadêmicos estavam se levantando das mesas e deixando seus materiais para trás a fim de se reunirem no pátio de entrada. Lazlo desceu da escada e os acompanhou, sem nem mesmo ouvir seu nome ser chamado pelo bibliotecário do balcão de informações.

— Estranho, onde você está indo? *Estranho.*

O pássaro havia desaparecido. Era magia. Lazlo sabia, como soubera antes. Seja lá o que tivesse acontecido com o verdadeiro nome da cidade, a magia era a responsável. Ele nunca duvidara disso, mas temia que nunca visse prova de que ela existia. Ele tinha um trio de medos que habitavam suas entranhas como dentes engolidos, e quando estava quieto demais com os próprios pensamentos, eles o mordiam por dentro. Este era o primeiro: que ele nunca encontraria provas de que a magia existe.

O segundo: que ele nunca descobriria o que aconteceu em Lamento.

O terceiro: que ele sempre seria tão sozinho quanto era agora.

Por toda sua vida, o tempo passara da única forma que ele soubera que o tempo passava: lento e sem pressa, como as areias escorrendo por uma ampulheta, de grão em grão. E se a ampulheta era real, então na parte de baixo e o gargalo — o passado e o presente —, as areias da vida de Lazlo seriam tão cinza quanto suas vestes, tão cinza quanto seus olhos, mas o topo — o futuro — guardava uma brilhante tempestade de cor: anil e canela, branco reluzente e amarelo-dourado, e o rosa-claro do sangue dos svytagors. Era o que ele esperava, o que sonhava: que, no curso do tempo, de grão em grão, o cinza desse lugar ao sonho e as areias de sua vida se acendessem.

Agora o pássaro. A presença da magia. E algo além do alcance de sua compreensão. Uma afinidade, uma ressonância. Ele sentia como... como um virar de páginas, e uma história apenas começando. Havia uma luz fraca de familiaridade nisso, como se ele conhecesse a história, mas tivesse esquecido. E, naquele momento, por nenhum motivo que ele pudesse colocar em palavras, a ampulheta se *estilhaçou*. Era uma vez aquele cinza frio dos dias, a espera diligente pelo futuro. O sonho de Lazlo havia se derramado no ar, a cor e a tempestade dele não eram mais um futuro a ser alcançado, mas um ciclone, aqui e agora. Ele não sabia *o que*, mas tão certo quanto alguém sente o corte dos cacos de vidro quando uma ampulheta cai de uma prateleira e se quebra, ele sabia que alguma coisa estava acontecendo.

Agora.

8

TIZERKANE

Soldados e carruagem entraram em um tropel pelos portões. O séquito real era sempre um espetáculo deslumbrante, mas não foi isso que parou os pés de Lazlo tão abruptamente, como se sua alma tivesse voado na frente do corpo e o abandonado. Ela não fez isso, claramente, embora talvez tenha se inclinado para frente, como um pescoço estendido. Uma *alma* estendida.

Uma maravilha tão viva e absoluta que ele nunca havia experimentado na vida.

Guerreiros. Aquela era a única palavra para os homens que cavalgavam atrás da rainha. Eles não eram de Zosma. Mesmo em guerra, os soldados da coroa dificilmente mereciam o termo, que pertencia às antigas batalhas e gritos de horror. Pertencia a homens como esses, de elmos com presas e placas de bronze no peito, com machados amarrados às costas. Eles *se erguiam.* Sua montaria era alta, fora do comum. Não eram cavalos, eram criaturas que ele nunca vira antes, ágeis, grandiosas e complicadas. Os longos pescoços dobravam-se como os de garças; as pernas eram finas e tinham muitas articulações; os focinhos pareciam de veados, com grandes olhos pretos e orelhas como feixes de plumas brancas. E, além disso, tinham chifres: grandes e ramificados, com um brilho parecido com o reflexo de prismas de ouro aquecido. Lys.

Os chifres eram de spectralys porque as criaturas eram espectrais. Entre todas as pessoas ali reunidas e que estavam chegando, apenas Lazlo reconheceu os veados brancos da Cidade Perdida, e só ele sabia quem eram aqueles guerreiros.

— *Tizerkane* — sussurrou.

Tizerkane. Vivos. As implicações eram profundas. Se estavam vivos, então a cidade também estava. Nenhum rumor em duzentos anos e, agora, guerreiros Tizerkane cavalgavam pelos portões da Grande Biblioteca. Na total improbabilidade do momento, pareceu a Lazlo que seu sonho havia cansado de esperar e simplesmente... havia vindo buscá-lo.

Havia um bom número de guerreiros. As presas em seus elmos eram os dentes de ravides, e as gaiolas em seus cintos carregavam escorpiões, e eles não eram todos homens. Um olhar mais atento revelava que as placas peitorais de bronze eram esculpidas em relevo, e enquanto metade tinha peitorais quadrados com mamilos pequenos, a outra metade tinha seios, o metal gravado ao redor do umbigo com a tatuagem *elilith* dada a todas as mulheres da Cidade Perdida quando atingiam a fertilidade. Mas isso passou despercebido no primeiro momento emocionante de sua chegada.

Toda a atenção foi capturada pelo homem que cavalgava à frente.

Diferentemente dos outros, ele não usava elmo nem armadura — mais humano por não estar escondido, mas não menos impressionante por isso. Ele não era nem jovem nem velho, com seus cabelos negros selvagens começando a ficar grisalhos na fronte. O rosto era quadrado, pardo e queimado de sol, seus olhos pedaços de azeviche dispostos em um olhar sorridente. Havia uma vitalidade impressionante nele, como se respirasse todo o ar do mundo e só deixasse o suficiente para os outros por pura benevolência. Ele era forte, com o peito duas vezes maior do que o de um homem normal, os ombros duas vezes mais largos. Grandes faixas douradas prendiam suas mangas na depressão entre o bíceps e o deltoide, e seu pescoço era escuro com tatuagens obscuras. Em vez de uma placa no peito, ele usava um colete de pele amarelada, e um cinturão largo e surrado no qual se penduravam duas espadas. *Hreshtek*, pensou Lazlo, e suas mãos se fecharam em torno das empunhaduras fantasma de suas espadas de galho de macieira. Ele sentia a textura delas, seu peso e equilíbrio precisos enquanto as girava acima da cabeça. As memórias o inundavam. Já fazia quinze anos, mas podiam ser quinze *minutos* desde que sua centena de inimigos fugira no gelo.

Há muito tempo, quando ele ainda era selvagem. Quando era poderoso.

Ele procurou no céu, mas não viu sinal do pássaro fantasma. O jardim estava em um silêncio sepulcral, exceto pela respiração dos cavalos. Os espectrais não faziam barulho, movendo-se com a graça de dançarinos. Um soldado abriu a porta da carruagem e, quando a rainha apareceu, Mestre Ellemire, chefe da Guilda dos Acadêmicos e diretor da Grande Biblioteca, tomou sua mão e a ajudou a descer. Ele era um homem alto e elegante, com uma voz grave como trovão, mas ficou pálido diante dos recém-chegados, sem palavras. E então, da direção do Chrysopoesium, veio o som de botas. O passo longo e confiante.

Uma onda de cabeças virou-se em direção ao som. Lazlo não precisava olhar. Tudo se encaixava. A requisição de seus livros de repente fez sentido, e ele entendeu que Thyon não os tinha queimado nem jogado as páginas pela janela como pássaros. Ele devia saber dessa visita extraordinária. Teria lido sobre eles e se preparado. É claro.

Ele apareceu, andando vivamente. Fez uma pausa para beijar a mão de sua madrinha, e curvou-se brevemente diante de Mestre Ellemire antes de se virar para os Tizerkane como se *ele* fosse o representante da biblioteca e não o homem mais velho.

— *Azer meret*, Eril-Fane — disse ele, com a voz limpa e forte. — *Onora enet, en shamir.*

Prazer em conhecê-lo, Eril-Fane. Sua presença é uma honra. Lazlo ouviu, apesar da distância. Era a saudação tradicional aos convidados na língua perdida. Aprendida, palavra por palavra, em seus livros.

Havia levado anos para ele desenvolver um dicionário funcional da língua e mais para desvendar a pronúncia provável de seu alfabeto. *Anos.* E Thyon chegou e falou aquela frase como se estivesse sempre ali, conhecida, tão comum quanto qualquer pedrinha do chão, em vez da gema rara e preciosa que era.

O guerreiro — Eril-Fane, como Thyon o havia chamado — ficou maravilhado de ser cumprimentado em sua própria língua e respondeu calorosamente. *E suas boas-vindas são uma bênção*, foi o que ele disse. Lazlo entendeu. Foram as primeiras palavras que ouviu de um falante nativo, e soava como sempre imaginara: como caligrafia, se a caligrafia fosse escrita com mel.

Embora Lazlo tivesse entendido as palavras, Thyon não entendeu, mas disfarçou bem, fazendo uma cortesia pomposa antes de mudar para a língua comum e dizer:

— Este é um dia do qual são feitos os sonhos. Nunca pensei que veria um guerreiro Tizerkane.

— Vejo que é verdade o que dizem sobre a Grande Biblioteca de Zosma — Eril-Fane respondeu, também na língua comum. Seu sotaque nas sílabas suaves era como pátina no bronze. — Que o vento está a seu serviço, e sopra todo o conhecimento do mundo à sua porta.

Thyon riu, bem à vontade.

— Se fosse assim tão simples. Não, é bem mais trabalhoso do que isso, mas se é passível de conhecimento, ouso dizer que é conhecido aqui, e se possuir metade do fascínio da história de vocês, então também merece a reputação.

Eril-Fane desmontou e outra guerreira fez o mesmo: uma mulher alta que ficou parada como se fosse sua sombra. O restante permaneceu montado, e seus rostos não eram impassíveis como os das fileiras de soldados de Zosma. Eles eram tão vívidos, cada um, quanto o de seu general — de interesse aguçado e animados. Era uma diferença marcante. Os guardas de Zosma eram como estátuas montadas, olhos vazios e fixados no nada. Eles podiam ter sido forjados em vez de nascidos. Mas os Tizerkane devolviam o olhar aos acadêmicos que os observavam, e os rostos emoldurados pelas presas de ravide, embora ferozes, também estavam fascinados. Ávidos, até mesmo esperançosos e, acima de tudo, *humanos*. Era intenso. Era maravilhoso.

— Esta não é a primeira parada na nossa jornada — explicou Eril-Fane, sua voz como uma música rouca —, mas é a primeira vez que somos recebidos com palavras familiares. Eu vim em busca de estudiosos, mas não imaginei que nós mesmos fôssemos um assunto de interesse acadêmico.

— Como poderia duvidar disso, senhor? — disse Thyon, com ar de sinceridade. — Sua cidade tem sido meu fascínio desde que tenho cinco anos, brincando de Tizerkane no pomar, e senti seu nome... arrancado da minha mente.

Às vezes, um momento é tão marcante que corta um espaço no tempo e fica girando ali, enquanto o mundo se apressa ao seu redor. Esse foi um momento assim. Lazlo ficou parado, atordoado, um zumbido bramindo em seus ouvidos. Sem seus livros, seu quarto parecia um corpo com os corações arrancados. Agora, seu *corpo* parecia um corpo com os corações arrancados.

E havia mais. A rainha e o Mestre Ellemire juntaram-se à conversa. Lazlo ouviu tudo: a preocupação e o interesse antigo que tinham com a distante cidade lendária e seus mistérios, e com que entusiasmo receberam a notícia dessa visita. Todos foram convincentes. Ninguém que os ouvisse suspeitaria que eles jamais pensaram em Lamento até poucas semanas atrás. Sem dúvida os acadêmicos ali reunidos estavam se perguntando como poderiam ignorar um interesse tão profundo e antigo por parte do mestre da guilda e da monarca — o que dava para notar pelo mais observador entre eles, com uma nova tiara caríssima de lys no alto de seus cachos grisalhos.

— Então, senhor — disse o Mestre Ellemire, talvez tentando tirar a autoridade de Thyon —, quais são as notícias de Lamento?

Um passo em falso. O guerreiro foi estoico, mas não pôde esconder inteiramente seu recuo, como se o nome lhe causasse dor física.

— Eu nunca a chamo assim — interrompeu Thyon, suavemente, como uma confissão. — Me dá um gosto amargo na língua. Penso nela como Cidade Perdida.

Foi outra facada nos corações de Lazlo, e rendeu a Thyon um olhar de consideração de Eril-Fane.

— Nós tampouco usamos esse nome — ele disse.

— Então, como a chamam? — perguntou a rainha, ranzinza.

— Chamamos de *nossa casa*, Vossa Majestade.

— E vocês estão muito distantes dela — observou Thyon, chegando ao ponto.

— Vocês devem estar se perguntando o porquê.

— Confesso que estou, e muito mais além disso. Eu os recebo na nossa grande cidade de conhecimento e espero que possamos ser úteis.

— Assim como eu — disse o guerreiro —, mais do que você possa imaginar.

Eles entraram na biblioteca, e Lazlo pôde apenas vê-los partir. Havia uma sensação em seus dois corações, contudo, como a de atiçar brasas. *Havia* fogo nele. Não estava abafado, apenas coberto, mas queimaria como as asas do serafim antes que isso terminasse.

9

UMA OPORTUNIDADE RARA

A notícia espalhou-se rápido: o visitante queria falar com os acadêmicos.

— O que será que ele quer? — perguntaram-se, entrando no Teatro Real. O comparecimento foi voluntário, e unânime. Se a visão dos guerreiros não fora suficiente para cutucar sua curiosidade, havia o rumor de uma "oportunidade rara". Eles conversavam enquanto tomavam seus lugares.

— Dizem que ele trouxe uma arca de pedras preciosas do tamanho de um baú de dote.

— E você viu a tiara? É *lys*...

— Você viu as *criaturas?* Um par de chifres podia salvar um reino.

— Apenas tente chegar perto de um.

— Os guerreiros!

— Alguns são *mulheres.*

— Entre todas as loucuras indecentes!

Mas, na maioria dos casos, questionavam-se acerca do homem.

— Dizem que ele é uma espécie de herói — Lazlo ouviu. — O libertador de Lamento.

— Libertador? De quem?

— De quem ou *de quê*? — foi a resposta cifrada.

— Eu não sei, mas ele é chamado de *Matador de Deuses.*

Tudo mais na mente de Lazlo deu um passo para abrir espaço para essa nova informação. *O Matador de Deuses.* Ele admirou-se. O que o guerreiro tinha *matado* que atendia pelo nome de *deus?* Por quinze anos, os mistérios de Lamento nunca estiveram distantes de seus pensamentos. Por sete anos, vasculhou a biblioteca por pistas do que havia acontecido lá. E, agora, aqui estavam os Tizerkane, e as respostas que ele procurava debaixo desse mesmo teto, e novas perguntas também. *O que eles estavam fazendo aqui?* Apesar da traição de Nero, um deslumbramento crescia em si. *Uma oportunidade rara.* Podia ser o que ele esperava? E se fosse? Em toda sua fantasia — e em todo seu desespero — nunca previra *isso*: que seu sonho impossível pudesse simplesmente... chegar cavalgando pelos portões.

Ele não se sentou em meio ao mar de vestes escarlates, mas ficou em pé no fundo do teatro, nas sombras. Os acadêmicos haviam sido convocados, não os bibliotecários, e ele não queria arriscar que o mandassem embora.

Eril-Fane subiu ao palco. Um silêncio se fez rapidamente. Muitos dos acadêmicos estavam vendo-o pela primeira vez, e podia-se quase sentir o ceticismo deles cuidadosamente cultivado, sendo derrotado.

Se havia deuses a serem mortos, esse era o homem para o trabalho.

A pulsação de Lazlo palpitou em todo corpo à medida que o Matador de Deuses começou a falar.

— Faz dois séculos que minha cidade perdeu o mundo — disse o guerreiro —, e ficou perdida para ele. Algum dia a história será contada, mas não hoje. Hoje é suficiente dizer que passamos por um longo período sombrio e saímos dele vivos e fortes. Nossas dificuldades agora ficaram para trás. Todas menos uma. — Ele pausou. Uma melancolia escureceu sua voz e seu rosto, os mistérios de Lamento, escritos no rosto de seu próprio herói. — A... sombra de nosso tempo de escuridão ainda nos assombra. Ela não representa perigo. Isso eu posso dizer. Não há nada a temer. Garanto a vocês. — Ele fez uma pausa, e Lazlo inclinou-se para a frente, mal respirando. *Por que* ele estava garantindo? O que importava o medo deles? *Será que ele queria dizer...?*

— Vocês devem saber — ele continuou — que minha cidade foi sempre proibida aos faranji. "Forasteiros", como nós chamaríamos vocês. — Ele sorriu um pouco e acrescentou: — Carinhosamente. É claro. — E um riso baixo espalhou-se pela plateia.

— Vocês também devem ter ouvido que os faranji que insistiram em tentar sua sorte foram executados, todos eles.

O riso cessou.

— Sou grato à sua rainha por nos dar uma recepção amigável aqui.

Riso novamente, ainda que hesitante. Era seu jeito — o calor dele, como vapor se levantando do chá. Alguém olhava para ele e pensava, *eis um grande homem, e também um homem bom,* embora poucos homens raramente sejam ambas as coisas.

— Ninguém nascido desse lado do Elmuthaleth jamais viu o que está além dele. Mas isso está prestes a mudar. — Um zumbido encheu os ouvidos de Lazlo, mas ele não perdeu uma palavra. — Vim convidá-los para visitar minha cidade, como meus convidados pessoais. Esse último... problema que resta, não fomos capazes de resolver sozinhos. Nossa biblioteca e universidade foram destruídas duzentos anos atrás. Literalmente *destruídas*, vocês entendem, e nossos sábios junto a elas. Então não temos o conhecimento nem a expertise de que precisamos. Matemática, engenharia, metalurgia. — Um gesto vago com os dedos indicava que ele falava em termos amplos. — Viemos de longe para reunir uma delegação de homens e mulheres... — e, quando disse isso, seus olhos avaliaram a multidão, como se para confirmar o que ele já havia observado: que não havia mulheres entre os acadêmicos de Zosma. Um sulco formou-se em sua testa, mas ele continuou: — que possam fornecer o que nos falta, e ajudar-nos a colocar o último espectro do passado em seu devido lugar.

Ele observou a multidão, deixando seus olhos pausarem nos rostos. E Lazlo, que estava acostumado à quase invisibilidade que sua insignificância lhe conferia, ficou sacudido ao sentir o peso daquele olhar sobre si. Por um segundo ou dois ele permaneceu ali: uma chama de conexão, a sensação de ser visto e escolhido.

— E se essa chance, por si só — Eril-Fane continuou —, não os tentar a interromper sua vida e trabalho, por, ao menos, um ano, mais provavelmente dois, tenham certeza de que serão bem recompensados. Além disso, para aquele que *resolver* o problema — sua voz era rica de promessa — a recompensa será grandiosa.

Com isso, quase todos os acadêmicos de Zosma estavam prontos para aprontarem seus baús e partir para Elmuthaleth. Mas aquilo não seria assim. Não era um convite aberto, o Matador de Deuses continuou dizendo. Ele mesmo selecionaria os delegados baseados em suas qualificações.

Suas qualificações.

As palavras esmagaram Lazlo como uma mudança súbita na gravidade. Ele não precisava ser informado de que "sonhador" não era uma qualificação. Não era o suficiente desejar mais do que qualquer um. O Matador de Deuses não tinha vindo para o outro lado do mundo a fim de realizar o sonho de um bibliotecário júnior. Ele vinha em busca de conhecimento e expertise, e Lazlo sabia que aquilo não significava um "especialista" faranji da Cidade Perdida. Matemática, engenharia, metalurgia, ele havia dito. Ele vinha em busca de conhecimento prático.

Ele vinha por homens como Thyon Nero.

10

NENHUMA HISTÓRIA CONTADA AINDA

O Matador de Deuses estava há dois dias entrevistando acadêmicos na Grande Biblioteca de Zosma e, no fim, convidou apenas *três* pessoas para a delegação. Eram eles: um matemático, um filósofo natural e, sem nenhuma surpresa, o alquimista Thyon Nero. A Lazlo não foi nem mesmo concedida uma entrevista. Não foi Eril-Fane que a negou, mas Mestre Ellemire, que estava supervisionando o processo.

— Bem, o que é? — o mestre perguntou, impaciente, quando Lazlo chegou à frente da fila. — Você tem alguma mensagem para alguém?

— O quê? Não — respondeu Lazlo. — Eu gostaria... de uma entrevista. Por favor.

— *Você*, uma entrevista? Tenho certeza de que ele não está recrutando bibliotecários, garoto.

Havia outros acadêmicos em volta, que juntaram-se à zombaria.

— Você não sabe, Ellemire? Estranho não é apenas um bibliotecário. Ele é praticamente um acadêmico. Em *contos de fadas.*

— Sinto muito dizer — o mestre falou a Lazlo, com os olhos carregados de desdém — que Eril-Fane não mencionou nenhuma fada.

— Talvez eles tenham um problema com elfos em Lamento — completou outro. — Você sabe alguma coisa sobre armadilhas para elfos, Estranho?

— Ou dragões. Talvez sejam dragões.

Isso continuou por algum tempo.

— Eu só gostaria de uma chance para falar com ele — Lazlo implorou, sem sucesso. Mestre Ellemire não "desperdiçaria o tempo do convidado" enviando alguém "evidentemente desqualificado", e Lazlo não conseguiu encontrar argumentos em sua defesa. Ele *era* desqualificado. O fato era que, se *conseguisse* ver o Matador de Deuses, nem sabia o que iria dizer. O que ele *poderia* dizer para se recomendar? *Eu conheço um monte de histórias?*

Foi a primeira vez que sentiu, por si mesmo, um pouco do desprezo que os outros sentiam por ele.

Quem já havia gastado tanta energia em um sonho apenas para ficar impotente quando ele era concedido aos outros? Outros, além disso, que não tinham gastado nenhuma energia nisso. Seu sonho impossível tinha, contra todas as probabilidades, cruzado desertos e montanhas para chegar a Zosma e fazer um convite sem precedentes.

Mas não a ele.

— Eu lhe devo um agradecimento, Estranho — disse Thyon Nero, mais tarde, depois que tudo estava decidido e os Tizerkane estavam se preparando para partir.

Lazlo conseguiu apenas fitá-lo, indiferente. Um agradecimento por quê? Por ajudá-lo quando ele estava desesperado e sozinho? Por entregar-lhe o segredo de sua fama e fortuna? Por salvar o tesouro real e permitir a Zosma pagar seu exército e evitar a guerra?

Não. Nada disso.

— Seus livros são bastante informativos — ele disse. — É claro, imagino que os verdadeiros acadêmicos terão um interesse por Lamento agora, e registros amadores não serão necessários. Ainda assim, não é um trabalho ruim. Você deveria estar orgulhoso.

Orgulhoso. Lazlo lembrou-se daquele obrigado solitário de quando eles eram meninos, e não podia acreditar que tivesse sido sincero.

— O que você está fazendo aqui? — indagou. — Não deveria estar lá com os escolhidos?

Os Tizerkane estavam montados, espectrais brilhando em branco e lys, os guerreiros com seus rostos bronze, bravios e vivos. Eril-Fane despedia-se da rainha, e o matemático e o filósofo natural também estavam com eles. Os acadêmicos escolhidos não iam partir com os Tizerkane hoje. Eles os encontrariam dentro de quatro meses no caravançará, em Alkonost, onde a delegação completa iria se reunir para atravessar o Elmuthaleth. Levaria tempo para que concluíssem os trabalhos e se preparassem para a viagem. Nenhum deles era aventureiro, pelo menos, ainda não. Enquanto isso, os Tizerkane continuariam suas viagens, buscando mais delegados nos reinos de Syriza, Thanagost e Maialen. Ainda assim, Lazlo não sabia o que Thyon estava fazendo misturado aos não escolhidos. Além de se vangloriar.

— Oh, estou indo — afirmou Nero. — Só queria que você soubesse que seus livros foram de grande ajuda. Eril-Fane ficou muito impressionado com o meu conhecimento da cidade. Você sabe, ele disse que eu era o primeiro forasteiro que conheceu que sabia alguma coisa a respeito dela. Isso não é ótimo?

Ótimo não foi a palavra que veio à mente de Lazlo.

— De qualquer forma — continuou Thyon —, eu não queria que você achasse que fez todo aquele trabalho por nada.

E Lazlo não era uma criatura de raiva ou inveja, mas sentiu a queimadura de ambas — como se suas veias fossem pavios e elas estivessem ardendo através dele, deixando caminhos de cinzas à sua passagem.

— Por que você quer ir? — ele perguntou, amargo. — Não significa nada para você.

Thyon deu de ombros. Tudo nele era perfeito: suas roupas passadas e barbear perfeito, sua voz cavalheiresca e expressão jovial.

— Histórias serão contadas sobre mim, Estranho. Você devia saber disso. Precisa haver aventura nelas, não acha? Seria uma lenda chata se acontecesse em um laboratório.

Uma lenda? A história do afilhado dourado, que destilou o azoth e salvou reinos. Tudo girava em torno *dele*, e não de Lamento. Ele deu um tapa nas costas de Lazlo.

— É melhor eu ir me despedir. E não se preocupe, Estranho. Você terá seus livros de volta.

Isso não era um conforto. Por anos, os livros de Lazlo representaram seu sonho. Agora, representariam o fim dele.

— Não fique tão carrancudo — pediu Thyon. — Um dia eu voltarei para casa e, quando voltar, prometo — ele colocou uma mão sobre os corações —, vou lhe contar tudo sobre os mistérios de Lamento.

Entorpecidamente, Lazlo observou-o se afastar. Não era justo. Embora soubesse que esse era um pensamento infantil, quem sabia melhor do que ele que a vida não era justa? Ele aprendera essa lição antes que soubesse andar, antes que pudesse falar. Mas como ele podia aceitar *isso*? Como podia continuar a partir disso, sabendo que sua chance havia chegado e partido, e que ele não tivera nem mesmo a permissão para tentar? Ele imaginou dar um passo à frente naquele instante, naquele lugar, na frente de todo mundo, e apelar diretamente a Eril-Fane. O pensamento fez seu rosto queimar e sua voz secar, e ele podia muito bem ter se transformado em pedra.

Mestre Hyrrokkin encontrou-o ali e pousou uma mão consoladora sobre seu braço.

— Sei que é difícil, Estranho, mas vai passar. Alguns homens nasceram para coisas grandiosas e, outros, para *ajudar* grandes homens a fazer coisas grandiosas. Não há vergonha nisso.

Lazlo podia ter dado risada. O que Mestre Hyrrokkin diria se soubesse da ajuda que Lazlo já havia dado ao afilhado dourado? O que todos diriam, aqueles acadêmicos que zombaram dele, se soubessem que um conto de fadas tinha a chave para o azoth? Quando Lazlo foi até Thyon com seus "milagres para o café da manhã", era tão claramente a história de Thyon que ele nem havia considerado guardá-la para si. Mas... essa era a *sua* história.

Ele era Estranho, o sonhador, e esse era o seu sonho.

— *Quero* ajudar um grande homem a fazer coisas grandiosas — respondeu ao bibliotecário. — Quero ajudar Eril-Fane. Quero ajudar a Cidade Perdida.

— Meu garoto — disse o Mestre Hyrrokkin com uma tristeza profunda —, como você poderia ajudar?

E Lazlo não sabia como, mas sabia uma coisa. Ele não poderia ajudar se ficasse ali. Observou Eril-Fane se despedir de Thyon. A cena deslumbrava. Realeza, guerreiros e animais espetaculares. Eril-Fane colocou o pé no estribo e montou. Thyon ficou ao lado dele, uma parte perfeita de um quadro perfeito. Algumas pessoas nasciam para habitar essas cenas. Era nisso que Mestre Hyrrokkin acreditava, e o que sempre ensinaram a Lazlo. E outros nasciam para... o quê? Para ficar em pé no meio da multidão e não fazer nada, não tentar nada, não dizer nada, e aceitar cada *nada* amargo como seu dever?

Não. Apenas... *não.*

— Espere! Por favor.

As palavras haviam saído *dele*. Ali, na frente de todos. Seus batimentos cardíacos eram ensurdecedores. Sua cabeça parecia embrulhada em um trovão. Os acadêmicos esticaram o pescoço para ver entre eles quem havia falado, e ficaram espantados — até pasmos — ao verem o bibliotecário júnior de fala mansa e olhos sonhadores abrir caminho em meio à multidão. Ele também estava espantado, e deu um passo à frente com uma sensação de irrealidade. Eril-Fane o havia escutado e olhava para trás, curioso. Lazlo não sabia onde estavam seus pés e suas pernas. Era como se estivesse flutuando, mas supôs que era mais provável que estivesse andando e não conseguisse senti-los. Essa ousadia ia contra tudo dentro de si, mas era isso, sua última chance: agir agora, ou perder o sonho para sempre. Ele obrigou-se a andar em frente.

— Meu nome é Lazlo Estranho — afirmou, e todos os guerreiros Tizerkane viraram a cabeça como se fossem um só para vê-lo.

Seus rostos vívidos mostravam a surpresa — não porque Lazlo havia gritado, mas porque ele havia gritado na língua perdida e, diferentemente de Thyon, ele não a tratou como uma coisa comum, mas como a pedra preciosa e rara que era. As palavras, nos tons reverentes de sua voz rouca, soaram como um encantamento mágico.

— Posso implorar um minuto do seu tempo? — indagou, ainda na língua deles, e não deve ter parecido enlouquecido, embora estivesse perto disso; ele *sentia-se* enlouquecido, porque Eril-Fane fez seu espectral virar a fim de observá-lo e, meneando a cabeça, sinalizou para que se aproximasse.

— Quem é esse? — Lazlo ouviu a rainha perguntar, sua voz distorcida. — O que ele está dizendo?

Thyon deu um passo à frente, os olhos passando rapidamente entre Lazlo e Eril-Fane.

— Senhor — Thyon disse rapidamente, perdendo sua fachada elegante —, você não precisa se dar ao trabalho. Ele é apenas um bibliotecário.

A testa de Eril-Fane enrugou-se.

— Apenas? — ele perguntou.

Se Thyon tivesse, de fato, lido *As obras completas de Lazlo Estranho,* então deveria saber que em Lamento de antigamente os guardiões dos livros eram os guardiões da sabedoria, e não servos como eram em Zosma. Percebendo que seu desprezo havia errado o alvo, apressou-se em completar:

— Só quero dizer que ele não tem o tipo de conhecimento que está buscando.

— Entendo — disse Eril-Fane, voltando sua atenção a Lazlo. E, então, em sua própria língua, com o que pareceu ser, ao ouvido destreinado de Lazlo, uma enunciação lenta e cuidadosa, indagou: — E o que posso fazer por você, jovem?

O conhecimento de Lazlo da língua falada era tênue, mas ainda assim conseguiu responder, em uma gramática incerta:

— Quero ir com vocês. Por favor, deixe-me servi-los.

A surpresa de Eril-Fane era evidente.

— E por que não me procurou antes?

— Não tive permissão, senhor — respondeu Lazlo.

— Entendo — disse Eril-Fane, mais uma vez, e Lazlo pensou detectar um incômodo em seu tom. — Diga-me, como você aprendeu nossa língua?

Hesitante, Lazlo contou.

— Eu… eu criei uma decodificação com velhos documentos de comércio. Era um ponto de partida. Então li cartas, livros. — O que ele poderia dizer? Como poderia falar sobre as *horas,* centenas de horas, passadas inclinando-se sobre livros de registro, seus olhos nadando à luz fraca de uma glave enquanto sua mente traçava os arabescos e floreios de um alfabeto que parecia música? Como poderia explicar que isso havia preenchido sua mente como nenhuma outra coisa jamais preenchera, como números para um matemático ou ar para uma flauta? Ele não podia. Apenas disse: — Isso me tomou sete anos.

Eril-Fane absorveu tudo, lançando um olhar de soslaio para Thyon Nero, que estava rígido e alarmado, e se ele estava comparando o conhecimento superficial do alquimista com a compreensão profunda de Lazlo, não deixou isso claro.

— E *por que* você a aprendeu? — ele perguntou a Lazlo, que tropeçou na resposta. Ele não tinha certeza exatamente do que disse, mas *tentou* dizer:

— Porque a sua cidade me fascina. Ainda posso sentir o sabor do seu verdadeiro nome, e sei que a magia é real, porque senti isso naquele dia, e tudo o que sempre quis foi ir para lá e descobrir.

— Descobrir a magia? Ou a minha cidade?

— Sua cidade — respondeu Lazlo. — Ambas. Embora a magia... — Ele tateou por palavras, e acabou voltando à língua comum, frustrado. — Temo que a magia seja sombria — explicou —, para ter feito uma coisa como *apagar um nome*. Essa foi minha única experiência dela. Bem — ele acrescentou —, até o pássaro branco.

— O quê? — O Matador de Deuses ficou sério de repente. — Que pássaro branco?

— A... águia fantasma — explicou Lazlo. — Não é sua? Ela chegou com vocês, achei que fosse.

— Ela está aqui? — indagou Eril-Fane, atento. Ele procurou no céu, na linha dos telhados. — Quando você a viu? Onde?

Ela? Lazlo apontou para além do palácio.

— Quando vocês estavam chegando pela estrada — disse ele. — *Ela* parecia estar seguindo. E desapareceu bem na frente dos meus olhos.

— *Por favor*, Estranho — Thyon interrompeu, aflito. — Do que você está falando? Pássaros que desaparecem? — Ele riu, como alguém riria de uma criança com alguma ideia tola, mas soou terrivelmente falso. — Agora realmente devo insistir que você deixe nosso convidado em paz. Afaste-se já e poderá manter seu emprego.

Lazlo o encarou. A mão do alquimista pousou, casualmente, na empunhadura da espada, mas não havia nada casual na maldade que ardia em seu olhar. Não era apenas maldade, mas medo, e Lazlo entendeu duas coisas: que ele *não* manteria seu emprego, não depois de uma insolência como essa, e que também não teria permissão para ir embora, não com o segredo que carregava. Ao se apresentar, ele havia arriscado tudo. De repente, tudo estava claro. Uma coragem incomum e viva tomou conta de si quando se voltou para Eril-Fane.

— Senhor — disse ele —, é verdade que não tenho qualificação em engenharia nem nas ciências. Mas posso ser útil para vocês. Ninguém trabalhará mais intensamente, prometo. Posso ser seu secretário, cuidar de contratos para os delegados, escrever cartas, cuidar da contabilidade. Qualquer coisa. Ou tomarei conta dos espectrais. Carregarei água. O que vocês precisarem. Eu... Eu... — Ele não estava em total posse de si mesmo. As palavras derramavam-se. Sua mente estava acelerada. *Quem sou eu?*, ele se perguntou. *O que tenho a oferecer?* E antes que pudesse retirar suas palavras, ouviu a si mesmo dizer: — Eu posso contar histórias. Conheço um monte de histórias — antes de cair em um silêncio doloroso.

Conheço um monte de histórias.

Ele tinha mesmo acabado de dizer isso? Thyon Nero riu. Eril-Fane, não. Ele trocou um olhar com a segunda-em-comando, a mulher alta e ereta ao seu lado. Lazlo não entendeu. Notou que ela era bonita, de um jeito bem diferente das mulheres de Zosma. Não estava pintada e não sorria. Havia linhas em torno de seus olhos, de boas risadas, e em volta de sua boca, de tristeza. Ela não falou, mas algo se passou entre os dois. Esses segundos foram os mais longos da vida de Lazlo, e os mais pesados de destino. Se eles o deixassem para trás, será que ele duraria um dia? O que Nero faria a ele, e quando?

Então Eril-Fane limpou a garganta.

— Faz muito tempo que não ouvimos novas histórias — disse ele —, e eu poderia mesmo ter um secretário. Junte suas coisas. Você vai conosco agora.

A garganta de Lazlo prendeu sua respiração. Seus joelhos pareciam ter virado água. O que o estivera segurando todo esse tempo? O que quer que fosse, soltou-o, e foi tudo o que ele pôde fazer para não tropeçar. Todos estavam assistindo. Todos estavam ouvindo. O silêncio chocante foi quebrado pelos murmúrios.

— Não tenho nada para pegar — respondeu, quase sem voz. Era verdade, mas mesmo que tivesse um palácio cheio de posses, não poderia ir pegá-las agora, por medo de voltar e descobrir que os Tizerkane haviam ido embora e sua chance, seu sonho — e sua *vida* — ido junto com eles.

— Bem, então suba — disse Eril-Fane, e um espectral foi guiado em sua direção.

Um espectral. Para ele.

— Esta é Lixxa — afirmou o guerreiro, colocando as rédeas na mão de Lazlo, como se ele soubesse o que fazer com elas. Ele nunca havia montado em um cavalo, quanto menos em uma criatura dessas, então ficou lá olhando para as rédeas e o estribo, e os rostos dos Tizerkane olhando-o com curiosidade. Ele estava acostumado a esconder-se atrás de livros ou nas sombras. Era o meio do verão, da manhã, em plena luz do dia. Não havia livros para se esconder atrás, e nenhuma sombra — apenas Lazlo Estranho em suas vestes cinza gastas, com seu nariz que fora quebrado por contos de fadas, parecendo o herói de uma história jamais contada.

Ou, de uma história *ainda* não contada.

Ele montou. Foi desengonçado, e não estava vestido para cavalgar, mas conseguiu passar uma perna por cima, e isso parecia ser o principal. Suas vestes subiram até os joelhos. As pernas eram pálidas, e as solas de seus sapatos estavam muito gastas. Lixxa sabia o que fazer, e seguiu quando os outros passaram pelo portão. Todos os olhos estavam em Lazlo, e todos estavam arregalados, exceto os de Thyon, que estavam espremidos, de fúria.

— Você pode ficar com os livros — Lazlo disse a ele, e deixou-o parado ali. Ele deu uma última olhada para a multidão ali reunida, vestes escarlates e um cinza ocasional, e viu Mestre Hyrrokkin, olhando-o surpreso e orgulhoso. Lazlo fez um gesto de cabeça para o velho, a única pessoa além de Thyon que sabia o que isso significava para ele, e quase chorou.

Estou indo a Lamento, pensou, e podia ter rido disso, mas manteve a compostura, e quando os guerreiros Tizerkane cavalgaram para fora da Grande Biblioteca e fora de Zosma, Estranho, o sonhador, foi junto a eles.

11

DÉCIMA SEGUNDA LUA

Isso foi na sexta lua, verão no norte.

Agora, era a décima segunda lua, e inverno em Zosma, o Eder congelado, e jovens talvez compondo poemas para garotas que conheceram patinando no gelo.

Lazlo Estranho não estava entre eles. Estava cavalgando um espectral na frente de uma longa e ondulante fila de camelos. Atrás deles havia todo o vazio do mundo conhecido: céu monótono acima, chão monótono abaixo, e entre os dois nada além de centenas de quilômetros, exceto o nome *Elmuthaleth* para os lábios ressecados amaldiçoarem.

Os meses de viagem o mudaram. Sua palidez de biblioteca havia queimado e depois bronzeado. Seus músculos haviam se enrijecido e as mãos, calejado. Ele sentia-se mais endurecido, como carne pendurada para curar, e embora não visse seu reflexo há semanas, não tinha dúvida de que Mestre Hyrrokkin ficaria satisfeito.

— Um homem deve ter rugas de olhar para o horizonte — dissera o velho bibliotecário —, não só de ler à luz fraca.

Bem, ali estava o horizonte com o qual Lazlo sonhara desde os cinco anos de idade. À frente, finalmente, estava a dura fronteira do deserto: a Cúspide. Recortada e brilhante, era uma formação longa e baixa de rocha branca ofuscante, e uma perfeita muralha para o que ficava além dela: ainda não visível e nunca antes vista por olhos faranji, estava a cidade que perdera seu nome e, dentro dela, o problema para o qual o Matador de Deuses buscou ajuda para resolver.

Era a primeira semana da décima segunda lua, do outro lado do Elmuthaleth, e Estranho, o sonhador, bibliotecário clandestino e acadêmico de contos de fadas, nunca estivera com tanta sede, ou tão maravilhado.

PARTE II

thakrar (THAH.krahr) *substantivo*

O ponto preciso do espectro do assombro em que o encantamento se transforma em pavor, ou o pavor em encantamento.

Arcaico; das sacerdotisas extáticas de Thakra, adoradoras do serafim, cuja dança ritual expressava o dualismo da beleza e do terror.

12

BEIJANDO FANTASMAS

— Você *pode* beijar um fantasma.

— Imagino que saiba disso.

— Eu sei. É como beijar uma pessoa.

— Agora, isso é algo que você *não* sabe.

Sarai demorou-se na meia-luz da galeria, ouvindo os ritmos de Pardal e Rubi discutindo. A discussão entre elas nunca ficava muito acalorada, mas tampouco extinguia-se por completo. Sabia que assim que colocasse os pés no jardim, elas iriam enfiá-la no meio da discussão, mas não estava acordada o bastante para isso. Era fim de tarde; havia acabado de acordar, e levou algum tempo para sacudir os efeitos do lull, a bebida que tomava para ajudar a dormir.

Bem, ela não precisava de ajuda para *dormir*. Suas noites eram longas e cheias de trabalho sombrio; ela ficava exausta ao amanhecer, e cochilava assim que se permitia fechar os olhos. Mas não os fechava até tomar seu lull, que a impedia de *sonhar*.

Sarai não sonhava. Não ousava.

— Eu já beijei pessoas — disse Rubi. — Eu beijei *você*.

— Beijinhos na bochecha não contam — respondeu Pardal.

Sarai podia ver as duas, brilhando ao sol do fim do dia. Pardal havia acabado de fazer dezesseis anos, e Rubi iria completá-los em mais alguns meses. Como Sarai, elas usavam camisolas de seda que seriam consideradas roupas de baixo se houvesse alguém por perto para vê-las. Qualquer pessoa *viva*, quer dizer. Elas estavam colhendo ameixas, com os braços nus se estendendo entre os galhos pontiagudos, suas cabeças escuras de costas para ela, uma penteada, e outra tempestuosa como o vento. A tempestuosa era Rubi, que se recusava a usar seu cabelo em tranças e agia como se estivesse morrendo quando tentavam pentear os fios emaranhados.

Sarai entendeu, pelo tom do debate, que ela havia beijado fantasmas. Ela suspirou, não era uma surpresa, exatamente. Dos cinco deles, Rubi era a mais ardente, e a que mais tendia ao tédio.

— É fácil para *você* — ela disse a Sarai uma noite dessas. — Você vê pessoas toda noite. Você pode *viver*. O resto de nós está apenas aqui preso com os fantasmas.

Sarai não discutiu. Parecia assim para os outros, é claro. Ela via as pessoas de Lamento toda noite, mas isso não facilitava nada. Ao contrário. Toda noite ela era testemunha do que nunca deveria ser. Não era viver. Era tortura.

— Que bom, você está acordada — disse Feral, chegando à galeria. Era uma longa galeria abobadada, que escondia o jardim da vigilância da cidadela, e era onde o jantar logo seria servido para os cinco. Aqui, o lustroso mesarthium azul do qual toda a cidadela era construída se atenuava quase como um remendo perto das orquídeas de Pardal. Centenas delas, dezenas de variedades, longas, achatadas, espiraladas, elas vestiam as colunas em uma floresta de flores. Vinhas abraçavam os pilares, e epífitas aderiam ao teto como anêmonas, ou abrigando borboletas. Era suntuoso, ilusório. Você quase esquecia de onde estava. Quase podia se imaginar livre, e andando pelo mundo.

Quase.

Quanto a Feral, ele era aliado de Sarai e também servia de pai para as outras três. Tinha dezessete anos, como ela, e este ano quase havia passado a linha para a vida adulta. Ele era alto, ainda magro por causa do crescimento rápido, e havia começado a fazer a barba — ou, como Pardal dizia, a "abusar de seu pobre rosto com facas". Era verdade que não tinha dominado a arte, mas estava melhorando. Sarai não viu novos ferimentos nele, apenas um vergão sarando e um antigo na extremidade de seu queixo.

Achou que ele parecia cansado.

— Dia ruim? — perguntou. As garotas não eram sempre fáceis de lidar, e uma vez que Sarai era noturna por necessidade, ficava para Feral a obrigação de ver se haviam feito suas tarefas e obedecido a Regra.

— Ruim, não — disse Feral. — Apenas longo.

Era estranho para Sarai pensar que os dias podiam ser longos. Ela dormia durante todos eles, do amanhecer até quase o entardecer, e sempre sentia que estava abrindo os olhos apenas um momento depois de fechá-los. Era o lull, que engolia seus dias em uma tragada cinza.

— E você? — ele quis saber, com os olhos castanhos preocupados. — Noite ruim?

Todas as noites de Sarai eram ruins. Ruim parecia a ela a própria natureza da noite.

— Apenas longa — ecoou com um sorriso tristonho, colocando uma mão no pescoço fino e rolando a cabeça de um lado para o outro. Ela sabia que ele não conseguiria entender, que ele fazia sua parte para manter os cinco vivos, e ela a dela. Não adiantava reclamar.

— Onde está Minya? — ela perguntou, notando a ausência da quinta integrante de sua peculiar família.

Feral ergueu os ombros.

— Não a vejo desde o café da manhã. Talvez esteja com a Grande Ellen.

A Grande Ellen havia administrado o berçário da cidadela antes do Massacre. Agora, administrava tudo. Bem, tudo que ainda estava funcionando, o que não era muito.

— Beijadora de fantasma — eles ouviram do jardim. A voz suave de Pardal enrolou-se com o riso, e foi interrompida por um "ai!", quando Rubi arremessou uma ameixa nela.

— Quem foi? — Sarai perguntou a Feral. — Para quem ela apontou os lábios?

Feral fez um som que era o equivalente a um dar de ombros.

— Kem, eu acho.

— Sério? Kem? — Sarai enrugou o nariz. Kem estivera com eles desde o começo. Fora soldado de infantaria antes do Massacre, e ainda usava a farda com a qual morreu, o que na mente de Sarai sugeria uma distinta falta de imaginação.

— Por quê? — Feral perguntou a Sarai, movendo as sobrancelhas. — Quem *você* beijaria?

Em um tom ao mesmo tempo irônico e leve, Sarai respondeu:

— Beijo dezenas de pessoas toda noite. — E ela tocou um lugar um pouco acima da curva externa de uma sobrancelha cor de canela. — Bem aqui. Homens, mulheres, bebês e avós. Eu os beijo e eles tremem. — Sua voz era como o gelo, e também seus corações. — Eu os beijo e eles se entristecem.

— Isso não é beijar — disse Feral. Ele estivera provocando, brincalhão, mas agora não mais.

Ele estava certo, é claro. Não era beijar o que Sarai fazia às pessoas no profundo da noite.

— Talvez não — ela respondeu, ainda irônica, ainda leve —, mas é o mais perto que jamais chegarei disso. — Ela baixou os ombros e levantou o queixo. *Fim da discussão*, sua postura dizia.

Feral parecia querer insistir no assunto, mas, de repente, a voz de Rubi ergueu-se.

— Bem, vamos resolver isso, então? — ela disse, cantarolando um chamado de "Feral, onde está você?".

Feral congelou como uma presa sob a sombra de uma ave de rapina.

— Ah, não — ele se exasperou.

Rubi apareceu em um arco da arcada, parecendo mais uma orquídea da floresta, sua forma magra como um caule sustentando uma florescência de cabelos abundantes. Feral tentou desaparecer da visão dela, mas era tarde demais. Ela o tinha visto.

— Aí está você. Ah, oi, Sarai, espero que tenha dormido bem. Feral, preciso de você por um segundo.

Pardal estava bem atrás dela.

— Você *não* precisa dele — disse ela. — Deixe-o em paz!

E a sequência de eventos que se seguiram foi uma ilustração perfeita do pequeno caos que se passava para sempre na cidadela.

Rubi pegou Feral pelo colarinho e puxou seu rosto na direção do dela. Ele resistiu. Ela segurou, pressionando seus lábios contra os dele e fazendo algo com a boca que parecia e soava mais como *devorar* do que com beijar.

A temperatura caiu. O ar sobre suas cabeças agitou-se e escureceu, uma nuvem formou-se a partir do nada, cinza e densa, pesada de chuva. Em poucos segundos a galeria estava tomada pelo cheiro penetrante do ozônio e de uma umidade que os fazia sentir que estavam dentro de uma tempestade mesmo antes que os primeiros pingos se rompessem adiante, gordos, cheios e muito frios, tal qual o fundo de um balde se quebrando. Sarai sentiu o respingar frígido, mas Rubi era o alvo, e a garota ficou molhada em um instante.

Ela ficou sem fôlego e libertou os lábios de Feral da sucção. Ele desvencilhou-se e cambaleou para trás, com olhar fixo e limpando a boca, que não estava devorada, mas brilhando com saliva. Rubi tentou esquivar-se da nuvem, mas ela a perseguiu.

— Feral, pare com isso! — ela gritou, mas ele não parou, então ela foi correndo em sua direção, com nuvem e tudo. Ele escapou e escondeu-se atrás de Sarai, com quem Rubi se chocou em um *splash* de seda molhada e gelada.

Foi a vez de Sarai perder o fôlego. A chuva era *ártica*.

— Feral! — ela conseguiu grasnar. A nuvem desapareceu como havia surgido, e Sarai afastou-se de Rubi, chocada e pingando. Sob seus pés, o chão tinha se tornado um lago raso e extenso. As orquídeas brilhavam, riachos de chuva escorrendo de suas pétalas carnudas. Sua própria camisola estava escura de tão molhada, e colada ao corpo, e ela estava completamente acordada agora.

— Muito obrigada — Sarai disse a Feral, que ainda estava limpando a saliva do rosto.

— Por nada — ele respondeu, carrancudo.

Quando eram pequenos, achavam que ele *fazia* as nuvens, e por que não pensariam assim? Não havia ninguém para lhes explicar aquilo, ou explicar o dom de Sarai a ela, ou os dons das meninas a elas. Os deuses haviam morrido e os abandonado à própria sorte.

Feral desejava, e as nuvens apareciam. Mesmo antes que soubesse desejá-las, elas vinham, ligadas aos seus humores e terrivelmente inconvenientes, segundo a Grande Ellen. Quantas vezes o berçário não foi inundado porque quando o menino estava com raiva ou entusiasmado, as nuvens enchiam o ar em torno dele? Agora ele conseguia controlá-las, mais ou menos, e as chamava de propósito. Às vezes, eram nuvens de chuva, pesadas e escuras e, às vezes, tufos brancos aerados que derramavam uma sombra delicada e retorciam-se em forma de aves de rapina ou castelos no ar. Havia neve de tempos em tempos, sempre uma surpresa, e granizo, menos surpreendente, e, às vezes, vapores de mormaço quente e úmido que tinham cheiro de doença e decomposição. Ocasionalmente, havia o perigo de um raio. Sarai e Feral tinham dez ou onze anos quando uma pipa de papel apareceu com alguma neblina, e perceberam que ele não *fazia* as nuvens, as retirava de céus longínquos. Ele as *roubava.*

Ladrão de Nuvens, elas chamavam-no, e essa era a parte dele na tarefa de mantê-los vivos. O rio era distante e a chuva era sazonal. A única fonte de água durante a maior parte do ano eram as nuvens de Feral.

O cabelo desgrenhado de Rubi havia ficado liso como pele de lontra, ainda pingando o restante de chuva. A camisola branca estava colada ao corpo e bastante transparente, com os pequenos mamilos e seu umbigo plenamente visíveis. Ela não fez nenhum gesto para se cobrir. Feral desviou os olhos.

Rubi virou-se para Pardal e admitiu, com surpresa evidente:

— Sabe, você está certa. *Não* é como beijar fantasmas. É mais quente. E... mais molhado. — Ela riu e balançou a cabeça, minando espumas de chuva pelas mechas de cabelo. — Bem mais molhado.

Pardal não compartilhou da sua risada. Afetada, a garota girou nos calcanhares descalços e saiu correndo para o jardim.

Rubi virou-se para Sarai.

— O que há de errado com *ela?* — perguntou, perfeitamente ignorante do que estivera claro para Sarai havia meses: que a afeição de Pardal por Feral havia mudado dos sentimentos fraternais que todas tinham por ele para algo... bem, para usar as palavras de Rubi... *mais quente.* Sarai não ia explicar isso para Rubi, ou para Feral, que era igualmente ignorante. Essa era apenas uma das formas pelas quais a vida estava ficando mais complicada à medida que eles cresciam.

Ela deu um tapinha em sua camisola molhada e suspirou. Pelo menos a dela era cinza-escuro, e então não tinha ficado transparente como a de Rubi, mas ela ainda assim precisaria se trocar.

— É quase hora do jantar — ela disse a Rubi. — Sugiro que você se seque.

Rubi olhou para si mesma, e de volta para Sarai.

— Tudo bem — respondeu, e Sarai viu a faísca em seus olhos.

— Não assi... — disse ela, mas era tarde demais.

Rubi ardeu em chamas. Sarai teve de se jogar para trás para evitar a explosão de calor à medida que Rubi era engolida por uma coluna laranja de fogo crepitante. Ela acendeu-se em um instante, como óleo de lamparina beijado por uma faísca, mas morreu mais lentamente, as chamas diminuindo até que sua forma fosse visível dentro delas, a carne absorvendo cada lambida do fogo, uma a uma. Seus olhos eram o último reservatório de chamas, ardendo tão vermelho quanto seu nome, de forma que, por um momento, ela parecia a estátua de uma deusa má, e então voltou a ser apenas ela mesma — ela e *apenas* ela, nem um farrapo ou cinza que restasse de sua roupa.

Eles a chamavam de Fogueira, por motivos óbvios. Enquanto o bebê Feral pode ter causado algum inconveniente, a bebê Rubi tivera um efeito mais perigoso, acentuado pela volatilidade de sua natureza. Era uma coisa boa, então, que suas babás já estivessem mortas. Fantasmas não pegavam fogo, e nem o mesarthium, então não havia risco de atear fogo à cidadela.

— Tudo seco — afirmou a garota, e assim ela estava. Seu cabelo, sem queimar, estava desgrenhado novamente, ainda crepitando com a cinese do fogo, e Sarai sabia que se o tocasse, sentiria o calor de um braseiro, assim como também sentiria na pele nua. Ela balançou a cabeça, feliz que Pardal tivesse perdido a demonstração.

Feral ainda estava em pé, virado de costas.

— Me diga quando eu puder olhar — ele disse, entediado.

Sarai disse a Rubi:

— Isso foi um desperdício de roupa.

Rubi deu de ombros.

— Qual é o problema? Não viveremos por tempo suficiente para ficarmos sem roupas.

Sua voz era tão casual, tão pragmática, que suas palavras passaram por todas as defesas de Sarai e a penetraram. Era um choque maior do que a chuva.

Não viveremos por tempo suficiente...

— Rubi! — disse Sarai.

Feral, igualmente chocado, virou-se, com garota nua ou não:

— É isso mesmo que você pensa? — perguntou a ela.

— O quê? Você não? — Rubi parecia genuinamente surpresa, parada ali, seca pelo fogo e bela, nua, à vontade consigo mesma, e azul. Azul como opalas, azul-claro. Azul como centáureas, ou asas de libélula, ou um céu de primavera — não de verão. Assim como o resto deles.

Azul como cinco assassinatos esperando para acontecer.

— Você acha que vamos ficar velhos aqui? — ela questionou, alternando o olhar entre os dois, gesticulando para as paredes ao redor deles. — Você deve estar brincando. Esse é realmente um futuro que você pode imaginar?

Sarai piscou. Não era uma pergunta que ela se permitia fazer. Eles faziam o melhor que podiam. Eles obedeciam a Regra. Às vezes, ela quase acreditava que isso seria suficiente.

— Muitas coisas podem acontecer — respondeu, e ouviu como sua meia-voz estava entalhada de incerteza, e como ela soava extremamente fraca.

— Como o quê? — Rubi perguntou. — Além da morte, quero dizer.

E Sarai não conseguiu pensar em nada.

13

SOPA DO PURGATÓRIO

Sarai despiu-se de sua camisola pegajosa e molhada e deixou-a cair no chão do closet. Seda cinza empoçada no chão de metal azul. Dedos dos pés azuis, pernas azuis, seu reflexo azul no espelho azul, que não era de vidro, mas de mais mesarthium, polido até um alto brilho. A única coisa que não era azul eram seus cabelos — que eram castanho-avermelhados, como a canela — e o branco dos seus olhos. O branco dos dentes também, se ela estivesse sorrindo, mas com certeza não estava.

"Não viveremos por tempo suficiente para ficarmos sem roupas", Rubi havia dito.

Sarai olhou para a fileira de camisolas penduradas na arara fina de mesarthium. Havia tantas, e todas tão bonitas. E sim, eram roupas de baixo, mas ela, Rubi e Pardal preferiam-nas à alternativa: os vestidos.

As únicas roupas que tinham ou que teriam — como a única vida que tinham ou teriam — eram as que a cidadela fornecia, e a cidadela fornecia as roupas de deusas mortas.

O closet era tão grande quanto um saguão. Havia dezenas de vestidos, todos eles suntuosos demais para usar, e terríveis demais. Cetim, ornamentos e brocados duros, incrustados de pedras e decorados com peles de animais com cabeça, olhos vidrados, presas e tudo mais. Um deles tinha uma saia como uma gaiola esculpida em osso de baleia, outro um rabo longo feito de centenas de asas de pombas costuradas juntas. Havia um corpete de ouro puro moldado, feito para parecer a carapaça de um besouro, e uma gola em forma de leque feita com as espinhas de peixes venenosos, com minúsculos dentes costurados em padrões como pequenas pérolas. Havia chapéus e véus, espartilhos com adagas escondidas, capas elaboradas, e sapatos altos e instáveis esculpidos no ébano e coral. Tudo era espalhafatoso, pesado e cruel. Para Sarai, eram as roupas que um monstro usaria se estivesse tentando se passar por humano.

O que estava bem perto da verdade. O monstro era Isagol, a deusa do desespero.

Sua mãe, morta há quinze anos.

Sarai tinha mil memórias de Isagol, mas nenhuma delas era sua. Ela era nova demais — tinha apenas dois anos quando aquilo aconteceu. *Aquilo.* O Massacre. Brilho de faca e sangue espalhando-se. O fim de um mundo e o começo de outro. As lembranças que tinha de sua mãe eram todas de segunda mão, emprestadas dos humanos que ela visitava à noite. Em alguns, a deusa estava viva, em outros, morta. Ela foi assassinada usando um vestido verde iridescente incrustado de jade e asas de besouro, e parecia-se tanto com Sarai que as visões de seu corpo eram como ver uma profecia de sua própria morte. Exceto pela faixa preta que Isagol pintava atravessando os olhos, de têmpora a têmpora, como uma máscara fina.

Sarai olhou para a prateleira de maquiagem e perfumes da mãe.

O pote de pigmento de negro de fumo estava bem ali, intocado todo esse tempo. Sarai não o usou pois não tinha vontade de se parecer ainda mais com a deusa do desespero do que já se parecia.

Ela concentrou-se nas camisolas. Precisava se vestir. Seda branca ou vermelha, ou preta decorada com vinho. Dourada ou verde-amarelada, ou rosa como o céu da aurora. Ela continuava ouvindo o eco das palavras de Rubi — *não viveremos por tempo suficiente* — e vendo na fileira de camisolas dois possíveis fins:

Em um deles, ela era assassinada e as camisolas ficavam sem uso. Humanos as queimavam ou rasgavam em pedaços, e a queimavam e rasgavam em pedaços também. No outro, ela viveria e passariam anos para vestir todas elas. Fantasmas lavavam-nas e penduravam-nas de volta, incontáveis vezes ao longo dos anos, e ela as usava uma a uma e, então, envelheceria usando-as.

Parecia tão artificial a ideia de envelhecer, que ela teve de admitir para si mesma, finalmente, que não tinha mais esperança no futuro do que Rubi.

Foi uma revelação brutal.

Ela escolheu a preta para combinar com seu humor, e retornou à galeria para o jantar. Rubi tinha voltado de seu próprio closet vestida com uma camisola tão transparente que bem podia ter continuado nua. Fazia pequenas chamas dançarem na ponta de seus dedos enquanto Feral estava inclinado sobre seu grande livro de símbolos, ignorando-a.

— Minya e Pardal? — Sarai perguntou a eles.

— Pardal continua no jardim, amuada com alguma coisa — disse Rubi, seu egocentrismo aparentemente admitindo que não tinha nenhuma pista sobre o que essa coisa poderia ser —, e Minya não apareceu.

Sarai ficou pensando nisso. Minya normalmente ficava esperando para amolá-la logo que ela saía do quarto. "Conte alguma coisa horrível", ela dizia, com os olhos brilhantes, ansiosa por saber de sua noite. "Você fez alguém chorar? Fez alguém *gritar?*". Por anos, Sarai ficou feliz de contar tudo a ela.

Não mais.

— Vou buscar Pardal — ela disse.

O jardim era um terraço amplo que se estendia pela largura da cidadela, encostado no corpo alto e indomável da estrutura de um lado, e descendo em uma queda abrupta de outro, limitada apenas por uma balaustrada na altura dos quadris. Arbustos que antes eram topiarias bem cuidadas haviam crescido e se transformado em grandes árvores, e caramanchões de vinhas haviam se derramado além dos canteiros para subir desordenadamente pelas paredes e colunas e revestir a grade. A natureza florescia, mas não sozinha. Ela não poderia, não nesse lugar artificial. Era Pardal que a fazia florescer.

Sarai encontrou-a colhendo botões de anadne. Anadne era a flor sagrada de Letha, a deusa do oblívio. Destilada, ela produzia o lull, a bebida que Sarai tomava para impedi-la de sonhar.

— Obrigada por fazer isso — agradeceu Sarai.

Pardal olhou para cima e sorriu.

— Ah, eu não ligo. Grande Ellen disse que era tempo de um novo lote. — Ela deixou cair um punhado de flores em seu cesto e esfregou a palma da mão. — Mas gostaria que você não precisasse disso, Sarai. Gostaria que fosse livre para sonhar.

Sarai também queria isso, mas ela não era livre, e desejar não faria com que isso acontecesse.

— Posso não ter meus próprios sonhos — disse ela, como se não importasse muito —, mas tenho os sonhos de todo o mundo.

— Não é a mesma coisa. É como ler mil diários em vez de escrever o seu.

— Mil? — disse Sarai. — Mais parecido com cem mil. — Que era aproximadamente a população de Lamento.

— São tantos — disse Pardal, maravilhada. — Como você cuida deles?

Sarai deu de ombros.

— Não sei se cuido, mas dá para aprender bastante em quatro mil noites.

— *Quatro mil.* Nós estamos vivos há tanto tempo assim?

— Muito mais que isso, tonta.

— Para onde é que vão os dias? — Havia uma doçura no sorriso discreto de Pardal. Ela era tão doce quanto o perfume do jardim e tão gentil, e Sarai não podia deixar de pensar como o dom dela combinava perfeitamente com ela. Bruxa das Orquídeas, eles a chamavam. Ela sentia o pulsar da vida nas coisas e cuidava a fim de fazê-las crescer. Ela era, Sarai pensava, como a primavera destilada em uma pessoa.

O dom de Rubi também era uma extensão de sua natureza: fogueira, iluminando como um farol, queimando como um fogo selvagem fora de controle. E Minya e Feral, será que seus dons combinavam com eles? Sarai não gostava desse pensamento, porque, se fosse assim, se suas habilidades revelassem alguma verdade essencial sobre suas almas, o que diriam sobre *ela?*

— Eu estava pensando — disse Pardal —, como nossa vida acordada é como a cidadela. Fechada, quero dizer. Dentro de casa, sem céu. Mas sonhar é como o jardim. Você pode sair da prisão e sentir o céu à sua volta. Num sonho você pode estar em qualquer parte. Você pode ser *livre*. Você merece ter isso também, Sarai.

— Se a cidadela é nossa prisão — Sarai respondeu —, também é nosso santuário. — Ela tirou um botão branco do caule e deixou-o cair no cesto de Pardal. — É o mesmo com o lull. — Dormir podia ser uma terra devastada e cinza para ela, mas sabia o que estava à espreita além do círculo seguro do lull, e estava contente com o cinza. — Além disso, meus sonhos não seriam como um jardim. — Ela tentou não invejar o fato de que os de Pardal eram assim, ou que seu dom fosse tão simples e tão belo, enquanto o dela não era nada disso.

— Talvez um dia eles possam ser — respondeu Pardal.

— Talvez — disse Sarai, e a esperança nunca pareceu uma mentira tão grande. — Vamos jantar — falou, e entraram juntas.

— Boa noite, prole — Pequena Ellen os cumprimentou, carregando uma sopeira da cozinha. Como Grande Ellen, Pequena Ellen estava com eles desde o começo. Ela também havia trabalhado no berçário da cidadela, e com as duas Ellens, a distinção era necessária. Uma delas era maior no *status* e no tamanho, tanto foi assim que o próprio Skathis, o deus das bestas e lorde dos Mesarthim, tinha-as apelidado de grande e pequena Ellen.

Rubi soltou um suspiro pesaroso quando o jantar foi colocado à sua frente.

— Sopa de kimril. De novo. — Ela encheu a colher e deixou a sopa escorrer em seu prato. Era bege, com a consistência de água parada. — Você sabe o que é isso? É a *sopa do purgatório*. — Virando-se para Pardal, indagou: — Você não pode plantar algo *novo* para comermos?

— Eu certamente poderia — Pardal respondeu, com uma acidez em seu tom que não estava lá quando conversou com Sarai —, se meu dom fosse invocar sementes a partir do nada. — Ela tomou um gole delicado de sua colher. — O que não é.

Pardal podia fazer as coisas crescerem, mas tinha de ter algo a partir da qual começar. Na maior parte, os jardins da cidadela eram ornamentais — cheios de flores exóticas, com poucas coisas comestíveis. Era sorte deles que algum jardineiro há tempos houvesse feito um pequeno canteiro de ervas, verduras e alguns legumes, e era *muita* sorte que seu visitante esporádico, o grande pássaro branco, que eles chamavam de Aparição, por seu hábito de desaparecer em pleno ar, tinha derrubado alguns tubérculos de kimril no jardim uma vez, do contrário, teriam morrido de fome há muito tempo. Kimril era fácil de cultivar, nutritivo, embora quase sem sabor, e agora era a base da dieta monótona deles. Sarai perguntou-se se o pássaro sabia que aquilo tinha feito a diferença entre a vida e a morte para cinco abominações azuis, ou se tinha simplesmente sido um acaso. Ele nunca lhes trouxera mais nada, então ela supunha que havia sido um acaso.

Pardal cultivava a comida. Feral mantinha os barris de chuva cheios. Rubi também fazia sua parte. Não havia combustível para queimar, então *ela* queimava. Ela fazia o fogo que cozinhava as refeições e aquecia os banhos, e Minya, bem, ela era responsável pelos fantasmas, que faziam a maior parte do trabalho. Sarai era a única que não tinha parte nas tarefas mundanas dos seus dias.

Sopa do purgatório, ela pensou, mexendo na sua com a colher. A refeição mais simples possível, servida na porcelana mais fina, e apoiada sobre uma travessa elaborada de prata entalhada. Seu cálice também era de prata entalhado, com um desenho de galhos de mirantina entrelaçados. Há muito tempo, os deuses haviam bebido vinho nele. Agora, havia apenas água da chuva.

Há muito tempo, *existiam* deuses. Agora havia apenas crianças andando por aí com as roupas de baixo de seus pais mortos.

— Não dá mais — exasperou-se Rubi, derrubando a colher na sopa e espirrando na mesa e na sua nova camisola. — Não consigo colocar mais nenhuma colher desse mingau insípido na boca.

— Você precisa ser tão dramática? — Feral perguntou, ignorando sua colher para virar o prato e beber a dele. — Não é tão horrível. Pelo menos temos sal na despensa. Imagine quando ele acabar.

— Eu não disse que era horrível — explicou Rubi. — Se fosse horrível, não seria a *sopa do purgatório*, seria? Seria a sopa do *inferno*. O que teria de ser mais interessante.

— Ah-ham — concordou Pardal. — Da mesma forma que ser eternamente torturada por demônios é mais "interessante" do que *não* ser eternamente torturada por demônios.

Elas tinham um debate permanente sobre os méritos do que é "interessante". Rubi afirmava que sempre valia a pena, mesmo se viesse com perigo e terminasse em destruição.

— O purgatório é mais do que não ser torturada — ela argumentou —, é não ser *nada, nunca*. Você pode não ser torturada, mas você também nunca será *tocada*.

— Tocada? — As sobrancelhas de Pardal ergueram-se. — Como foi que chegamos no toque?

— Você não quer ser tocada? — Os olhos de Rubi arderam vermelhos, e os cantos de seus lábios viraram-se para cima, maliciosos. Havia tamanho desejo em suas palavras, tamanha fome. — Você não gostaria de ter alguém para dar uma fugidinha e *fazer coisas?*

Pardal ficou vermelha com isso, um calor rosado subindo pelo azul de suas bochechas e dando a elas um tom violeta. Ela lançou um olhar para Feral, que não percebeu. Ele olhava para Rubi.

— Nem pense nisso — ele disse para ela, direto. — Você se aproveitou de mim o bastante por um dia.

Rubi revirou os olhos.

— Por favor. Aquilo foi um experimento que não vou repetir. Você beija muito mal.

— *Eu?* — ele perguntou. — Aquilo foi tudo você! Eu nem *fiz* nada...

— Foi por isso que foi terrível! Você *deveria* ter feito alguma coisa! Não é paralisia facial. É *beijar*...

— Parece mais se *afogar*. Nunca pensei que alguém pudesse produzir tanta saliva...

— Meus queridos, minhas víboras — veio a voz calmante de Grande Ellen, flutuando pela sala. Sua voz flutuava, e ela veio flutuando em seguida, sem tocar o chão. Não se preocupava com a ilusão de andar. Grande Ellen, mais do que qualquer outro fantasma, havia abandonado toda pretensão de mortalidade.

Os fantasmas não seguiam as mesmas leis que os vivos. Se eles apareciam exatamente como eram em vida, era porque escolhiam assim, quer por acreditarem que eram perfeitos assim, ou por medo de perderem sua última pedra angular com a realidade na forma de seu próprio rosto familiar, ou — no caso de Kem, o criado — porque simplesmente não tiveram a ideia de mudar. Entretanto, isso era relativamente raro. A maioria deles, com o tempo, fazia pelo menos alguns pequenos ajustes à sua forma de fantasma. Pequena Ellen, por exemplo, tinha, quando viva, apenas um olho (o outro havia sido extraído por uma deusa de mau humor). Na morte, ela o restaurou, e fez seus dois olhos maiores e com cílios mais espessos na barganha.

Mas era *Grande* Ellen a verdadeira mestra do estado pós-morte. Sua imaginação era um instrumento de encantamento, e ela criou, a partir da matéria de sua condição de fantasma, uma expressão sempre mutável de seu maravilhoso eu.

Esta noite ela usava um ninho de pássaros como coroa, e um elegante pássaro verde empoleirado nele, cantando. Era apenas uma ilusão, mas uma ilusão perfeita. Seu rosto era mais ou menos o seu próprio: um rosto de matrona, bochechas altas, vermelhas e redondas — "bochechas de felicidade", Sarai assim as chamava —, mas no lugar de seus cabelos brancos como lã, havia folhas, derramando-se atrás dela como se pegas por uma brisa. Ela colocou uma cesta de biscoitos na mesa. Biscoitos de flor de kimril, tão insossos quanto a sopa.

— Chega de resmungar e rosnar — ela disse. — Que história é essa de beijar?

— Ah, nada — respondeu Feral. — Rubi só tentou me afogar com saliva. Pensando nisso, alguém viu Kem ultimamente? Ele não está morto em uma poça de saliva em algum lugar, está?

— Bem, ele está com certeza morto — observou Sarai. — Eu não saberia dizer sobre a saliva.

— Provavelmente esteja se escondendo — disse Rubi —, ou talvez implorando a Minya para libertá-lo de seu tormento.

Rubi não se intimidou.

— Diga o que quiser. Ele adorou. Aposto que está escrevendo um poema sobre isso.

Sarai deixou escapar uma risada abafada por causa da ideia de Kem escrever um poema. Grande Ellen suspirou.

— Esses lábios vão lhe causar problemas, minha bela chama.

— *Espero que sim.*

— A propósito, onde está Minya? — perguntou Grande Ellen, olhando para a cadeira vazia da menina.

— Achei que ela pudesse estar com você — disse Sarai.

Grande Ellen balançou a cabeça.

— Não a vi o dia inteiro.

— Eu chequei os aposentos dela — disse Rubi. — Ela também não estava lá.

Todos se entreolharam. Não era como se alguém pudesse se perder na cidadela — não a menos que pulasse do terraço. E Sarai achava que, entre os cinco, Minya era a menos capaz de fazer isso.

— Onde ela poderia estar? — indagou Pardal.

— Não a tenho visto muito ultimamente — disse Feral. — Me pergunto onde ela pode estar passando seu tempo.

— Vocês estão sentindo a minha falta? — perguntou uma voz atrás deles. Era uma voz de criança, brilhante como um sino e tão doce quanto açúcar de confeiteiro.

Sarai virou-se, e lá estava Minya na porta. Uma criança de seis anos, pelo menos na aparência, ela era suja, de rosto redondo e membros finos. Seus olhos eram grandes e brilhantes, como só os de uma criança ou de espectrais poderiam ser, menos a inocência de ambos.

— Onde você estava? — Grande Ellen perguntou.

— Apenas fazendo amigos — respondeu a menina. — Estou atrasada para o jantar? O que é? Não é sopa de novo.

— Foi o que *eu* disse — cantarolou Rubi.

Minya deu um passo à frente, e ficou claro o que ela queria dizer com "fazendo amigos".

Havia um fantasma atrás dela, como se fosse um bicho de estimação. Ele tinha acabado de morrer, seu rosto ainda chocado, e Sarai sentiu um aperto na garganta. Mais um não.

Ele moveu-se no rastro de Minya, rígido, como se lutando contra uma compulsão. Ele podia resistir o quanto quisesse. Era dela agora, e não adiantava lutar para resgatar seu livre-arbítrio. Este era o dom de Minya. Ela pescava espíritos no ar e obrigava-os a servi-la. Assim a cidadela estava servida pelos mortos: uma dúzia de serviçais para atender às necessidades de cinco crianças que não eram mais crianças.

Ela não tinha um apelido, da forma que Feral era o Ladrão de Nuvens, Rubi era a Fogueira e Pardal era a Bruxa das Orquídeas. Sarai tinha um nome também, mas Minya era apenas Minya, ou "patroa" dos fantasmas que ela prendia nas teias de ferro da vontade.

Era um poder extraordinário. Depois da morte, as almas eram invisíveis, incorpóreas e efêmeras, durando alguns dias se muito entre a morte e a evanescência, durante os quais elas podiam apenas apegar-se a seus corpos ou vagar sem rumo até sua dissolução final — a menos, é claro, que Minya os pegasse e cuidasse deles. Eles eram tornados sólidos pela ligação com ela — substância e matéria, no lugar de carne e sangue. Tinham mãos para trabalhar, bocas para beijar. Podiam falar, dançar, amar, odiar, cozinhar, ensinar, fazer cócegas, e até ninar bebês à noite, mas apenas se Minya permitisse. Eles estavam sob controle dela.

Este era um homem, ainda com a aparência de seu corpo carnal. Sarai o conhecia. É claro que sim. Ela conhecia as pessoas de Lamento melhor do que ninguém, incluindo seus líderes, incluindo a sacerdotisa. *Eles* eram seu trabalho sombrio, eram suas noites. Cedo ou tarde todos morreriam e iriam se encontrar à mercê de Minya, mas enquanto vivessem, era a misericórdia de Sarai que importava.

— Diga-nos seu nome — Minya ordenou ao fantasma.

Ele rangeu os dentes, engasgando para guardar o nome para si. Segurou-se por quatro ou cinco segundos e parecia exausto, porém, determinado. Não entendeu que Minya estava brincando com ele, que estava lhe permitindo livre-arbítrio suficiente para acreditar que tinha uma chance contra ela. Era cruel, como abrir uma gaiola para o pássaro voar, mas deixá-lo preso pela perna, e a liberdade ser apenas uma ilusão. Minya comandava uma dúzia de fantasmas o tempo todo, mesmo enquanto dormia. Seu poder sobre eles era total. Se ela quisesse que ele dissesse seu nome, ele o diria. Se ela quisesse que ele cantasse, ele cantaria. Nesse momento, ela se divertia deixando-o pensar que podia resistir a ela.

Sarai não disse nada, não podia ajudá-lo. Ela não queria. Ele a mataria se pudesse, e aos outros também. Se estivesse vivo, ele os picaria em pedacinhos com as próprias mãos.

E ela não podia realmente culpá-lo por isso.

Por fim, Minya arrancou-lhe o nome dos lábios.

— Ari-Eil! — ele disse, soltando o ar.

— Você é jovem — disse Rubi, que estava fixada nele com um interesse incomum. — Como morreu? Alguém o matou? — ela perguntou, em um tom parecido com o que perguntaria de sua saúde.

Ele a fitou com puro horror, seus olhos passando de Rubi para Feral, para Pardal e Sarai, tentando processar a visão de seus corpos azuis.

Azul. Tão azul quanto a tirania, a escravidão e os monstros nas ruas. Seus olhos cruzaram com os de Sarai por um longo e trêmulo momento e ela sabia o que ele estava vendo. Isagol, a Terrível, renascida dos mortos. Mas o rosto de Sarai era jovem demais, e devia parecer nu sem a faixa preta pintada nos olhos. Ela não era Isagol. Ela viu o momento em que ele percebeu isso: *o que* ela era, e não quem. O que todos eles eram.

— *Cria dos deuses* — ele sussurrou, e Sarai sentiu a repugnância tão fortemente como se ela também tivesse a substância dada pela ligação com Minya. O ar ficou escorregadio. Rançoso. Ele balançou a cabeça e espremeu os olhos, como se pudesse negar a existência deles. Aquilo servia como uma afirmação, e nada mais. Cada novo fantasma que recuava diante deles em choque provava que ainda não haviam quebrado a Regra.

A Regra, a única. Autoimposta, ela continha, em sua simplicidade, inúmeras proibições. Se eles vivessem mil anos, ainda estariam descobrindo novas coisas que não deveriam fazer.

Nenhuma evidência de vida.

Era este: o mantra de quatro palavras que governava sua existência. Eles não deveriam revelar *nenhuma evidência de vida.* A todo custo, a cidadela deveria parecer abandonada. Eles deveriam continuar escondidos e não dar aos humanos nenhuma pista de que estavam ali, ou de que, inconcebivelmente, cinco abominações haviam sobrevivido ao Massacre e criado uma existência ali *por quinze anos.*

Nessa reação do fantasma, eles viram que tudo ia bem, que ainda eram um segredo: os frutos da carnificina, que escaparam de dedos sangrentos.

— Vocês estão mortos — o homem afirmou, quase implorando para que fosse verdade. — Nós os matamos.

— Quanto a isso... — disse Rubi.

Minya deu um puxão na coleira invisível do fantasma, que o derrubou no chão, de joelhos.

— Nós não estamos mortos — ela disse — Mas *você* está.

Ele já devia saber disso, mas as palavras foram como um soco. Ele olhou em volta, absorvendo tudo: esse lugar que ele conhecia apenas de seus piores pesadelos.

— Aqui é o inferno? — ele indagou, rouco.

Rubi riu:

— Quem dera! Bem-vindo ao purgatório. Aceita uma sopa?

14

BELA E CHEIA DE MONSTROS

Lazlo apertou sua lança e moveu-se lentamente pela areia do deserto, Ruza à sua esquerda, Tzara à direita. Os dois Tizerkane também carregavam lanças, e embora Ruza estivesse ensinando-o a usá-la, Lazlo ainda se sentia como um impostor.

— Não serei de nenhuma ajuda se tiver que usá-la — afirmou, antes de saírem à caça.

A criatura que buscavam era uma coisa saída das histórias. Ele nunca havia imaginado que elas eram reais, muito menos que iriam atrás de uma.

— Não se subestime, faranji — Ruza respondeu, sua voz cheia de conforto. — Sempre posso empurrá-lo para a boca da criatura e correr. Então você terá salvado minha vida e nunca esquecerei.

— Legal! — disse Lazlo. — Esse é exatamente o tipo de heroísmo que me inspirou a brincar de Tizerkane quando eu era criança.

— Não vai dar em nada — Tzara interrompeu, empurrando Ruza. — Vamos só cutucá-la. Você só pode apreciar uma threave depois de ter visto uma. É só isso.

Apenas cutuque. Cutuque um monstro. E então?

— Veja o horror — Eril-Fane havia dito, aprovando a excursão. A caravana havia ajustado seu curso para dar à coisa um amplo espaço para se mover, mas Ruza queria que Lazlo visse as espécies mais horrendas do Elmuthaleth. As threaves eram predadores de emboscada. Elas entocavam-se sob a areia e ficavam esperando, por anos até, para que as presas passassem, e só eram uma ameaça se você tivesse o azar de andar sobre uma. Mas graças aos gaviões de threave da caravana, eles sabiam exatamente onde a coisa estava.

Baixo no céu, um dos pássaros voou em círculos para marcar o lugar onde a threave estava enterrada. As caravanas sempre empregavam falcoeiros com pássaros especiais que podiam sentir o fedor das criaturas e evitá-las — e, ocasionalmente, caçá-las, como faziam agora, embora sem intenção de matar. Estavam a apenas vinte metros da criatura, e a nuca de Lazlo ardia. Ele nunca havia perseguido nada antes.

— Ela sabe que estamos chegando — disse Ruza —, pois pode sentir as vibrações de nossos passos. Deve estar ficando excitada. Sua boca se encherá de suco digestivo, quente e borbulhante. Será como cair numa banheira se ela o comer. Um banho realmente horrível.

Ele era o mais novo dos Tizerkane, tinha apenas dezoito anos, e foi o primeiro a dar boas-vindas a Lazlo. Não que qualquer um deles o tenha feito se sentir mal recebido. Era apenas que Ruza tinha uma natureza ansiosa — ansiosa para provocar, mais do que qualquer outra coisa —, e tomou para si a tarefa de ensinar a Lazlo as habilidades básicas, tais como montar, atirar lanças, xingar. Ele era um bom professor de línguas, principalmente porque falava muito, mas não era confiável — como Lazlo descobriu cedo quando perguntou a Azareen, a segunda-em-comando de Eril-Fane, o que revelou não ser a frase "posso ajudar você com isso?", mas sim "você quer sentir o cheiro das minhas axilas?".

Ela recusou.

Isso foi no começo. Sua língua perdida melhorou o bastante para saber quando Ruza estava tentando enganá-lo — o que acontecia na maior parte do tempo.

— *Xiu*! — disse Tzara. — Observe a areia.

Lazlo observou. O falcão desenhou um círculo com sua sombra, mas ele não viu sinal da besta enterrada. Não havia nada que distinguisse a areia dali da areia em qualquer outro lugar.

De repente, Tzara parou.

— Você gostaria de fazer as honras? — ela perguntou. Ela era outra guerreira jovem. Seu rosto era liso e bronzeado, com um nariz nobre e uma cicatriz dividindo a sobrancelha direita. Ela tinha os cabelos raspados, exceto por uma faixa de alguns centímetros no centro da cabeça, que deixava longa e entrelaçada em uma única trança.

— Honras? — perguntou Lazlo.

Ela entregou-lhe uma pedra.

— Apenas atire a pedra.

Lazlo segurou a lança em uma mão e a pedra na outra. Olhou para o trecho de areia e a sombra do pássaro rodeando, respirou fundo e... atirou a pedra, fazendo um arco no ar. E... ele esperava que *algo* acontecesse. Esperava até que fosse monstruoso, mas talvez não houvesse como se preparar para seu primeiro monstro. No instante em que a pedra atingiu a superfície da areia, o chão do deserto sofreu uma *erupção*.

Areia voou. Ela pinicou seu rosto e entrou em seus olhos de forma que a coisa que se levantou na frente dele à primeira vista era apenas uma névoa grande e eriçada. Ele deu um salto para trás, a lança pesando em sua mão, e conseguiu tropeçar nos próprios pés e cair sentado com um baque. Ruza e Tzara não caíram, nem mesmo ergueram as lanças, e ele imitou essa calma, limpou a areia dos olhos, e observou.

Era como uma aranha imensa, pensou, sua mente em busca de comparações que fizessem sentido com a coisa. Mas não fazia muito sentido. Podia lembrar um grande abdômen inchado com pernas, mas as proporções estavam erradas. As pernas eram curtas demais, e não podiam levantar o peso da criatura. Não eram pernas de jeito nenhum, Lazlo percebeu. Eram *quelíceras*.

Partes da boca.

Elas estavam movendo-se selvagemente — uma dúzia de apêndices pretos do tamanho de seus próprios braços e com pinças para pegar presas e arrastá-las em direção à… sua boca.

Lazlo não sabia dizer o quanto da threave estava enterrada ainda na areia, mas de onde podia ver, ela era feita quase inteiramente de boca. Não tinha nem olhos, apenas um grande e pulsante esfíncter, aberto, cheio de dentes, quente e vermelho. As quelíceras retorciam-se, buscando uma presa, e o papo-esfíncter sofria espasmos, dentes abrindo e fechando, procurando algo para morder. Não encontrando nada, ela soprou uma explosão de ar quente repleto de algo malcheiroso — os sucos digestivos que Ruza havia mencionado?

Como um "banho realmente horrível", de fato. Lazlo teve de se perguntar quantos aventureiros, cruzando o deserto sem o benefício dos falcões de threave, haviam terminado sua aventura em mandíbulas como esta. "A armadilha da natureza", Ruza a chamava, e eles deixaram-na lá, ilesa, para esperar a próxima onda de aventureiros faranji tolos o bastante para tentar a travessia.

Eles juntaram-se novamente à caravana, que havia parado para levantar acampamento.

— E então? — perguntou Eril-Fane. — O que tem a dizer sobre as threaves?

— Preciso atualizar minha lista de "jeitos que espero não morrer" — respondeu Lazlo.

Eril-Fane riu.

— De fato. Nós podíamos ter vindo para o oeste antes, mas ninguém havia treinado um falcão de threave em duzentos anos. Decidimos esperar até que essa arte fosse dominada.

— Decisão sábia — afirmou Lazlo. Duzentos anos. O primeiro mistério de Lamento, aquele que abriu sua mente como a uma porta. "Minha cidade perdeu o mundo, e ficou perdida para ele", Eril-Fane dissera em Zosma. Lazlo estivera em sua companhia diariamente desde então, e não estava perto de saber o que isso significava.

Logo, contudo.

Amanhã.

— Vou colocar as redes de neblina — ele disse.

— Não precisa — Eril-Fane respondeu. Ele estava esfregando seu espectral, Syrangelis. — Temos água suficiente para amanhã.

As redes eram feitas para retirar a condensação do ar frio da noite, e eram uma fonte suplementar importante de água no Elmuthaleth. Era a última noite de travessia e a água nas peles duraria até que atingissem seu destino. Lazlo ergueu os ombros.

— Não há nada como neblina recém-coletada — respondeu, e saiu para montar as redes mesmo assim. A água nas peles já tinha dois meses e, além disso, ele tinha se acostumado ao trabalho — que envolvia uma marreta de madeira dura para enfiar estacas na areia. Isso o soltava depois de um dia longo na sela, e embora ficasse envergonhado em admitir, gostava da mudança que o trabalho tinha feito em seu corpo. Quando tirou seu chaulnote branco para tomar banho — ou o que se passava por "banho" no deserto, ou seja, esfregar a pele com uma mistura de areia e raiz de negau pulverizada — havia uma rigidez e contorno que não estavam lá antes.

Até suas mãos não pareciam suas hoje em dia. Antes, ele tinha um único calo, de segurar a caneta. Agora, as palmas estavam duras e o dorso das mãos estava tão bronzeado quanto seu rosto. Seus olhos acinzentados pareciam alguns tons mais claros pelo contraste com a pele escurecida, e os meses de viajar ao sol não tinham lhe rendido só linhas de expressão. Eles haviam mudado o formato de seus olhos, deixando-os mais estreitos contra a luz, e alterado a linha de sua fronte, puxando-a para frente e costurando-a entre as sobrancelhas em um único sulco. Essas pequenas mudanças lavraram uma grande transformação, substituindo sua incerteza de sonhador por uma intensidade de caçador.

Esse era o poder de meio ano de horizontes.

Lazlo tinha razão em afirmar que, agora, ele tinha pouca semelhança com o bibliotecário júnior que saiu cavalgando de Zosma seis meses antes com os Tizerkane. Na verdade, quando os delegados reuniram-se em Alkonost para atravessarem o deserto juntos, Thyon Nero não o reconheceu.

Fazia quatro meses que haviam se visto pela última vez e, para a surpresa de Lazlo, o afilhado dourado tinha passado por ele várias vezes no caravançará antes de perceber, com um susto visível, quem ele era.

Com seus longos cabelos castanhos e chaulnote branco com capuz, cavalgando um espectral com panache e falando a língua perdida como se sua voz rouca fosse feita para ela, Lazlo podia quase se passar por um Tizerkane. Era difícil acreditar que ele era o mesmo sonhador infeliz que costumava andar de encontro às paredes enquanto lia.

Horizontes em vez de livros. Cavalgar em vez de ler. Era uma vida diferente lá fora, mas não se engane: Lazlo era o mesmo sonhador que sempre fora, talvez até mais. Ele pode ter deixado seus livros para trás, mas carregava todas as histórias consigo, para fora dos recantos iluminados por glaves da biblioteca em direção a paisagens muito mais adequadas para elas.

Como esta.

Ele endireitou a rede de neblina e espiou a Cúspide por cima dela. Primeiro, achou que fosse uma miragem. No meio do Elmuthaleth, o céu encontrava-se com o chão em um círculo ininterrupto, plano e sem saliências, até onde os olhos podiam ver. Viajar por meio dele, dia após dia, por semanas, acampar e levantar acampamento a cada entardecer e alvorecer com uma semelhança que fundia os dias em uma névoa, isso desafiava a mente a acreditar que podia terminar. Quando o primeiro brilho apareceu a distância, pensou que fosse uma ilusão, como os lagos que, às vezes, eles viam que desapareciam à medida que se aproximavam, mas essa não tinha desaparecido. Durante os últimos dias ela tinha passado de um traço pálido no horizonte e transformado-se na... bem, na Cúspide, o que quer que a Cúspide *fosse*.

Ela formava a fronteira leste do Elmuthaleth, e os outros faranji contentavam-se em chamá-la de cadeia de montanhas, mas ela não se parecia com uma cadeia de montanhas. Não tinha picos. A formação inteira — um tipo de monte imenso — era branca, do chão pardo do deserto até o azul do céu. Ela parecia um cristal leitoso, ou talvez gelo.

Ou... parecia o que os mitos diziam que era.

— Quase lá. Difícil de acreditar.

Era a voz de Calixte. Ela era uma das outras faranji. Chegando atrás de Lazlo para compartilhar a vista, ela empurrou para trás o capuz de seu chaulnote para revelar a cabeça bonita e pequena. Ela estava nua como um ovo da primeira vez que Lazlo a viu — raspada forçosamente, como sua própria cabeça havia sido antes, e com a mesma rudeza —, mas, agora, seus cabelos estavam crescendo. Era uma penugem castanha macia como a plumagem de uma avezinha. Seus machucados haviam desaparecido há tempos, mas ela ainda tinha cicatrizes onde as algemas tinham deixado seus punhos e tornozelos em carne viva.

Calixte não só era a primeira garota que Lazlo considerou amiga, mas também a primeira criminosa.

— Nesse horário amanhã... — disse ele. Não precisava terminar o pensamento. A ansiedade era palpável. Nesse horário amanhã eles estariam lá. Subiriam pela trilha que atravessava o Forte Misrach até o topo da Cúspide, e colocariam os olhos pela primeira vez no que estava além dela.

Lamento.

— Última chance para o "uma teoria" — disse Calixte. Seu caderno roto estava em suas mãos. Ela o levantou e sacudiu como se fosse uma borboleta.

— Você não desiste, não é?

— É o que dizem. Veja, ainda resta uma página — ela mostrou a ele. — Guardei para você.

— Você não deveria.

— Sim, eu deveria. Não pense que vou deixar você chegar até a Cúspide sem me dar pelo menos uma.

Uma teoria.

Quando os delegados encontraram-se em Alkonost, tinham imaginado que seriam informados do motivo de sua jornada. A natureza do "problema" de Lamento. Eles tinham esse direito, é claro, depois de ir tão longe. E quando Eril-Fane levantou-se na cabeceira da mesa em sua primeira refeição conjunta, eles esperaram com uma expectativa silenciosa pela informação que lhes era de direito. Na manhã seguinte, colocariam os pés no terrível Elmuthaleth. Era apenas justo que soubessem o *porquê* — e, preferencialmente, enquanto ainda pudessem voltar se assim escolhessem.

— Em seu tempo entre nós — Eril-Fane lhes disse —, vocês serão convidados a acreditar em coisas que neste momento achariam impossíveis de acreditar. Vocês são homens e mulheres racionais que acreditam no que podem ver e provar. Nada será ganho contando a vocês agora. Pelo contrário. Vocês descobrirão que o vazio implacável do Elmuthaleth tem um jeito de amplificar o que se passa em suas mentes. Prefiro amplificar sua curiosidade do que seu ceticismo.

Em outras palavras: *é uma surpresa.*

E, assim, foram em mistério, mas não sem ressentimento e muita especulação. A travessia fora difícil, desanimadora e monótona, física e mentalmente exaustiva. A bolsa de teorias foi ideia de Calixte, e uma boa ideia. Lazlo viu como deu aos outros uma faísca de vida, para jogar uma espécie de jogo, ter algo para *ganhar*. Não fazia mal que eles gostassem de ouvir a si mesmos falar, e isso lhes dava uma oportunidade. Era simples: você tentava adivinhar qual era o problema, e Calixte escrevia em seu livro. Você podia fazer quantas teorias quisesse, mas cada uma custava dez pratas, pagas para a bolsa, que era uma coisa esfarrapada de brocado verde velho com um broche espalhafatoso. Calixte disse que foi de sua avó, mas também disse que veio de uma família de assassinos — ou de uma família de acrobatas, dependendo de seu humor — então era difícil de saber em que acreditar.

Uma vez que chegassem a Lamento e tudo fosse revelado, quem quer que tivesse chegado mais perto na adivinhação ganharia a bolsa — que já tinha cerca de quinhentas pratas, e estava estourando em suas costuras verdes puídas.

Lazlo não escreveu uma teoria sequer no livro.

— Não deve haver nenhuma ideia que ainda não foi escrita — ele argumentou.

— Bem, não há mais nenhuma ideia *chata* que não tenha sido escrita, isso é certeza. Se eu ouvir mais uma variação masculina da teoria da conquista, posso me matar. Mas você pode fazer melhor. Você sabe que pode. É um contador de histórias. Sonhe alguma coisa louca e improvável — ela implorou. — Alguma coisa bela e cheia de monstros.

— Bela *e* cheia de monstros?

— Todas as melhores histórias são assim.

Lazlo não discordou. Ele fez um ajuste final na rede e se voltou para o acampamento.

— No entanto, não é um concurso de histórias.

Calixte o seguiu.

— Mas é. É um concurso de história *real*, e acho que a verdade deve ser mais estranha do que *aqueles lá* são capazes de sonhar. — Ela apontou com o caderno em direção ao centro do acampamento, onde o resto dos faranji estavam reunidos esperando o jantar. Desde o início eles se estabeleceram no papel de convidados — a maioria deles — e estavam contentes de não fazer nada enquanto os condutores da caravana e os Tizerkane — e Lazlo — faziam todo o trabalho. Eles já haviam coberto seus chaulnotes leves com os mais pesados de lã para se protegerem do frio da noite — prova de que nenhuma caloria de energia foi convertida em calor por meio do trabalho respeitável. Com seus capuzes levantados e suas idas e vindas sem propósito, Lazlo achou que pareciam um bando de fantasmas na hora do café.

— Talvez não — ele concedeu.

— Então cabe a você — disse Calixte. — Você não pode evitar ter uma ideia estranha. Qualquer ideia que tiver será uma ideia *Estranha*. Entendeu?

Lazlo deu risada. Normalmente, as brincadeiras com seu nome não eram tão bem-humoradas.

— Eu não sou membro da delegação — ele a lembrou. O que ele era? Contador de histórias, secretário e faz-tudo, nem Tizerkane nem delegado, apenas alguém que foi atrás de um sonho.

— Mas você *é* um faranji — ela rebateu. E isso era verdade, embora ele não se encaixasse com o resto deles. Ele chegou às cidades montado em um espectral, afinal, e a maioria deles achou que ele era de Lamento — pelo menos, até Thyon Nero livrá-los dessa ideia.

"Ele é apenas um camponês órfão de Zosma, vocês sabem", dissera ele, caso se sentissem tentados a demonstrar qualquer coisa parecida com respeito por Lazlo.

— Mesmo se eu ganhar — Lazlo disse a Calixte —, os outros apenas dirão que eu já sabia da resposta de Eril-Fane.

— Não ligo para o que eles dirão — Calixte respondeu. — O jogo é meu. *Eu* decido o vencedor, e *eu* acredito em você.

Lazlo ficou surpreso pela força de sua gratidão — ser acreditado, mesmo por uma ladra de túmulos de uma família de assassinos, ou acrobatas, dependendo de seu humor.

Calixte, como ele, não se encaixava entre os demais. Mas ela, diferentemente dele, *era* membro da delegação. A integrante mais inusitada, talvez, e a menos esperada. Ela foi uma surpresa até para Eril-Fane, que havia ido a Syriza procurar um construtor, não uma acrobata.

Era seu primeiro destino depois de Zosma e, assim, a primeira experiência de Lazlo como secretário do Matador de Deuses tinha sido o recrutamento de Ebliz Tod, construtor de Espiral de Nuvem, a estrutura mais alta do mundo. E que estrutura. Ela parecia uma concha fina, pontuda e enorme, ou um chifre de unicórnio saindo da terra, e dizia-se que tinha mais de cento e oitenta metros. Era uma espiral simples e elegante, sem janelas e adornos. Syriza era conhecida por suas espirais, e essa era a rainha de todas elas.

Eril-Fane ficou impressionado e concordou com todas as demandas de Ebliz Tod para atraí-lo para Lamento. Um contrato formal foi preparado por Lazlo, em sua competência oficial, e assinado, e a comitiva da cidade perdida estava pronta para continuar sua jornada quando Lazlo mencionou uma fofoca que havia ouvido:

De que uma garota havia *escalado* a Espiral de Nuvem.

— Sem cordas — ele contou a Eril-Fane. Apenas com suas mãos e pés descalços, apoiada na única fenda que percorria a torre em espiral, desde a base até o topo.

— E ela chegou ao topo? — Eril-Fane queria saber, espremendo os olhos para olhar a torre e avaliar a viabilidade de tal feito.

— Dizem que sim. Aparentemente, colocaram-na na prisão por causa disso.

— *Prisão?* Por subir numa torre?

— Por violar um túmulo — Lazlo corrigiu.

Não importava que o homem que a havia construído ainda estivesse vivo, a Espiral de Nuvem era um túmulo real, e toda forma de luxo havia sido disposta nela para o conforto pós-morte do rei. Além do óculo no topo (para a "respiração das almas"), havia apenas uma entrada. Ela nunca era deixada sem guardas, mas quando um tesoureiro entrou na tumba com seus braços cheios de *itzal* (jarros contendo as almas de animais, sendo que a prática do itzal de escravos e do itzal de esposas foi — felizmente — abolida), encontrou uma garota sentada de pernas cruzadas no sarcófago incrustado de joias, fazendo malabarismo com *esmeraldas*.

Ela confirmou que tinha escalado a espiral e entrado pelo óculo, mas disse que não tinha ido para roubar. Estava apenas praticando seu malabarismo, disse. Qualquer um não faria o mesmo? Quando Eril-Fane foi à prisão — e encontrou uma criança abandonada careca, machucada e com algemas enferrujadas, faminta e defendendo-se com um prego —, ele perguntou por que ela tinha feito aquilo, e ela respondeu com orgulho: "porque eu posso".

E Lazlo supôs que esse também devia ser o motivo que a trouxe junto com eles: porque ela podia escalar uma torre de cento e oitenta metros apenas com suas pequenas mãos e pés descalços. Ele não sabia por que essa habilidade podia ser valiosa. Era uma peça de um quebra-cabeça.

Ebliz Tod: um homem que podia construir uma torre.

Calixte Dagaz: uma garota que podia escalar uma.

Thyon Nero: o alquimista que havia destilado o azoth.

Jonwit Belabra: matemático.

Phathmus Mouzaive: filósofo natural, gostava de declarar que seu campo era nada menos do que "as leis físicas do universo", mas cujo foco, na realidade, era algo mais específico: campos magnéticos.

Kae Ilfurth: engenheiro.

Os Fellerings: metalúrgicos, irmãos gêmeos.

Fortune Kether: artista — renomado publicamente por seus afrescos e, em particular, pelas catapultas que projetou para reis em guerras.

Drave: apenas Drave, chamado de explosionista, cujo trabalho era montar cargas de dinamite em minas, e cujos créditos incluíam explodir o flanco de montanhas.

Soulzeren e Ozwin Eoh, um casal: ela, mecânica, ele, botânico e agricultor, que juntos inventaram um veículo que chamaram de trenó de seda. Um veículo que podia *voar*.

Esses eram os delegados do Matador de Deuses. Informados apenas de que o problema em Lamento era "a sombra de um tempo sombrio", a única pista real que tinham para suas teorias era... eles mesmos. A resposta, concluíram, devia ser encontrada em alguma configuração de suas áreas de expertise. Trabalhando ao revés, que tipo de problema essas habilidades podiam solucionar?

Como Calixte tinha lamentado, a maioria das teorias eram marciais, envolvendo conquista, armas e defesa. Lazlo podia entender o porquê — catapultas, explosivos e metal sugeriam tal direção —, mas ele não achava que seria nada parecido com isso. Eril-Fane havia dito que o problema não lhes representava perigo, e ele não podia imaginar que o general dos Tizerkane deixaria sua cidade por tanto tempo se estivesse sob uma ameaça. Mas algo, ele havia dito, ainda os assombrava. Ele havia usado essa palavra. *Assombrar*. Apenas Lazlo havia considerado que seu significado podia ser literal. Imaginou que havia fantasmas. *Matador de Deuses*. Os fantasmas de deuses mortos? Ele não colocaria *isso* no livro de Calixte. Por um lado, aquelas pessoas dificilmente seriam chamadas para tratar de um dilema assim, e, por outro, porque ririam dele se ele escrevesse.

Foi *esse* o motivo pelo qual ele não tinha dado uma teoria, por que tinha medo de ser zombado? Não. Ele achou que era porque queria que Calixte estivesse certa: que a verdade fosse algo mais estranho do que qualquer coisa que pudessem imaginar. Ele não queria adivinhar a resposta, nem mesmo por quinhentas pratas. Queria subir no topo da Cúspide amanhã, abrir os olhos e *ver*.

— No momento em que vocês virem a cidade — Eril-Fane havia prometido —, entenderão qual é o problema.

No momento em que virem a cidade.

No momento.

Qualquer que fosse o problema, ficaria claro em um olhar. Essa era outra peça do quebra-cabeça, mas Lazlo não queria pensar nisso.

— Não quero adivinhar — ele disse a Calixte. — Quero ser surpreendido.

— Então seja surpreendido! — ela disse, exasperada. — Você não precisa *acertar*, só precisa dar uma sugestão *interessante*.

Eles estavam de volta ao acampamento. As tendas baixas de lã haviam sido erguidas, e os Tizerkane haviam prendido os espectrais em uma estrutura maior da mesma lã cozida. Os camelos, com seus mantos peludos, passavam as noites sob o frio das estrelas. Os condutores os haviam descarregado, colocando os fardos em um quebra-ventos, embora até então a noite estivesse calma. A pluma de fumaça do fogo erguia-se como as cordas encantadas do mercado em Alkonost que ficavam suspensas no ar enquanto meninos pequenos subiam e desciam delas.

Os faranji ainda estavam esperando o jantar. Havia aves de rapina no céu, circulando e crocitando sons horríveis que Lazlo imaginava que podiam ser traduzidos como *morram para que possamos comê-los.*

Eril-Fane soltou um falcão mensageiro, que subiu entre as aves, gritando o alerta de uma ave de rapina antes de sair em direção à Cúspide. Lazlo observou-o ir, e isso, mais do que qualquer outra coisa, fez com que ele percebesse a proximidade de seu destino.

A inacreditável iminência de seu sonho impossível.

— Tudo bem — ele disse a Calixte. — Você venceu.

Ela virou a cabeça para trás e ululou, e todo mundo no acampamento virou-se para olhar.

— Silêncio, sua assombração — ele disse, rindo. — Eu lhe darei *uma* teoria, tão louca e improvável quanto eu puder inventar.

— *E* bela e cheia de monstros — ela o lembrou.

— E bela e cheia de monstros — ele concordou, e então soube o que ia dizer a ela.

Era a história mais antiga do mundo.

15

A HISTÓRIA MAIS ANTIGA DO MUNDO

O serafim era o mito mais antigo do mundo. Lazlo havia lido todos os livros sobre folclore na Grande Biblioteca, cada pergaminho, cada canção e saga que haviam sido transmitidos de voz em voz ao longo de séculos de tradição oral para finalmente ser capturados em papel, e esse era o mais antigo. Ele datava de vários milênios — talvez até sete — e era encontrado em quase todas as culturas — inclusive na da Cidade Perdida, onde os seres eram adorados. Eles podiam ser chamados de enkyel, anjelin, anjos, s'rith, serifain ou serafim, mas a história central permanecia a mesma, e era a seguinte:

Eles eram seres de extrema beleza com asas de fogo sem fumaça — três homens e três mulheres — e há muito, muito tempo, antes que o tempo tivesse nome, desceram dos céus.

Vieram para olhar e ver que tipo de mundo era, e encontraram um solo rico e mares calmos, plantas que sonhavam que eram pássaros e subiam até as nuvens com folhas como asas. Eles também encontraram os ijji, uma raça enorme e terrível que mantinha os humanos como escravos, bichos de estimação ou alimento, dependendo da versão da história. Os serafins tiveram pena dos humanos, e por eles mataram os ijji, todos, e empilharam os mortos à beira do grande mar de poeira e queimaram-nos em uma pira do tamanho de uma lua.

E, assim, dizia a história, foi como os homens ganharam a supremacia sobre o mundo que era Zeru, enquanto os demônios foram riscados dele pelos anjos. Há muito tempo em um tempo há muito perdido, as pessoas acreditavam nisso, e também acreditaram que os serafins iriam retornar um dia e julgá-los. Havia templos e sacerdotisas, ritos de fogo e sacrifícios, mas isso foi há muito tempo. Ninguém mais acreditava nos velhos mitos.

— Pegue o seu lápis — Lazlo disse a Calixte, saindo da tenda. Ele havia tirado um tempo para cuidar de seu espectral, Lixxa, e depois de si mesmo.

Seu último banho de areia. Ele não sentiria falta disso. — Está pronta? Vai ser bom. Extremamente improvável.

— Vamos fazer, então.

— Tudo bem. — Ele limpou a garganta. Calixte balançava o lápis, impaciente. — O problema — disse ele, como se fosse perfeitamente razoável — é que os serafins voltaram.

Ela parecia satisfeita. Inclinou a cabeça e começou a escrever.

Da direção dos faranji, Lazlo ouviu uma risada.

— Serafins — alguém zombou. — Absurdo.

Ele os ignorou.

— É claro que você conhece os serafins — ele disse a Calixte. — Eles desceram dos céus, mas você sabe para onde vieram? Vieram para *cá*. — Ele gesticulou ao seu redor. — O grande mar de poeira, como é chamado nos contos. O que poderia ser além do Elmuthaleth? E a pira funeral do tamanho de uma lua? — Ele apontou para o único ponto saliente na imensidão plana.

— A Cúspide? — Calixte perguntou.

— Olhe para ela. Não é cristal, não é mármore e, definitivamente, não é gelo.

O sol havia se derretido em uma faixa de cobre e o céu estava de um azul profundo. A Cúspide parecia ainda mais de outro mundo do que à luz do dia, brilhando como se estivesse acesa por dentro.

— Então, do que é? — Calixte quis saber.

— Os ossos fundidos de demônios assassinados — explicou Lazlo, da mesma forma que o Irmão Cyrus havia lhe dito uma vez. — Milhares deles. O fogo sagrado queimou sua carne, e os ossos, do que quer que fossem feitos, derreteram-se e viraram vidro. Você ainda pode ver os crânios, cheios de dentes, e discernir as colunas e longos pés de esqueleto. Aves de rapina fazem ninhos nos grandes buracos dos olhos. Nada pode sobreviver lá a não ser os que comem os mortos.

Calixte havia parado de escrever. Seus olhos estavam arregalados.

— *Verdade?* — ela perguntou, sem fôlego.

Lazlo sorriu. *Extremamente improvável*, ele estava prestes a lembrá-la, mas alguém respondeu primeiro.

— É claro que não é verdade — disse a voz, com uma lentidão de paciência exagerada. Era Ebliz Tod, o construtor. Ele não tinha gostado de compartilhar o convite do Matador de Deuses com a garota que tinha "escalado a Espiral de Nuvem como um inseto", e fazia reclamações, como:

"haver uma *ladra* entre nós humilha os que têm verdadeiras habilidades". Então disse a ela, com a maior condescendência:

— Querida, sua credulidade é tão vasta quanto esse deserto. Pode perder-se nela e nunca encontrar fatos ou razão.

Alguns riram com ele, maravilhando-se de que alguém pudesse acreditar nesse tal absurdo. Thyon Nero estava encostado no quebra-vento, dourado pelo pôr do sol e pela luz do fogo.

— Estranho acredita nisso também — ele disse a Drave, o explosionista, que estava sentado ao seu lado, apagado pela proximidade. O afilhado dourado conseguia ter uma aparência elegante mesmo em meio à travessia do deserto. O sol havia dado à sua pele um tom alegre e dourado, e descolorido as pontas dos cabelos até um brilho pálido. As magras rações de viagem tinham apenas acentuado os belos contornos de seu rosto, e sua barba curta — aparada, diferentemente das dos outros — conferia-lhe maturidade e credibilidade sem sacrificar seu esplendor juvenil.

Drave, por outro lado, era magro e envelhecido pelo tempo além de sua idade, que estava perto dos trinta anos. Vindo de Maialen, onde o sol era escasso, ele era muito branco, e havia sofrido no Elmuthaleth mais do que qualquer um, queimando e descascando, queimando e descascando, seu rosto era uma colcha de retalhos de rosa e vermelho com pedaços marrons de pele morta desprendendo-se.

Os dois formavam um par improvável: o alquimista e o explosionista. Haviam andado juntos desde Alkonost, e começaram a cavalgar e a fazer as refeições juntos. Para qualquer outra pessoa, aquilo pareceria amizade, mas Lazlo não via isso como qualquer coisa tão benigna. Thyon Nero não tinha "amigos" em Zosma, mas sim admiradores, e Drave parecia disposto a exercer esse papel, até mesmo buscando o café da manhã e limpando a areia das botas para ele, e sem a recompensa da gratidão. Lazlo se perguntava se o "obrigado" de muito tempo atrás fora o único que o alquimista dissera na vida. Entretanto, ele não sentia pena de Drave. Ficou claro para ele que o explosionista não estava em busca de amizade, mas do segredo do ouro.

Boa sorte com isso, ele pensou, irônico.

— Ele acredita em tudo, até em fantasmas — Thyon acrescentou, arrancando um riso desdenhoso de Drave antes de voltar seus olhos para Lazlo. — Não é mesmo, Estranho?

Aquilo lembrou Lazlo do dia horrível no balcão de informações quando ele requisitou os livros de Lazlo: o olhar cortante e repentino direcionado a ele. A pergunta incisiva, com a intenção de desconcertar. E então sentiu uma sombra de seu antigo medo. Em toda essa jornada, Nero mal havia falado com ele, exceto por poucos comentários agressivos, mas Lazlo sentiu o fervor do seu olhar algumas vezes e perguntou-se se o alquimista ainda o contava como um custo — a única pessoa viva que conhecia seu segredo.

Quanto à pergunta de Thyon, sua resposta foi reservada.

— Eu admito, prefiro uma mente aberta a uma fechada — respondeu.

— Você chama de mente aberta acreditar que homens chegaram voando do céu com asas de fogo?

— E mulheres — disse Lazlo. — Seria uma espécie lamentável se só tivesse homens.

— Mais provável uma espécie inexistente — observou Calixte. — Os homens não têm útero nem bom senso.

Um pensamento perturbador ocorreu a Lazlo. Ele se virou para Ruza, falando na língua perdida para perguntar-lhe:

— Existem threaves machos e fêmeas? Por Deus, diga-me que aquelas coisas não acasalam.

— Os bebês threave devem vir de algum lugar — disse Ruza.

— Mas como eles se encontram? — Lazlo se perguntou. — E como eles...? — Ele deixou o restante passar sem dizer.

— Não sei, mas aposto que quando se encontram, aproveitam ao máximo. — O jovem guerreiro ergueu as sobrancelhas.

Lazlo fez uma careta. Ruza ergueu os ombros.

— O quê? Pelo que sabemos, as histórias de amor das threaves são as mais belas de todos os tempos...

Calixte deu risada. Ela também tinha se dado ao trabalho de aprender a língua, com Tzara como sua principal professora, assim como Ruza foi o de Lazlo. As duas mulheres estavam sentadas juntas agora, e Calixte sussurrou alguma coisa para Tzara que fez a guerreira morder a língua e ficar vermelha.

— Desculpe — interrompeu Thyon, com o olhar aflito de alguém que acredita que está sendo zombado. E uma vez que ele não tinha se dado ao trabalho de aprender a língua perdida, podia quase ser perdoado por pensar isso. Ele refez sua pergunta. — Você acredita que homens *e mulheres* desceram dos céus com asas de fogo?

Lazlo nunca disse que acreditava nos serafins. Mesmo em seus livros não fizera tal afirmação. Ele não tinha nenhuma prova, ou mesmo fé. Simplesmente lhe interessava — bastante — como as culturas de Zeru se apoiavam na mesma história. No mínimo, ela revelava os padrões de migração dos povos antigos. E, *no máximo*, revelava muito mais. Mas tudo isso era irrelevante. Ele não estava tentando ganhar a bolsa de teorias, afinal de contas. Estava apenas satisfazendo Calixte.

— Não vejo problema em considerar todas as ideias — respondeu. — Por exemplo, você poderia ter chegado no azoth se tivesse fechado seus olhos arbitrariamente para certos compostos químicos?

Thyon cerrou os dentes. Quando ele respondeu, uma tensão havia substituído o tom de zombaria.

— A alquimia é uma ciência. Não há comparação.

— Bem, não sou alquimista — disse Lazlo, afável. — Você me conhece, Estranho, o sonhador, cabeça nas nuvens. — Ele fez uma pausa e acrescentou com um sorriso: — Milagres para o café da manhã.

O rosto de Thyon virou uma pedra com a menção ao livro. Lazlo o estava ameaçando? De forma alguma. Ele nunca quebraria sua promessa tripla, e ouviu suas próprias provocações com uma sensação de irrealidade. Ele não era mais um bibliotecário júnior à mercê do afilhado dourado, e qualquer medo que sentisse dele tinha se desvanecido. Ainda assim, era estúpido cutucá-lo. Então, virou-se para Calixte.

— Agora, onde eu estava?

Ela olhou no caderno:

— Os ossos fundidos de demônios assassinados.

— Certo. Então foi *aqui* que os serafins desceram ou, mais provavelmente, *lá*, na cidade. — Ele fez um gesto em direção à Cúspide, e além dela. — E lá mataram os perversos ijji, deixando a raça jovem e atraente dos homens e mulheres livre de inimigos, e partiram novamente. Milênios se passaram. Os humanos prosperaram. E, então, um dia, conforme profetizado… os serafins retornaram.

Ele esperou para que a caneta de Calixte o acompanhasse.

— Tudo bem — ela respondeu. — Você tem a parte dos monstros, e acho que vou lhe dar a beleza. Pelo seu rosto adorável, se não pelos serafins — ela acrescentou, em uma provocação. Lazlo nem mesmo ficou vermelho. Se Calixte *achava* seu rosto adorável, o que ele achava implausível, considerando o ponto central, não havia nada de atração ou desejo por trás disso. Não, ele tinha visto o jeito como ela olhava para Tzara, e como Tzara retribuía o olhar, e isso servia como uma educação ampla no tema do desejo. — Mas qual — Calixte perguntou a ele — é *o problema?*

— Estou chegando lá — disse Lazlo, embora ainda não houvesse entendido essa parte de sua teoria louca e improvável. Ele olhou em volta. Viu que não eram apenas os faranji que estavam prestando atenção, mas os moradores da Cidade Perdida também: os Tizerkane, os condutores de camelos e o velho Oyonnax, o xamã. Eles não podiam compreender a língua comum, mas a voz naturalmente fisgou seus ouvidos. Eles estavam acostumados a ouvi-lo contar histórias, embora isso normalmente acontecesse depois do jantar, quando o céu estava escuro e ele só conseguia ver seus rostos pela luz tremeluzente da fogueira. Ele fez uma tradução rápida para que pudessem acompanhar. Eril-Fane estava ouvindo entretido, e Azareen também, que talvez fosse mais para ele do que a segunda-em-comando, embora Lazlo não conseguisse entender a natureza de seu relacionamento. A proximidade entre os dois era palpável, mas também, de certa forma... dolorosa. Eles não compartilhavam uma tenda, como vários pares de guerreiros faziam, e embora não mostrassem afeição física, estava claro para qualquer um que tivesse olhos que Azareen amava Eril-Fane. Os sentimentos de Eril-Fane eram mais difíceis de interpretar. Apesar de todo seu carinho, havia algo de reservado nele.

Os dois tinham uma história, mas de que tipo?

Em todo caso, este não era o quebra-cabeça atual de Lazlo. *O problema*, ele pensou, procurando inventar. *Serafins e ijji.*

Ele viu Mouzaive, o filósofo natural, em pé ao lado da cozinheira, Madja, com o prato nas mãos e um olhar mal-humorado no rosto, e foi dali que veio sua faísca de inspiração.

— A segunda vinda dos serafins. Pode ter começado com temor e reverência, mas o que vocês imaginam? — indagou ele, primeiro na língua comum e depois na língua perdida. — Acontece que eles são hóspedes *terríveis*. Extremamente deslumbrados consigo mesmos. Nunca levantam um dedo. Esperam ser servidos para tudo. Eles nem mesmo montam suas próprias tendas ou ajudam com os camelos. Eles apenas... ficam por aí, esperando ser alimentados.

Calixte escreveu, mordendo o lábio para segurar a risada. Alguns dos Tizerkane riram, bem como Soulzeren e Ozwin, o casal das máquinas voadoras. Acostumados a plantar nas terras ruins de Thanagost, eles não eram do tipo que fica parado, ajudavam como podiam. O mesmo não podia ser dito dos outros, que ficaram rígidos com a afronta.

— Ele está sugerindo que nós devemos *trabalhar?* — perguntou Belabra, o matemático, e causou murmúrios espantados.

— Resumindo — Lazlo concluiu —, o propósito desta delegação *é* persuadir os serafins a irem embora. Educadamente, é claro. Se isso não funcionar: expulsão forçada. — Ele fez um gesto para os delegados. — Explosões e catapultas, e assim por diante.

Soulzeren começou a bater palmas e se curvou. Percebeu a presença de Eril-Fane de novo, e viu como seu divertimento irônico havia se aguçado para uma espécie de avaliação penetrante. Azareen o olhava da mesma forma franca que Lazlo respondeu erguendo os ombros em sinal de desculpas. Era uma ideia ridícula, além de mesquinha e pouco política, mas ele não havia sido capaz de resistir.

Calixte preencheu a última página do livro, e ele tirou suas dez pratas, que era muito mais dinheiro do que já tinha segurado antes de receber seu primeiro salário de Eril-Fane.

— Adeus, boa moeda — ele ofertou, resignando-se —, porque nunca mais a verei novamente.

— Não seja melancólico, Estranho. Você pode ganhar — disse Calixte, sem convicção. Ela examinou a moeda e declarou que ela tinha "um ar triunfante", antes de enfiá-la na bolsa cheia, forçando as costuras. Parecia que uma moeda a mais poderia abri-la inteira. A última página do livro, o último espaço na bolsa, e o jogo das teorias terminara.

Agora tinham apenas de esperar até o dia seguinte para ver quem ganhou.

A temperatura caiu à medida que o deserto ficou escuro. Lazlo vestiu o chaulnote de lã sobre o de linho e colocou o capuz. A fogueira do acampamento ardia contra a noite azul profunda, e todos os viajantes reuniram-se em volta de seu brilho. Sua última noite de sede, comida insossa de viagem, traseiros doendo, esfoladura da sela, banho seco e areia em cada prega da roupa e da pele. A última noite de deitar no chão duro, e cair no sono com os encantamentos murmurados do xamã jogando seus pós na fogueira.

A última noite de encantamento.

Lazlo olhou para a Cúspide, sutil à luz das estrelas. Os mistérios de Lamento haviam sido como música para o seu sangue desde que podia se lembrar. Nessa hora, no dia seguinte, não seriam mais mistérios.

O fim da imaginação, pensou, mas não da *maravilha*. Esta estava apenas começando, tinha certeza disso.

16

UMA CENTENA DE PEDACINHOS DE ESCURIDÃO

Sarai estava irritada. Depois do jantar, Feral roubou uma tempestade de neve de algum céu longínquo e comeram neve com geleia de ameixa na sobremesa, mas ela mal aproveitou. Pardal e Rubi jogaram bolas de neve uma na outra, suas risadas, um pouco exageradas demais, suas miras um pouco certas demais, e Minya fugiu para algum lugar, prometendo devolver o fantasma Ari-Eil ao seu desvanecimento natural.

Sarai odiava quando Minya trazia novos fantasmas à cidadela. Cada um era como um espelho lhe refletindo sua monstruosidade.

Caso você esqueça que é uma abominação, aqui está uma velha que vai gritar ao vê-la. Aqui está um jovem que pensará que está no inferno.

Aquilo fazia maravilhas para a sua autoestima.

— Por que ela precisa fazer isso? — soltou em voz alta. Na galeria agora estavam apenas ela e Feral, inclinado sobre seu livro. Não era papel, mas folhas finas de mesarthium, gravadas com símbolos. Se eram letras, não podiam ser mais diferentes do fluido e belo alfabeto de Lamento, que Grande Ellen os ensinou a ler e escrever. Aquele não tinha ângulos, apenas curvas. Esse não tinha curvas, apenas ângulos. Sarai achava que parecia brutal, de certa forma. Não entendia como Feral podia ficar debruçado naquilo, quando por anos não havia tido nenhuma sorte para decifrá-lo. Ele dizia que podia quase *sentir* o significado, como se estivesse *bem ali*, esperando para ser resolvido, tal qual um caleidoscópio que precisasse ser girado.

Ele traçou um símbolo com a ponta do dedo.

— Por que quem precisa fazer o quê? — ele perguntou.

— Minya. Trazer fantasmas para cá. Trazer o ódio deles para a nossa casa. — Sarai ouviu-se. Como soava mesquinho reclamar de como aquilo era inconveniente para si mesma. Todavia, ela não sabia dizer o que estava realmente sentindo. Era inconcebível ter pena de um humano, fantasma ou vivo.

— Bem — disse Feral, distraído —, pelo menos temos você para levar *nosso* ódio para a casa *deles*.

Sarai piscou várias vezes, rapidamente, e olhou para suas mãos. Não havia maldade nas palavras de Feral, mas elas doeram como um beliscão. Talvez ela estivesse sensível após a revelação de Rubi quanto ao destino, e a percepção de que ela também pensava assim. E talvez fosse inveja do fato de que Feral conjurava neve, Pardal plantava flores e Rubi produzia calor e fogo, enquanto ela... fazia o que fazia.

— É isso que eu faço? — ela indagou, sua voz saindo fraca. — Me admira que vocês não me chamem de Mensageira do Ódio.

Feral ergueu os olhos do livro:

— Eu não quis dizer no *mau* sentido.

Sarai riu, sem alegria.

— Feral, como o ódio pode *não* ser mau?

— Se é merecido. Se é vingança.

Vingança. Sarai ouviu o jeito que ele falou, e entendeu uma coisa. *Vingança* deve ser dita com dentes cerrados, saliva voando, as cordas da alma da pessoa tão emaranhadas nesse sentimento que é impossível se livrar, mesmo que se tente. Se você a sente — se você realmente a *sente* —, então você fala como se ela fosse um coração ainda batendo apertado na sua mão, com sangue correndo pelo braço, pingando do cotovelo, e você *não pode soltá-lo.* Feral não falou desse jeito, em hipótese alguma. Poderia ter sido qualquer palavra. *Poeira, xícara* ou *ameixa.* Não havia calor nela, nenhum coração ainda batendo, nada de sangue. *Vingança* era apenas uma palavra para ele.

Essa percepção a encorajou.

— E se não for? — ela perguntou, hesitante.

— E se não for o quê?

Sarai não tinha nem certeza do que queria dizer. E se não fosse vingança? E se não fosse merecido? Ou, ainda mais primariamente: e se não fosse mesmo *ódio* que ela sentisse pelos humanos, não mais? E se tudo houvesse mudado, tão lentamente que sequer sentira enquanto acontecia?

— Não é vingança — ela explicou, passando as mãos nas têmporas e fitando-o, tentando decifrá-lo. — Eu esgotei isso faz anos. *Você* não sente mais isso, sente? Não de verdade? Tenho certeza de que Rubi e Pardal não sentem.

Feral pareceu inquieto. As palavras de Sarai eram muito simples, mas desafiavam o princípio básico de suas vidas: de que tinham um inimigo. De que eles *eram* um inimigo. Via que não restava um grande ódio em Feral, que não admitiria isso. Seria como uma blasfêmia.

— Mesmo que não sintamos — ele se esquivou —, Minya tem ódio suficiente por todos nós.

Ele não estava errado. A animosidade de Minya ardia mais forte do que o fogo de Rubi, e por um bom motivo: ela era a única deles que se lembrava do Massacre. Fazia quinze anos. Sarai e Feral tinham dezessete agora; Pardal tinha dezesseis, e Rubi quase. E Minya? Pois bem. Embora parecesse uma criança de seis anos, não era uma. Na verdade, era a mais velha dos cinco, e quem salvara os outros quinze anos atrás quando ela *tinha* mesmo seis anos, e o restante eram apenas bebês. Ninguém entendia o porquê ou como, mas ela não envelheceu desde o dia sangrento em que os humanos celebraram a vitória sobre os deuses, executando os filhos que deixaram para trás.

Apenas cinco haviam sobrevivido, e só por causa de Minya. Sarai sabia do Massacre por meio de sonhos e memórias roubados, mas Minya *lembrava-se*. Ela tinha brasas acesas no lugar dos corações, e seu ódio era tão quente agora quanto nunca.

— Acho que é por isso que ela o faz — refletiu Sarai. — Que ela traz os fantasmas, quero dizer. Para que possamos ver como eles olham para nós, e jamais esqueçamos quem somos.

— Isso é bom, não é? — argumentou Feral. — Se esquecermos, podemos relaxar. Quebrar a Regra. Nos entregarmos.

— Pode ser — Sarai admitiu. Era verdade que o medo os mantinha cuidadosos. Mas qual era o propósito do ódio?

Pensou que era como a threave do deserto, uma besta da areia que podia sobreviver por anos comendo nada além de sua própria pele abandonada. O ódio podia fazer isso também — viver de nada além de si mesmo —, mas não para sempre. Como uma threave, o ódio só se sustentava até que alguma refeição mais rica aparecesse. Ele esperava por uma presa.

O que *eles* estavam esperando?

Sarai podia ver que Feral não compartilhava de seu conflito, e como poderia? Os únicos humanos que ele conhecia eram fantasmas, ainda atordoados com o primeiro choque da morte para encontrarem-se *aqui*, no teatro de seus pesadelos, escravizados por uma garotinha impiedosa tão azul quanto suas piores memórias. Isso com certeza não trazia à tona o melhor dos humanos. Mas depois de quatro mil noites entre eles — em suas casas, em suas peles — Sarai os conhecia de uma forma que os outros não poderiam, e também perdera aquela habilidade fácil para odiar. Ela deixou o assunto de lado.

— O que Rubi disse mais cedo... — ela especulou —, você também sente assim?

— Que parte? Sobre a sopa ser insípida ou o inferno ser interessante?

Sarai balançou a cabeça, sorrindo.

— Você sabe que parte quero dizer.

— Ah, sim. Que não tem problema queimar nossas roupas quando estamos irritados porque vamos morrer jovens?

— Essa parte — Sarai ficou mais hesitante. — Feral, você consegue nos imaginar envelhecendo?

— Claro que consigo — respondeu, sem hesitação. — Serei um distinto cavalheiro idoso com longos bigodes, três mulheres, uma dúzia de filhos...

— Três mulheres? — Sarai interrompeu. — Quem, *nós*? Você vai casar com todas nós?

— Bem, naturalmente. Eu não gostaria que ninguém ficasse de fora. Exceto Minya, e acho que ela não ligaria.

— Não, acho que você está certo quanto a isso — respondeu Sarai, divertida. — Ela não tem o perfil de esposa.

— Enquanto você...

— Ah, sim. Levo tanto jeito. Mas como isso vai funcionar? Você vai fazer um rodízio entre nós numa escala, ou escolherá de acordo com seu humor?

— Uma escala parece ser mais *justo* — ele disse, solene. — Sei que não será fácil, todas vocês tendo de me dividir, mas devemos fazer o melhor numa situação imperfeita. — Ele lutava para manter a boca serena com uma expressão de seriedade, mas não conseguiu evitar o humor em seus olhos.

— Uma situação imperfeita — Sarai repetiu. — É *isso* que temos aqui? — Ela gesticulou ao redor. A galeria. A cidadela. Sua existência precária e condenada.

— Um *pouco* para o lado imperfeito, sim — explicou Feral com pesar, e então não conseguiram mais manter a seriedade diante de tamanho eufemismo. Sarai riu primeiro, dando uma gargalhada, e Feral a seguiu, a hilaridade fez sua mágica mundana, decantando a tensão das costas da jovem e aliviando o terror frio que estivera pressionando-a a noite inteira.

E é assim que você segue em frente. Você dá risada das partes sombrias. Quanto mais partes sombrias, mais você tem de rir. Com rebeldia, com despreocupação, com histeria, da forma como puder. Sarai suspeitou que sua mãe, a deusa do desespero, não aprovasse isso.

Mas ela teria amado o dom da filha.

A noite avançou. Os outros foram para seus quartos. Sarai também foi, mas não para dormir. Seu dia estava apenas começando.

Seus aposentos haviam sido os de sua mãe, e eram os segundos em tamanho e esplendor, perdendo apenas para os de Minya, que eram um verdadeiro palácio, cercado dentro do corpo da cidadela, e tinham sido o domínio de seu pai: Skathis, deus das bestas e lorde dos Mesarthim, o mais monstruoso de todas elas.

Os de Sarai ficavam na extremidade do lado destro — que era uma forma de dizer *direito*, assim como *sinistro* era uma forma de dizer *esquerdo* — do longo corredor curvo a partir da galeria. A porta não fechava. Todas as portas na cidadela — *tudo* na cidadela — ficou congelado como estava no momento da morte de Skathis. Portas que estavam abertas permaneceram firmemente abertas. Portas fechadas eram permanentemente intransponíveis. Vastos setores da cidadela estavam, de fato, fechados, seus conteúdos eram um mistério. Quando os cinco eram menores, gostavam de imaginar outras crianças sobrevivendo nas alas fechadas, levando vidas paralelas, e brincavam de imaginar quem elas seriam, e que dons possuíam para tornar sua existência enclausurada suportável.

Grande Ellen lhes contou das crianças que conheceu em seus anos no berçário. Uma garota que conseguia projetar ilusões com a mente. Um menino que podia imitar os rostos dos outros. Outro cujas lágrimas podiam curar qualquer ferimento — um belo dom, mas ele estava destinado a passar a vida inteira chorando.

O mais invejável para eles, naquela época, era o da garota que podia trazer as coisas dos sonhos. Se ela pudesse sonhar, podia carregar consigo. Brinquedos, harpas, gatinhos, bolos, coroas e borboletas. Eles adoravam imaginar todas as coisas que teriam se possuíssem esse dom: pacotes de sementes para Pardal plantar uma verdadeira horta, e livros para Feral, que queria aprender mais do que os fantasmas podiam ensinar. Para Sarai: uma boneca que cobiçara em Lamento, que ela viu sendo abraçada por uma menina que dormia durante uma de suas visitas noturnas. Um exército para Minya, que sempre foi sombria. Para Rubi, uma jarra inteira de mel para comer sem dividir com ninguém.

— Você deveria ter aquele dom — Rubi dissera a Sarai. — É muito melhor que o seu.

— Só é bom até você ter um pesadelo — Sarai respondeu, com má vontade.

— E se ela sonhasse com uma ave de rapina — disse Minya, sorrindo — e quando acordasse ela bicasse sua cabeça?

Agora entendiam que se qualquer um *tivesse* ficado trancado em outros setores da cidadela, teria morrido em dias. Os cinco eram os únicos seres vivos ali.

Sarai não podia fechar sua porta, mas puxou a cortina que pendurou ali para tampá-la. Tinham de respeitar as cortinas uns dos outros, mas era um sistema imperfeito, especialmente no que dizia respeito a Minya. *Uma situação imperfeita*, Sarai se lembrou, mas a efervescência do riso perdera o gás.

Uma antecâmara levava ao quarto de dormir. Diferentemente das paredes austeras do corredor, esse quarto imitava a arquitetura de Lamento, com colunas sustentando um entablamento ornamental e o teto alto arqueado. Lá embaixo, na cidade, as construções eram de pedra, intrincadamente esculpida com cenas do mundo natural e mítico. Entre as mais belas estava o Templo de Thakra, no qual uma dúzia de mestres escultores trabalharam por quarenta anos, dois deles ficaram cegos no processo. Só o friso exibia mil pardais tão reais que os pássaros de verdade passavam suas vidas cortejando-os em vão. Aqui nessas câmaras havia duas vezes mais pássaros, misturando-se a serafins e lírios, espectrais e vinhas, e embora o trabalho provavelmente tivesse sido feito em uma hora ou duas, era ainda mais perfeito do que o do templo. Eles foram criados em mesarthium, não em pedra, e não tinham sido entalhados nem moldados. Não era assim que o mesarthium funcionava.

A cama com dossel ocupava uma plataforma no centro do quarto. Sarai não dormia nela. Era grande demais, como um palco. Havia outra cama, mais razoável, enfiada em uma alcova atrás do closet. Quando era mais nova, imaginava que havia pertencido a uma criada, mas em determinado momento passou a entender que era para os consortes e amantes de Isagol, ou seja lá como fossem chamados. O próprio pai de Sarai teria dormido nessa cama quando Isagol não o queria na sua. Seu pai. Quando percebeu isso, sentiu como se fosse uma violação de seu refúgio, imaginá-lo ali, reconfortando-se naquela privacidade enquanto deitava acordado, planejando o massacre dos deuses.

Era a cama de Sarai agora, mas não usaria por horas. Atravessou descalça a porta do terraço e saiu à luz da lua.

Sarai tinha dezessete anos, uma deusa e uma garota. Metade de seu sangue era humano, mas isso não dizia nada. Ela era azul. Era filha dos deuses. Era um anátema. Ela era jovem. Era adorável. Tinha medo. Cabelos ruivos e pescoço fino, e usava uma camisola que havia pertencido à deusa do desespero, que era longa demais, e arrastava-se atrás de si, a bainha gasta de esfregar no chão, indo e vindo, indo e vindo. Andando nesse terraço, Sarai poderia ter ido à Lua e voltado.

Exceto, é claro, que, se pudesse andar até a Lua, jamais *voltaria*.

Era hora. Ela fechou os olhos. Fechou-os bem cerrados. Seu dom era horrível. Ela nunca deixou que ninguém a visse invocá-lo. Ela podia ensinar a Ari-Eil uma coisinha ou outra sobre repugnância, pensou. Respirou fundo. Podia senti-lo crescer dentro de si, brotando como lágrimas. Ela segurou por mais um momento. Sempre havia esse impulso: de guardá-la, essa parte dela mesma. Escondê-la. Mas ela não tinha esse luxo. Tinha trabalho a fazer, então abriu a boca.

E *gritou*.

Era claramente um grito — a tensão do ricto em sua face, cabeça para frente, garganta estendida —, mas nenhum som saiu. Sarai não gritou um *som*, mas algo diferente. Ela foi emitida: uma escuridão suave, borbulhante. Parecia uma nuvem.

Mas não era uma nuvem.

Cinco, dez segundos. Gritou seu grito silencioso. Ela gritou *um êxodo.*

Gritando na noite, a escuridão rachou-se em uma centena de pedaços esvoaçantes como retalhos de veludo soprados pelo vento. Uma centena de pedacinhos de escuridão, eles se separaram e juntaram-se em um pequeno tufão que varreu sobre os telhados de Lamento, rodopiando e girando em suaves asas de crepúsculo.

Sarai gritou *mariposas*. Mariposas e sua própria mente, dividida em uma centena de pedaços e arremessada para o mundo.

17

A MUSA DOS PESADELOS

Todos os filhos dos deuses tinham dons mágicos, embora algumas de suas habilidades merecessem o termo *dom* mais do que outras. Não havia como prever o que seria, cada um se manifestava em seu próprio tempo, à sua própria maneira. Alguns, como os de Feral e Rubi, deixavam-se conhecer espontaneamente — e vividamente — enquanto ainda eram bebês. Tempestades e fogueiras no berçário. Neve e raios, ou lençóis queimados, deixando nada além de um bebê irritado e nu fumegando em um berço. Outras habilidades levavam mais tempo para serem descobertas, e dependiam do ambiente e da circunstância — como a de Pardal, que precisava de um jardim, ou pelo menos de uma semente, para se manifestar. Ela ainda engatinhava quando isso aconteceu. Grande Ellen adorava contar a história: de como a pequena Pardal havia atravessado a galeria engatinhando com suas mãos gordinhas até as orquídeas que não floresciam desde o Massacre. Elas pareciam estacas em um vaso, e Grande Ellen não impediu a garota de agarrá-las. Não havia muita coisa para brincar na cidadela, e as orquídeas estavam além de qualquer esperança. Ela estava distraída — provavelmente por Rubi — e quando olhou novamente, não foram estacas em vasos que viu, mas o pequeno rosto de Pardal paralisado com a visão de um botão abrindo a partir da madeira morta que tinha em suas mãozinhas.

Bruxa das Orquídeas. Ladrão de Nuvens. Fogueira. Seus dons manifestaram-se sem esforço, naturalmente. Isso não podia ser dito sobre o dom de Sarai.

Enquanto Feral, Rubi e Pardal não conseguiam se lembrar do tempo antes de sua magia, ela conseguia. Lembrava-se de se perguntar qual seria o seu dom, e esperar que fosse bom. Os outros também esperavam. Bem, as garotas eram muito pequenas, mas Feral e Minya estavam bastante conscientes: o dom de Sarai era o último desconhecido. Eles estavam presos na cidadela para sobreviver ali conforme podiam, pelo maior tempo possível, e havia dons que podiam tornar isso mais fácil. Quanto a Sarai, ela não queria apenas que tornasse a vida mais fácil, não era o bastante. Ela queria salvá-los.

Havia um dom, acima de todos, que poderia ter feito isso. Era o dom de Skathis, e embora era provável que fossem herdados por seus filhos, os poderes dos deuses eram imprevisíveis, e havia uma chance de que se manifestasse nos outros. No entanto, Sarai sabia que ela não o tinha, pois fora testada quando bebê. Todos eles foram. Korako, a deusa dos segredos, foi a responsável por isso, e por administrar outros testes para determinar habilidades mais difíceis de compreender. Korako estava morta agora, junto com Skathis e Isagol, Letha, Vanth e Ikirok — os Mesarthim, todos assassinados pelo Matador de Deuses, Eril-Fane.

O dom que Sarai mais desejara não era o de Skathis, mas sim o de voar. Havia deuses que podiam voar, de acordo com Grande Ellen, e havia imaginado que um dia apenas começaria a subir, e subir, e subir para a liberdade. Em suas fantasias, ela levava os outros junto, mas eles nunca chegavam a um destino, porque ela não conseguia imaginar que lugar poderia existir no mundo para seres como eles. Havia dons bons pelos quais desejar, e havia dons ruins aos quais temer, e quanto mais o tempo passava, mais se preocupava que o dela fosse um desses. Ela tinha cinco anos e nada tinha acontecido. Seis, e ainda nada.

E então... um não, nada. Não era *alguma coisa*, tampouco. Não ainda, não totalmente. Apenas uma sensação crescendo dentro de si, e não era uma sensação boa.

Primeiro, parecia um pouco com segurar palavras cruéis em vez de dizê-las — como elas ficam queimando atrás da língua como um veneno secreto, pronto para ser cuspido no mundo. Ela segurou. Não contou a ninguém. Ficou mais forte, mais pesado. Ela resistiu. Desde o início, parecia *errado*, e só piorou. Havia uma inquietação, uma vontade de *gritar*, e toda essa sensação errada, essa urgência... Só acontecia à noite. À luz do dia ela ficava bem, e essa parecia mais uma pista de que havia uma coisa sombria e má dentro de si. Brotando, crescendo, subindo, preenchendo-a — algo *dentro* dela que não deveria estar lá, e toda noite que se passava era mais difícil resistir às suas compulsões.

Sua garganta queria gritar. Sua alma também. Ela lutou contra isso como se houvesse demônios por dentro tentando sair e devastar o mundo.

Deixe-os sair, Minya teria dito. *O mundo merece a devastação.*

Foi Minya que, por fim, tirou aquilo dela — *arrastou-os* para fora, sua centena de pedacinhos de escuridão.

— Vejo o que você está fazendo — ela acusou Sarai uma noite, encurralando-a no jardim. Aquele foi o ano em que ambas tinham a mesma idade.

Sarai a havia alcançado, e logo cresceria mais que ela, enquanto Minya ficou para sempre a mesma. — Você acha que não sei? — a garotinha acusou. — Você está escondendo o seu dom. Bem, não é seu para esconder. Qualquer que seja, ele pertence a todos nós.

Sarai não argumentou. Estavam nisso juntos, e ela tinha a esperança de que seu dom os libertasse. Mas essa esperança havia ido embora.

— E se for ruim? — ela sussurrou, temerosa.

— Ruim será bom — Minya disse, fervente. — Nós *precisamos* de ruim, Sarai. Para a *vingança*.

Ela sabia como dizer a palavra, dentes cerrados e saliva voando, todo o seu ódio descarregado. Seu dom era o que era. Ela podia punir os humanos, mas só depois que eles morriam, e isso não satisfazia. Sarai podia ter sonhado em voar e fugir, mas não Minya. Ela esperava que a magia de Sarai fosse uma arma contra o inimigo. E as duas garotinhas podiam parecer iguais naquela noite no jardim — como colegas de brincadeira —, mas não eram. Minya era a terrível irmã mais velha que havia salvado a vida de todos, e eles fariam qualquer coisa por ela, até mesmo odiar. Essa parte era fácil, na verdade. Natural. Eles não conheciam outra coisa além de fantasmas, a cidadela, e odiar os humanos que os odiavam.

Então Sarai não resistiu ao grito naquela noite, e as coisas sombrias dentro dela ganharam asas. Saíram borbulhando de seus lábios e, no fim, não eram demônios, mas *mariposas*.

O horror disso. *Insetos saindo de seu corpo*.

Quando finalmente acabou — aquela primeira aparição, cinco ou dez segundos pareceram uma eternidade — ela caiu de joelhos e perdeu seu jantar entre as raízes de uma ameixeira. Minya assistira a tudo com olhos arregalados e um fascínio doentio. As mariposas estavam frenéticas, porque Sarai estava frenética. Batiam as asas e rodopiavam em uma coreografia desesperada. A garganta de Sarai ardia — do vômito, não das mariposas. Mais tarde, compreendeu que elas não ferviam sua garganta. Não estavam na verdade *dentro* dela, não assim. Elas *vinham* dela — uma dimensão de sua mente ou alma que tomava forma apenas quando elas apareciam, surgindo de algum lugar no ar de seu grito. Ela sentia o roçar de asas macias contra seus lábios, mas isso era tudo. Sarai não se afogava com as mariposas. Ela não era uma colmeia viva com a barriga cheia de crisálidas que se rompiam ao anoitecer. Nada tão terrível. Mas foi terrível o bastante daquela primeira vez, e violento, irritante e *atordoante*. Ajoelhou-se entre as raízes da ameixeira e cambaleou. Sua mente parecia ter se descascado, estava nua e espalhada. Ela segurou em um nó da raiz enquanto o mundo se partia em pedaços e girava.

Ela podia ver através dos olhos das mariposas. De toda centena delas de uma vez. Por isso ficou atordoada, cambaleou e girou. Podia ver o que elas viam, e ouvir o que elas ouviam, sentir o cheiro e o sabor que sentiam também, e até sentir o que quer que suas asas, pés e antenas felpudas tocassem. Esse era o seu dom, grotesco e maravilhoso:

Sua consciência tinha asas. *Ela* não podia voar, mas *sua consciência* podia. Era uma espécie de fuga, mas sem liberdade, pois ainda era uma prisioneira, uma monstruosidade secreta. Mas agora era uma prisioneira e monstruosidade secreta que podia espionar a vida que jamais teria.

Se isso fosse tudo, ainda assim seria útil: ter uma janela para ver Lamento, à noite, pelo menos — as mariposas eram estritamente noturnas —, para ver algo do inimigo e saber o que ele estava fazendo. Mas isso não era tudo. Era apenas o começo de sua habilidade estranha e sombria.

Esta noite, não mais criança, Sarai fez o mesmo que vem fazendo há quatro mil noites. Saiu no terraço e gritou suas mariposas para o céu. Elas desceram para Lamento, voando sobre a topografia de telhados como se tivesse sido setorizada em um mapa. Os insetos dividiram-na entre si, mergulharam em chaminés, espremeram-se através de frestas nas janelas. Elas eram escuras, pequenas e adoráveis — o roxo exato da noite, com um brilho de luz das estrelas na água escura. As antenas eram plumas adequadas para abanar uma minúscula rainha, os corpos como botões de salgueiro: compactos, felpudos, maravilhosos.

No terraço, Sarai andava de lá para cá. Uma energia inquieta a atravessava. Ela nunca conseguia ficar parada quando suas mariposas estavam fora. Tinha os olhos abertos, mas sem foco. Ela deixava apenas o suficiente de sua consciência para fazer aquilo: andar pela extensão do terraço e saber se alguém se aproximasse. O resto de sua mente estava em Lamento, em uma centena de lugares ao mesmo tempo.

Dentre outras casas, entrou na de Ari-Eil. A janela estava aberta. Sua mariposa voou direto para dentro. O cadáver dele estava deitado na mesa da cozinha. Ela não o tocou, apenas olhou. Ele era bonito mesmo agora, mas a imobilidade era terrível, o abismo entre o sono e a morte, imenso. Era estranho ver a concha vazia quando seu fantasma havia estado na cidadela há tão pouco tempo. Quando os humanos morriam, suas almas prendiam-se invisivelmente aos corpos pelo tempo que conseguiam — um ou dois dias — e então perdiam a ligação e eram requisitados pelo chamado natural da evanescência. O céu os levava. As almas ascendiam e voltavam para o céu, sendo incorporadas por ele.

A menos que Minya os pegasse para brincar, é claro.

Ari-Eil não fora casado; aquela era a casa de sua família, e sua irmã mais nova cochilava ao seu lado, dormindo na vigília. Seu nome era Hayva e tinha a idade de Sarai, que não podia deixar de pensar como a vida da garota seria diferente se os deuses estivessem vivos.

Ao mesmo tempo em que estava lá, na cozinha de Ari-Eil, ela estava entrando em outras casas, olhando para outros rostos. Entre eles estavam mulheres que não tinham tanta sorte quanto Hayva, mas que eram jovens quando os deuses comandavam Lamento. Não era Lamento então, é claro. Esse nome veio com o Massacre, mas combinava com os dois séculos de reinado dos Mesarthim. Se houve algo em abundância em todos esses anos, certamente foram as lágrimas.

Todos esses lares, todas essas pessoas. Brinquedos espalhados e botas gastas e tudo tão diferente do que era na cidadela. Não havia mesarthium nessas casas, mas tijolo, madeira e pedra. Colchas feitas à mão e tapetes de tecidos, gatos enrodilhados ao lado dos humanos em suas camas bagunçadas. Sarai ia até eles — os humanos, não os gatos. As mariposas encontravam-nos adormecidos em suas camas. Seu toque era leve. Os adormecidos nunca acordavam. Homens e mulheres, crianças e avós. As mariposas pousavam em sua fronte, ou na saliência dos ossos da face. Havia intimidade nisso. Sarai conhecia os odores dos humanos, e os ritmos de sua respiração. Ela era uma conhecedora de cílios — a forma como eles descansavam, a forma como vibravam. E a textura da pele em torno dos olhos, como era frágil, e a primeira a se enrugar, e o movimento brusco e palpitante do globo atrás das pálpebras. Ela podia dizer só de olhar se um adormecido estava sonhando ou descansando entre os sonhos. Ninguém que já tenha vivido, pensou, sabia mais sobre olhos fechados do que ela.

Também vira um bom tanto de pele nua — que não fosse azul — e observara a pulsação das gargantas desprotegidas e pulsos pálidos. Ela via as pessoas em seu momento mais vulnerável, sozinhas ou juntas, dormindo ou fazendo outras coisas que são feitas no escuro. Havia, ela descobriu, um número incontável de jeitos de os corpos entrelaçarem-se. Aquilo era uma educação. Antes era engraçado e chocante. Ela contava para os outros sobre isso logo pela manhã, e eles se surpreendiam e davam risada, mas agora não era mais engraçado nem chocante. Havia crescido nela, imperceptivelmente, uma espécie de agitação, uma atração. Sarai entendia o anseio de Rubi. Ela não espionava mais nesses momentos privados, mas mesmo a visão de um braço forte e nu enlaçando delicadamente uma cintura ou ombro podia fazê-la doer com a vontade. Ser um corpo de um par que conhecia aquela fusão. Procurar e encontrar. Ser procurada e encontrada. Pertencer a uma certeza mútua.

Acordar de mãos dadas.

Na cidadela, a garganta de Sarai fechou-se. Suas mãos cerraram-se. Aquilo não era coisa para seres como ela.

— Beijo dezenas de pessoas toda noite — dissera a Feral no início daquela noite.

— Isso não é beijar — ele respondera, e estava certo. Beijar não era o que Sarai fazia com os humanos enquanto sonhavam. Na verdade, tudo até esse ponto era preâmbulo — o voo da cidadela, espremer-se por chaminés e pousar nas frontes. Ver e sentir, cheirar, provar e tocar, eram apenas o limiar de seu dom. Aqui estava a totalidade dele:

Quando uma mariposa fazia contato com uma pessoa dormindo, Sarai podia entrar no sonho tão facilmente quanto passar por uma porta, e uma vez que estava lá, fazia o que bem entendia.

As mentes ficavam abertas para ela — ou, pelo menos, a superfície ficava, e o que quer que borbulhasse debaixo a fim de pintá-las com reprodução de imagens, sensação e emoção, combinando e recombinando infinitamente no esforço incansável de fazer *sentido*, de fazer o *eu*. Porque o que é uma pessoa a não ser a soma de todos os fragmentos de memória e experiência: um conjunto finito de componentes com uma infinita gama de expressões. Quando uma mariposa pousava na testa de uma pessoa adormecida, Sarai mergulhava em seu sonho. O que o sonhador estivesse experienciando, ela experienciava, e não como uma espectadora infeliz. Logo que entrava — uma saqueadora invisível, que não era vista nem sentida — o sonho era dela para controlar. No domínio do real, podia ser apenas uma garota, escondida e em perigo, mas na mente inconsciente era todo-poderosa: feiticeira e contadora de histórias, titereira e encantadora das sombras.

Sarai era a Musa dos Pesadelos.

Minya havia lhe dado esse nome, e o propósito que vinha com ele. Minya a havia tornado o que ela era.

— Precisamos do ruim, Sarai — a garotinha dissera. — Para nos vingar.

E Sarai se tornara a arma que Minya queria que ela fosse, e punia os humanos da única forma que podia: através de seus sonhos. O medo era seu meio, e os pesadelos sua arte. Toda noite, por anos, ela havia atormentado os sonhadores de Lamento.

— Você fez alguém chorar? — Minya lhe perguntava de manhã. — Fez alguém gritar?

A resposta era sempre *sim*.

Por muito tempo, essa coisa nova e excitante havia sido o foco de suas vidas. Os outros quatro iam ao seu quarto de manhã para se juntarem em sua cama assim que as mariposas retornavam, e ela lhes contava tudo: o que e quem tinha visto, como eram as casas na cidade, como eram as pessoas. Minya só queria saber dos pesadelos, mas os outros eram mais interessados em Lamento. Ela contava sobre pais que iam confortar os filhos quando os pesadelos os acordavam, e todos ficavam imóveis e quietos, ouvindo com uma intensidade terrível. Havia sempre, entre eles, uma confusão de inveja e desejo, pois odiavam os humanos, mas também queriam *ser* como eles. Queriam puni-los e queriam ser abraçados por eles. Serem aceitos, honrados, amados, como o filho de alguém. E uma vez que não podiam ter nada disso, tudo tomava a forma de *rancor*. Qualquer um que já tenha sido excluído entende o que sentiam, e ninguém havia sido tão excluído quanto aquele grupo.

Então eles acrescentavam o cinismo ao desejo, e era como acrescentar riso à escuridão — autopreservação de um tipo bem feio. E, assim, eles se endureceram, escolhendo devolver o ódio com mais ódio.

Sarai colocou uma mariposa em Hayva, a irmã de Ari-Eil, e sobre outras pessoas adormecidas em outras casas. Por toda a cidade, ela afundou-se nos sonhos de Lamento. A maioria era mundana, a contabilidade rotineira da mente. Alguns sonhos destacavam-se. Um homem estava dançando com a mulher do vizinho. Uma velha estava caçando uma ave de rapina com nada além de uma faca de vidro de demônio. Uma mulher grávida imaginava seu bebê nascendo azul, e preferia que fosse o azul da morte ao azul dos deuses.

Hayva sonhava com seu irmão.

Duas crianças brincavam em um quintal. Era um simples fragmento de memória. Havia uma árvore morta, e Ari-Eil estava segurando nos ombros de Hayva para que ela pudesse pendurar flores de papel nos galhos. Como a maioria das árvores em Lamento, ela nunca floresceria novamente, e os dois brincavam que ainda estava viva.

Sarai ficou ali, invisível para os irmãos. Mesmo que quisesse que eles a vissem, não a veriam. Esse era o limite de seu dom conforme ela sabia a partir da longa experiência. No início, tentava de tudo para chamar a atenção dos humanos. Ela gritava e assobiava, mas nunca a ouviam, beliscava-os, mas nunca sentiam. Nos sonhos dos outros, ela era um fantasma, fadada a nunca ser vista.

Agora estava acostumada com isso. Observou as duas crianças decorarem os galhos mortos com flores de papel e perguntou-se se aquilo era o máximo que Lamento podia esperar. Uma vida falsa.

Não era isso que *ela* também tinha?

O que ela estava fazendo aqui, nessa casa, nesse sonho? Se estivesse tentando ganhar um elogio de Minya, não se conteria, mas usaria a meiguice e a tristeza de Hayva contra ela. Sarai tinha um arsenal de terrores. Ela *era* um arsenal de terrores. Durante todos esses anos os vinha colecionando, e onde poderia guardá-los senão dentro de si? Ela sentia-os no seu cerne, cada imagem e cena de medo e mau presságio, de vergonha, choque e sofrimento, de massacre e agonia. Era por isso que não ousava mais sonhar: porque em seu próprio sono ela era como um sonhador qualquer, à mercê de seu inconsciente. Quando dormia, ela não era a feiticeira ou a encantadora sombria, mas apenas uma garota adormecida sem controle sobre os terrores internos.

Quando era mais nova, não teria hesitado em assustar Hayva com visões horríveis de seu irmão morto. Ela o teria feito morrer de duzentas novas maneiras, cada uma mais repulsiva que a anterior. Ou então teria feito o garotinho dessa memória afetuosa transformar-se em uma coisa morta-viva voraz, que arremessaria a irmã no chão e enfiaria os dentes em seu crânio enquanto ela acordava gritando.

Antigamente, Sarai teria imaginado o deleite de Minya, e feito o pior.

Não mais.

Essa noite, imaginou o deleite de Minya e fez o seu melhor. Encarnando Pardal, sua meiga Bruxa das Orquídeas, a menina desejou que a árvore morta voltasse a viver e observou surgirem folhas e brotos enquanto as duas crianças dançavam em torno dela, rindo. No cômodo de verdade, onde a irmã estava largada em uma cadeira ao lado do corpo do irmão morto, seus lábios curvaram-se em um sorriso leve. A mariposa voou de sua sobrancelha esquerda e Sarai deixou o sonho e voou de volta para a noite.

É engraçado como você pode passar anos vendo apenas o que quer ver, e escolhendo a indignação como se escolhe uma camisola, deixando todas as outras penduradas na vara fina de mesarthium. Se a indignação *fosse* uma camisola, então por anos Sarai havia usado apenas uma: a do Massacre.

Ela o conhecia muito bem, por conta dos sonhos. Inúmeras vezes viu o episódio na mente dos homens que o tinham perpetrado — na de Eril--Fane mais do que todas.

Brilho de faca e sangue espalhando-se. As Ellens mortas no chão para que os homens que as haviam matado pisassem sobre seus corpos. O terror e os gritos de misericórdia de meninas e meninos com idade suficiente para entender o que estava acontecendo. A lamúria e o choro de bebês pequenos demais para entender qualquer coisa, mas chocados pelo terror dos outros. Todos aqueles gritos: subtraídos um a um como se o *silêncio* fosse o objetivo.

E o objetivo fora atingido.

Quase trinta vozes foram subtraídas do mundo naquele dia, sem contar os seis deuses e a dezena de humanos que, como as Ellens, haviam tentado impedir. Sarai, Feral, Rubi e Pardal teriam sido mais quatro pequenos corpos no berçário aquele dia, não fosse por Minya. Os humanos tinham feito aquilo. Haviam matado bebês. Não era surpresa que Sarai tivesse se tornado a Musa dos Pesadelos, uma deusa vingativa para assombrar seus sonhos.

Mas, como dissera a Feral, sua vingança tinha se esgotado anos atrás.

A desgraça — e a coisa sobre a qual ela nunca ousava falar — era que para explorar os medos dos humanos, ela precisava conviver com eles. E não era possível fazer isso por mil noites sem entender, mesmo a contragosto, que os humanos também eram sobreviventes. Os deuses haviam sido monstros e mereciam morrer.

Mas seus filhos não. Não na época, e não agora.

A cidadela era sua prisão e seu santuário, mas por quanto tempo mais seria ambas as coisas? Não importava o quanto obedecessem a Regra, algum dia os humanos chegariam. Se o horror dos fantasmas recém-capturados por Minya lhes dizia alguma coisa, era que as pessoas de Lamento fariam novamente o que fizeram antes. E como eles poderiam se defender?

Mariposas, nuvens, flores, fogo e fantasmas. Eles não eram impotentes, mas Sarai não tinha ilusões. Eles não podiam sobreviver a um segundo Massacre. Sua única esperança era *não serem descobertos*.

Ela andou no terraço, para cá e para lá sob a luz da lua, enquanto na cidade suas mariposas iam de casa em casa como abelhas de flor em flor. Sua consciência era um instrumento sutil, podendo se dividir igualmente entre sua centena de sentinelas, ou transferir-se entre elas em qualquer configuração, concentrando-a onde a atenção fosse necessária e recuando onde não fosse. A cada momento sua percepção mudava. Ela tinha de reagir em um bater de asas, confiar em seus instintos, perambular pela cidade mergulhando e emergindo das mentes, girar uma centena de mariposas em sua dança selvagem, torcer os sonhos e afiá-los, atacar com deuses e monstros pelos caminhos do inconsciente. E sempre, sempre, o que quer que fizesse, quaisquer medos que empregasse, a cada um ela anexava um adendo furtivo, como notícias devastadoras no final de uma carta. Era sempre o mesmo. Todo pesadelo que sacudia as pessoas adormecidas de Lamento carregava o mesmo alerta subliminar.

Era um horror sem nome da cidadela e de tudo que ela continha.

Esse era o trabalho que ela tinha se proposto: tecer em todos os sonhos de Lamento um pavor tão potente que ninguém ousaria *olhar* para a cidadela, muito menos chegar perto dela. Até agora havia sido suficiente.

A noite pareceu muito longa, mas terminou como todas as noites terminam, e Sarai chamou suas mariposas de volta para casa. Ela parou de andar e esperou. Os insetos voaram por meio dos últimos raios de luz das estrelas, voltando à formação de um sifão de asas girando e, abrindo boca, colocou-os para dentro.

No começo, o retorno era ainda pior do que o êxodo. Daquela primeira vez, Sarai não havia conseguido, pois simplesmente não podia abrir a boca para elas, e teve de vê-las transformarem-se em fumaça quando o sol se levantou.

Então ficara muda o dia inteiro, como se sua voz tivesse virado fumaça com as mariposas.

Mas chegou a noite, contudo, e ela sentiu que estavam brotando novamente, à medida que todo o ciclo começou mais uma vez e aprendeu que, se quisesse ser capaz de falar, era melhor abrir a boca e deixar as mariposas voltarem.

— Quem é que vai querer beijar uma garota que come mariposas? — Rubi perguntou uma vez em um espírito de comiseração. E Sarai pensou então — como agora — que beijar não era um problema que se apresentaria para ela. De qualquer forma, ela não *comia* as mariposas. Não havia nada para se engasgar, nenhuma criatura para engolir. Apenas o roçar suave de asas contra seus lábios enquanto os insetos se fundiam a ela, deixando um retrogosto de sal e fuligem. Sal das lágrimas, fuligem das chaminés, e Sarai estava inteira novamente. Inteira e esgotada.

Ela mal havia voltado para dentro quando a Pequena Ellen entrou, carregando a bandeja matutina com o lull em um pequeno frasco de cristal, e um prato de ameixas para cortar o amargor.

— Bom dia, querida — disse a fantasma.

— Bom dia, amor — respondeu Sarai. E estendeu a mão para pegar seu lull, e bebeu seu esquecimento cinzento.

18

OS OSSOS FUNDIDOS DE DEMÔNIOS ASSASSINADOS

Fora toda sua contação de histórias fantasiosas e conversa sobre mentes abertas, o que Lazlo esperava, de fato, encontrar à medida que a caravana se aproximava da Cúspide? Um rochedo fissurado de mármore partido pelo tempo? Rochas que se parecessem com ossos a ponto de gerar um mito, com uma pedra aqui e ali no formato de um crânio?

Não foi isso que ele encontrou.

— São ossos de verdade — afirmou a Eril-Fane, e tentou decifrar uma confirmação na expressão do herói, mas Eril-Fane só deu um sorriso fantasma e manteve o silêncio que carregara consigo o dia todo.

— São ossos de verdade — Lazlo afirmou novamente, para si mesmo. Aquilo ali. Não era uma pedra que se parecia com um crânio. *Era* um crânio, e havia centenas deles. Não, havia milhares nessa vasta massa branca, em que centenas podiam ser vistos pela trilha. Dentes nas mandíbulas, afiados como qualquer hreshtek e, nos buracos dos olhos, o que falara: ninhos de aves de rapina, que eram coisas estranhas e felpudas, construídos com coisas roubadas — fitas caídas ou madeixas de cabelos, franjas rasgadas de xales e até penas perdidas. Os pássaros propriamente ditos mergulhavam e gritavam, entrando e saindo de saliências que só podiam ser vértebras, segmentadas e esporeadas e, inequivocamente: mãos gigantes, pés gigantes. Ossos do carpo afilados tão longos quanto o braço de um homem. Nós dos dedos do tamanho de punhos. Eles estavam derretidos, fundidos. Os crânios eram curvos, como velas deixadas muito perto do fogo, então nenhum tinha o mesmo formato. Mas mantinham o formato suficiente. Um dia, aquelas tinham sido criaturas vivas.

Geralmente, embora não gostasse de se gabar, ele teria gostado de ver o rosto dos outros faranji agora, o de Thyon em particular. Mas o afilhado dourado estava preso em um camelo, na parte de trás da caravana, e Lazlo teve de se contentar com as exclamações que ecoavam de Calixte, que *era* dada a gabar-se.

— Ei, Tod, eu estou mesmo vendo isso? — ele a ouviu dizer. — Ou estou perdida em minha *vasta credulidade?* — e, um momento depois: — O que *você* está fazendo aqui, Tod? Você não sabe que é rude perambular na credulidade de alguém? — e então: — Isso é fato ou razão que estou encontrando? Espere, não, são mais ossos de demônio.

Ele suspeitou que ela logo se cansaria da piada.

— Você está surpreso — Eril-Fane observou Lazlo. — Do jeito que falou a noite passada, achei que você sabia.

— Sabia? Não, eu achava... não sei o que eu achava. Eu achava que mesmo que fosse verdade, não seria tão *obviamente* verdade.

Era extremamente óbvio e, de certa forma, grande demais para caber em sua mente — como tentar enfiar a Cúspide em seu pequeno crânio. Não era todo dia que se tinha a prova de um mito e, se aquilo não fosse prova, ele não sabia o que era.

— Os serafins? — indagou a Eril-Fane. — Eles eram reais, também?

— Se há provas, você quer dizer? — Eril-Fane perguntou. — Nada desse tipo. Mas como não morreram aqui, não poderiam ter deixado ossos. O Thakranaxet sempre foi prova suficiente para nós.

O Thakranaxet era o épico dos serafins. Lazlo encontrou algumas passagens ao longo dos anos, embora o poema em sua completitude nunca houvesse chegado a Zosma. Ouvindo a reverência no tom de Eril-Fane, ele entendeu que era um texto sagrado.

— Vocês o cultuam.

— Sim.

— Espero que eu não os tenha ofendido com a minha teoria.

— De jeito nenhum — disse Eril-Fane. — Eu gostei dela.

Eles continuaram cavalgando. Deslumbrado, Lazlo observou as formações extraordinárias ao seu redor:

— Este era um jovem — explicou, apontando para um crânio menor do que os outros. — É o crânio de um bebê demônio. E isso é uma montanha de ossos de demônios derretidos. Estou cavalgando sobre ela em um espectral. — Ele acariciou as longas orelhas brancas de Lixxa, que relinchou, e ele lhe murmurou palavras doces antes de continuar. — Estou cavalgando sobre a pira funeral dos ijji com o Matador de Deuses. De quem eu sou secretário.

O sorriso fantasma de Eril-Fane tornou-se menos fantasma.

— Você está narrando? — ele perguntou, intrigado.

— Eu deveria estar — Lazlo respondeu, e começou, em uma voz dramática: — A Cúspide, que parecia baixa no horizonte, era formidável de perto, e a caravana levou várias horas para subir pela trilha em ziguezague até o Forte Misrach, sendo o único caminho para atravessá-la. Era também o lugar onde, por séculos, os faranji haviam sido atraídos e esquartejados e servidos como alimento para os sirrahs. Lazlo Estranho fitou o céu — aqui, Lazlo fez uma pausa para fitar o céu — onde as aves de rapina circulavam, gritando e quase prendendo guardanapos de jantar em volta de suas gargantas sujas. E ele se perguntava, com um frisson de preocupação: era possível que ele tivesse sido levado tão longe apenas para servir de comida aos comedores de carniça?

Eril-Fane riu, e Lazlo contou isso como uma pequena vitória. Uma espécie de tristeza estava crescendo no Matador de Deuses à medida que se aproximavam de seu destino. Lazlo não conseguia entender. Ele não deveria estar contente de retornar para casa?

— *Um frisson de preocupação?* — repetiu Eril-Fane, levantando uma sobrancelha.

Lazlo apontou para os pássaros.

— Eles estão ameaçadoramente felizes em nos ver.

— Acho que devo lhe contar. Devido à falta de aventureiros faranjis, os sirrahs estavam ficando desnutridos. Foi considerado necessário atrair alguns viajantes para cá para suprir essa falta. Afinal, os pássaros precisam comer.

— Droga. Se você tivesse me falado antes, eu teria colocado isso no livro de Calixte. Então eu poderia usar o dinheiro do prêmio para subornar os executores.

— Tarde demais — respondeu Eril-Fane com remorso. — Agora estamos aqui.

E ali, de fato, eles estavam. Os portões da fortaleza à sua frente. Tizerkanes de armaduras os abriram, recebendo seu líder e camaradas com uma alegria solene. Olharam para Lazlo com curiosidade, e para o resto dos forasteiros também, assim que os camelos foram levados através dos portões para a praça central da fortaleza. Ela era entalhada diretamente na rocha — ou melhor, nos ossos derretidos pelo calor — que se erguia em paredes altas de ambos os lados, mantendo o céu a distância. Quartel e estábulos enfileiravam-se pelas paredes, e havia cocheiras e uma fonte — a primeira água não racionada que viram por meses. Cerca de vinte metros à frente havia outro portão. O caminho, Lazlo pensou, e quase não conseguiu processar direito.

— No momento em que virem a cidade — Eril-Fane havia dito —, vocês entenderão o motivo disso tudo.

O que poderia ser que ficaria claro à primeira vista?

Ele desmontou e levou Lixxa para um cocho, então foi até a fonte e derramou água sobre a cabeça com as duas mãos, em concha. A sensação da água, fria e distinta, molhando seu couro cabeludo e correndo pelo pescoço, era inimaginavelmente boa. A próxima mão em concha foi para beber, e a próxima, e a próxima. Depois disso: esfregou seu rosto, enfiando os dedos na barba que crescia e coçava. Agora que haviam quase chegado, ele se permitiu um breve conforto. Nada de luxo, que estava além do seu horizonte, mas o simples conforto: lavar o rosto, fazer a barba, uma refeição, uma cama. Ele compraria algumas roupas com seus salários assim que tivesse a chance. Embora nunca tivesse comprado roupas e nem sabia como fazer, mas imaginou que descobriria. O que alguém vestia, quando podia vestir qualquer coisa?

Nada cinza, pensou, e lembrou-se da sensação de determinação de quando se desfez de suas vestes de bibliotecário ao se juntar a Eril-Fane — e do remorso, também. Ele havia amado a biblioteca, e sentira-se, quando criança, como se ela tivesse uma espécie de senciência, e talvez o amasse também. Mas mesmo que fosse apenas paredes e um teto com papéis dentro, ela o havia encantado e atraído, e dado-lhe tudo de que precisara para se tornar quem era.

Será que a veria novamente, ou o velho Mestre Hyrrokkin? Embora houvesse se passado apenas seis meses, a Grande Biblioteca se tornara memória, como se sua mente tivesse classificado seus sete anos lá e os arquivado em um passado mais distante. Seja lá o que acontecesse aqui, Lazlo sabia que aquela parte de sua vida havia acabado. Ele cruzara continentes e bebido da luz das estrelas em rios sem nome. Não havia como voltar.

— Estranho! — gritou Calixte, aproximando-se dele com seu jeito dançante. Seus olhos estavam iluminados quando ela o agarrou pelos ombros e o sacudiu. — *Ossos*, Estranho! Isso não é demoníaco? — Seu tom deixava claro que demoníaco era *bom*, se é que isso existe. Lazlo achava que não. Independentemente da maneira como olhasse aquilo — o que quer que os ijji tenham sido, e o que quer que os tenha matado, anjos ou não —, esse monte de ossos era um túmulo épico. Mas haveria tempo para pensar nas implicações mais tarde. Por enquanto, ele se permitiu maravilhar-se.

Calixte estendeu a mão em concha para ele.

— Aqui. Sei que você seria virtuoso demais para fazer isso. — Curioso, estendeu a mão e ela deixou cair um fragmento curvo e afiado de vidro branco brilhante. — É um canino da Cúspide — ela explicou, com um sorriso largo.

Um dente de ijji.

— Você quebrou isso? — ele maravilhou-se. Ela teve de desmontar, talvez até escalar.

— Bem, ninguém disse para *não* desfigurar a montanha.

Lazlo balançou a cabeça, sorrindo, e pensou que se ele não tivesse ouvido o rumor em Syriza e mencionado a Eril-Fane, Calixte talvez ainda estivesse na prisão, ou sequer ainda estaria viva.

— Obrigado — ele agradeceu, fechando sua mão em volta do dente.

Foi o primeiro presente que lhe deram na vida.

Havia uma pequena refeição esperando por eles — simples, mas deliciosa por ser fresca. Pão macio e salgado com queijo branco, fatias de carne condimentada e pedaços de uma fruta grande e redonda com gosto de chuva açucarada. Ninguém falou e, naquele momento, não havia divisões entre eles — ricos ou pobres, estrangeiros ou nativos, acadêmicos ou secretário. Não importava que Thyon Nero tivesse crescido com iguarias e Lazlo Estranho com migalhas, os dois nunca haviam se deliciado tanto com uma refeição.

— Ei, Tod! — disse Calixte, com a boca cheia de pão. — Ainda estamos na minha credulidade? Porque se estivermos, você me deve por essa refeição.

Tudo bem, talvez *algumas* divisões persistissem.

Os sirrahs continuavam circulando, gritando seu coro voraz, e as fileiras foram perturbadas mais uma vez, assim como no dia anterior, pela passagem de um falcão mensageiro. Com a metade de seu tamanho, ele mergulhou através do rabisco de suas asas rotas e malcheirosas, afastando-os com seu grito penetrante. Eril-Fane levantou o braço e o pássaro espiralou em uma descida elegante, pairou no vento, e pousou.

O Matador de Deuses pegou a mensagem e a leu, e quando ergueu os olhos da página, procurou Lazlo — primeiro com o olhar e depois com os pés.

— Notícias? — perguntou Lazlo, quando ele se aproximou.

— O que, isso? — Ele mostrou a mensagem. — Mais para ordens.

— Ordens? — De quem? Um comandante? Um governador? — Eu achava que *você* dava as ordens.

Eril-Fane riu.

— Não para minha mãe — respondeu.

Lazlo piscou. De todas as improbabilidades daquele momento, esta foi a que mais o surpreendeu. Ele havia cruzado o Elmuthaleth ao lado do Matador de Deuses e agora carregava, em seu bolso, o dente de uma criatura do mito mais antigo do mundo. Mas mito era o terreno mediano de sua mente, que sequer havia pensando que o Matador de Deuses pudesse ter uma mãe.

Porque ele era um herói. Porque ele parecia moldado no bronze, não nascido como um homem mortal. Porque Lazlo, que não tinha mãe, tendia a esquecer-se da existência delas. Ocorreu-lhe que talvez nunca tenha encontrado uma, ou pelo menos nunca trocado mais do que uma palavra ou duas com uma. Isso parecia impossível, mas fora assim.

— Ela está ansiosa para conhecê-lo — disse Eril-Fane.

Lazlo o fitou, sem reação.

— Eu? Mas como ela sabe...? — Ele se calou, um nó se formando em sua garganta. O Matador de Deuses tinha uma mãe esperando por ele em Lamento. Ele tinha mandado notícias de sua chegada iminente, e o bilhete recebido parecia apropriado para mencionar Lazlo.

— Você ficará com ela quando chegar à cidade.

— Oh — disse Lazlo, surpreso. Os faranji ficariam hospedados na Câmara dos Mercadores; ele imaginou que também ficaria lá.

— Ela insiste, acredito. Espero que você não se importe. Não será tão grandioso quanto a câmara, mas garanto que será confortável. — Lazlo não sabia o que era mais extraordinário: que Eril-Fane se sujeitasse à insistência da mãe ou que ele imaginasse que Lazlo se importaria.

— Não, confortável é bom. — Essas foram as palavras que sua mente lhe ofereceu. *Confortável é bom.* — Espere. — Ele então se deu conta da escolha de palavras de Eril-Fane. — Você disse quando *eu* chegar à cidade. Você não vem conosco?

— Não hoje à noite.

— O quê? Por quê?

Eril-Fane parecia cansado. A vitalidade que normalmente irradiava dele havia quase desaparecido. Desviando os olhos como se tivesse vergonha, explicou:

— Eu não durmo bem em Lamento. — Foi a única vez que Lazlo o ouviu usar esse nome, e isso o assustou. E completou, tentando sorrir: — Então, estou lhe oferecendo minha mãe como substituta. Espero que você consiga suportar o rebuliço. Ela não tem ninguém para cuidar há algum tempo, então imagino que vai aproveitar ao máximo.

— Será o primeiro rebuliço que terei de enfrentar — respondeu Lazlo, ouvindo alguma coisa crua em sua voz que não podia ser atribuída a uma garganta seca —, mas imagino que vou me sair bem.

O Matador de Deuses sorriu, com um olhar afetuoso que acentuava suas rugas, e estendeu o braço para dar-lhe um tapinha no ombro. E Lazlo, que não só não tinha mãe como também não tinha pai, achou que ter um devia ser parecido com isso.

— Bem, então aqui estamos — anunciou o grande homem, e observou o portão a distância e pareceu se endurecer. — Você está pronto?

Lazlo fez que sim.

— Então vamos.

19

A SOMBRA DO NOSSO TEMPO ESCURO

Eril-Fane guiou o grupo para o portão da cidade. Assim que entrou, se virou em silêncio com o espectral a fim de encará-los. Havia peso em seu silêncio. Havia tensão e resignação em seu rosto, até mesmo um vestígio de pavor.

— Há duzentos anos, houve uma tempestade… — Ele fez uma pausa. Todos se prenderam na palavra *tempestade.* Os metalúrgicos gêmeos trocaram um olhar esperançoso, porque nenhuma de suas teorias envolvia um furacão.

— Não foi como as outras tempestades — Eril-Fane continuou. — Não havia chuva, apenas vento e raios, e os raios eram diferentes de tudo o que conhecíamos. Foi exatamente acima da cidade, furiosa. Ela formou uma *esfera*… como se mãos enormes tivessem varrido o céu e reunido todos os raios do mundo numa bola. — Ele encenou isso, os ombros largos ergueram-se à medida que as mãos arrastaram o espectro dos raios e lhe deram forma, e o seguraram.

— Ela parou. — Ele deixou as mãos caírem. — A noite caiu escura. Não havia lua, nem estrelas. As pessoas não conseguiam ver nada, mas sentiram uma mudança na atmosfera, uma pressão. E quando o sol nasceu, elas viram o porquê. Como vocês verão.

Em seguida, virou sua montaria e os guiou através do portão. O caminho era cavado profundamente no vidro de demônio, e estreito, de forma que tinham de andar em fila única. Ele se curvava e subia, gradualmente se alargando. Eles cavalgaram para frente e para cima. O céu ficou mais largo, de um azul profundo e sem nuvens.

E então, repentinamente, chegaram a um extremo e tudo estava à sua frente.

O Elmuthaleth até então era um alto platô deserto, plano e seco. Desse lado da Cúspide, o mundo caía em um profundo abismo. Era longo e curvo, esculpido por um rio — um rio que fazia o Eder parecer um gotejo, seu som catastrófico audível mesmo de onde estavam. Mas nenhuma surpresa podia ser tão grande com um rio, não importa quão épico. Simplesmente não há surpresa suficiente no mundo.

"A sombra do nosso tempo escuro ainda nos assombra", o Matador de Deuses havia dito. E Lazlo tinha se concentrado no tempo *escuro*, e tinha se perguntado sobre a palavra *assombra*, mas nunca pensara em considerar *sombra*.

Era, literalmente, uma sombra.

Lá estava a cidade — a famosa Lamento, não mais perdida —, em pleno dia, mas ela estava escura.

Lazlo sentiu como se o topo de sua cabeça se abrisse e o universo tivesse deixado cair um fósforo aceso. Naquele momento, entendeu que era menor do que imaginava e que o domínio do desconhecido era maior. Muito maior. Porque não podia haver dúvida:

Aquilo que fazia sombra sobre Lamento não era deste mundo.

— Estranho — disse Calixte, e ela não quis dizer o adjetivo *estranho*, que ficava imensamente aquém da visão à frente deles. Não, ela estava falando com Lazlo. Ela pesou a bolsa de teorias em sua palma e disse, em um sussurro atordoado: — Acho que você ganhou.

20

NOTÍCIAS DO MORTO

Havia fantasmas na sala. Sarai os ouviu sussurrando antes de abrir os olhos, e a luz dourada do dia oscilou — luz, sombra, luz, sombra — à medida que eles se moviam entre a janela e sua cama. Primeiro ela achou que fosse Pequena Ellen, junto talvez com Awyss e Feyzi, as camareiras, e sentiu uma ligeira irritação por elas terem entrado sem permissão. Não era hora de acordar, pois ainda sentia no peso de seus membros e pálpebras o encantamento cinzento do lull.

Os sussurros ficaram mais nítidos.

— Os corações, mire nos corações.

— Não nos corações. Você pode acertar uma costela. A garganta é melhor.

— Aqui, deixe que eu faço.

Os olhos de Sarai se abriram subitamente. Não era Pequena Ellen ou Awyss ou Feyzi ou qualquer um dos serviçais. Era um grupo de mulheres velhas, e elas se assustaram e afastaram-se da cama, todas juntas.

— Está acordada! — uma delas gritou.

— Faça agora! — guinchou outra.

E antes que Sarai pudesse processar o que estava acontecendo, uma das fantasmas avançou em sua direção e levantou uma faca, seu rosto selvagem com ódio e determinação, e Sarai não conseguia sair do caminho. Ela simplesmente não conseguia se mover rápido o bastante, não através da névoa de lull. A lâmina da faca brilhou e todas as suas memórias emprestadas do Massacre vieram se derramando — brilho de faca e bebês gritando — e *ela* estava gritando, e as velhas estavam gritando, mas não a que estava com a faca. Ela estava chorando de raiva, e a faca ainda estava levantada, seu braço tremendo enquanto lutava para completar o arco que havia começado e levar a faca até a garganta de Sarai.

— Não posso — ela lamentou, com pura frustração. Lágrimas riscaram seu rosto. Ela tentou com toda sua vontade, mas seu braço não a obedecia, e a faca caiu de sua mão para perfurar o colchão, ao lado do quadril da menina.

Sarai conseguiu enfim se mover, ficando de joelhos e se afastando das fantasmas. Seus batimentos cardíacos aceleraram, enviando vibrações de pânico por todo o corpo, muito embora ela soubesse que estava a salvo. As fantasmas não podiam machucá-la. Era o primeiro imperativo do feitiço de Minya: os mortos não podiam ferir os vivos, contudo, aquelas fantasmas não sabiam disso. A que tinha avançado ficou perturbada. Sarai a conhecia, e não sabia que ela tinha morrido. Seu nome era Yaselith, e sua história era a da maioria das mulheres de sua geração — e de todas as gerações nascidas e criadas sob o governo dos Mesarthim, quando Skathis chegou cavalgando em Rasalas, sua grande besta de metal, e tirou meninos e meninas de seus lares.

O que aconteceu na cidadela, ninguém jamais contou. Antes que retornassem, Letha encarregou-se deles. Letha, deusa do oblívio, mestra do esquecimento. Ela podia zerar uma mente em um piscar de olhos, e fazia isso, roubando anos inteiros das meninas e dos meninos da cidade, para que quando Skathis os levasse de volta eles não tivessem memória de seu tempo com os deuses. Seus corpos, contudo, carregavam marcas que não podiam ser apagadas facilmente, porque mais havia sido roubado deles além das memórias.

Os olhos de Yaselith estavam molhados e vermelhos, os cabelos tão brancos e sem peso quanto uma lufada de fumaça. Ela estava tremendo violentamente com a respiração aos trancos e, quando falou, a voz rouca parecia o riscar de um fósforo:

— Por quê? — indagou. — Por que não posso matá-la?

E Sarai, confrontada com uma quase assassina na pessoa de uma velha morta, não sentiu raiva. Não *dela*, de qualquer forma. Minya era outra história. O que novos fantasmas estavam fazendo na cidadela?

— Não é culpa sua — Sarai respondeu quase gentilmente —, mas você não pode me ferir.

— Então você deveria se ferir. Matar-se, garota. Tenha piedade de nós todos. Faça isso. *Faça.*

E então todas estavam sussurrando isso, empurrando as cortinas da cama larga de Isagol para circundar Sarai pelos lados. "Faça", elas a incitavam. "Tenha alguma decência. *Faça isso*". Havia um brilho selvagem em seus olhos, e Sarai conhecia todas elas, mas não entendia como podiam estar ali, porque nenhuma delas estava morta, e seu pânico aumentou e expandiu-se à medida que ela viu sua própria mão pegar a faca. Seu primeiro pensamento foi que *ela* estava morta e Minya estava fazendo-a agir assim, porque ela não conseguia se impedir. Sua mão se fechou em volta do punho da faca e a tirou da cama. De onde a lâmina saiu, do pequeno rasgo no tecido, sangue pulsou em jorros arteriais.

E mesmo essa louca irrealidade não conseguiu trazê-la de volta à consciência. Camas não podem sangrar. Ela estava tão imersa na paisagem do pesadelo até mesmo para questioná-lo. Sua mão se virou, posicionando a ponta da adaga contra o peito, e olhou para os rostos zombeteiros das velhas de Lamento, não vendo um fim neles. Onde antes havia cinco ou seis, agora havia dezenas, seus rostos empurrando a cortina diáfana da cama de forma que suas bocas e olhos pareciam buracos negros e, mesmo assim, o que a surpreendeu não foram os rostos, mas sim as cortinas.

O que ela estava fazendo na cama de sua mãe?

Aquele foi o último pensamento antes de enfiar a faca em seus dois corações e sentar-se ereta com um enorme susto e se encontrar em sua própria cama. Sozinha. Nenhum fantasma, nenhuma faca, nada de sangue. Nada de respiração, tampouco. Seu susto parecia não ter fim. Ela estava se afogando nele e não conseguia expirar. As mãos em garras com cada músculo rígido, um grito tomou seu crânio, lavando todo pensamento. O sentimento permaneceu por um tempo até ela achar que morreria simplesmente por não conseguir respirar e, então, por fim, o susto a deixou e ela se dobrou, expulsando o ar enquanto seu corpo lembrava-se do que fazer. Permaneceu longos minutos enrolada em si mesma apenas respirando, com a garganta ardendo, olhos bem fechados, antes que pudesse enfrentar a verdade.

Ela havia tido um sonho.

Ela começou a tremer incontrolavelmente. Um sonho havia atravessado a barreira.

— Oh, não — sussurrou, e enrolou-se ainda mais enquanto pensava no significado daquilo. — Oh, não.

O lull deveria impedi-la de sonhar. Será que havia se esquecido de tomá-lo? Não, ela ainda podia sentir o amargor atrás da língua.

Então como ela havia sonhado?

Lembrou da época antes do lull, e no ataque violento de pesadelos que levara a Grande Ellen a começar a lhe preparar o lull. Na época, era como se todos os terrores que colecionara ao longo dos anos, seu arsenal inteiro, tivesse se voltado contra ela. Era disso que o nada cinzento a protegia — ou deveria proteger.

Por fim, saiu da cama. Ela gostaria de ter tomado um banho, mas isso significaria ir ao quarto da chuva e encher a banheira, então chamar Rubi para aquecê-la, e demandaria mais trabalho do que podia encarar. Então apenas derramou a água fria de seu jarro e lavou-se. Penteou e trançou os cabelos, e colocou uma camisola limpa antes de ir ao quarto principal, onde a cama grande de sua mãe estava intocada, as cortinas livres das mulheres fantasmas com rostos selvagens. Ainda assim, ela estremeceu e passou rápido pelo móvel, atravessando a porta-cortina e indo até o corredor, onde encontrou Pequena Ellen trazendo a bandeja da tarde com chá — não chá de verdade, o qual já não tinham há muito tempo, mas uma infusão de ervas para ajudar a afastar os efeitos do lull — e biscoitos, uma vez que Sarai sempre dormia e perdia o almoço.

— Você levantou cedo — disse a fantasma, surpresa, e Sarai esforçou-se para esconder a perturbação.

— Acho que eu não chamaria a tarde de *cedo* — respondeu com um sorriso fraco.

— Bem, cedo para você. Alguma coisa a acordou?

— Esse é o meu chá? — Sarai indagou, fugindo da pergunta. Pegou a xícara da bandeja nas mãos de Pequena Ellen e a encheu com o pequeno bule. O aroma de hortelã encheu o ar. — Obrigada, Ellen — agradeceu, e levou a xícara consigo, deixando a fantasma, confusa, para trás.

Ela passou pela galeria e foi para a cozinha para falar com Grande Ellen, a quem perguntou, em estrita confidência, se era possível deixar o lull mais forte.

— Mais forte? — repetiu a mulher, arregalando os olhos, e depois estreitando-os. — O que aconteceu?

— Nada aconteceu — Sarai mentiu. — Só temo que ele se torne menos eficaz com o tempo. — E ela *havia* pensado nisso, mas... ele não havia se tornado menos eficaz com o tempo. Parou de funcionar da noite para o dia, o que não era algo com o qual estava preparada para lidar.

— Bem, e *ficou*? Não minta para mim. Você sabe que eu sei quando está mentindo. — Sua voz era grave, e Sarai a encarou, Grande Ellen transformara seu rosto no de um falcão, olhos amarelos e severos debaixo da inclinação abrupta do cenho emplumado, um bico curvo mortal onde seu nariz deveria estar.

— Não — Sarai protestou, rindo apesar da situação. — Você sabe que não consigo resistir ao falcão.

— Olhe nos meus olhos e apenas tente mentir.

Era um jogo de quando eles eram menores. Grande Ellen nunca tentou forçar ou ordenar que se comportassem ou obedecessem, pois não teria dado certo, especialmente quando seus dons eram ainda voláteis e não totalmente sob seu controle. Ela usava métodos mais elaborados, como esse, e conquistava resultados melhores. Era, na verdade, muito difícil mentir para um falcão.

— Isso não é justo — exasperou-se Sarai, cobrindo os olhos. — Você não pode apenas confiar em mim e me ajudar?

— É claro que posso, mas preciso saber quão urgente é. Eu me perguntava quando você desenvolveria uma tolerância. — Quando, não *se*. — Está acontecendo?

Sarai descobriu os olhos e encontrou Grande Ellen de volta à forma humana, o olhar acusador de falcão substituído por um olhar humano penetrante, mas compassivo. Em resposta, ela balançou a cabeça quase imperceptivelmente e ficou grata por Grande Ellen não investigar mais.

— Tudo bem, então — a fantasma respondeu, com competência em vez de uma grande preocupação. — Tome meia dose extra de manhã, e vou mexer no próximo lote para ver o que pode ser feito.

— Obrigada — agradeceu Sarai.

Seu alívio deve ter sido audível, porque Grande Ellen deu-lhe um olhar que era de falcão mesmo sem a transformação. Ela alertou, com cautela:

— Isso não vai funcionar para sempre, você sabe. Não importa o que façamos.

— Não se preocupe comigo — disse Sarai com uma indiferença fingida, mas enquanto saía para a galeria acrescentou, em um tom mais baixo que só ela podia ouvir: — Acho que não precisamos nos preocupar com o para sempre.

Ela viu Pardal primeiro, ajoelhada entre as orquídeas, o rosto sonhador e as mãos cheias de vinhas, que visivelmente cresciam e caíam lentamente de seus dedos para se entrelaçar nas vinhas já plantadas a fim de preencher as lacunas onde o mesarthium ainda aparecia. Na mesa, Minya e Feral estavam diante do tabuleiro de quell, compenetrados no jogo. Era evidente pelo olhar furioso de Feral que ele estava perdendo, enquanto Minya parecia meio entediada, e bocejou antes de mover sua peça.

Sarai nunca ficara tão feliz com a monotonia previsível da vida na cidadela quanto agora. Ela até gostaria de uma sopa de kimril com toda sua insipidez reconfortante.

Essa noite, contudo, não seria nem reconfortante nem insípida.

— Pobrezinho — ela ouviu Rubi murmurar e, virando-se para olhar, viu-a em pé diante de Ari-Eil. Sarai parou onde estava. Era estranho vê-lo novamente depois de ver seu corpo. Minya havia prometido soltá-lo, mas com toda certeza ele ainda estava lá e, se havia compreendido os fatos básicos dessa nova existência — de que todos estavam vivos e ele não —, não mudara sua forma de tratar aquele grupo. A confusão havia desaparecido, o que apenas deixou mais espaço em sua expressão para a hostilidade. Minya havia colocado-o no canto, da mesma forma que alguém encosta uma vassoura ou guarda-chuva quando não está usando, e ele surpreendentemente ainda tentava resistir a ela.

Ou não tão surpreendentemente, talvez. Enquanto Sarai observava, ele conseguiu, com um esforço incrível, deslizar o pé alguns centímetros, o que só podia significar que Minya ainda estava brincando com ele, segurando-o imperfeitamente para permitir uma esperança falsa.

Rubi estava parada na frente dele, séria — para ela — em uma camisola preta na altura dos joelhos. Suas mãos estavam entrelaçadas nas costas, e um pé enrolado recatadamente em torno do outro tornozelo.

— Sei que deve ter sido um choque terrível — Rubi explicava ao fantasma —, mas você verá que não é tão ruim. O que aconteceu antes, nada disso foi a gente. Nós não somos como nossos pais. — Ela estendeu a mão para tocar seu rosto.

Foi um gesto carinhoso. Rubi era descuidada, mas não estava brincando com o fantasma como Minya. Sarai sabia que ela queria consolar. O homem morto, contudo, não estava no clima de consolo.

— Não me toque, filha dos deuses — ele rosnou, e mordeu sua mão como um animal.

Rubi recuou.

— *Que rude* — disse ela, e virou-se para Minya. — Você o *deixou* fazer isso.

— Nada de morder — Minya disse ao fantasma, embora, é claro, Rubi estivesse certa: ele não teria sido capaz de mordê-la a menos que Minya permitisse. Conhecendo-a, Sarai pensou que provavelmente ela o tinha *feito* morder, pois os usava como marionetes, às vezes. Sarai lembrou-se de seu pesadelo, e de não ter controle sobre sua mão que segurava a faca, e estremeceu com a ideia de ser um brinquedo de Minya.

— Minya — Sarai protestou —, você prometeu deixá-lo ir.

As sobrancelhas de Minya ergueram-se.

— Prometi? Isso não parece nem um pouco comigo.

Nem um pouco. Minya era muitas coisas — perversa, caprichosa e obstinada entre eles. Era como uma criatura selvagem, às vezes furtiva e rude, até mesmo mal-educada, e com a falta de empatia que pertence aos assassinos e crianças pequenas. Tentativas de civilizá-la não funcionavam. Ela era invulnerável ao elogio, razão e vergonha, o que significava que não podia ser convencida nem persuadida, e ela era esperta, o que a fazia difícil de enganar. Ela era ingovernável, perfeitamente egoísta, melindrosa e dissimulada. Uma coisa que ela não era — *jamais* — era prestativa.

— Bem, você prometeu — Sarai persistiu. — Então... deixe-o ir? Por favor?

— O que, *agora*? Mas estou bem no meio do jogo.

— Tenho certeza de que você vai sobreviver a essa inconveniência.

Feral vinha examinando o tabuleiro, o queixo enterrado na mão, mas ergueu apenas os olhos, surpreso ao ouvir Sarai discutindo com Minya. Como uma regra, isso era uma coisa que eles evitavam, mas a raiva de Sarai a deixara despreocupada. No momento, ela não estava com vontade de pisar em ovos com os caprichos da garotinha. Depois do sonho que teve, a última coisa de que precisava era outro fantasma maligno olhando para ela.

— Qual é o problema com *você*? — Minya indagou. — Imagino que esteja sangrando.

Sarai levou um tempo para entender o que aquilo queria dizer, tanto que pensou no sangue que saiu do ferimento na cama, e na pressão fantasma da faca contra seu peito. Mas era do seu sangramento mensal a que Minya se referia, e tal sugestão a deixou ainda mais brava.

— Não, Minya. Diferentemente de você, o resto de nós experimenta uma gama completa de emoções, incluindo, mas não se limitando à aflição quando somos obrigados a suportar o ódio dos mortos.

E não era o rosto de Ari-Eil que estava em sua mente quando dissera isso, mas o das velhas a encurralando, e ela sabia que pelo menos parte de sua raiva com Minya era resquício do sonho e era irracional — porque Minya não tinha, *de fato*, soltado as velhas para perambularem pela cidadela e tentar assassiná-la. Mas parte de ser irracional é não se importar com estar sendo irracional e, nesse momento, ela não se importava.

— Ele a está incomodando tanto assim? — Minya perguntou. — Posso fazê-lo ficar de frente para a parede, se isso ajudar.

— Não ajuda — respondeu Sarai. — Apenas o deixe ir.

Os outros estavam assistindo, segurando a respiração, olhos arregalados. Os olhos de Minya eram sempre grandes, e agora brilhavam.

— Você tem certeza? — ela perguntou, e pareceu uma armadilha.

Mas que tipo de armadilha poderia ser?

— Claro que tenho certeza — respondeu Sarai.

— Está bem — disse Minya, em um tom cantarolado que significava que aquilo ia contra seu juízo —, mas é estranho que você não queira ouvir as notícias dele primeiro.

Notícias?

Sarai tentou imitar a calma fingida de Minya.

— Que notícias?

— Primeiro você não queria ouvir e agora quer. — Ela revirou os olhos. — Sério, Sarai. Decida-se.

— Eu nunca disse que *não* queria ouvir — Sarai respondeu abruptamente. — Você nunca disse que havia algo a ser ouvido.

— Você está irritada — Minya pontuou. — Tem certeza de que não está sangrando?

O que você sabe sobre isso? Sarai queria perguntar. *Se você decidisse crescer, então talvez falássemos sobre isso.* Mas ela não estava irritada o bastante — nem descuidada o bastante — para falar a palavra *cresça* para Minya, então apenas cerrou os dentes e acalmou-se.

Minya virou-se para Ari-Eil.

— Venha aqui — ela disse, e ele foi, embora ela ainda exercesse apenas controle parcial, permitindo-o resistir cada passo de forma que ele foi cambaleando e tropeçando. Era grotesco assistir, o que, é claro, era o ponto. Ela o levou até o lado oposto da longa mesa onde estava sentada. — Vá em frente e conte a eles o que você me contou.

— Conte você mesma — ele cuspiu.

E não era com o fantasma que ela brincava agora, arrastando aquele suspense, mas com o restante do grupo. Minya fez uma pausa para estudar o tabuleiro de quell, demorando-se para mover uma de suas peças, e Sarai podia ver na expressão de Feral que era um movimento devastador. Minya pegou a peça capturada com um olhar satisfeito e convencido. Um grito estava crescendo na mente de Sarai e, com ele, um pressentimento horrível de que a mortalha de condenação do dia anterior estivesse levando a esse momento.

Que notícias?

— Foi sorte nossa você ter morrido — Minya declarou, redirecionando-se para o fantasma. — Do contrário, nós poderíamos ter sido pegos inteiramente de surpresa.

— Não importa se vocês estão surpresos — rosnou o homem morto. — Ele os matou uma vez, e fará de novo.

Sarai sofreu um solavanco. Pardal levou um susto. Feral sentou-se, ereto.

— Minya — disse ele —, do que ele está falando?

— Conte-lhes — ordenou Minya. Sua voz ainda estava viva, mas não como um sino. Como uma faca. Ela colocou-se sobre seus pés, que estavam nus e sujos, e subiu da cadeira para a mesa, andando pela extensão até ficar de frente ao fantasma. Os dois estavam quase da mesma altura: ele, um homem adulto imponente; ela, uma criança pequena e bagunceira. Nada mais de suspense, e nada de ilusão de liberdade. Sua força de vontade o agarrou e suas palavras saíram como se ela tivesse enfiado a mão em sua garganta e arrancando-as de lá.

— O Matador de Deuses está vindo! — ele gritou, sem fôlego. Isso Minya o fez dizer, mas o resto foi falado livremente. Selvagemente. — *E ele vai destruir seu mundo.*

Minya olhou por sobre o ombro. Sarai viu Skathis em seus olhos, como se o deus das bestas estivesse, de certa forma, vivo em sua filha pequena. Era um olhar arrepiante: frio e acusador, cheio de culpa e triunfo.

— Bem, Sarai? — ela perguntou. — O que você tem a dizer a esse respeito? Seu pai está voltando para casa.

21

O PROBLEMA EM LAMENTO

— *O que é isso?* — Lazlo perguntou. Ele se sentia perfeitamente equilibrado no ponto entre o encantamento e o pavor, e não sabia o que sentir. Pavor, tinha de ser, porque foi o que vislumbrou no rosto de Eril-Fane, mas como ele poderia não se sentir encantado com tal visão?

— Aquilo — explicou Eril-Fane — é a cidadela dos Mesarthim.

— Mesarthim? — disse Lazlo, no mesmo momento em que Thyon Nero perguntou: — Cidadela? — Suas vozes chocaram-se, e seus olhares também.

— Cidadela, palácio, prisão — explicou Eril-Fane. Sua voz era severa, e reduziu-se a quase nada na última palavra.

— Aquilo é um *prédio*? — perguntou Ebliz Tod, impetuoso e incrédulo. Sua Espiral de Nuvem, ao que parecia, *não* era a estrutura mais alta do mundo.

A altura da coisa era apenas um elemento de sua magnificência, e nem mesmo era o mais importante. Era alta, certamente. Mesmo a quilômetros de distância era claramente *gigantesca*, mas como medir adequadamente a altura se ela não ficava apoiada no chão?

A coisa *flutuava*. Estava fixa no espaço, absolutamente imóvel, bem acima da cidade, sem nenhum meio possível de suspensão — a menos, é claro, que houvesse algum andaime no céu. Era composta de um metal azul brilhante, com um brilho quase espelhado, tão suave quanto a água e sem ângulos retilíneos ou planos, mas cheia de contornos, flexível como a pele. Não parecia uma coisa construída ou esculpida, mas sim feita de metal derretido. Lazlo mal conseguia decidir o que era mais extraordinário: que ela *flutuava*, ou que tomava a forma de *um ser imenso*, porque foi aqui que sua teoria louca e improvável se tornou louca e improvavelmente verdadeira. Por assim dizer.

A inimaginável estrutura tinha a forma de um serafim. Era uma estátua gigante demais para ser concebida: em pé, ereta, pés em direção à cidade, cabeça no céu, braços para fora em uma postura de súplica. Suas asas estavam bem abertas. *Suas asas*. Aquela grande envergadura de metal. Elas estavam abertas em uma extensão tão gigantesca que cobriam toda a cidade, bloqueando a luz do sol. A luz da lua, das estrelas, toda a luz natural.

Não era isso que Lazlo quis dizer com sua teoria, mesmo de brincadeira, mas ele tinha dificuldade de saber o que era mais louco ou mais improvável: o retorno de seres míticos do céu ou uma estátua de metal de centenas de metros de altura flutuando no ar. A imaginação, ele pensou, não importava quão vívida era, ainda estava amarrada em alguma medida ao que era conhecido, e isso estava além de qualquer coisa que pudesse imaginar. Se o Matador de Deuses tivesse lhes contado antes, teria soado absurdo até mesmo para *ele*.

Os delegados encontraram suas vozes e derramaram um dilúvio de perguntas.

— Como ela flutua?

— O que é esse metal?

— Quem fez isso?

— Como isso chegou lá?

Lazlo perguntou:

— Quem são os Mesarthim? — E aquela foi a primeira pergunta que Eril-Fane respondeu. Mais ou menos.

— A pergunta é: quem *eram* os Mesarthim. Eles estão mortos agora. — Lazlo pensou ter visto um traço de tristeza nos olhos do Matador de Deuses, mas não conseguia entender bem. Os Mesarthim só podiam ser os "deuses" cujas mortes tinham lhe rendido o nome de *Matador de Deuses*. Mas se ele os matou, por que deveria ficar triste? — E aquilo — ele acrescentou, apontando — também está morto.

— O que você quer dizer com está morto? — alguém perguntou.— Estava *vivo* antes? Aquela... *coisa*?

— Não exatamente — explicou Eril-Fane —, mas se movia como se estivesse. Ela respirava. — Ele não olhava ninguém, parecendo muito distante. Caiu em silêncio observando a imensidão da estranheza à frente e então soltou o ar dos pulmões: — Quando o sol se levantou naquele dia, duzentos anos atrás, ela estava lá. Quando as pessoas saíram de casa, olharam para cima e a viram, houve muitas que se alegraram. Nós sempre idolatramos os serafins aqui. Pode parecer um conto de fadas para alguns de vocês, mas nossos templos são construídos com os ossos de demônios e isso não é um conto de fadas para nós. — Ele fez um gesto em direção ao grande anjo de metal. — Nosso livro sagrado fala de uma Segunda Vinda. Isso não é o que pensávamos que seria, mas muitos queriam acreditar. Nossas sacerdotisas sempre nos ensinaram que a divindade, em virtude de seu grande poder, deve abarcar tanto a beleza quanto o terror. E aqui estão ambos. — Ele balançou a cabeça. — Mas no fim, a forma da cidadela pode ter sido apenas uma piada de mau gosto. O que quer que fossem, os Mesarthim não eram serafins.

Todos estavam em silêncio. Os faranji pareciam tão estupefatos quanto Lazlo. Alguns cenhos franziram-se à medida que as mentes racionais tentavam compreender essa prova do impossível — ou pelo menos até então inconcebível. Outros estavam com semblantes pasmos de perplexidade. Os Tizerkane pareciam sérios, e… isso era estranho, mas Lazlo percebeu, primeiro em Azareen e a forma como ela mantinha os olhos fixos em Eril-Fane, que nenhum deles estava olhando para a cidadela. Ruza ou Tzara não estavam, nem nenhum deles. Para Lazlo parecia que todos olhavam para qualquer parte *exceto* para lá, como se não pudessem suportar a visão da coisa.

— Eles não tinham asas, não eram seres de fogo como os serafins, e havia seis deles, três homens e três mulheres. Nenhum exército, nada de servos. Eles não precisavam — explicou Eril-Fane —, pois tinham a magia. — E deu um sorriso amargo. — Magia não é conto de fadas, como temos motivo para saber aqui. Eu queria que vocês vissem isso antes que eu tentasse explicar, pois tinha certeza de que suas mentes iriam resistir. Mesmo agora, com a prova à sua frente, posso ver que estão relutando.

— De onde eles vieram? — Calixte perguntou.

Eril-Fane simplesmente sacudiu a cabeça.

— Não sabemos.

— Mas vocês dizem que eles eram deuses? — perguntou Mouzaive, o filósofo natural, que estava com dificuldade de acreditar no divino.

— O que é um deus? — respondeu Eril-Fane. — Não sei a resposta para isso, mas posso lhes dizer o seguinte: os Mesarthim eram poderosos, mas não eram nada sagrados.

Eril-Fane afundou-se no silêncio e o grupo esperou para ver se ele o quebraria. Havia tantas perguntas que desejavam fazer, mas mesmo Drave, o explosionista, sentiu o peso do momento e segurou a língua. Quando Eril-Fane falou, contudo, foi apenas para dizer:

— Está ficando tarde. Vocês precisam chegar à cidade.

— Nós vamos para *lá*? — alguns deles indagaram, com medo nas vozes. — Bem debaixo daquela coisa?

— É seguro — o Matador de Deuses lhes assegurou. — Prometo a vocês. É apenas uma concha agora. Está vazia há quinze anos.

— Então qual é o problema? — Thyon Nero perguntou. — Por que exatamente você nos trouxe aqui?

Lazlo ficou surpreso com o fato de Nero não ter entendido. Ele observava a monstruosidade ofuscante e a sombra debaixo dela. "A sombra do nosso tempo escuro ainda nos assombra". Eril-Fane pode ter matado os deuses e libertado seu povo da escravidão, mas aquela coisa ainda permanecia, bloqueando o sol e lhes impondo um longo tormento.

— Para nos livrarmos daquilo — Lazlo esclareceu ao alquimista, tão certo quanto estivera sobre qualquer coisa — e devolvermos o céu para a cidade.

22

PADRÃO DE LUZ, RABISCO DE ESCURIDÃO

Lazlo olhou para cima em direção à brilhante cidadela de metal estranhamente azul flutuando no céu.

Sarai olhou para baixo, para o brilho da Cúspide, para além do sol que logo iria se pôr, e para o fio fino que serpenteava pelo vale em direção a Lamento. Era a trilha. Espremendo os olhos, ela pôde discernir um progresso de pequenas manchas contra o branco.

Lazlo era uma das manchas.

Em volta de ambos, vozes discutiam e conflitavam — especulação, debate, alarme —, mas os dois as ouviam apenas como barulho, absortos em seus próprios pensamentos. A mente de Lazlo estava incendiada com o encantamento, o fósforo aceso atiçando estopim atrás de estopim. Linhas queimando corriam através de sua consciência, conectando pontos distantes e preenchendo lacunas, apagando interrogações e acrescentando uma dúzia a mais para cada uma apagada. Uma *dúzia* de dúzias. Não havia fim às perguntas, mas os esboços de respostas estavam começando a aparecer, e elas eram surpreendentes.

Entretanto, se sua absorção era um padrão de luz, a de Sarai era um rabisco de escuridão. Por quinze anos, ela e os outros sobreviveram escondendo-se, presos na cidadela dos deuses assassinados e existindo precariamente nela. E talvez eles sempre tivessem sabido que esse dia chegaria, mas a única vida — a única *sanidade* — havia sido acreditar que era possível mantê-los longe. Agora, aquelas manchas à distância, quase pequenas demais para serem vistas, estavam vindo inexoravelmente em sua direção para tentar desmantelar seu mundo, e os farrapos que restavam da crença de Sarai a haviam abandonado.

O Matador de Deuses havia retornado a Lamento.

Ela sempre soubera quem era seu pai. Muito antes de começar a gritar mariposas e enviar seus sentidos à cidade, ela sabia sobre o homem que tinha amado sua mãe e a matado, e que a teria matado também, se ela estivesse no berçário com os outros. Imagens surgiram do seu arsenal de horrores. A forte mão dele rasgando a garganta de Isagol com uma faca. Crianças e bebês gritando, os mais velhos debatendo-se nos braços de seus assassinos. Veias arteriais espumando, jatos vermelhos que saltavam. "A garganta é melhor", a velha dissera no pesadelo de Sarai. Ela estendeu as mãos para a garganta e as fechou como se pudesse protegê-la. Seu pulso estava frenético, sua respiração irregular, e parecia impossível que pessoas pudessem viver com uma coisa tão frágil quanto a pele mantendo o sangue, a respiração e o espírito a salvo dentro do corpo.

Na balaustrada do jardim na cidadela dos Mesarthim, com fantasmas espiando sobre seus ombros, os filhos dos deuses observaram sua morte cavalgar para Lamento.

E no céu acima — vazio, vazio, vazio e então *não* vazio — uma ave branca apareceu no azul, como a ponta de uma faca enfiada em um véu, e onde quer que estivesse, e como quer que tenha chegado, estava ali agora, e estava observando.

PARTE III

mahal (muh.HAHL) *substantivo*

Um risco que trará enorme recompensa ou consequência desastrosa.

Arcaico; de mahalath, uma névoa mítica que transforma a pessoa em deus ou em monstro.

23

NÃO MAIS PERDIDA

A lendária Lamento, não mais perdida.

Do topo da Cúspide, onde a delegação do Matador de Deuses estava, uma trilha descia para o cânion do rio Uzumark, com o branco vidro de demônio gradualmente dando lugar à pedra cor de mel dos penhascos, espirais e arcos naturais e ao verde das florestas tão densas que as copas das árvores pareciam um tapete de musgos visto de cima. E as cachoeiras podiam ser cortinas de seda clara penduradas no topo dos penhascos, numerosas demais para contar. Com cortinas de cachoeira e tapetes de floresta, o cânion parecia uma sala longa e bela, e Lamento uma cidade de brinquedo — um modelo dourado — no seu centro. O surrealismo chocante da cidadela — o tamanho da coisa — destruía o senso de escala da mente.

— Eril-Fane quer que eu escale *aquilo*? — Calixte perguntou, olhando para o grande serafim.

— Qual é o problema? Não conseguiria? — provocou Ebliz Tod.

— Preciso alcançá-la primeiro — ela brincou. — Imagino que é aí que você entra. — Ela acenou para ele, com um gesto majestoso. — Seja gentil e construa escadas para mim.

Tod ficou ofendido e momentaneamente sem fala e, durante a pausa, Soulzeren interrompeu:

— Na verdade, seria mais rápido voar. Nós podemos arrumar os trenós de seda em poucos dias.

— Entretanto, isso é apenas para chegar lá — observou seu marido, Ozwin. — Essa será a parte fácil. Livrar-se dela, este será um outro problema.

— O que você acha? — Soulzeren indagou. — Mudá-la de lugar? Desmontá-la?

— Explodi-la — completou Drave, o que atraiu olhares incrédulos de todo mundo.

— Você está vendo que ela fica exatamente acima da cidade — Lazlo observou.

— Então eles saem do caminho.

— Imagino que eles estejam tentando evitar uma destruição assim.

— Então por que *me* convidaram? — ele perguntou, sorrindo.

— Realmente, por quê? — Soulzeren murmurou.

Drave estendeu a mão para bater no ombro de Thyon Nero.

— Você ouviu isso? — ele perguntou, uma vez que Thyon não tinha dado risada. — Por que *me* convidaram se não querem destruição, hein? Por que trazer dez camelos de pólvora se não querem explodir aquela coisa de volta para o céu?

Thyon sorriu discretamente e assentiu, embora fosse claro que sua mente estava ocupada com outra coisa, claramente processando o problema à sua maneira. Ele se manteve reservado, enquanto os outros delegados vociferavam. Por meses seus intelectos estiveram perdidos no mistério. Agora o céu apresentava o maior quebra-cabeça científico que jamais haviam encontrado, e todos consideravam seu lugar nele, bem como suas chances de resolvê-lo.

Mouzaive falava com Belabra sobre ímãs, mas Belabra não estava ouvindo. Ele murmurava cálculos indecifráveis, enquanto os Fellering — os metalúrgicos gêmeos — discutiam a possível composição do metal azul.

Quanto a Lazlo, ele se sentia maravilhado e, ao mesmo tempo, humilhado. Soubera desde o primeiro momento que não tinha qualificações para a delegação do Matador de Deuses, mas foi só depois de ver o problema que percebeu como parte dele ainda tinha esperança de que seria ele a pessoa a resolvê-lo. Ridículo. Um livro de histórias podia ter o segredo do azoth, e o conhecimento das histórias pode ter lhe conquistado um lugar no grupo, mas ele dificilmente achava que elas lhe dariam alguma vantagem agora.

Bem, mas ele estava *ali*, e ajudaria da forma que pudesse, mesmo que apenas fazendo serviços para os delegados. O que o Mestre Hyrrokkin dizia? "Alguns homens nasceram para coisas grandiosas e, outros, para ajudar grandes homens a fazer coisas grandiosas". Ele também dissera que não havia vergonha nisso, e Lazlo concordava.

Ainda assim, era demais esperar que o "homem nascido para coisas grandiosas" *não* fosse Thyon Nero? *Qualquer um menos ele*, pensou Lazlo, rindo um pouco de sua própria mesquinhez.

A caravana desceu a trilha pelo vale e Lazlo observou ao redor, boquiaberto. Ele estava mesmo ali, vendo aquilo. Um cânion de rocha dourada, fileiras de floresta preservada, um grande rio verde apagado pela névoa das cachoeiras, correndo junto à sombra da cidadela. Lá, um pouco antes da cidade, o Uzumark alargava-se em um delta e era dividido em faixas por rochas e pequenas ilhas antes de simplesmente desaparecer. Depois da cidade, ele reaparecia e continuava sua jornada tumultuosa para o leste e para longe. O rio parecia correr *debaixo* da cidade.

A distância, Lamento era surpreendentemente da forma que Lazlo imaginara — ou pelo menos como ele a imaginava há tanto tempo através de um véu de sombras. Havia os domos dourados, embora menos do que ele pensasse, e não brilhavam. A luz do sol não os atingia. No momento em que o sol descia o suficiente para lançar seus raios por baixo das asas abertas da cidadela, ele já tinha passado o topo da Cúspide, e apenas trocava uma sombra por outra.

Mas era mais do que isso. Havia um ar de abandono na cidade, uma sensação de desespero perene. Lá estavam os muros defensivos, construídos em uma oval harmoniosa, mas a harmonia estava quebrada. O muro estava destruído em quatro lugares. Dispostos com precisão geométrica nos pontos cardeais estavam quatro peças do mesmo metal estranho da cidadela. Eram grandes blocos cônicos, cada um tão grande quanto um castelo, mas pareciam totalmente lisos, sem janelas e portas. De cima, os blocos pareciam um conjunto de pesos de papel segurando as pontas da cidade para que ela não voasse.

Era difícil enxergá-los dessa distância, mas parecia haver algo no topo de cada um. Uma estátua, talvez.

— O que são esses grandes blocos? — Lazlo perguntou a Ruza, apontando.

— São as âncoras.

— Âncoras? — Lazlo espremeu os olhos, avaliando a posição dos blocos em relação ao grande serafim no céu, que parecia estar centralizado no ar acima deles. — Elas funcionam como âncoras? — questionou. E pensou em navios no porto e, nesse caso, haveria uma corrente até a âncora. Nada visível conectava o serafim aos blocos. — Elas evitam que a cidadela fique à deriva?

O sorriso de Ruza foi irônico.

— Eles nunca se deram ao trabalho de explicar para nós, Estranho, apenas as colocaram no dia em que chegaram, sem se importar com o que havia debaixo delas, e lá elas estão desde então. — Ruza apontou com a cabeça para a procissão atrás deles. — Acha que um desses gênios será capaz de movê-las?

— Mover as âncoras? Você acha que é assim que se move a cidadela?

Ruza deu de ombros.

— Ou o quê? Amarrar cordas nela e puxar? Tudo o que sei é que ela não vai partir do mesmo jeito que chegou. Não com a morte de Skathis.

Skathis.

O nome era como o sibilar de uma serpente. Lazlo o assimilou, e percebeu que Ruza estava falando. Bem, ele estava sempre falando. O ponto principal era: o segredo que os tinha amarrado até agora havia aparentemente se rompido. Lazlo podia fazer perguntas. Ele virou para seu amigo.

— Não olhe para mim desse jeito — disse Ruza.

— De que jeito?

— Como se eu fosse um livro bonito que você está prestes a abrir e saquear com seus olhos loucos e ávidos.

Lazlo riu.

— Olhos loucos e ávidos? Saquear? Você está com medo de mim, Ruza?

Ruza ficou paralisado repentinamente.

— Você sabe, Estranho, que perguntar a um Tizerkane se ele tem medo de você é desafiá-lo para um combate?

— Bem — respondeu Lazlo, ciente de que não podia acreditar em tudo o que Ruza dizia —, então estou contente que disse isso a *você* e não a uma das temíveis guerreiras como Azareen ou Tzara.

— Isso não é nada gentil — disse Ruza, ofendido. Seu rosto enrugou-se. Ele fingiu chorar. — Eu *sou* temível — ele insistiu. — Eu *sou.*

— Está bem, está bem — Lazlo o consolou. — Você é um guerreiro muito feroz. Não chore. Você é aterrorizante.

— Mesmo? — perguntou Ruza, com uma vozinha esperançosa. — Você não está dizendo isso da boca para fora?

— Seus dois bobos — disse Azareen, e Lazlo sentiu uma pontada curiosa de orgulho, ao ser chamado de bobo por ela, com o que podia ter sido um quê de carinho. Ele trocou um olhar arrependido com Ruza enquanto Azareen passou por eles na trilha e tomou a frente.

Pouco tempo antes, Lazlo tinha visto-a discutindo com Eril-Fane, e ouvira o bastante para entender que ela desejava ficar com ele no Forte Misrach. "Por que você tem de enfrentar tudo sozinho?", ela tinha perguntado antes de se virar e deixá-lo lá. E quando Lazlo olhou pela última vez para acenar, a caravana voltando à trilha e o Matador de Deuses ficando para trás, ele parecia não só diminuído, mas também assombrado.

Se era seguro na cidade, como ele prometeu, então por que estava daquele jeito, e por que não foi junto a eles?

O que aconteceu aqui?, Lazlo se questionou. Ele não fez mais perguntas. Em silêncio, cavalgaram o restante do caminho até Lamento.

✶

Eril-Fane ficou parado no cume e observou a caravana tomar o caminho da cidade. Levou uma hora para chegarem, entrando e saindo de vista entre as árvores e, quando deixaram a floresta de uma vez, estavam distantes demais para ele ver quem era quem. Conseguia apenas discernir os espectrais dos camelos, e isso era tudo. Estava escurecendo, o que não ajudava.

Azareen estaria à frente, com as costas eretas, o rosto erguido, e ninguém atrás dela suspeitaria de seu olhar. De solidão. A *tristeza* brutal e confusa.

Ele fez isso com ela. Inúmeras vezes.

Se ela simplesmente desistisse de Eril-Fane, ele poderia parar de destruí-la. Ele jamais poderia ser o que ela esperava — o que fora um dia. Antes disso, ele era um herói. Antes mesmo de ser um homem.

Antes ele fora o amante da deusa do desespero.

Eril-Fane estremeceu. Mesmo depois de todos esses anos, a ideia de Isagol, a Terrível, causava uma tempestade dentro de si — rancor e saudade, desejo e desgosto, violência e até afeição —, tudo isso agitando, sangrando e contorcendo-se, como uma cova de ratos comendo uns aos outros vivos. Era isso que seus sentimentos eram agora, o que Isagol havia feito com eles. Nada bom ou puro podia sobreviver nele. Tudo era corrupção e ferida, sufocando em sua autodepreciação. Como ele era *fraco*, como era patético. Embora tivesse assassinado a deusa, não estava livre dela, e nunca estaria.

Se apenas Azareen o deixasse. Todo dia ela esperava que ele se tornasse quem era antes, e assim carregava não só o próprio fardo da solidão, mas o dela também.

Assim como o de sua mãe. Pelo menos ele podia enviar Lazlo para ela cuidar, e isso a ajudaria. Mas ele não podia enviar alguém para casa com Azareen para tomar seu lugar como... como marido.

Só ela poderia fazer essa escolha, e ela não faria.

Eril-Fane havia dito a Lazlo que não dormia bem em Lamento. Bem, isso, na verdade, era minimizar o problema. Seu sangue ficava frio só de pensar em fechar os olhos na cidade. Mesmo dali de cima, onde a distância fazia da cidade um brinquedo — um brilho bonito de glaves longínquas e ouro envelhecido —, ele sentia sua atmosfera como tentáculos esperando para arrastá-lo de volta, e não podia parar de tremer. Melhor que ninguém o visse assim. Se o Matador de Deuses não podia manter sua compostura, como os outros poderiam?

Sentindo-se como o maior covarde do mundo, ele virou as costas para sua cidade, seus convidados, e sua mulher, a quem não amava porque *ele não podia amar*, e cavalgou de volta pela trilha curta até o Forte Misrach.

Amanhã, ele disse a si mesmo. Amanhã ele enfrentaria Lamento, e seu dever, e os pesadelos que o perseguiam. De alguma forma encontraria a coragem para terminar o que havia começado quinze anos antes e libertaria seu povo do último vestígio de seu longo tormento.

Mesmo que nunca libertasse a si mesmo.

24

OBSCENIDADE. CALAMIDADE. CRIA DOS DEUSES.

— Eu te disse que morreríamos antes de ficarmos sem vestidos — disse Rubi, e toda sua bravata insolente havia desaparecido. Ela podia ter brincado sobre morrer quando era uma abstração, mas agora não estava brincando.

— Ninguém vai morrer — assegurou Feral. — Nada mudou.

Todas o olharam.

— Nada exceto o fato de que o Matador de Deuses está de volta — Rubi observou.

— Com homens e mulheres inteligentes do mundo lá fora — Pardal acrescentou.

— Dispostos a nos destruir — Minya concluiu.

— Não para nos destruir — argumentou Feral. — Eles não sabem que estamos aqui.

— E o que você acha que eles vão fazer quando nos encontrarem? — perguntou Minya. — Expressarão surpresa educadamente e se desculparão por entrar em nossa casa sem pedir licença?

— Não chegará a isso — ele disse. — Como eles poderão chegar perto de nós se não podem *voar*? Estamos seguros aqui em cima.

Embora não admitisse, Sarai podia ver que ele estava preocupado também. Eram os forasteiros. O que os cinco sabiam sobre o resto do mundo e a capacidade de seu povo? Nada.

Eles estavam no terraço do jardim, que ficava no topo do peito do grande serafim, estendendo-se de ombro a ombro, e tinha uma vista da cidade até a Cúspide. Impotentes, o grupo observava a procissão descer a montanha e desaparecer dentro da cidade. Sarai estava entre as ameixeiras, as mãos tremendo, pousadas na balaustrada. À frente dela não havia nada além do vazio — uma queda reta em direção aos telhados. Ela estava inquieta, parada tão perto. Ela descia todas as noites através dos sentidos de suas mariposas, mas isso era diferente. As mariposas tinham asas, ela, não. Deu um passo cuidadoso para trás e segurou firme em um galho forte.

No entanto, Rubi era descuidada e inclinou-se muito para fora.

— Onde você acha que eles estão agora? — ela perguntou. E pegou uma ameixa para lançar o mais forte que podia. Pardal se assustou. Eles viram a fruta fazer um arco no ar.

— Rubi! O que você está fazendo? — Pardal perguntou.

— Talvez eu atinja um deles.

— A Regra…

— *A Regra* — Rubi repetiu, revirando os olhos. — Você acha que elas não caem das árvores sozinhas? Oh, veja, uma ameixa! — Ela fez a mímica de pegar algo do chão, examinar, então virar a cabeça para olhar para cima. — Deve ter alguém vivendo lá em cima! Vamos matá-los!

— Acho que dificilmente uma ameixa sobreviveria à queda — Feral observou.

Rubi lhe lançou o olhar mais frio que talvez já tenha existido. Então, inesperadamente, começou a rir, levando a mão à barriga e dobrando-se ao meio.

— Acho que dificilmente uma ameixa sobreviveria à queda — ela repetiu, rindo mais alto. — E quanto a *mim*? — ela perguntou, passando uma perna por cima da balaustrada, e Sarai sentiu um frio na barriga. — Você acha que *eu* sobreviveria à queda? Agora, *isso* sim seria quebrar a Regra.

Pardal assustou-se.

— Chega — pediu Sarai, puxando Rubi de volta. — Não seja tonta. — Ela podia sentir o pânico pulsando por baixo da pele naquele momento, e fez um esforço para abafá-lo. — Feral está certo. É muito cedo para nos preocuparmos.

— Nunca é cedo para nos preocuparmos — respondeu Minya que, diferentemente dos demais, não parecia nem um pouco preocupada. Ao contrário, ela parecia *entusiasmada.* — A preocupação leva à preparação.

— Que tipo de preparação? — Pardal perguntou, com a voz trêmula. Ela olhou em volta para o jardim, para os graciosos arcos da galeria, através dos quais a mesa do jantar podia ser vista, e o fantasma Ari-Eil ainda estava em pé, rígido, onde Minya o havia deixado. Uma brisa balançou a cortina de vinhas, que era a única coisa que separava o lado de dentro do lado de fora. — Nós não podemos nos esconder. Se pudéssemos ao menos fechar as portas…

"Portas" na cidadela não eram nada como as de madeira entalhada à mão que Sarai conhecia da cidade. Elas não abriam e fechavam, não tinham fechaduras nem trancas. Não eram objetos, apenas aberturas no mesarthium liso. As *abertas* eram assim. As fechadas não eram portas, apenas extensões lisas das paredes, porque na época em que a cidadela estava "viva", o metal simplesmente *derretia-se* aberto e fechado, tomando forma sem emendas.

— Se pudéssemos fechar as portas — Minya lembrou-a lentamente —, isso significaria que poderíamos controlar o mesarthium. E se pudéssemos controlar o mesarthium, poderíamos fazer muito mais do que *fechar as portas*. Havia um tom ácido em sua voz. Minya, sendo filha de Skathis, sempre teve uma amargura supurando no seu íntimo, pelo fato de não ter herdado seu poder — o único poder que poderia tê-los libertado. Era o dom mais raro de todos, e Korako havia monitorado de perto os bebês em busca de algum sinal dele. Em todos os anos de Grande Ellen no berçário, o dom havia se manifestado apenas uma vez, e Korako tinha levado o bebê na mesma hora.

O mesarthium não era um metal comum. Ele era adamante perfeito: impenetrável, inatacável. Não podia ser cortado nem perfurado; ninguém jamais conseguira fazer um risco sequer nele. Ele tampouco fundia-se, mesmo a fornalha mais quente e o ferreiro mais forte não podiam amassá-lo. Até o fogo de Rubi não tinha efeito sobre ele. Entretanto, de acordo com a vontade de Skathis, ele se moldava, mudando de forma em novas configurações como a fluidez do mercúrio. Duro e frio ao toque, ele, contudo, tinha se fundido em sua mente, e as criaturas que lhe davam o título de "deus das bestas" — em vez de meramente "deus do metal" — haviam sido coisas vivas.

Havia quatro monstros de mesarthium, um para cada um dos imensos blocos de metal posicionados no perímetro da cidade. Rasalas fora seu favorito e, embora os cidadãos de Lamento acreditassem que a besta era apenas metal animado pela mente de Skathis, esse entendimento era soterrado pelo terror. O medo que sentiam dele era como uma entidade, e Sarai entendia o porquê. Milhares e milhares de vezes ela o tinha visto nos sonhos da população, e era difícil até mesmo para ela não acreditar que a criatura não estava viva. A cidadela no céu também parecia viva. Na época, qualquer um que olhasse para cima provavelmente a encontraria observando de volta com seus olhos imensos e inescrutáveis.

Tal havia sido o dom de Skathis. Se eles o tivessem, então as portas seriam uma preocupação menor, pois poderiam devolver a vida à cidadela inteira e movê-la para onde quisessem — embora Sarai não conseguisse imaginar nenhum lugar que os quisesse.

— Bem, não podemos, podemos? — disse Pardal. — E não podemos *lutar*...

— Você não pode — concordou Minya, com desdém, como se o dom de Pardal, que os tinha alimentado por anos, não tivesse valor por não ser violento. — E você... — direcionou a Feral, com igual desdém. — Se quiséssemos assustá-los com trovões, você poderia ser útil. — Ela o incitou durante anos para aprender a manejar e mirar raios, com resultados desanimadores. Estava além do seu controle e, embora isso se devesse aos parâmetros naturais de seu dom e não a uma falha pessoal, não o poupava do julgamento de Minya. Na sequência, seus olhos desviaram-se para Sarai, e aqui o olhar foi além do desdém para algo mais combativo. Rancor, frustração, maldade. Sarai os conhecia bem, pois suportara as ferroadas desde que parara de fazer cegamente tudo o que Minya dizia.

— E então tem a Fogueira — Minya disse, passando para Rubi, sem desdém, mas com uma consideração fria.

— O que tem eu? — perguntou Rubi, cautelosa.

O olhar de Minya focou nela.

— Bem, suponho que você possa fazer mais com o seu dom do que aquecer a banheira e queimar as roupas.

Rubi ficou pálida de um azul cerúleo sem sangue.

— Você quer dizer... queimar *pessoas*?

Minya soltou uma risadinha.

— Você é a única de nós cinco que é uma arma e nunca nem mesmo considerou...

Rubi a interrompeu.

— Eu não sou uma arma.

A alegria de Minya desapareceu. Ela disse friamente:

— Quando se trata da defesa da cidadela e de nossas vidas... sim, você é.

Às vezes é possível vislumbrar a alma de uma pessoa em uma centelha de expressão, e Sarai vislumbrou a de Rubi, o desejo que estava no seu íntimo. No dia anterior refletira que o dom de Rubi expressava sua natureza, e isso era verdade, mas não da forma como Minya queria. Rubi era calor e volatilidade, ela era *paixão*, mas não violência. Desejava beijar, não matar. Parecia bobo, mas não era. Ela tinha quinze anos e estava furiosamente viva e, por um breve momento, Sarai viu suas esperanças expostas e destruídas, e sentiu nelas o eco de suas próprias. De ser outra pessoa.

De não ser... *isso*.

— Sério? — afirmou Feral. — Se tivermos que lutar, que chance você acha que temos? O Matador de Deuses matou os Mesarthim, que eram muito mais poderosos do que nós.

— Ele teve a vantagem da surpresa — explicou Minya, quase mostrando os dentes. — Teve a vantagem da traição. Agora *nós* a temos.

Um pequeno soluço escapou de Pardal. Qualquer calma que eles estivessem fingindo estava desaparecendo. Não, Minya estava acabando com a calma, deliberadamente. *O que há de errado com você?,* Sarai queria perguntar, mas sabia que não iria se satisfazer. Em vez disso, com toda a autoridade que conseguiu reunir, falou:

— Nós não sabemos nada ainda. Feral está certo. É muito cedo para nos preocuparmos. Vou descobrir o que puder hoje à noite e amanhã saberemos se precisamos ter essa conversa ou não. Por enquanto, é hora do jantar.

— Não estou com fome — disse Rubi.

Tampouco estava Sarai, mas ela pensou que se pudessem agir normalmente, talvez se sentissem normais. Um pouquinho, pelo menos. Embora fosse difícil se sentir normal com um fantasma olhando para você da ponta da mesa.

— Minya — incomodava-a ser gentil, mas ela se obrigou —, você pode, por favor, mandar Ari-Eil para longe para podermos comer em paz? — Ela não pediu que a garota o soltasse, pois entendia que Minya queria mantê-lo por perto, mesmo que apenas para atormentar Sarai.

— Certamente, já que você pediu tão educadamente — respondeu Minya, combinando seu tom gentil com um quê de zombaria. Ela não deu um sinal visível, mas, na sala de jantar, o fantasma movimentou-se e girou em direção à porta interna. Minya havia parado de brincar com ele, aparentemente, visto que ele não lutara dessa vez, mas praticamente deslizou para longe de suas vistas.

— Obrigada — agradeceu Sarai, e entraram.

O jantar não era sopa de kimril, embora Sarai duvidasse que Rubi teria expressado qualquer objeção a ela essa noite.

Ela estava estranhamente quieta, e Sarai podia imaginar o teor de seus pensamentos. Os seus próprios eram sombrios o bastante, e ela não estava diante da ideia de queimar pessoas vivas. O que Feral disse era verdade, que jamais poderiam vencer uma batalha. Assim que fossem descobertos, não havia um cenário no qual a vida continuasse.

Ela não se demorou na galeria depois do jantar e pediu a Rubi que lhe esquentasse um banho.

Todas as suítes tinham banheiros com banheiras profundas de mesarthium, mas a água não saía mais dos canos, então, usavam uma banheira de cobre na sala da chuva. A "sala da chuva" era o aposento fora das cozinhas que designaram para Feral evocar as nuvens. Ali havia barris e um canal no chão captava a água que sobrava e a desviava para o jardim. Kem, o criado fantasma, disse que lá fora o açougue e o canal era para o sangue e os grandes ganchos no teto eram para pendurar carne. Mas não havia mais traço de sangue, assim como nenhum sangue ficara no berçário ou nos corredores. Uma das primeiras ordens de Minya para os fantasmas após o Massacre foi de limpar todo o sangue.

Sarai colocou água na banheira com um balde, e Rubi pôs as mãos do lado e as acendeu. Apenas as mãos, como se segurasse bolas de fogo. O cobre conduzia o calor muito bem e logo a água estava quente, então Rubi saiu. Sarai submergiu, lavando os cabelos com o sabão que Grande Ellen preparava com as ervas do jardim. Tinha a sensação peculiar de que estava se preparando — como se seu corpo fosse sair da cidadela, e não apenas seus sentidos. Ela estava até nervosa, como se fosse conhecer pessoas novas. *Conhecer*. Estava prestes a *espionar* novas pessoas e violar suas mentes. O que importava se seus cabelos estavam limpos? Elas não a veriam, nem teriam qualquer consciência de sua presença. Nunca tinham. Em Lamento, era ela quem era a fantasma, e uma fantasma livre, invisível, incorpórea, insubstancial como um murmúrio.

De volta ao closet, colocou uma camisola. Olhando-se no espelho, descobriu que havia perdido a capacidade de ver-se com os próprios olhos. Ela via apenas o que os humanos veriam. Não uma garota ou uma mulher ou alguém no meio disso. Os humanos não veriam sua solidão, seu medo ou sua coragem, muito menos sua humanidade. Eles veriam apenas obscenidade. Calamidade.

Cria dos deuses.

Algo tomou conta de si. Uma onda de rebeldia. Seus olhos varreram o closet. Passando das camisolas para os vestidos terríveis, os chapéus e leques, potes de pintura facial de sua mãe e todos os acessórios macabros da deusa do desespero. E quando saiu de lá, Pequena Ellen, que havia lhe levado chá, olhou duas vezes e quase derrubou a bandeja.

— Oh, Sarai, você me assustou.

— Sou apenas eu — respondeu, embora não se sentisse muito ela mesma. Nunca havia desejado se parecer com sua mãe, mas nesta noite, sentia falta de um pouco da ferocidade da deusa, então pintou a faixa preta de Isagol atravessando os olhos, de têmpora a têmpora, e bagunçou os cabelos vermelho-canela, deixando-os o mais selvagens possível.

Ela virou-se para o terraço — que era a mão direita estendida do gigante serafim de metal — e saiu para encontrar-se com a noite e os recém-chegados.

25

A NOITE E OS RECÉM-CHEGADOS

Sarai gritou suas mariposas para Lamento, e para baixo os insetos rodopiaram. Em uma noite normal, eles se separariam e dividiriam a cidade entre cem caminhos, mas não nesta noite. Ela precisava de todo o foco nos recém-chegados. Nesta noite, os cidadãos de Lamento não chorariam por causa dela.

O fantasma Ari-Eil havia lhes contado — ou sido compelido por Minya a contar-lhes — que os faranji ficariam abrigados na Câmara dos Mercadores, onde uma ala fora transformada apenas para hospedá-los. Sarai nunca estivera lá. Como não era uma residência, nem mesmo procurara pessoas adormecidas ali, levou alguns minutos para localizar a ala certa. O lugar era palaciano, com uma grande estrutura central coberta por um domo dourado, e paredes de pedra nativa cor de mel. Tudo era esculpido no estilo tradicional. Lamento não era uma cidade que temia a ornamentação. Séculos de escultores haviam embelezado cada superfície de pedra com padrões, criaturas e serafins.

Belos pavilhões abertos eram conectados por corredores cobertos a prédios externos com domos menores. Havia fontes e, antigamente, jardins cheios de frutas e flores, mas que haviam secado na sombra amaldiçoada.

A cidade inteira já fora um jardim. Não mais. A Bruxa das Orquídeas, Sarai pensou ao passar, poderia dar um jeito nisso daqui.

Exceto pelo fato de que ela seria assassinada ali mesmo.

Primeiro, as mariposas testaram as portas dos terraços, mas as encontraram fechadas, e muito bem-feitas para ter qualquer rachadura que as permitisse invadir, então voaram para as chaminés. Lá dentro, os cômodos eram grandiosos e abrigavam a primeira delegação estrangeira já recebida além da Cúspide. Por séculos, a cidade tivera fama por seus artesãos e esses cômodos serviam como amostra: os tapetes mais finos sobre chão de mosaicos dourados e cor de lys, com lençóis bordados, paredes com afrescos, as madeiras do teto esculpidas e objetos maravilhosos nas estantes e paredes, cada um uma obra de arte.

Mas Sarai não estava ali pela arte. Entre os onze cômodos ocupados, ela contou treze pessoas adormecidas, uma das quais não era faranji, mas uma guerreira Tizerkane, Tzara, abraçada pelos braços finos de uma jovem com cabelo muito curto e macio. Isso queria dizer que havia doze forasteiros ao todo, a maioria homens mais velhos e antiquados. Havia apenas uma outra mulher: não tão jovem, nem tão magra, dormindo ao lado de um homem forte. Esses eram os únicos casais, e as únicas mulheres; todo o restante eram homens e dormiam sozinhos. Mais da metade roncava. Um pouco menos da metade fedia. Era fácil dizer quem havia desfrutado dos banhos preparados, porque as banheiras estavam cobertas de sujeira marrom de semanas sem água. Aqueles com banheiras limpas simplesmente não tinham transferido ainda a sujeira de seus corpos para a água, e Sarai relutou em pousar suas mariposas neles. No céu, seu nariz enrugou-se como se ela estivesse experienciando o fedor masculino concentrado pela primeira vez.

Com todas as mariposas divididas entre tão poucos cômodos, ela foi capaz de estudar cada pessoa de vários pontos de vista e absorver cada detalhe. Dois dos homens eram tão parecidos que, por um momento, ficou confusa, pensando que dois grupos de mariposas estavam lhe enviando a mesma informação. Elas não estavam; percebeu que os homens eram gêmeos. Um era especialmente feio, com um ar carrancudo e maldoso mesmo dormindo, e outro lembrava um réptil mudando de pele, a pele morta do seu rosto soltava-se, enrolando-se em cachos. Suas mãos eram nodosas e com cicatrizes de queimaduras, como cera de vela derretida; ele cheirava como um animal morto. As moças eram muito mais agradáveis — tinham a pele macia e cheiravam bem. Ao redor do umbigo de Tzara, Sarai viu a tatuagem *elilith* dada a todas as garotas de Lamento quando se tornavam mulheres. A de Tzara era uma serpente engolindo o rabo, que simbolizava o ciclo de destruição e renascimento, e havia se tornado popular desde a derrota dos deuses. O casal mais velho usava anéis de ouro iguais em seus dedos anulares ásperos e calejados, e as unhas do homem, como as de Pardal, tinham meias-luas escuras de trabalhar com a terra. Também tinha terra no quarto: a mesa elegante estava coberta por dezenas de pequenos sacos de lona cheios de plantinhas, e Sarai se perguntou como é que *plantas* entravam nos planos do Matador de Deuses para conquistar a cidadela.

Entretanto, um sonhador em particular atraiu uma parte indevida de sua atenção, sem que ela tivesse a intenção disso. Era um processo instintivo, sua concentração fluía entre as sentinelas de acordo com a necessidade. Mas isso não era necessidade. Esse forasteiro não parecia mais importante que os outros. Ele era simplesmente mais belo.

Ele era *dourado.*

Tinha cabelos de uma cor que ela nunca vira. Seus próprios cabelos castanho-avermelhados eram incomuns em Lamento, onde todos tinham cabelos preto, mas a cor dos dele era da luz do sol, longos o bastante na frente e com uma onda suficiente para fazer um cacho que dava vontade de enrolar nos dedos. Fora a garota abraçada a Tzara, ele era o único dos faranji que era jovem, embora não tão jovem quanto Sarai. Ele era magnífico e tinha ombros largos, havia dormido apoiado em travesseiros com um livro aberto em seu peito nu. Através da visão de suas mariposas, Sarai viu que a capa tinha o desenho de uma colher cheia de estrelas e criaturas, mas sua atenção foi atraída pelo rosto, que era uma obra de arte tão fina quanto a coleção de maravilhas do quarto. Havia certa elegância nas linhas dele, uma escultura perfeita a cada ângulo e curva que ele era quase irreal. Uma peça de museu.

Ela se lembrou de que não estava lá para ficar maravilhada com a beleza desse forasteiro, mas para descobrir quem ele era, e qual a natureza da ameaça que ele representava, e o mesmo com o restante dos desconhecidos, cuja aparência apresentava menos distração. Ela observou todos e eram apenas humanos dormindo, tão vulneráveis com suas bocas relaxadas e seus longos dedos dos pés pálidos saindo por baixo das cobertas. Com poucas exceções, eles eram quase ridículos. Parecia impossível que pudessem ser a morte dela.

Basta. Ela não aprenderia nada sobre os convidados do Matador de Deuses olhando para eles. Era hora de olhar *dentro* deles.

Em onze quartos, onde treze humanos dormiam — dez homens e três mulheres, uma das quais não era uma forasteira e, portanto, não era uma vítima —, mariposas que estavam pousadas nas paredes e nas camas movimentaram-se e tomaram o ar, voando a pouca distância para pousar na pele. Nenhum dos humanos sentiu os pés leves como pena das criaturas aladas descendo sobre suas frontes e ossos da face, muito menos a intrusão suave da Musa dos Pesadelos em suas mentes.

Invisível, incorpórea, insubstancial como um murmúrio, Sarai entrou em seus sonhos, e o que ela descobriu lá, nas horas que se seguiram, provou que os forasteiros estavam longe de ser ridículos.

E que seriam, de fato, a morte dela.

✶

Azareen vivia em um conjunto de quartos em cima de uma padaria em Quedavento — o distrito era assim chamado devido às ameixas que caíam das árvores dos deuses. Ela subiu pela escada dos fundos, no quintal onde a padaria e a taverna adjacente deixavam os latões de lixo. O lugar fedia e tinha aquele outro cheiro, característico de Quedavento: fermentação. As ameixas estavam sempre caindo, como se as árvores fossem encantadas e nunca morressem.

Azareen odiava ameixas.

Ela colocou a chave na fechadura, empurrou a porta e entrou. Dois anos de poeira acumulada tomava conta de tudo. Os cobertores estavam velhos, os armários vazios. Sua mãe ou irmãs poderiam ter cuidado dos quartos, mas tê-las ali daria margem para conversas que ela não gostaria de ter, tais como por que ela ainda vivia ali, sozinha, quando poderia ficar com qualquer uma delas, ou mesmo se casar e ter uma família, antes que fosse tarde demais.

— Eu já sou casada — ela lhes diria, mas o que poderiam responder? Era verdade, de certa forma, mesmo que seu marido a tivesse liberado da promessa que havia feito dezoito anos antes, quando era apenas uma garota. *Dezesseis anos*, e Eril-Fane tinha dezessete. Como ele era bonito. Os dois eram jovens demais para casar, mas isso não os impediu. À sombra dos Mesarthim, todo o tempo parecia fugaz, e o casal simplesmente não podia esperar.

Ah, as memórias. Elas vinham à tona dos destroços, rápidas e afiadas o suficiente para espetá-la: de querê-lo tanto que não sabia como sobreviveria uma noite sem ele. E então, por fim, não tendo de sobreviver.

Sua noite de núpcias. Como eles eram jovens e macios, cheios de desejo, incansáveis e *ardentes*. Cinco noites. Foi isso o que tiveram: cinco noites, há dezoito anos. Aquele era seu casamento. E então... o que veio depois.

Azareen deixou sua sacola cair no chão e olhou em volta. Pequeno, sufocante e silencioso, era uma mudança e tanto em relação ao Elmuthaleth. Ela tinha uma sala, um quarto e uma pequena cozinha com um banheiro. Havia parado na casa de sua irmã para visitar a família depois de acomodar os faranji na câmara, e tinha jantado lá. Ela precisava de um banho, mas isso podia esperar até amanhã, então foi direto para a cama, onde, dezoito anos antes, havia passado cinco noites de desejo, incansáveis e ardentes com seu belo e jovem marido antes que os deuses o tivessem roubado.

O silêncio caiu. Azareen imaginou que pudesse *sentir* a sombra, o peso e a pressão da cidadela acima. Era o peso e a pressão de tudo o que acontecera lá — e de tudo o que não acontecera por causa dela.

A mulher não trocou de roupa, apenas tirou as botas e estendeu a mão para sua sacola, no pequeno bolso que havia costurado para guardar sua posse mais preciosa.

Era um anel de prata envelhecida. Ela o colocou, como sempre fazia apenas à noite, colocou as mãos sob a bochecha, e esperou que o sono a levasse.

✷

Um quilômetro ou mais dali, em uma rua pavimentada com lápis-lazúli, como nas histórias de infância de um velho monge, em uma casa muito menos grandiosa do que a Câmara dos Mercadores e bem mais aconchegante do que os cômodos de Azareen, Lazlo estava indo para a cama. O sol iria se levantar em uma hora. Ele não tivera a intenção de ficar acordado a noite toda, mas como podia evitar?

Ele estava *ali*.

— Há apenas uma forma de celebrar o fim de uma jornada como essa — sua anfitriã havia lhe dito quando o saudou na Câmara dos Mercadores e o levou para casa com ela —, e é com comida, um banho e uma cama, na ordem que você preferir.

Suheyla era seu nome. Seus cabelos eram uma cobertura branca, cortados curtos tipicamente masculinos, e seu rosto era um exemplo perfeito de como alguém pode ser bela sem o ser. Ela brilhava de bondade e da mesma vitalidade que Eril-Fane irradiava, mas sem a sombra que havia crescido nele à medida que se aproximaram de Lamento. Havia seriedade nela, mas nada severo ou triste. Seus olhos eram do mesmo sorriso profundo que os de seu filho, com sinais de rugas mais extensos nos cantos. Ela era baixinha e vigorosa, vestida com uma túnica colorida e bordada, adornada com borlas e presa por um cinto largo com desenhos. Discos de ouro batido em suas têmporas eram conectados por uma corrente fina que atravessava sua testa.

— Você é muito bem-vindo aqui, jovem — ela disse com uma sinceridade que Lazlo quase sentiu que tinha chegado em casa.

Casa — uma coisa sobre a qual ele sabia tão pouco quanto sabia sobre mães. Antes desse dia, nunca havia colocado os pés em uma casa. Quanto a ter uma preferência, isso também era novo. Você pega o que recebe e é grato por isso. Uma vez que essa mensagem está bem arraigada em você, parece presunção achar que os gostos e desgostos de alguém pode importar para outras pessoas.

— Qualquer ordem que fizer mais sentido — ele tinha respondido, quase como uma pergunta.

— Dane-se o sentido! Você pode comer na banheira se desejar. Você mereceu.

E Lazlo nunca havia tomado um banho no qual desejasse se demorar, já que os banhos no monastério eram com baldes de água fria do poço que o faziam tremer, e na biblioteca eram em chuveiros mornos e tinham de ser rápidos. Ainda assim, sentindo profundamente que sua sujeira era uma imposição imperdoável, ele escolheu banhar-se primeiro, e assim descobriu, aos vinte anos, o prazer incomparável de se submergir na água quente.

Quem imaginaria?

Ele *não* havia escolhido comer na banheira — ou mesmo demorar-se além do tempo considerável que levou para ficar limpo —, estando ansioso demais para continuar a conversa com Suheyla. Ela tinha, no caminho da câmara, entrado para sua pequena lista de pessoas favoritas, junto com Eril-Fane, Calixte, Ruza e o velho Mestre Hyrrokkin. Quando ele viu a quantidade de comida que havia posto para ele, contudo, sua enraizada abnegação veio à superfície. Havia pequenas aves assadas, cubos de carne em um molho aromático e crustáceos curvos no espeto. Havia uma salada de grãos e outra de verduras, e uma bandeja de frutas e meia dúzia de pequenas tigelas com pastas e outra meia dúzia de temperos, e o pão era um disco grande demais para a mesa, pendurado em um gancho que existia para esse propósito, de forma que bastava levantar a mão e rasgar um pedaço. E havia doces cobertos com mel que brilhavam, pimentas, chá e vinho... e era tudo demais para ele.

— Sinto muito ter dado tanto trabalho — desculpou-se, ganhando um olhar aguçado.

— Hóspedes não são trabalho! — Suheyla respondeu. — São uma bênção. Não ter ninguém para quem cozinhar, isso sim é uma tristeza. Mas um jovem emagrecido pelo Elmuthaleth precisando engordar? Isso é um prazer.

E o que ele podia fazer além de agradecer e comer sua parte?

Que maravilha, ele nunca tinha comido tão bem! E nunca se sentiu tão satisfeito, ou tinha se demorado à mesa tanto tempo, ou conversado tanto ou estado tão à vontade com alguém que tinha acabado de conhecer. E assim sua apresentação ao mundo das casas e mães foi poderosamente boa, e embora tivesse sentido, em sua primeira caminhada pela cidade dos seus sonhos, que nunca se sentiria cansado novamente, ele estava de fato muito, muito cansado, coisa que Suheyla percebeu.

— Vamos lá — disse ela. — Eu o mantive acordado até muito tarde.

Mais cedo, ele havia deixado sua sacola de viagem perto da porta.

— Pode deixar — ele respondeu, quando ela se abaixou para pegá-la.

— Bobagem — ela disse e, em um vislumbre, percebeu que a mulher não tinha a mão direita, apenas um punho liso e fino, embora isso não a tivesse atrapalhado nem um pouco quando enganchou a alça da sacola nele e a colocou no ombro. Ele se perguntou como não tinha percebido isso antes.

Ela o levou até uma das portas pintadas de verde que se abriam para o pátio.

— Este era o quarto do meu filho — explicou, gesticulando para que ele entrasse.

— Ah. Mas ele não vai querer ficar aqui?

— Acho que não. — Havia um tom de tristeza na voz. — Diga-me, como ele dorme... lá fora? — Ela fez um gesto vago para o oeste, indicando o restante do mundo, Lazlo imaginou.

— Não sei — ele respondeu, surpreso. — Bem o bastante. — Que resposta mais inadequada para dar a uma mãe preocupada. *Bem o bastante*. E como Lazlo saberia? Nunca tinha lhe passado pela cabeça que Eril-Fane pudesse ter vulnerabilidades. Ele percebeu que todo esse tempo estivera olhando para o Matador de Deuses como um herói, não um homem, mas os heróis também são homens — e mulheres — e vítima de problemas humanos como todo mundo.

— Isso é bom — disse Suheyla. — Talvez isso tenha melhorado, estando fora daqui.

— Isso? — perguntou Lazlo, lembrando-se da forma como Eril-Fane tinha desviado os olhos e dito que não dormia bem em Lamento.

— Ah, pesadelos. — Suheyla abandonou o assunto e colocou a mão no rosto de Lazlo. — É muito bom tê-lo aqui, jovem. Durma bem.

✶

Mariposas derramaram-se das chaminés da Câmara dos Mercadores.

Era antes do amanhecer. Alguns moradores da cidade estavam acordando. Os padeiros já trabalhavam e carroças passavam tranquilamente pela praça do mercado, trazendo seus fardos diários de produção das fazendas do vale. Sarai não planejava ficar tanto tempo nos sonhos dos forasteiros, mas encontrou neles um mundo tão estranho, tão cheio de visões para as quais não tinha contexto, que mal havia sentido o tempo passar.

O oceano: uma vastidão inenarrável. Leviatãs tão grandes quanto palácios, presos a pontões impedindo-os de submergir para sua liberdade. Minas de glaves como luz do sol enterrada. Torres como presas. Homens com lobos em coleiras patrulhando campos azuis deslumbrantes. Tais imagens tratavam de um mundo além da sua compreensão e, espalhadas nelas — estranhas entre coisas estranhas e tão difíceis de separar da fantasia louca dos sonhos como flocos de neve de um cesto de renda — estavam as respostas que ela procurava.

Quem eram esses forasteiros e qual a natureza da ameaça que representavam?

Quanto à primeira, eram homens e mulheres motivados por ideias e movidos por inteligência e habilidades raras. Alguns tinham famílias, outros não. Alguns eram gentis, outros não. Ela não poderia *conhecê-los* em uma noite de invasão, apenas formou impressões; isso era tudo. Mas quanto à segunda pergunta...

Sarai estava atordoada por visões de explosões, geringonças e torres impossíveis — e garotas *subindo* em torres impossivelmente altas — e ímãs, serras, pontes, frascos de químicos miraculosos e... e... e *máquinas voadoras*.

"Eles não podem *voar*", Feral havia dito, mas parecia que estava errado. Quando Sarai primeiro viu o veículo nos sonhos da mulher faranji mais velha, desconsiderou, achando que era fantasia. Sonhos estão cheios de voos e isso não a preocupara. Mas quando ela viu o mesmo veículo na mente do marido, teve de notar. A coisa era lustrosa, tinha um desenho simples e era específica demais para ser uma coincidência no sonho de duas pessoas, não importava que estivessem deitadas lado a lado, tocando-se. Os sonhos não se transferiam de um sonhador para outro. E havia algo a mais que fez Sarai acreditar. Ela vivia no céu. Ela conhecia o mundo lá em cima de uma forma que os humanos não conheciam, e a maioria dos sonhos de voar não acertava o reflexo do sol se pondo sobre o topo das montanhas, o fluxo dos ventos, a aparência do mundo lá de cima. Mas esse casal, com suas mãos calejadas, sabia como era. Não havia dúvida: eles tinham estado lá.

Então haveria quanto tempo até que as máquinas voadoras estivessem no ar, levando invasores para o jardim do terraço e para a palma da mão do serafim, bem onde Sarai estava agora?

"Amanhã saberemos se precisamos ter essa conversa ou não", ela havia dito aos outros na noite anterior, quando Minya estava matraqueando aquela conversa sobre lutar. Bem, eles *teriam* de ter a conversa, e rápido. Sarai se sentiu nauseada.

Lá em cima na cidadela, ela começou seu caminhar incansável com olhos abertos e visão embaçada. Não havia ninguém perto, mas ela sabia que os outros deviam estar esperando. Se eles dormiram, levantaram-se cedo para encontrá-la assim que as mariposas voltassem, e ouvir o que ela tinha para contar. Será que estavam do outro lado de sua cortina agora? Esperava que eles ficassem lá até que ela estivesse pronta.

Sarai considerou chamar as mariposas de volta. O horizonte ao leste já estava clareando e todas cairiam mortas à primeira aparição do sol. Mas havia algo que ainda tinha de fazer e estivera adiando a noite inteira.

Ela tinha de visitar o Matador de Deuses.

26

PESSOAS DESTRUÍDAS

Sarai tinha vindo inúmeras vezes até essa janela. Mais do que a qualquer outra em Lamento. Era a janela de seu pai e raramente passava uma noite sem visitá-lo.

Uma visita para *atormentá-lo* — e atormentar a si também, enquanto tentava imaginar ser o tipo de criança que um pai poderia amar em vez de matar.

A janela estava aberta. Não havia obstáculo para entrar, mas ela hesitou e pousou as mariposas no parapeito para espiar lá dentro. Não havia muita coisa no quarto estreito: um armário de roupas, algumas prateleiras, e uma cama com um colchão de penas coberto por uma colcha bordada à mão. Havia apenas luz suficiente entrando pela janela para dar profundidade à escuridão, então ela viu, nos tons de cinza, o contorno de uma forma. Um ombro, voltado para baixo. Ele dormia de lado, com as costas para a janela.

Lá em cima, no seu próprio corpo, os corações de Sarai balbuciaram. Ela estava nervosa, agitada, como se fosse uma espécie de reencontro. Um reencontro unilateral. Fazia dois anos que ele partira e havia sido um alívio tão grande quando ele foi — ficaria livre da perturbação constante de Minya. Todos os dias — *todos os dias* — a garotinha pedia para saber sobre o que ele tinha sonhado, e o que Sarai tinha soltado sobre seu pai. Qualquer que fosse a resposta, ela nunca estava satisfeita. Minya queria que Sarai o visitasse com um cataclisma de pesadelos, que destruiria sua mente e o deixaria na escuridão para sempre. Ela queria que Sarai o deixasse louco.

O Matador de Deuses sempre foi uma ameaça para o grupo — a maior ameaça. Ele era o coração pulsante de Lamento, o libertador de seu povo e seu maior herói. Ninguém era mais amado ou possuía mais autoridade, e assim ninguém era mais perigoso que ele. Depois da revolta e da libertação, os humanos haviam se mantido muito ocupados. Afinal, tinham dois séculos de tirania para superar. Tiveram de criar um governo do nada, com leis e um sistema de justiça. Também foi preciso restaurar as defesas, a vida civil, a indústria, e pelo menos a esperança do comércio. Um exército, templos, guildas, escolas — foi preciso reconstruir tudo. Foi um trabalho de anos e, durante todo esse tempo, a cidadela esteve sobre suas cabeças, fora de alcance. As pessoas de Lamento não tiveram escolha a não ser trabalhar naquilo que podiam mudar e tolerar o que não podiam — ou seja, nunca sentir o sol no rosto, ensinar as constelações para seus filhos ou colher frutas de suas próprias árvores. Houve discussões sobre mudar a cidade para fora da sombra, começar de novo em outro lugar. Um local foi até mesmo escolhido rio abaixo, mas havia uma história tão profunda ali que era difícil apenas desistir. Essa terra havia sido conquistada para eles por anjos. Com sombra ou não, era sagrada.

Faltavam-lhes os recursos, então, para tomar a cidadela, mas nunca iriam tolerá-la para sempre. Eventualmente, sua determinação iria se concentrar lá em cima. O Matador de Deuses não desistiria.

"Se *você* não for o fim dele", Minya dizia, "ele será o *nosso*".

E Sarai havia sido a arma de Minya. Com o Massacre vermelho e sangrento em seus corações, ela tinha tentado seu melhor e feito seu pior. Por diversas noites havia coberto Eril-Fane de mariposas e soltado cada terror de seu arsenal. Ondas de horrores, fileiras de monstros. O corpo dele ficava rígido como uma tábua. Ela ouviu dentes quebrando com a força de sua mandíbula cerrada. Nunca havia visto olhos tão espremidos, parecendo que iam se romper. Mas ela não conseguia destruí-lo; não conseguia nem o fazer chorar. Eril-Fane tinha seu próprio arsenal de horrores; ele dificilmente precisava do dela. O medo era o menor deles. Sarai não tinha entendido antes que o medo podia ser um tormento menor. Era a *vergonha* que o dilacerava, o desespero. Não havia escuridão para a qual pudesse mandá-lo que rivalizasse com o que ele já passava. Ele tinha vivido três anos com Isagol, a Terrível, e sobrevivido a muita coisa para enlouquecer por causa de pesadelos.

Era estranho. Toda noite Sarai dividia sua mente em cem formas, suas mariposas carregando pedaços de sua consciência pela cidade, e quando voltavam para ela, ficava inteira novamente. Era fácil. Mas alguma coisa começou a acontecer na medida em que ela atormentava mais o seu pai — um tipo diferente de divisão dentro dela, e não era tão fácil de reconciliar com o fim da noite.

Para Minya, só existiria para sempre o Massacre. Mas, na verdade, havia muito mais. Havia o *antes*. Garotas roubadas, anos perdidos, pessoas destruídas. E sempre havia os deuses selvagens e impiedosos.

Isagol, alcançando sua alma e tocando suas emoções como a uma harpa.

Letha, varrendo sua mente, retirando memórias e as engolindo inteiras.

Skathis à porta, vindo buscar sua filha.

Skathis à porta, trazendo-a de volta.

A função do ódio, como Sarai entendia, era erradicar a compaixão — fechar uma porta no íntimo de alguém e esquecer que ela estava lá. Se você tivesse ódio, então podia ver o sofrimento — e causá-lo — e não sentir nada exceto, talvez, uma sórdida justificativa.

Mas em algum ponto... ali naquele quarto, Sarai pensou... ela tinha perdido essa capacidade. O ódio lhe faltara e era como perder um escudo em batalha. Uma vez que ele se foi, todo o sofrimento se levantou para esmagá-la. Era demais.

Foi quando seus pesadelos se voltaram contra ela que começou a precisar do lull.

Com uma respiração profunda, Sarai retirou uma mariposa do parapeito e esporeou-a para a frente, um único fragmento de escuridão despachado para o escuro. Naquela sentinela ela focou sua atenção, e era como se estivesse *lá*, flutuando a centímetros do ombro do Matador de Deuses.

Exceto...

Ela mal podia dizer qual sentido vibrou primeiro com um pequeno choque de diferença, mas logo entendeu:

Aquele não era o Matador de Deuses.

O tamanho não era o mesmo, nem o cheiro. Quem quer que fosse, era mais magro que Eril-Fane e não se afundava tão profundamente nas penas. À medida que ela se ajustou à escassa luz ambiente, foi capaz de ver os cabelos pretos derramados no travesseiro, mas pouco mais que isso.

Quem era esse, dormindo na cama do Matador de Deuses? Onde estava Eril-Fane? A curiosidade tomou conta de si, e ela fez algo que jamais consideraria em tempos normais. Quer dizer: em tempos de uma ruína menos iminente.

Havia uma glave no criado-mudo, com uma cobertura preta de tricô sobre ela. Sarai direcionou um grupo de mariposas para agarrar o tecido com suas minúsculas patas e afastá-lo o suficiente para descobrir um raio de luz. Se alguém testemunhasse as mariposas comportando-se de uma forma assim tão coordenada, ficaria desconfiado de que não fossem criaturas naturais. Mas esse medo parecia estranho para Sarai agora, comparado às suas outras preocupações. Com aquela pequena tarefa concluída, ela examinou o rosto que estava iluminado pela luz prateada da glave.

Viu um jovem com um nariz torto. As sobrancelhas eram pretas e pesadas e os olhos profundos. Suas maçãs do rosto eram altas e planas, e terminavam retas no maxilar, como um corte de machado. Nada de fineza, nada de elegância. E o nariz. Ele claramente tinha encontrado alguma violência, e emprestava um aspecto de violência ao todo. Seus cabelos eram grossos e escuros, e onde brilhava à luz da glave os reflexos eram de um vermelho quente, não de azul frio. Ele estava sem camisa, e embora quase todo coberto pela colcha, o braço que descansava sobre ela era magro e musculoso. Ele estava limpo, e devia ter se barbeado pela primeira vez em semanas, pois o maxilar e o queixo estavam mais pálidos do que o restante do rosto e quase lisos — daquele jeito que o rosto de um homem nunca é totalmente liso, mesmo depois de um encontro com uma lâmina perfeitamente afiada. Isso Sarai sabia após anos de pousar em rostos adormecidos, e não a partir de Feral que, embora tivesse começado a se barbear, podia passar dias sem que alguém percebesse. Mas não esse homem. Ele não tinha, como Feral, *quase* ultrapassado a linha para a vida adulta, mas sim a cruzado *por completo*: um homem em termos absolutos.

Ele não era bonito. Certamente não era uma peça de museu. Havia algo de bruto nele com aquele nariz quebrado, mas Sarai percebeu demorando-se mais na apreciação dele do que tinha se demorado nos outros, exceto pelo rapaz dourado. Porque ambos eram jovens, e ela não era tão imaculada a ponto de ser livre dos desejos que Rubi expressava tão abertamente, nem tão desapegada a ponto de a presença física de homens jovens não ter efeito sobre si. Ela era apenas discreta, como era discreta com muitas outras coisas.

Olhando para os cílios cerrados, ela se perguntou que cor eram seus olhos, e experienciou uma pontada de alienação, pelo fato de ser sua sina ver e nunca ser vista, passar em segredo pelas mentes dos outros e não deixar rastro de si, exceto o medo.

Ela olhou rapidamente para o céu, era melhor correr. Ela não teria tempo de ter uma impressão consistente desse rapaz, mas até mesmo uma pista de quem ele era poderia ser útil. Um estranho na casa de Eril-Fane. O que isso significava?

Ela conduziu uma mariposa para sua testa.

E, imediatamente, caiu em outro mundo.

27

OUTRO MUNDO

Cada mente é um mundo à parte. A maioria ocupa o vasto terreno intermediário daquilo que é comum, enquanto outras são mais distintas: agradáveis, até mesmo belas, ou, às vezes, escorregadias e inexplicavelmente erradas nos sentimentos. Sarai nem se lembrava de como era a sua antes de tê-la transformado no zoológico de terrores que era agora — sua própria mente era um lugar em que ela tinha medo de ficar depois de escurecer, por assim dizer, e tinha de se proteger dela tomando uma bebida que a amortecia com seu nada cinzento. Os sonhos do Matador de Deuses também eram um domínio de horrores, unicamente seus, enquanto os de Suheyla eram tão macios quanto um xale que protege uma criança do frio. Sarai havia invadido milhares de mentes — dezenas de milhares — e passara seus dedos invisíveis por incontáveis sonhos.

Mas ela nunca conhecera nada assim.

Ela piscou e olhou novamente.

Ali estava uma rua pavimentada de lápis-lazúli, as fachadas esculpidas de prédios erguendo-se de ambos os lados. E havia domos dourados, e o brilho da Cúspide a distância. Nos sonhos, a noite inteira Sarai havia residido em paisagens que lhe eram estranhas. Esta não era, e ainda assim era. Ela virou lentamente, absorvendo a curiosa familiaridade e a estranheza que era mais estranha a seu modo do que o completamente estrangeiro tinha sido. Sem dúvidas aquela era Lamento, mas não a Lamento que ela conhecia. O lápis-lazúli era mais azul, o ouro mais brilhante, as esculturas não eram familiares. Os domos — dos quais havia centenas em vez de meramente dezenas — não tinham o formato certo. Tampouco eram feitos com a folha dourada lisa que eram na realidade, mas tinham o padrão de escama de peixe de ouro mais escuro e mais brilhante, de forma que o sol não refletia meramente neles. Ele brincava. E dançava.

O sol.

O sol em Lamento.

Não havia cidadela, nem âncoras. Nada de mesarthium em nenhum lugar, e nenhum traço de melancolia persistente ou sugestão de amargura. Ela estava diante de uma versão de Lamento que existia apenas na mente desse sonhador.

Sarai não tinha como saber que aquela cidadela havia nascido de histórias contadas anos atrás por um monge senil, ou que havia sido alimentada desde então por toda fonte que Lazlo conseguia encontrar. Que ele sabia tudo o que era possível um estrangeiro saber sobre Lamento, e *esta* era a visão que ele construíra a partir de pedaços.

Sarai tinha entrado em uma ideia da cidade, e era a coisa mais maravilhosa que já vira. Ela dançava por seus sentidos da forma que o sol do sonho dançava sobre os domos. Cada cor era mais profunda, mais rica do que a real, e *havia tantas cores*. Se a tecedora do mundo tivesse guardado as pontas de cada fio que usara, sua cesta iria se parecer com isso. Havia toldos sobre as barracas do mercado, e fileiras de especiarias em forma de cones. Rosa e vermelho, escarlate e siena. Velhos sopravam fumaça colorida através de longas flautas pintadas, gravando o ar com música sem som. Açafrão e vermelho-alaranjado, púrpura e coral. De cada domo erguia-se uma espiral parecida com uma agulha, todas elas crepitando com bandeiras e interconectadas por fitas por meio das quais crianças corriam dando risada, vestidas com mantos de penas coloridas. Amora e amarelo-limão, verde-acinzentado e chocolate. Suas sombras acompanhavam seus passos lá embaixo de uma forma que nunca poderia acontecer na verdadeira Lamento, envolvida por uma única grande sombra. Os cidadãos imaginários vestiam trajes simples e adoráveis, as mulheres tinham cabelos longos que se arrastavam atrás delas, ou eram sustentados no ar por passarinhos que tinham seu próprio brilho colorido. Dente-de-leão e castanheira, tangerina e amarelo-dourado.

Nos muros cresciam trepadeiras, como devia ter sido antigamente, antes da sombra. Frutas brotavam, suculentas e brilhantes. Pôr do sol e cardo, verdete e violeta. O ar era fragrante com seu perfume de mel e com outro aroma, um que transportou Sarai de volta à infância.

Quando ela era pequena, antes que as despensas da cidadela fossem esvaziadas de provisões insubstituíveis como açúcar e farinha branca, Grande Ellen costumava fazer um bolo de aniversário todo ano: para compartilhar e fazer o açúcar e a farinha durarem pelo máximo possível. Sarai tinha oito anos quando ela fez o último. Os cinco o degustaram, fizeram uma brincadeira para comê-lo com uma lentidão excruciante, sabendo que era o último bolo que comeriam.

E aqui, nessa estranha e adorável Lamento, em que bolos descansavam no parapeito das janelas, com a cobertura brilhando com açúcar cristal e pétalas de flores, pessoas paravam para se servir de uma fatia deste ou daquele, e os moradores das casas entregavam xícaras pelas janelas, para que elas pudessem ter algo para ajudar a descer o bolo.

Sarai bebeu tudo aquilo até se embriagar. Esta era a segunda vez na noite que havia se surpreendido por uma completa dissonância entre um rosto e uma mente. A primeira fora com o faranji dourado. Por mais que seu rosto fosse fino, seus sonhos não eram. Eles eram tão apertados e sem ar quanto caixões. Ele mal podia respirar ou se mover neles, e ela tampouco. E agora isso, esse faranji com feições grosseiras com um ar de violência pôde dar-lhe entrada para tal reino de maravilhas.

Ela viu espectrais passando livres, lado a lado como casais saindo para passear, e outras criaturas que ela reconhecia ou não. Um ravide, com suas presas do tamanho de braços, decorado com colares de contas e borlas, levantou-se nas patas traseiras para lamber um bolo com sua língua longa e áspera. Ela viu um elegante centauro levando uma princesa sentada de lado na sela, e tal era a atmosfera de magia que o casal não estava deslocado ali. Ele virou sua cabeça e beijou a moça demoradamente, deixando as bochechas de Sarai vermelhas. E havia homenzinhos com pés de galinha, andando de costas para que suas pegadas apontassem para o caminho errado, e velhinhas andando por aí em gatos com selas, e garotos com chifres de bode tocando campainhas, e o farfalhar de asas delicadas, e mais coisas adoráveis para onde quer que ela olhasse. Ela estava dentro do sonho a menos de um minuto — indo e vindo duas meras vezes na mão do grande serafim — quando percebeu que tinha um sorriso no rosto.

Um *sorriso*.

Sorrisos eram raros, dada a natureza de seu trabalho, mas em uma noite como esta, com tantas descobertas, era impensável. Ela o desfez com a mão, envergonhada, e continuou andando. Então esse faranji era bom em sonhos? Grande coisa. Nada disso era útil para ela. Quem era esse sonhador? O que ele estava fazendo ali? Endurecendo-se diante do encantamento, analisou ao redor novamente e viu, à frente, a figura de um homem com longos cabelos pretos.

Era ele.

Isso era normal. As pessoas manifestam-se em seus próprios sonhos com frequência. Ele estava andando para longe dela, e ela se aproximou pela força de vontade — bastou desejar que logo estava bem atrás dele.

Esse sonho podia ser especial, mas ainda assim era um sonho e, como tal, ela podia controlá-lo. Sarai podia, se assim quisesse, destruir toda a cor. Transformar tudo em sangue, destruir os domos, enviar as crianças vestidas com penas direto para a morte. Ela podia fazer o ravide domesticado com seus colares de contas e borlas destroçar as adoráveis mulheres de cabelos pretos e longos. Ela podia transformar tudo aquilo em um pesadelo. Esse era o seu dom perverso, muito perverso.

Entretanto, não fez nada disso. Não foi para isso que ela tinha vindo, mas mesmo que fosse, era impensável que destroçasse esse sonho. Não eram apenas as cores e as criaturas de contos de fadas, mas a magia. Não eram nem os bolos. Havia uma sensação ali... de doçura, e segurança, e Sarai desejou...

Ela desejou que fosse real e que pudesse viver ali. Se ravides pudessem andar lado a lado com homens e mulheres e até dividir os bolos, então, talvez, os filhos dos deuses também pudessem.

Real. Pensamento tolo, muito tolo. Aquela era a mente de um estrangeiro. *Reais* eram os outros quatro esperando por ela, agoniados e apreensivos. *Real* era a verdade que ela teria de lhes contar, e *real* era o brilho da aurora subindo no horizonte. Era hora de ir embora. Sarai reuniu suas mariposas. Aquelas empoleiradas na capa preta da glave a soltaram e deixaram que ela descesse novamente, engolindo a fatia de luz e devolvendo o sonhador à escuridão. Elas voaram até a janela e esperaram, mas a que estava na testa do jovem permaneceu. Sarai estava parada, pronta para retirá-la, mas hesitou. Ela estava em tantos lugares ao mesmo tempo; estava na parte plana da palma do serafim, descalça, estava flutuando na janela do quarto do Matador de Deuses, e estava pousada, leve como uma pétala, na testa do sonhador.

E ela estava dentro de seu sonho, parada bem atrás dele. Teve uma vontade inexplicável de ver o rosto do jovem, aqui no lugar que ele criara, com os olhos abertos.

Ele estendeu a mão para pegar uma fruta de uma das trepadeiras.

A mão de Sarai contraiu-se, também querendo uma. Querendo *cinco*, uma para cada um deles. Ela pensou na filha de deuses que podia trazer coisas dos sonhos e desejou que pudesse retornar com seus braços cheios de frutas. Um bolo equilibrado na cabeça. E montando no ravide domesticado que agora tinha glacê nos bigodes. Como se, com presentes e extravagâncias, ela pudesse amenizar o golpe das notícias.

Algumas crianças escalavam uma grade, e pararam para jogar mais frutas para o sonhador. Ele pegou as esferas amarelas e gritou "obrigado".

O timbre de sua voz fez Sarai vibrar por dentro. Era profunda, grave e rouca — uma voz como fumaça de madeira, lâminas serrilhadas e botas pisando na neve. Apesar de toda a aspereza, havia também o mais terno tom de timidez na voz. "Eu acreditava quando era menino", ele disse a um homem em pé ali perto. "Nas frutas de graça para pegar. Mas depois achei que era uma fantasia sonhada para crianças famintas".

Com atraso, Sarai percebeu que ele estava falando a língua de Lamento. A noite inteira, em todos os sonhos dos estrangeiros, ela raramente tinha ouvido uma palavra que pudesse entender, mas este falava a língua sem nem mesmo um sotaque. Ela se movimentou para o lado, dando a volta para enfim encará-lo.

Ela se aproximou, estudando-o de perfil sem nem disfarçar, assim como alguém estuda uma estátua — ou como um fantasma pode estudar os vivos. No início da noite, ela havia feito a mesma coisa com o faranji dourado, parado bem ao lado do rapaz enquanto ele trabalhava furioso em um laboratório de chamas altas e vidro estilhaçado. Tudo era espinhoso, quente e cheio de perigo, e não importava quão belo ele fosse, ela estivera ansiosa para sair de lá.

Não havia perigo aqui, nem desejo de escapar. Ao contrário, ela fora atraída para mais perto. Uma década de invisibilidade tinha acabado com qualquer hesitação que ela pudesse sentir com uma observação tão flagrante. Notou que os olhos dele eram cinza e o sorriso tinha o mesmo sinal de timidez que a voz. E sim, havia a linha quebrada no nariz. E sim, o corte de suas bochechas até o queixo era abrupto. Mas, para sua surpresa, o rosto, acordado e animado, não transmitia nada da brutalidade que tivera na primeira impressão. Ao invés disso, era doce como o ar em seu sonho.

Ele virou a cabeça na direção dela, e Sarai estava tão acostumada ao seu próprio e intenso não-ser que nem se assustou, ela apenas encarou como uma oportunidade para vê-lo melhor. A menina tinha visto tantos olhos fechados e pálpebras tremendo com sonhos, e cílios agitando-se nas bochechas, que ficou paralisada com aqueles olhos abertos e tão próximos. Ela podia ver, nessa abundância de luz solar, os padrões da íris, que não eram de um cinza sólido, mas tinham filamentos de uma centena de tons de cinza, azul e pérola, e pareciam reflexos de luz oscilando na água, com o mais suave padrão de âmbar circundando as pupilas.

E... com o mesmo interesse que ela o fitava, ele olhava para... Não, não era para ela, pois só podia observar através dela. Ele tinha um ar de fascinação. Havia uma luz em seus olhos de absoluto encantamento. Um *encantamento*, pensou, e sofreu uma profunda fisgada de inveja de quem ou o que estava atrás dela que o cativou tão completamente. Por apenas um momento, permitiu-se fingir que era ela. Que ele olhava para *ela* daquele jeito absorto.

Era apenas fingimento. Um instante de indulgência — como um fantasma que se coloca entre amantes para sentir como é estar vivo. Tudo isso aconteceu em segundos, três no máximo. Ela ficou quieta dentro daquele sonho extraordinário e fingiu que o sonhador estava cativado por ela. Sarai acompanhou o movimento das pupilas do rapaz, que pareciam acompanhar as linhas de seu rosto e a faixa preta que havia pintado nele. Elas desceram, para subir novamente de uma vez depois de ver sua forma vestida com uma camisola e sua pele azul chamativa. Ele corou e, em algum momento daqueles três segundos, deixou de ser um fingimento. Sarai também corou, dando um passo para trás ao perceber o olhar do sonhador a seguir.

Seus olhos a seguiram.

Não havia ninguém atrás dela. Não havia mais ninguém ali. O sonho inteiro se encolheu em uma esfera ao redor dos dois, e não podia haver dúvida de que o encantamento era por ela, ou que foi para ela que ele sussurrou, com vívido e gentil interesse: "*Quem é você?*".

A realidade veio como um baque. Ela fora vista. *Ela fora vista.* Lá em cima na cidadela, Sarai deu um salto para trás e cortou a corda de sua consciência, soltando a mariposa e perdendo o sonho em um instante. Toda a atenção que havia derramado naquela única sentinela foi transferida para seu corpo físico, o que a fez tropeçar e cair de joelhos, sem fôlego.

Era impossível. Nos sonhos, ela era um fantasma. Ele não podia tê-la visto.

Mesmo assim não restava dúvida em sua mente que ele a vira.

✶

Lá embaixo em Lamento, Lazlo acordou com um sobressalto e sentou-se na cama a tempo de testemunhar noventa e nove pedacinhos de escuridão saírem do parapeito da janela e explodirem no ar, onde, com um redemoinho frenético, foram sugadas para fora de vista.

Ele piscou. Tudo estava silencioso e parado. Escuro, também. Ele podia ter duvidado que tivesse visto qualquer coisa se, naquele momento, a centésima mariposa não tivesse saído de sua testa para cair morta em seu colo. Suavemente, ele a pegou na palma da mão. Era uma coisa delicada, com asas peludas da cor do entardecer.

Meio enroscado nos vestígios de seu sonho, Lazlo ainda via os grandes olhos azuis da bela garota azul, e ficou frustrado por ter acordado e a perdido tão abruptamente. Se pudesse voltar para o sonho, pensou, podia encontrá-la de novo? Ele colocou a mariposa morta no criado-mudo e adormeceu novamente.

E encontrou o sonho, mas não a garota. Ela havia desaparecido. Nos momentos seguintes o sol nasceu. Uma luz pálida penetrou na escuridão da cidadela e transformou a mariposa em fumaça sobre o criado-mudo.

Quando Lazlo acordou de novo, algumas horas mais tarde, havia esquecido ambas.

28

NÃO É JEITO DE VIVER

Sarai caiu de joelhos. Tudo o que via era a genuína atenção dos olhos do sonhador — *sobre ela* — enquanto Feral, Rubi e Pardal corriam pela porta do quarto, onde estavam observando e esperando.

— Sarai! Você está bem?

— O que houve? O que há de errado?

— Sarai!

Minya veio atrás deles, mas não correu para o lado de Sarai e ficou para trás, observando com interesse enquanto eles pegavam-na pelos cotovelos e a ajudavam a se levantar.

Sarai viu a aflição do grupo e controlou a sua, afastando o sonhador de sua mente — por ora. *Ele a havia visto. O que isso queria dizer?* Os outros estavam enchendo-a de perguntas — perguntas que ela não podia responder, porque suas mariposas ainda não haviam voltado. Os insetos estavam no céu agora, correndo contra o sol que se levantava. Se não chegassem a tempo, Sarai ficaria sem voz até escurecer e cem novas mariposas nascessem dentro dela. Ela não sabia por que aquilo era assim, mas era. Ela levou as mãos à garganta para que os outros entendessem, e fez um gesto para que saíssem e não vissem o que aconteceria a seguir. A garota odiava que alguém visse suas mariposas saindo ou chegando.

Mas o grupo apenas deu um passo atrás, demonstrando apreensão nos rostos, e tudo o que ela pôde fazer quando as mariposas apareceram na beirada do terraço foi virar-se para esconder o rosto enquanto abria a boca para deixá-las entrar.

Noventa e nove.

Em seu choque, ela havia cortado a conexão e deixado a mariposa na testa do sonhador. Seus corações ficaram desamparados. Ela procurou-a com a mente, tateando em busca do fio cortado, como se pudesse reviver a mariposa e atraí-la de volta para casa, entretanto, aquela sentinela estava para sempre perdida. Primeiro, Sarai fora vista por um humano e, então, havia deixado uma mariposa para trás como um cartão de visita. Será que ela estava acabada?

Como ele a havia visto?

Agora andava de cá para lá novamente, por força do hábito. Os outros chegaram ao seu lado, perguntando o que acontecera. Minya ainda ficou para trás, observando. Sarai chegou ao fim da palma do serafim, virou-se e parou. Não havia parapeito nesse terraço para prevenir que alguém caísse. Havia a curva sutil da mão em forma de concha — a carne de metal levantava-se sutilmente para formar uma espécie de grande tigela rasa impedindo andar além da beira. Mesmo quando estava mais distraída, os pés de Sarai registravam a elevação e sabiam ficar no centro plano da palma.

Agora o pânico dos outros a fez voltar a si mesma.

— Conte-nos, Sarai — disse Feral, com a voz firme para mostrar que ele podia aguentar. Rubi estava de um lado e Pardal do outro. Sarai absorveu a visão de suas faces. Ela tivera tão pouco tempo nos últimos anos para simplesmente *estar* com eles, uma vez que o grupo vivia durante o dia e ela, à noite, e compartilhavam uma refeição no meio disso. Não era jeito de viver. Mas... era a vida, e era tudo o que tinham.

Com um sussurro frágil, falou:

— Eles têm máquinas voadoras. — E observou, desolada, como a compreensão daquilo mudou os três rostos, afastando o último trapo desafiador de esperança, deixando nada além do desespero.

Ela se sentiu como filha de sua mãe.

As mãos de Pardal voaram para sua boca.

— Então acabou — falou Rubi. Eles nem mesmo questionaram. De alguma forma, durante a noite, haviam passado do pânico para a derrota.

Não Minya.

— Olhem para vocês — Minya disse, severa. — Eu juro, vocês parecem prontos para cair de joelhos e mostrar suas gargantas a eles.

Sarai virou-se para ela. O entusiasmo de Minya tinha se acendido. Isso a horrorizava.

— Como você pode estar *feliz* com isso?

— Tinha que acontecer, cedo ou tarde — foi sua resposta. — Melhor acabar logo com isso.

— Acabar logo? Com o quê, com as *nossas vidas*?

Minya riu, com escárnio.

— Só se vocês preferirem morrer a se defenderem. Não posso impedi-los caso estejam tão determinados a morrer, mas não é isso que *eu* vou fazer.

Um silêncio cresceu. Ocorreu a Sarai, e talvez aos outros três ao mesmo tempo que, no dia anterior, quando Minya havia zombado dos vários níveis de inutilidade de cada um em uma luta, ela não mencionou qual seria sua parte na batalha. Agora, diante do desespero, ela irradiava vivacidade. *Entusiasmo*. Era tão absolutamente errado que Sarai não conseguia entender.

— O que há de errado com você? — ela perguntou. — *Por que está tão satisfeita?*

— Achei que você nunca perguntaria — disse Minya, com um sorriso que mostrava todos os seus dentinhos. — Venham comigo, quero mostrar algo a vocês.

✷

A casa do Matador de Deuses era um exemplo modesto do tradicional *yeldez* de Lamento, ou casa com pátio. De fora, apresentava uma fachada de pedra esculpida com um padrão de lagartos e romãs. A porta era sólida, pintada de verde e dava acesso a uma passagem direto para um pátio, que era aberto, cômodo central da casa, usado para cozinhar, comer e se reunir. O clima agradável de Lamento significava que a maior parte das atividades eram feitas ao ar livre. Também significava que, antigamente, o céu tinha sido seu teto, e agora era a cidadela. Apenas os quartos, banheiro e salão de inverno eram fechados. Tais cômodos cercavam o pátio em um U e abriam-se para ele com quatro portas verdes. A cozinha ficava abrigada em um caramanchão coberto, e uma pérgola em volta da área de jantar antes era coberta com vinhas que davam sombra. O local havia tido árvores e uma horta de temperos também, mas nada disso existia mais. Uma moita de arbustos desbotados havia sobrevivido, e havia alguns vasos de flores delicadas da floresta, que podiam crescer sem muito sol, mas que não eram condizentes com a imagem verdejante na mente de Lazlo.

Quando ele saiu do quarto pela manhã, encontrou Suheyla puxando uma armadilha para peixes do poço. Isso era menos estranho do que podia parecer e, na verdade, não era um poço, mas uma abertura até o rio que fluía por baixo da cidade.

O Uzumark não era um único grande canal subterrâneo, mas sim uma rede intrincada de cursos d'água que escavaram a rocha do vale. Quando a cidade fora construída, os brilhantes engenheiros adaptaram os canais para um sistema de encanamento natural. Alguns córregos eram para água fresca, outros para o descarte do lixo. Outros, mais largos, eram canais subterrâneos navegáveis por barcos longos e estreitos iluminados por glaves. De leste a oeste, não havia forma mais rápida de atravessar a longa oval da cidade do que pelos barcos subterrâneos. Havia até mesmo o rumor de um grande lago enterrado, mais profundo do que tudo, no qual um svytagor pré-histórico estava preso por conta de seu tamanho imenso e vivia como um peixe dourado em um aquário, alimentando-se de enguias que procriavam na água fria. Eles o chamavam de *kalisma*, que significava "deus das enguias", uma vez que as enguias certamente o veriam dessa forma.

— Bom dia — anunciou Lazlo, saindo no pátio.

— Ah, você está acordado — respondeu Suheyla, alegre. Ela abriu a armadilha e os pequenos peixes brilharam, verdes e dourados, quando ela os jogou em um balde. — Dormiu bem, espero…

— Bem demais, e até muito *tarde*. Odeio ser um preguiçoso. Sinto muito.

— Bobagem. Se existe um dia para dormir demais, eu diria que é a manhã seguinte à travessia do Elmuthaleth. E meu filho ainda não apareceu, então você não perdeu nada.

Lazlo viu o café da manhã que estava posto na baixa mesa de pedra. Era quase igual ao jantar da noite anterior, o que fazia sentido, já que era a primeira oportunidade de Suheyla de alimentar Eril-Fane em mais de dois anos.

— Posso ajudá-la? — ele perguntou.

— Você coloca a tampa de volta no poço?

Ele fez o que ela pediu, então a seguiu até o fogo, onde observou enquanto ela limpava os peixes com movimentos certeiros de faca, submergia-os no óleo, cobria-os de temperos, e os colocava na grelha. Ele mal podia imaginar como ela poderia ser mais hábil com duas mãos do que já era com uma.

Ela o viu observando. Mais precisamente, viu ele desviar o olhar quando foi pego olhando. Levantando o toco liso e afilado do pulso, disse:

— Não ligo. Pode olhar.

Ele corou, envergonhado.

— Me desculpe.

— Vou estabelecer uma multa por pedidos de desculpa — ela disse. — Eu não quis mencionar na noite passada, mas hoje é o seu novo começo. Dez pratas toda vez que você se desculpar.

Lazlo riu e teve de morder a língua antes de se desculpar por pedir desculpas.

— Fui educado assim — explicou. — Não posso fazer nada.

— Aceito o desafio de reeducá-lo. Daqui em diante você só pode pedir desculpas se pisar no pé de alguém quando estiver dançando.

— Só assim? Eu nem danço.

— *O quê?* Bem, vamos cuidar disso também.

Ela virou o peixe na grelha. A fumaça tinha aroma de temperos.

— Passei toda a minha vida na companhia de homens velhos — Lazlo contou-lhe. — Se você espera me preparar para a sociedade, terá bastante trabalho em mãos...

As palavras saíram antes que ele pudesse considerá-las. Seu rosto corou e, se ela não levantasse o dedo, ele teria se desculpado novamente.

— Não diga! — a mulher ordenou. Seu ar era severo, mas seus olhos dançavam. — Você não deve ter medo de me ofender, meu jovem. Sou bastante resistente. Quanto a isso... — Ela levantou o punho. — Eu quase acho que eles me fizeram um favor. Dez parece um número muito grande de dedos. E muitas unhas para cortar!

Seu sorriso contagiou Lazlo, que sorriu também.

— Nunca pensei nisso. Sabe, há uma deusa com seis braços na mitologia Maialen. Pense nela.

— Pobre coitada. Mas essa deusa provavelmente tem sacerdotisas para cuidar dela.

— Isso é verdade.

Suheyla colocou o peixe cozido em um prato e lhe entregou, fazendo um gesto em direção à mesa. Ele o levou e encontrou um lugar para o prato. As palavras dela ficaram em sua mente: "quase acho que eles me fizeram um favor". Quem eram *eles*?

— Desculpe, mas...

— Dez pratas.

— O quê?

— Você pediu desculpas de novo. Eu te alertei.

— Eu não pedi — Lazlo argumentou, rindo. — "Desculpe" é um imperativo. Eu *ordeno que me desculpe*. Não é, de forma alguma, um pedido de desculpas.

— Está bem — admitiu Suheyla —, mas da próxima vez, nada disso. Apenas pergunte.

— Está bem. Mas... deixa para lá. Não é da minha conta.

— Apenas *pergunte*.

— Você disse que eles lhe fizeram um favor. Eu estava apenas pensando a quem você se referiu.

— Ah. Bem, aos deuses.

Apesar da cidadela flutuando acima de suas cabeças, Lazlo ainda não tinha uma clara ideia de como fora a vida sob o domínio dos deuses.

— Eles… cortaram sua mão?

— Eu imagino que sim — disse ela. — Não me lembro. Eles podem ter feito com que eu mesma a cortasse. Tudo o que sei é que eu tinha duas mãos antes de eles me levarem, e apenas uma depois.

Tudo isso foi dito como uma conversa matutina trivial.

— Te levaram? — Lazlo repetiu. — Lá para cima?

Suheyla franziu a testa, como se estivesse perplexa com sua ignorância.

— Ele não te contou nada?

Lazlo entendeu que ela se referia a Eril-Fane.

— Até chegarmos ao topo da Cúspide ontem não sabíamos nem por que tínhamos vindo.

Ela ficou surpresa.

— Bom, vocês são criaturas crédulas, por virem até aqui por um mistério.

— Nada poderia ter me impedido de vir — Lazlo confessou. — Fui obcecado com o mistério de Lamento minha vida inteira.

— Verdade? Eu não fazia ideia de que o mundo se lembrava de nós.

A boca de Lazlo torceu-se para um lado.

— Na verdade, o mundo não se lembra. Apenas eu.

— Bom, isso demonstra caráter — afirmou Suheyla. — E o que você acha, agora que está aqui? — Enquanto falava, ela cortava frutas, e fez um gesto amplo com sua faca. — Está satisfeito com a resolução de seu mistério?

— Resolução? — ele repetiu, com uma risada impotente, e olhou para a cidadela. — Tenho cem vezes mais perguntas do que tinha ontem.

Suheyla seguiu seu olhar, mas assim que levantou os olhos, baixou-os novamente e estremeceu. Como os Tizerkane na Cúspide, ela não aguentava olhar para a cidadela.

— Isso é de se esperar, se meu filho não o preparou. — Ela pousou a faca e colocou as frutas cortadas em uma tigela, que passou para Lazlo. — Ele nunca conseguiu falar sobre isso. — Lazlo começou a levar a tigela à mesa quando ela acrescentou, em voz baixa: — Eles o levaram por mais tempo do que qualquer outra pessoa, sabe.

Ele virou-se para a mulher. Não, realmente ele *não* sabia. Também não tinha certeza de como expressar seus pensamentos em uma pergunta e, antes que pudesse, Suheyla, ocupando-se em limpar a tábua de cortar, continuou a falar baixinho:

— Eles levavam garotas, principalmente — explicou. — Criar uma garota em Lamento, e, bem, *ser* uma filha em Lamento era... muito difícil naquele tempo. Toda vez que o chão tremia, sabíamos que era Skathis chegando à porta. — *Skathis*. Ruza tinha falado esse nome. — Mas, às vezes, levavam nossos filhos também. — Ela passou o chá no coador.

— Eles levavam *crianças*?

— Os filhos são sempre crianças... mas, tecnicamente, ou fisicamente, pelo menos, Skathis esperava até que eles fossem... maiores.

Maiores.

Aquelas palavras. Lazlo engoliu uma sensação crescente de náusea. Aquelas palavras eram como... Como ver uma faca ensanguentada. Você não precisava ter testemunhado o esfaqueamento para entender o que ela significava.

— Eu me preocupava mais com Azareen do que com Eril-Fane. Para ela, era apenas uma questão de tempo. E os dois sabiam disso, é claro. Foi por isso que se casaram tão jovens. Ela... ela disse que queria ser dele antes de ser deles. E ela foi. Por cinco dias. Mas não foi ela que levaram. Foi ele. Bem. Eles a levaram depois.

Isso era... era terrível, tudo isso. Azareen. Eril-Fane. A natureza rotineira da atrocidade. Mas...

— Eles são *casados*? — foi o que Lazlo conseguiu perguntar.

— Oh! — Suheyla pareceu arrependida. — Você não sabia. Bem, nenhum segredo está a salvo comigo, não é?

— Mas por que deveria ser um segredo?

— Não é que seja um segredo — explicou, cuidadosamente. — É mais que... não é mais um casamento. Não depois... — Ela virou a cabeça para cima, mas sem olhar para a cidadela.

Lazlo não fez mais perguntas. Tudo o que perguntara sobre Eril-Fane e Azareen, assim como sobre os mistérios de Lamento, havia tomado um ar muito mais sombrio do que jamais poderia imaginar.

— Nós éramos levados para "servir" — Suheyla continuou, sua mudança de pronome lembrando-lhe de que ela própria fora uma das garotas raptadas. — Era como Skathis chamava. Ele chegava à porta ou à janela. — Sua mão tremeu, e ela apertou firme o coto. — Não haviam trazido nenhum criado com eles, então tinha *isso*. Servir à mesa ou nas cozinhas. E havia camareiras, jardineiros, lavadeiras.

Nessa ladainha havia ficado muito claro que esses trabalhos eram as exceções, e que o "serviço" era de outro tipo.

— É claro, nós não sabíamos de nada até que fosse tarde. Quando nos traziam de volta, cerca de um ano depois, não nos lembrávamos de nada. Mas nem sempre nos traziam. E então um ano era roubado de nós. — Ela baixou o coto, e sua mão moveu-se brevemente para a barriga. — Era como se o tempo não tivesse passado. Letha devorava nossas memórias, entende. — Ela olhou para Lazlo. — Ela era a deusa do oblívio.

Fazia sentido agora — um sentido horrível — o motivo pelo qual Suheyla não sabia o que acontecera com sua mão.

— E... Eril-Fane? — ele indagou, endurecendo-se.

Suheyla olhou para o bule de chá que estava enchendo com água quente da chaleira.

— O esquecimento era uma misericórdia, no fim das contas. Ele só se lembra de tudo porque os matou, e não havia ninguém para levar embora suas memórias.

Lazlo entendeu o que a mulher lhe contava, o que ela estava dizendo sem dizer, mas não parecia possível. Não Eril-Fane, que era o poder encarnado. Ele era um libertador, não um escravo.

— Três anos — disse Suheyla. — Foi esse o tempo que ela ficou com ele. Isagol. A deusa do desespero. — Seus olhos perderam o foco. Ela parecia ter entrado em um grande buraco dentro de si e sua voz transformou-se em um sussurro. — Contudo, se nunca o tivessem levado, ainda seríamos escravos.

Por aquele breve momento, Lazlo sentiu um tremor de pesar dentro da mulher: de que ela não havia sido capaz de manter seu filho em segurança. Aquele era um pesar simples e profundo, mas, debaixo dele, havia um sentimento mais profundo e estranho: de que precisava ficar *feliz* por aquilo, porque se ela *tivesse* mantido Eril-Fane em segurança, ele não teria salvado seu povo. Misturavam-se felicidade, pesar e culpa em uma fusão intolerável.

— Sinto muito — disse Lazlo, do fundo de seus dois corações.

Suheyla saiu do lugar longínquo e oco em que estava perdida. Seus olhos aguçaram-se com um sorriso.

— Rá! — disse ela. — Dez pratas, por favor. — E ela estendeu a palma da mão para ele colocar uma moeda nela.

29

OS OUTROS BEBÊS

Minya levou Sarai e os outros para dentro, através do quarto de Sarai, e de volta pelo corredor. Todos os quartos ficavam do lado direito da cidadela. A suíte de Sarai era na extremidade do braço direito do serafim, e as outras ficavam ao longo da mesma passagem, exceto a de Minya. O que antes era o palácio de Skathis ocupava o ombro direito inteiro, o qual atravessaram e, na entrada da galeria, Sarai e Feral trocaram um olhar.

As portas que levavam para cima ou para baixo, à cabeça ou ao corpo da cidadela, estavam fechadas, tal como estavam quando Skathis morreu. Não era possível discernir nem o lugar delas.

O braço sinistro — como era chamado — era acessível, embora o grupo raramente fosse lá. Ele abrigava o berçário, e nenhum deles podia aguentar a visão de berços vazios, mesmo que o sangue tivesse sido lavado há muito tempo. Havia um monte de quartinhos como celas, com nada além de camas. Sarai sabia o que eles eram. Ela os tinha visto em sonhos, mas só nos sonhos das garotas que os ocuparam por último — como Azareen —, cujas memórias haviam sobrevivido a Letha. Sarai não podia pensar em um motivo para Minya levá-los lá.

— Onde estamos indo? — Feral perguntou.

Minya não respondeu, mas eles tiveram a resposta no momento seguinte, quando ela virou em direção ao braço sinistro, mas para um lugar ao qual eles nunca iam — mesmo que por um motivo diferente.

— O coração — afirmou Rubi.

— Mas... — disse Pardal, então interrompeu-se com um olhar de entendimento.

Sarai podia adivinhar o que ela quase dissera e o que a havia impedido, porque a ideia lhe ocorreu no mesmo momento que ocorreu a Pardal. *Mas nós não cabemos mais.* Aquele foi o pensamento. *Mas Minya cabe.* Aquele era o entendimento. E Sarai soube então onde Minya vinha passando o tempo quando não a encontravam. Se eles quisessem mesmo saber, teriam descoberto facilmente, mas a verdade é que ficavam felizes quando a garotinha estava longe, então nunca se preocuparam em procurá-la.

Eles viraram uma esquina e chegaram à porta.

Ela não podia mais ser chamada de porta. Tinha menos de trinta centímetros de largura: uma abertura esguia e estreita no metal onde uma porta não havia se fechado completamente quando Skathis morreu. Pela sua altura, que era de cerca de seis metros, estava claro que não tinha sido uma porta comum, embora não houvesse forma de estimar qual era sua largura quando aberta.

Minya mal conseguia atravessar, tendo de passar um ombro primeiro, depois o rosto. Por um momento, pareceu que ela ficaria presa pelas orelhas, mas ela pressionou o rosto e as orelhas ficaram achatadas, e ela teve de mexer a cabeça de um lado para outro para passá-la, então exalar completamente para estreitar o peito o suficiente para o resto do corpo passar. Foi por pouco. Se fosse um pouquinho maior, não teria conseguido.

— Minya, você sabe que nós não conseguimos entrar — Pardal falou enquanto a garotinha desaparecia no corredor do outro lado.

— Esperem aí — ela respondeu, e sumiu.

Eles olharam uns para os outros.

— O que ela quer nos mostrar aqui? — Sarai indagou.

— Será que ela encontrou alguma coisa no coração? — Feral se perguntou.

— Se houvesse algo para encontrar, teríamos encontrado anos atrás.

Antigamente, todos haviam sido pequenos o bastante para entrar.

— Quanto tempo faz? — Feral perguntou, deslizando a mão pela beirada lisa da abertura.

— Mais tempo para você do que para nós — disse Pardal.

— Essa sua cabeça grande — acrescentou Rubi, empurrando-o de leve.

Feral tinha crescido primeiro, depois Sarai, e as garotas um ano ou mais depois. Minya, obviamente, nunca cresceu. Quando eram pequenos, aquele era seu lugar favorito para brincar, em parte porque a abertura estreita o fazia parecer proibido, e em parte porque era muito estranho.

Era uma câmara enorme, perfeitamente esférica, de metal liso e curvo, com uma passagem estreita em volta da circunferência. Em diâmetro devia ter cerca de trinta metros, e suspensa no centro havia uma esfera menor de talvez seis metros de diâmetro, que também era perfeitamente lisa e, como a cidadela inteira, ela flutuava, sustentada no lugar não por cordas ou correntes, mas por uma força insondável. A câmara ocupava o lugar onde os corações ficariam em um corpo de verdade, então era assim que eles a chamavam, mas aquele era apenas o termo que usavam. Eles não tinham ideia de qual tinha sido seu nome ou propósito. Mesmo Grande Ellen não sabia. Era apenas uma grande bola de metal flutuando em uma sala maior de metal.

Ah, e havia monstros empoleirados nas paredes. Dois deles.

Sarai sabia das bestas das âncoras, Rasalas e as outras, pois as tinha visto com seus olhos de mariposa, inertes como eram agora, mas também as tinha visto como eram antes, através dos sonhos das pessoas de Lamento. Em seu arsenal havia um número aparentemente infinito de visões de Skathis montado em Rasalas, carregando mulheres e homens, não mais velhos do que ela era agora. Aquele era seu horror mais frequente, a pior memória coletiva de Lamento. A garota estremeceu em pensar quão displicentemente havia sofrido aquilo, não compreendendo, quando criança, o que ele significava. As bestas das âncoras eram grandes, mas os monstros empoleirados como estátuas nas paredes do coração da cidadela eram maiores.

Eram parecidos com vespas, tórax e abdômen unidos por cinturas finas, asas como lâminas, e ferrões mais longos do que um braço de criança. Sarai e os outros haviam cavalgado neles quando crianças, fingindo que eram reais, mas, se no reino dos deuses os monstros haviam sido algo além de estátuas, Sarai não tinha visões para comprovar. Tinha certeza de que as criaturas nunca deixaram a cidadela. Pelo seu tamanho, era difícil imaginá-los saindo daquela sala.

— Lá vem ela — disse Rubi, que estivera espiando o corredor escuro através da abertura. Ela saiu da frente, mas a figura que emergiu de lá não era Minya. Ele não teve de parar e cuidadosamente espremer seu corpo pela abertura, apenas fluiu para fora com a facilidade de um fantasma, o que ele era.

Era Ari-Eil. Ele planou sem olhar o grupo e foi seguido por outro fantasma. Sarai piscou. Esse era familiar, mas ela não sabia de onde, e então ele passou por ela, que não teve tempo de procurar em sua memória porque outro já estava vindo atrás dele.

E mais outro.

E mais outro.

... *tantos!*

Fantasmas derramaram-se do coração da cidadela, um após o outro, passando pelos quatro sem manifestar-se, e indo reto pelo longo corredor sem portas que levava à galeria e ao terraço do jardim e seus quartos. Sarai se viu prensada contra a parede, tentando compreender esse fluxo de rostos, e eram todos familiares, mas não tão familiares quanto seriam se ela os houvesse visto recentemente.

O que ela não tinha.

Ela fitou um rosto, depois outro. Eram homens, mulheres e crianças, embora a maioria fossem velhos. Nomes começaram a lhe ocorrer. Thann, sacerdotisa de Thakra. Mazli, morta no parto de gêmeos, que também morreram. Guldan, a mestra das tatuagens, a velha que era famosa na cidade por desenhar a *elilith* mais bela. Todas as garotas queriam que ela fizesse a sua. Sarai não se lembrava exatamente quando ela havia morrido, mas fora com certeza antes de sua primeira menstruação, porque sua reação ao descobrir sobre a morte da velha havia sido muito tola. Fora de *desapontamento*, por Guldan não poder desenhar a *sua elilith* quando chegasse o momento. Como se tal coisa fosse acontecer. Que idade ela tinha, doze? Treze? Atrás de suas pálpebras fechadas, ela imaginou a pele de sua barriga parda em vez de azul, decorada com os floreios delicados da velha. E, sim, o corar de vergonha que acompanhava aquela imagem. De ter esquecido, mesmo por um instante, quem ela era.

Como se um humano fosse tocá-la um dia por qualquer motivo que não para matá-la.

Pelo menos quatro anos tinham se passado desde então. *Quatro anos*. Então como Guldan podia estar ali naquele momento? Era o mesmo com os outros. E havia *tantos deles*. Todos olhavam para a frente, inexpressivos, mas Sarai viu o apelo desesperado em mais de um par de olhos à medida que passavam. Eles se moviam com a facilidade de fantasmas, mas também com uma intenção severa, marcial, como soldados.

A compreensão veio lentamente e depois de uma só vez. As mãos de Sarai cobriram sua boca. Ambas as mãos, como se segurasse um gemido. Todo esse tempo. Como isso era possível? Lágrimas brotaram em seus olhos. Tantos deles. Tantos!

Tudo, ela pensou. Cada homem, mulher e criança que tinham morrido em Lamento desde... desde quando...? E passado perto o bastante da cidadela em sua jornada evanescente para Minya capturá-los. Fazia dez anos que Pardal e Rubi cresceram demais para entrar no coração. Foi então que ela começou esta... *coleção*?

— Oh, Minya — Sarai se exasperou, com a profundidade de seu horror.

Sua mente buscou outra explicação, mas não havia nenhuma. Havia apenas esta: por anos, sem que o restante deles soubesse, Minya vinha capturando fantasmas e... guardando-os. *Armazenando-os*. O coração da cidadela, aquela grande câmara esférica onde apenas Minya podia entrar, havia servido, todo esse tempo como um... cofre. Um armário. Uma caixa-forte.

Para um exército de mortos.

✷

Por fim, Minya saiu, espremendo-se lentamente pela passagem e olhando desafiadoramente para Sarai e Feral, Pardal e Rubi, todos atordoados e sem palavras. A procissão de fantasmas desapareceu virando a esquina.

— Oh, Minya — falou Sarai. — O que você fez?

— O que você quer dizer com *o que eu fiz*? Você não vê? Nós estamos seguros. Deixe que o Matador de Deuses venha, e todos os seus novos amigos também. Eu os ensinarei o significado de massacre.

Sarai sentiu o sangue deixar seu rosto. Será que ela achava que eles ainda não sabiam?

— Você, entre todas as pessoas, já deve ter tido massacre suficiente na vida.

Minya eterna, Minya imutável. De igual para igual, ela olhou para Sarai:

— Você está errada. Eu terei o bastante *quando der o troco.*

Um tremor passou por Sarai. Será que isso era um pesadelo? Um pesadelo acordado, talvez. Sua mente havia enfim se partido e todos os terrores estavam derramando-se dela.

Mas não. Isso era real. Minya forçaria uma década de mortos da cidade a lutar contra e matar seus próprios amigos e parentes. Ela se deu conta com uma onda de náusea que errara, todos esses anos, em esconder sua empatia pelos humanos e tudo o que eles passaram. A princípio, ela ficara envergonhada e com medo de que fosse uma fraqueza sua ser incapaz de odiá-los como deveria. Ela imaginava palavras saindo de sua boca, como *eles não são monstros, sabe*, e imaginava qual seria a resposta de Minya: *diga isso aos outros bebês.*

Os outros bebês.

Isso era tudo o que ela tinha a dizer. Nada podia superar o Massacre. Argumentar a favor de qualquer qualidade redentora nas pessoas que o tinham cometido era uma espécie de traição. Mas agora Sarai pensou que deveria ter tentado. Em sua covardia, havia deixado os outros com uma simples convicção: eles tinham um inimigo. Eles *eram* um inimigo. O mundo era um massacre. Ou você o sofria ou o infligia. Se ela tivesse contado o que viu nas memórias tortas de Lamento, e o que ela sentiu e ouviu — o choro convulsivo de pais que não podiam proteger suas filhas, o horror das garotas que voltavam sem memória e corpos violados —, talvez eles tivessem visto que os humanos também eram sobreviventes.

— Deve haver alguma outra forma — Sarai afirmou.

— E se houvesse? — desafiou Minya, fria. — E se houvesse outra forma, mas você fosse patética demais para fazer?

Sarai arrepiou-se com o insulto, depois encolheu-se. Patética demais para fazer *o quê*? Ela não queria saber, mas tinha de perguntar.

— Do que você está falando?

Minya a considerou, então balançou a cabeça.

— Não, tenho certeza. Você é patética demais. Você nos deixaria morrer primeiro.

— *O quê,* Minya? — Sarai insistiu.

— Bem, você é a única de nós que pode ir para a cidade — disse a menina. Ela era, de fato, uma criança bonita, mas era difícil fitá-la, não tanto porque fosse desleixada, mas por causa do *vazio* estranho e frio de seus olhos. Será que ela sempre fora assim? Sarai se lembrava de rir com ela, há muito tempo, quando todos eram crianças. Quando foi que ela mudou e se tornou... *isso*? — Você não conseguiu enlouquecer o Matador de Deuses — ela estava dizendo.

— Ele é muito forte — Sarai protestou. Mesmo agora ela não conseguia sugerir, nem mesmo para si mesma, que talvez ele não merecesse a loucura.

— Ah, ele é forte — concordou Minya —, mas suponho que nem o grande Matador de Deuses poderia suportar respirar se uma centena de mariposas voassem para dentro de sua garganta.

Se uma centena de mariposas voassem para dentro...

Sarai apenas a encarou. Minya riu com o choque dela. Será que ela entendia o que estava dizendo? Claro que sim, apenas não se importava. As mariposas não eram... Não eram trapos de pano. Também não eram nem mesmo insetos treinados. Elas eram *Sarai.* Eram sua própria consciência prolongada por meio de longos cordões invisíveis. O que elas experienciavam, ela experienciava, fosse o calor da testa de um sonhador ou a obstrução vermelha e úmida da garganta de um homem sufocando.

— E de manhã — Minya continuou —, quando ele fosse encontrado morto em sua cama, as mariposas voltariam a ser fumaça, e ninguém saberia o que o matou.

Ela estava triunfante — uma criança satisfeita com um plano brilhante.

— Você só poderia matar uma pessoa por noite, eu imagino. Talvez duas. Eu me pergunto quantas mariposas seriam necessárias para sufocar alguém. — Ela deu de ombros. — De qualquer forma, depois que alguns faranji morressem sem explicação, acho que os outros perderiam a coragem. — Ela sorriu, levantando a cabeça. — Bem, eu estava certa? Você é patética demais? Ou pode suportar alguns minutos de asco para salvar nós todos?

Sarai abriu a boca e a fechou. Alguns minutos de asco? Quão trivial ela fazia isso soar.

— Não é o asco — ela disse. — Deus me livre que um estômago forte seja a única coisa que separe matar de não matar. Há a *decência*, Minya. *Misericórdia.*

— Decência — a garota cuspiu. — *Misericórdia.*

A forma como ela disse aquilo. A palavra não tinha lugar na cidadela dos Mesarthim. Seus olhos escureceram como se suas pupilas tivessem engolido suas íris, e Sarai sentiu ela chegar, a resposta que não tolerava argumentação: *Diga isso aos outros bebês.*

Mas não foi isso que Minya disse.

— Você me dá náusea, Sarai. Você é tão gentil. — E então ela disse palavras que nunca havia dito, não em todos aqueles quinze anos. Em um sussurro baixo e mortal, soltou: — *Eu devia ter salvado outro bebê.* — Então virou-se e foi atrás de seu terrível exército sofrido.

Sarai sentiu-se estapeada. Rubi, Pardal e Feral a cercaram.

— Estou contente que ela a tenha salvado — falou Pardal, acariciando seus braços e cabelos.

— Eu também — ecoou Rubi.

Mas Sarai estava imaginando um berçário cheio de filhos de deuses — meninas e meninos com pele azul e magia ainda não descoberta — e humanos no meio deles com facas de cozinha. De certa forma, Minya havia livrado os quatro disso. Sarai sempre sentiu o estreito golpe de sorte — como um machado passando perto o bastante para cortar as pontas de suas bochechas — por Minya tê-la salvado. De que *ela* tinha sobrevivido em vez de um dos outros.

E, antigamente, sobreviver se parecia com um fim. Mas agora... começava a parecer uma vantagem sem objetivo.

Sobreviver *para quê?*

30

NOME ROUBADO, CÉU ROUBADO

Lazlo não ficou na casa de Suheyla para o café da manhã. Ele achou que mãe e filho gostariam de um tempo sozinhos depois de dois anos de separação. Ele esperou para encontrar Eril-Fane — e tentou guardar seu novo conhecimento em silêncio em seus olhos quando o encontrou. Era difícil; o horror parecia gritar dentro de si. Tudo sobre o herói parecia diferente agora que sabia dessa pequena lasca de informação sobre o que o homem havia passado.

Ele colocou a sela em Lixxa e cavalgou por Lamento, perdendo-se agradavelmente.

— Você parece bem descansada — disse a Calixte, que estava comendo na sala de jantar da câmara quando ele finalmente a encontrou.

— Você não — ela respondeu. — Esqueceu de dormir?

— Como ousa? — provocou, suavemente, sentando-se à mesa. — Você está sugerindo que não estou com perfeito frescor?

— Eu nunca seria tão mal-educada a ponto de sugerir um frescor imperfeito. — Ela deu uma mordida grande em um doce. — Contudo — disse com a boca cheia —, você está cultivando manchas azuis debaixo dos olhos. Então, a menos que tenha recebido socos muito simétricos, aposto que não dormiu o suficiente. Além disso, com o estado de deslumbramento extático em que você estava ontem, não esperava que você fosse capaz de sentar quieto, quanto menos dormir.

— Em primeiro lugar: quem iria me dar um soco? Em segundo lugar: *deslumbramento extático*. Falou bem.

— Em primeiro lugar: Thyon Nero adoraria socar você. Em segundo lugar: obrigada.

— Ah, *ele* — disse Lazlo. Podia ter sido uma brincadeira, mas a animosidade do afilhado dourado era palpável. Os outros a sentiam, mesmo que não tivessem ideia do que estava por trás dela. — Entretanto, acho que ele é o único.

Calixte suspirou.

— Você é tão ingênuo, Estranho. Se eles não queriam antes, agora *todos* eles querem socá-lo por causa da bolsa das teorias. Drave especialmente. Você devia ouvi-lo falando. Ele colocou muitas pratas lá dentro, o tolo. Acho que ele pensou que era uma loteria e, se fizesse mais apostas, seria mais provável ganhar. Enquanto você fez uma só — uma aposta ridícula — e ganhou. Estou abismada de ele não o ter socado ainda.

— Thakra me salvou da bolsa das teorias — disse Lazlo, displicentemente invocando a divindade local, Thakra. Ela era a comandante dos seis serafins, de acordo com a lenda e com o livro sagrado, e seu templo ficava atravessando uma ampla avenida na frente da câmara.

— Salvá-lo de quinhentas pratas? — perguntou Calixte. — Acho que posso ajudá-lo com isso.

— Obrigado, acho que eu me viro — disse Lazlo, que, na verdade, não tinha ideia de onde começar com tanto dinheiro. — Mas como me salvará de explosionistas rancorosos e alquimistas com má vontade?

— Eu vou. Não se preocupe. É culpa minha e assumo total responsabilidade por você.

Lazlo riu. Calixte era magra como um hreshtek, mas bem menos perigosa do que um. Ainda assim, ele não a via como inofensiva, mas sabia que *ele* era, apesar das aulas de Ruza quanto a atirar lanças.

— Obrigado. Se eu for atacado, vou gritar histericamente e você pode ir me salvar.

— Vou enviar Tzara — disse Calixte. — Ela é magnífica quando luta. — Então acrescentou, com um sorriso secreto: — Embora ela seja ainda mais magnífica fazendo outras coisas.

Calixte não estava errada em chamar Lazlo de ingênuo, mas, mesmo que coisas como amantes fossem remotas para ele, o rapaz entendeu o sorriso e o tom afetuoso em sua voz. Suas bochechas coraram, para o prazer dela.

— Estranho, você está *ruborizando*.

— Claro que estou — ele admitiu. — Sou um perfeito inocente. Eu ficaria vermelho ao ver a clavícula de uma mulher.

Enquanto ele disse aquilo, uma quase memória cutucou sua mente. As clavículas de uma mulher, e o maravilhoso espaço entre elas. Mas onde ele teria visto isso…? E, então, Calixte puxou sua blusa para o lado a fim de revelar a própria clavícula, e Lazlo riu, perdendo a memória.

— Bom trabalho desnudando o rosto, a propósito — ela disse, balançando os dedos sob o queixo para indicar a barba de Lazlo. — Eu me esqueci de como era aí debaixo.

Ele sorriu.

— Ah. Bem, desculpe lembrá-la, mas estava coçando.

— O que você quer dizer com essas desculpas? Você tem um rosto excelente! — a moça respondeu, examinando-o. — Não é *bonito*, mas há outras formas de um rosto ser excelente.

Ele tocou no ângulo pronunciado de seu nariz.

— Eu tenho um rosto — era o máximo que ele estava disposto a dizer.

— Lazlo — chamou Eril-Fane do outro lado da sala —, reúna todos, está bem?

Lazlo assentiu e levantou-se.

— Considere-se reunida — ele informou Calixte, antes de ir procurar o resto da equipe.

— Grite se precisar que eu o salve — a moça respondeu.

— Sempre.

✶

Havia chegado a hora de discutir o "problema" de Lamento pra valer. Lazlo já sabia um pouco por meio de Ruza e Suheyla, mas os outros estavam ouvindo pela primeira vez.

— Nossa esperança ao trazê-los aqui — explicou Eril-Fane, dirigindo-se a eles no belo salão da câmara — é de que vocês encontrem uma forma de nos libertar daquela coisa no nosso céu. — Ele olhou de um rosto para o outro, e Lazlo se lembrou daquele dia no teatro da Grande Biblioteca, quando o olhar do Matador de Deuses recaíra sobre ele, e seu sonho havia assumido uma nova clareza: não só *ver* a Cidade Perdida, mas *ajudá-la.*

— Um dia já fomos uma cidade de conhecimento — continuou Eril-Fane. — Nossos ancestrais nunca tiveram que buscar forasteiros para pedir ajuda — falou com um tom de vergonha. — Mas isso está no passado. Os Mesarthim, eles eram… notáveis. Deuses ou outra coisa, eles poderiam ter cuidado do nosso medo e o transformado em reverência, conquistando uma verdadeira idolatria. Mas cuidar não era o jeito deles. Eles não vieram para oferecer-se como uma escolha ou ganhar nossos corações. Eles vieram para dominar, total e brutalmente, e a primeira coisa que fizeram foi nos quebrar.

— Antes mesmo de se apresentarem, soltaram as âncoras. Vocês as viram. Eles não as *derrubaram*. O impacto teria levado abaixo todas as estruturas da cidade e arruinado os canais subterrâneos, represando o Uzumark que corre sob nossos pés e inundando todo o vale. Eles queriam nos governar, não nos destruir, e nos escravizar, não nos massacrar, então deliberadamente colocaram as âncoras e esmagaram apenas o que estava debaixo delas, incluindo a universidade e a biblioteca, a guarnição dos Tizerkane e o palácio real.

Eril-Fane havia mencionado a biblioteca antes. Lazlo se perguntou sobre ela, e que textos preciosos se perderam junto. Será que havia histórias sobre a época dos ijji e dos serafins?

— Foi tudo terrivelmente organizado. Exército, guardiães da sabedoria e família real obliterados em minutos. Qualquer um que tenha escapado foi encontrado nos dias seguintes. Os Mesarthim sabiam tudo. Nenhum segredo podia ser escondido deles. E isso era tudo. Eles não precisavam de soldados, quando tinham sua mágica para... — Ele fez uma pausa, cerrando os dentes. — Para nos controlar. E, então, nosso conhecimento se perdeu, junto com nossa liderança e muitas outras coisas. Uma cadeia de conhecimento passado ao longo de séculos, e uma biblioteca para fazer inveja até mesmo a sua grande Zosma. — Aqui ele sorriu levemente para Lazlo. — Desaparecidos em um instante. Acabados. Nos anos que se seguiram, a busca do conhecimento foi punida. Toda ciência e investigação morreram. O que nos traz a vocês — ele disse aos delegados. — Espero ter escolhido bem.

Agora, finalmente, suas variadas áreas de expertise faziam sentido. Mouzaive, o filósofo natural: para o mistério da suspensão da cidadela. Como ela flutuava? Soulzeren e Ozwin para chegar a ela em seus trenós de seda. Os engenheiros para projetar quaisquer estruturas que fossem necessárias. Belabra para os cálculos. Os gêmeos Fellering e Thyon por causa do metal.

Mesarthium. Eril-Fane explicou-lhes suas propriedades — sua impenetrabilidade a tudo, ao calor, a todas as ferramentas. Tudo, quer dizer, exceto por Skathis, que o manipulava com a mente.

— Skathis controlava o mesarthium — explicou — e assim controlava... tudo.

Metal mágico telepaticamente moldado por um deus e impenetrável a tudo. Lazlo observou as reações dos delegados e podia entender sua incredulidade, certamente, mas *havia* uma grande instigação ali para acreditar no inacreditável. Ele acreditara que aquele ceticismo automático havia cedido com a visão do enorme serafim flutuando no céu.

— Certamente ele pode ser cortado — afirmou um dos Fellerings. — Com os instrumentos certos e o conhecimento.

— Ou fundido, com calor suficiente — acrescentou o outro, com uma confiança que esbarrava na arrogância. — As temperaturas que podemos atingir com nossas caldeiras são facilmente o dobro do que os seus ferreiros podem alcançar.

Thyon, por sua vez, não disse nada, e havia mais arrogância em seu silêncio do que na fanfarrice dos Fellerings. Seu convite para a delegação estava claro agora. O azoth não era apenas um meio de fazer ouro, na verdade. Ele também produzia o alkahest, o solvente universal — um agente capaz de dissolver qualquer substância no mundo: vidro, pedra, metal e até diamante. Será que o mesarthium também se dissolveria?

Se sim, então ele bem podia ser o segundo libertador de Lamento. Que honra para sua fama, Lazlo pensou, com uma pontada de mágoa: Thyon Nero, o libertador da sombra.

— Por que não vamos até lá? — sugeriu Eril-Fane, diante da incredulidade de seus convidados. — Eu os apresentarei ao mesarthium. É um bom ponto de partida.

✶

A âncora do norte era a mais próxima, perto o suficiente para ir andando até ela — e a caminhada os levou pela faixa de luz chamada de Avenida, embora não fosse uma avenida. Era o único lugar em que a luz do sol incidia sobre a cidade, passando pelo vão onde as asas do serafim uniam-se na frente e não se encontravam direito.

Era ampla como uma avenida e atravessá-la quase fazia parecer que alguém havia passado do crepúsculo para o dia e de volta à escuridão em alguns passos. Ela percorria metade da extensão da cidade e se tornara terreno mais cobiçado, muito embora a maior parte da luz incidisse sobre bairros mais humildes. Havia luz, e aquilo era tudo. Nessa única faixa banhada de sol, Lamento era tão verde quanto Lazlo sempre tinha imaginado e, em contraste, o restante da cidade parecia mais morto.

As asas nem sempre haviam sido estendidas como estavam agora, Eril-Fane explicou a Lazlo.

— Foi o ato de morte de Skathis: roubar o céu, como se já não tivesse roubado o bastante. — Ele olhou para a cidadela lá em cima, mas não por muito tempo.

E não só o céu fora roubado naquele dia, Lazlo ficou sabendo, descobrindo, enfim, a resposta para a pergunta que o tinha assombrado desde que era criança.

Que poder é capaz de aniquilar um nome?

— Foi Letha — Eril-Fane contou. Lazlo já conhecia o nome: deusa do oblívio, mestra do esquecimento. — Ela o comeu. Engoliu-o enquanto morria, e ele morreu com ela.

— Vocês não podiam renomeá-la? — Lazlo perguntou.

— Você acha que não tentamos? A maldição é muito poderosa. Todo nome que damos sofre o mesmo destino que o primeiro. Apenas Lamento permanece.

Nome roubado. Céu roubado. Filhos roubados. Anos roubados. O que os Mesarthim foram, Lazlo pensou, foram ladrões em uma escala épica.

A âncora dominava a paisagem, uma grande massa desajeitada atrás das silhuetas dos domos. Ela fazia todo o resto parecer pequeno, como um pequeno vilarejo de brinquedo construído para crianças. E no topo estava uma das estátuas que Lazlo não conseguia distinguir claramente, fora o fato de parecer bestial — com chifres e asas. Viu Eril-Fane olhando-a também, estremecer e desviar o olhar.

Os dois se aproximaram do muro proibitivo de metal azul, e seus reflexos deram um passo à frente para encontrá-los. Havia algo no metal, de perto — o volume, o brilho, a cor, uma estranheza indefinível —, que provocou um silêncio à medida que estenderam as mãos com vários graus de cautela para tocá-lo.

Os Fellerings haviam trazido uma maleta de instrumentos e começaram a trabalhar imediatamente. Thyon distanciou-se dos outros para examinar à sua própria maneira, com Drave o seguindo, oferecendo-se para segurar sua mochila.

— É liso — atestou Calixte, correndo as mãos pela superfície. — Parece molhado, mas não é.

— Você nunca vai escalar isso — disse Ebliz Tod, tocando-o.

— Quer apostar? — ela retrucou, com o brilho do desafio nos olhos.

— Cem pratas.

Calixte ridicularizou-o.

— *Prata*. Que chatice.

— Sabe como resolvemos as disputas em Thanagost? — indagou Soulzeren. — Roleta de veneno. Distribua uma rodada de *tragos* e misture veneno de serpaise em um deles. Você descobrirá que perdeu quando morrer sufocado.

— Você é louca — disse Calixte, admirada. Ela olhou para Tod. — Acho que Eril-Fane pode querê-lo vivo.

— *Pode*? — Tod indignou-se. — Você que é a pessoa descartável aqui.

— Você é desagradável, não? — ela retrucou. — Pois lhe digo, se eu ganhar, você terá que construir uma torre para mim.

Ele riu alto.

— Construo torres para reis, não para garotinhas.

— Você constrói torres para os *cadáveres* dos reis — ela respondeu. — E se tem tanta certeza de que não consigo escalar, onde está o risco? Não estou pedindo por uma Espiral de Nuvem. Pode ser uma torre pequena. Não vou precisar de um túmulo mesmo. Por mais que eu mereça a veneração eterna, pretendo nunca morrer.

— Boa sorte com isso — disse Tod. — E se eu ganhar?

— Hummm... — ela ponderou, batendo o dedo no queixo. — O que diz de uma esmeralda?

Ele a observou, impassivo.

— Você não escapou com nenhuma esmeralda.

— Ah, talvez você esteja certo — ela sorriu. — O que *eu* saberia sobre isso?

— Me mostre, então.

— Se eu perder, mostrarei. Mas se eu ganhar, você só terá que se perguntar se tenho mesmo ou não.

Tod considerou por um momento, seu rosto carrancudo e calculista.

— Sem corda — ele estipulou.

— Sem corda — ela concordou.

Ele tocou o metal novamente, avaliando quão liso era. Ele deve ter reforçado sua certeza de que era impossível escalar, porque aceitou os termos de Calixte. Uma torre contra uma esmeralda. Aposta justa.

Lazlo foi até onde o muro estava livre e passou a mão pela superfície. Como Calixte havia dito, era liso, não meramente polido. E duro e frio, como é de se esperar de um metal à sombra, e sua pele deslizou sem nenhum tipo de fricção. Ele esfregou as pontas dos dedos e continuou pela extensão da âncora. Mesarthium, Mesarthim. Metal mágico, deuses mágicos. De onde eles teriam vindo?

Do mesmo lugar que os serafins? "Eles vieram dos céus", dizia o mito — ou a *história*, se de fato tudo fosse verdade. E de onde antes disso? O que havia além do céu?

Será que vieram do grande todo negro cheio de estrelas que era o universo?

Os "mistérios de Lamento" não eram mistérios de *Lamento*, Lazlo pensou. Eles eram bem maiores do que este lugar. Maiores do que o mundo.

Chegando à esquina da âncora, ele espiou do outro lado e viu uma viela que se dissolvia em pedregulhos. Aventurou-se por ela, ainda esfregando a mão no mesarthium. Olhando para a ponta de seus dedos, percebeu que estavam de um cinza pálido. Ele os esfregou na camisa, mas a cor não saiu.

Do lado oposto ao muro de metal havia uma fileira de casas destruídas, ainda de pé como estavam antes da âncora, mas com as paredes laterais retiradas, como casas de boneca, abertas de um lado. Eram casas de bonecas decrépitas. Ele pôde ver dentro de antigas salas e cozinhas, e imaginar as pessoas que tinham vivido lá no dia em que seu mundo mudou.

Lazlo se perguntou o que estava debaixo dessa âncora. A biblioteca, o palácio ou a guarnição? Os ossos esmagados de reis, guerreiros ou guardiães do conhecimento? Era possível que algum livro tenha sobrevivido intacto?

Seus olhos notaram um trecho de cor à frente. Estava em um muro abandonado de pedra diante do muro de mesarthium, e a viela era estreita demais para Lazlo vê-lo a distância. Só quando se aproximou pôde decifrar que era uma pintura, e só quando estava de frente para o quadro conseguiu ver o que ela retratava.

Ele olhou para ela. E olhou. O choque geralmente chega como um golpe, repentino e inesperado. Mas, nesse caso, tomou conta dele lentamente, à medida que compreendeu a imagem e lembrou-se do que havia, até aquele momento, esquecido.

Só podia ser uma imagem dos Mesarthim. Havia seis deles: três mulheres de um lado, três homens do outro. Todos estavam mortos ou morrendo — espetados, retalhados ou esquartejados. E entre eles, inequivocamente, grandioso, e com seis braços para segurar seis armas, estava o Matador de Deuses. A imagem era grosseira. Quem quer que tivesse feito a pintura não era um artista treinado, mas havia uma intensidade bruta nela que era muito poderosa. Essa era uma pintura de vitória. Era brutal, sangrenta e triunfante.

O motivo do choque de Lazlo não era a violência dela — o sangue espirrando ou a quantidade de tinta vermelha usada para ilustrá-lo. Não havia sido o *vermelho* que chamou a sua atenção, mas o *azul*.

Em todas as conversas sobre os Mesarthim até então, ninguém pareceu achar importante mencionar que — se esse mural estivesse correto — eles tinham sido *azuis*. Assim como seu metal.

E da mesma forma que a garota no sonho de Lazlo.

Como ele podia tê-la esquecido? Foi como se ela tivesse entrado atrás de uma cortina em sua mente e, quando viu o mural, a cortina caiu e ela estava lá: a garota com a pele da cor do céu, que tinha ficado tão perto dele, estudando-o como se *ele* fosse uma pintura. Até as clavículas eram dela — a coceirinha em sua memória, de onde ele olhou para baixo no sonho e corou ao ver mais da anatomia feminina do que já vira na vida real. O que o fato de ter sonhado com uma garota com roupas de baixo dizia sobre ele?

Mas ela não estava aqui nem lá. Ali estava ela, no mural. Grosseiro como era, sem capturar o que havia de adorável nela, era uma semelhança inequívoca, desde o cabelo — o rico vermelho-escuro do mel de flores silvestres — até a severa faixa pintada sobre os olhos como uma máscara. Diferente da garota em seu sonho, contudo, esta estava usando um vestido.

Além disso… sua garganta estava aberta e esguichando sangue.

Ele deu um passo para trás, sentindo-se nauseado, como se estivesse observando um corpo real e não a retratação de uma garota assassinada que ele viu em um sonho.

— Tudo bem aí?

Lazlo olhou em volta. Era Eril-Fane na entrada da viela. Dois braços, não seis. Duas espadas, e não um arsenal pessoal de lanças e alabardas. Essa pintura, grosseira e ensanguentada, acrescentava ainda outra dimensão à ideia que Lazlo fazia dele. O Matador de Deuses havia matado deuses. Bem, é claro. Mas Lazlo nunca tinha, de fato, formado uma imagem para corresponder à ideia antes, ou se tinha, era uma imagem vaga, e as vítimas eram monstruosas. Não de olhos arregalados e descalças, como a garota em seu sonho.

— Era assim que eles eram? — ele indagou.

Eril-Fane veio olhar. Seus passos desaceleraram quando percebeu o que o mural retratava. Ele apenas assentiu, sem desviar o olhar dele.

— Eles eram azuis — disse Lazlo.

Mais uma vez, Eril-Fane assentiu.

Lazlo olhou para a deusa com a máscara preta pintada, e imaginou, interposta sobre os traços grosseiramente desenhados, os traços delicados que vira na noite anterior.

— Quem é ela?

Eril-Fane levou um momento para responder, e sua voz, quando respondeu, era rouca e quase baixa demais para ouvir.

— Essa é Isagol. Deusa do desespero.

Então esta era ela, o monstro que o havia mantido por três anos na cidadela. Havia tanto sentimento na forma como ele pronunciara seu nome, e era difícil entender porque não era… puro. *Era* ódio, mas havia tristeza e vergonha misturados também. Lazlo tentou olhar para seu rosto, mas o homem já estava se afastando. Ele observou-o partir e analisou uma última vez a pintura assustadora antes de segui-lo. Observou as manchas, linhas e riachos de vermelho, e este mais novo mistério não era um caminho de linhas iluminadas em sua mente. Era mais como pegadas sangrentas levando para a escuridão.

Como era possível, perguntou-se, que ele tivesse sonhado com a deusa assassinada antes de saber qual era sua aparência?

31

AMORES E VÍBORAS

Do coração da cidadela, Sarai retornou ao seu quarto. Os "soldados" de Minya estavam por toda parte armados com facas, cutelos, picadores de gelo. Eles até tiraram os ganchos de metal da sala da chuva. Em algum lugar havia um arsenal de verdade, mas ele estava fechado atrás de uma sucessão de portas de mesarthium seladas e, de qualquer forma, Minya achava que as facas eram armas apropriadas para uma carnificina. Afinal, eram elas que os humanos haviam usado no berçário.

Não tinha como escapar do exército, principalmente para Sarai, uma vez que seu quarto era voltado para a palma azul-prateada do serafim, iluminada pelo sol. Os fantasmas estavam lá em grande número, e isso fazia sentido, pois o terraço era o lugar perfeito para um veículo pousar, muito melhor do que o jardim com suas árvores e vinhas. Quando o Matador de Deuses viesse, ele chegaria por *ali* e Sarai seria a primeira a morrer.

Será que ela deveria então agradecer a Minya por sua proteção?

— Vocês não veem? — Minya havia dito, revelando-lhes seu exército. — Estamos seguros!

Entretanto, Sarai nunca se sentira *tão* desprotegida. Seu quarto fora violado por fantasmas prisioneiros e ela temia que, ao cair no sono, o que a esperava fosse ainda pior. Sua bandeja estava aos pés da cama: lull e ameixas, como em todas as manhãs, embora normalmente nesse horário já estivesse dormindo profundamente e perdida no esquecimento de Letha. Será que o lull funcionaria hoje? Havia meia dose extra, como Grande Ellen havia prometido. Será que tinha sido apenas um acaso no dia anterior?, Sarai se perguntou. *Por favor*, desejou, desesperada pelo veludo triste do seu vazio. Terrores se agitavam dentro de si e imaginou que podia ouvir um ruído de gritos impotentes nas cabeças de todos os fantasmas. Ela também queria gritar. Não havia sensação de segurança, pensou, abraçando um travesseiro contra o peito.

Sua mente lhe ofereceu uma exceção improvável.

O sonho do faranji. Ela tinha se sentido segura lá.

A memória despertou um silvo desesperado de... pânico? Excitação? Seja lá o que fosse, ela contradizia a própria sensação de segurança que tinha conjurado o pensamento nele para começo de conversa. Sim, o sonho tinha sido doce, mas... *ele a havia visto.*

O olhar em seu rosto! A admiração, o encantamento. Seus corações aceleraram com o pensamento e suas mãos ficaram úmidas. Não era algo pequeno viver uma vida de não existência e, de repente, ser *vista*.

Quem era ele, afinal? De todos os sonhos dos faranji, apenas o dele não dera nenhuma pista do motivo pelo qual Eril-Fane o havia levado para lá.

Exausta, amedrontada, Sarai bebeu seu lull e deitou-se na cama. *Por favor*, pediu, fervorosa — uma espécie de oração para a bebida amarga. *Por favor, funcione.*

Por favor, afaste os pesadelos.

✷

Lá fora, em seu jardim, Pardal estava com os olhos baixos. Desde que se concentrasse nas folhas e botões, caules e sementes, podia fingir que era um dia normal e que não havia fantasmas fazendo a guarda sob a arcada.

Ela estava fazendo um presente de aniversário para Rubi, que faria dezesseis anos em alguns meses... caso ainda estivessem vivos.

Considerando o exército de Minya, Pardal achou que as chances deles eram boas, mas ela não queria ter de considerar o exército de Minya. Ele a fazia se sentir segura e infeliz ao mesmo tempo, então ela mantinha os olhos baixos e cantarolava, tentando esquecer que eles estavam lá.

Outro aniversário para celebrar sem bolo. As opções para presentes também eram poucas. Normalmente, as garotas desfaziam algum dos horríveis vestidos de seus guarda-roupas e o transformavam em outra coisa. Talvez um cachecol. Um ano, Pardal havia feito uma boneca com rubis de verdade no lugar dos olhos. Seu quarto tinha sido de Korako, então ela tinha todos os vestidos e joias dela para usar, enquanto Rubi tinha os de Letha. As deusas não eram suas mães, como Isagol era de Sarai. As duas eram filhas de Ikirok, deus da folia, que também servira como carrasco em seu tempo livre. Então, elas eram meias-irmãs e as únicas dos cinco que eram parentes de sangue. Feral era filho de Vanth, deus das tempestades — cujo dom ele tinha mais ou menos herdado — e Minya era filha de Skathis. Sarai era a única cujo sangue dos Mesarthim vinha do lado materno. Era raro as deusas darem à luz, de acordo com a Grande Ellen. Uma mulher só podia ter um bebê por vez, ocasionalmente dois. Mas os homens eram capazes de fecundar quantas mulheres quisessem, contanto que houvesse mulheres.

De longe, a maioria dos bebês do berçário tinha sido fecundada em garotas humanas pela trindade de deuses.

O que significava que, em algum lugar de Lamento, Pardal tinha uma mãe. Quando ela era pequena, demorou para entender ou acreditar que sua mãe não a queria.

— Eu poderia ajudá-la no jardim — ela disse a Grande Ellen. — Eu poderia ser de grande ajuda, sei que poderia.

— Também sei que você poderia, querida — respondeu Grande Ellen —, mas precisamos de você aqui. Como poderíamos viver sem você?

Ela tentou ser gentil, mas Minya não sofria de tal compunção.

— Se a encontrassem no jardim deles, lhe dariam um golpe na cabeça com a enxada e a jogariam fora junto com o lixo. Você é *cria de deuses*, Pardal. Eles *nunca* irão querê-la.

— Mas também sou humana — a garota insistiu. — Será que eles podem ter esquecido disso? De que somos seus filhos também?

— Você não entende? Eles nos odeiam *mais* porque somos deles.

E Pardal não entendia, não na época, mas enfim aprendeu — a partir de uma grosseira e inacreditável afirmação de Minya, seguida de uma explicação gentil e esclarecedora de Grande Ellen — a... *mecânica da procriação*, e isso mudou tudo. Ela sabia agora qual deveria ter sido a natureza de sua própria concepção e embora o conhecimento fosse uma coisa obscura e vaga, sentiu o horror disso como o peso de um corpo indesejado, o que lhe deu um nó na garganta. É claro que nenhuma mãe iria querê-la, não depois de um começo como esse.

Ela se perguntou quantos dos fantasmas do exército de Minya tinham sido usados assim pelos deuses. Havia muitas mulheres e a maioria era mais velha. Quantas teriam parido bebês dos quais não se lembravam nem desejavam se lembrar?

Pardal manteve os olhos em suas mãos e trabalhou no seu presente, cantarolando baixinho para si mesma. Tentou não pensar se todos ainda estariam vivos no aniversário de Rubi ou que tipo de vida teriam caso estivessem. Ela focou em suas mãos e na sensação calmante de crescimento fluindo delas. Ela estava fazendo um bolo de flores. Ah, não era nada que pudessem comer, mas era bonito e a lembrava do passado, quando ainda havia açúcar na cidadela e alguma medida de inocência também, antes de ela entender sua própria atrocidade.

O bolo tinha até botões de bastão-do-imperador no lugar de velas: dezesseis deles. Ela o daria a Rubi no jantar, pensou. Ela poderia acendê-los com o próprio fogo, fazer um pedido e soprá-los.

✷

Feral estava em seu quarto, olhando para o seu livro. Ele virou as páginas de metal e traçou os símbolos angulares e ásperos com a ponta do dedo.

Se fosse necessário, era capaz de replicar o livro inteiro de cor — de tão bem que o conhecia. Mas isso não adiantava muito, uma vez que não conseguia extrair nenhum significado daquilo. Às vezes, quando se concentrava demais nos símbolos, seus olhos perdiam o foco e então tinha a sensação de que podia ver *dentro* do metal e sentir um potencial pulsante e dormente. Como um cata-vento esperando por uma rajada para girá-lo. Esperando e *desejando* que ela viesse.

O livro queria ser lido, Feral pensava. Mas qual era a natureza da rajada capaz de mover esses símbolos? Ele não sabia. Só sabia — ou, pelo menos, suspeitava fortemente — que, se pudesse ler esse alfabeto críptico, poderia descobrir os segredos da cidadela. Poderia proteger as garotas, em vez de meramente... bem, mantê-las hidratadas.

Ele sabia que a água não era uma questão irrelevante e que todos teriam morrido sem seu dom, então ele não tendia a se remoer muito por não ter o poder de Skathis. Esse remorso, em particular, era de Minya, mas às vezes ele também caía vítima desse anseio. É claro, se pudessem controlar o mesarthium, estariam livres e salvos, sem mencionar que seriam indestrutíveis. Mas ninguém o controlava e era inútil perder tempo desejando-o.

Contudo, Feral tinha certeza de que, se pudesse desvendar o livro, poderia fazer... alguma coisa.

— O que você está fazendo aí? — a voz de Rubi veio da porta.

Ele olhou para cima e fez uma carranca quando viu que ela tinha colocado a cabeça para dentro.

— Respeite a cortina — ele disse, e voltou os olhos ao seu livro.

Mas Rubi não respeitou a cortina. Ela simplesmente rodopiou em seus pés descalços azuis, arqueados e expressivos. Suas unhas dos pés estavam pintadas de vermelho e ela estava vestindo vermelho, estava também com uma expressão determinada que o teria alarmado caso o garoto a tivesse olhado — o que ele não fez. Ele se retesou um pouco. Isso foi tudo.

Ela fez uma carranca por cima de sua cabeça baixa, como ele tinha feito para ela na porta. Era um começo nada promissor. *Livro estúpido*, ela pensou. *Livro estúpido.*

Mas ele era o *único* garoto. Tinha lábios mais quentes do que os fantasmas. Tudo mais quente, ela supunha. Mais importante, Feral não tinha medo dela, o que devia ser mais divertido do que se encostar em um fantasma meio paralisado e dizer-lhe o que fazer a cada poucos segundos. *Coloque suas mãos aqui. Agora aqui.*

Tão chato.

— O que você quer, Rubi? — perguntou Feral.

Ela estava perto dele agora.

— O lance dos experimentos — explicou ela — é que eles precisam ser repetidos ou então não valem nada.

— O quê? Que experimento? — Ele se virou para ela. Sua testa estava franzida: meio pela confusão, meio pela irritação.

— Beijar — a garota respondeu. Ela tinha dito antes: "esse é um experimento que não vou repetir". Pois bem. À luz de sua aceleração em direção à ruína, ela tinha reconsiderado.

Ele não.

— Não — ele disse, seco, e virou-se novamente.

— É possível que eu estivesse errada — a garota explicou, com um ar de grande generosidade. — Decidi lhe dar uma nova chance.

Cheio de sarcasmo:

— Obrigado pela generosidade, mas eu dispenso.

A mão de Rubi desceu sobre o livro.

— Escute. — Ela empurrou o livro e sentou-se na beirada da mesa. Sua camisola subiu nas coxas, a pele tão lisa e sem atrito quanto o mesarthium, ou quase.

Contudo, muito mais macia.

Ela apoiou os pés na beirada da cadeira.

— Provavelmente nós vamos morrer — ela disse, em um tom prático. — E, de qualquer forma, mesmo que não morramos, estamos aqui. Estamos vivos. Temos corpos. Bocas. — Ela fez uma pausa e acrescentou, provocativa, passando-a entre os dentes: — *Línguas.*

Feral corou.

— Rubi... — ele começou a dizer em um tom de rejeição.

Ela o interrompeu.

— Não tem muita coisa para fazer aqui em cima. Não há nada para ler. — Ela apontou para o livro dele. — A comida é ruim. Não tem música. Nós inventamos oito mil jogos e já enjoamos de todos eles. Por que não inventar outra coisa? — sua voz estava ficando rouca. — Não somos mais crianças e temos lábios. Não é motivo suficiente?

Uma voz na cabeça de Feral garantiu-lhe que aquilo *não* era motivo suficiente. Que ele não queria mais experimentar a saliva de Rubi. Que ele não queria, na verdade, passar mais tempo com ela do que já passava. Podia até mesmo ter uma voz lá em algum lugar ressaltando que se ele tivesse de... *passar mais tempo*... com uma das garotas, não seria com ela. Quando ele brincou com Sarai sobre casar-se com todas elas, fingiu que não era algo sobre o qual pensasse muito, mas ele pensava. Como não? Ele era um garoto preso com garotas, elas podiam ter sido *como* irmãs, mas não *eram* irmãs, e elas eram... bem, elas eram bem bonitas. Sarai primeiro, depois Pardal, se ele tivesse de escolher. Rubi seria a última.

Mas aquela voz parecia vir de muito longe e Sarai e Pardal não estavam lá naquele momento, enquanto Rubi estava muito perto e cheirava tão bem.

E, como ela disse, provavelmente todos iriam morrer.

A bainha de sua camisola era fascinante. Seda vermelha e pele azul contrastavam, as cores pareciam vibrar. E a forma como os joelhos dela estavam unidos, um por cima do outro só um pouquinho e a sensação do pé dela roçando debaixo do seu joelho. Ele não podia deixar de achar os argumentos dela... atraentes.

A garota inclinou-se para a frente, só um pouquinho. Todos os pensamentos sobre Sarai e Pardal desapareceram.

Ele se inclinou para trás o mesmo tanto.

— Você disse que eu era terrível — ele a lembrou, sua própria voz tão rouca quanto a dela.

— E você disse que eu te afoguei — ela respondeu, aproximando-se um pouco mais.

— Tinha *mesmo* muita saliva — ele observou. Talvez imprudentemente.

— E *você* foi tão sensual quanto um peixe morto — ela retrucou, sua expressão se fechando.

A situação ficou delicada por um momento. “Meus amores, minhas víboras”, Grande Ellen os havia chamado. Bem, eles eram todos amores *e* víboras, todos eles. Ou, talvez Minya fosse toda víbora e Pardal fosse toda amor, mas o resto deles era apenas... Era apenas corpo e espírito, juventude e magia, desejo e sim, *saliva*, tudo isso sufocado, sem lugar para sair. Massacre atrás deles, massacre à frente, e *fantasmas por toda parte.*

Mas ali, de repente, havia uma distração, fuga, novidade, sensação. O movimento dos joelhos de Rubi era uma espécie de poesia azul e, quando se está tão perto assim de alguém, não *vê* seus movimentos tanto quanto sente a compressão do ar entre vocês. O roçar da pele, o deslizar. Rubi se moveu e com um simples serpentear furtivo sentou-se no colo de Feral. Seus lábios encontraram os dele. Ela não era nada sutil com a língua. Suas mãos entraram para a festa, pareciam dezenas delas em vez de quatro, e também havia palavras, porque Rubi e Feral ainda não haviam aprendido que não é *realmente* possível conversar e beijar ao mesmo tempo.

Então levou um momento para acertar isso.

— Acho que vou te dar uma outra chance — admitiu Feral, sem fôlego.

— Sou *eu* que estou te dando outra chance — Rubi corrigiu, um fio da saliva mencionada brilhando entre seus lábios quando ela se afastou para falar.

— Como vou saber se você não vai me queimar? — Feral perguntou, enquanto deslizava sua mão pelo quadril dela.

— Ah — disse Rubi, despreocupada —, isso só aconteceria se eu perdesse completamente o controle. — Línguas movendo-se com ímpeto, colidindo. — Você teria que ser *muito* bom. — Dentes batendo. Narizes também. — Não estou preocupada.

Feral quase se ofendeu, mas havia muitas coisas agradáveis acontecendo, então ele aprendeu a segurar a língua, ou melhor, a empregá-la em um propósito mais interessante do que discutir.

Você pode pensar que lábios e línguas ficam sem coisas para experimentar, mas isso não acontece.

— Coloque sua mão aqui — sussurrou Rubi, e ele obedeceu. — Agora aqui — ela ordenou, e ele não colocou. Para satisfação dela, as mãos de Feral tinham uma centena de ideias próprias, e nenhuma delas era entediante.

✷

O coração da cidadela estava vazio de fantasmas. Pela primeira vez em uma década, Minya o tinha para si. Ela se sentou na passagem que dava a volta na circunferência da grande sala esférica, com as pernas penduradas para fora — pernas magras e curtas. Elas não estavam balançando. Não havia nada infantil ou despreocupado na pose. Havia uma escassez de *vida* na pose, exceto por um sutil movimento para frente e para trás. A garotinha estava rígida, com olhos abertos e expressão impassível. As costas estavam eretas e as mão sujas estavam tão cerradas que os nós dos dedos pareciam prestes a rachar.

Seus lábios estavam se movendo. Muito pouco. Ela sussurrava alguma coisa, repetidamente. Ela havia voltado no tempo quinze anos, vendo essa sala de uma forma diferente.

O dia. O dia em que foi eternamente espetada, como uma mariposa presa pelo tórax com um longo e brilhante alfinete.

Naquele dia, ela havia pegado dois bebês e os segurado apenas com um braço. Ela não tinha gostado disso, tampouco seu braço, mas precisava do outro para arrastar as crianças pequenas: as duas mãozinhas delas presas à sua, molhadas e escorregadias de suor. Dois bebês em um braço, duas crianças tropeçando atrás dela.

Ela os tinha levado para *lá*, enfiado-os pelo vão da porta quase fechada e virado para correr e resgatar mais. Mas não havia mais crianças. Ela estava no meio do caminho para o berçário quando os gritos começaram.

Às vezes, sentia como se tivesse congelado por dentro no momento em que parou ao som daqueles gritos.

Na época, ela era a criança mais velha do berçário. Kiska, que podia ler mentes, tinha sido a última levada por Korako, para nunca mais voltar. Antes dela havia Werran, cujo grito semeava o pânico nas mentes de quem ouvia. Quanto a Minya, ela sabia qual era seu dom, pois o conhecia havia meses, mas não o estava demonstrando. Uma vez que descobrissem, levariam-na para longe, então ela guardou o segredo da deusa dos segredos e ficou no berçário pelo maior tempo possível. E, assim, ela ainda estava lá no dia em que os humanos se levantaram e mataram seus mestres. Isso não teria problema para ela — que não tinha amor pelos deuses —, caso tivessem parado por aí.

Ela ainda estava no corredor, ouvindo os gritos e seu terrível minguar sangrento. Ela sempre estaria lá e seus braços sempre seriam pequenos demais, assim como tinham sido naquele dia.

Contudo, de forma crucial, ela era diferente. Nunca permitiria a fraqueza ou a delicadeza novamente, ou que o medo ou a incapacidade a mantivesse congelada. Ela ainda não sabia do que era capaz. Seu dom não havia sido testado. É claro. Se ela o testasse, Korako a teria encontrado e levado-a embora. E, então, ela não conheceria a força de seu poder.

Ela poderia ter salvado a todos, se soubesse.

Houve tanta morte na cidadela naquele dia. Ela poderia ter se ligado àqueles fantasmas — até aos *fantasmas dos deuses*. Imagine.

Imagine.

Ela podia ter se ligado aos próprios deuses e colocado-os a seu serviço, Skathis também. *Se ela soubesse o que fazer.* Então, podia ter construído um exército e aniquilado o Matador de Deuses e todos os outros antes que chegassem ao berçário.

Em vez disso, ela salvou *quatro* crianças e, assim, ficou para sempre presa naquele corredor, ouvindo aqueles gritos serem silenciados um a um.

Sem fazer *nada.*

Seus lábios ainda estavam se movendo, sussurrando as mesmas palavras sem parar.

— Elas foram tudo o que consegui carregar. Elas foram tudo o que consegui carregar.

Não havia eco, nenhuma reverberação. A sala *engolia* os sons. Engoliu sua voz, suas palavras e suas desculpas eternas e inadequadas. Mas não suas memórias.

Ela nunca se livraria delas.

— Elas foram tudo o que consegui carregar.

— Elas foram tudo o que consegui carregar...

32

O ESPAÇO ENTRE OS PESADELOS

Sarai acordou engasgando com a sensação de uma centena de mariposas úmidas se espremendo em sua garganta. Foi tão real, *tão real*. Ela, de fato, acreditou que eram suas mariposas, que as havia engolido, nauseantes e vivas. Havia um gosto de sal e de fuligem — sal das lágrimas dos sonhadores, fuligem das chaminés de Lamento — e mesmo depois que recuperou o fôlego e percebeu que era um pesadelo, ainda podia sentir o gosto.

Obrigada, Minya, por esse horror novo em folha.

Não fora o primeiro horror do dia. Nem perto disso. Sua oração para o lull não fora atendida. A garota mal havia dormido por uma hora e o pouco sono que teve foi longe de ser revigorante. Sonhara com a própria morte de meia dúzia de maneiras diferentes, como se sua mente estivesse fazendo uma lista de alternativas. Um menu, por assim dizer, de formas de morrer.

Envenenamento.

Afogamento.

Queda.

Esfaqueamento.

Espancamento.

A garota havia até mesmo sido queimada viva pelos cidadãos de Lamento. E entre as mortes, ela era... o quê? Era uma garota em uma floresta escura que tinha ouvido um galho quebrar. O espaço entre os pesadelos era como o silêncio após a quebra, quando você sabe que seja lá quem tenha feito o ruído, está parado e o observando no escuro. Não havia mais o nada cinzento. A névoa do lull se dissolvera.

Todos os seus terrores estavam livres.

Ela se deitou de costas, seus lençóis chutados para longe, e olhou para o teto. O corpo estava exausto, a mente adormecida. Como o lull podia ter simplesmente parado de funcionar? No seu pulso havia uma cadência de pânico.

O que deveria fazer agora?

A sede e a vontade de ir ao banheiro a levaram a se levantar, mas a perspectiva de deixar a cama era desencorajadora. Sabia o que encontraria logo ali, mesmo dentro de seu próprio quarto:

Fantasmas com facas nas mãos.

Igual às velhas senhoras que a cercaram na cama, desesperadas com a incapacidade de matá-la.

Enfim levantou-se. Vestiu um robe e o que esperava que se passasse por dignidade e emergiu. Lá estavam eles, enfileirados entre a porta para a passagem e a porta que dava para o terraço: oito deles lá dentro; ela não podia ter certeza de quantos estavam fora na mão do serafim. Ela se endureceu e atravessou seu quarto.

Minya, ao que parecia, estava prendendo seu exército com tal controle que eles não podiam formar expressões faciais como a aversão ou o medo, que Sarai conhecia tão bem, mas os olhos permaneciam deles e era incrível ver o quanto podiam transmitir apenas com isso. Havia aversão e medo, sim, enquanto Sarai passou por eles, mas o que mais viu ali foram pedidos de socorro.

Ajude-nos.

Liberte-nos.

Não posso ajudar vocês, ela queria dizer, mas o nó na garganta era maior do que apenas uma falsa sensação de mariposas, era o conflito que a dividia ao meio. Esses fantasmas a matariam em um minuto se estivessem livres. Ela não deveria querer ajudá-los. O que havia de errado com ela?

Sarai evitou os olhares e passou rápido, sentindo que ainda estava presa em um pesadelo. *Quem*, ela se perguntava, *quem vai* me *ajudar?*

Não havia ninguém na galeria, exceto Minya. Bem, Minya e os fantasmas que agora preenchiam a arcada, esmagando as vinhas de Pardal debaixo de seus pés mortos. Ari-Eil estava parado em alerta atrás da cadeira de Minya, parecendo um belo serviçal, exceto por suas feições. Minya tinha deixado o rosto dele livre para refletir seus sentimentos e ele não desapontava. Sarai quase empalideceu com a aspereza do homem.

— Olá — disse Minya. Havia farpas de rancor em sua voz viva e infantil quando perguntou: — Dormiu bem?

— Como um bebê! — Sarai respondeu, animada. O que ela, de fato, queria dizer era que tinha acordado frequentemente gritando, mas não sentiu necessidade de esclarecer a questão.

— Nenhum pesadelo? — indagou Minya.

Sarai cerrou os dentes. Ela não podia suportar mostrar fraqueza, não agora.

— Você sabe que não sonho — retrucou, desejando desesperadamente que isso ainda fosse verdade.

— É mesmo? — disse Minya, levantando as sobrancelhas com ceticismo e, de repente, Sarai se perguntou por que ela estava questionando. Ela não contou a ninguém, exceto a Grande Ellen, sobre seu pesadelo no dia anterior, mas naquele momento, teve certeza de que Minya sabia.

Um choque tomou conta da garota. Era a expressão nos olhos de Minya: frios, indagadores, maldosos. E, assim, Sarai entendeu: Minya não só sabia dos pesadelos como era a causa deles.

Seu lull. Grande Ellen o preparava. Grande Ellen era um fantasma e, assim, estava sujeita ao controle de Minya. Sarai se sentiu nauseada — não só com a ideia de que Minya podia estar sabotando seu lull, mas em pensar que ela manipularia Grande Ellen, que era quase uma mãe para eles. Era horrível demais.

Ela engoliu em seco. Minya a estava observando com atenção, talvez se perguntando se Sarai havia descoberto. Sarai pensou que Minya *queria* que descobrisse, para que pudesse entender sua posição claramente: se ela quisesse sua névoa cinza de volta, teria de fazer por merecer.

Sarai ficou aliviada, então, quando Pardal chegou. Foi capaz de produzir um sorriso crível e fingir — ela esperava — que estava bem, enquanto por dentro seu espírito sibilava de indignação e de choque pelo fato de Minya ter ido tão longe.

Pardal lhe beijou a bochecha. Seu próprio sorriso era trêmulo e corajoso. Rubi e Feral chegaram logo depois. Estavam discutindo sobre alguma coisa, o que tornou mais fácil fingir que tudo estava normal.

O jantar foi servido. Uma pomba havia sido capturada na armadilha, e Grande Ellen a preparou em um cozido. Parecia tão errado, assim como comer geleia de borboleta ou bifes de espectral. Algumas criaturas eram adoráveis demais para devorar — não que essa opinião fosse compartilhada por toda a mesa de jantar. Feral e Rubi comeram com gosto, não demonstravam nenhuma preocupação com a fonte da carne, e se Minya nunca fora de comer muito, certamente isso não tinha nada a ver com a delicadeza de sentimentos. Ela não terminou seu cozido, mas pegou um ossinho para palitar os pequenos dentes brancos.

Apenas Pardal compartilhava da mesma hesitação de Sarai, embora as duas tenham comido, porque carne era rara e seus corpos tinham necessidade daquilo. Não importava que não tivessem apetite. Elas viviam com porções básicas e estavam sempre com fome.

Assim que Kem retirou os pratos, Pardal se levantou da mesa.

— Eu já volto — disse. — Não saiam daqui.

Eles olharam uns para os outros. Rubi levantou as sobrancelhas. Pardal correu para o jardim e voltou pouco tempo depois segurando...

— Um bolo! — gritou Rubi, levantando-se. — Como é que você…?

Era um sonho de bolo e eles o observaram maravilhados: três camadas altas de branco cremoso decorado com botões, como neve caindo.

— Não fiquem entusiasmados demais — ela alertou. — Não é para comer.

Perceberam que a "cobertura" branca cremosa era de pétalas de orquídea espalhadas com botões de anadne e tudo era feito com flores, até os botões de bastão-do-imperador no topo que pareciam, para todo mundo, dezesseis velas acesas.

Rubi ficou intrigada.

— Então para que serve?

— Para fazer um pedido — Pardal disse. — É um bolo de aniversário adiantado. — Ela o colocou na frente de Rubi. — No caso de…

Todos entenderam o que ela queria dizer, no caso de que não houvesse mais aniversários.

— Bom, isso é horrível — disse Rubi.

— Vá em frente, faça um pedido.

Rubi fez. E embora os bastões-do-imperador já se parecessem com pequenas chamas, ela as acendeu com a ponta dos dedos e assoprou direitinho, todas de uma só vez.

— O que você pediu? — Sarai perguntou.

— Que fosse um bolo de verdade, é claro — disse Rubi. — Será que deu certo? — Ela enfiou os dedos, mas é claro que não havia bolo, apenas mais flores, mas fingiu que estava comendo sem dividir com ninguém.

A noite caiu. Sarai se levantou para ir.

— Sarai — chamou Minya, e ela parou, mas não se virou. Ela sabia o que viria. Minya não tinha desistido. Nunca desistiria. De alguma forma, por simples força de vontade, a garota tinha se congelado no tempo, não só seu corpo, mas tudo. Sua fúria, sua vingança, nada havia diminuído em todos aqueles anos. Era impossível vencer contra tamanha força de vontade. Sua voz elevou-se com o lembrete: — Alguns minutos de asco para salvar nós todos.

Sarai continuou andando. *Para salvar nós todos*. As palavras pareciam se embrulhar em seu estômago — não mariposas, mas cobras. Ela queria deixá-las para trás na galeria, mas quando atravessou o corredor de soldados-fantasmas que se alinhavam no caminho até seu quarto, seus lábios se abriram e murmuraram todos juntos: "para salvar nós todos, para salvar nós todos" e, depois disso, as palavras que eles só tinham dito com os olhos até então: *ajude-nos, salve-nos*. Os fantasmas falaram em voz alta, implorando enquanto a garota passava. "Ajude-nos, salve-nos". E era tudo Minya, brincando com a fraqueza de Sarai.

Brincando com sua misericórdia.

Na porta, ela teve de passar por uma criança. *Uma criança.* Bahar, nove anos, que tinha morrido no Uzumark, três anos antes, e ainda usava as roupas molhadas de seu afogamento. Era inaceitável, até mesmo para Minya, manter uma criança morta como bicho de estimação. A pequena fantasma ficou parada no caminho de Sarai e as palavras de Minya saíram de seus lábios.

— Se você não o matar, Sarai — ela disse, chorosa —, *eu* terei que fazê-lo.

Sarai pressionou as palmas das mãos contra os ouvidos e passou rápido por ela. Mas mesmo em seu quarto, onde os fantasmas não a viam, ela ainda os podia ouvir sussurrando: "salve-nos, ajude-nos", até achar que enlouqueceria.

Ela gritou suas mariposas e encolheu-se em um canto, com os olhos bem fechados, desejando mais do que nunca poder ir junto com elas. Naquele momento, se pudesse derramar toda sua alma nas mariposas e deixar seu corpo vazio — mesmo que não pudesse nunca mais retornar a ele —, ela o teria feito, apenas para ficar livre dos pedidos sussurrados dos homens, mulheres e crianças — mortos de Lamento.

Os homens, mulheres e crianças *vivos* de Lamento estavam a salvo de seus pesadelos novamente esta noite. Ela retornou aos faranji na câmara, e para os Tizerkane em seu quartel, e para Azareen, sozinha em seu quarto, em Quedavento.

A garota não sabia o que faria se encontrasse Eril-Fane. As cobras que se enrodilhavam em seu estômago tinham migrado para seus corações. Havia escuridão dentro dela, e traição, disso sabia. Mas tudo estava tão emaranhado que ela não sabia se era misericórdia não o matar ou apenas covardia.

Mas ela não o encontrou. O alívio foi tremendo, mas rapidamente transformou-se em outra coisa: uma consciência aumentada do estranho que estava na cama dele. Sarai pousou no travesseiro ao lado de seu rosto adormecido por um longo tempo, repleta de medo e de saudade. Saudade da beleza de seu sonho. Medo de ser vista novamente — e não com surpresa dessa vez, mas pelo pesadelo que ela era.

No fim, ela se decidiu. Pousou em sua testa e entrou em seu sonho. Era Lamento novamente, sua própria Lamento iluminada que não merecia o nome, mas quando ela o viu a distância, não o seguiu. Ela apenas encontrou um pequeno lugar para se encolher — assim como seu corpo estava encolhido em seu quarto — para respirar o ar doce, observar as crianças com seus casacos de penas, e sentir-se segura, pelo menos por algum tempo.

33

TODOS SOMOS CRIANÇAS NO ESCURO

Os primeiros dias de Lazlo em Lamento passaram-se em uma correria de atividade e assombro. Havia a cidade para descobrir, é claro, e tudo o que era doce e amargo nela.

Não era o lugar perfeito que imaginara quando menino. É claro que não era. Se um dia tivesse sido, tinha passado por coisas demais para permanecer daquele jeito. Não havia corda bamba nem crianças com casacos de penas; pelo que conseguiu descobrir, nunca houvera. As mulheres não usavam os cabelos longos como mantos atrás de si, e por um bom motivo: as ruas eram sujas como as de qualquer outra cidade. Tampouco havia bolos nos parapeitos das janelas, mas Lazlo não esperava por isso. *Havia* lixo e insetos. Não muito, mas o suficiente para impedir que um sonhador idealizasse o objeto de sua antiga fascinação. Os jardins ressecados eram uma frustração e mendigos dormiam como se estivessem mortos, coletando moelas no oco de seus olhos fechados e, no geral, havia muitas ruínas.

E mesmo assim havia tanta cor e som, havia *vida*: homens-canários com seus pássaros engaiolados, homens sonhadores soprando poeira colorida, crianças com sapatos-harpa fazendo música ao correr. Havia luz e havia escuridão: os templos aos serafins eram mais requintados do que as igrejas em Zosma, Syriza e Maialen juntas, e ver o ritual neles — a dança extática de Thakra — foi a experiência mais mística da vida de Lazlo. Mas havia os padres açougueiros também, fazendo adivinhações nas entranhas de animais, e os profetas em suas pernas de pau, gritando o fim do mundo detrás de suas máscaras de esqueleto.

Tudo isso estava em um horizonte de pedra cor de mel esculpida e domos dourados, as ruas que saíam de um antigo anfiteatro cheio de barracas de mercado coloridas.

Naquela tarde, ele tinha almoçado lá com alguns dos Tizerkane, incluindo Ruza, que o havia ensinado a frase: “Você arruinou minha língua para todos os outros sabores”. Ruza lhe garantiu que era o maior elogio possível ao chefe, mas a jovialidade nos olhos dos outros sugeriam um significado mais... lascivo. No mercado, Lazlo comprou uma camisa e um casaco no estilo local, nenhum deles cinza. O casaco era do verde das florestas distantes e precisava de abotoaduras para segurar as mangas entre os bíceps e os deltoides. Essas vinham em todo material imaginável. As de Eril-Fane eram de ouro. Lazlo escolheu o couro, mais barato e discreto.

Ele comprou meias também. Estava começando a entender o encanto do dinheiro. Comprou *quatro pares* — uma quantidade extravagante de meias — e não só elas não eram cinza, como os dois pares não eram da mesma cor, um era rosa e outro listrado.

E falando em rosa, ele experimentou bala de sangue em uma pequena loja sob uma ponte. Era real e era *horrível*. Depois de superar a vontade de cuspir, ele disse à confeiteira, em voz baixa: "Você arruinou minha língua para todos os outros sabores", e viu os olhos dela arregalarem-se. Ela ficou chocada e, na sequência, vermelha, confirmando suas suspeitas em relação à decência do elogio.

— Obrigado por isso — Lazlo disse a Ruza quando se afastaram. — O marido dela provavelmente vai me chamar para um duelo.

— Provavelmente — concordou Ruza —, mas todo mundo deve duelar pelo menos uma vez.

— *Uma vez* parece correto para mim.

— Porque você vai morrer — Ruza esclareceu, desnecessariamente. — E não estará vivo para outro duelo.

— Sim — respondeu Lazlo. — Foi isso o que eu quis dizer.

Ruza bateu no ombro dele.

— Não se preocupe. Nós vamos transformá-lo num guerreiro. Você sabe... — Ele olhou para a bolsa de brocado que tinha pertencido à avó de Calixte. — Para começo de conversa, você pode comprar uma carteira enquanto estamos aqui.

— O quê? Você desaprova a minha bolsa? — perguntou Lazlo, segurando-a para mostrar bem o broche espalhafatoso.

— Sim, desaprovo.

— Mas é tão útil! — exclamou Lazlo. — Veja, posso usá-la assim. — Ele demonstrou, com a bolsa pendurada no pulso pelos cordões e girando-a em círculos, como criança.

Ruza simplesmente balançou a cabeça e murmurou:

— Faranji.

Mas mais importante, havia trabalho a ser feito.

Durante aqueles primeiros dias, Lazlo havia providenciado que todos os delegados do Matador de Deuses estivessem instalados em espaços de trabalho para acomodar suas necessidades, bem como materiais e, em alguns casos, assistentes. E como a maioria não tinha se preocupado em aprender nada da língua de seu anfitrião durante a jornada, todos precisavam de intérpretes. Alguns dos Tizerkane entendiam um pouco, mas tinham seus compromissos. Calixte estava quase fluente, mas ela não tinha intenção de passar o tempo ajudando "velhos de mente pequena". Então Lazlo viu-se muito ocupado.

Alguns dos delegados eram mais fáceis do que outros. Belabra, o matemático, requisitou um escritório com paredes altas, onde pudesse escrever suas fórmulas e lavá-las quando achasse apropriado. Kether, artista e projetista de catapultas, precisava apenas de uma mesa para desenho, que foi levada ao seu quarto na câmara.

Lazlo duvidava que os engenheiros precisassem de muito mais do que isso, mas Ebliz Tod parecia ver isso como uma questão de distinção — de que os convidados mais "importantes" deveriam pedir e receber o máximo. Então, ele ditava demandas elaboradas e específicas que eram dever de Lazlo satisfazer, com a ajuda de vários moradores locais que Suheyla organizou para ajudá-lo. O resultado foi que a oficina de Tod, em Lamento, ultrapassou o seu escritório de Syriza em grandiosidade, embora ele passasse a maior parte do tempo na mesa de desenho no canto.

Calixte não pediu nada, embora Lazlo soubesse que ela estava procurando, com a assistência de Tzara, uma variedade de resinas para preparar pastas grudentas a fim de ajudá-la em sua escalada. Se ela seria chamada por Eril-Fane para fazer isso, era uma dúvida — ela própria suspeitava que ele a tinha convidado mais para resgatá-la da prisão do que por uma necessidade real de sua presença —, mas, de qualquer forma, ela estava determinada a ganhar sua aposta com Tod.

— Alguma sorte? — Lazlo perguntou a ela quando a viu voltando de um teste na âncora.

— Sorte não tem nada a ver com isso — ela respondeu. — É tudo força e inteligência. — Ela piscou, flexionando as mãos como aranhas de cinco patas. — E cola.

Quando ela deixou as mãos caírem, ocorreu a Lazlo que elas não tinham nenhuma descoloração cinza. Ele tinha descoberto, depois de seu próprio contato com a âncora, que as leves manchas sujas não saíam com água, mesmo usando sabão. Mas elas saíram aos poucos e, agora, tinham desaparecido. O mesarthium, pensou, deve reagir com a pele da mesma forma que outros metais, como o cobre. Entretanto, não com a pele de Calixte, que havia acabado de tocar na âncora e não apresentava traços dele.

Os Fellering, Mouzaive, o magnetista, e Thyon Nero precisavam de espaço no laboratório para descarregar o equipamento que trouxeram do oeste. Os Fellering e Mouzaive estavam contentes com os estábulos próximos à câmara, mas Thyon os recusou, buscando outros lugares. Lazlo teve de ir junto, como intérprete e, em um primeiro momento, não entendeu o que o alquimista estava procurando. Thyon recusou algumas salas dizendo que eram muito grandes e outras por serem muito pequenas, antes de decidir pelo sótão de um crematório — um espaço cavernoso maior do que os que rejeitara por serem muito grandes. Também não tinha janelas, com uma única grande porta pesada. Quando ele pediu não menos do que três fechaduras para ela, Lazlo entendeu: ele escolheu o lugar pela privacidade.

O homem desejava guardar o segredo do azoth, ao que parecia, mesmo nessa cidade de onde, há muito tempo, o segredo tinha vindo.

Drave pediu um depósito para guardar sua pólvora e produtos químicos, e Lazlo providenciou um — fora da cidade, no caso de um incidente com fogo. E se a distância significasse ver menos Drave no dia a dia, isso era um bônus.

— É um maldito inconveniente — o explosionista queixou-se, embora o inconveniente fosse mínimo, considerando que, após supervisionar e descarregar os suprimentos, não retornou ao depósito.

— Basta me dizer o que vocês querem explodir que estarei pronto — explicou, e então passou a gastar seu tempo percorrendo a cidade em busca de prazeres e deixando as mulheres incomodadas com seus olhares.

Ozwin, o agricultor-botânico, precisava de uma estufa e de campos para plantar, então também teve de sair da cidade e da sombra da cidadela, para onde suas sementes e mudas veriam a luz do sol.

"Plantas que sonhavam que eram pássaros", esse era seu trabalho. Aquelas palavras eram do mito dos serafins, descrevendo o mundo como os seres o encontraram quando desceram dos céus: "Encontraram solos ricos, e mares doces, e plantas que sonhavam que eram pássaros e subiam até as nuvens com folhas como asas". Lazlo conhecia aquela passagem havia anos, e acreditava que era fantasia — mas descobriu em Thanagost que era real.

A planta era chamada de ulola, e era conhecida por duas coisas. Uma: seus arbustos comuns eram o lugar preferido de descanso para as serpaises no calor do dia, o que lhe conferia o apelido de "sombra de cobra". E outra: suas flores podiam voar.

Ou *flutuar*, mais precisamente. Eram botões em forma de saco, do tamanho da cabeça de um bebê e, quando morriam, seus restos produziam um gás poderoso que os levantava e os carregava para o céu e para onde quer que o vento soprasse, para soltar sementes em novos solos e começar o ciclo novamente. Elas eram uma peculiaridade dos terrenos erodidos — balões rosa flutuantes que tinham uma forma de aterrissar no meio dos lobos selvagens — e teriam, mais provavelmente, continuado assim se um botânico da Universidade de Isquith — Ozwin — não tivesse se aventurado nos perigos da fronteira em busca de amostras e apaixonado-se pela terra sem lei e, mais especificamente, pela mecânica sem lei — Soulzeren —, preferida pelos generais por seus desenhos extravagantes de armas de fogo. Era uma história de amor e tanto, que envolvia até um duelo (disputado por Soulzeren). Só a combinação única dos dois podia ter produzido o trenó de seda: um veículo superleve, que flutuava com o gás de ulola.

Soulzeren estava montando os veículos em um dos pavilhões da câmara. Quanto à questão de quando voariam, o assunto foi discutido na quinta-feira à tarde, em uma reunião dos líderes da cidade à qual Lazlo compareceu com Eril-Fane. A reunião não transcorreu como Lazlo esperava, de forma alguma.

— Nossos convidados estão trabalhando no problema da cidadela — Eril-Fane reportou aos cinco *Zeyyadin*, que se traduziam como "primeiras vozes". As duas mulheres e os três homens constituíam o corpo executivo que havia sido estabelecido depois da queda dos deuses. — Quando estiverem prontos, farão propostas para uma solução.

— Para... movê-la — disse uma mulher. Seu nome era Maldagha, e sua voz estava pesada de apreensão.

— Mas como eles esperam fazer tal coisa? — perguntou um homem corcunda, com longos cabelos brancos e a voz trêmula.

— Se eu pudesse responder isso — explicou Eril-Fane, com um sorriso dos mais sutis —, teria feito eu mesmo e evitado uma longa jornada. Nossos convidados possuem as mentes práticas mais brilhantes em metade do mundo...

— Mas o que é a praticidade contra a magia dos deuses? — o velho interrompeu.

— É a esperança que temos — disse Eril-Fane. — Não será o trabalho de alguns momentos, como era para Skathis, mas o que mais podemos fazer? Podemos estar diante de anos de esforços. Pode ser que o máximo que consigamos é uma torre para poder alcançá-la e destruí-la pouco a pouco até que desapareça. Os netos de nossos netos poderão ter de carregar raspas de mesarthium para fora da cidade à medida que a monstruosidade se encolhe lentamente até o nada. Mesmo assim, mesmo que seja a única forma e nós aqui nessa sala não vivamos para ver acontecer, *chegará* o dia em que o último pedaço desaparecerá e o céu estará livre.

Eram palavras poderosas, embora ditas suavemente, e pareceram acender a esperança nos outros. Hesitante, Maldagha disse:

— Destruir o metal, você diz. Eles podem cortá-lo? Já o fizeram?

— Ainda não — Eril-Fane admitiu. De fato, a confiança dos Fellering se mostrara equivocada. Como todos os demais, falharam em produzir um risco sequer. Sua arrogância fora substituída por uma determinação descontente. — Mas eles apenas começaram, e temos um alquimista também. O mais bem-sucedido do mundo.

Quanto ao dito alquimista, se ele estava tendo alguma sorte com seu alkahest, estava mantendo em segredo tanto quanto seu ingrediente principal. Suas portas no porão do crematório estavam trancadas, e ele apenas as abria para receber refeições. Ele até pediu para colocarem uma cama para dormir no local — o que não significava, contudo, que estava sempre lá. Tzara ficava de guarda e o tinha visto andando em direção à âncora norte na calada da noite.

Para fazer experimentos com o mesarthium em segredo, Lazlo supôs. Quando Tzara lhe mencionou isso de manhã, ele foi examinar a superfície a fim de buscar qualquer pista de que Thyon tivesse obtido sucesso. Era uma superfície grande, por isso, era possível ter sofrido alguma alteração, embora não achasse isso. Toda a extensão estava tão lisa e artificialmente perfeita quanto da primeira vez que a vira.

Não havia, de fato, nenhuma notícia encorajadora para relatar aos Zeyyadin, não ainda. A reunião tinha outro propósito.

— Amanhã — Eril-Fane lhes disse, e sua voz pareceu pesar no ar — lançaremos um dos trenós de seda.

O efeito de suas palavras foi imediato e... absolutamente inesperado. Em qualquer cidade do mundo, veículos aéreos — veículos aéreos reais e funcionais —, seriam vistos com fascínio. Essa deveria ser uma notícia sensacional. Mas os homens e as mulheres da sala ficaram pálidos. Cinco rostos uniformemente drenados de cor e com uma espécie de pavor atordoado. O velho começou a balançar a cabeça. Maldagha pressionou os lábios para impedir que tremessem e, em um gesto que Lazlo não soube interpretar, levou a mão à barriga. Suheyla fez um movimento similar, e ele pensou que sabia o que significava. Todos esforçaram-se para manter a compostura, mas seus rostos os traíram. Lazlo não tinha visto ninguém parecer tão afetado desde que os meninos do monastério eram levados à cripta para serem punidos.

Ele nunca vira adultos com essa expressão.

— Será apenas um voo de teste — Eril-Fane continuou. — Precisamos estabelecer um meio real de ir e vir entre a cidade e a cidadela. E... — Ele hesitou. Engoliu em seco. E não olhou para ninguém quando disse: — Preciso vê-la.

— Você? — perguntou um dos homens — *Você* vai subir lá?

Parecia uma pergunta estranha. Nunca havia ocorrido a Lazlo que ele não fosse.

Solenemente, Eril-Fane fitou o homem.

— Eu esperava que você também viesse, Shajan. Você quem esteve lá no fim. — O fim. O dia em que os deuses foram mortos? A mente de Lazlo voltou ao mural da viela, e o herói retratado nele, de seis braços, triunfante. — Ela está morta há todos esses anos, e alguns de nós sabem melhor do que outros o... estado... em que a deixamos.

Ninguém se entreolhou. Era muito estranho. Isso lembrou a Lazlo da forma como evitavam olhar para a cidadela. Ocorreu-lhe que os corpos dos deuses talvez continuassem lá em cima, onde morreram, mas ele não entendia por que isso causava tanto tremor e contração.

— Eu não poderia — respondeu Shajan, olhando para as suas próprias mãos trêmulas. — Você não pode esperar por isso. Veja como estou agora.

Lazlo achou aquilo desproporcional. Um homem adulto reduzido a tremores com a ideia de entrar em uma construção vazia — mesmo *aquela* construção vazia — porque poderia haver esqueletos lá? E a desproporção apenas aumentava.

— Nós ainda poderíamos mover. — Maldagha deixou escapar, parecendo tão atormentada quanto Shajan. — Vocês não precisam voltar lá. Não precisamos fazer nada disso. — Havia um tom de desespero em sua voz. — Podemos reconstruir a cidade em Enet-Sarra, como já discutimos. As inspeções foram feitas. Só precisamos começar.

Eril-Fane balançou a cabeça:

— Se fizéssemos isso, significaria que eles venceram, mesmo mortos. Eles não venceram. Esta é a *nossa* cidade, que nossos ancestrais construíram nas terras consagradas por Thakra. Não vamos abandoná-la. Este é o nosso céu e nós o teremos de volta. — Eram palavras do tipo que poderiam ter sido gritadas antes da batalha. Um menino brincando de Tizerkane em um pomar adoraria a sensação delas passando pela língua. Mas Eril-Fane não as gritou. Sua voz soava distante, como o último eco antes que o silêncio se reinstalasse.

— O que *foi* isso? — Lazlo perguntou depois que saíram.

— Aquilo foi medo — Eril-Fane disse, simplesmente.

— Mas... medo do quê? — Lazlo não conseguia compreender. — A cidadela está vazia. O que pode haver lá para machucá-los?

Eril-Fane expirou lentamente.

— Você tinha medo do escuro quando era criança?

Um arrepio subiu pela coluna de Lazlo. Recordou-se da cripta do mosteiro e das noites trancado com monges mortos.

— Sim.

— Mesmo quando você sabia, racionalmente, que não havia nada que pudesse lhe fazer mal?

— Sim.

— Pois bem. Todos somos crianças no escuro, aqui em Lamento.

34

ESPÍRITO DE BIBLIOTECÁRIO

Outro dia chegava ao fim, outro dia de trabalho e maravilhas, e Lazlo estava retornando à casa de Suheyla para passar a noite. Quando cruzou a avenida, aquela solitária faixa de sol, viu o garoto de entregas da câmara vindo em sua direção com uma bandeja. Percebeu que o menino devia estar voltando do crematório logo à frente trazendo pratos vazios. Ele tinha levado o jantar para Thyon e o trocou pela bandeja vazia do almoço. Lazlo o cumprimentou, e perguntou-se ao passar como Thyon estava indo, pois não o vira desde que ele havia se escondido e não tinha tido notícias para dar a Eril-Fane quando solicitado. Com um momento de hesitação, ele mudou o rumo e foi na direção do crematório. Passando pela âncora no caminho, tocou-a por toda a extensão, tentando imaginá-la ondulando-se e moldando-se como aparentemente fazia para o sombrio deus Skathis.

Quando bateu na porta pesada com três trincos de Thyon, o alquimista atendeu, o que só podia significar que ele achava que o garoto estivesse de volta com mais provisões — ou ele estava esperando outra pessoa, porque assim que viu Lazlo, começou a fechá-la de novo.

— Espere — disse Lazlo, colocando o pé no vão da porta. Por sorte usava botas. Nos tempos antigos de seus chinelos de bibliotecário, seus dedos teriam sido esmagados. Mesmo assim, recuou. Nero não estava de brincadeira. — Venho em nome de Eril-Fane — explicou, irritado.

— Não tenho nada a relatar — disse Thyon. — Pode lhe dizer isso.

O pé de Lazlo ainda estava na porta, segurando-a aberta uns oito centímetros. Não era muito, mas a glave na antecâmara era brilhante, o que lhe permitiu ver Thyon — pelo menos uma faixa de oito centímetros de largura dele — bem claramente.

— Nero, você não está bem?

— Estou bem — o afilhado dourado disse, com condescendência. — Agora, se você pudesse retirar seu pé…

— Não vou — afirmou Lazlo, verdadeiramente alarmado. — Deixe-me vê-lo. Você está um trapo.

Era uma transformação drástica, em apenas poucos dias. Sua pele estava amarela. Até o branco dos seus olhos estava ictérico.

Thyon afastou-se da vista de Lazlo.

— Retire o pé — pediu, em um tom baixo e casual — ou vou testar minha produção de alkahest nele. — Até sua voz parecia ictérica, se isso fosse possível.

Alkahest no pé era uma perspectiva desagradável de considerar. Lazlo perguntou-se quão rápido ele corroeria sua bota de couro.

— Não duvido que você faria isso — respondeu, tão casualmente quanto Thyon. — Aposto que você não o tem em mãos e teria que ir buscá-lo. Durante esse tempo, eu abriria a porta e olharia bem para você. Vamos lá, Nero. Você está doente.

— Não estou doente.

— Você não está *bem*.

— Não é da sua conta, Estranho.

— Eu não sei mesmo se é ou não, mas você está aqui por um motivo, e você pode muito bem ser a esperança de Lamento, então me convença de que não está doente ou vou direto a Eril-Fane.

Houve um suspiro irritado e Thyon afastou-se da porta. Lazlo abriu-a com o pé e percebeu que não estava errado. Thyon estava com uma aparência péssima — embora, ele admitisse, sua aparência "péssima" fosse melhor do que a aparência da maioria das pessoas. Ainda assim, ele parecia ter envelhecido. Não era só a sua cor. A pele ao redor dos olhos estava flácida e escura.

— Deuses, Nero — exclamou, dando um passo à frente —, o que aconteceu com você?

— Apenas estou trabalhando muito — respondeu o alquimista, com um sorriso severo.

— Isso é ridículo. Ninguém fica assim fatigado por trabalhar duro alguns dias.

Ao dizer isso, os olhos de Lazlo pousaram sobre a mesa de trabalho de Thyon. Era uma versão bagunçada de sua mesa no Chrysopoesium, com vidros e cobre espalhados e pilhas de livros. A fumaça pairava no ar com um aroma sulfúrico que queimava as narinas, e em plena vista estava uma longa seringa. Era de vidro e cobre, e descansava sobre um pano branco com manchas vermelhas. Lazlo a observou e virou-se para Thyon, que devolveu um olhar duro como pedra. O que Lazlo tinha acabado de dizer, que ninguém fica tão fatigado por trabalhar duro por alguns dias?

Mas e se o "trabalho" dependesse de um suprimento constante de espírito, e sua única fonte fosse o próprio corpo? Lazlo soltou ar entre os dentes.

— Seu idiota — praguejou, e viu os olhos de Thyon arregalarem-se de incredulidade. Ninguém chamava o afilhado dourado de idiota. Ele era, contudo, nesse caso. — Quanto você tirou? — Lazlo perguntou.

— Não sei do que está falando.

Lazlo meneou a cabeça. Ele estava começando a perder a paciência.

— Você pode mentir se quiser, mas já sei seu segredo. Se você está tão determinado a guardá-lo, Nero, eu sou a única pessoa no mundo que pode ajudá-lo.

Thyon riu como se isso fosse uma piada.

— E por que *você me ajudaria?*

Não foi da mesma forma que ele disse no Chrysopoesium quando eram mais jovens. "*Você, me* ajudar?" Aquilo havia sido a incredulidade de que Lazlo ousasse acreditar que era digno de ajudá-lo. Dessa vez, era mais incredulidade pelo fato de ele *querer* ajudá-lo.

— Pelo mesmo motivo que lhe ajudei antes — disse Lazlo.

— E qual é? — Nero perguntou. — Por que você me ajudou, Estranho?

Lazlo olhou para ele por um momento. A resposta não podia ser mais simples, mas ele achou que Thyon não tinha as qualidades necessárias para acreditar.

— Porque você precisava — respondeu, e suas palavras geraram um silêncio entre ambos. Ali estava uma noção radical de que você deve ajudar os outros simplesmente porque eles precisam.

Mesmo se eles o odiassem por isso depois? E o punissem? E roubassem você? E mentissem e zombassem de você? Mesmo assim? Lazlo esperava que, de todos os delegados, Thyon não fosse o salvador de Lamento, o libertador da sombra. Mas muito maior do que essa esperança era a de que Lamento fosse libertada por *alguém*, mesmo que fosse por Nero.

— Você precisa de ajuda agora? — ele perguntou em voz baixa. — Não pode continuar extraindo seu próprio espírito. Isso pode não te matar — ele disse, porque o espírito não era como o sangue e, de certa forma, as pessoas continuavam vivendo sem ele, se é que podia se chamar isso de viver —, mas o *tornará* feio — explicou — e acho que isso será muito difícil para você.

Thyon enrugou a testa analisando Lazlo para ver se ele não estava zombando. Ele estava, é claro, mas da mesma forma que zombaria de Ruza, ou que Calixte zombaria dele. Era uma decisão de Thyon se sentir ofendido ou não, e talvez ele estivesse apenas muito cansado.

— O que você está propondo? — indagou ressabiado.

Lazlo expirou e passou para o modo de resolução de problemas. Thyon precisava de espírito para produzir o azoth. Em casa, ele devia ter um sistema, embora Lazlo não pudesse imaginar qual era. Como alguém mantinha um fornecimento constante de algo como espírito sem ninguém descobrir? Qualquer que fosse, aqui, sem sair e pedir — e revelar seu ingrediente secreto —, ele tinha apenas o seu próprio, e já havia extraído muito.

Lazlo argumentou brevemente sobre se era a hora de abrir mão do segredo, mas Thyon não ouviu e, finalmente, Lazlo, com um suspiro frustrado, tirou a jaqueta e enrolou a manga da camisa.

— Tire um pouco do meu, certo? Até que possamos pensar em outra solução.

Em todo aquele tempo, Thyon o viu com desconfiança, como se ele estivesse esperando por algum motivo secreto para se revelar. Mas quando Lazlo estendeu o braço, ele só pôde piscar, derrotado. Teria sido mais fácil se pudesse acreditar que *havia* algum motivo, algum tipo de vingança ou outro tipo de armação. Mas Lazlo ofereceu suas veias. Seu próprio fluido vital. Que motivo poderia haver nisso? Ele estremeceu quando Thyon lhe furou com a agulha, e estremeceu novamente, porque o alquimista errou a veia do espírito e acertou uma veia de sangue. Thyon não era um flebotomista muito habilidoso, mas não pediu desculpas e Lazlo não reclamou. Enfim havia um frasco de fluido claro sobre a mesa, rotulado, com um floreio desdenhoso: ESPÍRITO DE BIBLIOTECÁRIO.

Thyon não agradeceu, mas falou, soltando o braço de Lazlo:

— Você podia experimentar lavar as mãos de vez em quando, Estranho.

Lazlo apenas sorriu, como se a condescendência marcasse um retorno ao território familiar. Ele olhou para a mão em questão, que parecia suja mesmo. Ele a tinha passado pela âncora no caminho para lá, lembrou-se.

— Isso é o mesarthium — explicou. E perguntou, curioso: — Você percebeu que ele é reativo à pele?

— Dificilmente. Não é reativo a nada.

— Bem, você percebeu a pele reagindo a ele? — Lazlo persistiu, desenrolando a manga da camisa.

Thyon apenas levantou a palma das mãos. Elas estavam limpas, e aquela foi sua resposta. Lazlo deu de ombros e vestiu seu casaco. A resposta de

Thyon não foi um bom presságio — sobre o mesarthium não ser reativo a nada. Na porta, Lazlo parou.

— Eril-Fane vai querer saber. Existe algum motivo para ter esperança? O alkahest *sequer* afeta o mesarthium?

Ele achou que o alquimista não ia responder. Sua mão estava na porta, pronta para fechá-la com força. Mas ele pausou por meio segundo, como se Lazlo tivesse ganhado aquela única sílaba relutante, e disse, severo:

— Não.

35

TINTA BORRADA

Sarai se sentia... pequena. Estar tão cansada era como evaporar. Água para vapor. Carne para fantasma. Pouco a pouco, de fora para dentro, ela se sentia começando a desaparecer, ou pelo menos parecia estar em outro estado — de tangível, sangue e espírito, para uma espécie de névoa perdida e flutuante.

Quantos dias haviam se passado dessa forma, vivendo de pesadelo em pesadelo? Parecia que tinham sido dezenas, mas eram provavelmente apenas cinco ou seis.

Esta é minha vida agora, refletiu, olhando para seu reflexo no mesarthium polido do closet. Ela tocou a pele em volta dos olhos com as pontas dos dedos. Era quase roxa, como as ameixas das árvores, e seus olhos pareciam grandes demais — como se, assim como Pequena Ellen, ela os tivesse reimaginado de tal maneira.

Se eu fosse um fantasma, ponderou, analisando-se como uma estranha, *o que eu mudaria em mim mesma?* A resposta era óbvia demais para admitir, e patética demais. Ela traçou uma linha em volta de seu umbigo, onde sua *elilith* estaria se fosse uma garota humana. O que as tatuagens tinham que tanto a encantavam? Elas eram bonitas, mas não era só isso. Talvez fosse o ritual: o círculo de mulheres se reunindo para celebrar estarem vivas — e ser uma mulher, que por si só já é mágico. Ou talvez fosse o futuro que a marca pressagiava. Casamento, filhos, família, continuidade.

Ser uma pessoa. Com uma vida. E todas as expectativas de futuro. Todas as coisas com as quais Sarai não ousava sonhar.

Ou... coisas com as quais ela *não deveria* ousar sonhar. Como os pesadelos, os sonhos eram traiçoeiros e não gostavam de ficar trancados.

Se ela tivesse uma *elilith* não ia querer uma serpente engolindo o próprio rabo como a de Tzara e a de muitas meninas que haviam chegado à adolescência após a libertação. Ela já sentia que possuía criaturas dentro de si — mariposas, cobras e terrores — e não as queria *sobre* a pele também.

Azareen, dura e estoica como era, tinha uma das tatuagens mais bonitas que Sarai vira — feita por Guldan, é claro, que hoje era recruta do exército infeliz de Minya. Era um padrão delicado de botões de macieira, que eram um símbolo de fertilidade.

Sarai sabia que Azareen odiava a visão da tatuagem e tudo do que ela zombava.

A questão das *elilitbs*. Eram tatuadas nas barrigas das garotas, que tendiam a ser lisas ou apenas ligeiramente curvas. E quando sua promessa de fertilidade fosse cumprida, suas barrigas inchariam, e as tatuagens se esticariam junto, e jamais voltariam a se parecer como antes. Era possível ver as linhas finas borradas onde a pele tinha esticado e depois encolhido novamente.

As garotas que Skathis roubou, suas *elilitbs* eram puras quando ele as tomou, mas não mais quando as devolveu. Mas como Letha engoliu suas memórias, isso era tudo o que sabiam sobre seu tempo na cidadela — o vago borrão da tinta em suas barrigas, e tudo o que ele implicava.

Exceto, quer dizer, pelas garotas que estavam na cidadela no dia em que Eril-Fane matou os deuses. Elas tiveram a pior experiência. Tiveram de descer daquele jeito, suas barrigas ainda cheias com os filhos dos deuses e suas mentes com memórias.

Azareen tinha sido uma delas. E embora tivesse sido uma noiva — e antes disso uma garota apertando as mãos de um círculo de mulheres enquanto botões de macieira eram gravados em volta de seu umbigo com tinta —, a única vez que sua barriga inchou foi com a semente do deus, e ela se lembrava de cada segundo desse processo, dos estupros que deram início até as dores lancinantes que deram fim a isso.

Ela nunca olhou para o bebê, apertando os olhos até que o levassem embora. Contudo, ouviu seu choro frágil, e ainda o ouvia.

Sarai também podia ouvi-lo. Ela estava acordada, mas os terrores eram persistentes. Ela balançou a cabeça na tentativa de sacudi-los para longe.

As coisas que tinham sido feitas. Pelos deuses, pelos humanos. Nada podia sacudi-las para longe.

Ela pegou uma camisola limpa. Verde-clara, não que tenha percebido, apenas estendendo a mão sem olhar e pegando a primeira. Vestiu-a e colocou um robe por cima, com o cinto apertado, e considerou seu rosto no espelho: os imensos olhos assombrados e a história que contavam sobre pesadelos e dias sem dormir. Bastaria olhar para ela e Minya sorriria. “Dormiu bem?”, ela perguntaria. Ela sempre perguntava agora, e Sarai sempre respondia: “como um bebê”, e fingia que tudo estava bem.

Mas não havia como fingir que não tinha roxos sob os olhos. Por um momento considerou pintá-los de preto com a tinta de sua mãe, mas o esforço parecia grande demais, e não enganaria ninguém.

Ela saiu do closet. Com os olhos fixos à frente, passou pelos fantasmas que faziam a guarda. Eles ainda sussurravam as palavras de Minya, mas agora se acostumara a isso. Até com Bahar, nove anos e pele encharcada, que a seguiu pelo corredor, sussurrando "Salve-nos", e deixando pegadas molhadas que não estavam realmente lá.

Tudo bem, ela nunca poderia se acostumar com Bahar.

— Dormiu bem? — Minya perguntou assim que ela entrou na galeria.

Sarai respondeu com um sorriso pálido:

— Por que não dormiria? — ela perguntou, para mudar um pouco.

— Ah, não sei, Sarai. Teimosia?

Sarai entendeu-a perfeitamente — que ela precisava apenas pedir que seu lull lhe fosse devolvido e Minya faria com que isso acontecesse.

Assim que Sarai fizesse o que ela lhe ordenava.

Ambas não reconheceram a situação abertamente — de que Minya estava sabotando o lull de Sarai —, mas isso estava presente em todos os olhares que compartilhavam.

Alguns minutos de asco para salvar nós todos.

Se Sarai matasse Eril-Fane, Minya a deixaria voltar a dormir. E aí? Será que seu pai perderia um minuto de sono para salvá-la?

Não importava o que ele faria ou não. Sarai não mataria ninguém. Ela *era* teimosa, muito, e não estava disposta a abrir mão de sua decência ou misericórdia por um dia de sono profundo. Não imploraria pelo lull para Minya. O que quer que acontecesse, ela nunca mais atenderia à vontade perversa de Minya.

Além disso, ela ainda não tinha conseguido *encontrá-lo*. Então havia isso.

Não que Minya acreditasse nisso, mas era verdade, e ela tinha procurado. Sabia que o homem estava de volta a Lamento, em parte porque Azareen nunca teria voltado sem ele, em parte porque ele apareceu nos sonhos de todos os outros como um fio brilhante os conectando. Mas onde quer que ele estivesse dormindo, onde quer que ele tivesse passado a noite, a garota não o tinha conseguido encontrar.

Sarai riu.

— *Eu*, teimosa — ela disse, levantando as sobrancelhas. — Você já se olhou no espelho?

Minya não negou.

— Suponho que a pergunta seja: quem é mais teimosa?

Soou como um desafio.

— Acho que vamos descobrir — Sarai respondeu.

O jantar foi servido e os outros chegaram — Pardal e Rubi vieram do jardim; Feral, bocejando, da direção de seu quarto.

— Cochilando? — Sarai perguntou.

Tudo havia ruído nos últimos dias. Ele costumava pelo menos tentar supervisionar as meninas durante o dia e evitar que elas causassem um caos ou quebrassem a Regra. Não que isso importasse mais.

Ele apenas deu de ombros.

— Alguma coisa interessante? — ele perguntou.

Ele queria notícias da noite anterior. Essa era sua rotina agora. Isso a lembrava do tempo em que era mais nova, quando ela ainda lhes contava tudo sobre suas visitas à cidade e todos gostariam de saber coisas diferentes: Pardal, os vislumbres da vida cotidiana; Rubi, as partes impróprias; Minya, os gritos. Feral não tinha um foco na época, mas agora tinha, gostaria de saber tudo sobre os faranji e suas oficinas — os diagramas em suas mesas de desenho, os químicos em seus frascos, os sonhos em suas cabeças. Sarai contava o que podia e juntos tentavam interpretar o nível de ameaça que eles representavam. O garoto dizia que seu interesse era defensivo, mas ela via uma fome em seus olhos — pelos livros e papéis que ela descrevia, os instrumentos e béqueres borbulhantes, as paredes cobertas de números e símbolos que não conseguia entender.

Era a janela da confeitaria para ele, da vida que não tinha, e ela fazia o que podia para torná-la vívida para o garoto. Ao menos isso podia lhe dar. Esta noite, contudo, ela tinha más notícias:

— As máquinas voadoras — respondeu. Estivera observando os equipamentos em um pavilhão da câmara à medida que tomavam forma em estágios, dia a dia, até enfim se tornarem os veículos que vira nos sonhos do casal faranji. Todo o seu pavor finalmente a alcançara. — Elas parecem estar prontas.

Isso fez com que Rubi e Pardal respirassem ruidosamente, assustadas.

— Quando elas vão voar? — Minya perguntou friamente.

— Não sei. Em breve.

— Bem, espero que seja em breve. Estou ficando entediada. Pra que ter um exército se não posso usá-lo?

Sarai não caiu na de Minya. Ela vinha pensando no que diria, e como diria.

— Não precisaria chegar a isso — retrucou, e virou-se para Feral. — A mulher, ela se preocupa com o tempo. Vi em seus sonhos. O vento é um problema. E também não voará nas nuvens. Acho que as aeronaves não devem ser muito estáveis — ela tentou soar calma, racional, não defensiva nem ofensiva. Estava simplesmente fazendo uma sugestão razoável para evitar o derramamento de sangue. — Se você evocar uma tempestade, podemos evitar que cheguem perto de nós.

Feral absorveu isso, olhando para Minya sem virar o rosto. Ela estava com os cotovelos sobre a mesa, o queixo apoiado em uma das mãos, a outra pegando pedacinhos de seu biscoito de kimril.

— Ah, Sarai — ela disse. — Que ideia!

— É uma boa ideia — afirmou Pardal. — Por que lutar se podemos evitar?

— Evitar? — Minya soltou. — Você acha que se soubessem que estamos aqui, *eles* estariam preocupados em evitar uma briga? — Então virou-se para Ari-Eil, parado atrás de sua cadeira: — Bom, o que *você* acha?

Quer ela tenha lhe dado liberdade para responder ou produzido ela mesma a resposta, Sarai não duvidou da verdade dita:

— Eles matariam todos vocês — o fantasma sussurrou, e Minya lançou a Pardal um olhar de *eu te disse*.

— Não posso acreditar que estamos tendo essa conversa — Minya falou. — Quando seu inimigo está vindo, você não junta *nuvens*. Você junta *facas*.

Sarai olhou para Feral, que não correspondeu ao olhar dela. Não havia muito mais a ser dito depois disso. Ela estava relutante em voltar ao seu quartinho, onde estava abarrotado com todos os pesadelos que tinha tido ultimamente, então foi ao jardim com Pardal e Rubi. Havia fantasmas por toda parte, mas as vinhas e as flores formavam recantos onde era possível quase se esconder. De fato, Pardal, enfiando sua mão no solo e concentrando-se por um momento, fez crescer cachos de liríope roxa altos o bastante para escondê-las de vista.

— O que faremos? — Pardal perguntou em voz baixa.

— O que podemos fazer? — Rubi perguntou, resignada.

— Você podia dar um belo abraço caloroso em Minya — sugeriu Pardal, com uma rispidez pouco familiar em sua voz. — Quais foram as palavras dela? Você pode fazer mais com o seu dom do que aquecer água da banheira e queimar suas roupas?

Rubi e Sarai levaram um momento para compreendê-la. Elas estavam perplexas.

— Pardal! — Rubi gritou. — Você está sugerindo que eu... — ela se interrompeu, olhou para os fantasmas e terminou em um sussurro — *queime Minya?*

— Claro que não — esclareceu Pardal, embora fosse exatamente isso que ela queria dizer. — Eu não sou ela, sou? Não quero que ninguém morra. Além disso — ela disse, provando que estava pensando sobre o assunto —, se Minya morresse, perderíamos as Ellens também, e todos os outros fantasmas.

— E teríamos que fazer todas as tarefas de casa — disse Rubi.

Pardal bateu no ombro dela.

— É com *isso* que você está preocupada?

— Não — respondeu Rubi, defensiva. — É claro que eu sentiria falta deles também. Mas, sabe, quem é que iria cozinhar?

Pardal balançou a cabeça e esfregou o rosto, dizendo:

— Eu nem tenho certeza se Minya está errada. Talvez seja o único jeito. Mas ela precisa estar tão *contente* com isso? É horrível.

— *Ela* é horrível — completou Rubi —, mas é horrível *por* nós. Você ia querer se opor a ela?

Rubi estivera muito preocupada ultimamente e não tinha percebido a mudança em Sarai, muito menos adivinhado sua causa. Pardal era uma alma mais empática. Ela olhou para Sarai, observando seu rosto cansado e seus olhos roxos.

— Não — respondeu suavemente. — Eu não ia querer isso.

— Então deixamos ela fazer o que bem entender em tudo? — Sarai perguntou. — Vocês não conseguem ver aonde isso leva? Ela fará com que sejamos como nossos pais.

Rubi franziu a testa.

— Nós jamais poderíamos ser como eles.

— Não? — replicou Sarai. — E quantos humanos podemos matar antes de nos tornarmos iguais a eles? Há um número? Cinco? Cinquenta? Uma vez que começarmos, não teremos como parar. Mate um, *fira* um, e não há esperança para nenhum tipo de vida. Vocês não veem isso?

Sarai sabia que Rubi não queria machucar ninguém, tampouco. Mas ela abriu os cachos de liríope com as mãos, revelando os fantasmas que estavam no jardim.

— Que escolha nós temos, Sarai?

Uma a uma as estrelas apareceram no céu. Rubi disse que estava cansada, embora não parecesse, e foi cedo para a cama. Pardal encontrou uma pena que só podia ser da Aparição e colocou-a atrás da orelha de Sarai.

Ela arrumou o cabelo de Sarai, penteando-o suavemente com os dedos e usando seu dom para torná-lo lustroso. Sarai podia senti-lo crescer, e até ganhar brilho, como se Pardal o estivesse infundindo de luz. Ela acrescentou centímetros; fez com que ficasse armado. Colocou uma coroa de tranças, deixando a maior parte solta, e teceu vinhas e ramos de orquídeas, brotos de samambaia, e aquela pena branca.

E quando Sarai viu-se no espelho de novo antes de enviar suas mariposas, pensou que se parecia mais com um espírito da floresta do que com a deusa do desespero.

36

PROCURANDO UMA LUA

Lamento dormia. Sonhadores sonhavam. Uma grande lua pairava acima e as asas da cidadela cortavam o céu em dois: luz acima e escuridão abaixo.

Na palma da mão estendida do serafim colossal, fantasmas faziam a guarda com cutelos e ganchos de carne em correntes. A lua brilhava forte na ponta de suas lâminas, nítida na ponta de seus terríveis ganchos e luminosa em seus olhos, que estavam arregalados de horror. Eles estavam banhados pela luz, enquanto a cidade afundava-se na escuridão.

Sarai despachou suas mariposas para a câmara, onde a maioria dos delegados estava dormindo pesadamente, para as casas dos líderes da cidade, e algumas para os Tizerkane também. A amante de Tzara estava com ela, mas ambas não estavam... dormindo, então, Sarai afastou sua mariposa imediatamente. Em Quedavento, Azareen estava sozinha. Sarai viu-a destrançar os cabelos, colocar sua aliança e deitar-se para dormir. Contudo, ela não ficou para ver seus sonhos. Os sonhos de Azareen eram... difíceis. Sarai não podia deixar de pensar que tinha um papel em roubar a vida que Azareen deveria ter tido — como se *ela* existisse em vez de uma criança amada que o casal deveria ter concebido. Podia não ser culpa sua, mas ela não conseguia se sentir inocente.

Ela viu o faranji dourado, que parecia doente, ainda acordado e trabalhando. E viu o feioso, cuja pele devastada pelo sol estava se curando na sombra da cidadela, embora ele não ficasse mais bonito com isso. Ele também estava acordado, cambaleando com uma garrafa na mão. Ela não podia suportar sua mente. Todas as mulheres com quem ele sonhava tinham machucados, e ela não tinha ficado tempo suficiente para descobrir como elas ficaram daquela forma. Ela não o visitou desde a segunda noite.

Cada mariposa, cada batida de asa carregava o fardo opressor do exército de fantasmas, de vingança e o peso de outro massacre. Com a ocupação no terraço, ela ficou do lado de dentro, virando cinco vezes mais em sua caminhada do que fazia lá fora. Sentia falta da luz da lua e do vento. Queria sentir a profundidade infinita do espaço acima e ao redor, não essa jaula de metal. Ela se lembrou do que Pardal disse, sonhar era como o jardim: você podia fugir da prisão por um tempo e sentir o céu ao seu redor.

E Sarai argumentou que a cidadela era uma prisão, mas também um santuário. Essa conversa tinha sido há apenas uma semana e também havia o lull, e olhe para ela agora.

Ela estava tão cansada.

Lazlo estava cansado também. Tinha sido um longo dia, e doar seu espírito também não ajudava. Ele comeu com Suheyla e cumprimentou-a pela comida sem mencionar línguas arruinadas. Tomou outro banho e, embora tenha ficado imerso até a água começar a esfriar, a cor cinzenta não desapareceu de suas mãos. Em seu estado de fadiga, os pensamentos pingavam como beija-flores disso para aquilo, sempre voltando ao medo — o medo da cidadela e de tudo o que acontecera nela. Como todos eles eram assombrados pelo passado, Eril-Fane tanto quanto o resto.

Com isso, dois rostos encontraram espaço na mente de Lazlo. Um de uma pintura da deusa morta e o outro de um sonho: ambos azuis, com cabelos castanho-avermelhados e uma listra de tinta preta atravessando os olhos. Azul, preto e canela, ele viu, e perguntou-se de novo como havia acontecido de sonhar antes de ver a aparência dela.

E por que, se ele, de certa forma, tinha vislumbrado Isagol, a Terrível, ela tinha sido... *nada* terrível?

Ele saiu da banheira e secou-se, vestiu calças limpas de linho, e estava cansado demais para amarrar o cordão. De volta ao seu quarto, tropeçou e caiu na cama, deitado sobre as colchas, e dormiu no meio da segunda respiração.

E foi assim que Sarai o encontrou: dormindo de bruços com a cabeça apoiada nos braços.

O longo e liso triângulo de suas costas subia e descia com a respiração profunda enquanto a mariposa dela pairou sobre ele, procurando um lugar para pousar. Da forma como ele estava deitado, a testa não era uma opção. Havia a extremidade áspera de seu rosto, mas enquanto o observava, ele afundou mais a cabeça entre os braços, e aquele local de pouso diminuiu e desapareceu. Mas havia suas costas.

Ele havia dormido com a glave descoberta e o ângulo baixo da luz lançava pequenas sombras abaixo de cada músculo, e sombras mais profundas nos ombros e descendo pelo canal de sua coluna. Era uma paisagem lunar para a mariposa. Sarai flutuou suavemente no vale escuro de seus ombros e assim que tocou a pele, entrou em seu sonho.

Ela foi cautelosa, como sempre. Já fazia várias noites que ela o visitava desde a primeira vez, e cada vez ela entrava no sonho silenciosamente, como um ladrão. Um ladrão do quê? Ela não estava roubando seus sonhos, nem mesmo os alterando de alguma forma. Ela estava apenas... desfrutando deles, como alguém que desfruta de música tocada gratuitamente.

Uma sonata pairando sobre o jardim.

Inevitavelmente, contudo, depois de ouvir boa música noite após noite, fica-se curioso sobre quem a toca. Ah, ela sabia quem ele era. Afinal, ela estava pousada em sua testa todo esse tempo — até esta noite, e essa nova experiência de suas costas — e havia uma estranha intimidade nisso. Ela conhecia seus cílios de cor, e seu perfume masculino, sândalo e almíscar. Ela até foi se acostumando ao seu nariz torto. Mas dentro dos sonhos, ela mantinha distância.

E se ele a visse de novo? E se *não* a visse? Será que havia sido uma falha? Ela queria saber, mas tinha medo. No entanto, essa noite algo havia mudado. Ela estava cansada de se esconder. Ela descobriria se ele podia vê-la, e talvez até o *porquê*. Ela estava preparada para isso, pronta para qualquer coisa. Pelo menos achava que estava.

Na verdade, nada podia tê-la preparado para entrar no sonho e se encontrar já nele.

✷

De novo, as ruas da cidade mágica — Lamento, mas não era Lamento. Era noite, e a cidadela estava no céu desta vez, mas a lua brilhava apesar disso, como se o sonhador quisesse ter o melhor de dois mundos. E, novamente, havia aquela cor inacreditável, e asas leves, frutas e criaturas de contos de fadas. Havia o centauro com sua mulher. Ela andava a seu lado esta noite, e Sarai sentiu-se quase inquieta até que os viu se beijando. Eles eram permanentes ali; ela teria gostado de conversar com eles e ouvir sua história.

Sarai teve a ideia de que cada pessoa e criatura que ela viu ali era o início de outra história fantástica, e queria seguir todas. Mas principalmente, ela estava curiosa com o sonhador.

Ela o viu à frente, cavalgando um espectral. E foi ali que as coisas se tornaram completamente surreais, porque cavalgando ao lado dele, montada em uma criatura com o corpo de um ravide e a cabeça e asas da Aparição, a águia branca, estava... Sarai.

Para esclarecer, a própria Sarai — a Sarai *de verdade* — estava a distância, onde ela tinha entrado no sonho em um cruzamento de ruas. Ela os viu.

Viu *a si mesma*.

Viu a si mesma montada em uma criatura mítica no sonho do faranji.

Ela os observou. Sua boca abriu-se e fechou-se. *Como?* Ela olhou mais de perto. Desejou estar mais próxima para ver melhor, embora fosse cuidadosa para se manter fora de vista.

A outra Sarai, de onde podia ver, parecia-se exatamente como ela na noite em que ele a havia visto: com os cabelos soltos e a máscara pintada de Isagol. Em outras circunstâncias, ela teria pensado que estava vendo sua mãe, porque a semelhança entre as duas era surpreendente, e os humanos sonhavam com Isagol, enquanto, é claro, que nunca sonhavam com ela. Mas aquela não era Isagol. Sua mãe, apesar de todas as similaridades, possuía uma majestade que ela não tinha, e uma crueldade também. Isagol não sorria. Essa garota, sim. Essa garota azul tinha o rosto de Sarai, e não estava usando um vestido de asas de besouro e adagas, mas sim a mesma camisola com bainha de renda que usou na primeira noite.

Ela era parte do sonho.

O faranji estava sonhando com *Sarai*. Ele estava sonhando com ela... e não era um pesadelo.

Lá na cidadela, seus passos interromperam-se. Entre os ombros nus do sonhador, a mariposa pousada estremeceu. Uma dor subiu pela garganta de Sarai, como um soluço sem a tristeza. Ela olhou para si mesma do outro lado da rua — tal como era vista e lembrada pelo sonhador — e não viu obscenidade, ou calamidade, ou filhos dos deuses.

Ela viu uma garota sorridente e orgulhosa com uma bonita pele azul. Porque foi isso que *ele* viu, e esta era sua mente.

É claro, ele também achava que ela era Isagol.

— Perdoe-me por perguntar — ele estava dizendo a ela —, mas por que o desespero, entre todas as coisas das quais poderia ser deusa?

— Não conte a ninguém. — Isagol respondeu. — Eu *era* deusa da lua — ela sussurrou o resto como um segredo. — Mas então eu a perdi.

— Você perdeu a lua? — o sonhador perguntou, e espiou para o céu, onde a lua estava bastante presente.

— Não aquela — ela respondeu. — A outra.

— Havia outra lua?

— Ah, sim. Há sempre uma reserva, para garantir.

— Eu não sabia disso. Mas... como você perde uma lua?

— Não foi minha culpa — a garota explicou. — Ela foi roubada.

A voz não era de Sarai nem de Isagol, mas apenas uma voz imaginada pelo faranji. A estranheza de tudo aquilo confundiu Sarai. Lá estava seu rosto, seu corpo, com uma voz estranha saindo dele, dizendo palavras extravagantes que não tinham nada a ver com ela. Era como olhar para um espelho e ver outra pessoa ali refletida.

— Podemos ir até a lua procurar uma outra para comprar — o sonhador ofereceu. — Se você quiser.

— Existe uma loja de luas? Tudo bem.

E, então, o sonhador e a deusa foram comprar uma lua. Parecia algo saído de uma história. Bem, era como algo saído de um sonho. Sarai os seguiu em um estado de fascinação, e ambos entraram em uma loja minúscula sob uma ponte, deixando suas criaturas na porta. Ela ficou parada diante da vitrine, passou a mão na cabeça cheia de penas do grifo, e sentiu uma pontada de inveja atormentadora. Ela desejou que realmente fosse *ela* montada no grifo e olhando as bandejas de joias em busca da lua certa. Havia crescentes e quartos de lua, luas cheias e quase cheias, e não eram amuletos, eram *luas* — luas reais em miniatura, luminosas e com crateras, como se fossem iluminadas pelos raios de alguma estrela distante.

Sarai/Isagol — a impostora, como Sarai estava começando a pensar nela — não conseguia se decidir entre os astros, e levou todas. O sonhador pagou-as com uma espécie engraçada de bolsa de brocado verde, e no instante seguinte elas estavam brilhando no pulso dela, como um bracelete de amuletos. O par deixou a loja e montou em suas criaturas, Isagol levantando seu bracelete de forma que as luas faziam barulho, como sinos.

— Será que eles a deixarão ser uma deusa da lua novamente? — o sonhador perguntou.

Que história absurda é essa de deusa da lua?, Sarai perguntou-se com uma faísca de ira. Isagol não tinha sido nada tão benigno.

— Ah, não — explicou a deusa. — Estou morta.

— Sim, sei. Sinto muito.

— Não devia sentir. Eu era terrível.

— Você não parece terrível — disse o sonhador, e Sarai teve de morder o lábio. *Porque essa não é Isagol,* ela queria dizer. *Sou eu.* Mas tampouco era ela. Podia ter seu rosto, mas era um fantasma — apenas um fragmento de memória dançando em uma corda — e tudo o que ela dizia e fazia vinha da mente do sonhador.

Sua mente, onde a deusa do desespero sacudia luas em um bracelete e "não parecia terrível".

Sarai podia ter lhe mostrado o que era terrível. Ela ainda era a Musa dos Pesadelos, afinal de contas, e havia visões de Isagol em seu arsenal que o teriam acordado gritando. Mas acordá-lo gritando era a última coisa que ela queria, então ela fez algo diferente.

Ela dissolveu o fantasma como uma mariposa ao nascer do sol, e entrou no seu lugar.

37

UM TOM DE AZUL ENCANTADOR

Lazlo piscou. Em um momento a pintura preta de Isagol atravessava seus olhos e no momento seguinte, não. Em um momento seus cabelos estavam soltos em volta dela como um xale e no momento seguinte estavam brilhando em suas costas como bronze fundido. Ela estava coroada com tranças e vinhas e o que ele primeiro achou que eram borboletas, logo viu que eram orquídeas, com uma única longa pena branca em um ângulo vistoso. Em vez da camisola, a garota usava um robe de seda cor de cereja bordado com botões brancos e açafrão.

Havia uma nova fragrância também, alecrim e néctar, e havia outras diferenças, mais sutis: uma mudança em seu tom de azul, um ajuste na inclinação de seus olhos. Uma espécie de... nitidez em suas linhas, como se um véu diáfano tivesse sido levantado. Ela parecia mais *real* do que um momento atrás.

Além disso, ela não estava mais sorrindo.

— Quem é você? — a moça indagou, e a sua voz havia mudado. Era mais rica, mais complexa — um acorde em oposição a uma nota. Era mais sombria também, e com ela, a extravagância do momento dissipou-se. Não havia mais luas em seu pulso — e tampouco uma lua visível no céu. O mundo pareceu se apagar, e Lazlo, olhando para cima, percebeu a luz da lua apenas como uma auréola em torno das extremidades da cidadela.

— Lazlo Estranho — ele respondeu, ficando sério. — A seu serviço.

— Lazlo Estranho — ela repetiu, e as sílabas eram exóticas em sua língua. Seu olhar era penetrante, sem piscar. Os olhos eram de um azul mais pálido que sua pele, ele sentiu que ela estava tentando sondá-lo. — Mas quem é *você*?

Era a menor e a maior pergunta de todas, e Lazlo não sabia o que dizer. No nível mais fundamental, ele não sabia quem era. Ele era um Estranho, com tudo o que isso acarretava — embora o significado de seu nome não faria sentido para ela e, de qualquer forma, ele não achava que ela estivesse perguntando sobre seu pedigree. Então, quem era ele?

Naquele momento, quando *ela* mudou, também mudaram os arredores. A loja de luas desapareceu, e toda Lamento junto com ela. Desapareceu também a cidadela e a sua sombra. Lazlo e a deusa, ainda montados em suas criaturas, foram transportados bem para o centro do Pavilhão do Pensamento. Doze metros de altura, as prateleiras de livros. As lombadas com seus tons de pedras preciosas, o brilho da folha de ouro. Bibliotecários em escadas como espectros em cinza, e acadêmicos em escarlate inclinados sobre suas mesas. Era tudo o que Lazlo tinha visto naquele dia, sete anos atrás, quando a sorte o havia levado a uma nova vida.

E assim pareceu que aquela era sua resposta, ou ao menos sua primeira resposta. A camada mais externa de seu eu, mesmo depois de seis meses longe dela.

— Sou um bibliotecário — respondeu. — Ou eu era, até recentemente. Na Grande Biblioteca de Zosma.

Sarai olhou em volta, absorvendo tudo aquilo e, momentaneamente, esqueceu sua linha dura de interrogatório. O que Feral faria em um lugar como este?

— São tantos livros — ela observou, intimidada. — Eu nunca imaginei que houvesse tantos livros no mundo inteiro.

Sua admiração ganhou a afeição de Lazlo. Ela podia ser Isagol, a Terrível, mas é impossível alguém que mostre reverência por livros ser irredimível.

— Foi assim que me senti da primeira vez que vi.

— O que há em todos eles? — ela perguntou.

— Nesta sala, são todos de filosofia.

— *Esta* sala? — E virando-se para ele: — Há mais salas?

Ele deu um sorriso largo.

— Muitas mais.

— Todas cheias de livros?

Ele assentiu, orgulhoso, como se tivesse escrito todos.

— Gostaria de ver meus favoritos?

— Tudo bem — a garota concordou.

Lazlo fez Lixxa andar em frente, e a deusa o seguiu com seu grifo. Lado a lado, tão majestosos quanto um par de estátuas, mas muito mais fantásticos, eles cavalgaram pelo Pavilhão do Pensamento. As asas do grifo roçaram nos ombros dos acadêmicos. Os chifres de Lixxa quase derrubaram uma escada. E Lazlo podia ser um sonhador experiente — nos vários sentidos da palavra —, mas nesse momento ele era como qualquer um. Não estava consciente de que era um sonho. Estava simplesmente *dentro dele*. A lógica que pertencia ao mundo real tinha ficado para trás, como bagagem em um porto. Este mundo tinha uma lógica própria, era fluido, generoso e profundo. As escadas secretas para seu subsolo empoeirado eram estreitas demais para acomodar grandes animais como esses, mas passaram por elas facilmente. E há muito ele havia limpado os livros com infinito amor e carinho, mas a poeira estava lá da mesma forma que quando os encontrou pela primeira vez: um cobertor suave de anos, guardando todos os melhores segredos.

— Ninguém além de mim leu nenhum desses livros em pelo menos uma vida — ele contou.

A garota tirou um livro e soprou a poeira, que pairou em volta como flocos de neve enquanto ela virava as páginas, mas as palavras estavam em um estranho alfabeto que não conseguia ler.

— O que tem neste aqui? — ela indagou a Lazlo, mostrando-lhe.

— Esse é um dos meus favoritos — ele respondeu. — É o épico da mahalath, uma névoa mágica que vem a cada cinquenta anos e cobre um vilarejo por três dias e três noites. Tudo que é vivo se transforma, para melhor ou para pior. As pessoas sabem quando ela está chegando e a maioria foge de sua passagem. Mas há sempre algumas que ficam e assumem o risco.

— E o que acontece com elas?

— Algumas viram monstros, outras, deuses.

— Então é *daí* que vêm os deuses — ela disse, secamente.

— Você saberia isso melhor do que eu, minha senhora.

Não mesmo, Sarai pensou, porque ela não sabia mais do que os humanos de onde vieram os Mesarthim. Ela, é claro, *estava* consciente de que aquilo era um sonho. Estava muito acostumada à lógica dos sonhos para se surpreender por qualquer armadilha, mas não tão cansada para achá-las bonitas. Depois de a poeira pairar, flocos de neve continuaram a cair no recinto. Eles brilhavam no chão como açúcar derramado, e quando ela desmontou do grifo, estava frio debaixo de seus pés descalços. A coisa que a surpreendeu, na qual não conseguia parar de pensar mesmo agora, era que ela estava tendo uma conversa com um estranho. Não importa por quantos sonhos já tivesse navegado, quaisquer devaneios quiméricos que tivesse testemunhado, ela nunca havia *interagido*. Mas aqui estava ela, conversando — batendo papo. Quase como uma pessoa real.

— E este aqui? — quis saber, pegando outro livro.

Ele leu a lombada:

— *Folclore de Vaire*. Esse é o pequeno reino ao sul de Zosma. — Ele folheou e sorriu. — Você gostaria deste aqui. É sobre um jovem que se apaixona pela lua e tenta roubá-la. Talvez ele seja o seu culpado.

— E ele consegue?

— Não, ele tem que fazer as pazes com o impossível.

Sarai fez uma careta.

— Você quer dizer que ele tem que desistir.

— Bem, *é* a lua. — Na história, o jovem Sathaz ficou tão encantado pelo reflexo da lua no poço profundo e imóvel perto de sua casa na floresta que olhava para ela, extasiado, mas sempre que tentava alcançá-la, ela se partia em mil pedaços e o deixava molhado, com os braços vazios. — Mas então — Lazlo acrescentou —, se alguém conseguiu roubá-la de *você*... — Ele olhou para o pulso nu onde não havia mais lua pendurada.

— Talvez tenha sido ele — ela disse — e a história está errada.

— Talvez — consentiu Lazlo. — E Sathaz e a lua estão vivendo felizes juntos numa caverna em algum lugar.

— E tiveram milhares de filhos juntos, e é daí que vêm as glaves. A união do homem com a lua. — Sarai ouviu-se e se perguntou o que havia de errado com ela. Momentos atrás estava irritada com aquele absurdo sobre a lua que estava saindo da boca de seu fantasma, e agora *ela* estava fazendo a mesma coisa. Era Lazlo, pensou. Era a mente dele. As regras eram diferentes aqui. A *verdade* era diferente. Era... mais agradável.

Ele deu um sorriso largo, e vê-lo deu um frio na barriga da Sarai.

— E aquele ali? — ela perguntou, virando-se rapidamente para apontar para um livro grande em uma prateleira mais alta.

— Ah, olá — disse ele, estendendo a mão para pegá-lo. Ele o trouxe para baixo: um tomo imenso, encadernado em veludo verde-claro com uma camada decorativa de prata. — Este — ele disse, passando-o para ela — é o vilão que quebrou meu nariz.

Quando ele o soltou em suas mãos, seu peso quase a fez derrubá-lo na neve.

— *Isso?* — ela perguntou.

— Meu primeiro dia como aprendiz — ele explicou pesaroso. — Foi sangue para todo lado. Não vou enojá-la apontando para a mancha na lombada.

— Um *livro de contos de fadas* quebrou seu nariz! — Sarai exclamou, sem conseguir evitar um sorriso ao constatar como estivera errada sua primeira impressão. — Imaginei que você tivesse brigado.

— Foi mais uma emboscada, na verdade. Eu estava na ponta dos pés, tentando pegá-lo — falou, tocando o nariz —, mas ele me pegou.

— Você tem sorte que ele não o decepou — disse Sarai, devolvendo-lhe o livro.

— Muita sorte. Eu tenho tristeza suficiente para um nariz quebrado. Nunca ouvi falar no fim de uma cabeça perdida.

Sarai deixou escapar um risinho.

— Acho que não dá para ouvir muita coisa se você perder a cabeça.

Solenemente, ele disse:

— Espero nunca descobrir.

Sarai observou seu rosto, como ela havia feito da primeira vez que o vira. Além de pensar nele como uma espécie de bruto, ela também o tinha achado feio. Entretanto, olhando agora, achou que a beleza não vinha ao caso. Ele era *notável*, como o perfil de um conquistador em uma moeda de bronze. E isso era melhor.

Lazlo, sentindo a análise, corou. Sua hipótese sobre a opinião dela quanto à sua aparência era bem menos favorável do que os pensamentos dela sobre o assunto. *Sua* opinião sobre a aparência *dela* era simples. Ela era simplesmente adorável, com bochechas redondas e um queixinho, e a boca era suculenta como uma ameixa, o lábio inferior como uma fruta madura com uma prega no meio, e macio como a pele de um damasco. Os cantos de seu sorriso, voltados para cima com satisfação, eram tão nítidos quanto as pontas da lua crescente, e suas sobrancelhas brilhavam contra o azul de sua pele, tão cor de canela quanto seus cabelos. Ele continuava esquecendo que ela estava morta e então se lembrava, e ficava triste toda vez que isso acontecia. Quanto ao fato de ela estar morta *e* ali, a lógica dos sonhos não se perturbava com enigmas.

— Deus do céu, Estranho — surgiu uma voz, e Lazlo viu mestre Hyrrokkin se aproximar, empurrando um carrinho de biblioteca. — Estive te procurando por toda parte.

Era tão bom vê-lo. Lazlo envolveu-o em um abraço que, evidentemente, constituía um excesso de afeição, porque o velho o empurrou, enfurecido.

— O que deu em você? — ele perguntou, ajeitando suas vestes. — Imagino que em Lamento eles saiam por aí maltratando uns aos outros como ursos lutadores.

— Exatamente como ursos lutadores — respondeu Lazlo. — Sem os ursos. Ou a luta.

Mas Mestre Hyrrokkin tinha visto a companhia de Lazlo. Seus olhos arregalaram-se.

— Mas quem é esta? — ele perguntou, sua voz uma oitava mais alta.

Lazlo os apresentou.

— Mestre Hyrrokkin, esta é Isagol. Isagol, Mestre Hyrrokkin.

Em um sussurro, o velho perguntou:

— *Por que ela é azul?*

— Ela é a deusa do desespero — Lazlo respondeu, como se isso explicasse tudo.

— Não, ela não é — disse Mestre Hyrrokkin, imediatamente. — Você entendeu errado, garoto. *Olhe* para ela.

Lazlo olhou, mais para oferecer um olhar de desculpas do que para considerar a afirmação do Mestre Hyrrokkin. Ele sabia quem ela era. Tinha visto a pintura, e Eril-Fane confirmara.

É claro, ela se parecia menos com ela mesma agora, sem a pintura preta nos olhos.

— Você fez como sugeri, então? — perguntou Mestre Hyrrokkin. — Você lhe deu flores?

Lazlo lembrou-se de seu conselho: "colha flores e encontre uma garota para presentear". Ele se lembrou do resto do conselho também: "olhos meigos e quadris largos". E corou com a lembrança. A garota era muito magra, e Lazlo não esperava que a deusa do desespero tivesse olhos meigos. Contudo, ela tinha, ele percebeu.

— Flores, não — respondeu, encabulado, querendo afastar qualquer exploração posterior do assunto. Ele sabia das tendências lascivas do velho e estava ansioso para vê-lo partir antes que ele dissesse alguma coisa infeliz. — Não é assim...

Mas Isagol o surpreendeu levantando o pulso, no qual o bracelete havia reaparecido.

— Mas ele me deu a lua — ela disse.

Não havia vários amuletos nele agora, apenas um: uma lua crescente, branca e dourada, pálida e radiante, parecendo ter sido arrancada do céu.

— Muito bem, garoto — afirmou Mestre Hyrrokkin, aprovando o gesto. De novo, o sussurro: — Ela podia ser mais voluptuosa, mas suponho que seja macia o bastante nos lugares certos. Você não vai querer ser cutucado por ossos quando...

— *Por favor*, Mestre Hyrrokkin — disse Lazlo, apressando-se em interrompê-lo. Seu rosto ficou vermelho.

O bibliotecário riu.

— Qual é a vantagem de ser velho se você não pode constranger os mais jovens? Bem, vou deixá-los em paz. Bom dia, minha jovem. Foi um prazer. — Ele beijou a mão dela, então virou-se, cutucando Lazlo com o cotovelo e sussurrando alto enquanto saía: — Que tom de azul encantador!

Lazlo virou-se para a deusa.

— Meu mentor — ele explicou. — Ele tem maus modos, mas bom coração.

— Nem percebi — respondeu Sarai, que não tinha visto nenhum problema com os modos do velho homem, e teve de lembrar-se, em todo caso, que aquela era apenas outra invenção da mente do sonhador. "Você errou, garoto", o bibliotecário tinha dito. "Olhe para ela". Será que isso significava que em algum nível Lazlo a via para além do disfarce, e não acreditava que ela fosse Isagol? Ela ficou contente com a ideia, e repreendeu-se por se preocupar com isso. Voltando-se para as estantes, percorreu com o dedo as lombadas de uma fileira de livros.

— Todos estes livros — ela quis saber — são sobre magia? —, refletindo se ele era algum especialista. Se era por isso que o Matador de Deuses o havia trazido consigo.

— São mitos e folclore, principalmente — respondeu Lazlo. — Qualquer coisa considerada muito *divertida* pelos acadêmicos para ser importante. Eles os colocaram aqui e esqueceram. Superstições, músicas, feitiços. Serafins, presságios, demônios, fadas. — Apontou para uma estante. — Aqueles são todos sobre Lamento.

— Lamento é divertida demais para ser importante? — ela indagou. — Acho que os cidadãos de lá vão discordar de você.

— Não é minha avaliação, acredite. Se eu fosse um acadêmico, poderia defender a cidade, mas você entende, também não sou importante.

— Não? E por que isso?

Lazlo olhou para seus pés, relutante em explicar a própria insignificância.

— Sou um órfão — explicou, fitando-a. — Não tenho família, não tenho nome.

— Mas você me disse seu nome.

— Tudo bem. Tenho um nome que diz ao mundo que não tenho nome. É como uma placa em volta do meu pescoço dizendo "Ninguém".

— É tão importante ter um nome? — Sarai perguntou.

— Acho que os cidadãos de Lamento diriam que sim.

Sarai não teve resposta para isso.

— Eles nunca o recuperarão, não é? — Lazlo perguntou. — O verdadeiro nome da cidade? *Você* se lembra?

Sarai não se lembrava. Ela duvidava que o tivesse conhecido.

— Quando Letha roubava uma memória, ela não a guardava numa gaveta como um brinquedo confiscado. Ela a *comia* e a memória desaparecia para sempre. Esse era o seu dom. Erradicação.

— E o *seu* dom? — Lazlo perguntou.

Sarai congelou. A ideia de explicar-lhe seu dom trouxe uma sensação imediata de vergonha. *Mariposas voam da minha boca*, imaginou-se dizendo. *Para que eu possa invadir as mentes humanas como estou fazendo com você agora mesmo.* Mas, é claro, ele não estava perguntando sobre o dom *dela*. Por um momento ela esqueceu de quem era — ou não era. Ela não era Sarai aqui, mas esse absurdo fantasma domado de sua mãe.

— Bom, ela não era nenhuma deusa da lua — a garota falou. — Isso é tudo muito absurdo.

— *Ela*? — Lazlo perguntou, confuso.

— *Eu* — Sarai respondeu, embora a resposta tenha ficado presa em sua garganta. Isso a afetou com uma pontada de profundo ressentimento, de que essa coisa extraordinária e inexplicável acontecesse: um humano pudesse *vê-la* — e ele estava falando com ela sem ódio, com algo mais parecido com fascínio e até mesmo encantamento — e ela não tivesse de esconder sua presença. Se ela *fosse* Isagol, mostraria seu dom. Como um gatinho maléfico com um novelo, ela enrolaria suas emoções até que ele perdesse toda distinção entre amor e ódio, alegria e tristeza. Sarai não queria fazer esse papel, jamais. Ela voltou as perguntas para ele.

— Por que você não tem família? — ela indagou.

— Houve uma guerra. Eu era bebê. Acabei num carrinho de órfãos. É tudo o que sei.

— Então você poderia ser qualquer pessoa. Até mesmo um príncipe.

— Num conto de fadas, talvez — ele sorriu. — Não acredito que houvesse algum príncipe desaparecido. Mas e quanto a você? Deuses têm famílias?

Sarai pensou primeiro em Rubi e Pardal, Feral e Minya, Grande e Pequena Ellens, e nos outros: sua família, mesmo que não fossem de sangue. Então pensou em seu pai, e seus corações endureceram. Mas o sonhador estava fazendo de novo, voltando as questões para ela.

— Somos feitos de névoa — respondeu. — Lembra? A cada cinquenta anos.

— A mahalath. É claro. Então você foi uma das que assumiu o risco.

— Você não faria o mesmo? — ela perguntou. — Se a névoa estivesse chegando, você ficaria e seria transformado, sem saber qual seria o resultado?

— Eu ficaria — ele disse imediatamente.

— Essa foi rápida. Você abandonaria sua verdadeira natureza com tão pouca consideração?

Ele riu disso.

— Você não faz ideia de quanto já considerei isso. Vivi sete anos dentro desses livros. Meu corpo podia estar cumprindo os deveres na biblioteca, mas minha mente estava aqui. Você sabe como me chamavam? Estranho, o sonhador. Eu mal percebia o que estava ao meu arredor na metade do tempo. — Ele ficou surpreso consigo mesmo, falando assim, e com ninguém menos que a deusa do desespero. Mas os olhos dela estavam brilhando de curiosidade, um espelho de sua própria curiosidade sobre ela, e sentiu-se totalmente à vontade. Certamente o desespero era a última coisa na qual pensou ao fitá-la. — Eu andava por aí me perguntando que tipo de asas eu compraria se os fabricantes de asas viessem para a cidade, e se eu preferia montar em dragões ou caçá-los, e se eu ficaria quando a névoa chegasse, e mais do que qualquer outra coisa, como eu chegaria até a Cidade Perdida.

Sarai levantou a cabeça.

— A Cidade Perdida?

— Lamento. Sempre odiei esse nome, então inventei o meu.

Sarai estava sorrindo e querendo perguntar em que livro estavam os fabricantes de asas, e se os dragões eram malvados ou não, mas ao se lembrar de Lamento, seu sorriso lentamente derreteu-se em melancolia, e isso não foi a única coisa que derreteu. Para seu arrependimento, a biblioteca também derreteu, e então estavam em Lamento novamente. Mas dessa vez não era a Lamento dele, mas a dela, e podia estar mais perto da cidade de verdade do que a versão dele, mas tampouco era correta. Com certeza, ainda era bela, mas havia as nuances da proibição também. Todas as portas e janelas estavam fechadas — e os peitoris, desnecessário dizer, não tinham bolos — e era um lugar desolado com jardins mortos e a correria corcunda de uma população que temia o céu.

Havia tantas coisas que ela queria perguntar a Lazlo, que era chamado de "sonhador" mesmo antes de ela tê-lo apelidado assim. *Por que você pode me ver? O que você faria se soubesse que sou real? Que asas você escolheria se os fabricantes de asas chegassem? Podemos voltar para a biblioteca, por favor, e ficar um tempo lá?* Mas ela não podia dizer nada disso.

— Por que você está aqui? — ela perguntou.

Ele ficou espantado com a mudança repentina no clima.

— É meu sonho desde que eu era criança.

— Mas por que o Matador de Deuses te trouxe? Qual é a sua parte nisso? Os outros são cientistas, construtores. Por que o Matador de Deuses precisa de um bibliotecário?

— Ah, não, não sou um deles. Parte da delegação, quero dizer. Tive que implorar por um lugar na comitiva. Sou o secretário dele.

— Você é o *secretário* de Eril-Fane.

— Sim.

— Então você deve conhecer os planos. — O pulso de Sarai acelerou. Outra das mariposas estava voando em frente ao pavilhão onde os trenós de seda estavam. — Quando ele virá para a cidadela? — indagou, sem pensar.

Era a pergunta errada. Ela soube disso assim que a proferiu. Talvez fosse o fato de ser direta, ou a sensação de urgência, ou talvez tenha sido o escorregão de ter usado *virá* em vez de *irá,* mas algo mudou em seu jeito, como se ele estivesse olhando-a com novos olhos.

E ele estava. Sonhos têm seus ritmos, seus pontos rasos e profundos, e ele estava subindo para um estágio de maior lucidez. A lógica deixada para trás do mundo real veio descendo como raios de sol através da superfície do oceano, e ele começou a entender que nada disso era real. É claro que ele não tinha cavalgado Lixxa pelo Pavilhão do Pensamento. Era tudo fugaz, instável: um sonho.

Exceto por ela.

Ela não era fugaz nem instável. Sua presença tinha um peso, uma profundidade e uma clareza que nada mais tinha — nem mesmo Lixxa, e havia poucas coisas que Lazlo conhecia melhor ultimamente do que a realidade física de Lixxa. Depois de seis meses cavalgando o dia inteiro, ela era quase uma extensão dele. Mas o espectral pareceu de repente insubstancial, e logo que esse pensamento lhe ocorreu, ele se dissolveu. O grifo também. Havia apenas ele e a deusa com seu olhar penetrante e perfume de néctar e... gravidade.

Não gravidade no sentido de solenidade — embora isso, também —, mas gravidade no sentido de uma *força*. Ele sentiu como se *ela* estivesse no centro dessa pequena e surreal galáxia — na verdade, que era *ela* que estava sonhando com *ele*, e não o contrário.

Lazlo não sabia o que o estava levando a fazer aquilo. Não era de seu feitio. Ele pegou a mão dela e a segurou gentilmente. Era pequena, macia e muito real.

Na cidadela, Sarai levou um susto ao sentir o calor da pele de Lazlo. Uma chama de conexão — ou *colisão*, como se estivessem há tempos perambulando no mesmo labirinto e, finalmente, dobraram a esquina que os deixaria face a face. Era uma sensação de estar perdida e sozinha e, de repente, nenhuma dessas coisas. Sarai sabia que deveria puxar sua mão, mas não fez isso.

— Você precisa me dizer — ela disse.

Ela podia sentir o sonho ficando mais raso, como um navio encalhando em um banco de areia. Logo ele acordaria.

— As máquinas de voar. Quando vão lançá-las?

Lazlo sabia que era um sonho, e sabia que não era um sonho, e as duas noções andando em círculos em sua mente, deixando-o confuso.

— O quê? — ele indagou. A mão dela parecia o pulsar dos corações dentro da sua.

— As máquinas voadoras — ela repetiu. — *Quando?*

— Amanhã — ele respondeu, sem pensar.

A palavra, como uma foice, cortou as cordas que a estavam mantendo em pé. Lazlo achou que sua mão ao redor da dela era tudo que a mantinha ereta.

— O que foi? — ele perguntou. — Você está bem?

Ela se afastou, puxou sua mão.

— Me escute — a garota falou, e seu rosto ficou severo. A faixa preta retornou como um golpe cortante e seus olhos arderam ainda mais brilhantes para dar contraste.

— Eles não devem vir — ela disse, com uma voz tão inflexível quanto o mesarthium. As vinhas e orquídeas desapareceram de seus cabelos, e então havia sangue fluindo dele, riachos descendo de sua fronte e se acumulando nos olhos para enchê-los até que não houvesse nada além de poças vermelhas, e ainda assim o sangue fluía, descendo para os lábios e para dentro da boca, encharcando-a enquanto falava.

— Você entende? — ela reforçou. — Se fizerem isso, *todos morrerão.*

38

TODOS MORRERÃO

Todos morrerão.

Lazlo acordou de supetão e ficou surpreso ao encontrar-se sozinho no quarto. As palavras ecoavam em sua cabeça e uma visão da deusa ficou impressa em sua mente: sangue empoçando-se em seus olhos e pingando até sua boca carnuda. Havia sido tão real que quase não pôde acreditar que era um sonho. Mas é claro que havia sido. Apenas um sonho, o que mais? Sua mente estava transbordando com novas imagens desde sua chegada em Lamento. Os sonhos eram uma forma do cérebro processar tudo aquilo, e agora ele estava com dificuldade de fazer a correlação da garota do sonho com aquela no mural. Vibrante e triste *versus*... sangrenta e raivosa.

Ele sempre fora um sonhador vívido, mas isso era algo completamente novo. Ainda podia sentir o formato e o peso da mão dela na sua, seu calor e maciez. Tentou afastar a lembrança à medida que começou os afazeres da manhã, mas a imagem daquele rosto continuava invadindo sua mente e o eco assustador de suas palavras: *todos morrerão.*

Especialmente quando Eril-Fane o convidou para subir para a cidadela.

— Eu? — ele perguntou, assombrado. Eles estavam no pavilhão, ao lado dos trenós de seda. Ozwin preparava os dois; para economizar o gás de ulola, apenas um subiria hoje. Uma vez que chegassem à cidadela, deveriam restaurar seu extinto sistema de roldanas para que as futuras idas e vindas não dependessem de voar.

Era assim que os produtos eram levados da cidade na época dos Mesarthim, com uma cesta grande o suficiente para carregar uma ou duas pessoas — descobriram depois da libertação, quando os libertos a usaram para descer, uma viagem por vez. Mas nas horas de choque e de celebração em que receberam a notícia da morte dos deuses, devem ter se esquecido de amarrar as cordas apropriadamente, pois as cestas se soltaram das roldanas e caíram, deixando a cidadela para sempre — até então — inacessível. Hoje eles restabeleceriam a ligação.

Soulzeren havia dito que podia levar três passageiros além de si mesma. Eril-Fane e Azareen eram dois, e Lazlo recebeu a oferta do último lugar.

— Você tem certeza? — ele perguntou a Eril-Fane — Mas... um dos Tizerkane...?

— Como você sem dúvida observou — disse Eril-Fane —, a cidadela é difícil para nós.

Somos todos filhos da sombra, Lazlo lembrou-se.

— Qualquer um deles viria se eu pedisse, mas ficarão felizes de serem poupados. Você não precisa vir se não quiser. — Um brilho leve tomou conta de seu semblante. — Sempre posso pedir a Thyon Nero.

— Isso é desnecessário — informou Lazlo. — E, de qualquer forma, ele não está aqui.

Eril-Fane olhou em volta.

— Não, ele não está, não é? — Thyon era, na verdade, o único delegado que não tinha aparecido para ver o lançamento. — Devo mandar buscá-lo?

— Não — respondeu Lazlo. — É claro que quero ir.

Na verdade, ele não estava tão certo depois de seu sonho macabro. *Apenas um sonho*, falou a si mesmo, olhando para a cidadela. O ângulo do sol que nascia deixava escapar alguns raios sob as extremidades das asas, produzindo um brilho recortado ao longo das pontas das imensas penas de metal.

Todos morrerão.

— Você tem certeza de que ela está vazia? — ele soltou, tentando sem sucesso parecer casual.

— Tenho certeza — afirmou Eril-Fane, com um tom austero e decisivo. Ele amoleceu um pouco. — Se você está com medo, saiba que está em boa companhia. Tudo bem se preferir ficar.

— Não, estou bem — Lazlo insistiu.

E foi assim que ele se viu entrando a bordo de um trenó de seda menos de uma hora depois. Apesar do calafrio que não o deixava, ele foi capaz de se maravilhar com esse novo desdobramento de sua vida. Ele, Estranho, o sonhador, ia voar. Voaria na primeira aeronave do mundo, junto a dois guerreiros Tizerkane e uma mecânica que costumava fazer armas de fogo para generais, para uma cidadela de estranho metal azul flutuando sobre a cidade de seus sonhos.

Além dos faranji, cidadãos estavam reunidos para ver a decolagem, Suheyla inclusive, e todos estavam marcados pela mesma apreensão que os Zeyyadin na noite anterior. Ninguém olhava para cima. Lazlo achou o medo deles mais perturbador do que nunca e ficou contente de se distrair com Calixte.

Ela veio e sussurrou:

— Traga-me um souvenir. — E piscou. — Você me deve.

— Não vou furtar a cidadela para você — ele disse, com ar afetado. E então: — Que tipo de souvenir? — Sua mente foi imediatamente para os corpos dos deuses que eles esperavam encontrar, incluindo o de Isagol. Ele estremeceu. Quanto tempo levava para um corpo se tornar um esqueleto? Menos de quinze anos, certamente. Mas ele não quebraria nenhum osso do mindinho para Calixte. Além disso, Eril-Fane explicara que Lazlo e Soulzeren esperariam do lado de fora enquanto ele e Azareen faziam uma busca para garantir que o lugar estava seguro.

— Eu achava que você tinha certeza de que estava vazio — Lazlo observou.

— Vazio dos vivos — foi a resposta para reconfortá-lo.

E então subiram a bordo. Soulzeren colocou óculos que a faziam parecer uma libélula. Ozwin deu-lhe um beijo e soltou as cordas que prendiam os grandes pontões de seda firmemente ao chão. Eles tinham de soltá-las todas de uma vez se quisessem subir reto e não "ziguezaguear como camelos bêbados", como disse Ozwin. Havia cordas de segurança que se prendiam a equipamentos que Soulzeren deu-lhes para usar — todos menos Eril-Fane, cujos ombros eram largos demais para eles.

— Prenda no seu cinto, então — disse Soulzeren, franzindo a testa. Ela olhou para cima, espremendo os olhos em direção às grandes asas de metal, às solas dos pés do grande anjo e ao céu que podia ver em torno das extremidades. — Não há vento, de qualquer forma. Deve correr bem.

Então fizeram uma contagem regressiva e lançaram-se.

E simples assim... estavam voando.

✶

Os cinco na cidadela reuniram-se no terraço de Sarai, observando, observando, observando a cidade. Se olhassem bastante, ela tornava-se um padrão abstrato: o círculo do anfiteatro na oval formada pelos muros externos, que eram quebrados pelos quatro monólitos das âncoras. As ruas eram labirínticas. Elas os tentavam a traçar caminhos com os olhos, encontrar rotas entre este e aquele lugar. Todos os filhos dos deuses faziam isso, exceto Minya, que havia desejado vê-la de perto.

— Talvez não estejam vindo — afirmou Feral, esperançoso. Desde que Sarai lhe contou sobre a vulnerabilidade dos trenós de seda, ele vinha pensando sobre o assunto, perguntando-se o que faria *quando* chegasse a hora. Será que ele desafiaria Minya ou desapontaria Sarai? Qual era o caminho mais seguro? Mesmo agora ele estava incerto. Se não viessem, ele não teria de escolher.

Escolher não era o ponto forte de Feral.

— Lá — Pardal apontou, com a mão tremendo. Ela ainda segurava as flores que estivera tramando nos cabelos de Sarai, bastões-do-imperador vermelhos, como as que havia colocado no bolo "para fazer um pedido" de Rubi, exceto pelo fato de estas não serem botões. Eram flores abertas, tão lindas quanto fogos de artifício. Ela já tinha feito o cabelo de Rubi e Rubi o dela. Todas as três usavam desejos no cabelo hoje.

Então os corações de Sarai balançaram, parecendo bater juntos. Ela inclinou-se para frente, apoiando-se na mão do anjo para espiar e seguir a linha do dedo de Pardal até os telhados da cidade. *Não, não, não,* repetia em sua cabeça, mas viu: uma luz vermelha, erguendo-se do pavilhão da câmara.

Eles estavam vindo. Soltando-se da cidade, deixando telhados, espirais e domos para trás. A forma cresceu, ficando mais distinta, e logo Sarai pôde ver quatro figuras. Seus corações continuaram batendo forte.

Seu pai. É claro que ele era um dos quatro. Era fácil discerni-lo a distância por causa do tamanho. Sarai engoliu em seco. Ela nunca o tinha visto com os próprios olhos. Uma onda de emoção tomou conta da garota, não era fúria, não era ódio. Era anseio. De ser filha de alguém. Um nó formou-se em sua garganta. Ela mordeu o lábio.

E não demorou para que eles se erguessem perto o bastante para que ela pudesse distinguir os outros passageiros. Ela reconheceu Azareen, e não teria esperado menos da mulher que amou Eril-Fane por tanto tempo. A piloto era a mulher faranji mais velha, e o quarto passageiro...

O quarto passageiro era Lazlo.

Seu rosto estava voltado para cima. Ele ainda estava distante demais para ser visto com clareza, mas ela sabia que era ele.

Por que ele não a tinha ouvido? Por que ele não tinha acreditado nela?

Bem, ele acreditaria em pouco tempo. Ondas de calor e frio tomaram seu corpo, seguidas de desespero. O exército de Minya estava do lado de dentro do quarto de Sarai, pronto para emboscar os humanos quando pousassem. Formariam um enxame em volta deles com suas facas, cutelos e ganchos de carne. Os humanos não teriam nenhuma chance. Minya ficou parada lá como a pequena general que era, atenta e pronta.

— Tudo bem — ela disse, olhando para Sarai e Feral, Rubi e Pardal com um olhar frio e brilhante. — Todos saiam de vista — ordenou, e Sarai observou enquanto os outros obedeciam.

— Minya — ela começou.

— *Agora* — gritou Minya.

Sarai não sabia o que fazer. Os humanos estavam vindo. Um massacre estava prestes a acontecer. Entorpecidamente, ela seguiu os outros, desejando que fosse um pesadelo do qual pudesse acordar.

✷

Não era como voar. Não havia nada de pássaro nessa ascensão constante. Eles flutuaram para cima como um botão de ulola muito grande, com um pouco mais de controle do que as flores levadas pelo vento.

Fora os pontões, que eram de seda vermelha especialmente tratada e continham gás de ulola, havia outra bexiga, esta sob a aeronave, que se enchia de ar por meio de pedais na parte de baixo. Não era para flutuar, mas para impulsionar. Por meio de várias válvulas, Soulzeren podia controlar o impulso em diferentes direções — para frente, para trás, para os lados. Havia um mastro e uma vela, também, que funcionavam exatamente como em um barco a vela se os ventos fossem favoráveis. Lazlo tinha visto os voos de teste em Thanagost, e a visão dos trenós movendo-se pelo céu de vento em popa tinha sido mágica.

Olhando para baixo, notou as pessoas nas ruas e nos terraços ficando cada vez menores até que o trenó flutuou tão alto que a cidade se espalhou como um mapa, chegando à altura da parte mais baixa da cidadela, os pés. Subindo e subindo, passando os joelhos, as longas e lisas coxas até o torso, que parecia enrolado em tecido leve — tudo mesarthium e sólido, mas tão astuciosamente moldado que era possível ver os ossos do quadril como se através de um tecido translúcido.

Seja lá o que Skathis tivesse sido, também fora um artista.

Para lançar a maior sombra, as asas eram abertas em leque em um imenso círculo, com as penas escapulares se tocando na parte de trás, as secundárias formando o meio do anel e as longas primárias alcançando toda a circunferência até ficarem paralelas com os braços estendidos do serafim. O trenó de seda subiu pelo espaço entre os braços, alinhando-se com o peito. Ao olhar para cima abaixo do queixo, uma cor chamou a atenção dos olhos de Lazlo. *Verde*. Fileiras de verde sob as clavículas, estendendo-se de um ombro até o outro.

Eram as árvores que deixavam cair as ameixas no distrito chamado Quedavento, Lazlo pensou. Ocorreu-lhe se perguntar como, com tão pouca chuva, elas ainda estavam vivas.

✷

— Feral — Sarai implorou —, por favor.

Feral cerrou os dentes. Ele não a olhou. Se ela estivesse pedindo para *não* fazer alguma coisa, ele se perguntou se seria mais fácil do que fazer alguma coisa. Ele olhou para Minya.

— Isso não precisa acontecer — Sarai continuou. — Se você invocar as nuvens *agora mesmo*, ainda pode forçá-los a voltar.

— Feche sua boca — Minya ordenou, com a voz fria como gelo, e Sarai viu que a enfurecia o fato de não conseguir fazer com que os vivos a obedecessem tão facilmente quanto os mortos.

— Minya — ela implorou —, se ninguém morrer, há esperança de encontrar outra forma.

— Se ninguém morrer! — repetiu Minya. Ela deu uma risada alta. — Então eu diria que é tarde demais para a esperança, quinze anos.

Sarai fechou os olhos e abriu-os novamente.

— Quero dizer *agora*. Se ninguém morrer *agora*.

— Se não for hoje, então será amanhã ou no dia seguinte. Quando há um trabalho desagradável para fazer, é melhor fazer logo. Postergar não vai ajudar.

— Pode ser que ajude — disse Sarai.

— Como?

— Eu não sei!

— Fale baixo — Minya sussurrou. — Você entende que uma condição necessária para essa emboscada é a *surpresa*?

Sarai a observou, o rosto tão duro e intransigente, e novamente viu Skathis em seus traços, até na forma dele. Se Minya tivesse herdado o poder de Skathis, refletiu, será que seria diferente dele, ou subjugaria toda uma população e justificaria tudo dentro dos rígidos parâmetros de *justiça*. Como essa criança pequena e traumatizada havia mandado neles por tanto tempo? De repente, isso lhe pareceu ridículo. Será que não teria havido outra forma, desde o início? E se Sarai nunca tivesse produzido nenhum pesadelo? E se, desde o começo, ela tivesse acalmado os medos de Lamento em vez de os alimentado? Será que ela teria acabado com todo esse ódio?

Não. Mesmo ela não podia acreditar nisso. Por duzentos anos ele veio crescendo. O que ela poderia ter esperado alcançar em quinze?

Nunca saberia. Ela nunca tivera uma escolha e agora era tarde demais. Esses humanos morreriam.

E depois?

Quando o trenó de seda e seus passageiros não retornassem? Será que eles mandariam o próximo em seguida, para que mais morressem?

E depois?

Quem sabe quanto tempo isso lhes garantiria, quantos meses ou anos eles teriam essa existência de purgatório antes de um ataque maior e mais ousado — mais aeronaves, Tizerkane saltando de navios como piratas abordando uma embarcação. Ou os estrangeiros inteligentes elaborariam algum plano grandioso para afundar a cidadela.

Ou suponha que os humanos simplesmente se dessem por vencidos e abandonassem Lamento, deixando uma cidade fantasma para eles dominarem. Sarai imaginou-a vazia, todas aquelas ruas labirínticas e camas desarrumadas desertas e sentiu, por um momento de choque, como se estivesse se afogando no vazio. Ela imaginou suas mariposas se afogando no silêncio e aquilo pareceu o fim do mundo.

Apenas uma coisa era certa, o que quer que acontecesse: desse momento em diante, os cinco seriam como fantasmas fingindo que ainda estavam vivos.

Sarai queria dizer tudo isso, mas as palavras enroscaram-se dentro de si. Ela tinha segurado a língua por muito tempo. Era tarde demais. Percebeu um flash de vermelho através da porta aberta e sabia que era o trenó de seda, embora seu primeiro pensamento tenha sido sangue.

Todos morrerão.

A expressão de Minya era predatória, ávida. Sua mãozinha estava pronta para dar o sinal, e...

— Não — Sarai gritou, empurrando-a para o lado e passando correndo. Ela empurrou a multidão de fantasmas, que eram tão sólidos quanto corpos vivos, mas sem o calor. Ela chocou-se com uma faca segurada pela mão de um fantasma. A lâmina deslizou por seu antebraço enquanto ela abria caminho para passar. Era tão afiada que a garota a sentiu apenas como uma linha de calor. O sangue correu rápido e, quando um fantasma agarrou seu punho, foi difícil segurá-la por estar molhada. Ela se libertou e correu para a porta.

O trenó de seda estava lá, manobrando para pousar. Eles já tinham se virado para sua direção e levaram um susto quando ela apareceu. A piloto estava ocupada com as alavancas, mas os outros três a viram.

As mãos de Eril-Fane e Azareen tocaram na bainha de suas hreshteks.

Lazlo, surpreso, disse:

— *Você.*

E Sarai, com um soluço, gritou:

— Fujam!

39

INIMIGOS PERIGOSOS

Árvores que deveriam estar mortas. Movimento onde deveria haver quietude. Uma figura na porta da cidadela há muito abandonada.

Onde deveria haver nada além de abandono e antigas mortes, lá estava… *ela.*

O primeiro instinto de Lazlo foi duvidar de que estivesse acordado. A deusa do desespero estava morta e ele estava sonhando. Mas ele sabia que isso, pelo menos, não era verdade. Ele sentiu o silêncio repentino de Eril-Fane, e percebeu a mão grande congelar no cabo da hreshtek meio desembainhada. A de Azareen não, e libertou a arma com um ruído letal.

Lazlo notou tudo isso em sua visão periférica, pois não conseguia se virar para olhar. Não conseguia tirar os olhos *dela.*

Ela tinha flores vermelhas nos cabelos. Seus olhos estavam arregalados e desesperados. Sua voz cavou um túnel pelo ar. Era rouca e profunda, como uma velha corrente de âncora passando pelo escovém. A garota estava lutando. Mãos a puxaram de lá de dentro. *Mãos de quem?* Ela segurou-se no batente da porta, mas o mesarthium era liso, não havia nada para lhe dar apoio e havia muitas mãos, agarrando seus braços, cabelos e ombros. Ela não tinha onde se segurar.

Lazlo quis sair em sua defesa. Seus olhos encontraram-se. O olhar era como a luz de um raio. O grito dela ainda ecoava — *Fujam!* — e então ela desapareceu dentro da cidadela.

Enquanto outros começaram a sair.

Soulzeren tinha, no instante do grito, revertido o movimento do trenó, fazendo-o mover-se suavemente para trás. "Suavemente" era sua única velocidade, exceto com velas e uma boa brisa. Lazlo ficou em pé, experimentando o significado completo de *inutilidade* enquanto uma onda de inimigos arremessou-se contra eles, movendo-se com uma fluidez esquisita, voando na direção deles como se tivessem sido lançados. Ele não tinha espada para pegar e nada a fazer a não ser ficar parado, observando. Eril-Fane e Azareen ficaram justamente à frente dele e de Soulzeren, protegendo-os desse impossível ataque. Eram muitos e muito rápidos. Eles saíam como abelhas de uma colmeia. Lazlo não conseguiu entender o que estava vendo. Eles estavam vindo. E vinham com tudo.

Eles estavam ali.

Aço contra aço. O som foi direto para seus corações. Ele não podia ficar parado de mãos vazias — inútil — em uma tempestade de aço. Não havia armas extras. Não havia nada além da vara almofadada que Soulzeren tinha para empurrar o trenó para longe de obstáculos quando manobrava para pousar. Ele agarrou-a e enfrentou o motim.

Os inimigos tinham facas, não espadas — facas de *cozinha* — e seu curto alcance os deixava bem na zona de ataque dos guerreiros. Se fossem inimigos comuns, teria sido possível defender-se com amplos golpes que cortariam dois ou três de uma vez. Mas não eram inimigos comuns. Eram homens e mulheres de todas as idades, alguns de cabelos brancos, alguns ainda crianças.

Eril-Fane e Azareen estavam desviando dos golpes, lançando as facas de cozinha para longe, deslizando sobre a superfície de metal do terraço que ainda estava debaixo do trenó. Azareen assustou-se ao ver uma velha senhora, e Lazlo viu o braço que segurava a espada hesitar.

— Vovó? — ela disse, atordoada, e ele observou, sem piscar, horrorizado, enquanto a mulher levantava um malho, o metal cravejado para bater carne, e o deixou cair bem na cabeça de Azareen.

Não houve um pensamento consciente. Foram os braços de Lazlo que agiram, levantando a vara a tempo. O malho o acertou, e a vara acertou Azareen. Foi inevitável, a força do golpe — imensa para uma idosa! — era grande demais. Mas a vara era acolchoada com algodão e tecido e impediu que o crânio de Azareen fosse partido. O braço da espada de Azareen voltou à vida. Ela afastou a vara e balançou a cabeça para livrar-se dela, e Lazlo viu…

Ele viu a lâmina cortar o braço da velha, atravessá-lo e… nada aconteceu. O braço, sua substância, simplesmente… rearranjou-se em torno da arma e tornou-se inteiro novamente depois de ter sido atravessado. Não havia nem mesmo sangue.

Tudo ficou claro. Esses inimigos não eram mortais e não podiam ser feridos.

A constatação chocou a todos, justamente quando o trenó enfim se afastou do terraço de volta para o céu aberto, ampliando a distância em relação à mão de metal e ao exército de mortos que ela continha.

Foi uma sensação de alívio, um momento para voltar a respirar.

Mas era falsa. Os inimigos continuavam vindo, saltando do terraço e ignorando a distância. Eles saltaram para o céu aberto e... não caíram.

Não havia escapatória. Os fantasmas bateram contra o trenó ao saírem da imensa mão de metal do anjo, sacando facas e ganchos de carne, e os Tizerkane combateram golpe a golpe. Lazlo ficou entre os guerreiros e Soulzeren, segurando a vara. Um inimigo escapou pelo lado, um homem de bigode, e Lazlo cortou-o na metade, apenas para ver as duas metades recomporem-se como em um pesadelo. O truque eram as armas, ele pensou, lembrando-se do malho. Ele atacou de novo, mirando na mão do homem e arrancando-lhe a faca, que caiu no piso do trenó.

Esse exército anormal não tinha nenhum treinamento, mas o que isso importava? Não havia como combatê-los, eles não morriam. De que vale habilidade diante de uma luta como esta?

O fantasma de bigode, sem arma, lançou-se contra Soulzeren, e Lazlo colocou-se entre eles. O fantasma agarrou a vara. Lazlo continuou segurando-a. Eles lutaram. Logo atrás desse homem era possível ver o restante — o enxame de rostos impassíveis e olhos atormentados — e ele não conseguia soltar a vara. A força do fantasma não era natural. Ele não se cansava. Lazlo ficou sem ação quando o próximo inimigo passou pela guarda dos Tizerkane. Uma jovem com olhos assombrados. Um gancho de carne em suas mãos.

Ela o levantou. E abaixou...

... no pontão de estibordo, furando-o. O trenó balançou. Soulzeren gritou. O gás saiu assoviando pelo furo e o trenó começou a girar.

Foi exatamente neste momento, quando ocorreu a Lazlo que ele morreria — exatamente como havia sido alertado, impossivelmente, em um sonho —, que o fantasma com quem ele estava lutando... perdeu a solidez. Lazlo viu suas mãos, em um momento tão duras e reais na madeira da vara, dissolverem-se através dela. A mesma coisa aconteceu com a mulher. O gancho de carne caiu dentro do trenó, embora ela não o tivesse soltado. E então a coisa mais estranha: um olhar doce de alívio passou pelo seu rosto, mesmo quando ela começou a desaparecer de vista. Lazlo pôde ver através da mulher, que fechou os olhos e sorriu, desaparecendo. O homem de bigode foi o próximo. Um instante e seu rosto havia perdido a impassividade, inundado pelo delírio da *liberdade*, e então também desapareceu. Os fantasmas estavam se dissolvendo. Haviam ultrapassado alguma fronteira e tinham sido libertados.

Nem todos tiveram sorte. A maioria foi sugada para trás como pipas presas a linhas, fisgada de volta para a mão de metal para observar o trenó, girando devagar, mover-se cada vez mais para longe do seu alcance.

Não havia tempo para divagar. O pontão de estibordo vazava o gás e a quilha estava virando para cima.

— Lazlo! — gritou Soulzeren, empurrando seus óculos para a testa. — Passe o seu peso para bombordo e se segure.

Ele fez como ordenado, seu peso equilibrando a inclinação da aeronave enquanto ela colocava um remendo no furo sibilante que o gancho de carne havia feito. A arma ainda estava no chão, imóvel e letal, assim como a faca que caíra também. Azareen e Eril-Fane estavam respirando pesado, suas hreshteks ainda em punho, ombros erguidos. Eles checaram um ao outro em busca de ferimentos. Ambos sangravam com cortes nas mãos e nos braços, mas tudo estava bem. Incrivelmente, ninguém tinha um ferimento sério.

Respirando fundo, Azareen virou-se para Lazlo:

— Você salvou minha vida, faranji.

Lazlo quase disse "de nada", mas ela não tinha agradecido de fato, então ele segurou-se e apenas assentiu. Ele esperava que fosse um gesto digno, talvez até mesmo um pouco duro. Mas duvidava disso. Suas mãos estavam tremendo.

Tudo nele estava tremendo.

O trenó parou de girar, mas ainda estava inclinado. Havia gás suficiente para uma descida lenta. Soulzeren levantou a vela e a mareou, fazendo a proa virar e apontar em direção à campina fora dos muros da cidade.

Isso foi bom. Teriam tempo para recuperar o fôlego antes que os outros chegassem até eles. A ideia dos outros, e todas as perguntas que fariam, tirou Lazlo de sua euforia de sobrevivência e o levou de volta à realidade. Perguntas. Perguntas requeriam respostas. Quais eram as respostas? Ele olhou para Eril-Fane, indagando:

— O que acabou de acontecer?

O Matador de Deuses ficou um bom tempo com as mãos na grade, apoiando-se pesadamente, olhando para longe. Lazlo não conseguia ver o seu rosto, mas podia interpretar seus ombros. Algo muito pesado os estava pressionando. Muito pesado mesmo. Ele se lembrou da garota no terraço, a garota do sonho, e perguntou:

— Aquela era Isagol?

— Não — respondeu Eril-Fane, abrupto. — Isagol está morta.

Então... quem? Lazlo poderia ter perguntado mais, mas Azareen o fitou e o reprovou com um olhar. Ela estava muito abalada.

Eles ficaram em silêncio pelo resto da descida. O pouso foi suave como um sussurro, a aeronave deslizando pela grama alta até que Soulzeren baixou a vela e enfim pararam. Lazlo a ajudou a prendê-la e puderam colocar os pés novamente na superfície do mundo. O grupo estava fora da sombra da cidadela ali. O sol brilhava e a linha nítida da sombra, morro abaixo, formava uma fronteira visível.

Em contraste com a linha dura onde a escuridão começava, Lazlo vislumbrou o pássaro branco, circulando e inclinando-se. Ele sempre estava lá, ponderou. Sempre observando.

— Eles chegarão logo aqui, imagino — afirmou Soulzeren, tirando os óculos e limpando a testa com o braço: — Ozwin não demora.

O Matador de Deuses concordou. Permaneceu em silêncio mais um momento, recompondo-se antes de pegar a faca e o gancho de carne caídos no chão do trenó e jogá-los longe. Ele respirou fundo e falou:

— Não vou lhes ordenar que mintam — disse devagar —, mas vou pedir-lhes isso. Peço que guardemos isso entre nós. Até que eu possa pensar no que fazer a respeito.

Isso? Os fantasmas? A garota? Essa destruição total de que os cidadãos de Lamento acreditavam sobre a cidadela que já temiam com um pavor frio e debilitante? Que tipo de pavor essa nova verdade inspiraria? Lazlo arrepiou-se só de pensar.

— Não podemos... Não podemos simplesmente não fazer nada — falou Azareen.

— Eu sei — disse Eril-Fane, devastado —, mas se contarmos, haverá pânico. E se tentarmos atacar... — Ele engoliu em seco. — Azareen, você *viu*?

— É claro que vi — ela sussurrou. Suas palavras eram tão cruas. Ela abraçou-se. Lazlo pensou que deveriam ser os braços de Eril-Fane no lugar. Até ele podia ver isso. Mas Eril-Fane estava preso em seu próprio choque e angústia e guardou os braços grandes para si.

— Quem eram eles? — Soulzeren questionou. — *O que* eles eram?

Lentamente, como uma dançarina fazendo uma reverência até o chão, Azareen abaixou-se sobre a grama dizendo:

— Todos os nossos mortos voltados contra nós. — Seus olhos eram duros e brilhantes.

Lazlo virou-se para Eril-Fane e perguntou:

— Você sabia? Quando estávamos decolando, perguntei se você tinha certeza de que a cidadela estava vazia, e você disse "vazia dos vivos".

Eril-Fane fechou os olhos, esfregando-os.

— Eu não quis dizer… fantasmas — respondeu, tropeçando na palavra. — Eu quis dizer corpos. — Ele parecia quase esconder o rosto nas mãos e Lazlo soube que ainda havia segredos.

— Mas a garota… — Lazlo falou, hesitante. — Ela não era nenhum dos dois.

Eril-Fane afastou as mãos dos olhos.

— Não. — Com angústia e um brilho severo de… algo… talvez redenção, ele sussurrou: — *Ela está viva.*

PARTE IV

sathaz (SAH.thahz) *substantivo*

O desejo de possuir o que nunca pode ser seu.

Arcaico; do Conto de Sathaz, *que se apaixonou pela lua.*

40

MISERICÓRDIA

O que Sarai havia acabado de fazer?

Depois que tudo terminara e os cinco viram, por sobre a beirada do terraço, o trenó de seda escapar para baixo para uma campina verde distante, Minya voltou-se para ela, sem falar nada — *incapaz* de falar — e o silêncio foi pior do que um grito teria sido. A menina tremia com a fúria mal contida e, quando o silêncio se estendeu, Sarai forçou-se a realmente olhar para Minya. O que ela viu não foi apenas fúria. Foi um deserto de descrença e traição.

— Aquele homem nos matou, Sarai — ela sussurrou, quando finalmente encontrou sua voz. — Você pode esquecer isso, mas jamais esquecerei.

— Nós não estamos mortos. — Naquele momento, Sarai não tinha certeza de que Minya sabia disso. Talvez tudo o que ela conhecesse fossem fantasmas, e não fizesse distinção. — Minya, nós ainda estamos vivos.

— Porque *eu* nos salvei *dele*! — ela estava gritando. Seu peito erguia-se. Ela era tão magra, dentro de suas roupas esfarrapadas. — Para que *você* pudesse salvá-lo de *mim*? É assim que você me agradece?

— Não! — Sarai explodiu. — Eu te agradeci fazendo tudo o que me dizia para fazer! Eu te agradeci sendo uma vingança para você, toda noite, durante *anos*, a despeito do que isso fazia a mim. Mas nunca era suficiente. E nunca *será* suficiente!

Minya parecia incrédula.

— Você está brava por nos manter seguros? Sinto muito que tenha sido difícil para você. Talvez nós devêssemos ter esperado você, e nunca tê-la feito usar seu dom horrível.

— Não é isso que estou dizendo. Você distorce tudo. — Sarai estava tremendo. — Devia ter um outro jeito. Você fez a escolha. *Você* escolheu os pesadelos. Eu era muito nova para saber. Você me usou como a um de seus fantasmas. — Ela estava se afogando em suas próprias palavras, surpresa consigo mesma por conseguir falar, e percebeu Feral emudecido e boquiaberto.

— Então em troca você me traiu. Você traiu a todos nós. Eu posso ter escolhido por você um dia, Sarai, mas hoje a escolha foi sua. — Seu peito levantava e descia com uma respiração animal. Seus ombros eram frágeis como ossos de pássaro. — *E você escolheu. Escolheu a eles!* — ela berrou na última parte. Seu rosto ficou vermelho, lágrimas escorriam. Sarai nunca a tinha visto chorar antes. Nunca. Até suas lágrimas eram ferozes e raivosas. Nada dos traços suaves e trágicos que pintavam os rostos de Rubi e Pardal. As lágrimas de Minya *tinham raiva*, praticamente saltando dos olhos em gotas cheias e gordas, como chuva.

Todos estavam paralisados. Pardal, Rubi, Feral, atordoados. Olhavam de Sarai para Minya, de Minya para Sarai, e pareciam prender a respiração. E quando Minya se virou para eles, apontou para a porta e ordenou:

— Vocês três. Fora daqui! — Eles hesitaram, divididos, mas não por muito tempo. Era Minya que lhes causava medo, seus ataques de raiva, seu desapontamento escaldante, e era a ela que costumavam obedecer. Se Sarai tivesse apresentado-lhes uma escolha naquele momento, se tivesse se mantido firme e defendido suas ações, poderia tê-los conquistado para o seu lado. Mas ela não fez isso. A incerteza estava descrita em seu rosto: os olhos arregalados demais, o lábio tremendo e a forma como mantinha o braço sangrando junto ao corpo.

Rubi segurou em Feral e virou-se junto a ele. Pardal foi a última a sair, olhando temerosa da porta e disse as palavras *sinto muito.* Sarai viu-a sair. Minya permaneceu parada por mais um momento, fitando Sarai como se ela fosse uma estranha. Quando ela falou novamente, sua voz tinha perdido a estridência, a fúria. Estava monótona e velha:

— O que quer que aconteça agora, Sarai, terá sido culpa sua.

E ela girou nos calcanhares e passou pela porta, deixando Sarai sozinha com os fantasmas.

Toda a raiva foi sugada no seu rastro e deixou um vazio. O que mais havia, quando se tirava a raiva, o ódio? Os fantasmas ficaram paralisados — aqueles que restavam, os que Minya havia puxado de volta, da iminência da liberdade, enquanto os outros saíam de seu alcance e fugiam dela — e eles não podiam virar seus rostos para olhar para Sarai, mas seus olhos concentravam-se nela, e ela pensou ter visto perdão neles, e gratidão.

Pela sua misericórdia.

Misericórdia.

Havia sido misericórdia ou traição? Salvação ou condenação? Talvez fossem todas essas coisas alternando-se como em uma moeda jogada para cima, girando de face em face — misericórdia, traição, salvação, condenação. E como ela cairia? Como tudo aquilo terminaria? Cara, os humanos viveriam. Coroa, os filhos dos deuses morreriam. O resultado fora roubado desde o dia em que nasceram.

Uma frieza tomou conta dos corações de Sarai. O exército de Minya a intimidava, mas o que teria acontecido hoje se ele não estivesse lá? E se Eril-Fane tivesse vindo, esperando encontrar esqueletos, e os encontrasse?

Ela ficou com a certeza desolada de que seu pai teria feito de novo o que fizera há quinze anos. Seu rosto estava fixo em sua mente: assombrado para começar, apenas por retornar a esse lugar de tanto tormento. Então surpreso. Afetado pela visão *dela*. Ela testemunhara o momento exato em que ele entendeu. Foi muito rápido: o primeiro empalidecer de choque, quando pensou que ela era Isagol, e o segundo, quando percebeu que não era.

Quando entendeu quem ela era.

Horror. Foi isso que ela viu em seu rosto, e nada menos que isso. Ela acreditava que tinha se endurecido para qualquer dor que ele pudesse lhe causar, mas estava errada. Esta foi a primeira vez na vida que o tinha visto com os próprios olhos — não filtrado por meio dos sentidos das mariposas ou conjurado no inconsciente dele, ou de Suheyla, ou de Azareen, mas *ele*, o homem cujo sangue era metade dela, seu pai — e seu horror ao vê-la havia aberto nela um novo botão de vergonha.

Obscenidade, calamidade. Cria dos deuses.

E no rosto do sonhador? Choque, alarme? Sarai não sabia dizer. Tudo acontecera num piscar de olhos, e o tempo todo os fantasmas estavam puxando-a pela porta, arrastando-a para dentro. Seu braço doía. Havia sangue coagulado do antebraço até os dedos e ainda saindo brilhante da longa linha do corte.

Havia marcas florescendo também, onde os fantasmas tinham-na agarrado. A dor pulsante a fazia sentir que as mãos deles ainda estavam lá. Ela queria Grande Ellen — seu toque suave para limpar e cobrir o ferimento, e sua compaixão. Com determinação, ela fez menção de sair, mas os fantasmas bloquearam o caminho. Por um momento, ela não entendeu o que estava acontecendo. Havia acostumado-se à presença deles, sempre endurecendo-se quando tinha de passar por um grupo, mas nunca tinham interferido a passagem dela. Agora, logo que se dirigiu à porta, eles juntaram-se e a impediram de passar. Ela parou. Seus rostos estavam impassíveis como nunca. Ela sabia que não adiantava falar com eles, como se estivessem sob seu próprio controle, mas as palavras saíram de qualquer maneira.

— O quê? Não tenho permissão para sair?

É claro que eles não responderam, apenas obedecendo ordens, e Sarai não iria a lugar algum.

O dia todo, ninguém veio. Isolada e mais cansada do que nunca, ela lavou o braço com a água que restava no jarro e amarrou-o com uma lingerie que rasgou em tiras. Permaneceu no quarto de dormir, como se estivesse se escondendo dos guardas-fantasmas. Ondas quentes de pânico passavam por ela quando se lembrava, mais uma vez, o caos da manhã e a escolha que fizera.

O que quer que aconteça agora, será culpa sua.

Ela não tivera a intenção de escolher. Em seus corações, nunca havia feito e nunca poderia fazer *aquela* escolha — humanos no lugar dos seus. Não foi isso que ela fizera. Não era uma traidora, mas tampouco era uma assassina. Andando pra lá e pra cá, ela sentiu como se a vida a tivesse guiado até um beco sem saída e a prendido apenas para lhe ensinar uma lição.

Presa presa presa.

Talvez ela sempre tivesse sido prisioneira, mas não dessa forma. As paredes fecharam-se em torno dela. A garota queria saber o que estava acontecendo lá embaixo em Lamento e qual tipo de alvoroço tinha causado a notícia de sua existência. Eril-Fane já devia ter-lhes contado. Eles estariam reunindo armas e falando em estratégia. Será que voltariam em grande número? Será que conseguiriam? Quantos trenós de seda eles tinham? Havia visto apenas dois, mas parecia fácil construí-los. Ela supôs que era apenas uma questão de tempo até que eles pudessem criar uma força de invasão.

Será que Minya achou que seu exército podia segurá-los para sempre? Sarai imaginou uma vida na qual os cinco continuariam como antes, mas agora sitiados, alertas a ataques em todas as horas do dia ou da noite, repelindo guerreiros, empurrando corpos terraço afora para mergulharem na cidade embaixo como as ameixas de Quedavento. Feral chamaria chuvas para lavar o sangue, e todos sentariam-se para jantar enquanto Minya prendia a nova leva de mortos do dia e os colocaria a seu serviço.

Sarai estremeceu, sentindo-se tão impotente. O dia estava claro e continuou assim. Sua necessidade de lull era forte, mas não havia mais névoa cinzenta esperando por ela, não importava quanto lull bebesse. Ela estava tão cansada que se sentia... surrada, como as solas de sapatos velhos, mas não ousava fechar os olhos. O terror do que a esperava além do limiar da consciência era ainda mais poderoso. Ela não estava *bem*. Fantasmas fora, horrores dentro e nenhum lugar para onde ir. As paredes azuis brilhantes a cercavam. Ela chorou, esperando o anoitecer, que enfim veio. Seu grito silencioso nunca havia sido uma libertação tão grande. Ela gritou tudo e sentiu como se seu próprio ser se partisse no suave dispersar de asas.

Traduzida em mariposas, Sarai lançou-se para as janelas e espremeu-se para sair. O céu era imenso e havia liberdade nele. As estrelas a chamavam como faróis acesos em um vasto oceano escuro enquanto ela se arremessava dividida em uma centena, no ar vertiginoso. Escapar, escapar. Ela voou para longe dos pesadelos, da privação e das costas viradas de seus iguais. Ela voou para longe do beco sem saída onde sua vida a prendia e insultava. Ela voou para longe de *si mesma*. Um desejo selvagem a tomou para voar o mais longe que podia de Lamento — uma centena de mariposas, uma centena de direções —, voar e voar até que o nascer do sol chegasse e a transformasse em fumaça e todo seu sofrimento também.

— Mate-se, garota — A velha havia dito. — Tenha piedade de nós todos.

Piedade.

Piedade.

Será que seria piedade, colocar um fim em si mesma? Sarai sabia que aquelas palavras cruéis não tinham vindo das velhas-fantasmas, mas de seu eu mais íntimo, envenenado pela culpa de quatro mil noites de sonhos sombrios. Ela também sabia que em toda a cidade e no monstruoso anjo de metal que havia roubado o céu, ela era a única que conhecia o sofrimento dos humanos e dos filhos dos deuses, e pensou que sua piedade era singular e preciosa. Hoje ela havia evitado um massacre, pelo menos por algum tempo. O futuro era cego, mas ela não podia sentir, verdadeiramente, que seria melhor sem ela. Ela se recompôs de sua dispersão. Desistiu do céu com suas estrelas tais quais alarmes de incêndio e voou para Lamento para descobrir o que sua piedade havia desencadeado.

41

ENCANTAMENTO

A deusa era real e estava viva.

Lazlo havia sonhado com ela antes de saber que os Mesarthim eram azuis e isso parecia esquisito o bastante. Muito mais agora que a tinha visto *viva*, seu rosto adorável exatamente igual ao que conhecera em seus sonhos. Não era coincidência.

Só podia ser magia.

Quando as carroças chegaram para recolher o trenó de seda e os passageiros, os quatro sustentaram uma história simples, de falha mecânica, que não foi questionada por ninguém. Eles minimizaram o evento a tal ponto que o dia continuou dentro da normalidade, embora Lazlo sentisse que a "normalidade" fora deixada para trás para sempre. Ele assimilou tudo tão bem quanto se podia esperar — considerando que esse "tudo" compreendia a quase morte nas mãos de fantasmas selvagens — e encontrou dentro de si, crescendo em meio à consternação e o medo, uma estranha bolha de contentamento. A garota de seus sonhos não era uma invenção e ela não era a deusa do desespero, e não estava *morta*. O dia inteiro ele passou virando a cabeça para cima para olhar para a cidadela com novos olhos, sabendo que ela estava lá. Como era possível?

Como tudo aquilo era possível? Quem era ela e como tinha entrado em seus sonhos? Naquela noite, ele estava inquieto quando se deitou para dormir, esperando que ela retornasse. Diferentemente da noite anterior, quando se esparramou com o rosto para baixo na cama, sem camisa e inconsciente, sem nem mesmo amarrar o cordão de suas calças, esta noite ele foi vítima de uma formalidade peculiar: vestiu uma camisa, amarrou o cordão da calça e prendeu os cabelos. Até se olhou no espelho — e sentiu-se um tolo por estar preocupado com a aparência, como se ela fosse de alguma forma vê-lo, embora não tivesse ideia de como funcionava tal magia. Ela estava lá em cima e ele ali embaixo, mas ele não conseguia se livrar da sensação de que estava esperando uma visitante — o que teria sido uma experiência nova para ele em qualquer lugar, mas era particularmente provocativa neste local. Estar deitado na cama, esperando a visita de uma deusa...

Ele corou. É claro que não era assim. Olhou para o teto, uma tensão em seus membros, e sentiu como se estivesse interpretando o papel de alguém adormecido em uma peça. Isso não adiantaria. Era preciso dormir de verdade para sonhar, mas o sono não estava chegando fácil, visto que a mente estava agitada por causa do dia. Havia uma espécie de euforia em quase morrer e não morrer. Acrescente a isso sua ansiedade por saber se ela viria. Ele era todo nervosismo, fascinação, timidez e uma esperança profunda.

Lembrou-se maravilhado de como pegara a mão da garota na noite anterior e segurado-a na sua, sentindo a realidade dela, e a conexão que tinha inflamado entre eles quando ele a pegou. Na realidade, ele jamais teria ousado fazer algo tão corajoso. Mas ele não conseguia se convencer que aquilo *não era* realidade, à sua maneira. Não havia ocorrido no reino físico, isso era verdade. Sua mão não tinha tocado a mão dela. Mas... sua *mente* havia tocado a mente *dela* e isso lhe parecia uma realidade mais profunda, uma intimidade ainda maior. A garota havia se surpreendido quando ele a tocara, seus olhos haviam se arregalado. Fora real para ela também, ele pensou. Seus cílios, lembrou-se, eram de um vermelho-dourado, os olhos de um azul translúcido. E se recordava da maneira com a qual ela o fitara pela primeira vez, como se estivesse paralisada, noites atrás, e novamente na noite passada. Ninguém jamais o olhara daquele jeito. Isso fez com que Lazlo quisesse checar o espelho novamente para ver o que ela teria visto — se talvez seu rosto tivesse melhorado sem que ele soubesse — e o impulso foi tão vaidoso, e nada de seu feitio, que ele cobriu os olhos com o braço e riu de si mesmo.

Sua risada diminuiu ao lembrar-se também do sangue brotando e do aviso dela — "todos morrerão" — e do jeito furioso com que ela tinha lutado à porta da cidadela para alertá-lo mais uma vez.

Ele estaria morto se não fosse por ela.

"Fujam!", a garota havia gritado enquanto mãos a pegavam, arrastando-a para dentro. Como ela parecia determinada e desesperada! Será que estava bem? Será que se machucara? Em que condições ela existia? *Como era sua vida?* Havia tanta coisa que ele queria saber. Tudo. Lazlo queria saber tudo e queria ajudar. Em Zosma, quando Eril-Fane falara aos acadêmicos com um semblante sombrio sobre o "problema" de Lamento, o rapaz fora tomado pelo mesmo desejo profundo: de ajudar, como se alguém como ele tivesse alguma chance de resolver um problema como esse.

Ocorreu-lhe, enquanto estava deitado com o braço cobrindo os olhos, que a garota estava presa ao problema de Lamento de formas que ele ainda não conseguia entender. Entretanto, uma coisa estava clara: ela não estava a salvo e não era livre, e o problema de Lamento tinha ficado muito mais complicado.

Quem ela havia desafiado com aquele grito, indagou-se, e qual preço que tivera de pagar por isso? Preocupar-se com a garota dobrou sua ansiedade e afastou ainda mais o sono, então ele temeu que o sono nunca chegasse. O rapaz estava ansioso, com medo de perder sua visita, como se seus sonhos fossem uma porta na qual ela estivesse batendo sem encontrar alguém em casa. *Espere*, pensou. *Por favor, espere por mim.* E enfim acalmou-se com a ideia, zombando de si mesmo, de "preocupações caseiras". Ele nunca recebera um convidado antes, então não sabia como se comportar. *Como* recebê-la se ela viesse, e *onde*. Se havia orientações de etiqueta para receber deusas nos sonhos, ele nunca tinha encontrado esse livro na Grande Biblioteca.

Não era apenas uma questão de salas de visita e bandejas de chá — embora houvesse isso também. Se ela viesse na realidade, ele ficaria limitado *pela realidade*. Mas os sonhos eram algo diferente. Ele *era* Estranho, o sonhador. Esse era seu domínio, e não havia limites nele.

✶

Sarai observou o sonhador lançar o braço sobre os olhos, ouviu-o dar risada. Ela notou sua estranha imobilidade, reconhecendo-a como uma inquietação contida e esperou impacientemente até que se atenuasse e ele dormisse. Sua mariposa estava pousada em um canto sombreado do batente da janela, onde esperou por um longo tempo antes que ele parasse de se mexer, tentando determinar quando havia mesmo cruzado a fronteira. Seu braço ainda estava apoiado sobre o rosto, não podendo ver os olhos, ela não sabia dizer se ele estava fingindo. Uma emboscada estava em sua mente, por motivos óbvios, e ela não conseguia reconciliar a violência da manhã com o silêncio desta noite.

Sarai não tinha encontrado nada do pânico ou a preparação que esperava. O trenó de seda avariado fora levado de volta ao seu pavilhão e lá ele estava abandonado, com um pontão vazio. A mecânica e piloto estava dormindo em sua cama, com a cabeça encostada no ombro do marido, e embora o caos da manhã tivesse entrado em seus sonhos — e nos dele, em menor medida — os demais forasteiros estavam despreocupados. A conclusão de Sarai, a partir das informações de suas mariposas da primeira safra de sonhos da noite, era que Soulzeren tinha contado ao marido e a ninguém mais sobre o... encontro... na cidadela.

Os Zeyyadin estavam da mesma forma no escuro. Nada de pânico. Nenhuma consciência que Sarai pudesse perceber, da ameaça que pairava sobre suas cabeças.

Será que Eril-Fane mantivera segredo? Por que faria isso?

Se ela pudesse perguntar-lhe…

Na verdade, ao mesmo tempo em que sua mariposa estava empoleirada na janela observando o sono chamar Lazlo Estranho, Sarai estava vendo-o *não* chamar o Matador de Deuses.

Ela o tinha encontrado, embora não estivesse o procurando, pois acreditara que ele estaria desaparecido como em todas aquelas noites em que Sarai visitou Azareen e a encontrou sozinha.

Na verdade, ela ainda estava sozinha. Ela estava na cama, enrolada em uma bola com as mãos sobre o rosto, acordada, enquanto Eril-Fane também estava acordado na pequena sala de estar, cadeiras empurradas para o lado e um colchonete estendido no chão. No entanto, ele não estava deitado nele. Suas costas estavam encostadas na parede e seu rosto estava apoiado nas mãos. Dois cômodos, a porta fechada entre eles. Dois guerreiros com o rosto nas mãos. Sarai, observando-os, imaginou que tudo seria melhor se os rostos e as mãos simplesmente… mudassem de lugar. Ou seja, se Azareen segurasse o rosto de Eril-Fane enquanto ele segurava o dela.

Os dois estavam angustiados e imóveis, quietos e determinados a sofrerem sozinhos! Do ponto de vista de Sarai, ela observava duas poças privadas de sofrimento tão próximas que eram quase adjacentes — como os cômodos conectados com a porta fechada entre eles. Por que não abrir a porta, abrir os braços e fechá-los em torno um do outro? Será que eles não entendiam como, na estranha química das emoções humanas, os sofrimentos dele e dela, misturados, poderiam… compensar um ao outro?

Pelo menos por um tempo.

Sarai queria sentir desprezo por ambos serem tão tolos, mas sabia demais para desdenhá-los. Por anos vira o amor de Azareen por Eril-Fane arruinado ainda no botão, como as orquídeas de Pardal por uma das tempestades de Feral. E por quê? Porque o Matador de Deuses era incapaz de amar.

Por causa do que Isagol lhe causara.

E como Sarai tinha passado a compreender — ou melhor, por anos tinha se *recusado* a entender até que enfim não houvesse como negar —, por causa do que ele tinha feito. O que ele tinha se forçado a fazer para garantir a liberdade futura de seu povo: matar crianças e, com elas, sua própria alma.

Isso foi o que enfim atravessou sua cegueira. Seu pai salvara o próprio povo e destruído a si mesmo. Por mais forte que parecesse, dentro dele era uma ruína, ou talvez uma pira funeral, como a Cúspide — só que em vez de ossos derretidos dos ijji, ele era feito dos esqueletos de bebês e crianças, incluindo, como ele sempre tinha acreditado, sua própria filha: *ela*. Esse era o seu remorso. Isso o sufocava como ervas daninhas e podridão, e colônias de insetos, sujando-o e manchando-o, estagnado e fétido, de forma que nada tão nobre quanto o amor, ou o *perdão*, jamais pudesse ter espaço dentro dele.

A ele era até mesmo negado o alívio das lágrimas. Eis outra coisa que Sarai sabia melhor do que qualquer um: o Matador de Deuses era incapaz de chorar. O nome da cidade era uma provocação. Em todos esses anos, ele fora incapaz de produzir lágrimas. Quando Sarai era jovem e cruel, ela tinha tentado fazê-lo chorar, sem sucesso.

Pobre Azareen. Vê-la encolhida daquele jeito e desnuda de toda sua armadura era como ver um coração retirado do corpo, posto em carne viva em uma tábua, e rotulado de *Aflição*.

E Eril-Fane, salvador de Lamento, por três anos um brinquedo da deusa do desespero? Qual seria seu rótulo, exceto *Vergonha?*

Então, a Aflição e a Vergonha moravam em quartos contíguos, com a porta fechada entre eles, segurando a dor em seus braços em vez de juntos. Sarai observou-os, esperando que seu pai adormecesse para poder lhe enviar uma sentinela — se ela ousasse — e saber o que ele estava escondendo em seus corações enquanto escondia o rosto em suas grandes mãos. Ela não podia esquecer o olhar de horror quando a avistara na porta da cidadela, mas tampouco podia entender por que ele tinha guardado o segredo sobre ela.

Agora que ele sabia que ela estava viva, o que planejava fazer a respeito?

✶

E então lá estavam os quatro que tinham voado até a cidadela e vivido para contar a história — embora eles aparentemente não tivessem feito isso. Sarai observou todos eles, os que dormiam e os que estavam acordados. Ela também estava em vários outros lugares, mas a maior parte de sua atenção estava dividida entre seu pai e o sonhador.

Quando teve certeza de que Lazlo enfim caíra no sono — e movido o braço de forma que ela pudesse ver seu rosto —, direcionou a mariposa do batente da janela até ele. Mas ela não conseguiu tocá-lo, e pairou no ar acima dele. Dessa vez seria diferente, sabia. Na cidadela, andando de um lado para o outro, sentia-se tão apreensiva como se estivesse mesmo no quarto com ele, pronta para se assustar com o mínimo movimento.

Com os sentidos de sua mariposa ela sentiu o cheiro de sândalo dele e o aroma puro de almíscar. Sua respiração era profunda e compassada. Tinha ciência de que ele sonhava. Seus olhos movimentavam-se sob as pálpebras, e seus cílios, fechados — tão densos e brilhantes quanto o pelo de gato-selvagem — moviam-se suavemente. E então, ela não podia esperar nenhum instante a mais. Com uma sensação de expectativa e apreensão, cruzou a pequena distância até sua fronte, pousou na pele morna e entrou em seu mundo.

Ele a esperava.

Ele estava *bem ali*, parado em pé e esperando como se soubesse que ela viria.

Sua respiração parou. *Não*, ela pensou. Não como se ele *soubesse*. Mas como se *desejasse*.

A mariposa assustou-se e rompeu o contato. Ele estava perto demais; ela não estava preparada. Mas aquele piscar de olhos capturou o momento em que a preocupação dele se transformou em alívio.

Alívio. Ao vê-la.

Quando pairou acima dele, com seus corações batendo distantemente em um ritmo selvagem, Sarai percebeu como aguardava pelo pior, certa de que hoje enfim ele devia ter aprendido a sentir aversão a ela — o sentimento que era apropriado. Contudo, não notara nada disso naquele vislumbre. Então encheu-se de coragem e retornou à sua fronte.

Lá ainda estava ele, e ela viu novamente a transformação de preocupação em alívio.

— Sinto muito — ele pediu, com sua voz rouca.

Ele estava mais longe agora. Não tinha se movido, exatamente, mas mudado a concepção de espaço no sonho para não a pressionar no limiar. Ambos estavam parados à margem de um rio, e não era o tumultuoso Uzumark, mas sim um riacho mais tranquilo. Nem Lamento, nem a Cúspide, nem a cidadela estavam visíveis, mas um bom tanto de céu rosa pálido e, sob ele, esse trecho amplo de água verde e sem ondulações, navegada por pássaros com longos pescoços curvos. Ao longo das margens, estendendo-se como se para pegar seus reflexos, havia fileiras de casas rústicas de pedra com as janelas pintadas de azul.

— Eu te assustei — disse Lazlo. — Por favor, fique.

Era engraçada a ideia de que *ele* podia assustá-la. A Musa dos Pesadelos que atormenta Lamento, assustada em um sonho por um meigo bibliotecário?

— Foi só um sobressalto — ela respondeu, envergonhada. — Não estou acostumada a ser cumprimentada. — Ela não explicou que não estava acostumada a ser *vista*, que tudo isso lhe era novo ou que as batidas de seus corações estavam se emaranhando, entrando no ritmo e saindo como crianças aprendendo a dançar.

— Eu não queria perdê-la, se você viesse — disse Lazlo. — Esperava que você viesse.

Lá estava, a magia em seus olhos, brilhando como o sol na água. Isso provoca algo em uma pessoa, ser olhada dessa forma — especialmente em alguém acostumada à aversão. Sarai tinha uma nova consciência desconcertante de si mesma, como se nunca tivesse percebido quantas partes móveis tinha, todas para serem coordenadas com alguma graça. Isso funcionava por si só desde que ela não pensasse a respeito. Contudo, bastava começar a se preocupar que tudo dava errado. Como tinha passado a vida inteira sem perceber a estranheza dos braços, a forma como eles simplesmente ficam pendurados nos ombros como carne na janela de um açougue? Ela cruzou-os — sem elegância, ela achou, como uma amadora, escolhendo a saída mais fácil.

— Por quê? — ela perguntou. — O que você quer?

— Eu... Eu não quero nada — ele apressou-se em dizer. É claro, era uma pergunta injusta. Afinal, ela estava invadindo seu sonho, não o contrário. Ele tinha mais direito de perguntar o que *ela* queria lá. Em vez disso, falou: — Bem, quero saber se você está bem. O que aconteceu com você lá em cima? Você se machucou?

Sarai piscou. Se *ela* tinha se machucado? Depois do que ele tinha visto e sobrevivido, estava perguntando se *ela* estava bem?

— Estou bem — respondeu, um pouco rouca devido à dor inexplicável na garganta. Em seu quarto, ela segurou o braço machucado. Ninguém na cidadela tinha ligado para o fato de ela ter se machucado. — Você devia ter me ouvido. Tentei avisá-lo.

— Sim, bem. Achei que você era um sonho. Mas aparentemente não é.— Ele fez uma pausa, incerto. — Você não é, né? Embora, é claro que, se você fosse, e me dissesse que não era, como eu saberia?

— Não sou um sonho — afirmou Sarai. Havia amargura em sua voz. — Sou um pesadelo.

Lazlo soltou uma risadinha incrédula.

— Você não é minha ideia de pesadelo — falou, corando um pouco. — Estou feliz que seja real — ele acrescentou, corando muito. E ambos ficaram parados frente à frente, embora não estivessem olhando um *para* o outro, mas sim para as pedrinhas do leito do rio entre seus pés.

Lazlo viu que a garota estava descalça e fechava os dedos dos pés em volta das pedrinhas e da lama debaixo deles. Ele estivera pensando nela o dia todo e tinha pouco para continuar, mas ela claramente tinha sido uma surpresa para Eril-Fane e Azareen, o que o levou a supor que sua vida inteira tinha sido vivida na cidadela. Será que ela já tinha colocado os pés no mundo? Com isso em mente, ver seus dedos dos pés azuis curvando-se na lama do rio afetaram-no com pungência.

Depois disso, ver seus tornozelos azuis nus e suas panturrilhas finas lhe causaram grande encantamento, tanto que ele corou e desviou o olhar. Pensou enfim, no meio de tudo, que poderia ser ridículo oferecer algo para beber, mas não sabia o que mais fazer, então arriscou:

— Você aceitaria... aceitaria um chá?

Chá?

Sarai percebeu, pela primeira vez, a mesa à margem do rio. Estava na parte rasa, os pés perdidos em pequenos redemoinhos espumantes que se encaracolavam contra a margem. Havia uma toalha branca e alguns pratos cobertos, junto com uma chaleira e duas xícaras. Um pouco de vapor escapou do bico da chaleira, e ela percebeu que podia sentir o aroma, picante e floral, em meio aos odores terrosos do rio. O que eles chamavam de chá na cidadela era apenas água com ervas, como hortelã e erva-cidreira. Ela tinha uma memória distante do sabor de chá de verdade, enterrada entre suas memórias de açúcar e bolo de aniversário. Fantasiara sobre isso algumas vezes — a bebida propriamente dita, mas isso também. O ritual, de sentar e beber, que parecia para ela, de fora, o coração da cultura. Compartilhar o chá e a conversa (e, era de se esperar, bolo). Ela olhou para a arrumação incongruente com a paisagem ao redor e depois para Lazlo, que prendeu uma parte do lábio inferior entre os dentes e a observava, ansioso.

E Sarai percebeu que fora do sonho seu lábio real estava da mesma forma, preso entre os dentes. O nervosismo era palpável e a desarmou. Ela viu que o rapaz gostaria de agradá-la.

— Isso é para *mim*? — ela perguntou a meia-voz.

— Desculpe-me se fiz alguma coisa de errado — explicou-se, embaraçado. — Nunca tive um convidado antes, e não tenho certeza de como fazer.

— Um convidado — Sarai repetiu com voz fraca. Aquela palavra. Quando ela entrava nos sonhos, era uma invasora, uma saqueadora. Nunca havia sido *convidada* antes. Nunca havia sido *bem-vinda*. A sensação que se abateu sobre ela era nova — e extravagantemente agradável.

— E eu nunca fui convidada antes — ela confessou. — Então não sei mais do que você.

— Isso é um alívio. Podemos inventar e fazer como quisermos.

Ele puxou a cadeira para ela, que moveu-se para sentar. Nenhum dos dois tinha feito essa simples manobra em terra, muito menos na água, e deram-se conta ao mesmo tempo que havia espaço para errar. Bastava empurrar a cadeira rápido demais ou devagar demais, ou sentar-se cedo demais ou com muito peso, que desventuras poderiam acontecer, talvez até um batismo não intencional do traseiro. Mas saíram-se bem, Lazlo sentou-se na cadeira oposta e, simples assim, eles eram duas pessoas sentadas a uma mesa, mirando-se timidamente através do vapor da chaleira.

Dentro de um sonho.

Dentro de uma cidade perdida.

À sombra de um anjo.

À beira da calamidade.

Mas tudo isso — cidade, anjo e calamidade — parecia a mundos de distância naquele momento. Cisnes passaram como navios elegantes, e o vilarejo era todo pastel, com trechos de sombra azul. O céu era da cor dos pêssegos corados e a linguagem dos insetos sussurrava na grama da campina.

Lazlo considerou a chaleira. Parecia muito pedir que suas mãos derramassem, firmes, o chá nas xícaras delicadas que havia conjurado, então ele fez com que a chaleira virasse sozinha, tarefa que foi cumprida admiravelmente, como se feita por um mordomo invisível. Apenas uma gota pingou fora, manchando a toalha branca, que imediatamente tornou-se limpa de novo.

Imagine, ele pensou, ter esse poder fora do sonho. E então achou engraçado que a limpeza da toalha de mesa tivesse dado origem a esse pensamento, e não a criação de um vilarejo inteiro e um rio com pássaros e as montanhas a distância, ou a surpresa que eles mantinham guardada.

Ele já tivera outros sonhos lúcidos, mas nunca tão lúcidos quanto este. Desde que chegara a Lamento, seus sonhos tinham sido excepcionalmente vívidos. Perguntou-se se seria a influência *dela* que tornava essa clareza possível. Ou sua própria atenção e expectativa o deixavam nesse estado de consciência elevada?

Eles pegaram as xícaras. Era um alívio para ambos ter algo a fazer com as mãos. Sarai experimentou o primeiro gole, não soube dizer se o sabor — defumado e floral — era sua própria memória de chá, ou se Lazlo estava moldando a experiência sensorial dentro do seu sonho. Será que funcionava assim?

— Não sei seu nome — ele lhe disse.

Sarai nunca, em toda sua vida, tinha ouvido essa pergunta ou dado a resposta a esse questionamento pois nunca havia *conhecido* alguém. Todos a quem conhecia, conhecera desde sempre — exceto pelos fantasmas capturados, que não eram exatamente afeitos a apresentações.

— É Sarai — respondeu.

— Sarai — ele repetiu, como se o estivesse saboreando. *Sarai*. O gosto, ele pensou, mas não disse, era de chá — complexo, delicado e não doce demais. Lazlo a fitou, verdadeiramente. Jamais, no mundo, olharia para uma mulher jovem de um jeito tão direto e intenso, mas, de certa forma, isso era aceitável aqui, como se tivessem se encontrado com a intenção tácita de se conhecerem.

— Você irá me falar? — ele indagou. — Sobre você?

Sarai segurou a xícara com ambas as mãos. Respirou o vapor quente enquanto a água fria fazia redemoinhos em volta de seus pés.

— O que Eril-Fane te contou? — ela quis saber, cautelosa.

Através dos olhos de outra mariposa, observou que seu pai não estava mais sentado encostado na parede, agora se movera para a janela aberta da sala de Azareen e estava inclinado para fora, olhando para a cidadela. Será que ele a estava imaginando lá em cima? E, se sim, o que estaria pensando? Se ele dormisse, ela poderia descobrir. Ela não conseguia descobrir a partir de seu rosto, que era como uma máscara mortuária: severo e sem vida, com buracos no lugar dos olhos.

— Ele apenas disse que você não é Isagol — Lazlo respondeu. E fez uma pausa. — Você é... filha dela?

Sarai levantou o olhar para ele.

— Ele disse isso?

Lazlo balançou a cabeça.

— Eu imaginei... Seus cabelos. — Ele havia imaginado outra coisa também. Hesitante, falou: — Suheyla me disse que Eril-Fane era o companheiro de Isagol.

Sarai não disse nada, mas a verdade estava no seu silêncio e em seu esforço orgulhoso para não demonstrar nenhuma dor.

— Ele sabia de você? — Lazlo perguntou, inclinando-se para a frente. — Se ele sabia que era pai...

— Ele sabia. — Sarai falou logo. A meio quilômetro dali, o homem em questão esfregou os olhos com um cansaço infinito, mas não os fechou. — E agora ele sabe que ainda estou viva. Ele disse o que pretende fazer?

Lazlo balançou a cabeça.

— Ele não disse muita coisa. Pediu para não contarmos a ninguém o que aconteceu lá em cima. Sobre você ou qualquer outra coisa.

Sarai imaginou isso. O que ela queria saber era *o porquê*, e *o que vinha depois*, mas Lazlo não sabia lhe responder e Eril-Fane ainda estava acordado. Azareen por fim dormira, e Sarai pousou uma sentinela na curva de sua bochecha manchada de lágrimas.

Entretanto, não encontrou respostas. Em vez disso, ela estava mergulhada na violência da manhã. Ela ouviu seu próprio grito de "fujam!" e sentiu o terror ameaçando, cutelos e ganchos de carne e a face de sua própria avó — a avó de Azareen — contorcida em um ódio pouco familiar. A cena repetiu-se inúmeras vezes, impiedosa, com uma diferença terrível: no sonho, as espadas de Azareen eram pesadas como âncoras, pesando em seus braços enquanto ela lutava para defender-se do ataque que vinha da mão do anjo. Ela estava lenta demais. Era um pânico furioso e lento, e inimigos invencíveis, e o resultado não era tão feliz quanto havia sido naquela manhã.

No sonho de Azareen, todos eles morriam, como Sarai tinha dito a Lazlo que aconteceria.

Ela ficou em silêncio na beira do rio, sua atenção atraída para longe. Lazlo, observando que o tom azul de seu rosto tinha se apagado um pouco, perguntou:

— Você está bem?

Ela assentiu, rápido demais. *Acabei de ver você morrendo*, não falou, mas teve dificuldade de afastar a imagem da mente. O calor de sua testa debaixo da mariposa a confortou, assim como vê-lo do outro lado da mesa. O Lazlo real, o Lazlo do sonho, vivo por causa dela. Ela entendeu que estava tendo uma visão dos assassinatos que evitou e qualquer vergonha que tivesse sentido com o sermão de Minya mais cedo, a partir daquele momento, deixou de sentir.

Com destreza, ela assumiu o controle do pesadelo de Azareen: tornou as armas da guerreira mais leves e retardou o ataque enquanto o trenó de seda flutuava para fora do alcance. Finalmente, ela evanesceu os fantasmas, começando pela avó de Azareen, infundindo o sonho com os suspiros de alívio deles. Os mortos estavam livres e os vivos estavam a salvo e aquele era um fim para o sonho.

Sarai terminou o chá. A chaleira encheu a xícara mais uma vez. Ela agradeceu como se o bule estivesse vivo e então seu olhar demorou-se sobre os pratos cobertos.

— Então — ela perguntou, lançando um olhar para Lazlo. — O que tem aí?

42

DEUS OU MONSTRO, MONSTRO OU DEUS

Lazlo tinha pouca experiência a mais com bolos do que Sarai, então esta foi uma das coisas que inventaram juntos, “da forma que queriam”. Era uma espécie de jogo. Um imaginava os conteúdos do prato e o outro o descobria com um pequeno floreio dramático. Descobriram que podiam conjurar doces de aparência esplêndida, mas não tinham tanto sucesso no que dizia respeito ao sabor. Ah, os bolos não eram ruins. Eles eram doces, pelo menos — essa parte era fácil. Mas era uma doçura insossa, sonhada por órfãos que ficavam com os rostos colados nas janelas das docerias (metaforicamente, pelo menos), e nunca provaram nada.

— Eles são todos parecidos — lamentou Sarai, depois de experimentar uma garfada de sua última criação. Era uma maravilha de se ver: três camadas altas cobertas de cor-de-rosa com pétalas de açúcar, alto demais para caber debaixo da cobertura que o tampava.

— Um truque mágico — Lazlo falou quando o bolo pareceu crescer ao levantar a tampa.

— Tudo aqui é um truque mágico — Sarai completou.

Mas suas receitas podiam ter menos magia e mais realidade. A imaginação, como Lazlo observara anteriormente, está presa, de algum modo, ao conhecido, e ambos eram tristemente ignorantes quanto aos bolos.

— Esses devem ser bons — sugeriu Lazlo, experimentando de novo. — Suheyla fez para mim e acho que me lembro muito bem do sabor.

E era *melhor*: uma massa de mel cheia de nozes verde-claras e geleia de pétalas de rosa. Não era tão bom quanto o bolo de verdade, mas pelo menos tinha uma especificidade que faltava aos outros, e embora pudessem facilmente desejar que seus dedos ficassem limpos, parecia um triste desperdício de mel imaginário, por isso ambos estavam inclinados a lambê-los.

— Acho que não devemos mais tentar nenhum banquete de sonho — disse Lazlo, quando a tentativa seguinte se provou pouco inspiradora mais uma vez.

— Se fizermos isso, posso fornecer sopa de kimril — afirmou Sarai.

— Kimril? O que é isso?

— Uma raiz muito honrada — ela explicou. — Não tem nenhum sabor para motivar a gula, mas o mantém vivo.

Houve uma pequena pausa enquanto Lazlo considerava as questões práticas da vida na cidadela. Ele estava relutante em abandonar a diversão doce e a leveza que ela tinha levado à sua convidada, mas não podia sentar ali com essa visão dela e não se perguntar sobre a pessoa *real*, a quem ele tinha visto tão brevemente e sob circunstâncias tão terríveis.

— Ela a manteve viva? — ele perguntou.

— Sim. Pode-se dizer que é um item básico. A horta da cidadela não tem muita variedade.

— Vi árvores frutíferas — falou Lazlo.

— Sim. Nós temos ameixas, graças ao jardineiro. — Sarai sorriu. Na cidadela, no que dizia respeito à comida, agradeciam ao "jardineiro" enquanto outros agradecem a deus. Eles tinham uma dívida ainda maior com a Aparição por aquele monte de tubérculos de kimril que tinham feito toda a diferença. Tais eram as divindades na cidadela dos deuses mortos: um obscuro jardineiro humano e um pássaro antissocial. E, é claro, nada disso importaria sem os dons de Pardal e Feral para nutrir e regar o pouco que tinham. Quão inatingível a cidadela parecia vista debaixo, ela pensou, e mesmo assim como era tênue a vida deles nela.

Lazlo prestara atenção no pronome, no plural.

— Nós? — perguntou casualmente, como se não fosse uma dúvida monumental. *Você está sozinha lá em cima? Existem outros como você?*

Evasiva, Sarai voltou sua atenção ao rio. Bem onde ela olhou, um peixe saltou, com uma iridescência em suas escamas. Ele mergulhou novamente, saindo de vista. Será que faria alguma diferença, se perguntou, se Lazlo e Eril-Fane descobrissem que havia mais filhos dos deuses vivos na cidadela? A Regra havia sido quebrada. Havia "evidência de vida". Será que importava saber *quanta* vida? Pareceu a ela que sim e, de qualquer forma, ela sentia como se fosse uma traição entregar os outros, então falou:

— Os fantasmas.

— Fantasmas comem ameixa?

Tendo se decidido a mentir, ela fez isso descaradamente.

— Vorazmente.

Lazlo deixou passar. Ele queria saber sobre os fantasmas, é claro, e por que estavam armados com utensílios de cozinha, atacando ferozmente seus próprios familiares, mas começou com uma questão um pouco mais fácil, perguntando como foram para lá.

— Imagino que todo mundo precisa estar em algum lugar — respondeu Sarai, esquivando-se.

Lazlo concordou, pensativo.

— Embora alguns tenham mais controle sobre o *onde* do que outros.

Ele não se referiu aos fantasmas. Inclinou a cabeça um pouco e olhou fixamente para Sarai, que sentiu a pergunta se formando. Ela não sabia que palavras usaria, mas a essência se resumia a *por quê. Por que você está lá em cima? Por que você está presa? Por que é esta sua vida? Por que tudo em relação a você?* E ela queria lhe contar, mas sentiu que ela mesma tinha uma pergunta brotando dentro de si. Parecia um pouco com o brotar das mariposas ao cair da tarde, mas era algo mais perigoso do que mariposas. Era *esperança*. Era: *você pode me ajudar? Pode me salvar? Pode salvar a nós?*

Quando ela descia a Lamento para "encontrar" os convidados do Matador de Deuses, não tinha parâmetros para imaginá-lo. Um... amigo? Um aliado? Um sonhador em cuja mente a melhor versão do mundo crescia como um estoque de sementes. Se ao menos aquilo pudesse ser transplantado para a realidade, a garota desejou, mas não podia. Quem sabia melhor como o solo de Lamento era venenoso do que ela que o havia envenenado por dez longos anos?

Então interrompeu a quase pergunta dele e indagou:

— Falando sobre *onde*, o que é este lugar?

Lazlo não insistiu. Ele tinha paciência para mistérios. Contudo, todos estes anos os mistérios de Lamento nunca tiveram a urgência deste. Isso era vida ou morte. Quase tinha sido a *sua* morte. Mas era preciso conquistar a confiança dela. Ele não sabia como fazer isso, então mais uma vez buscou refúgio nas histórias.

— Ah, bem. Estou feliz que tenha perguntado. Esse é um vilarejo chamado Zeltzin. Ou pelo menos é assim que imagino que um vilarejo chamado Zeltzin se pareça. É um lugar comum. Bonito, mas não excepcional, embora haja uma distinção.

Seus olhos brilharam. Sarai descobriu-se curiosa analisando ao redor perguntando-se qual seria essa distinção.

Mais cedo, enquanto estava tentando dormir, a primeira ideia de Lazlo foi criar um tipo elegante de sala de estar para recebê-la, caso ela viesse. Parecia o jeito mais apropriado de fazer as coisas, mesmo que um pouco enfadonho. Por algum motivo, a voz de Calixte apareceu em sua mente.

"Bela e cheia de monstros", ela dissera. "Todas as melhores histórias são assim".

E ela estava certa.

— Alguma ideia? — ele perguntou a Sarai.

Ela balançou negativamente a cabeça. Seus olhos também brilhavam.

— Bem, eu também posso te contar — disse Lazlo, divertindo-se. — Ali há uma entrada de mina que leva ao mundo subterrâneo.

— O mundo subterrâneo? — Sarai repetiu, esticando o pescoço na direção que ele apontou.

— Sim, mas essa não é a distinção.

Ela estreitou os olhos.

— Então qual é?

— Também posso te contar que as crianças aqui nascem com dentes e roem ossos de pássaro nos berços.

Ela estremeceu.

— Isso é horrível.

— Mas essa tampouco é a distinção.

— Você não vai me contar? — ela perguntou, ficando impaciente.

Lazlo balançou negativamente a cabeça. Ele estava sorrindo. Isso era divertido.

— Está um silêncio aqui, você não acha? — ele perguntou, provocando-a.— Pergunto-me aonde foi todo mundo.

Estava silencioso. Os insetos tinham parado de zumbir. Havia apenas o som do rio agora. Atrás do vilarejo, campinas estendiam-se até uma cadeia de montanhas que, de longe, pareciam cobertas de uma pelagem escura. Montanhas que pareciam prender a respiração, Sarai pensou. Ela sentiu uma quietude sobrenatural e segurou sua respiração também. E então... as montanhas exalaram, e ela também.

— Ohhh! — ela soltou, espantada. — Isso é...?

— A mahalath — explicou Lazlo.

A névoa de cinquenta anos que produzia deuses ou monstros. Ela estava chegando. Era a neblina — línguas de vapor branco deslocando-se entre as montanhas de pele escura —, mas movia-se como uma coisa viva, com uma inteligência curiosa de caça. Ao mesmo tempo leve e densa, havia certa agilidade nela, quase serpentina. Diferente da neblina, ela não meramente se espalhava e parava, caindo, mais pesada que o ar. Aqui e ali, cachos brancos pareciam erguer-se e espiar em volta antes de baixar novamente no fluxo da maré, como cristas de ondas sugadas de volta à rebentação. Ela estava derramando-se — derramando *a si mesma* —, deslizando gloriosa e inexoravelmente sobre os declives da campina em um trajeto direto até o vilarejo.

— Você já brincou de imaginar? — Lazlo perguntou a Sarai.

Ela deu risada.

— Não assim. — Ela estava alegre e assustada.

— Devemos fugir? Ou ficamos e nos arriscamos?

A mesa de chá havia desaparecido, as cadeiras e os pratos também. Sem perceber a transição, os dois estavam em pé, molhados até os joelhos no rio, observando a mahalath engolir as casas mais longínquas do vilarejo. Sarai teve de se lembrar de que nada daquilo era real. Era um jogo dentro de um sonho. Mas quais eram as regras?

— Será que ela nos mudará? — ela quis saber. — Ou nós nos mudaremos?

— Não sei — respondeu Lazlo, para quem isso também era novo. — Acho que podemos escolher o que nos tornaremos, ou podemos deixar o sonho escolher, se é que isso faz sentido.

E fazia. Eles podiam exercer controle, ou ceder às suas mentes inconscientes. De qualquer forma, não era uma névoa lhes refazendo, mas eles mesmos. Deus ou monstro, monstro ou deus. Sarai teve um pensamento ruim.

— E se você já é um monstro? — ela perguntou em um sussurro.

Lazlo a fitou e o encanto em seus olhos dizia que ela não era nada disso.

— Qualquer coisa pode acontecer — ele afirmou. — É esse o ponto.

A névoa espalhou-se mais. Ela engoliu os cisnes um a um.

— Ficar ou partir? — Lazlo perguntou.

Sarai ficou de frente para a mahalath. Ela deixou-a vir. E à medida que os primeiros cachos se enrolaram em torno dela como braços, ela procurou a mão de Lazlo e a segurou firme.

43

UM DEMÔNIO SINGULARMENTE FORMIDÁVEL

Dentro da névoa, dentro do sonho, um homem e uma mulher jovens foram refeitos. Mas, primeiro, foram *des*feitos, seus contornos desaparecendo como o pássaro branco evanescente, a Aparição, à medida que ele sumia na pele do céu. Qualquer noção de realidade física escapara — exceto por uma: suas mãos, unidas, permanecendo tão reais quanto osso e nervo. Não havia mais mundo, margem de rio ou água, nada sob seus pés — e nada de pés. Havia apenas aquele ponto de contato e, mesmo quando se soltaram de si mesmos, Lazlo e Sarai seguraram-se um no outro.

Assim que a névoa passou em seu caminho e os cisnes refeitos desfilaram sua magnificência no humilde rio verde, ambos viraram-se a fim de se encarar, com os dedos entrelaçados e vislumbraram, vislumbraram, vislumbraram.

Olhos abertos e brilhantes, olhos que não mudaram. Os dele continuavam azul-acinzentados, os dela, azuis. E os cílios dela ainda eram acastanhados cor de mel, e os dele de um preto tão reluzente quanto a pele de um gato-selvagem. Seus cabelos ainda eram escuros, e os dela ainda eram cor de canela, o nariz dele era vítima de contos de fadas e a boca de Sarai era suculenta como uma ameixa.

Ambos estavam iguais de todas as formas, exceto uma.

A pele de Sarai era marrom, e a de Lazlo, azul.

O casal se vislumbrou, vislumbrou e vislumbrou, e estudaram suas mãos unidas, o padrão marrom e azul de seus dedos invertidos, e olharam para a superfície da água, que antes não era um espelho, mas agora sim, porque assim quiseram. E vislumbraram seus reflexos ali, lado a lado, de mãos dadas e não viram nem deuses nem monstros. Os dois tinham mudado tão pouco e aquela única coisa — a cor de suas peles —, mudaria tudo no mundo real.

Sarai olhou para a cor terrosa rica de seus braços e soube, embora estivesse escondida, que ela tinha uma *elilith* em sua barriga como uma garota humana. Perguntou-se qual era o padrão e desejou dar uma espiada. A outra mão, a que estava unida a de Lazlo, retirou-se suavemente. Não parecia haver mais pretexto para segurá-la, embora tivesse sido agradável enquanto durou.

Ela o fitou. *Azul.*

— Você escolheu isso? — a garota quis saber.

Lazlo balançou negativamente a cabeça.

— Deixei a cargo da mahalath.

— E ela fez isso. — Ela explicou-se o porquê. Sua própria mudança era fácil de compreender. Ali estava sua humanidade externalizada e todo seu desejo — por liberdade do confinamento de sua jaula de metal. Mas por que *ele* ficara *assim*? Talvez, ela pensou, não fosse desejo, mas medo, e essa era a ideia dele de um monstro.

— Bem, me pergunto qual dom ela te deu — ela disse.

— Dom? Você quer dizer magia? Acha que tenho um dom?

— Todas as crias dos deuses têm dons.

— Crias dos deuses?

— É assim que nos chamam.

Nos. Outro pronome no plural, que pairou entre os dois brevemente, mas Lazlo não chamou a atenção dela desta vez.

— Mas, *crias*... — o garoto repetiu, fazendo uma careta. — Isso não combina. Crias são de cães ou de demônios.

— O significado, creio eu, seja o segundo.

— Bem, você é um demônio singularmente formidável, se me permite.

— Obrigada — a garota agradeceu com sinceridade, pousando uma mão modesta sobre o peito. — Essa é a coisa mais gentil que alguém já me disse.

— Bem, tenho pelo menos uma centena de coisas muito mais gentis para dizer e só não consigo por constrangimento.

A menção ao constrangimento magicamente incentivou o constrangimento. Em seu reflexo, Sarai viu suas bochechas marrons ficarem vermelhas em vez de lavanda, enquanto Lazlo viu o contrário em seu próprio reflexo.

— Então, dons — ele falou, recuperando-se, embora Sarai não se incomodasse se ele demorasse um pouco na centena de coisas mais gentis. — E o seu é... entrar nos sonhos?

Ela assentiu. Não viu necessidade de explicar a mecânica da coisa. O comentário impiedoso de Rubi de um tempo atrás passou por sua mente. "Quem ia querer beijar uma garota que come mariposas?" A ideia de beijar provocou um alvoroço em seu estômago, que era como sentir que suas mariposas *moravam* dentro dela. Asas, delicadas e fazendo cócegas.

— Então, como sei qual é, esse dom? — Lazlo quis saber. — Como alguém descobre isso?

— É sempre diferente. Às vezes, é espontâneo e óbvio, outras vezes ele precisa ser provocado. Quando os Mesarthim eram vivos, era Korako, a deusa dos segredos, que os revelava. Ou assim me disseram. Devo tê-la conhecido, mas não consigo me lembrar.

A pergunta "quem disse?" era tão palpável que, embora Lazlo não a tenha feito — exceto, talvez, com suas sobrancelhas —, Sarai respondeu assim mesmo.

— Os fantasmas — ela disse. O que, nesse caso, era verdade.

— Korako — repetiu Lazlo. Pensou de novo no mural, mas estivera tão fixado em Isagol que as outras deusas eram um borrão. Suheyla havia mencionado Letha, mas não a outra. — Não ouvi nada sobre ela.

— Não. Você não ouviria. Ela era a deusa dos segredos e o maior segredo que guardava era sobre si mesma. Ninguém nem mesmo sabia qual era seu dom.

— Outro mistério — falou Lazlo, e então conversaram sobre deuses e dons, andando pelo rio. Sarai chutou a superfície e observou as gotas que voavam e formavam arco-íris efêmeros. Eles apontaram para os cisnes, que antes eram idênticos e agora eram estranhos — um com presas e feito de ágata e musgo, outro parecendo folheado a ouro. Um tinha até mesmo se transformado em um svytagor. Ele submergiu e desapareceu sob a água verde opaca. Sarai contou a Lazlo alguns dos melhores dons que aprendeu com Grande Ellen, e citou, entre eles, uma garota que podia fazer as plantas crescerem e um garoto que podia trazer a chuva. Seu próprio dom, se a mahalath tinha lhe dado um, continuava um mistério.

— Mas e quanto a você? — ele quis saber, pausando para colher uma flor que havia acabado de desejar que crescesse. Era uma flor exótica que vira na vitrine de uma floricultura e ele teria ficado constrangido de saber que ela era chamada de flor da paixão. Ele a ofereceu a Sarai. — Se você fosse humana, teria que abandonar seu dom, não?

Lazlo não tinha como saber a maldição que era o dom dela, ou o que o uso do dom havia causado à garota e a Lamento.

— Imagino que sim — respondeu, cheirando a flor, que tinha aroma de chuva.

— Mas então você não poderia estar aqui comigo.

Era verdade. Se fosse humana, Sarai não poderia estar no sonho de Lazlo com ele. Mas... poderia estar no quarto com ele. Um calor explodiu dentro de si, e não era de vergonha nem de constrangimento. Era uma espécie de desejo, mas não do coração. Era um desejo da pele. De ser tocada. Era o desejo dos membros. De se entrelaçarem. Estava centrado em seu abdômen, no lugar de sua nova *elilith*, e ela passou os dedos sobre a tatuagem novamente e estremeceu. Na cidadela, andando de um lado para o outro, seu corpo verdadeiro estremeceu também.

— É um sacrifício que eu estaria disposta a fazer — explicou.

Lazlo não podia imaginar isso, que uma deusa estivesse disposta a abrir mão de sua magia. Contudo, não era apenas a magia. Ele achava que ela seria bela em qualquer cor, mas percebeu que sentia falta do tom raro de sua pele.

— Você não gostaria de mudar de verdade, não é? — ele persistiu. — Se isso fosse real e você tivesse escolha.

Será que não? Por que outro motivo seu inconsciente — sua mahalath interna — havia escolhido *essa* transformação?

— Se isso significasse ter uma vida? Sim, eu gostaria.

Ele ficou intrigado.

— Mas você já está viva. — Ele sentiu uma pontada súbita de medo. — Você está, não? Você não é um fantasma como os outros...

— Não sou um fantasma — afirmou Sarai, para alívio dele —, mas sou filha dos deuses e você deve saber que existe uma diferença entre estar viva e ter uma vida.

Lazlo entendia isso. Pelo menos, achou que entendia. Refletiu sobre de alguma forma ser comparável a um órfão no Mosteiro de Zemonan: vivo, mas não vivendo a vida. E como havia encontrado seu caminho de um estado para outro e tinha até mesmo visto seu sonho tornar-se realidade, sentiu ter uma certa qualificação no assunto. Mas não entendia uma peça crucial do quebra-cabeça. Uma peça crucial e *sangrenta* do quebra-cabeça. Sensato e cordial, ele simpatizou com ela.

— Não deve ser uma vida ficar presa lá em cima. Mas agora que sabemos de você, podemos tirá-la de lá.

— Tirar-me de lá? O quê, para Lamento? — Houve uma mudança repentina de uma surpresa incrédula na voz de Sarai e, enquanto ela falava, reverteu-se à sua cor normal, a pele ficou azul novamente. *Lá se foi ser humana*, ela pensou. A dura verdade não tolera a imaginação. Como se a sua reversão tivesse dado um fim à fantasia, Lazlo também reverteu-se e era ele mesmo de novo. Sarai ficou quase chateada. Enquanto o garoto tinha a aparência azul, ela quase podia acreditar que havia uma conexão entre os dois. Ela não havia se perguntado, ansiosamente, um pouco antes, se esse sonhador poderia ajudá-la? Poderia *salvá-la*? Ele não fazia ideia.

— Você entende — explicou, com uma severidade inadequada — que eles me matariam assim que me vissem?

— Quem mataria?

— *Qualquer um.*

— Não — ele balançou a cabeça, sem querer acreditar. — Eles são pessoas boas. Será uma surpresa, sim, mas não poderiam odiá-la apenas por causa do que seus pais eram.

Sarai parou de andar.

— Você acha que pessoas boas não podem odiar? Você acha que pessoas boas não *matam*? — Sua respiração acelerou, e ela percebeu que havia esmagado a flor de Lazlo na mão. Ela derrubou as pétalas na água. — Pessoas boas fazem todas as coisas que pessoas más fazem, Lazlo. Só que quando elas fazem, chamam de justiça. — Pausou. Sua voz ficou mais pesada. — Quando eles mataram trinta bebês em seus berços, chamaram isso de *necessário*.

Lazlo a encarou. Balançou a cabeça, descrente.

— Sabe aquele choque que você viu no rosto de Eril-Fane? — ela continuou. — Não foi porque ele não sabia que tinha uma filha. — Ela inspirou. — Foi porque ele achava que tinha me matado quinze anos atrás. — Sua voz embargou no fim. Engoliu em seco e sentiu, de repente, como se sua cabeça inteira estivesse repleta de lágrimas e se não derramasse algumas, ela explodiria. — Quando ele matou *todos* os *filhos dos deuses,* Lazlo — ela acrescentou, e chorou.

Não no sonho, não onde Lazlo pudesse ver, mas em seu quarto, escondida. Lágrimas cobriram suas bochechas da mesma forma que as chuvas de monções cobriam os contornos da cidadela no verão, entrando por todas as portas abertas, um dilúvio de chuva pelo chão liso e não havia nada a fazer a não ser esperar que ela parasse.

Eril-Fane sabia que um dos bebês no berçário era dele, mas não sabia qual. Ele tinha visto a barriga de Isagol crescer com seu filho, é claro, mas depois que a mulher dera à luz, nunca mais o mencionara. Ele perguntou e ela deu de ombros. Ela tinha cumprido o seu dever; depois disso, era problema do berçário. Isagol não sabia nem mesmo se era um menino ou uma menina; não lhe significava nada. E quando ele entrou, ensopado de sangue, no berçário e olhou em volta para os bebês e crianças azuis em comoção, teve medo de ver e saber: *ali. Aquele é meu.*

Se ele tivesse visto Sarai, com cabelos cor de canela como os da mãe, teria sabido em um instante, mas não a vira porque ela não estava lá, embora não soubesse. Achava que o cabelo dela era escuro como o seu, como o do resto dos bebês. Eles eram um borrão de azul, sangue e gritos.

Todos inocentes. Todos amaldiçoados.

Todos mortos.

Os olhos de Lazlo estavam secos, mas abertos e sem piscar. *Bebês*. Sua mente rejeitou isso, muito embora, sob a superfície, peças de quebra-cabeça estivessem se juntando. Todo o pavor e a vergonha que ele tinha visto em Eril-Fane. Tudo na reunião com os Zeyyadin, e... e a forma com que Maldagha pôs as mãos na barriga. Suheyla também. Era um gesto maternal. Como ele tinha sido estúpido em não entender, mas como ele poderia, quando passou a vida inteira com homens velhos? Todas as coisas que não faziam sentido tinham mudado o suficiente de posição, e era como inclinar o ângulo do sol de forma que, em vez de olhar por uma janela e cegar-se, ele passava por ela para iluminar tudo o que estava dentro.

Ele sabia que Sarai estava falando a verdade.

Um grande homem e também um homem bom. Era isso que tinha pensado? Mas o homem que matou deuses também matara bebês, e Lazlo entendia agora o que ele temia encontrar na cidadela. "Alguns de nós sabemos melhor do que os outros o... estado... em que a deixamos", ele dissera. Não os esqueletos de deuses, mas de crianças. Lazlo encurvou-se, sentindo-se mal. Pressionou a palma da mão com firmeza na testa. O vilarejo e os cisnes monstruosos desapareceram. O rio não estava mais lá. Tudo sumiu em um piscar de olhos e Lazlo e Sarai encontraram-se em seu quarto — o quarto do Matador de Deuses. O corpo adormecido de Lazlo não estava esticado na cama. Essa era mais uma paisagem do sonho, pois dormia no quarto e, no sonho, estava em pé no cômodo. Na realidade, uma mariposa estava pousada em sua testa no quarto e, no sonho, a Musa dos Pesadelos estava a seu lado.

A Musa dos Pesadelos, Sarai pensou. Mais do que nunca. Ela tinha, afinal, levado o pesadelo para esse sonhador em quem vinha procurando refúgio. Em seu sono, ele murmurou: "não", com olhos e punhos bem fechados. A respiração era rápida, assim como a pulsação. Todos os indícios de pesadelo, que Sarai bem conhecia. Tudo o que ela fez foi *dizer* a verdade, não havia sequer lhe *mostrado* a verdade. Brilho de faca e sangue espalhado, e todos os corpinhos azuis. Nada a induziria a arrastar aquela memória repulsiva à bela mente dele.

— Sinto muito — ela disse.

Na cidadela, ela soluçou. *Ela* jamais poderia estar livre da ferida. Sua própria mente seria sempre um túmulo aberto.

— Por que *você* se desculpa? — Lazlo indagou. Havia doçura em sua voz, mas a vivacidade a tinha deixado. Ela tinha ficado sem brilho, como uma velha moeda. — Você é a última pessoa que devia se sentir culpada. Ele deveria ser um herói! Ele me deixou acreditar nisso. Mas que tipo de herói poderia fazer... *isso*?

Em Quedavento, o "herói" em questão estava deitado no chão, imóvel como se dormisse, mas seus olhos estavam abertos no escuro, e Sarai pensou novamente que ele era uma ruína tanto quanto era homem. Eril-Fane era, ela pensou, como um templo amaldiçoado: ainda belo de se olhar — a carapaça de algo sagrado —, mas incivilizado por dentro e ninguém, exceto fantasmas, podia cruzar seu limiar.

"Que tipo de herói?", Lazlo perguntara. Que tipo, de fato. Sarai nunca tinha se deixado erguer em sua defesa. Era impensável, como se os corpos fossem uma barreira entre ela e o perdão. Entretanto, e sem muito saber o que ia dizer, contou a Lazlo, em voz suave:

— Por três anos, Isagol fez com que ele a amasse. Quer dizer... ela não *inspirava* amor, nem sequer se esforçava para ser digna dele. Ela apenas alcançou sua mente... ou seus corações, ou sua alma... e tocou a nota que o faria amá-la contra tudo o que havia nele. Ela era uma coisa muito sombria. — A garota estremeceu ao pensar que havia saído do corpo dessa coisa tão sombria. — Ela não tirou as emoções conflitantes de Eril-Fane, embora pudesse ter feito isso. Isagol não fez com que ele *não a odiasse* e deixou o ódio lá, ao lado do amor, pois achava engraçado. E não era... Não era *aversão* ao lado de *luxúria*, ou algumas versões triviais de ódio e amor. Veja, era *ódio*. — Ela colocou tudo o que conhecia de *ódio* em sua voz, e não seu próprio ódio, mas o de Eril-Fane e do restante das vítimas dos Mesarthim.

— Foi o ódio dos usados e atormentados, que são os filhos dos usados e atormentados, e cujos filhos seriam usados e atormentados. E isso era *amor* — ela continuou, e colocou tudo aquilo em sua voz também, da forma que foi capaz. Amor que acende a alma como a primavera e a torna madura como o verão. Amor como raramente existe na realidade, como se um mestre alquimista o tivesse pegado e destilado de todas as impurezas, de cada desencanto mesquinho, de cada pensamento vil, em um elixir perfeito, doce, profundo e que tudo consome. — Ele a amava tanto — ela sussurrou. — Era tudo uma mentira. Era uma *violação*. Mas não importava, porque quando

Isagol fazia você sentir alguma coisa, isso se tornava real. Ele a *odiava*. E a *amava*. E a matou.

A garota sentou-se na beirada da cama de Lazlo e deixou seu olhar vagar pelas paredes familiares. Memórias que podem ser presas dentro de um quarto, e esse quarto ainda tinha todos os anos em que havia chegado a essa janela, cheia de maldade justificada. Lazlo sentou-se ao lado dela.

— O ódio venceu — ela falou. — Isagol deixou-o lá para se divertir, e por três anos ele lutou uma guerra dentro de si. A única forma de vencer era seu ódio superar aquele amor perfeito, falso e vil. E isso aconteceu. — Ela cerrou os dentes e lançou um olhar para Lazlo. A história não era dela para contar, mas achava que ele precisava saber. — Depois Skathis levou Azareen para a cidadela.

Lazlo já conhecia um pouco da história. "Eles a pegaram depois", Suheyla havia dito. Sarai sabia de tudo. Só ela sabia da aliança fosca de prata que Azareen colocava no dedo toda noite e tirava logo de manhã. A história de amor deles não foi a única terminada pelos deuses, mas era a única que terminara com os deuses.

Eril-Fane tinha sido levado havia mais de dois anos na época em que Skathis levou Azareen, e talvez ela tenha sido a primeira garota em Lamento que estava feliz em montar no monstro Rasalas e voar até a sua própria escravidão. Pelo menos ela saberia se seu marido ainda estava vivo.

Ele estava. E Azareen aprendeu como era possível estar feliz e devastada ao mesmo tempo. Ela ouviu sua risada antes de ver seu rosto — a *risada* de Eril-Fane, naquele lugar, tão viva quanto já ouvira — e fugiu do guarda para correr em sua direção, derrapando em uma esquina do corredor liso de metal até avistá-lo, olhando para Isagol, a Terrível, com amor.

Ela sabia o que era aquilo, pois ele a olhara daquele jeito também. Não era fingido, era verdadeiro e, então, depois de mais de dois anos perguntando-se o que acontecera com ele, Azareen descobriu. Além do sofrimento de servir ao "propósito" dos deuses, era seu destino ver o próprio marido amar a deusa do desespero.

E quanto a Eril-Fane, era seu destino ver sua noiva levada pelo sinistro corredor — porta após porta de quartos pequenos com nada dentro, exceto camas. E, por fim, o cálculo de Isagol falhou. O amor não era comparável ao que ardeu em Eril-Fane quando ele ouviu os primeiros gritos de Azareen.

— O *ódio* foi o triunfo dele — Sarai disse a Lazlo. — Foi quem ele se tornou para salvar sua esposa e todo o seu povo. Tanto sangue em suas mãos, tanto ódio em seus corações. Os deuses tinham criado seu próprio fim. — Ela permaneceu sentada, muda por um momento, e sentiu um vazio onde durante anos seu próprio ódio estivera. Havia apenas uma tristeza terrível agora. — E depois que foram assassinados e todos os escravos foram libertados — explicou, com peso na voz — ainda havia o berçário e um futuro cheio de magia terrível e imponderável.

As lágrimas que até então tinham fluido apenas no rosto real de Sarai deslizaram pelo rosto do sonho também. Lazlo pegou as mãos dela e segurou-as nas suas.

— É uma violência que nunca poderá ser perdoada — suspirou com a voz rouca de emoção. — Algumas coisas são terríveis demais para perdoar. Mas eu acho... Acho que posso entender o que sentiram aquele dia, e o que enfrentaram. O que deviam fazer com crianças que cresceriam para se tornar uma nova geração de torturadores?

Lazlo vacilou com o horror de tudo aquilo e com a sensação inacreditável de que, afinal, sua própria infância tinha sido misericordiosa.

— Mas... se eles tivessem sido acolhidos e criados com amor, não se tornariam torturadores — ele disse.

Soava tão simples, tão claro. Mas o que os humanos sabiam dos poderes dos Mesarthim exceto que podiam ser usados para punir e oprimir, aterrorizar e controlar? Como podiam ter imaginado uma Pardal ou um Feral quando tudo o que conheciam eram Skathis e Isagol e seus iguais? Será que alguém poderia voltar no tempo e esperar que eles fossem tão misericordiosos quanto era possível quinze anos depois com uma mente e um corpo não violados pelos deuses?

A empatia de Sarai deixou-a nauseada. Ela disse que jamais perdoaria, mas parecia que já havia perdoado, e corou com um assombro confuso. Uma coisa era não odiar, e outra perdoar. Ela disse a Lazlo:

— Eu me sinto um pouco como ele às vezes, amando e odiando ao mesmo tempo. Não é fácil ter um paradoxo no cerne de nós mesmos.

— O que você quer dizer? Que paradoxo? Ser humana e cria... — Lazlo não conseguiu dizer cria de deuses, mesmo que ela se chamasse assim. — Humana e Mesarthim?

— Tem isso também, mas não. Quero dizer a maldição do conhecimento. Era fácil quando nós éramos as únicas vítimas. — *Nós.* Ela fitava suas mãos, ainda unidas, as dela fechadas dentro das dele, mas levantou o olhar e não voltou atrás quanto ao pronome. — Somos em cinco — admitiu. — E para os outros há apenas uma verdade: o Massacre. Mas por causa do meu dom, ou maldição, aprendi como tudo isso foi para os humanos, antes e depois.

Conheço o íntimo de suas mentes, por que eles fizeram isso e como isso os mudou. E então quando vejo uma memória daqueles bebês sendo... — As palavras sufocaram-se em um soluço. — Sei que aquele era o meu destino também, sinto a mesma raiva que sempre senti, mas agora há... Há indignação também, por aqueles jovens, homens e mulheres, que foram retirados de seus lares para servir ao propósito dos deuses, e desolação pelo que isso fez a eles, e culpa... pelo que *eu* fiz a eles.

Ela chorou, e Lazlo puxou-a para um abraço, como se fosse a coisa mais natural do mundo que ele puxasse uma deusa triste para seu ombro, enlaçasse-a nos braços, respirasse o perfume das flores em seus cabelos e até acariciasse levemente sua têmpora com a ponta do polegar. E embora houvesse uma camada de sua mente que soubesse que aquilo era um sonho, ela foi momentaneamente encoberta por outras camadas, mais atrativas, e ele vivenciou o momento como se fosse absolutamente real. Toda a emoção, toda a sensação. A textura da pele, o perfume dos cabelos, o calor da respiração contra sua camisa branca e até a umidade das lágrimas passando por ela. Mas bem mais intenso era o carinho absoluto e inefável que ele sentia, e a solenidade. Como se ele tivesse sido encarregado de algo infinitamente precioso. Como se tivesse feito um juramento e sua própria vida fosse a garantia. Lazlo reconheceria esse instante mais tarde como o momento em que seu centro de gravidade mudou: de ser apenas um — um pilar sozinho, separado — para se tornar metade de alguma coisa que cairia se qualquer um dos lados fosse cortado.

Três medos o atormentavam em sua antiga vida. O primeiro: que ele nunca visse prova da magia. O segundo: que ele nunca descobrisse o que tinha acontecido em Lamento. Esses medos tinham desaparecido; prova e respostas descortinavam-se minuto a minuto. E o terceiro? Que ele sempre seria sozinho?

Ele não entendia ainda — pelo menos não conscientemente —, mas não estava mais sozinho, e tinha um novo conjunto de temores a descobrir: aqueles que vinham com o fato de gostar de alguém que provavelmente se pode perder.

— Sarai — *Sarai*. O nome dela era como caligrafia e mel. — O que você quer dizer? — ele perguntou, gentilmente. — O que você fez a eles?

E Sarai, permanecendo como estava, com o rosto enfiado no ombro de Lazlo, a testa descansando contra o queixo dele, contou-lhe quem era e o que havia feito e até... Embora sua voz tenha ficado fina como papel... *Como* ela fazia as coisas, mariposas e tudo mais. E quando ela terminou de contar e estava tensa dentro de seus braços, esperou para ver o que ele ia dizer. Diferentemente dele, ela não conseguia esquecer que aquilo era um sonho. Estava fora e dentro dele ao mesmo tempo. E embora não ousasse fitá-lo enquanto contava-lhe a verdade, sua mariposa observava o rosto adormecido em busca de qualquer expressão que pudesse indicar aversão.

Não houve nenhuma.

Lazlo não estava pensando sobre as mariposas — embora tenha se lembrado daquela que havia caído morta de sua fronte na primeira manhã que acordou em Lamento. O que de fato o capturou foi a implicação dos pesadelos. Isso explicava tanto. Parecia como se o medo fosse uma coisa viva ali, porque *era*. Sarai o mantinha vivo. Ela cuidava dele como de uma fogueira e certificava-se de que ele nunca se apagasse.

Se houvesse uma deusa assim em um livro de velhas histórias, ela seria a vilã, atormentando os inocentes de seu alto castelo. As pessoas de Lamento *eram* inocentes — a maioria delas — e ela as *atormentava*, mas... que escolha ela tinha? A garota herdara uma história que estava repleta de cadáveres e coagulada de inimizade, e estava apenas tentando permanecer viva dentro dela. Lazlo sentiu muitas coisas por ela naquele momento, sentindo a tensão de Sarai enquanto a segurava, e nenhuma delas era aversão.

Ele estava enfeitiçado e ao seu lado. Quando se tratava de Sarai, até os pesadelos pareciam magia.

— A Musa dos Pesadelos — ele disse. — Soa como um poema.

Um poema? Sarai não detectou nenhum escárnio na voz de Lazlo, mas teve de analisá-lo para confirmar, então se sentou ereta e desfez o abraço. Com pesar, ela o fez. Não viu nenhuma zombaria, apenas... Encantamento, ainda encantamento, e ela quis viver nele para sempre.

Sarai perguntou com um sussurro hesitante:

— Você ainda acha que sou um... demônio singularmente formidável?

— Não — respondeu, sorrindo. — Acho que você é um conto de fadas. Acho que você é mágica, e corajosa, e única. E... — sua voz ficou acanhada. Apenas em um sonho ele poderia ser tão destemido e dizer aquelas palavras. — Espero que você me deixe participar da sua história.

44

UMA SUGESTÃO EXTRAORDINÁRIA

Um poema? Um conto de fadas? Era mesmo assim que ele a via? Agitada, Sarai levantou-se e foi à janela. Não era só sua barriga que sentia um alvoroço como o de asas leves e selvagens, mas seu peito, onde estavam seus corações, e até sua cabeça. *Sim*, ela queria responder com um prazer tímido. *Por favor, faça parte da minha história.*

Mas não falou. Observou a noite, a cidadela no céu, e perguntou:

— Será que *haverá* uma história? Como pode haver?

Lazlo juntou-se a ela na janela.

— Nós encontraremos um jeito. Vou falar com Eril-Fane amanhã. O que quer que ele tenha feito na época, deve querer reparar isso. Não posso acreditar que ele queira machucá-la. Afinal, não contou a ninguém o que aconteceu. Você não viu como ele ficou depois, como ele estava...

— Devastado? — completou Sarai. — Eu o vi depois. Estou observando-o agora. Ele está no chão da sala de estar de Azareen.

— Oh — soltou Lazlo. Era algo que ele não conseguia entender, como ela podia ter tantos olhos no mundo de uma vez só. E Eril-Fane no chão de Azareen, isso também exigia que ele se acostumasse. Eles viviam juntos? Suheyla havia dito que não era mais um casamento, o que quer que existisse entre os dois. Até onde ele sabia, Eril-Fane ainda morava *ali*.

— Ele deve voltar para casa — disse ele. — *Eu* posso dormir no chão. Este é o seu quarto, afinal.

— Não é um lugar bom para ele — ela explicou, olhando para o nada pela janela. Seus dentes cerraram-se. Lazlo viu o músculo da face dela se mexer. — Ele teve muitos pesadelos neste quarto. Muitos foram dele mesmo, mas... fui responsável por vários.

Lazlo balançou a cabeça, maravilhado.

— Sabe, achei que fosse tolice, que ele estava se escondendo de seus pesadelos. Mas ele estava certo.

— Eril-Fane estava se escondendo de *mim*, mesmo que não soubesse. — Uma grande onda de cansaço tomou conta de Sarai. Com um suspiro, fechou os olhos e encostou-se na janela. Estava com a cabeça tão leve quanto estava com os membros pesados. O que faria assim que o sol se levantasse e não pudesse mais ficar ali, na segurança do sonho de Lazlo?

Ela abriu os olhos e o observou.

No quarto de verdade, sua mariposa avaliou o Lazlo real, o relaxamento em seu rosto e os longos membros, soltos no sono. O que ela não daria por um sono descansado assim, sem mencionar o grau de controle que ele tinha dentro dos sonhos. Ela considerou isso.

— Como você fez isso tudo? — ela perguntou. — A mahalath, o chá, tudo isso? Como você molda seus sonhos com tanta intenção?

— Não sei — respondeu. — É novo para mim. Quer dizer, eu tinha alguma lucidez nos sonhos antes, mas não essa previsibilidade, e nunca desse jeito. Só desde que você apareceu.

— Sério? — Sarai ficou surpresa. — Me pergunto por quê.

— Não é assim com os outros sonhadores?

Ela deixou escapar uma risada suave.

— Lazlo, não é nada parecido com os outros sonhadores. Para começar, eles não conseguem nem me ver.

— O que você quer dizer, eles não podem te ver?

— Apenas isso. É por isso que apareci e o encarei daquela primeira vez, sem nenhum pudor. — Ela franziu o nariz, constrangida. — Porque nunca imaginei que você seria capaz de me ver. Com os outros sonhadores, posso gritar bem na frente de seus rostos e eles nunca perceberão. Acredite, eu já tentei. Posso fazer qualquer coisa num sonho, exceto *existir*.

— Mas... por que isso é assim? Que condição bizarra para o seu dom.

— Uma condição bizarra para um dom bizarro, então. Grande Ellen, a nossa babá fantasma, nunca viu um dom como o meu em todos os seus anos de berçário.

A ruga entre as sobrancelhas de Lazlo — aquela nova que o sol do Elmuthaleth tinha feito nele — aprofundou-se. Quando Sarai falou do berçário, e dos bebês, e dos dons — *anos* deles — perguntas fizeram fila em sua mente. Mais mistérios de Lamento; quão infindáveis eles eram? Mas havia um mistério mais pessoal que o confrontava.

— Mas por que eu sou capaz de vê-la se ninguém mais consegue?

Sarai deu de ombros, tão perplexa quanto ele.

— Você diz que o chamam de Estranho, o sonhador. Claramente você é melhor em sonhos do que as outras pessoas.

— Oh, claramente — concordou, zombando de si mesmo e um tanto satisfeito. *Bastante* satisfeito, enquanto assimilava a ideia. Todo esse tempo, desde o momento em que Sarai apareceu à margem do rio e enfiou seus dedos do pé na lama, a noite inteira tinha sido tão extraordinária que ele se sentia... efervescente. Mas quão *mais* extraordinária ela era, agora que ele sabia como tudo era recíproco.

Contudo, a garota não parecia efervescente, para ser honesto. Ela parecia... cansada.

— Você está acordada agora? — ele quis saber, ainda tentando entender como aquilo funcionava. — Lá na cidadela, quero dizer.

Ela assentiu. Seu corpo estava no quarto. Mesmo naquele espaço confinado, caminhava de um lado para o outro — como um ravide enjaulado, pensou — com apenas um sussurro de sua atenção para guiá-la. Ela sentiu uma pontada de simpatia, abandonada não só por seus iguais, mas por si mesma, deixada vazia e sozinha enquanto ela estava lá, derramando suas lágrimas no peito de um estranho.

Não, não um estranho. O único que a via.

— Então, quando acordo — ele continuou — e a cidade acorda, você vai dormir?

Sarai sentiu um acorde de medo ao pensar em cair no sono.

— É a prática habitual, mas o "habitual" está morto e enterrado.

Ela respirou fundo e soltou o ar. Contou-lhe sobre o lull, como a bebida não funcionava mais e, consequentemente, assim que sua consciência relaxava, era como se as portas para as jaulas de seus medos cativos se abrissem.

E, enquanto a maioria das pessoas pode ter poucos terrores matraqueando em suas jaulas, ela tinha... todos eles.

— Fiz isso comigo mesma. Eu era tão nova quando comecei, e ninguém nunca me falou para considerar as consequências. É claro, parece tão óbvio agora.

— Mas você não consegue simplesmente bani-los? — ele quis saber. — Ou transformá-los?

Ela balançou a cabeça.

— Nos sonhos dos outros tenho o controle, mas, quando durmo, sou impotente, como qualquer sonhador — explicou e observou-o calmamente. — Exceto você. Você não é como qualquer sonhador.

— Sarai — disse Lazlo. Ele viu como ela abandonou seu peso contra a janela, e estendeu o braço para apoiá-la. — Faz quanto tempo que você não dorme?

Ela mal sabia.

— Quatro dias? Não tenho certeza. — Ao ver o olhar assustado dele, ela forçou um sorriso. — Durmo um pouco — completou — entre os pesadelos.

— Mas isso é loucura. Você sabe que pode morrer por privação de sono?

A risada que ela deu em resposta foi austera.

— Eu não sabia disso, não. Você por acaso não sabe quanto tempo leva, sabe? Para que eu possa planejar meu dia? — Ela quis fazer uma piada, mas havia um quê de desespero na pergunta.

— Não — falou Lazlo, sentindo-se impotente. Que situação impossível. Ela estava lá em cima sozinha, ele estava lá embaixo sozinho e, ainda assim, de certa forma, estavam juntos. Ela estava dentro de seu sonho, compartilhando-o. Se ele tivesse aquele dom, pensou, poderia entrar nos seus sonhos e ajudá-la a suportá-los? O que isso significaria? Que terrores ela enfrentava? Lutar com ravides, testemunhar o Massacre o tempo todo? O que quer que fosse, a ideia de ela enfrentá-los sozinha o devastava.

Uma ideia lhe ocorreu. Ela pareceu pousar tão de leve quanto uma mariposa.

— Sarai — ele perguntou, especulativo. — O que aconteceria se você dormisse agora mesmo?

Seus olhos arregalaram-se um pouco.

— O que, você quer dizer *aqui*? — Ela olhou para a cama.

— Não — respondeu rapidamente, com o rosto esquentando. Em sua cabeça estava claro: ele queria lhe dar um refúgio dos pesadelos, queria *ser* um refúgio deles. — Quero dizer, se você mantivesse sua mariposa onde ela está, em mim, mas caísse no sono lá, você poderia... você acha que talvez pudesse ficar aqui? Comigo?

Quando Sarai ficou em silêncio, ele ficou com medo de ter ido muito longe com a sugestão. Ele não estava, de certa forma, convidando-a para... passar a noite com ele?

— Só quero dizer — ele apressou-se a explicar — que se você tem medo dos seus próprios sonhos, é bem-vinda aqui no meu.

Um leve *frisson* de arrepios desceu pelos braços de Sarai. Ela não estava em silêncio porque estivesse ofendida ou desanimada. Ao contrário. Ela estava desarmada. Ela era *desejada*. Lazlo não sabia sobre as noites que ela tinha invadido sem seu convite, enfiando um pedacinho de sua mente em um canto da dele, para que o encantamento e prazer disso pudesse ajudá-la a suportar... todo o resto. Ela precisava de descanso, muito, e embora tivesse brincado com ele sobre morrer de privação de sono, ela estava, de fato, com medo.

A ideia de que pudesse ficar *ali*, ficar em segurança *ali* — com *ele* — era como uma janela se abrindo, luz e ar entrando. Mas medo, também. Medo da *esperança*, porque no instante que ela entendeu o que ele estava propondo, Sarai quis tanto que isso funcionasse. E quando foi que ela conseguiu o que desejava?

— Nunca tentei antes — respondeu, esforçando-se para manter a voz neutra. Ela estava com medo de deixar transparecer o seu desejo, no caso de que isso não desse em nada. — Cair no sono pode cortar a ligação e soltar a mariposa.

— Você quer tentar? — perguntou Lazlo, tentando fingir que não estava esperançoso.

— Não deve haver muito tempo antes do nascer do sol.

— Não muito — ele concordou —, mas um pouco.

Ela teve outro pensamento. Estava procurando pontos fracos na ideia, e com medo de encontrá-los.

— E se funcionar, mas meus terrores vierem junto?

Lazlo deu de ombros.

— Nós os afastaremos, ou os transformaremos em vaga-lumes e os prenderemos em potes de vidro. — Ele não estava com medo. Quer dizer. Ele estava apenas com medo de que não funcionasse. Eles podiam enfrentar qualquer outra coisa, juntos. — O que você me diz?

Por um momento, Sarai não confiou na própria voz. Por mais casuais que eles se esforçassem para ser, ambos sentiam algo significativo tomar forma entre eles, e — embora ela não tivesse questionado as intenções dele nem por um minuto — algo íntimo, também. Dormir dentro do sonho dele, quando ela não tinha nem mesmo certeza de que saberia que *era* um sonho. Onde ela talvez não tivesse controle…

— E se funcionar — ela sussurrou — e eu ficar impotente?

Ela hesitou, mas ele compreendeu.

— Você confia em mim? — ele perguntou.

Isso não era nem uma questão. Ela sentia-se mais segura ali do que em qualquer outro lugar. E, de qualquer forma, perguntou a si mesma, qual risco real havia nisso? *É apenas um sonho*, ela respondeu, embora, é claro, fosse muito mais.

Ela olhou para Lazlo, mordeu o lábio e rendeu-se, e disse:

— Tudo bem.

45

ESTRANHO AZOTH

No laboratório alquímico improvisado no sótão sem janelas do crematório, uma pequena chama azul tocava a base de vidro curva de um frasco suspenso. O líquido aqueceu-se e mudou de estado, subindo como vapor por meio da coluna de destilação para ir parar no condensador e derramar-se em gotas no frasco de coleta.

O afilhado dourado recuperou-o e segurou-o em frente a uma glave para examiná-lo.

Fluido claro. Poderia ser água, mas não era. Era azoth, uma substância ainda mais preciosa do que o ouro que produzia, porque, diferentemente do ouro, ela tinha múltiplas e maravilhosas aplicações e uma única fonte em todo o mundo: ele mesmo — pelo menos enquanto seu componente fundamental permanecesse secreto.

Um frasco pousava vazio sobre a mesa de trabalho. O rótulo dizia ESPÍRITO DE BIBLIOTECÁRIO, e Thyon sentiu uma fisgada de... repugnância? Ali estava a essência vital do camponês órfão sem nome que tinha o hábito imperdoável de *ajudá-lo sem motivo*, enquanto permanecia sem malícia, como se fosse uma coisa normal de se fazer.

Talvez fosse repugnância. Thyon empurrou o frasco vazio para o lado abrindo espaço para o próximo procedimento. Ou talvez fosse desconforto. O mundo todo o via da forma que ele queria ser visto: como uma força incontestável, completo e em total comando dos mistérios do universo.

Exceto por Estranho, que sabia quem, de fato, ele era. Ele cerrou os dentes. Se ao menos, pensou, Lazlo tivesse a cortesia de... deixar de existir... então talvez pudesse lhe ser grato. Mas não enquanto estava lá, sempre *lá*, uma presença benigna rindo com os guerreiros ou fazendo, alegremente, o que precisava ser feito. Ele até criou o hábito de ajudar o cozinheiro da caravana a esfregar a grande panela de sopa com areia. O que ele estava tentando provar?

Thyon balançou a cabeça. Ele sabia a resposta, só não a entendia. Lazlo não estava tentando provar nada. Nada era estratégico com ele. Nada era fingimento. Estranho era apenas Estranho e oferecia seu espírito sem querer nada em troca. Thyon *era* grato, mesmo que fosse ressentido em igual — ou maior — medida. Ele tinha retirado demais de seu próprio espírito, e aquele era um jogo perigoso. A brincadeira de Lazlo de que aquilo lhe deixaria feio não tinha errado o alvo, mas aquela não era sua única preocupação. Ele vira os mortos de espírito. A maioria não durava muito, ou tirava sua própria vida ou desperdiçava-a pela falta de vontade até mesmo para comer. A vontade de viver, ao que parece, existia naquele fluido claro e misterioso que Estranho tinha lhe dado sem pensar duas vezes.

E Thyon estava bastante restaurado, graças à pausa. Fazia uma nova tentativa com o alkahest, usando o azoth de Estranho dessa vez. Normalmente, sentia uma onda de vivacidade nessa parte de um procedimento químico — a emoção de criar algo que ninguém mais podia, e alterar a própria estrutura da natureza. O alkahest era um solvente universal, que fazia jus ao nome, e nunca o tinha deixado na mão antes. Ele o testou incansavelmente quando estava no Chrysopoesium, e tinha dissolvido todas as substâncias com as quais entrava em contato, até mesmo o diamante.

Mas não o mesarthium. O metal abominável o assustava por sua natureza e já sentia a ignomínia da derrota. Mas o método científico era a religião de Thyon e ditava a repetição dos experimentos — até dos fracassos. Então preparou uma nova leva de químicos e levou o alkahest para a âncora norte para testar mais uma vez. Não estava em sua preparação final, é claro, ou dissolveria seu próprio vasilhame. Ele faria a mistura final no último minuto para ativá-lo.

E, então, quando nada acontecesse — como nada *aconteceria* —, ele aplicaria o componente neutralizador para *desativar* o solvente para que não escorresse pelo metal impenetrável e corroesse o chão.

Ele tiraria uma soneca depois. Era nisso que ele estava pensando — *sono de beleza, seu bastardo Estranho* — quando caminhava pela cidade de Lamento, sem lua, com uma mochila de frascos pendurada no ombro. Ele repetiria o experimento e registraria seu fracasso e então iria para a cama.

Não havia nenhum momento, nem mesmo um segundo, em que Thyon Nero considerasse que o experimento pudesse não fracassar.

46

APENAS UM SONHO

Sarai chamou o resto de suas mariposas para casa mais cedo, deixando apenas uma na testa de Lazlo. Ela hesitou apenas em chamar de volta a que cuidava de seu pai.

Enquanto o observava, corrigiu-se. Não *cuidava* dele. Não era isso que ela estava fazendo.

Ali ela, finalmente, tinha-o encontrado, e não podia nem mesmo olhar dentro de sua mente.

Era um alívio, admitiu por fim desistindo e retirando a mariposa da parede, fazendo-a sair pela janela de volta ao ar. Estava com medo de saber o que encontraria em seus sonhos agora que ele sabia que a filha estava viva. Será que depois de tudo ainda havia alguma capacidade para a esperança nela — de que ele pudesse estar *contente* por não estar morta?

Ela afastou a ideia. É claro que ele não estaria contente, mas esta noite não precisava saber. Ela deixou-o com seus pensamentos, quaisquer que fossem eles.

A jornada dos telhados até o terraço era longa para os pedacinhos esvoaçantes, as mariposas, e nunca estivera tão impaciente naqueles minutos enquanto os insetos subiam pelas alturas do ar. Quando por fim chegaram e atravessaram a porta do terraço, viu os fantasmas fazendo guarda e lembrou, com um susto, que era uma prisioneira. Quase havia esquecido e não se demorou pensando nisso. A maior parte de sua atenção estava com Lazlo. Ela ainda estava no quarto junto com ele quando, lá em cima em seu quarto, entreabriu os lábios para receber suas mariposas de volta.

Ela virou-se de costas para ele, no sonho, muito embora soubesse que ele não podia ver sua boca real, ou as mariposas desaparecendo dentro dela. As asas roçaram em seus lábios, suaves como o beijo de um fantasma, e tudo o que podia pensar era como a visão disso o teria enojado.

Quem é que gostaria de beijar uma garota que come mariposas?

Eu não as "como", ela argumentou consigo mesma.

Seus lábios ainda têm gosto de sal e fuligem.

Pare de pensar em beijar.

E então: a experiência incomum de deitar na cama na escuridão — seu corpo real em sua cama real — na quietude de saber que tanto a cidadela quanto a cidade estavam dormindo e com um fio de sua consciência ainda esticado até Lamento. Fazia anos que não se deitava antes de o sol nascer. Assim como Lazlo tinha deitado rígido, enquanto sua ansiedade para dormir mantinha o sono distante, o mesmo aconteceu com Sarai, uma consciência aguçada de seus membros levantando dúvidas breves sobre como ela os arranjava quando não estava pensando neles. Ela alcançou algo como sua posição natural de dormir — deitada de lado, com as mãos sob a face. Seu corpo cansado e mente mais cansada ainda, que tinham parecido, em sua exaustão, afastar-se um do outro como barcos à deriva, fizeram as pazes com as ondas. Contudo, seus corações estavam batendo rápido demais para dormir. Não de pavor, mas de agitação caso aquilo não funcionasse e... de entusiasmo — tão selvagem e suave quanto um caos de asas de mariposa — caso aquilo funcionasse.

No quarto, lá embaixo na cidade, ela ficou em pé diante da janela por um tempo e falou com Lazlo de um jeito novo e tímido, e aquela sensação de iminência não passou. Sarai pensou nos lamentos invejosos de Rubi sobre como ela "podia *viver*". Ela nunca havia sentido que aquilo era verdade, mas agora sim.

Era viver, se era um sonho?

Apenas um sonho, lembrou-se, mas as palavras tinham pouco sentido quando os nós do tapete feito à mão sob seus pés imaginários eram mais vívidos do que o travesseiro macio de seda sob sua face real. Quando a companhia desse sonhador a fez sentir-se *acordada* pela primeira vez, mesmo enquanto tentava dormir. Ela estava ansiosa, parada lá com ele. Sua mente estava inquieta.

— Eu me pergunto se será mais fácil cair no sono se eu não estiver falando.

— É claro — ele respondeu. — Você quer se deitar? — Ele corou com a própria sugestão. Ela também. — Por favor, fique à vontade. Posso te trazer alguma coisa?

— Não, obrigada — respondeu Sarai. E com uma sensação engraçada de repetir a si mesma, deitou-se na cama, da mesma forma que fizera lá em cima. Ficou perto da beirada. Não era uma cama larga. Ela não achou que ele fosse se deitar também, mas deixou espaço suficiente caso ele o fizesse.

Ele ficou perto da janela, e ela o viu fazendo um gesto de colocar as mãos nos bolsos, apenas para descobrir que suas calças não tinham bolsos, e ficando constrangido por um momento antes de se lembrar que aquilo era um sonho. Então os bolsos apareceram, e suas mãos entraram.

Sarai dobrou as mãos mais uma vez sob a face. Essa cama era mais confortável do que a sua. O quarto inteiro era. Ela gostava das paredes de pedra e vigas de madeira que tinham sido construídas por mãos humanas e ferramentas em vez de pela mente de Skathis. Era confortável e agradável também. Era aconchegante. Nada na cidadela era aconchegante, nem mesmo sua alcova atrás do closet, embora chegasse perto. Surpreendeu-a com uma força renovada o fato de ser a cama de seu pai, da mesma forma que a cama na alcova havia sido dele antes de ser dela. Quantas vezes ela o tinha imaginado deitado acordado ali, planejando assassinatos e vingança? Agora, enquanto ela estava deitada ali, pensou nele como um garoto, temendo ser roubado e levado para a cidadela. Se ele tivesse sonhado em ser um herói, ela pensou, como imaginou que seria? Nada do que era, ela tinha certeza. Nada como um templo arruinado onde apenas fantasmas podem entrar.

E então, bem... não foi repentino, exatamente. Em vez disso, Sarai tornou-se consciente de que algo estava levemente diferente, e ela entendeu o que era: ela não estava mais em múltiplos lugares, mas apenas em um. Ela tinha deslocado sua concentração do seu corpo real deitado em sua cama real, e da mariposa na testa de Lazlo. Ela estava apenas ali, e sentiu que era ainda mais real por isso.

Oh. Ela sentou-se, dando-se conta de onde estava. Ela estava *ali*. Tinha funcionado. O fio que a ligava à mariposa não tinha se rompido. Ela estava dormindo — ah, o descanso abençoado — e em vez de seu inconsciente repleto de terrores à espreita, ela estava a salvo no inconsciente de Lazlo. Ela riu — um pouco incrédula, um pouco nervosa, um pouco contente. Tudo bem, muito contente. Bem, muito nervosa também. Muito *tudo*. Ela estava dormindo no sonho de Lazlo.

Ele observou-a, com expectativa. Vê-la ali — suas pernas azuis desnudas até os joelhos, enroscadas em seus cobertores amarrotados, e seus cabelos desgrenhados sobre o travesseiro — era uma visão que doía de tão doce. Ele estava bastante consciente de suas mãos, e não era por causa do constrangimento de não saber o que fazer com elas, mas sim por saber o que *desejava* fazer com elas. Suas palmas formigavam: a necessidade doída de tocá-la. Suas mãos pareciam bem despertas.

— Então? — ele perguntou, ansioso. — Funcionou?

Ela assentiu, abrindo um sorriso largo e maravilhado que ele não pôde deixar de retribuir. Que noite longa e extraordinária tinha sido. Quantas horas tinham se passado desde que ele fechara os olhos, esperando que ela viesse. E agora... de certa forma, ele não conseguia entender, ela estava... bem... era isso, não? Sua mente só pensava *nela*.

Ele guardava uma deusa em sua mente da mesma forma que alguém pega uma borboleta nas mãos. Mantendo-a segura tempo suficiente para libertá-la.

Livre. Era possível? Ela podia ficar livre um dia?

Sim.

Sim. De certa forma.

— Bem, então — ele disse, sentindo uma amplidão de possibilidades tão imensa quanto os oceanos. — Agora que você está aqui, o que fazemos?

Era uma boa pergunta. Com as infinitas possibilidades do sonho, não era fácil reduzi-las.

— Podemos ir para qualquer lugar — disse Lazlo. — O mar? Podíamos navegar um leviatã, e libertá-lo. Os campos de Thanagost? Generais e lobos soltos e botões de ulola pairando como bolhas vivas. Ou a Espiral de Nuvem. Podíamos subir nela e roubar esmeraldas dos olhos do sarcófago, como Calixte. Você gostaria de se tornar uma ladra de joias, senhorita?

Os olhos de Sarai brilharam.

— Isso parece divertido — disse ela. Tudo soava maravilhoso. — Mas você só mencionou lugares e coisas reais até agora. Sabe do que eu gostaria?

Ela estava sentada sobre os joelhos na cama, com os ombros eretos e as mãos unidas sobre as pernas. Seu sorriso era um espécime brilhante e ela usava a lua no pulso. Lazlo ficou deslumbrado ao vê-la.

— O quê? — ele perguntou. *Qualquer coisa*, pensou.

— Eu gostaria que os fabricantes de asas viessem para a cidade.

— Os fabricantes de asas — ele repetiu, e em algum lugar dentro dele, como se um zumbido de engrenagens e um ruído de cadeados, um cofre antes insuspeito de satisfação tivesse sido aberto.

— Como você mencionou outro dia... — disse Sarai, delicada em sua postura acanhada e excitação infantil. — Eu gostaria de comprar asas e testá-las e depois disso talvez nós possamos tentar montar em dragões e ver o que é mais divertido.

Lazlo teve de rir. Ficou cheio de satisfação. Ele achou que nunca tivesse rido desse jeito antes, desse novo lugar dentro dele onde tanta satisfação estava esperando em reserva.

— Você acabou de descrever meu dia perfeito — disse ele, e estendeu a mão, e ela pegou-a.

Ela levantou-se e saiu pelo lado da cama, mas quando seus pés tocaram o chão, um grande abalo fez um *tum* na rua. Um tremor sacudiu o quarto. Gesso choveu do teto, e toda a excitação desapareceu do rosto de Sarai.

— Ó, deuses — ela disse, em um sussurro. — Está acontecendo.

— O que é? O que está acontecendo?

— Os terrores, meus pesadelos. Eles estão aqui.

47

OS TERRORES

— Mostre-me — pediu Lazlo, que não estava com medo. Como dissera antes, se o terror dela se derramasse, eles lidariam com isso juntos.

Mas Sarai balançou a cabeça, selvagem.

— Não. Isso não. Feche as janelas. Corra!

— Mas o que é? — ele perguntou. Ele moveu-se na direção da janela, não para fechá-la, mas para olhar para fora. Mas antes que fizesse isso, a janela fechou-se à sua frente com um ruído forte e o trinco caiu firmemente no lugar. Com as sobrancelhas erguidas, ele voltou-se para Sarai.

— Bem, parece que você não é impotente aqui afinal de contas.

Quando ela o observou confusa, Lazlo apontou para a janela e falou:

— Você fez isso, não eu.

— Eu fiz? — ela perguntou. Ele assentiu. Ela levantou-se, mas não tinha tempo para reunir sua coragem, porque lá de fora o *tum* veio de novo, mais baixo agora e com tremores mais sutis, e então de novo e de novo, em uma repetição rítmica.

Tum. Tum. Tum.

Sarai afastou-se da janela.

— Ele está vindo — ela disse, tremendo.

Lazlo seguiu-a. Ele pegou em seus ombros, com delicadeza.

— Está tudo bem — respondeu. — Lembre-se, Sarai, é apenas um sonho.

Ela não conseguia sentir a verdade de suas palavras. Tudo o que sentia era a aproximação, o pavor, o pavor que era tão puro como uma destilação do medo quanto qualquer emoção que Isagol tivesse feito. Os corações de Sarai estavam desvairados de medo, e de angústia também. Como ela podia ter empregado *isto*, inúmeras vezes, nos sonhos dos sonhadores de Lamento? Que tipo de monstro ela era?

Havia sido sua arma mais poderosa, porque era o medo mais potente deles. E agora estava perseguindo-a.

Tum. Tum. Tum.

Grandes passos incansáveis, mais próximos, mais altos.

— Quem é? — perguntou Lazlo, ainda segurando os ombros de Sarai. Seu pânico, ele descobriu, era contagioso. Parecia passar da pele dela para a dele, subindo pelas as mãos e braços em vibrações de medo. — Quem está vindo?

— *Shhh*! — ela pediu, com os olhos tão arregalados que mostravam um anel completo de branco, e quando ela sussurrou foi como uma respiração moldada em palavras, e não fez nenhum som. — Ele vai te ouvir.

Tum.

Sarai congelou. Não parecia possível que seus olhos se arregalassem ainda mais, mas foi o que aconteceu e, naquele breve momento de silêncio, os passos cessaram — a pausa terrível que todos os lares de Lamento tinham temido por duzentos anos —, o pânico de Sarai suplantou a racionalidade de Lazlo, de forma que os dois estavam nele, vivendo-o, quando as janelas, sem aviso, foram arrancadas das dobradiças em uma confusão de madeira partindo-se e vidro estilhaçando-se. E lá, do lado de fora, estava a criatura cujos passos sacudiam os ossos de Lamento. Não era uma coisa viva, mas movia-se como se fosse, sinuosa como um ravide e brilhante como mercúrio derramado. Era todo de mesarthium, músculo liso esculpido para poder agachar e saltar. O flanco de um grande felino, o pescoço e a corcunda de um touro, asas tão afiadas e terríveis quanto as asas do grande serafim, embora em escala menor. E uma cabeça... uma cabeça que era feita para os pesadelos.

A cabeça era de *cadáver*.

Era metal, é claro, mas como o relevo nas paredes do quarto de Sarai — os pássaros e lírios tão reais que zombavam dos mestres entalhadores de Lamento —, era praticamente vivo. Ou melhor, praticamente *morto*. Era uma coisa morta, uma coisa podre, um crânio com a carne se soltando, revelando dentes até a raiz em uma careta de presas, e no lugar dos olhos não havia nada, apenas uma terrível luz que tudo via. Ele tinha chifres grossos como braços, que afinavam até pontas afiadas; e bateu a pata no chão, atirando a cabeça para frente, com um rugido raspando sua garganta de metal.

Era Rasalas, a besta da âncora norte, e não era o verdadeiro monstro. O verdadeiro monstro estava montado nele: Skathis, deus das bestas, mestre do metal, ladrão de filhos e filhas, atormentador de Lamento.

Lazlo tinha apenas o mural grosseiramente desenhado para se orientar, mas viu o deus que havia roubado tanto — não só filhos e filhas, embora esse fosse o cerne sombrio disso. Skathis havia roubado o céu da cidade, e a cidade do mundo. Que poder tremendo e insidioso isso exigiu, e ali estava o deus em pessoa.

Podia-se esperar uma presença para rivalizar a do Matador de Deuses — uma contrapartida sombria à sua luz, como dois reis se afrontando em um tabuleiro.

Mas não. Ele não era nada perto do Matador de Deuses. Mas ali não havia majestade sombria, não havia nenhuma magnificência. Ele era de estatura mediana e o rosto era apenas um rosto. Ele não era o deus-demônio do mito. Exceto pela cor — aquele azul extraordinário — não havia nada de extraordinário nele, a não ser a crueldade em seu semblante. Ele não era nem bonito nem feio, distinguia-se somente pela malícia que ardia nos olhos cinzentos, e aquele sorriso de serpente, traiçoeiro e venenoso.

Mas ele montava em Rasalas, e aquilo mais do que compensava por qualquer falta de grandiosidade divina. A besta como uma extensão de sua própria psique, cada passo e movimento da cabeça eram dele. Cada rugido que ecoava pela garganta de metal era dele tão certamente como se emitido de sua própria garganta. Seus cabelos eram de um castanho-escuro e ele usava uma coroa de mesarthium com formato de uma grinalda de serpentes engolindo o rabo umas das outras. Elas moviam-se em sua fronte em ondas sinuosas e devoradoras, em círculos, incansáveis. Ele vestia um casaco de veludo e pó de diamantes com longas abas esvoaçantes no formato de lâminas de faca, e as botas eram de couro branco de espectral com fivelas de lys.

Era uma coisa amaldiçoada esfolar um espectral e usar sua pele. Aquelas botas podiam quase ser de couro humano, de tão erradas que eram.

Mas nenhum dos detalhes terríveis podiam responder pela pureza do pavor que tomou conta do quarto — por meio do *sonho*, embora tanto Lazlo quanto Sarai tivessem perdido a noção desse fato, e estivessem à mercê das torrentes do inconsciente. Aquele pavor puro, como Lazlo havia testemunhado inúmeras vezes desde que chegara a Lamento, era um horror coletivo que havia sido construído por dois séculos. Quantos jovens, homens e mulheres, haviam sido levados em todo aquele tempo, e retornado sem memória depois desse momento — esse momento à sua porta ou janela quando o deus chegou chamando. Lazlo pensou em Suheyla, Azareen e Eril-Fane e tantos outros, levados assim, sem mais nem menos, não importava o que suas famílias fizessem para mantê-los em segurança.

Mais uma vez a pergunta surgiu em sua mente: *por quê?* Todos os meninos e meninas roubados, suas memórias levadas e muito mais do que isso.

O berçário, os bebês. *Por quê?*

Por um lado, era óbvio, e certamente nada novo. Se houve um dia um conquistador que não extorquiu esse dízimo devastador de seus súditos, ele é desconhecido na história. Os jovens são espólio de guerra. Posses, mão de obra. Ninguém está seguro. Tiranos sempre levaram quem eles quiseram, e tiranos sempre o farão. O rei de Syriza tinha um harém até hoje.

Mas isso era diferente. Havia alguma coisa *sistemática* nos sequestros, algo escondido. Era essa ideia que incomodava a mente de Lazlo — mas brevemente, apenas para ser encoberta pelo pavor esmagador. Há poucos minutos ele tinha pensado, indiferente, que podia capturar os terrores de Sarai como vaga-lumes em um pote de vidro. Agora a enormidade desses terrores estava pronta para capturá-lo.

— Estranho, o sonhador — afirmou Skathis, estendendo uma mão despótica. — Venha comigo.

— Não! — gritou Sarai. Ela agarrou o braço de Lazlo e apertou-o contra si.

Skathis sorriu com malícia.

— Venha agora. Você sabe que não há segurança e não há salvação. Há apenas rendição.

Apenas rendição. Apenas rendição.

O que inundava Sarai era o sofrimento de qualquer um que tivesse ficado para trás, cada familiar ou noivo, namorado de infância ou melhor amigo que não podia fazer nada a não ser se render enquanto seu ente querido era levado para cima. Rasalas apoiou-se em suas patas traseiras, com as garras imensas descendo com força sobre o parapeito da janela e destruindo-a. Sarai e Lazlo recuaram aos tropeços, mas mantiveram-se unidos.

— Você não pode levá-lo — disse Sarai, com a voz sufocada.

— Não se preocupe, criança — respondeu Skathis, olhando-a fixamente com seus olhos frios. — Estou levando-o para *você*.

Ela balançou a cabeça, em um ímpeto, diante da ideia de que isso fosse feito em seu nome — como Isagol havia levado Eril-Fane para si, Skathis levaria Lazlo para ela. Mas então... a ideia — o paradoxo dela, de Skathis *tirar* Lazlo dela para *levá*-lo até ela — dividiu Sarai em duas pessoas, aquela na cidadela e a outra em seu quarto, e descobriu a fronteira entre o sonho e a realidade, que tinha se perdido no medo. Isso era apenas um sonho e, desde que ela soubesse disso, não seria impotente dentro dele.

Todo o medo foi varrido como poeira em uma tempestade. *Você é a Musa dos Pesadelos*, Sarai disse a si mesma. *Você é a mestra, não escrava deles.*

E ela levantou uma mão, sem formar em sua mente um ataque preciso, mas — assim como com a mahalath — deixou uma voz profunda dentro dela decidir.

E, aparentemente, a voz decidira que Skathis estava morto.

Diante dos olhos de Sarai e de Lazlo, o deus sacudiu-se, com os olhos se arregalando em choque enquanto uma hreshtek lhe atravessava o peito. Seu sangue era vermelho — tão vermelho quanto a pintura no mural, na qual, ocorreu a Lazlo, Skathis estava representado exatamente assim: atingido pelas costas, a espada cortando bem entre os seus corações. Uma bolha vermelha apareceu em seus lábios e rapidamente ele estava morto. *Muito* rapidamente. Essa não era uma representação natural de sua morte, mas um claro lembrete disso. *Você está morto, fique morto, deixe-nos em paz.* Rasalas, a besta, congelou no lugar — todo mesarthium morrendo com seu mestre —, enquanto, nas suas costas, o lorde dos Mesarthim caía, secando, *desinflando*, até que nada restasse a não ser uma casca de carne azul, sem sangue e sem espírito a ser carregado dali com um grito terrível, em um flash de branco derretido, pelo grande pássaro, a Aparição, que surgiu do nada e sumiu da mesma forma.

O quarto estava silencioso, exceto pela respiração rápida. O pesadelo havia acabado, e Lazlo e Sarai ainda estavam unidos, olhando para a face de Rasalas, congelado enquanto rosnava. Seus pés enormes ainda estavam em cima do parapeito da janela, garras enfiadas na pedra. Lazlo estendeu um braço trêmulo, fechando a cortina. O outro braço estava na posse de Sarai. Ela ainda o agarrava, com seus dois braços enlaçados nele como se quisesse lutar com Skathis por ele. Mas a garota havia feito melhor do que isso, pois vencera o deus das bestas. Lazlo tinha certeza de que ele não havia feito nada daquilo.

— Obrigado — ele agradeceu, virando-se para ela. Os dois estavam tão perto um do outro, o corpo dela pressionado contra o braço dele. Ao virar-se, ficaram ainda mais próximos, face a face, o rosto dele virado para baixo, o dela para cima, de forma que o espaço entre os dois era pouco maior do que o vapor de chá que, mais cedo naquela noite, havia pairado entre eles na mesa à margem do rio.

Aquilo era novo para ambos — aquela proximidade que misturava respiração e calor — e compartilharam a sensação de que estavam absorvendo um ao outro, derretendo-se juntos em um recipiente único. Era uma intimidade que ambos haviam imaginado, mas nunca com sucesso — agora sabiam. A verdade era muito melhor do que a fantasia. As asas selvagens e suaves estavam em um frenesi. Sarai não conseguia pensar, queria apenas continuar derretendo.

Mas havia algo no caminho. A garota ainda piscava para se livrar da imagem dos dentes brilhantes de Rasalas e do pensamento de que tudo aquilo era culpa sua.

— Não me *agradeça* — ela disse, soltando o braço de Lazlo e fitando o chão, desviando do olhar dele. — Eu trouxe isso aqui. Você deveria me expulsar. Você não me quer na sua mente, Lazlo. Eu vou simplesmente arruiná-la.

— Você não arruína nada — o garoto respondeu, e sua voz rouca nunca foi tão doce. — Eu posso estar dormindo, mas esta foi a melhor noite da minha vida. — Maravilhado, ele a encarou, suas sobrancelhas cor de canela, a perfeita curva de suas bochechas azuis e aqueles lábios sedutores com a prega no meio, doces como uma fatia de fruta madura. Ele arrastou seu olhar de volta aos olhos dela. — Sarai — ele falou e, se os ravides ronronassem, teriam um som parecido com o jeito como ele pronunciou o nome dela —, você precisa entender. *Eu quero você na minha mente.*

E ele a queria em seus braços. Ele a queria em sua vida. Ele *não* a queria presa no céu, *não* caçada pelos humanos, *não* sem esperança e *não* importunada por pesadelos sempre que fechasse os olhos. Ele queria levá-la a uma margem de rio real e deixá-la afundar os dedos dos pés na lama. Ele queria abraçá-la em uma biblioteca real e sentir o cheiro dos livros, abri-los e lê-los um para o outro. Ele queria comprar asas dos fabricantes de asas para que pudessem voar para longe, com um estoque de bala de sangue em um pequeno baú de tesouro, para que pudessem viver para sempre. Lazlo soube, quando vislumbrou o que havia além da Cúspide, que o reino do incompreensível era muito maior do que imaginara e desejava descobrir *o quanto* maior. Com ela.

Mas primeiro... Primeiro ele desejava muito, *muito* beijá-la.

Ele procurou consentimento em seus olhos e encontrou. Ela lhe deu gratuitamente. Era como um fio de luz passando de um para o outro, e era mais do que consentimento. Era cumplicidade, desejo. A respiração de Sarai ficou mais rasa e a garota deu um passo à frente, fechando aquele pequeno espaço. Havia um limite àquele derretimento e ambos o encontraram, e desafiaram-no. Seu peito era duro contra o da garota, que era macia contra o dele. Suas mãos fecharam-se em torno da cintura dela. Os braços dela em volta do pescoço dele. As paredes soltaram um brilho como de sol nascente na água revolta. Inúmeras estrelinhas acenderam-se e nem Sarai nem Lazlo sabiam quem estava fazendo aquilo. Talvez ambos estivessem, e havia tanto brilho naqueles diamantes de luz intermináveis, mas havia consciência também, e urgência. Sob a pele do sonho, ambos sabiam que a aurora estava próxima e que seu abraço não poderia sobreviver.

Então Sarai ficou na ponta dos pés, apagando o último espacinho entre seus rostos corados. Seus cílios fecharam-se, acastanhado cor de mel e gato-selvagem, e suas bocas, macias e desejosas, encontraram-se e tiveram apenas tempo para se tocarem e pressionar, e abrirem-se docemente antes que o primeiro raio de luz da manhã entrasse pela janela, tocasse a asa parda da mariposa sobre a testa de Lazlo e, em um sopro de fumaça índigo, a aniquilasse.

48

SEM LUGAR NO MUNDO

Sarai desapareceu dos braços de Lazlo e Lazlo desapareceu dos de Sarai. O sonho compartilhado desfez-se bem no meio e derramou os dois para fora. Sarai acordou em sua cama na cidadela com o calor dos lábios de Lazlo ainda nos seus, e Lazlo acordou na cidade, um sopro de fumaça na forma de mariposa dissipando-se em sua testa. Os dois levantaram-se ao mesmo tempo e para ambos, a repentina ausência era a poderosa inversão da presença que haviam sentido apenas um instante antes. Não a mera presença física — o calor de um corpo contra o seu (embora isso também) —, mas algo mais profundo.

Essa não era a frustração que alguém sente ao acordar de um sonho bom. Era a desolação de ter encontrado o lugar que *encaixa*, o único lugar verdadeiro, e experienciar o primeiro suspiro inebriante de *estar certo* antes de ser jogado para longe e atirado em uma solitária e aleatória dispersão.

O lugar era o outro e a ironia era severa, já que não poderiam *estar* no mesmo lugar fisicamente, e o mais perto que haviam chegado um do outro foi quando Sarai gritou para ele no terraço enquanto os fantasmas a puxavam para dentro.

Entretanto, mesmo sabendo que isso era verdade — que eles não estiveram no mesmo lugar durante essa longa noite, mas praticamente em diferentes planos de existência, ele no solo, ela no céu — Sarai não podia aceitar que eles não estiveram *juntos*. Ela derrubou-se novamente na cama e seus dedos estenderam-se curiosos para traçar os próprios lábios, em que um momento antes os dele haviam estado.

Não realmente, talvez, mas verdadeiramente. Quer dizer, talvez eles não tivessem se beijado *na realidade*, mas haviam se beijado de *verdade*. Tudo sobre essa noite era verdade de uma forma que transcendia seus corpos.

Mas isso não significa que seus corpos *quisessem* ser transcendidos.

O desejo.

Lazlo também caiu de volta em seus travesseiros, ergueu os punhos até os olhos e pressionou-os. A respiração sibilou entre os dentes cerrados. Ter sido agraciado com a minúscula prova do néctar de sua boca, e o tão breve roçar do veludo de seus lábios, era uma crueldade indizível. Ele se sentiu incendiado. Teve de se convencer que liberar um trenó de seda e voar imediatamente para a cidadela não era uma opção viável. Isso seria como o príncipe subindo à torre da donzela, tão louco de desejo que esquece sua espada e é morto pelo dragão antes mesmo de chegar perto dela.

Exceto pelo fato de que o dragão, neste caso, era um batalhão de fantasmas a quem nenhuma espada podia ferir e, de toda forma, ele não tinha uma espada. Na melhor das hipóteses, tinha um mastro acolchoado, a verdadeira arma de um herói.

Esse problema — não o beijo interrompido, mas todo o impasse da cidade e da cidadela — não seria resolvido com mortes. Isso já havia acontecido demais. Como isso *seria* resolvido ele não sabia, entretanto, sabia disto: os riscos eram maiores do que qualquer um imaginasse. E os riscos, para ele, agora, eram pessoais.

Desde o dia em que o Matador de Deuses entrou pelos portões de Zosma e fez seu convite extraordinário, passando pelo recrutamento dos especialistas e toda sua especulação interminável até enfim pousar os olhos em Lamento, Lazlo sentira certa liberdade da expectativa. Ah, ele queria ajudar. Muito. Sonhara acordado com isso, embora ninguém pensasse *nele* em busca de soluções, e ele não estivesse em busca delas pensando em si mesmo também. Ele estava meramente reflexivo. "O que eu poderia fazer?", era seu pensamento, afinal, não era alquimista, construtor, especialista em metais ou ímãs.

Mas agora a natureza do problema havia mudado. Não eram apenas metais e ímãs, mas fantasmas e deuses, magia e vingança e mesmo que não pudesse ser chamado de especialista em nenhuma dessas coisas, tinha mais recursos para recomendar a si mesmo do que os outros, a começar por uma mente aberta.

E corações abertos.

Sarai estava lá em cima. Sua vida estava em perigo. Então, naquela manhã, Lazlo não se perguntou *"o que posso fazer?"* enquanto o segundo Sabá da décima segunda lua acordava a cidade de Lamento, mas sim "o que *vou* fazer?".

Era uma pergunta nobre e, se o destino tivesse achado conveniente revelar sua resposta surpreendente naquele momento, ele não teria acreditado.

*

Eril-Fane e Azareen vieram para o café da manhã e Lazlo viu-os sob a lente de tudo o que tivera ciência na noite anterior, e seus corações se ressentiram pelo casal. Suheyla colocou na mesa pãezinhos no vapor, ovos cozidos e chá. Os quatro sentaram-se sobre as almofadas em torno da mesa de pedra baixa no jardim. Suheyla não sabia de nada ainda, além do óbvio: alguma coisa acontecera, alguma coisa mudara.

— Então — ela quis saber —, o que vocês encontraram lá em cima, de verdade? Imagino que a história do pontão era uma mentira.

— Não exatamente uma mentira — respondeu Lazlo. — O pontão teve um vazamento. — Ele tomou um gole de chá. — Com a ajuda de um gancho de carne.

A xícara de Suheyla tilintou no pires.

— Um gancho de carne? — ela repetiu, com os olhos arregalados, depois estreitos. — Como aconteceu de o pontão encontrar um gancho de carne?

A pergunta foi dirigida a Lazlo, uma vez que ele parecia mais inclinado a falar do que os outros dois. Ele virou-se para Eril-Fane e Azareen, pois parecia trabalho dos dois contar, não dele.

Eles começaram pelos fantasmas. Na verdade, nomearam uma grande quantidade deles, a começar pela avó de Azareen. Havia mais do que Lazlo percebera. Tios, vizinhos, conhecidos. Suheyla chorou em silêncio. Até um primo que morrera alguns dias atrás, um jovem chamado Ari-Eil, fora visto. Todos estavam pálidos e doentes com as implicações. Os cidadãos de Lamento, ao que parece, eram cativos até na morte.

— Ou todos fomos condenados e a cidadela é o nosso inferno — disse Suheyla, tremendo — ou há outra explicação. — Encarando o filho. Ela não era do tipo que acreditava em inferno e estava pronta para a verdade.

Eril-Fane limpou a garganta e falou, com enorme dificuldade:

— Há uma... sobrevivente... lá em cima.

Suheyla ficou pálida.

— Uma *sobrevivente*? — ela engoliu em seco. — Cria dos deuses?

— Uma garota — disse Eril-Fane. Ele teve de limpar a garganta de novo. Cada sílaba parecia lutar contra ele: — com cabelos ruivos. — Cinco palavras simples, *uma garota com cabelos ruivos,* que desencadearam uma torrente de emoções. Se o silêncio pudesse causar um estrondo, ele o fez. Se pudesse se quebrar como uma onda e inundar um cômodo com toda a força do oceano, ele o fez. Azareen parecia esculpida na pedra. Suheyla segurou na beirada da mesa. Lazlo estendeu uma mão para estabilizá-la.

— Viva? — ela sussurrou, ainda encarando o filho. Lazlo pode ver o sentimento ricochetear nela, a onda hesitante de esperança recuando no solo firme do pavor. Sua neta estava viva. Sua neta era cria dos deuses. *Sua neta estava viva.* — Conte-me — ela pediu, desesperada para ouvir mais.

— Não tenho mais nada a dizer — respondeu Eril-Fane. — Eu a vi apenas por um instante.

— Ela o atacou? — perguntou Suheyla.

Ele balançou a cabeça, parecendo confuso. Foi Azareen quem respondeu:

— Ela nos alertou — disse ela. Seu cenho estava franzido, seus olhos, atormentados. — Não sei por quê. Mas todos nós estaríamos mortos se não fosse por ela.

Um silêncio frágil instalou-se. Todos trocaram olhares em volta da mesa, tão atordoados e cheios de perguntas que Lazlo finalmente falou.

— Seu nome é Sarai — ele disse, e as três cabeças viraram-se para ele. Ele estivera em silêncio, apartado da violência da emoção deles. Aquelas cinco palavras, "uma garota com cabelos ruivos", criaram um efeito oposto nele. Carinho, prazer, desejo. Sua voz carregava tudo isso quando pronunciou aquele nome, em um eco do ronronar de ravide com o qual falara a ela.

— Como você pode saber disso? — perguntou Azareen, a primeira a recuperar-se da surpresa. Seu tom era direto e cético.

— Ela me disse — Lazlo explicou. — Ela pode entrar nos sonhos. É o seu dom. Ela entrou no meu.

Eles contemplaram a informação.

— Como você sabe que era real? — Eril-Fane perguntou.

— Não é como os sonhos que eu tinha antes — disse Lazlo. Como ele podia colocar em palavras como foi estar com Sarai? — Sei que isso parece estranho, mas sonhei com ela mesmo antes de vê-la. Antes mesmo de ver o mural e saber que os Mesarthim eram azuis. Foi por isso que lhe perguntei aquele dia. Eu achava que ela era Isagol, porque eu não sabia sobre os... — ele hesitou. Essa era a vergonha secreta deles, e tinha sido escondida dele. As crias dos deuses. A palavra era tão terrível quanto o nome Lamento. — Sobre as crianças — ele soltou. — Mas agora eu sei. Eu... eu sei de tudo.

Eril-Fane o observou, mas era o olhar cego e sem piscar de alguém pensando no passado.

— Então você sabe o que fiz.

Lazlo assentiu. Quando olhava para Eril-Fane agora, o que via? Um herói? Um assassino? Essas coisas anulavam-se mutuamente, ou o assassino sempre sobrepujaria o herói? Será que eles podiam existir lado a lado, tais opostos, como o amor e o ódio que ele carregou por três longos anos?

— Tive de fazer aquilo — disse o Matador de Deuses. — Não podíamos sofrer com eles vivos, não com a magia que os deixaria acima de nós, para novamente nos dominar quando crescessem. O risco era grande demais. — Tudo tinha o tom de algo que fora repetido com frequência e seu olhar apelava para a compreensão de Lazlo. Quando Sarai lhe contou o que Eril-Fane fizera, ele imaginava que o Matador de Deuses se arrependesse disso hoje. Mas lá estava ele, defendendo o massacre.

— Eles eram inocentes — Lazlo falou.

O Matador de Deuses pareceu encolher.

— Eu sei. Você acha que eu queria isso? Não havia outra maneira. Não havia lugar para eles neste mundo.

— E agora? — Lazlo perguntou. Ele sentia-se frio. Essa não era a conversa que ele esperava ter. Eles deviam estar fazendo um plano. Em vez disso, sua pergunta foi respondida com o silêncio, a única interpretação possível disso era: *ainda* não havia lugar para eles neste mundo. — Ela é sua filha. Ela não é um monstro. Ela está com medo. Ela é *gentil.*

Eril-Fane encolheu-se ainda mais. As duas mulheres colocaram-se ao lado dele. Azareen lançou um olhar de alerta para Lazlo e Suheyla segurou a mão do filho.

— E quanto aos nossos mortos, presos lá em cima? Isso é gentil?

— Isso não foi ela quem fez — respondeu Lazlo, não para descartar a ameaça, mas pelo menos para exonerar Sarai. — Deve ter sido um dos outros.

Eril-Fane ficou perplexo.

— Outros?

Como eram profundas e emaranhadas as raízes do ódio, refletiu Lazlo, vendo como até mesmo agora, com o remorso e autorrepugnância o corroendo por dentro como um câncer de quinze anos, o Matador de Deuses não sabia dizer se *desejava* as crias dos deuses vivos ou se os *temia* assim.

Quanto a Lazlo, ele ficou inquieto com a informação. Sentiu-se nauseado por temer que não pudesse confiar em Eril-Fane.

— Há outros sobreviventes — limitou-se a responder.

Sobreviventes. Havia tanto significado naquela palavra: força, resiliência, sorte, junto à sombra de qualquer crime ou crueldade que tivesse sobrevivido.

Nesse caso, *Eril-Fane* era o crime, a crueldade. Os outros haviam sobrevivido a ele, e a sombra caiu muito escura sobre aquele homem.

— Sarai nos salvou — Lazlo falou em voz baixa. — Agora temos de salvá-la, e aos outros também. Você é Eril-Fane. Cabe a você. As pessoas seguirão a sua liderança.

— Não é tão simples assim, Lazlo — disse Suheyla. — Não há como você entender o ódio. É como uma doença.

Ele estava começando a entender. Como Sarai havia dito? "O ódio dos usados e atormentados, que são filhos dos usados e atormentados, e cujos filhos serão usados e atormentados".

— Então, o que você está dizendo? O que você quer fazer? — Ele encheu-se de coragem e perguntou: — Matá-los?

— Não! — exclamou Eril-Fane. — Não. — Era uma resposta à pergunta, mas veio como se ele estivesse se defendendo de um pesadelo ou de um golpe, como se mesmo a ideia fosse um ataque e ele não pudesse suportá-la. Ele colocou o rosto nas mãos, de cabeça baixa. Azareen estava afastada, observando-o, seus olhos castanhos e marejados e tão cheios de dor que ela poderia ser feita disso. Suheyla, com os olhos cheios de lágrimas, pousou sua mão sobre o ombro do filho.

— Vou pegar o segundo trenó de seda — falou levantando a cabeça e, enquanto os olhos das mulheres estavam úmidos, os dele estavam secos. — Vou subir e me encontrar com eles.

Azareen e Suheyla imediatamente opuseram-se à ideia.

— E oferecer-se como sacrifício? — perguntou Azareen. — O que isso vai resolver?

— Me parece que vocês mal conseguiram escapar com vida — Suheyla observou, com mais suavidade.

Eril-Fane olhou para Lazlo, e havia uma impotência no olhar dele, como se quisesse que Lazlo lhe dissesse o que fazer.

— Vou falar com Sarai hoje à noite — ele ofereceu-se. — Vou perguntar se ela pode persuadir os outros a aceitarem uma trégua.

— Como você sabe que ela virá de novo?

Lazlo corou, temendo que vissem o que estava escrito em seu rosto.

— Ela disse que viria — mentiu. Eles ficaram sem tempo para fazer planos, mas ela não precisava dizer. A noite não poderia demorar mais, e ele tinha certeza de que ela sentia o mesmo. E da próxima vez ele não teria de esperar até o chegar preciso da alvorada para puxá-la para perto. Ele limpou a garganta. — Se ela disser que é seguro, podemos subir amanhã.

— Nós? — disse Eril-Fane. — Não. Você não vai. Não arriscarei a vida de ninguém além da minha.

Azareen virou o rosto ao ouvir isso e, na desolação de seus olhos, Lazlo viu uma sombra de angústia de amar alguém que não ama a si mesmo.

— Ah, vou com você — afirmou Lazlo, não com força, mas com simples determinação. Ele estava imaginando desembarcar do trenó de seda na palma do serafim, e Sarai à sua frente, tão real quanto ele, de carne e osso. Ele precisava estar lá. Fosse qual fosse a aparência que esses devaneios produziram em seu rosto, Eril-Fane não tentou argumentar com ele. Quanto a Azareen, ela tampouco seria deixada para trás. Mas, primeiro, os cinco lá na cidadela tinham de concordar, o que só poderia acontecer no dia seguinte.

Enquanto isso, eles tinham de lidar com o dia de hoje. Lazlo tinha de ir à Câmara dos Mercadores de manhã e pedir a Soulzeren e a Ozwin, em particular, para inventarem alguma desculpa plausível para atrasar o lançamento do segundo trenó de seda. Todos estariam esperando que à ascensão fracassada se seguisse um sucesso, o que, é claro, não podiam obter, pelo menos não ainda.

Quanto ao segredo, seria guardado dos cidadãos. Eril-Fane considerou não contar para os Tizerkane, também, por medo de que isso causasse muito tumulto e fosse difícil de esconder. Mas Azareen foi firme em sua defesa e argumentou que precisavam estar preparados para qualquer coisa que acontecesse.

— Eles podem aguentar — disse ela, acrescentando suavemente: — Apenas não precisam saber de tudo ainda.

Ela se referia a Sarai e de quem ela era filha, Lazlo entendeu.

— Há algo que não compreendo — ele disse, enquanto se preparava para sair. Parecia-lhe que o mistério no centro de tudo tinha a ver com as crias dos deuses. — Sarai falou que havia trinta deles no berçário naquele dia.

Eril-Fane olhou diretamente para suas mãos. Os músculos em sua face enrijeceram-se. Lazlo ficou desconfortável em pressionar nessa linha de perguntas e estava longe de ter certeza de que queria mesmo uma resposta, mas pareceu importante demais para não se aprofundar.

— E embora isso... não seja um número pequeno, deve ser apenas uma fração. — Ele estava imaginando o berçário como uma fileira de berços idênticos. Como não tinha entrado na cidadela e visto como tudo era de mesarthium, imaginou berços rústicos de madeira, pouco mais do que caixas de madeira abertas, como as que os monges usavam para os órfãos no mosteiro.

Ali estava a coisa que perturbava Lazlo como um dente faltando. Ele próprio tinha sido um bebê em uma fileira de berços idênticos e compartilhava um nome com incontáveis órfãos para provar isso. Existiam muitos deles, muitos Estranhos, e... *ainda* havia muitos deles.

— E quanto a todos os outros? — ele indagou, olhando de Eril-Fane para Azareen, e por último para Suheyla, que, ele suspeitava, tinha dado à luz um deles. — Os que não eram mais bebês? Se os Mesarthim vinham fazendo isso todo o tempo... — *Isso?* Ele estremeceu com sua própria perífrase, usando uma palavra tão sem sentido para obscurecer uma verdade tão medonha. *Reprodução.* Era isso que eles faziam. Não era?

Por quê?

— Durante dois séculos — ele insistiu —, devia haver *milhares* de crianças.

Os rostos dos três estavam com o mesmo olhar desolado e percebeu que o compreendiam. Eles podiam tê-lo interrompido e o poupado de dizer, mas não o fizeram, então ele perguntou diretamente:

— O que aconteceu com todo o resto?

Suheyla respondeu. Sua voz estava sem vida:

— Nós não sabemos. Não sabemos o que os deuses fizeram com eles.

49

VÉU DE DEVANEIO

Não houve sono de beleza para Thyon Nero. Bem o oposto.

"Isso pode não te matar", Estranho tinha dito, "mas o tornará feio." Thyon lembrou-se da zombaria, o tom fácil de provocação disso, enquanto retirava outra seringa de espírito de suas próprias veias surradas. Não havia outro jeito, ele precisava produzir mais azoth de uma vez. Um lote de controle, depois dos... inexplicáveis... resultados do teste da noite anterior.

Ele lavara todos os vidros e instrumentos com cuidado. Embora pudesse ter requisitado um assistente para fazer essas tarefas servis, tinha ciúmes demais de seu segredo para deixar qualquer um entrar em seu laboratório. De qualquer forma, mesmo que tivesse um assistente, ele mesmo teria lavado os frascos. Era a única forma de se certificar de que não havia impurezas na equação e nenhum fator desconhecido que pudesse afetar os resultados.

Nero sempre tinha evitado o lado místico da alquimia e concentrado-se na ciência pura. Essa era a base de seu sucesso. Realidade empírica. Resultados, repetidos, verificáveis. A solidez da verdade que podia segurar nas mãos. Mesmo enquanto lia as histórias do *Milagres para o café da manhã*, procurava por pistas. Era da ciência que ele estava atrás, traços de ciência, como a poeira sacudida de uma tapeçaria de milagres.

E quando *relia* as histórias, ainda era pesquisa.

Quando as lia para cair no sono, um hábito que era tão secreto quanto a receita do azoth, era possível que sua mente divagasse em uma espécie de devaneio que parecia mais místico do que material, mas eram contos de fadas, afinal, e era apenas nesses momentos que sua mente se desligava de seu rigor. O que quer que fosse, desaparecia pela manhã.

Mas a manhã havia chegado. Ele podia não ter janelas para constatar, mas havia um relógio tiquetaqueando regularmente. O sol se levantara e Thyon Nero não estava lendo contos de fadas agora. Ele destilava o azoth como havia feito centenas de vezes antes. Então por que aquele véu tremeluzente de devaneio havia se estendido sobre si agora?

Ele afastou a ideia. O que quer que respondesse pelos resultados de seus experimentos, não era místico e nem era o mesarthium, tampouco o espírito. Havia uma explicação científica para tudo.

Até mesmo “deuses”.

50

O DIA INTEIRO PARA ENFRENTAR

Na cidadela e na cidade, Sarai e Lazlo sentiam o "chamar" um do outro, como uma linha fina amarrada entre seus corações. Outra linha entre seus lábios, onde o beijo mal havia começado. E uma terceira do umbigo dela ao dele, onde uma nova atração surgiu. Suave, insistente, delirante, esse chamar. Se ao menos pudessem recolher as linhas e enrolá-las para chegar cada vez mais perto, até finalmente encontrarem-se no meio.

Mas havia um dia inteiro para enfrentar antes que chegasse a hora, de novo, dos sonhos.

Acordando de seu primeiro beijo, ainda preenchida pela magia da noite extraordinária, Sarai estava animada e com uma nova fonte de esperança. O mundo parecia mais belo, menos brutal, e o mesmo acontecia com o futuro, porque Lazlo estava nele. A garota estava deitada na cama quente, seus dedos brincando com seu próprio sorriso, como se o encontrasse pela primeira vez. Ela sentia-se nova para si mesma, não uma coisa obscena que fazia os fantasmas recuarem, mas um poema. *Um conto de fadas.*

Após o sonho, tudo parecia possível. Até a liberdade.

Até o amor.

Mas era difícil agarrar-se àquele sentimento enquanto a realidade se afirmava.

Ela ainda era uma prisioneira, para começar, com o exército de Minya impedindo-a de sair do quarto. Quando tentou atravessar a porta, os fantasmas agarraram seus braços, bem em cima dos machucados que haviam feito no dia anterior, e arrastaram-na de volta. Pequena Ellen não chegou com sua bandeja da manhã, nem Feyzi ou Awyss com o jarro de água fresca que sempre traziam logo no início do dia. Sarai usara o resto da água na noite anterior para limpar a ferida do braço e acordou desidratada, sem dúvida seu choro durante a noite não tinha ajudado, sem nada para beber.

Ela estava com sede e com fome. Será que Minya queria matá-la de fome?

A garota não comeu ou bebeu nada até que Grande Ellen veio em algum momento do início da tarde com o avental cheio de ameixas.

— Ah, ainda bem! — exclamou Sarai. Mas quando fitou Grande Ellen, ficou perturbada com o que viu. Era o rosto amado da fantasma, largo e matronal, com suas "bochechas de felicidade" redondas e vermelhas, mas não havia nada de feliz em suas feições, tão apáticas quanto de qualquer fantasma do exército de Minya. E quando ela falou, o ritmo de sua voz não era seu, mas reconhecidamente o de Minya.

— Até traidoras precisam ser alimentadas — disse ela, e então baixou a bainha de seu avental e deixou cair as ameixas no chão.

— O que...? — perguntou Sarai, recuando enquanto as frutas rolavam por toda parte. Conforme a fantasma se virava para ir embora, Sarai viu como seus olhos se esforçavam para ficarem fixos pelo máximo de tempo possível nela, e ela viu dor ali, e um pedido de desculpas.

Suas mãos tremeram enquanto ela pegava as ameixas. As primeiras, ela comeu ainda agachada no chão. Sua boca e garganta estavam muito secas. O sabor era divino, embora estivessem machucadas devido à forma como foram entregues, e pelo horror de Minya usar Grande Ellen dessa forma. Sarai comeu cinco ameixas, então se arrastou pelo chão até reunir todo o resto e enfiar nos bolsos do robe. Ela podia ter comido mais, mas não sabia quanto tempo as frutas teriam de durar.

No dia anterior, trancada no quarto, ela sentiu desespero. Hoje, o sentimento não se repetiu. Em vez disso, ficou enlouquecida. Com Minya, é claro, mas também com os outros. Os fantasmas não tinham livre-arbítrio, mas, e quanto a Feral, Rubi e Pardal? Onde estavam? E se fosse um *deles* que estivesse sendo punido, ela não iria apenas se resignar e continuar com seu dia. Ela lutaria por eles, mesmo contra Minya.

Será que os outros realmente acreditavam que ela os havia traído? Sarai não havia escolhido os humanos em vez dos filhos dos deuses, mas sim a vida no lugar da morte, pelo bem de todos. Será que eles não viam isso?

Sob a influência do lull, seus dias não eram nada além dos momentos cinzentos sem sono entre uma noite e outra. Esse dia era o contrário. Ele não terminava.

Ela observou os quadrados de luz solar que as janelas lançavam no chão e que deveriam ter mudado de posição conforme o movimento sol, mas ela tinha certeza de que estavam congelados no lugar. É claro que hoje seria o dia em que o sol ficaria preso no céu. As engrenagens celestes haviam travado, agora seria dia eternamente.

Por que não *noite* eterna?

Lazlo e noite para sempre. Sarai sentiu um frio na barriga, e desejava a fuga que a noite traria, se enfim a noite chegasse.

Dormir ajudaria a passar o tempo, se ela ousasse.

Sarai certamente precisava disso. O pequeno descanso que conseguiu, dormindo no sonho de Lazlo, não tinha nem começado a diminuir seu cansaço. Esses últimos dias, perseguida por pesadelos, sentira a presença deles mesmo enquanto estava acordada. Ela sentia-os agora, também, e ainda tinha medo. Entretanto, não estava mais *aterrorizada* e isso era maravilhoso.

Ela considerou suas opções. Podia andar para cá e para lá, amarga e frenética, sentindo cada segundo da privação e frustração enquanto o sol se demorava em seu caminho pelo céu.

Ou podia ir até a porta, ficar diante dos guardas-fantasmas e gritar para o corredor até que Minya viesse.

E, então, o que aconteceria?

Ou podia dormir, e talvez lutar contra os pesadelos — e talvez *vencer* e deixar o dia transcorrer sozinho.

Não era uma escolha, na verdade. Sarai estava cansada, mas não aterrorizada, então deitou-se na cama, colocou as mãos sob a face e dormiu.

✷

Lazlo olhou para a cidadela e perguntou-se, pela centésima vez naquele dia, o que Sarai estaria fazendo. Será que ela dormia? Se sim, estava se defendendo dos pesadelos sozinha? Ele fitou o anjo de metal e concentrou sua mente, como se ao fazer isso pudesse transmitir-lhe força.

Também, pela centésima vez naquele dia, lembrou-se do beijo.

Poderia ter sido breve, mas boa parte do beijo, um primeiro beijo, especialmente, é o que antecede o momento em que os lábios se tocam, e antes que os olhos se fechem, quando se está preenchido com a visão do outro, e com a compulsão, a atração, e é como... é como... encontrar um livro dentro de outro livro. Um pequeno tesouro de livro escondido dentro de um grande e comum, como feitiços impressos nas asas de uma libélula, descobertos dentro de um livro de culinária, bem entre as receitas de repolho e milho. É assim que é um beijo, ele pensou, não importa quão breve: é uma história mágica e minúscula, e uma interrupção milagrosa do mundano.

Lazlo estava mais do que pronto para que o mundano fosse interrompido novamente.

— Que horas são? — ele perguntou a Ruza, olhando para o céu, que, no espaço em que aparecia em torno dos limites da cidadela, estava extremamente claro e azul. Ele nunca tinha sentido raiva do céu antes. Até os dias intermináveis da travessia do Elmuthaleth haviam passado mais rapidamente do que este.

— Eu pareço um relógio? — perguntou o guerreiro. — Meu rosto é redondo? Há números nele?

— Se o seu rosto fosse um relógio — Lazlo disse lentamente —, eu não perguntaria que horas são. Eu apenas olharia para ele.

— Bom argumento — admitiu Ruza.

Era um dia comum, mas pelo menos dez vezes mais longo do que deveria ser. Soulzeren e Ozwin fizeram como solicitado e inventaram uma razão plausível para postergar um segundo lançamento. Ninguém questionou. Os cidadãos estavam aliviados, enquanto os estrangeiros estavam apenas ocupados.

Thyon Nero não era o único que estava se exaurindo, embora fosse o único retirando sua própria essência vital para fazê-lo. Todos estavam profundamente engajados, trabalhando duro, e eram competitivos. Bem, todos estavam profundamente engajados e competitivos e, todos, com exceção de Drave, também trabalhavam duro. Embora, deva-se dizer, isso não fosse sua culpa. Ele gostaria muito de explodir alguma coisa, mas estava claro para todo mundo, para ele inclusive, que ele e sua pólvora eram um último recurso.

Quando tudo mais falhar: *explosões.*

Isso não lhe caiu bem.

— Como posso ganhar a recompensa se não tenho permissão para *fazer* nada? — ele perguntou a Lazlo, naquela tarde, cercando-o do lado de fora da estação de guarda dos Tizerkane onde tinha parado para conversar com Ruza e Tzara e alguns dos outros guerreiros.

Lazlo não se sensibilizou. Drave estava sendo recompensado por seu tempo, assim como todos os demais. E quanto à recompensa, a fortuna pessoal de Drave não estava na sua lista de prioridades.

— Não sei — Lazlo respondeu. — Você pode criar uma solução para o problema que não envolva destruição.

Drave riu, de escárnio.

— Que não envolva destruição? É como se eu pedisse para você não ser um poltrão dissimulado.

As sobrancelhas de Lazlo subiram.

— *Poltrão?*

— Procure o significado — soltou Drave.

Lazlo virou-se para Ruza.

— Você acha que sou um poltrão? — quis saber, do jeito que uma menina pergunta se seu vestido é feio.

— Eu não sei o que é isso.

— Acho que é um tipo de cogumelo — disse Lazlo, que sabia muito bem o significado de *poltrão*. Na verdade, ele estava surpreso que Drave soubesse.

— Você é certamente um cogumelo — disse Ruza.

— Significa "covarde" — disse Drave.

— Oh — Lazlo virou-se para Ruza. — Você acha que sou um covarde?

Ruza considerou a questão.

— Mais para um cogumelo — ele decidiu. Para Drave: — Acho que você estava mais perto da primeira vez.

— Eu nunca disse que ele era um cogumelo.

— Então estou confuso.

— Vou tomar como um elogio — Lazlo continuou, puramente para enfurecer Drave. Era mesquinho, mas divertido. — Cogumelos são fascinantes. Você sabia que eles não são plantas?

Ruza continuou a brincadeira, com uma descrença fascinante.

— Eu *não* sabia disso. Por favor, conte-me mais.

— É verdade. Os fungos são tão diferentes das plantas quanto os animais.

— Eu nunca disse nada sobre cogumelos — disse Drave, cerrando os dentes.

— Ah, me desculpe. Drave, você queria alguma coisa.

Mas o explosionista já estava cheio deles, então estendeu a mão em um gesto de irritação e saiu a passos largos.

— Ele está entediado, pobre homem — disse Tzara, com uma falta de piedade fria. — Nada para destruir.

— Nós podíamos pelo menos lhe dar um bairro pequeno para demolir — sugeriu Ruza. — Que tipo de anfitriões nós somos?

E Lazlo sentiu um... crepitar de inquietação. Um explosionista entediado era uma coisa. Um explosionista entediado e desapontado era outra. Mas então a conversa tomou um rumo que lhe espantou todos os pensamentos sobre Drave da cabeça.

— Eu consigo pensar num jeito de mantê-lo ocupado — disse Shimzen, um dos outros guerreiros. — Envie-o para cima com o trenó de seda para explodir as crias dos deuses e transformá-las num cozido azul.

Lazlo ouviu as palavras, mas haviam sido ditas tão casualmente que ele levou um momento para assimilá-las, e então só conseguiu piscar.

Cozido azul.

— Desde que eu não tenha que limpar — falou Ruza, também casualmente.

Eles tinham sido informados, mais cedo, sobre a... situação... na cidadela. Seu comportamento relaxado era certamente um disfarce para a profunda inquietação, mas isso não significava que não estivessem falando sério. Tzara balançou a cabeça e Lazlo achou que fosse repreender os homens pela sua desumanidade, mas ela disse:

— Qual é a graça disso? Não dá nem para ver eles morrerem.

Sua respiração saiu em uma erupção, como se ele tivesse levado um soco no estômago. Todos se viraram para ele, rindo.

— Qual é o seu problema? — perguntou Ruza, vendo sua expressão. — Você parece alguém que comeu cozido azul no jantar. — Ele riu, satisfeito com a piada, enquanto Shimzen batia-lhe no ombro.

O rosto de Lazlo ficou quente e contraído. Tudo o que ele podia ver era Sarai, presa e com medo.

— Como vocês podem falar assim — ele perguntou — quando nem os conheceram?

— *Conhecer?* — As sobrancelhas de Ruza ergueram-se. — Você não *conhece* monstros. Você os mata.

Tzara deve ter visto a raiva de Lazlo, sua... estupefação.

— Acredite, Estranho — ela lhe disse. — Se você soubesse alguma coisa sobre eles, ficaria feliz em lançar os explosivos por conta própria.

— Se você soubesse alguma coisa sobre *mim* — ele respondeu —, não pensaria que eu ficaria feliz em matar alguém.

Todos o fitaram, confusos, e irritados também por ele ter estragado a diversão. Ruza disse:

— Você está pensando neles como pessoas. Esse é o seu problema. Imagine que são threaves...

— Nós não matamos a threave.

— Bem, isso é verdade — Ruza fez uma careta. — Exemplo ruim. Mas você teria olhado para mim desse jeito se eu tivesse matado?

— Não sei. Mas eles não são threaves.

— Não — concordou Ruza. — São muito mais perigosos.

E isso era verdade, mas fugia ao ponto. Eles eram *pessoas*, e não se ri de transformar *pessoas* em cozido.

Especialmente não Sarai.

"Você acha que pessoas boas não podem odiar?", ela perguntou a Lazlo na noite passada. "Você acha que pessoas boas não matam?". Como ele tinha sido ingênuo por imaginar que era apenas uma questão de compreensão. Se eles a conhecessem, disse a si mesmo, não iriam querer machucá-la. Mas estava tão claro para ele agora: eles *nunca* poderiam conhecê-la. Eles nunca se permitiriam. Suheyla havia tentado dizer-lhe: o ódio era como uma doença, então enfim entendeu o que ela quis dizer. Mas será que havia uma cura?

Será que um dia as pessoas de Lamento aceitariam os sobreviventes da cidadela? Ou, como com a threave no deserto, pelo menos os deixariam viver?

51

POLTRÕES

— Há um campo magnético entre as âncoras e a cidadela — Mouzaive, o filósofo natural, estava dizendo a Kether, criador de máquinas de guerra, na sala de jantar da câmara. — Mas é diferente de tudo que já vi antes.

Drave, irracionalmente furioso por encontrar cogumelos em seu prato, estava sentado na mesa ao lado. O aspecto taciturno de seu rosto não dava nenhuma pista de que ele ouvia tudo.

Mouzaive inventara um instrumento que chamou de criptocronômetro, que usava uma proteína extraída dos olhos de pássaros para detectar a presença de campos magnéticos. Parecia muito absurdo para Drave, mas o que ele sabia?

— Âncoras magnéticas — disse Kether, perguntando-se como ele poderia se apropriar da tecnologia para os desenhos das suas máquinas. — Então se você pudesse desligá-las, a cidadela simplesmente... flutuaria para longe?

— Essa é a minha melhor hipótese.

— Como algo tão grande flutua?

— Uma tecnologia que nós não podemos nem começar a decifrar — explicou Mouzaive. — Não é gás de ulola, isso é certo.

Kether, que estava muito interessado em se apropriar *daquela* tecnologia, disse sabiamente:

— Se há algo de certo, é que não há nada certo.

Drave virou os olhos.

— O que faz isso? — ele perguntou, rude. — O campo magnético. Há um maquinário dentro das âncoras ou algo do tipo?

Mouzaive ergueu os ombros.

— Quem sabe? Pode ser a pérola de lua mágica até onde posso dizer. Se pudéssemos entrar na maldita coisa, poderíamos descobrir.

Eles discutiram o progresso dos metalúrgicos e de Thyon Nero, especulando quem quebraria as cascas de metal primeiro. Drave não disse nenhuma palavra mais. Ele mastigava. Comeu até os cogumelos enquanto frases como "quebrar as cascas" soavam como sinos em sua mente. Ele deveria ficar parado enquanto os Fellering e Nero competiam pela recompensa? Como se Nero precisasse dela, quando podia simplesmente fazer ouro qualquer dia da semana.

De jeito nenhum esse bando de poltrões o impediria de apostar suas fichas.

Ou melhor, de explodir as malditas fichas.

52

MARAVILHOSO, MAS QUEIMADO

Pardal *havia* tentado visitar Sarai, mas os fantasmas bloquearam o corredor e não a deixaram passar. A menininha fantasma, Bahar, pingando água do rio e tristeza, disse-lhe solenemente: "Sarai não pode brincar agora", o que lhe causou um arrepio na espinha. Ela foi até as Ellens na cozinha para ver se sabiam como Sarai estava, mas as encontrou severas e silenciosas, o que lhe deu outro arrepio, pois nunca foram assim. Devia ser coisa de Minya, mas Minya nunca tinha oprimido as babás como fazia com os outros fantasmas. Por que isso agora?

Ela não encontrou Minya em lugar nenhum, nem Rubi ou Feral.

Às vezes, eles simplesmente precisavam de um tempo sozinhos. Foi isso que Pardal disse para si naquela tarde na cidadela. Mas ela precisava do contrário. Precisava de sua família. Ela odiava não poder ir até Sarai, estava furiosa por não conseguir encontrar Minya para apelar. Ela foi até o coração da cidadela e chamou pela abertura estreita que antes tinha sido uma porta. Com certeza Minya estava lá dentro, mas ela não respondeu.

Mesmo o jardim não podia amenizar seu dia. Sua magia estava fraca, como se o rio dentro de si estivesse seco. Ela se imaginava chorando, e Feral segurando-a para confortá-la. Ele alisaria seu cabelo com as mãos e murmuraria palavras de alívio, ela olharia para cima, ele olharia para baixo, e… e não seria nada parecido com quando Rubi o beijou, com aquele barulho de chupar e nuvens de tempestade. Seria doce, muito doce.

Isso podia acontecer, ela pensou. *Agora, com tudo tão perigoso.* Por que não? As lágrimas eram fáceis de se produzir; ela as estivera segurando o dia inteiro. Quanto a Feral, ele só podia estar em seu quarto. Pardal vagou pelo corredor, passando pelo seu próprio quarto e pelo de Rubi, silenciosamente atrás das cortinas.

Ela se sentiria muito tola mais tarde por imaginar que Rubi queria um tempo para si. Ela nunca queria. Para Rubi, os pensamentos eram inúteis se não havia ninguém para contá-los no instante que os tinha.

Ela chegou à porta de Feral, e tudo *não* estava em silêncio atrás de sua cortina.

✱

"Como vou saber se você não vai me queimar?", Feral havia perguntado a Rubi dias antes.

"Ah, isso só aconteceria se eu perdesse completamente o controle", ela dissera. "Você teria que ser *muito* bom. Não estou preocupada".

Tinha sido uma espécie de insulto e Feral não se esquecera. Isso criou um enigma, contudo. Como ele podia fazê-la engolir aquelas palavras, sem se queimar com seu esforço?

Eram dias sombrios, e era bom ocupar-se com um desafio para tirar sua mente dos fantasmas e da destruição: fazer Rubi perder totalmente o controle, sem terminar como uma pilha de carvão. Feral empenhou-se. A curva de aprendizado era deliciosa. Ele estava finamente sintonizado com o prazer de Rubi, em parte porque *ela podia matá-lo*, em parte porque... ele gostava. Gostava do prazer dela; ele nunca gostara tanto dela quanto quando a garota estava encostada nele, com respirações curtas de surpresa ou olhando-o sob os cílios, as pálpebras pesadas de contentamento hedônico.

Era tudo muito, muito agradável, mais ainda quando, finalmente, ela fez um som como o suspiro das pombas e violinos e... pôs fogo em sua cama.

O cheiro de queimado. Um flash de calor. O lábio entreaberto e os olhos brilhando como brasas. Feral afastou-se já invocando uma nuvem; ele ensaiara planos de emergência em sua cabeça. O ar estava cheio de vapor. Os lençóis de seda, presos nos punhos de Rubi, explodiram em chamas e, no instante seguinte, a nuvem explodiu em chuva, cortando o suspiro de pomba e violino e apagando-a antes que o resto da fogueira pudesse acender.

Ela soltou um gritinho e ficou em pé em um instante. A chuva derramou-se sobre ela enquanto Feral ficou observando, a salvo e satisfeito consigo mesmo. Seu mérito foi manter a nuvem chovendo não mais do que o necessário e, além de tudo, não estava nem mesmo frio. Era uma nuvem tropical. Ele considerou esse um gesto de gentileza, mas o romance perdia-se com Rubi.

— Que... que... rude! — ela exclamou, sacudindo a água dos braços. Seus seios azuis brilhavam. Seus cabelos faziam escorrer rios pelas costas e ombros.

— *Rude?* — Feral repetiu. — Então a opção educada seria queimar sem reclamar?

Ela o encarou.

— *Sim.*

Ele analisou a cena.

— Veja! — ele apontou. — Você queimou meus lençóis.

Ela tinha queimado. Havia furos pretos encharcados no lugar onde ela os tinha agarrado.

— Você espera que eu me *desculpe?* — Rubi perguntou.

Mas Feral balançou a cabeça, sorrindo. Ele não tinha a intenção de repreendê-la. Ao contrário, estava satisfeito.

— Você perdeu o controle — ele explicou. — Sabe o que isso significa, não? Quer dizer que sou *muito* bom.

Os olhos dela estreitaram-se. Ainda emaranhada nos lençóis de Feral, ela virou uma Fogueira total, acendendo-se como uma tocha e levando a cama inteira consigo.

Feral gemeu, mas só pôde assistir enquanto seus lençóis, travesseiros, colchão — tudo o que não era de mesarthium — ardia e era devorado pelo fogo, não deixando nada para trás a não ser metal e uma garota nua fumegante com as sobrancelhas erguidas como se estivesse dizendo *"que tal isso como lençóis queimados?"*. Entretanto, ela não parecia estar brava. Um sorriso repuxou o canto de sua boca.

— Acho que você *melhorou* — ela admitiu.

Aquilo era como ganhar um jogo, só que muito melhor. Feral riu. Ele conhecia Rubi a vida inteira e havia se irritado com ela por metade desse tempo, mas agora ele estava apenas surpreso pela virada que as coisas podiam dar entre duas pessoas, e os sentimentos que podiam surgir enquanto se distraíam do fim do mundo. Ele andou na direção dela.

— Você destruiu minha cama — disse ele, naturalmente. — Terei que dormir com você a partir de agora.

— Ah, verdade? Você não tem medo que eu o incinere?

Ele deu de ombros.

— Eu só terei que ser menos maravilhoso. Para ficar seguro.

— Faça isso e eu o descarto.

— Que dilema. — Ele sentou-se na beira do estrado da cama. — Ser menos maravilhoso para continuar vivo. Ou ser maravilhoso e me queimar.— O mesarthium não retinha o calor; já estava de volta ao normal, mas a pele de Rubi não. Ela estava quente, como um dia de verão ou um beijo muito bom. Feral inclinou-se na direção dela, com a intenção de beijá-la, e congelou.

Naquele mesmo momento, perceberam um movimento em sua visão periférica. A cortina. Havia sido afastada e Pardal estava parada lá, pasma.

53

CORAÇÕES MANCHADOS

Os sonhos de Sarai aquele dia não foram sem terrores, mas, dessa vez, ela não estava indefesa. "Nós os afastaremos", Lazlo havia dito, "ou os transformaremos em vaga-lumes e os prenderemos em potes de vidro".

Ela tentou, e *funcionou*, e em determinado momento da noite, viu-se atravessando um bosque escuro com uma armadura de Tizerkane, carregando um pote de vidro cheio de vaga-lumes que antes tinham sido ravides, Rasalas, e até sua mãe. Ela segurou o pote para iluminar o caminho e isso iluminou seu sorriso também, bravio de triunfo.

Ela não encontrou Lazlo no sonho, não exatamente. Talvez seu inconsciente preferisse esperar pela coisa real. Mas reviveu o beijo, exatamente como havia sido — doce de derreter e rápido demais — e acordou exatamente quando tinha acordado antes. Ela não se levantou como um raio da cama desta vez, ficou deitada onde estava, preguiçosa e líquida de sono e bem-estar. Pela manhã, a solidão a tinha cumprimentado, mas não agora. Abrindo seus olhos, ela levou um susto.

Minya estava parada aos pés de sua cama.

Então, levantou-se como um raio.

— Minya! E quanto a respeitar as cortinas?

— Ah, as cortinas — falou Minya, pouco ligando. — Por que se preocupar com as cortinas, Sarai, a menos que você tenha algo a esconder? — Ela tinha um ar dissimulado. — Rubi e Feral têm o que esconder, sabe. Mas as cortinas, bem, elas não bloqueiam muito bem os sons. — Ela fez barulhos exagerados de beijos e isso lembrou Sarai de como elas riam quando ela lhes contou sobre as coisas que os humanos faziam em suas camas. Fazia muito tempo que ela tinha contado.

Rubi e Feral, contudo? Isso não a surpreendia. Enquanto ela estava enrolada em seu próprio sofrimento, a vida na cidadela continuava. *Pobre Pardal*, pensou.

— Bem, não estou escondendo nada — ela mentiu.

Minya não acreditou nem por um segundo.

— Não? Então por que você está assim?

— Assim como?

Minya a estudou, seu olhar frio movendo-se para cima e para baixo, de forma que Sarai se sentiu despida. *Vista*, mas não de uma boa maneira. Minya pronunciou, como se diagnosticasse uma doença:

— *Feliz.*

Feliz. Que conceito.

— É *isso* que é essa sensação? — ela disse, sem tentar escondê-la. — Eu me esqueci completamente dela.

— O que você tem para se sentir feliz?

— Eu estava apenas tendo um sonho bom — respondeu Sarai. — Isso é tudo.

As narinas de Minya abriram-se. Sarai não deveria ter sonhos bons.

— Como isso é possível?

Sarai deu de ombros.

— Eu fecho meus olhos, deito sem me mexer, e…

Minya estava furiosa. Todo o seu corpo estava rígido. Sua voz assumiu o tom sibilante de saliva voando, normalmente reservado para a palavra *vingança*.

— *Você não tem vergonha?* Deitada aí toda sedosa e libertina, tendo sonhos bons enquanto nossas vidas são destruídas?

Sarai tinha vergonha o bastante. Minya podia muito bem ter perguntado *"você não tem sangue?"* ou *"você não tem espírito?"*, porque a vergonha corria em suas veias. Mas… não neste momento. *"Acho que você é um conto de fadas"*. Engraçado como ela se sentia leve sem ela. *"Acho que você é mágica, e corajosa, e única"*.

— Estou farta de vergonha, Minya! — exclamou. — E estou farta de lull, e farta de pesadelos, e farta de vingança. Lamento já sofreu o bastante, e nós também. Precisamos encontrar outro jeito.

— Não seja tola. Não há outro jeito.

"Muitas coisas podem acontecer", Sarai tinha dito a Rubi, sem acreditar em si mesma. Isso fora dias atrás. Ela acreditava agora. Coisas *tinham* acontecido. Coisas inacreditáveis. Mas no que concernia à cidadela, nada podia acontecer a menos que Minya deixasse.

Sarai tinha de persuadi-la a *deixar.*

Por anos ela tinha reprimido sua própria empatia e guardado-a por medo da ira de Minya. Mas agora tanta coisa dependia disso — não apenas seu amor, mas todas as suas vidas. Ela respirou fundo.

— Minya, você precisa me ouvir. Por favor. Sei que está brava comigo, mas, por favor, tente abrir a sua mente.

— Por quê? Para você colocar coisas dentro dela? Não vou perdoar os seus humanos, se é o que você pensa.

Seus humanos. E eles *eram* seus humanos, Sarai pensou. Não só Eril-Fane e Lazlo, mas todos eles. Porque seu dom a havia forçado a conhecê-los, e *permitido* isso.

— Por favor, Min — ela disse. Sua voz vibrou como se estivesse tentando voar para longe, como desejava que pudesse fazer. — Eril-Fane não contou para ninguém o que aconteceu ontem. Ele não contou sobre mim, nem sobre os fantasmas.

— Então você o viu *mesmo* — disse Minya, em tom de reclamação. — Você costumava ser uma péssima mentirosa, sabe disso. Eu sempre sabia. Mas você parece estar melhorando.

— Eu não estava mentindo. Eu não o estava vendo, e agora estou.

— E ele está bem, nosso grande herói?

— Não, Minya. Ele nunca esteve bem. Não desde Isagol.

— Ah, pare! — protestou Minya, pressionando uma mão contra o peito. — Você está partindo meus corações.

— Que corações? — perguntou Sarai. — Os corações que você manchou com fantasmas miseráveis para poder se agarrar ao seu ódio?

— Os corações que manchei com fantasmas miseráveis? Isso é bom, Sarai. Verdadeiramente poético.

Sarai espremeu os olhos. Falar com Minya era como levar um tapa na cara.

— O ponto é: ele não contou a ninguém. E se ele está enojado com o que fez, e quiser se desculpar?

— Se ele puder trazer todos de volta à vida, então certamente considerarei.

— Você sabe que ele não pode! Mas só porque o passado é de sangue não significa que o futuro também deva ser. Não podíamos tentar conversar com ele? Se prometermos a ele um salvo-conduto.

— Salvo-conduto! Você está preocupada com a segurança *dele*? Será que Lamento prometerá um salvo-conduto para *nós*? Ou não precisa mais da gente? Talvez, agora, não sejamos uma família boa o suficiente para você. Você precisa ansiar pelo homem *que matou os nossos.*

Sarai engoliu em seco. É claro que precisava deles. É claro que eles eram sua verdadeira família, e sempre seriam. Quanto ao resto, ela queria negar por completo. Quando Minya colocava dessa forma, isso a intimidava.

— Isso é ridículo — afirmou. — Não tem a ver nem com ele. Diz respeito a nós e ao nosso futuro.

— Você acha mesmo que ele pode passar a te amar um dia? — a menina perguntou. — Você acha mesmo que um humano poderia suportar vê-la?

Até uma semana atrás, Sarai teria dito que não. Ou não teria dito nada, mas apenas *sentido* o *não* como vergonha, enfraquecendo e degenerando-a como uma flor sem rega. Mas a resposta havia mudado, e *a* tinha mudado.

— Sim — respondeu, suave porém resolutamente. — Eu *conheço* um humano que pode suportar me ver, Minya, porque há um que pode me ver.

As palavras haviam sido ditas. Ela não as poderia retirar. Uma onda de calor espalhou-se por seu peito e pescoço.

— E ele suporta muito bem me ver muito.

Minya observou-a. Sarai nunca a tinha visto chocada antes. Por um instante, até sua raiva foi varrida.

Mas ela voltou.

— Quem? — ela perguntou, com uma voz mortalmente perturbada.

Sarai sentiu um tremor de apreensão por ter aberto a porta para seu segredo. Mas ela não via como Lazlo pudesse se manter um segredo por muito mais tempo, não se quisessem ter qualquer chance daquele futuro pelo qual esperava.

— Ele é um dos faranji — falou, tentando soar forte para o bem dele. Lazlo merecia que falassem dele com orgulho. — Você nunca viu sonhos como os dele, Min. A beleza que ele vê no mundo, e em mim. Ela pode mudar coisas. Posso sentir isso.

Será que ela pensou que poderia influenciá-la? Será que imaginou que Minya a ouviria?

— Então é isso — disse a garota. — Um homem coloca os olhos em você, e sem mais nem menos você está pronta para virar as costas para nós e ir brincar de casinha em Lamento. Você está tão faminta assim por amor? Eu podia esperar isso de Rubi, mas não de você.

Ah, aquela vozinha traiçoeira.

— Não estou virando as costas para ninguém. O ponto é que os humanos não têm que nos desprezar. Se pudéssemos simplesmente *falar* com eles, então veríamos se existe uma chance, uma chance para nós *vivermos* e não meramente existirmos. Minya, posso levar uma mensagem para Eril-Fane. Ele poderia vir aqui amanhã, e então nós saberíamos...

— Certamente! — exclamou Minya. — Traga-o aqui, e o seu amante também. Traga todos os faranji, por que não? Como seria conveniente se pudéssemos pegá-los todos de uma vez. Isso seria uma grande ajuda, na verdade. Obrigada, Sarai.

— Pegá-los todos — ela repetiu, entorpecida.

— Eu não fui clara? Qualquer ser humano que pisar na cidadela vai morrer.

Lágrimas de futilidade arderam os olhos de Sarai. A mente de Minya, como seu corpo, estavam imutáveis. O que quer que respondesse pela estagnação que a havia mantido como uma criança por quinze anos, estava além do alcance da razão ou da persuasão. Ela teria seu massacre e sua vingança e arrastaria todos junto com ela.

"Você podia dar um abraço caloroso em Minya", Pardal tinha dito a Rubi no jardim. Ela não quis dizer aquilo, e o pensamento envenenado, aquela noção chocante, inconcebível e impensável dos cinco fazendo mal uns aos outros, tinha deixado Sarai nauseada. Ela sentiu isso agora, também, olhando para os olhos ardentes da menina que a tinha dado uma vida, e perguntando a si mesma como... como ela podia simplesmente ficar parada e deixá-la começar uma guerra.

Ela queria gritar.

Ela queria gritar *suas mariposas*.

— Você foi bem clara — ela soltou. Suas mariposas estavam brotando. Elas queriam sair. *Ela* queria sair. O sol havia se posto. O céu não estava totalmente escuro, mas escuro o bastante. Ela enfrentou a pequena tirana, herdeira da crueldade de Skathis, senão do seu dom. Seus punhos fecharam-se. Seus dentes cerraram-se. O grito cresceu dentro dela, tão violento quanto o primeiro, anos atrás, que ela tinha segurado por semanas, tão certa de que era algo ruim.

"Ruim será bom", Minya tinha dito então. "Nós *precisamos* de ruim".

E, assim, a Musa dos Pesadelos nasceu, e o destino de Sarai foi decidido naquelas poucas palavras.

— Vá em frente, então! — disse Minya. Seus punhos também estavam cerrados, e seu rosto estava selvagem, meio louco de raiva e ressentimento. — Posso ver que você quer. Desça para os seus humanos se é só para isso que você liga! Seu amante deve estar lhe esperando. Vá para ele, Sarai. — Ela mostrou seus dentinhos brancos. — Diga-lhe que *eu mal posso esperar para conhecê-lo.*

Sarai estava tremendo. Seus braços estavam rígidos ao longo do corpo. Inclinando-se na direção de Minya, ela abriu a boca e gritou. Nenhum som saiu. Apenas mariposas. Todas em Minya, direto em Minya. Uma torrente de escuridão, asas frenéticas e fúria. Elas foram vomitadas nela.

Elas *derramaram-se* nela. Elas voaram em seu rosto e ela soltou um grito, tentando sair do caminho. Elas mergulharam quando a garota se abaixou. Ela não podia escapar. Elas batiam as asas em seu rosto e cabelos, a corrente delas dividindo-se em volta dela como um rio em torno de uma rocha. Passando por ela, para fora da alcova, sobre as cabeças dos fantasmas que faziam guarda e para fora no crepúsculo.

Sarai ficou parada onde estava, ainda gritando e, embora nenhum som saísse, sua voz tendo desaparecido, seus lábios formaram a palavra *Saia! Saia! Saia*! até que Minya se levantou de onde estava agachada e, com um olhar terrível, virou-se e fugiu.

Sarai caiu deitada na cama, arfando com soluços silenciosos enquanto suas mariposas voaram cada vez mais para baixo. Elas não se dividiram, porque sua mente não se dividiria. Ela pensava somente em Lazlo, então foi para lá que elas voaram, direto para a casa e a janela que conhecia tão bem, para o quarto onde ela esperava encontrá-lo dormindo.

Mas ainda era cedo. A cama dele estava vazia e suas botas não estavam lá, então as mariposas, agitadas, não tiveram escolha a não ser pousar e esperar.

54

AMÁVEL DEMAIS PARA NÃO DEVORAR

Lazlo não queria falar com ninguém, exceto Sarai. Ele achava que não podia manter sua compostura durante mais conversas sobre as "crias dos deuses", quer falassem bem ou mal deles. Considerou entrar pela janela para evitar Suheyla, mas não podia fazer isso, então entrou pela porta verde e encontrou-a no quintal. O jantar estava esperando.

— Não se preocupe — ela lhe disse, imediatamente. — Apenas uma refeição leve. Sei que você deve estar muito ansioso por dormir.

Ele estava, e podia muito bem passar sem jantar, mas obrigou-se a fazer uma pausa. Sarai era neta dela, afinal, a única. Ele tinha ficado com raiva daquela manhã por ela e Eril-Fane não receberem com alegria a notícia de sua existência, mas à luz do que tinha sido a reação dos Tizerkane, viu que a reação deles fora generosa e honesta. Lazlo tentou entender o que isso significava para a mulher.

Suheyla colocou tigelas de sopa na mesa e pendurou um disco de pão fresco no gancho. O pão tinha sementes e pétalas assados no meio, em um padrão de círculos. Uma refeição leve, talvez, mas ela devia ter levado horas para prepará-la. Normalmente, ela conversava sem esforço, mas não esta noite, na qual percebeu uma curiosidade tímida e envergonhada nela, e várias vezes ela pareceu prestes a falar, mas achou melhor não.

— No outro dia — ele começou — você me disse para simplesmente perguntar. Agora é minha vez. Está tudo bem. Você pode perguntar.

Sua voz estava tímida.

— Ela... ela nos odeia muito?

— Não — ele respondeu —, ela não os odeia nem um pouco. — E sentiu-se confiante de que aquilo era verdade. Ela confessara sobre o paradoxo no cerne do seu ser e da maldição de conhecer seus inimigos bem demais para poder odiá-los. — Talvez ela odiasse antes, mas agora não mais. — Ele queria contar-lhe que Sarai entendia, mas essa absolvição só podia vir de Sarai.

Ele comeu e depois Suheyla lhe fez um chá, que foi recusado, pois estava ansioso para ir, mas ela disse que o chá o ajudaria a dormir mais rápido.

— Ah. Então isso seria maravilhoso.

Ele bebeu em um gole, agradeceu, fez uma pausa para apertar-lhe a mão e foi, finalmente, ao seu quarto. Abriu a porta e... parou na soleira.

Mariposas.

Mariposas estavam pousadas na cabeceira de madeira da cama e nos travesseiros e na parede atrás da cama e, quando a porta se abriu, elas levantaram-se no ar como folhas sopradas pelo vento.

Sarai, ele pensou. Ele não sabia o que pensar sobre o número de mariposas. Elas o dominaram, não com medo ou, deuses o perdoem, nojo, mas com reverência, e uma ferroada de pavor.

Talvez ele tenha trazido todo o pavor consigo da estação dos guardas e das palavras brutais e sangrentas de seus amigos, e talvez as mariposas trouxessem um pouco dele com suas asas felpudas de crepúsculo. Ele entendeu uma coisa naquele redemoinho de criaturas: Sarai estava esperando por ele.

Lazlo fechou a porta. Teria lavado o rosto e barbeado-se, escovado os dentes, penteado o cabelo, mudado. Ele corou com a ideia de tirar a camisa, embora soubesse que ela já o tivesse visto dormindo daquele jeito antes. Resolveu escovar os dentes e tirar as botas e, então, deitou-se. Sobre sua cabeça, as mariposas juntaram-se na viga do teto como um galho florescendo escuridão.

O garoto percebeu, depois de se acomodar, que havia deixado espaço suficiente na cama para Sarai, do lado que ela tinha escolhido no sonho, embora tudo o que fosse necessário era sua testa para as mariposas pousarem. Em outro momento isso podia tê-lo feito rir de si mesmo, mas não esta noite. Esta noite ele só sentia a ausência dela em um mundo que não a queria.

Ele não se moveu, mas fechou os olhos, sentindo todas as mariposas à sua volta, *Sarai* à sua volta. Estava impaciente para que o sono chegasse a fim de poder estar com ela, hoje não havia euforia que o mantivesse acordado. Havia apenas um lento afundar, e não demorou...

✶

A mariposa, a testa.

O limiar do sonho.

Sarai encontrou-se no mercado do anfiteatro. Ela ansiava pela cor e pela doçura da Lamento do Sonhador como se lembrava, mas não havia disso ali. O lugar estava vazio. Um vento soprou, arrastando lixo pelos seus tornozelos, e um terrível buraco de medo abriu-se nela. Onde estava toda a cor? Devia haver seda esvoaçando, música no ar e risos das crianças na corda-bamba. Não havia crianças na corda-bamba e todas as tendas do mercado estavam vazias. Algumas até pareciam *queimadas*, e não havia um som a ser ouvido.

A cidade havia parado de respirar.

Sarai também parou de respirar. Será que *ela* tinha feito esse lugar para refletir seu desespero ou ele era criação de Lazlo? Isso parecia impossível. Sua alma precisava da Lamento do Sonhador, e ela precisava dele.

Lá estava Lazlo, bem ali, seus cabelos longos selvagens ao vento. Seu rosto era sóbrio, a alegria fácil tinha desaparecido, mas ainda havia, Sarai respirou de novo, um encantamento em seus olhos. Ela tinha encantamento nos seus também, e o sentia sair de si como algo que pudesse tocá-lo. Ela deu um passo à frente seguindo o seu caminho e ele fez o mesmo.

Os dois pararam frente a frente, à distância de um braço, sem se tocarem. As três cordas que os uniam os aproximaram ainda mais. Corações, lábios, umbigo. Mais perto, ainda sem tocar. O ar entre eles era um lugar morto, como se ambos estivessem carregando sua desesperança à frente, esperando que o outro a mandasse para longe. Eles seguraram tudo o que tinham para dizer, cada coisa desesperada, e não queriam dizer nada daquilo. Só queriam que aquilo desaparecesse — ali, pelo menos, no lugar que era deles.

— Bem — observou Sarai —, *hoje* foi um dia longo.

Isso rendeu uma risada surpresa de Lazlo.

— O mais longo — ele concordou. — Você conseguiu dormir um pouco?

— Sim — ela respondeu, revelando um sorrisinho. — Transformei meus pesadelos em vaga-lumes e os prendi num pote de vidro.

— Isso é bom. Eu estava preocupado. — Lazlo corou. — Pode ser que eu tenha pensado em você algumas vezes hoje.

— Só algumas vezes? — ela provocou, corando também.

— Talvez mais — ele admitiu. E pegou a mão dela, que estava quente como a sua. A beirada de suas desesperanças dissolveu-se, apenas um pouco.

— Também pensei em você — Sarai revelou, entrelaçando seus dedos nos dele. Marrom e azul, azul e marrom. Ela ficou paralisada ao ver isso. E murmurou: — E é justo eu te contar que sonhei com você.

— Oh! Espero que eu tenha me comportado.

— Não comportado *demais* — falou timidamente e acrescentou: — Não mais do que esta manhã, quando o sol se levantou rudemente.

Ela referia-se ao beijo; ele entendeu.

— *O sol*. E ainda não o perdoei. — O espaço entre eles só podia se encolher, não crescer. A voz de Lazlo foi música, a música mais bela e rouca, quando pegou Sarai em seus braços e disse: — Quero capturá-lo num pote de vidro e colocá-lo junto com os vaga-lumes.

— A lua num bracelete e o sol num pote de vidro — disse Sarai. — Nós realmente causamos uma confusão no céu, não?

A voz de Lazlo afundou-se mais fundo em sua garganta. Mais rouca. Mais faminta.

— Espero que os céus sobrevivam. — E então a beijou.

Como eles haviam sobrevivido a um dia inteiro com o mero toque que foi o beijo da noite anterior? Se soubessem então o que *era* um beijo, não teriam sobrevivido. Teria sido insuportável chegar tão perto — *mal sentir* e *quase sentir o gosto* e serem separados antes... bem, antes *disso*. Mas eles não sabiam.

E agora sabiam.

Agora, bem agora, aprenderam. Sarai encostou-se em Lazlo, seus olhos fechando-se em expectativa. Os dele foram mais lentos. Ele queria vê-la. Não queria perder nem um segundo de seu rosto. Sua beleza macia e cerúlea o mantinha enfeitiçado. Havia uma poeira de sardas quase invisíveis sobre seu nariz. O deslizar de seus rostos foi tão lento quanto mel se derramando, e *seus lábios*. Tão delicadamente, entreabriram-se. O lábio inferior, voluptuoso como uma fruta reluzindo a orvalho, separou-se de seu igual — *para ele* — e foi a coisa mais sedutora que ele já vira. Uma chama de desejo acendeu-se nele e ele encostou-se na lentidão de mel, empurrando a desesperança para fora do caminho para tomar aquele lábio doce e macio entre os seus.

A maciez ardente, o derretimento.

Quando Lazlo tinha desejado descobrir, com Sarai, o reino do desconhecido, pensara em grandes, imensos mistérios como a origem e a natureza dos deuses. Mas, neste momento, havia aberto mão de tudo isso por este pequeno mistério, esse minúsculo, novo e melhor mistério de Lamento. O *beijo*.

Esse exato beijo.

Lábios. A maravilha dos lábios que podiam roçar ou pressionar, abrirem-se e fecharem-se e, abrindo-se e fechando-se, pegar o outro lábio na mais doce das mordidas. Não uma mordida de verdade. Nada de dentes. Ah, os dentes ainda eram um segredo. Mas a ponta da língua, bem... a desesperança tinha pouca chance contra a descoberta da ponta da língua. E a coisa que quase cegava, insondável, era isso: inebriante que era — tão inebriante que ele se sentiu atordoado, tonto —, ainda assim sentia que até *isso* era apenas o limiar para outro reino do desconhecido. Uma porta aberta e um pequeno feixe de luz dando pista de uma radiância além.

Ele sentiu-se leve e pesado ao mesmo tempo. Ardendo, flutuando. Nunca tinha suspeitado. Ele pensava nas garotas, é claro, e tinha todo tipo de pensamento que os homens jovens têm (os melhores, claro; melhores homens *e* melhores pensamentos) e é claro que não era ignorante da... biologia das coisas. Mas nunca havia tido qualquer suspeita do que estava atrás daquela porta provocante. Era uma radiância que parecia rica e profunda, imensa e *próxima*, secreta e delirante, e... sagrada.

Era seu futuro com a garota que ele abraçava. E o que quer que tivesse sentido e temido no caminho da estação de guarda para casa, agora tinha certeza: *haveria* um futuro.

A esperança era fácil, afinal de contas. Aqui, neste lugar.

Ele puxou-a para mais perto, com os braços em torno de sua cintura e perdeu-se na maravilha dela, na maravilha disso. Sentiu o aroma e o gosto dela, e arrepiou quando os dedos de Sarai percorreram de seu braço até a nuca. Ela entrelaçou-os nos cabelos dele e despertou mais sensações, um fogo de prazer que se irradiava pelos ombros e couro cabeludo, cutucando aquela porta provocante com todos os seus segredos luminosos. Quando ele interrompeu o beijo, finalmente, foi para pressionar o rosto contra o dela. A testa encostada na dela, seu queixo, áspero, contra o dela, liso.

— Sarai — ele disse, com os lábios em seu rosto. Ele sentia-se como um copo cheio de esplendor e sorte. Os lábios curvaram-se em um sorriso. Ele sussurrou: — Você arruinou minha língua para todos os outros sabores! — E entendeu, por fim, o que aquela frase significava.

Sarai afastou-se um pouco, apenas o suficiente para que pudessem se olhar. Seu encantamento espelhava o dele, seu olhar era o equivalente de um sussurro *oh*, rouco, atônito e desperto.

O riso alcançou-os primeiro, riso de criança, e depois a cor. Ambos desviaram o olhar para observar ao redor e perceberam que a cidade não estava mais prendendo o fôlego. Havia bandeirolas tremulando nos domos e o céu era um mosaico de pipas. As lojas do mercado não estavam mais vazias, mas ganhando vida como se abrissem para a manhã, com vendedores de longos aventais expondo seus produtos. Grupos de borboletas brilhantes moviam-se como cardumes de peixes e os níveis mais altos do anfiteatro estavam repletos de árvores frutíferas adornadas com joias.

— Assim é melhor — suspirou Sarai. No alto, na cidadela, as lágrimas dela secaram nas bochechas. A tensão nos punhos e no estômago relaxou.

— Bem melhor — Lazlo concordou. — Você acha que *nós* fizemos isso?

— Tenho certeza disso.

— Ponto para nós — afirmou, então acrescentou, com indiferença exagerada: — Eu me pergunto o que aconteceria se continuássemos nos beijando.

Em uma demonstração similar de indiferença fingida, Sarai ergueu os ombros e disse:

— Bem, acho que nós *podemos* descobrir.

Eles sabiam que tinham de falar sobre o dia, sobre o futuro e todo o ódio, desespero e impotência, mas... ainda não. Aquele lugar em suas mentes que havia produzido as transformações da mahalath estava colorindo a Lamento do Sonhador com a felicidade deles. Tudo mais podia esperar.

— Lazlo — Sarai sussurrou, e ela fez uma pergunta para a qual já sabia a resposta —, você ainda me quer em sua mente?

— Sarai, eu quero você... — Seus braços já estavam ao redor dela. Ele puxou-a para mais perto ainda. — Na minha mente.

— Ainda bem — ela mordeu o lábio, e a visão de seus belos dentes brancos pressionando aquele lábio sedutor e delicado plantou pelo menos um pensamento inconsciente em sua mente sobre o potencial dos dentes no beijo. — Eu vou dormir, já estou deitada na minha cama. — Ela não teve a intenção de soar sedutora, mas em sua repentina timidez, sua voz transformou-se em um sussurro e Lazlo ouviu-a como um ronronar.

Ele engoliu em seco.

— Você precisa deitar aqui? — No sonho, ele quis dizer, porque ela tinha deitado da última vez.

— Acho que não. Agora que sei que funciona, acho que será fácil. — Ela tocou a ponta do nariz dele com a ponta do seu. *Moldado por contos de fadas*, pensou, o que o tornava melhor do que qualquer nariz reto do mundo. — Mas há uma coisa que você pode fazer por mim.

— O que é? — perguntou Lazlo. — Qualquer coisa.

— Você pode me beijar mais um pouco.

E ele beijou.

✶

Lá em cima na cidadela, o corpo de Sarai caiu no sono e, logo que isso aconteceu, ela deixou de ser a garota deitada na cama, deixou de ser a mariposa pousada na testa de Lazlo e tornou-se apenas e gloriosamente a garota em seus braços.

Beijar, o casal descobriu, era uma dessas coisas que só se melhorava quanto mais se fazia, e tornava-se mais... interessante... à medida que ganhavam confiança. Ah, as formas com que os lábios podiam se conhecer, e línguas, como elas podiam provocar. Línguas, como elas podiam *lamber*.

Algumas coisas, pensou Sarai, eram adoráveis demais para devorar, enquanto outras eram adoráveis demais para *não* serem devoradas.

E, juntos, descobriram que beijar não era apenas para as bocas. Aquilo foi uma revelação. Bem, uma boca era necessária, claro. Mas aquela boca podia decidir tirar pequenas férias no lugar suave abaixo da mandíbula, ou no local macio e único logo abaixo da orelha. Ou o lóbulo da orelha. Quem diria. Ou o pescoço. *O pescoço inteiro!* E ali estava uma peculiaridade astuta da fisiologia. Sarai descobriu que ela podia beijar o pescoço de Lazlo enquanto ele beijava o seu. Isso não era sorte? E era imensamente prazeroso sentir seus tremores quando seus lábios encontravam um lugar em que a sensação era particularmente boa. Quase tão prazeroso quanto quando *ele* encontrou um lugar assim *nela*. E não com seus lábios, oh.

Seus dentes.

Até mesmo na cidadela, os dentes fizeram-na arrepiar.

— Eu nunca soube dos pescoços — Sarai sussurrou entre beijos rápidos e quentes.

— Nem eu — disse Lazlo, sem fôlego.

— Ou *orelhas*.

— *Eu sei*. Quem poderia ter imaginado isso sobre as *orelhas*?

Durante todo esse tempo eles ainda estavam no mercado da Lamento do Sonhador. Em algum momento do início do beijo — se alguém podia, com generosidade, chamar aquilo de *um* beijo —, uma árvore convenientemente cresceu a partir de uma fresta nos paralelepípedos, alta, lisa e inclinada no ângulo exato para *encostar* quando a vertigem se tornou demais. Isso jamais iria mais longe do que *encostar*. Havia, mesmo no deleite dos pescoços, uma inocência nascida da perfeita inexperiência, combinada com... educação. As mãos deles estavam quentes, mas estavam quentes em lugares seguros e seus corpos estavam próximos, mas castos.

Bem.

O que o corpo sabe sobre castidade? Apenas aquilo que a mente insiste e, se as mentes de Lazlo e Sarai insistiam, não era porque seus corpos falhavam em apresentar um argumento convincente. Era apenas porque era tudo tão novo e tão sublime. Podia levar semanas apenas para dominar os pescoços. Os dedos de Sarai, em determinado momento do fluxo descuidado do sonho, encontraram-se deslizando sob a barra da camisa de Lazlo para brincar muito levemente sobre a pele nua de sua cintura. Ela percebeu-o arrepiar e sentiu — e ele também — o quanto existia a ser descoberto. Ela fez cócegas de propósito e o beijo transformou-se em uma risada. Ele devolveu as cócegas, suas mãos encorajadas, e a risada do casal preencheu o ar.

Ambos estavam perdidos dentro do sonho, sem consciência do real — dos quartos, camas, mariposas ou testas. E tanto foi assim no vertiginoso e excitante mundo de seu abraço, que o Lazlo real — dormindo pesado na cidade de Lamento — virou-se em seu travesseiro, esmagou a mariposa e rompeu o sonho.

55

FALTA DE FÉ

Na cidade real, Thyon Nero andou até a âncora com a mochila pendurada no ombro. Na noite anterior, havia feito a mesma caminhada com a mesma mochila. Ele estivera cansado e pensando em cochilar. Deveria estar mais cansado agora, mas não estava.

Sua pulsação estava fraca. O espírito, exaurido pela própria pilhagem, pulsava rápido demais nas veias, pareando com um zumbido e um estrépito discordante de... de descrença chocando-se contra as evidências, produzindo uma sensação de *falta de fé*.

Tropeçara no que se recusava a acreditar. Sua mente estava em guerra consigo mesma. Alquimia e magia. O místico e o material. Demônios e anjos, deuses e homens. O que era o mundo? O que era o *cosmos*? Lá em cima no escuro havia estradas através das estrelas, viajadas por seres impossíveis? No que ele tinha entrado, tendo atravessado o mundo?

Chegou à âncora e lá estava a face ampla dela, visível para qualquer passante, não que fosse provável haver passantes a esta hora da noite, e lá estava a viela com o mural que retratava os deuses sangrentos e desgraçados. A viela era onde vinha fazendo seus testes, onde ninguém o veria se passasse por ali. Se pudesse ter um fragmento de mesarthium para experimentar em seu laboratório, não teria de fazer essas saídas tarde da noite, com o risco da descoberta. Mas não existiam fragmentos, pela razão mais simples: o mesarthium não podia ser cortado. Não havia *pedaços* para se ter. Havia apenas essa placa massiva e outras três idênticas nos limites da cidade, ao sul, a leste e a oeste.

Ele voltou ao seu local na viela e mudou de lugar o entulho que deixara lá, para protegê-lo da visão. E ali, na base dessa âncora invencível, onde o mesarthium liso encontrava-se com as pedras que tinha destruído duzentos anos atrás sob seu peso terrível, estava a solução para o problema de Lamento.

Thyon Nero havia conseguido.

Então, por que ele não havia falado com Eril-Fane de uma vez e conquistado para si a inveja de todos os outros delegados e a gratidão de Lamento? Bem, era preciso confirmar os resultados primeiro. Rigor, sempre. Podia ter sido um acaso.

Não era. Ele sabia disso. Ele não entendia e não acreditava, mas sabia.

"Histórias serão contadas sobre mim". Foi isso que havia dito a Estranho, em Zosma, sua razão para vir nessa jornada. Não era sua principal razão, mas não importa. Aquilo tinha sido uma *fuga*, da rainha, de seu pai e do Chrysopoesium e da caixa sufocante que era sua vida. Qualquer que tivesse sido a razão, ali estava ele agora e uma história desenrolava-se à sua frente. Uma lenda assumindo forma.

Ele pôs a mochila no chão e abriu-a. Mais frascos do que na noite anterior e uma glave portátil para iluminar. Ele tinha vários testes a realizar desta vez. O velho alkahest e o novo. As anotações que fazia eram hábito e conforto, como se sua caligrafia organizada pudesse transformar o mistério em sentido.

Havia uma fenda no metal. Ficava à altura do joelho, com um pé de largura na base, e profunda o bastante para colocar o braço dentro. Parecia um corte de machado, exceto pelo fato de que as bordas não eram pontudas, mas lisas, como se tivessem sido derretidas.

Os novos testes provaram o que Thyon já sabia, não o que ele entendia ou acreditava, mas o que ele *sabia*, da mesma forma que um homem que cai de cara conhece o chão.

O mesarthium tinha sido vencido.

Havia uma lenda formando-se. Mas não era a dele.

Guardou as coisas na mochila e encostou o entulho contra a âncora, para proteger a fenda da vista. Ficou parado na boca da viela, com a pulsação fraca e o espírito devastado, perguntando-se o que tudo aquilo significava. Lamento não deu resposta. A noite estava silenciosa. Ele lentamente afastou-se de lá.

✷

Do outro lado da rua, Drave observava e, quando o alquimista se foi, ele saiu das sombras, rastejou até a boca da viela e entrou.

56

OS FAZEDORES DE SONHOS

— Não, não, não, não, não — disse Lazlo, levantando-se, repentinamente, da cama. A mariposa estava deitada em seu travesseiro como um pedaço de veludo escuro. Cutucou-a com o dedo, mas o inseto não se moveu. Estava morta. Era de Sarai e ele a tinha matado. A bizarra e tênue natureza de sua conexão atingiu-o com uma nova força, o fato de uma *mariposa* ser sua única ligação. De que eles pudessem estar compartilhando tal momento e perdê-lo em um instante porque *ele rolou sobre o travesseiro e esmagou uma mariposa.* Ele pegou a pobre criatura na palma da mão e colocou-a, gentilmente, no criado-mudo. Ela desapareceria ao amanhecer, ele sabia, e renasceria no próximo crepúsculo. Ele não tinha matado nada... além de seu próprio ardor.

Era engraçado, na verdade. Absurdo. Enfurecedor. E *engraçado.*

Ele deixou-se cair nos travesseiros e olhou para as mariposas na viga do teto, que estavam ativas e sabia que Sarai podia vê-lo através de seus olhos. Com um sorriso triste, ele acenou.

Lá em cima, em seu quarto, Sarai riu, sem emitir som. A aparência do rosto dele era muito engraçada, e seu corpo estava flácido com uma vexação impotente. *Volte a dormir*, ela desejou. *Agora.*

Ele fez isso. Bem, levou dez horas, ou talvez dez minutos, e então Sarai estava em pé diante dele com as mãos na cintura.

— Assassino de mariposas — ela repreendeu-o.

— Sinto muito — desculpou-se. — Eu amava mesmo aquela mariposa. Aquela era minha favorita.

— Melhor falar baixinho ou esta daqui ficará magoada e voará para longe.

— Quero dizer, *esta* é minha favorita! — ele corrigiu. — Prometo que não vou esmagá-la.

— Certifique-se de não fazer isso.

Ambos estavam sorrindo como bobos. Tão cheios de felicidade, e a Lamento do Sonhador foi colorida por ela. Ah, se a Lamento real pudesse ser consertada tão facilmente.

— Foi provavelmente melhor assim — Lazlo afirmou.

— Ahn?

— Humm. Eu não teria sido capaz de parar de beijá-la. Tenho certeza de que ainda estaria te beijando.

— Isso seria terrível — ela disse, e deu um passo para perto dele, estendendo a mão para traçar uma linha no centro do seu peito.

— Seria deplorável — ele concordou. Ela estava levantando o rosto em direção ao dele, pronta para retomar de onde haviam parado, e ele queria se derreter novamente nela, respirar o néctar e o alecrim dela, provocar o pescoço dela com os dentes e fazer sua boca curvar-se em um sorriso felino. Ele ficava emocionado por fazê-la sorrir, mas tinha a noção galante de que deveria fazer o maior esforço, agora, para fazer isso de outras maneiras.

— Tenho uma surpresa para você — ele disse, antes que ela pudesse beijá-lo e minar suas boas intenções.

— Uma surpresa? — ela perguntou, cética. Na experiência de Sarai, surpresas eram ruins.

— Você vai gostar. Prometo.

Ele pegou a mão da garota e enganchou-a em seu braço levando-a para andar pelo mercado da Lamento do Sonhador, onde misturados entre os itens comuns estavam outros maravilhosos, como mel de bruxa, que, supostamente, proporcionava-lhe uma ótima voz para cantar. Eles experimentaram e funcionou, mas apenas por poucos segundos. E havia besouros que podiam mastigar pedras preciosas melhor do que qualquer joalheiro pudesse cortá-las, e trombetas de silêncio que, quando sopradas, tocavam um cobertor de quietude alto o bastante para sufocar um trovão. Havia espelhos que refletiam a aura das pessoas, e vinham com cartõezinhos que explicavam o que as cores significavam. As auras de Sarai e Lazlo eram de um tom fúcsia que caía entre o rosa do "desejo" e o vermelho do "amor", e quando leram, Lazlo corou quase da mesma cor, enquanto Sarai ficou mais violeta.

Ambos viram o centauro e sua mulher; ela segurava uma sombrinha e ele uma sacola de mercado, e eram apenas mais um casal passeando, comprando verduras para o jantar.

E viram o reflexo da lua em um balde d'água, não importava que fosse de dia, e não estava à venda, mas era "gratuito" para quem fosse capaz de pegá-lo. Havia flores açucaradas e ossos de ijji, joias de ouro e esculturas de lys. Havia até mesmo uma velha astuta com um barril cheio de ovos de threave. "Para enterrar no quintal do seu inimigo", ela lhes disse, com uma gargalhada.

Lazlo estremeceu e contou a Sarai que tinha visto uma no deserto. Eles pararam para tomar sorvete, servido em copos altos, e ela contou-lhe sobre as tempestades de Feral e como comiam neve com colheradas de geleia.

Eles conversaram, andando lado a lado. Ela contou-lhe sobre a Bruxa das Orquídeas e a Fogueira, que eram como suas irmãs mais novas, e ele contou-lhe sobre o mosteiro, e sobre o pomar onde antes ele brincava de ser um guerreiro Tizerkane. Ele pausou diante de uma tenda do mercado que não pareceu a ela especialmente maravilhosa, mas o jeito que ele sorriu a fez dar uma segunda olhada.

— Peixe? — ela indagou. — Essa não é minha surpresa, é?

— Não, eu apenas amo peixe. Você sabe por quê?

— Porque eles são deliciosos?! — ela arriscou. — *Se* eles forem. Nunca experimentei peixe.

— É difícil encontrar peixe no céu.

— Sim — a garota respondeu.

— Eles podem ser saborosos — disse ele —, mas, na verdade, é com o peixe *estragado* que eu tenho uma dívida.

— Peixe estragado. Você quer dizer... *podre?*

— Não exatamente podre. Apenas passado, de forma que você não perceberia, mas comeria e ficaria doente.

Sarai estava confusa.

— Sei.

— Você provavelmente não sabe — disse Lazlo, sorrindo.

— Não faço a mínima ideia — Sarai concordou.

— Se não fosse pelo peixe estragado — ele disse, como se contasse um segredo —, eu seria um monge. — Muito embora ele estivesse fazendo essa revelação no espírito de brincadeira, quando chegou a ela, não pareceu tolice. Pareceu uma escapada por muito pouco, ser enviado para a biblioteca naquele dia há muito tempo. Pareceu o momento em que o trenó de seda cruzou uma fronteira invisível e os fantasmas começaram a dissolver. — Eu seria um monge — ele repetiu, com um horror mais profundo. Pegou Sarai pelos ombros e disse, com convicção ressoante: — Estou contente de não ser um monge.

Ela ainda não sabia do que ele estava falando, mas sentia a forma disso.

— Também estou contente — disse ela, sem saber se ria, e, se existisse um *status* de "não monge" a ser celebrado com um beijo, era esse.

Foi um beijo bom, mas não totalmente intenso que precisasse da árvore para se encostarem. Sarai abriu os olhos de novo, sentindo-se sonhadora e obscura, como uma sentença traduzida em um belo e novo idioma. A barraca de peixe tinha desaparecido. Outra coisa estava em seu lugar, uma tenda preta com um letreiro dourado.

POR QUE NÃO VOAR?, ela leu. Por que não voar? Ela não conseguiu pensar em nenhum motivo. Por que não voar?

Ela voltou-se para Lazlo, excitada. Ali estava sua surpresa.

— Os fabricantes de asas! — ela exclamou, beijando-o de novo. De braços dados, entraram na tenda. Como acontece nos sonhos, entraram na tenda preta, mas foram parar em um pátio grande e iluminado, aberto para o céu. Havia varandas dos quatro lados e em toda parte havia manequins vestidos com roupas estranhas — roupas de penas, e vestidos feitos de fumaça, neblina e vidro. Todos completos com óculos — como os de Soulzeren, mas mais esquisitos, com lentes amarelas luminosas e misteriosos mecanismos. Um até tinha uma probóscide de borboleta, enrolada como um ornamento de proa de barco.

E cada manequim, é claro, estava coroado com um glorioso par de asas.

Havia asas de borboleta, para combinar com as probóscides. Um par era laranja cor do pôr do sol, com rabo de andorinha e contornado de preto. Outro, uma maravilha iridescente de verde-azulado e índigo, com pintas amarelas como olhos de gato. Havia até mesmo asas de mariposa, mas elas eram pálidas como a lua, e não escuras como o crepúsculo, como as mariposas de Sarai. Asas de pássaro, de morcego, até asas de peixe voador. Sarai parou diante de um par que estava coberto de uma macia *pelagem* cor de laranja.

— De que tipo são estas? — ela perguntou, passando a mão nelas.

— Asas de raposa — Lazlo lhe disse, como se ela devesse saber.

— Asas de raposa. É claro. — Ela levantou o queixo e disse, decidida: — Vou ficar com as asas de raposa, por favor, meu bom senhor.

— Uma excelente escolha, senhorita — disse Lazlo. — Aqui, vamos experimentá-las e ver se elas servem.

A armadura era igualzinha às do trenó de seda. Lazlo prendeu-a para ela, e pegou um par para si.

— Asas de dragão — ele disse, e vestiu-as como mangas.

POR QUE NÃO VOAR?, as letras em dourado perguntavam. Nenhum motivo no mundo. Ou se havia muitos motivos no *mundo*, a física, a anatomia e assim por diante, ao menos *ali* não havia motivo.

E, então, eles voaram.

Sarai conhecia sonhos de voar, e este era melhor. Aquele era seu desejo desde que era pequena, antes que seu dom se manifestasse e roubasse sua última esperança disso. Voar era liberdade.

Mas também era *divertido*, uma *diversão* ridícula e maravilhosa. E se a luz do sol estivera presente há poucos momentos, convinha-lhes, agora, ter estrelas, e assim o fizeram. Elas estavam tão baixas a ponto de serem colhidas como frutas em um galho, e colocadas no bracelete com a lua.

Tudo era extraordinário.

Lazlo pegou a mão de Sarai no voo. Lembrou-se da primeira vez que a pegou e sentiu o mesmo choque inigualável do real.

— Desça por aqui — ele disse —, pela âncora.

— Pela âncora não — ela protestou. Ela apareceu, de repente, abaixo deles, erguendo-se da cidade. — Rasalas está lá.

— Eu sei — disse Lazlo. — Acho que devemos descer e visitá-lo.

— O quê? *Por quê?*

— Porque ele tomou jeito — explicou. — Estava cansado de ser um monstro meio apodrecido, sabe. Ele praticamente me implorou por lábios e globos oculares.

Sarai deu uma risada.

— Ele fez isso, fez?

— Juro solenemente — disse Lazlo, e entrelaçaram os dedos para descer pela âncora. Sarai desceu na frente da besta e observou. Lábios e globos oculares, de fato. Ainda dava para reconhecer a besta de Skathis, mas por pouco. Era a besta de Skathis refeita pela mente de Lazlo, então o que era feio foi tornado bonito. Lá se foram a cabeça de ave de rapina com o sorriso de presas afiadas. A carne que estava caindo dos ossos — carne de mesarthium, ossos de mesarthium — cobria todo o crânio agora, e não apenas carne, mas também pelos, e a face tinha a beleza delicada de um espectral misturado com o poder de um ravide. Seus chifres eram uma versão mais refinada do que haviam sido, estendendo-se em espirais apertadas, e os olhos que preenchiam os buracos vazios eram grandes e brilhantes. A corcunda de seus grandes ombros tinha encolhido. Todas as suas proporções ficaram mais elegantes. Skathis podia ter sido um artista, mas era um artista perverso. Estranho, o sonhador, também era um artista, e ele era o antídoto de perverso.

— O que você acha? — Lazlo perguntou.

— Ele é adorável, na verdade — ela elogiou. — Ele ficaria deslocado num pesadelo agora.

— Fico contente que tenha gostado.

— Você faz um bom trabalho, fazedor de sonhos.

— Fazedor de sonhos. Gosto de como isso soa. E você é uma também, é claro. Nós devíamos montar uma barraca no mercado.

— *Por que não sonhar?* — disse Sarai, pintando um logo no ar. As letras brilharam douradas, então desapareceram, e ela imaginou uma vida de conto de fadas em que ela e Lazlo trabalhavam com magia em uma tenda listrada no mercado e beijavam-se quando não tinham clientes. Ela virou-se para ele, afastou a borda larga de suas asas de raposa dos ombros e enlaçou a cintura dele com os braços. — Eu já te disse que no primeiro momento em que entrei nos seus sonhos soube que havia algo de especial em você?

— Acho que você não falou, não — disse Lazlo, encontrando um lugar para seus braços perto dos ombros dela, dos cabelos selvagens varridos pelo vento, das asas e tudo. — Por favor, continue.

— Mesmo antes de você olhar para mim. De me *ver*, quero dizer, a primeira pessoa que me viu. Depois disso, é claro, eu sabia que havia algo, mas mesmo antes, bastava ver Lamento pelos olhos da sua mente. Era tão mágico. Eu queria que ela fosse real e queria descer e trazer Pardal, Rubi, Feral e Minya para viverem nela, do jeito que você a sonhou.

— Foi tudo por causa do bolo, não foi? Isca para deusas.

— Isso ajudou — ela admitiu, rindo.

Lazlo ficou sério.

— Eu gostaria de torná-la real para você.

A risada de Sarai desapareceu.

— Eu sei.

A desesperança não voltou para nenhum dos dois, mas as razões para ela, sim.

— Foi um dia ruim — disse Lazlo.

— Para mim também.

Eles contaram tudo um ao outro, embora Lazlo não tivesse achado necessário repetir as palavras exatas dos guerreiros.

— Isso fez com que eu pensasse que era impossível — ele deslizou o dedo pelo rosto dela —, mas eu já pensei que algumas coisas eram impossíveis antes, e até agora, nenhuma delas foi. Além disso, sei que Eril-Fane não quer mais nenhum assassinato. Ele quer subir à cidadela — revelou a ela — para te encontrar.

— Ele quer? — A esperança frágil em sua voz partiu os corações de Lazlo.

Ele assentiu.

— Como ele poderia não querer? — Lágrimas formaram-se nos olhos dela. — Eu lhe disse que você podia pedir uma trégua aos outros. Posso ir também. Eu gostaria muito de encontrá-la.

Um desejo suave passou pelos olhos de Sarai, mas agora Lazlo viu-os endurecer.

— Eu já perguntei — ela revelou.

— E eles disseram *não*?

— Apenas uma disse, e só o voto dela importa.

Era hora de contar a ele sobre Minya. Sarai já havia lhe descrito Rubi, Pardal e Feral, e até as Ellens, porque todos se encaixavam no encanto dali e na doçura desta noite. Minya não. Só de pensar nela já contaminava a noite.

Ela contou-lhe primeiro como Minya os tinha salvado do Massacre, o que ela tinha testemunhado, e contou-lhe sobre o estranho fato de ela não envelhecer. Por último, contou-lhe sobre o dom de Minya.

— O exército-fantasma. É dela. Quando alguém morre, sua alma é levada para cima, em direção a... não sei. O céu. Elas não têm forma, nenhuma capacidade de se mover. Não podem ser vistas ou ouvidas, exceto por ela. Ela pega as almas e as domina. Dá forma a elas e as escraviza.

Lazlo estremeceu ao pensar nisso. Era poder sobre a morte e era tão repugnante quanto os dons dos Mesarthim. Isso lançava um manto escuro sobre seu otimismo.

— Ela matará qualquer um que for lá — a garota afirmou. — Você não deve deixar Eril-Fane ir. *Você* não deve ir. Por favor, não duvide do que ela pode, vai e *quer* fazer.

— Então o que devemos fazer? — ele indagou, perdido.

É claro que não havia resposta, pelo menos não esta noite. Sarai olhou para a cidadela. Sob a luz das estrelas baixas, ela parecia uma jaula enorme.

— Eu não quero voltar lá ainda — ela disse.

Lazlo a puxou para perto.

— Não é manhã ainda — ele respondeu, fazendo um gesto com a mão e a cidadela desapareceu, simples assim. Ele fez outro gesto e a âncora também desapareceu, sob seus pés. Eles estavam no céu novamente, voando. A cidade brilhava lá embaixo, luz de glaves e domos dourados. O céu luzia ao redor, luz de estrelas e infinidade, e ao todo já tinham se passado segundos demais desde o último beijo. Lazlo pensou, *tudo isso é seu, até a infinidade*, e então ele *transformou* aquilo. Até a *gravidade*, porque ele podia.

Sarai não estava esperando. Suas asas a mantinham para cima, mas então o que estava em cima foi para baixo e ela tropeçou, exatamente como Lazlo tinha planejado, para cair em seus braços. Ela levou um susto e ficou em silêncio enquanto ele a segurava. Ele envolveu-a com as asas e juntos eles caíram, não em direção ao chão, mas para longe, para as profundezas do céu.

Eles caíram nas estrelas em um movimento rápido de ar e éter. Eles respiraram a respiração um do outro. Nunca tinham estado tão próximos. Era tudo velocidade e física dos sonhos — sem necessidade de ficar em pé, deitar ou voar, mas apenas cair. Ambos já estavam caídos. Eles nunca terminariam de cair. O universo era infinito, e o amor tinha sua própria lógica. Seus corpos curvaram-se juntos, pressionados um ao outro, e encontraram o encaixe perfeito. Corações, lábios, umbigos, todas as cordas bem presas. A mão de Lazlo abriu-se contra as costas de Sarai. Ele a segurava perto de si. Os dedos dela enroscaram-se nos longos cabelos castanhos dele. Suas bocas eram macias e lentas.

Seus beijos no chão tinham sido vertiginosos. Este era diferente. Era reverente. Era uma promessa, e deixaram um rastro de fogo como um cometa enquanto se beijavam.

Ele sabia que não era sua vontade que os levou a pousar. Sarai também era uma fazedora de sonhos e essa escolha tinha sido só dela. Lazlo tinha lhe dado a lua no pulso, e as estrelas que a enfeitavam, o sol no pote de vidro junto com os vaga-lumes. Ele tinha até lhe dado asas. Mas o que ela mais queria naquele momento não era o céu. Era o mundo e as coisas quebradas, vigas entalhadas à mão e cobertas emaranhadas, e uma tatuagem adorável em volta do umbigo, como uma garota com esperança no futuro. A garota queria conhecer todas as coisas para as quais os corpos são feitos, e todas as coisas que os corações podiam sentir. Ela queria dormir nos braços de Lazlo — e queria *não* dormir neles.

Ela queria. Ela queria.

Ela queria acordar de mãos dadas.

Sarai desejou e o sonho obedeceu. O quarto de Lazlo substituiu o universo. Em vez de estrelas, glaves. Em vez do travesseiro de ar infinito, havia, debaixo dela, a maciez das penas. Seu peso acomodou-se nelas e o de Lazlo sobre ela, e tudo com a naturalidade da coreografia se encontrando com a música.

Os trajes de Sarai desapareceram. Sua camisola era rosa como pétalas, as alças finas como teias de aranha contra o azul de sua pele. Lazlo ergueu-se sobre o cotovelo e a observou, maravilhado. Ele traçou a linha do seu pescoço, tonto com essa nova topografia. Ali estavam suas clavículas, como ele as vira naquela primeira noite. Ele inclinou-se e beijou a depressão morna entre elas. Seus dedos percorreram a extensão do braço dela e fizeram uma pausa para rolar a fina alça de seda entre eles.

Sustentando seu olhar, ele a soltou pelo lado. O corpo dela levantou-se contra o dele, sua cabeça inclinando-se para trás para expor seu pescoço. Ele o cobriu com a boca, então beijou um caminho até o ombro nu dela. Sua pele estava quente...

E a boca dele também...

E tudo aquilo ainda era apenas o começo.

✷

Aquilo não foi o que Thyon Nero viu quando chegou para espiar pela janela de Lazlo. Nada de amantes e nenhuma bela moça azul. Apenas Lazlo sozinho, sonhando e, de certa forma, *radiante*. Ele estava exalando... felicidade, Thyon pensou, da mesma forma que uma glave emite luz.

E... havia uma *mariposa* pousada em sua testa? E...

O lábio de Thyon curvou-se de aversão. Na parede acima da cama, e nas vigas do teto: asas mexendo-se suavemente. *Mariposas.* O quarto estava infestado delas. Ele ajoelhou-se e pegou algumas pedrinhas e pesou-as na palma da mão. Mirou com cuidado, levou a mão para trás e arremessou.

57

A LINGUAGEM SECRETA

Lazlo levantou-se, inesperadamente, piscando. A mariposa espantou-se de sua testa e todas as outras da parede, para voar até o teto e baterem-se contra as vigas. Mas ele não estava pensando sobre mariposas. Ele não estava pensando. O sonho o havia puxado para um lugar tão profundo que estava sob o pensamento, submerso em um lugar de pura emoção — e *que* emoção. *Todas* as emoções, e com elas a noção de que haviam sido despidas até sua essência, revelando-se pela primeira vez em toda sua beleza indizível, sua fragilidade intolerável. Não havia nenhuma parte dele que sabia que ele estava sonhando — ou, mais precisamente, que ele repentinamente *não* estava sonhando.

Ele só sabia que estava abraçando Sarai, a pele de seu ombro quente e macia contra sua boca, e então não estava mais.

Duas vezes antes, o sonho tinha se rompido e a roubado, mas daquelas outras vezes entendia o que estava acontecendo. Agora não. Agora sentiu como se a própria Sarai — carne, respiração, corações e esperança — tivesse derretido e transformado-se em nada em seus braços. Tentou agarrar-se a ela, mas era como tentar segurar fumaça ou sombra, ou — como o Sathaz do folclore — o reflexo da lua. Lazlo sentiu toda a impotência de Sarai. Mesmo enquanto se sentava em sua cama neste quarto onde Sarai jamais havia estado, o ar parecia aderir às curvas dela, quente com os vestígios de seu perfume e calor — mas vazio, abandonado. Destituído.

Daquelas outras vezes ele sentiu frustração. Desta vez era *perda*, e dilacerou algo dentro dele.

— Não — ele suspirou, subindo à tona rápido para ser cuspido de volta à realidade como alguém lançado na areia pelo quebrar de uma onda. O sonho retrocedeu e deixou-o lá, em sua cama, sozinho — naufragado na intransigência impiedosa da realidade, e era uma verdade tão desoladora para sua alma quanto o nada do Elmuthaleth.

Ele exalou com um tremor, seus braços desistindo do doce e perdido fantasma de Sarai. Até sua fragrância havia se perdido. Ele estava acordado, e estava sozinho. Quer dizer, acordado ele estava.

Ele ouviu um som — um estalo fraco e incrédulo — e virou-se na direção dele. A janela estava aberta e deveria ser um quadrado de sombra cortada do escuro, simples e vazia contra a noite. Em vez disso, uma silhueta a bloqueava: cabeça e ombros, brilhando em um ouro pálido.

— *Isso sim* parecia um sonho muito bom — disse Thyon Nero com pachorra.

Lazlo encarou-o. Thyon Nero estava parado em frente à sua janela. Estivera observando Lazlo dormir, observando-o *sonhar*. Observando-o sonhar *aquele sonho.*

A indignação tomou conta dele, e era desproporcional em relação ao momento, como se Thyon estivesse espiando não só o quarto, mas o próprio sonho, testemunha daqueles momentos perfeitos com Sarai.

— Desculpe interromper, o que quer que seja — Thyon continuou. — Embora você devesse mesmo era me agradecer. — Ele lançou mais uma pedrinha sobre o ombro para deslizar sobre os paralelepípedos. — Havia *mariposas por toda parte*. — Elas ainda estavam lá, pousando nas vigas do teto. — Havia até uma em seu rosto.

E Lazlo percebeu que o afilhado dourado não tinha apenas o espionado. Na verdade, ele o tinha acordado. Não fora o nascer do sol nem uma mariposa esmagada que tinham interrompido seu sonho, mas as pedrinhas de Thyon Nero. A indignação de Lazlo transformou-se em *raiva* em um instante — simples e quente — e ele saiu da cama tão rápido quanto saíra do sono.

— O que você está fazendo aqui? — ele resmungou, aparecendo no espaço da janela aberta de modo que Thyon, surpreso, tropeçou para trás. Ele observou Lazlo com cautela e olhos estreitos. Ele nunca tinha visto Lazlo bravo, muito menos irado, e isso o fazia parecer *maior*, de alguma forma bem diferente; uma espécie mais perigosa de Estranho do que a forma que conhecera todos estes anos.

O que não deveria surpreendê-lo, considerando por que ele viera.

— Essa é uma boa pergunta — disse ele, e voltou-se para Lazlo. — O que *estou* fazendo aqui, Estranho? Você vai me esclarecer? — Sua voz era vazia, bem como seus olhos, suas bochechas encovadas. Ele estava magro com a perda de espírito, sua cor era doentia. A aparência estava ainda pior do que no dia anterior.

Quanto a Lazlo, surpreendeu-se com a própria raiva, que agora estava abrandando. Não era uma emoção com a qual tinha muita experiência — ela não lhe cabia — e ele sabia que não tinha sido Thyon que a havia provocado, mas sua própria impotência de salvar Sarai. Por um instante, apenas um instante, sentiu uma angústia por perdê-la — mas aquilo não era real. Ela não estava perdida. Suas mariposas ainda estavam ali, nas vigas do teto, e a noite não tinha acabado. Assim que ele voltasse a dormir, ela retornaria.

É claro, ele precisava se livrar do alquimista primeiro.

— Esclarecer? — ele perguntou, confuso. — Do que você está falando, Nero?

Thyon balançou a cabeça com desprezo.

— Você sempre foi bom nisso, o olhar infeliz. Esses olhos inocentes — falou com amargura. — Ontem você quase me convenceu de que tinha me ajudado *porque eu precisava*. — Isso ele disse como se fosse a mais absurda das afirmações. — Como se qualquer homem chegasse para o outro e oferecesse o espírito de suas veias. Mas eu não podia imaginar qual motivo você teria, então quase *acreditei*.

Lazlo o fitou.

— Você deve acreditar. Que outro motivo poderia existir?

— É isso o que preciso saber. Você me lançou nisso anos atrás, lá no Chrysopoesium. Por que, Estranho? Qual é o seu jogo? — Ele parecia tão louco quanto doente, um brilho de suor em sua testa. — Quem é você de verdade?

A pergunta desconcertou Lazlo. Thyon o conhecia desde que tinha treze anos. Sabia quem ele era, até onde era possível conhecê-lo. Ele era Estranho, com tudo o que isso implicava.

— Qual é o problema, Nero?

— Nem pense em me fazer de bobo, Estranho…

Lazlo perdeu a paciência e o interrompeu, repetindo, em um tom mais alto:

— *Qual é o problema, Nero?*

Os dois jovens estavam em lados opostos da janela aberta, encarando-se como uma vez se encararam no balcão de informações, exceto que agora Lazlo não estava intimidado. Sarai observou-os através de suas sentinelas. Ela havia acordado quando Lazlo acordou, então jogou-se novamente nos travesseiros, espremendo os olhos para bloquear a visão das paredes e do teto de mesarthium que a cercavam. Ela não tinha dito que não queria voltar para lá ainda? Ela podia ter chorado de frustração. Seu sangue e espírito estavam correndo rápido e seu ombro estava quente, tão quente como se pela respiração real de Lazlo. A alcinha rosa de seda tinha até caído, assim como no sonho. Ela a tocou com os dedos, olhos fechados, lembrando-se da sensação dos lábios e mãos de Lazlo, os sutis caminhos das sensações que ganhavam vida onde quer que ele a tocasse. O que o faranji queria, vindo aqui no meio da noite?

Os dois falavam em sua língua própria, tão sem sentido para ela quanto tambores ou canto de pássaros. Ela não sabia o que estavam dizendo, mas viu a cautela em sua postura, a desconfiança em seus olhos e isso deixou-a tensa. Com a mão, Lazlo afastou os cabelos para trás com impaciência. Um momento passou em silêncio. Então o outro homem colocou a mão no bolso. O movimento foi imprevisível e repentino. Sarai viu um brilho de metal.

Lazlo também viu. Uma faca. Brilhando em sua direção.

Ele afastou-se. A cama estava bem atrás dele, então bateu nela e acabou sentado. Neste momento Ruza balançaria a cabeça, desesperando-se por nunca o transformar em um guerreiro.

Thyon olhou-o com desdém.

— Não vou matá-lo, Estranho — disse ele, e Lazlo viu que não era uma faca que estava na mão aberta de Thyon, mas uma lasca de metal.

Seus corações batiam pausadamente. Não era apenas metal. Era *mesarthium*.

A compreensão o inundou e ele levantou-se de uma vez. Naquele momento, esquecera-se de toda raiva e as insinuações enigmáticas de Thyon e estava completamente dominado pelo significado daquilo.

— Você conseguiu! — ele disse, abrindo um sorriso. — O alkahest funcionou. Nero, você conseguiu!

O olhar rigoroso de Thyon desapareceu e foi substituído pela incerteza. Ele havia se convencido de que isso era parte de algum golpe, algum truque ou traição orquestrada por Estranho, mas, de repente, não tinha certeza. Na reação de Lazlo havia a mais pura empolgação, e até ele podia ver que não era fingido. Ele balançou a cabeça, não em negação, mas mais como se estivesse sacudindo alguma coisa. Era a mesma sensação de *falta de fé* que experimentara na âncora — de descrença chocando-se com evidência. Lazlo não estava escondendo nada. Qualquer que fosse o significado desse enigma, também era um mistério para ele.

— Posso? — Lazlo perguntou, sem esperar por uma resposta. O metal parecia lhe chamar. Ele o tirou da mão de Thyon e o pesou na sua. A ondulação da luz da glave sobre o brilho de cetim azul era hipnotizante, a superfície fria contra a febre do sonho em sua pele. — Você contou para Eril-Fane? — ele perguntou e, quando Thyon não respondeu, levantou o olhar do metal. O desprezo e a suspeita haviam desaparecido da face do alquimista, deixando-o estupefato. Lazlo não sabia exatamente o que esse avanço significaria para o problema de Lamento, que era bem mais complicado do que Thyon sabia, mas não havia dúvida de que era um grande feito. — Por que você não está triunfante, Nero? — ele perguntou. Não havia ressentimento em sua voz quando ele disse: — É um bom episódio para o seu mito, com certeza.

— Cale a boca, Estranho — respondeu Thyon, embora houvesse menos rancor nessas palavras do que em todas as outras que vieram antes delas. — Ouça o que vou dizer. É importante. — Ele cerrou os dentes e descerrou. Seu olhar estava afiado como garras. — Nosso mundo tem uma coesão notável, um conjunto de elementos que formam tudo nele. *Tudo*. Folhas e besouro, língua e dentes, ferro e água, mel e ouro. O azoth é... — ele buscou uma forma de explicar. — É a linguagem secreta que todos compreendem. Você entende? É a chave-mestra que destranca todas as portas. — Ele fez uma pausa para deixar a informação ser assimilada.

— E você está destrancando as portas — disse Lazlo, tentando adivinhar onde ele queria chegar com isso.

— Sim, estou. Não todas elas, ainda não. É o trabalho de uma vida, o Grande Trabalho. *Meu* grande trabalho, Estranho. Não sou um fazedor de ouro para passar os meus dias enchendo a bolsa de moedas de uma rainha. Estou desvendando os mistérios do mundo, um a um, e ainda não cheguei a uma fechadura, por assim dizer, em que minha chave não coubesse. O mundo é a minha casa. Eu sou o dono. O azoth é a minha chave.

Ele fez uma nova pausa, com ênfase, e Lazlo, buscando preencher o silêncio, arriscou um cauteloso:

— De nada?

Mas qualquer que fosse a intenção de Thyon, aparentemente *não* era gratidão pelo papel que Lazlo tinha desempenhado em dar-lhe sua "chave". Fora um estreitamento de olhos, ele continuou como se não tivesse ouvido.

— Mas o mesarthium — ele fez uma pausa antes de colocar as próximas palavras com grande peso — *não é* deste mundo.

Falou como se fosse uma grande revelação, mas Lazlo apenas levantou as sobrancelhas, pois já sabia disso. Bem, podia não saber do jeito que Thyon sabia, por meio de experimentos e evidências empíricas. Ainda assim, tivera certeza disso desde a primeira vez em que colocou os olhos na cidadela.

— Nero, eu devia ter pensado que isso era óbvio.

— E sendo esse o caso, não deveria ser uma surpresa que ele não entenda a linguagem secreta. A chave-mestra não encaixa. — Com uma voz que não dava margem à dúvida, ele disse: — O azoth deste mundo não afeta o mesarthium.

Lazlo franziu as sobrancelhas.

— Mas afetou — afirmou, segurando o pedaço de metal.

— Não exatamente — Thyon o fitou com dureza. — O azoth destilado do *meu* espírito não teve nenhum efeito sobre ele. Então eu te pergunto novamente, Lazlo Estranho… *quem é você?*

58

IRA DE UMA AMEIXA

Pardal encostou-se na balaustrada do jardim. A cidade estava lá embaixo, cortada pela avenida de luz — luz do luar, agora — que escapava por entre as asas do grande serafim. Parecia um caminho. À noite, especialmente, o horizonte da cidade escurecia o suficiente para que se perdesse a noção de escala. Bastava deixar os olhos perderem o foco para a avenida tornar-se uma linha de luz pela qual se podia atravessar até a Cúspide e além. Por que não?

Uma brisa moveu os galhos das ameixeiras, soprando folhas e os cabelos de Pardal. Ela colheu uma ameixa, que cabia perfeitamente na palma de sua mão. Segurou-a por um momento, olhando para fora, olhando para baixo. Rubi tinha jogado uma. Rubi descuidada. Como seria, Pardal perguntou-se, ser rebelde como sua irmã, e pegar o que — e quem — ela quisesse e fazer o que quisesse? Ela riu por dentro. *Ela* jamais saberia.

Passando pelo corredor em direção ao quarto de Feral, ela estivera sonhando com um beijo — um único e doce beijo — apenas para descobrir...

Pois bem.

Ela sentiu-se uma criança. Além de tudo — do peito doendo como se seus corações tivessem sido esmagados, e do choque que a deixara assustada até agora —, ela estava *envergonhada*. Estivera pensando em um beijo, enquanto eles estavam fazendo... *aquilo*. Era muito além de qualquer coisa que ela conhecia. Sarai costumava contar-lhes sobre as coisas que os humanos faziam juntos e aquilo tudo havia sido tão escandaloso, tão distante. Nunca imaginara fazer aquilo e, apesar de toda a fixação de sua irmã com o beijo, nunca a tinha imaginado fazendo aquilo também. Especialmente não com Feral. Ela espremeu os olhos bem fechados e segurou o rosto com as mãos, sentindo-se tão boba, traída e... passada para trás.

Ela pesou a ameixa na mão e, por apenas um momento, a fruta pareceu representar tudo que ela não era — ou talvez toda coisa doce e insípida que ela *era*.

Rubi era fogo — fogo e desejos, como um bastão-do-imperador — e ela era... fruta? Não, pior: ela era o *kimril*, doce e nutritivo, mas *sem sabor*. Levou o braço para trás e lançou a ameixa o mais longe que podia. Instantaneamente, arrependeu-se. "Talvez eu atinja um deles", Rubi tinha dito, mas Pardal não queria atingir ninguém.

Bem, talvez Rubi e Feral.

Como se invocada por seus pensamentos, Rubi saiu no jardim. Vendo-a, Pardal pegou outra ameixa, que não a jogou nela, mas ainda assim a segurou, só por garantia.

— O que você está fazendo acordada? — ela perguntou.

— Estou com fome — disse Rubi. Quatro crianças famintas crescendo na cidadela dos Mesarthim, nunca tinha havido uma despensa para assaltar. Havia apenas as ameixeiras que Pardal mantinha em perpétua frutificação.

— É claro — respondeu. E pesou a ameixa em sua mão. — Você estava... em atividade recentemente.

Rubi ergueu os ombros, sem arrependimento. Ela passou pelo caminho entre as ervas e os aromas subiram ao seu redor. Estava com os cabelos desgrenhados como sempre — ou ainda mais, de seus exercícios recentes — e tinha vestido uma lingerie com um robe, sem amarrar, as pontas do cinto esvoaçando atrás dela como rabos de gato de seda.

Rubi encostou-se indolentemente na balaustrada. Ela pegou uma ameixa e comeu-a. O suco pingou de seus dedos. Ela lambeou-os e olhou para a Cúspide.

— Você está apaixonada por ele? — ela perguntou.

— O quê? — Pardal olhou zangada. — *Não.*

Tanto fazia ela responder ou não, Rubi ignorou-a completamente.

— Eu não sabia, sabe? Você podia ter me contado.

— O que, e ter arruinado sua diversão?

— Mártir — disse Rubi, suavemente. — Era apenas uma coisa a fazer, e ele era alguém com quem fazer essa coisa. O único garoto vivo.

— Que romântico.

— Bem, se é romance que você quer, não espere muito do nosso Feral.

— Não espero nada dele — respondeu Pardal, irritada. — Eu não o quero *agora*.

— Por que não? Porque eu fiquei com ele? Não me diga que é como quando nós lambíamos as colheres para guardar nossos lugares na mesa.

Pardal jogou a ameixa para cima e a pegou.

— É um pouco assim, sim.

— Bem, então. As colheres estavam como novas depois de lavadas. O mesmo deve valer para garotos.

— Não tem a ver com *lambidas*. É óbvio quem Feral quer.

— Não, não é. É só porque eu estava lá. Se você tivesse ido até ele, então seria você.

Pardal franziu a testa.

— Se isso é verdade, então não o quero mesmo. Quero alguém que queira apenas a mim.

Rubi achou que isso *era* verdade e, para sua surpresa, isso a incomodou. Quando Pardal explicou desse jeito, ela pensou que também preferiria alguém que quisesse apenas a ela, então, experimentou um lampejo irracional de ressentimento em relação a Feral. E lembrou-se do que ele tinha visto pouco antes de ambos verem Pardal na porta do quarto. "Terei que dormir com você de agora em diante".

Suas bochechas esquentaram quando pensou nisso. À primeira vista, não parecia nada romântico. "*Terei*" fazia soar como se não houvesse outra escolha, mas é claro que havia. Se ele preferia vir até ela, bem. Até agora, *ela* que sempre havia ido até ele. E ele dissera "de agora em diante". Parecia uma... promessa. Será que ele estava falando sério? Ela queria isso?

Ela estendeu a mão e pegou um cacho dos cabelos de Pardal, com sua mão melada de ameixa, e puxou suavemente. Um ar melancólico tomou conta dela, o mais perto que podia chegar do remorso.

— Eu só queria saber como era, caso fosse minha última chance. Eu nunca quis tirá-lo de você.

— Você não o tirou. Você não o amarrou e o obrigou — Pardal fez uma pausa, pensativa. — Você não o obrigou, obrigou?

— Praticamente. Mas ele não gritou pedindo ajuda, então...

Pardal lançou a ameixa de perto e acertou Rubi na clavícula. Ela disse "ai!", embora não tivesse doído. Esfregando os dedos no lugar do impacto, fitou Pardal.

— É isso, então? Você extravasou sua ira?

— Sim — respondeu a garota, limpando as mãos. — Foi a ira de uma ameixa.

— Que triste para Feral. Ele só vale uma ameixa. Ele não vai ficar chateado quando contarmos?

— Não precisamos contar a ele.

— É claro que precisamos — Rubi respondeu. — Agora ele é capaz de achar que nós duas estamos apaixonadas por ele. Não podemos deixar *isso* assim. — Ela parou na grade. — Veja, lá está Sarai.

Pardal olhou. Do jardim, podiam ver o terraço de Sarai. Era longe; elas só conseguiam ver a silhueta dela, andando de um lado para o outro. Elas acenaram, mas Sarai não acenou de volta.

— Ela não nos vê — disse Pardal, descendo a mão. — De qualquer jeito, ela não está lá de verdade.

Rubi sabia o que ela queria dizer.

— Eu sei. Ela está lá embaixo, na cidade. — Ela suspirou, pensativa, e descansou o queixo sobre a mão, olhando para baixo, onde as pessoas viviam, dançavam, amavam e falavam da vida dos outros e não tinham de comer kimril se não quisessem. — O que eu não daria para ver a cidade apenas uma vez.

59

CINZA COMO A CHUVA

Sarai não havia saído no terraço desde o ataque ao trenó de seda. Permanecera em seu quarto tentando preservar alguma privacidade enquanto estava sob guarda cerrada, mas não pôde mais aguentar. Ela precisava de ar, precisava se mexer. Sempre ficava impaciente quando suas mariposas estavam fora, e agora a confusão acentuava isso.

O que isso queria dizer?

Andava de um lado para o outro e havia fantasmas ao seu redor, mas ela mal estava consciente deles. Ainda não conseguia compreender a conversa entre Lazlo e o faranji, embora, claramente, tivesse a ver com o mesarthium. Lazlo estava tenso, isso ela percebia. Ele devolveu o pedaço de metal. O outro homem saiu — finalmente — e ela esperava que Lazlo voltasse a dormir. Que voltasse *para ela.*

Em vez disso, ele calçou as botas. O desalento invadiu-a. Agora ela não pensava mais sobre os caminhos da sensação ou no calor dos lábios dele em seu ombro. Aquilo tudo tinha sido afastado por um fio de preocupação. Aonde ele ia a esta hora da noite? Ele estava distraído, a um milhão de quilômetros dali. Ela observou-o vestir um colete sobre o pijama solto. O impulso de tocá-lo era tão forte, mas ela não podia, e sua boca estava cheia de perguntas que ela não tinha como fazer. Uma mariposa agitou-se em volta de sua cabeça, seu caminho um rabisco.

Ele viu-a e piscou para ajustar o foco.

— Sinto muito — ele disse, sem ter certeza de que ela podia ouvi-lo, e estendeu a mão.

Sarai hesitou antes de pousar nela. Fazia muito tempo que não tinha contato com uma pessoa acordada, mas ela sabia o que esperar. Ela *não* esperava entrar em um espaço de sonho onde pudesse vê-lo e falar com ele e, de fato, não foi o que aconteceu.

A mente inconsciente é um terreno aberto — sem muros ou barreiras, para o bem ou para o mal. Pensamentos e sentimentos ficam livres para vagar, como personagens deixando os livros para experimentar a vida em outras histórias. Terrores perambulam, e o mesmo acontece com desejos. Segredos são revirados como bolsos, e velhas memórias encontram-se com novas. Elas dançam e deixam seus aromas umas nas outras, como o perfume transferido entre amantes. Assim que se produz significado. A mente constrói como o ninho de uma sirrah, com o que estiver à mão: fios de seda, cabelos roubados e as penas de um parente morto. A única regra é que não há regras. Nesse espaço, Sarai ia aonde queria e fazia o que bem entendia. Nada estava fechado para ela.

A mente consciente era uma história diferente. Não havia mistura de perfumes, nenhum perambular. Segredos derretiam-se na escuridão e todas as portas fechavam-se com estrondo. Nesse mundo vigiado, ela não podia entrar. Enquanto Lazlo estivesse acordado, ela estava trancada para fora da entrada de sua mente. Ela já sabia disso, mas ele não. Quando a mariposa fez contato, ele esperava que ela se manifestasse em sua mente, mas isso não aconteceu. Ele disse seu nome — primeiro em voz alta no quarto e, então, mais alto em sua mente.

— Sarai?

Sarai?

Nada de resposta, apenas uma vaga sensação de que ela estava por perto — trancada do outro lado de uma porta que ele não sabia como abrir. Ele entendeu que devia adormecer se quisesse falar com ela, mas isso era impossível agora. Sua mente estava agitada com a pergunta de Thyon.

Quem é você?

Ele imaginava que outras pessoas tivessem um lugar no centro de si mesmas — bem no centro de si mesmas —, onde residia a resposta para essa pergunta. Mas ele tinha apenas um espaço vazio.

— Você sabe que não sei — ele tinha dito a Thyon, incomodado. — O que você está sugerindo?

— Estou sugerindo — o afilhado dourado respondera — que você não é um camponês órfão de Zosma.

Então quem eu sou?

Então *o quê?*

Azoth *deste mundo*. Foi isso que Thyon dissera. O azoth deste mundo não afetava o mesarthium. O azoth destilado do espírito do alquimista não tinha nenhum efeito sobre ele. E ainda assim Nero cortara um pedaço da âncora e isso era prova suficiente: *alguma coisa* tinha afetado o mesarthium e essa coisa, de acordo com Thyon, era Lazlo.

Lazlo tentou se convencer de que Nero estava zombando dele, que era tudo uma brincadeira. Talvez Drave estivesse se escondendo, rindo como um menino.

Mas que tipo de brincadeira? Um ardil elaborado para fazê-lo pensar que havia algo de especial nele? Lazlo não podia acreditar que Nero se daria ao trabalho, principalmente agora, quando estava tão obcecado com o desafio que se apresentava. Thyon Nero tinha muitas características, mas a frivolidade não era uma delas.

Mas então, talvez Lazlo só quisesse que fosse verdade. Que houvesse algo de especial nele.

Não sabia o que pensar. O mesarthium estava no centro do mistério, então era para lá que ele estava indo — para a âncora, como se os campos magnéticos invisíveis de Mouzaive estivessem puxando-o para lá. Ele saiu da casa, com a mariposa de Sarai ainda pousada em sua mão. Ele não sabia o que lhe contar, se ela podia ouvi-lo. Sua mente estava girando com pensamentos e memórias e, no centro de tudo: o mistério sobre si.

"Então você pode ser qualquer um", Sarai tinha dito quando ele lhe contou sobre a carroça de órfãos e sobre o fato de não saber seu nome.

Ele pensou no mosteiro, nos monges, na fileira de berços, nos bebês chorando, e nele mesmo, silencioso em meio aos demais.

"Não era natural", o Irmão Argos tinha falado assim dele. As palavras ecoaram nos pensamentos de Lazlo. *Não era natural.* Ele tinha se referido ao silêncio de Lazlo, não? "Pensei que com certeza morreria", o monge havia dito também. "Cinza como a chuva, você era".

Um crepitar de arrepios irradiou-se do couro cabeludo de Lazlo e desceu pelo pescoço e coluna dele.

Cinza como a chuva, você era, mas sua cor se tornou normal com o tempo.

Na rua silenciosa da cidade adormecida, os pés de Lazlo desaceleraram e pararam. Levantou a mão que estava, momentos antes, segurando o pedaço de mesarthium. As asas da mariposa ergueram-se e desceram, mas ele não a fitava. A mancha estava de volta — um cinza em sua palma, onde havia segurado o fragmento fino. Ele sabia que ela desapareceria, desde que não estivesse tocando o mesarthium, e retornaria assim que tocasse. E todos aqueles anos atrás, sua pele havia sido cinza e voltara ao normal.

O som de seus batimentos cardíacos ecoava em sua cabeça.

E se ele jamais tivesse ficado doente? E se ele fosse... algo muito mais estranho que o nome Estranho pudesse significar?

Outra onda de arrepios percorreu seu corpo. Ele pensou que era alguma propriedade do metal que reagisse com sua pele, mas ele era o único que reagia a ele.

E agora, de acordo com Thyon, *o metal* havia reagido a *ele*.

O que isso significava? O que tudo isso significava? Ele começou a andar novamente, mais rápido agora, desejando que Sarai estivesse ao seu lado. Ele queria lhe dar a mão, em vez de ter uma mariposa pousada na mão. Depois do encantamento e da facilidade de voar no sonho que parecia tão real, ele sentia-se pesado, arrastando-se e preso ali na superfície do mundo. Essa era a maldição de sonhar: ele acordou para a pálida realidade, sem asas nos ombros nem deusa nos braços.

Bem, ele talvez nunca tivesse asas em sua vida acordado, mas *abraçaria* Sarai — não o fantasma dela nem a mariposa, mas *ela*, em carne, osso e espírito. De uma forma ou de outra, prometeu, essa parte de seu sonho se tornaria realidade.

✷

À medida que Lazlo acelerou o passo, Sarai fez o mesmo. Seus pés descalços moviam-se rapidamente sobre o metal frio da palma do anjo, como se ela estivesse tentando segui-lo. Era inconsciente. Como Rubi e Pardal haviam dito, ela não estava realmente ali, mas tinha deixado consciência suficiente em seu corpo para saber quando se virar e não subir pela ponta íngreme da mão do serafim e ultrapassar a beirada.

A maior parte de sua atenção estava com Lazlo: pousada em seu pulso e pressionada contra a porta fechada da consciência do garoto. Ela sentia o pulso dele acelerado e a onda de arrepios que passava por sua carne bem como poderia sentir também a onda de emoção irradiando-se dele — e era o tipo de tremor e reverência que se costuma sentir na presença do sublime. Era claro e forte, entretanto Sarai não conseguia entender a causa. Seus sentimentos a atingiam em ondas, como música ouvida por meio de paredes, mas seus pensamentos continuavam escondidos lá dentro.

As outras noventa e nove mariposas tinham voado e estavam girando pela cidade em grupos, procurando algum indício de atividade. Mas ela não conseguia encontrar nada de errado. Lamento estava quieta. Os guardas Tizerkane eram silhuetas silenciosas em suas torres de vigia, e o faranji dourado tinha retornado diretamente ao laboratório e trancado-se lá dentro. Eril-Fane e Azareen estavam dormindo — ela em sua cama, ele no chão, a porta fechada entre o casal — e os trenós de seda estavam onde haviam sido deixados.

Sarai disse para si que não tinha nada com o que se preocupar e, então, ouvindo as palavras em sua mente, deu uma risada dura e sem voz. *Nada com o que se preocupar? Nada mesmo.* Qual preocupação poderia existir?

Apenas descoberta, massacre e morte.

Essas eram as preocupações com as quais ela tinha crescido e estavam atenuadas pela familiaridade. Mas havia novas preocupações, porque havia nova esperança, e desejo, e… e *amor*, e essas não eram familiares nem amenas. Até poucos dias atrás, Sarai mal podia dizer que havia um motivo para viver, mas agora seus corações estavam cheios de razões. Eles estavam cheios, pesados e sobrecarregados de uma urgência para *viver* — por causa de Lazlo, e do mundo que construíram quando suas mentes se tocaram, e da crença, apesar de tudo, de que *eles podiam torná-lo real.* Se apenas os outros os deixassem.

Mas não iriam.

Esta noite ela e Lazlo tinham buscado conforto um no outro e o encontraram, e se *esconderam* nele, bloqueando a realidade e o ódio contra o qual eram impotentes. Nenhum dos dois tinha solução nem esperança, então deleitaram-se no que eles tinham — um ao outro, pelo menos nos sonhos — e tentaram esquecer todo o resto.

Mas não havia esquecimento.

Sarai viu Rasalas pousado na âncora. Ela normalmente evitava o monstro, mas agora enviara um grupo de mariposas para perto. Tinha sido bonito no sonho. E podia ter servido como um símbolo de esperança — se Rasalas podia ser refeito, então qualquer coisa também podia —, mas ali estava ele como sempre: um símbolo de nada além de brutalidade.

A garota não podia suportar a visão. Suas mariposas separaram-se e viraram-se para longe, e foi então que um som lhe chegou aos ouvidos. Lá de baixo, na sombra da âncora, ouviu passos e alguma outra coisa. Um rangido obstinado, baixo e repetitivo. Fazendo fluir mais atenção para aquela dúzia ou mais de mariposas, ela enviou-as para baixo para investigar. Elas avançaram em direção ao som e seguiram-no até a viela que corria ao longo da base da âncora.

Sarai conhecia o lugar, mas não muito bem. Este bairro era abandonado. Ninguém vivera ali em todo o tempo em que ela descera para Lamento, então não havia motivo para mandar suas mariposas para lá. Ela tinha praticamente esquecido do mural, e a visão dele a fez parar: seis deuses mortos, cruamente azuis e pingando vermelho, seu pai no meio: herói, libertador, assassino.

O rangido estava mais alto agora, e Sarai pôde distinguir a silhueta de um homem. Ela não podia ver seu rosto, mas podia sentir seu cheiro: o fedor amarelo de enxofre.

O que ele *está fazendo aqui?*, perguntou-se, com desgosto. A visão confirmou o que os outros sentidos tinham lhe dito. Era aquele homem de rosto descamado, cujos sonhos tanto a perturbaram. Entre sua mente horrível e higiene rançosa, ela não tinha feito contato com ele desde aquela segunda noite, mas apenas passado por ele, retraindo-se com repugnância. Ela passara menos tempo em sua mente do que na de seus colegas, por isso tinha apenas uma noção vaga de seu conhecimento, e menor ainda de seus pensamentos e planos.

Talvez isso tivesse sido um erro.

Ele estava andando devagar, segurando uma espécie de roda nas mãos — um carretel do qual desenrolava um longo fio atrás de si. Era esse o rangido ritmado: a roda, enferrujada, gemendo enquanto girava. Ela observou, perplexa. Na boca da viela, ele espiou e olhou em volta. Tudo nele era furtivo. Quando ele se certificou de que não havia ninguém por perto, colocou a mão no bolso, apalpou no escuro e acendeu um fósforo. A chama acendeu-se alta e azul, então encolheu-se e transformou-se em uma pequena língua laranja, menor que a ponta de um dedo.

Inclinando-se para baixo, ele levou a chama até o fio, que obviamente não era um fio, mas um pavio.

E então correu.

60

ALGO ESQUISITO

Thyon colocou o pedaço de mesarthium em sua mesa de trabalho e deixou-se cair, pesadamente, no banquinho. Com um suspiro — frustração acima de um grande cansaço —, ele descansou a testa sobre a mão e olhou para a longa lasca do metal exótico. Havia ido em busca de respostas e não conseguira nenhuma, mas o mistério não o abandonava.

— O que é você? — perguntou ao mesarthium, como se o metal pudesse lhe dizer o que Estranho não tinha dito. — De onde você vem? — sua voz era baixa, acusatória.

"Por que você não está orgulhoso?", Estranho tinha lhe perguntado. "Você conseguiu".

Mas o que, exatamente, ele fizera? Ou, mais especificamente, por que tinha funcionado? O frasco rotulado ESPÍRITO DE BIBLIOTECÁRIO estava a poucos centímetros do metal. Thyon permaneceu sentado, olhando fixamente para as duas coisas — o frasco com as gotas restantes da essência vital e o pedaço de metal que a essência lhe havia permitido cortar.

E talvez fosse porque ele estava entorpecido com a perda de espírito ou talvez apenas cansado e a meio caminho do sonho, mas embora olhasse com todo o rigor de um cientista, seu olhar era filtrado pelo véu tremeluzente do devaneio — a mesma sensação de encantamento que lhe acometia quando ele lia seu livro secreto de milagres. E assim, quando percebeu algo esquisito, considerou todas as possibilidades, incluindo aquelas que não deveriam ser possíveis.

Ele pegou o metal e examinou-o mais de perto. As bordas estavam irregulares onde o alkahest as havia carcomido, mas um lado era perfeitamente liso como a superfície da âncora. Ou tinha sido. Ele tinha certeza.

Não era mais. Agora, sem dúvida, ele trazia as marcas sutis de… bem, de *dedos*, onde Lazlo Estranho tinha-o segurado na mão.

61

QUENTE, PODRE E ERRADO

Enquanto Sarai sentia as ondas dos sentimentos de Lazlo até mesmo através das barreiras de sua consciência, ele também sentia a chama repentina dos seus.

Um frigir de pânico — sem pensamentos, sem imagens, apenas uma bofetada de *sensação* e ele sobressaltou-se, a dois quarteirões da âncora e, então, inundando seus sentidos: o cheiro penetrante do enxofre, quente, podre e errado.

Era o fedor de Drave, e pareceu uma premonição, porque só então Drave apareceu no começo da rua, virando a esquina em uma corrida desenfreada. Seus olhos arregalaram-se quando ele viu Lazlo, mas ele não desacelerou, continuando a toda velocidade, como se estivesse sendo perseguido por ravides. Tudo em um instante: o pânico, o cheiro e o explosionista. Lazlo piscou.

E então o mundo ficou branco.

Um florir de luz. A noite tornou-se dia — mais clara que o dia, nenhuma escuridão para contar a história. As estrelas brilharam fracas contra os céus branqueados como ossos e as sombras morreram. O momento oscilou em um silêncio trêmulo, ofuscante, nulo e dormente.

E então a explosão.

Ela arremessou-o. Ele não a conhecia. Conhecia somente o flash. O mundo ficou branco e, então, ficou preto e isso era tudo.

Não para Sarai. Ela estava a salvo da onda da explosão — pelo menos seu corpo estava, lá na cidadela. As mariposas próximas à âncora foram incineradas em um instante. No primeiro segundo antes que sua atenção pudesse fluir para suas outras sentinelas, foi como se o fogo tivesse chamuscado sua visão em pedaços, deixando furos rotos com bordas de cinzas.

Aquelas mariposas foram perdidas. Ela tinha outras oitenta ainda voando pela cidade, mas a explosão rasgou tão rápido e tão longe que atingiu a todas em sua ressaca e varreu-as para longe. Seus sentidos reviraram-se com elas, capotando, sem saber o que estava em cima ou embaixo. Ela caiu de joelhos no terraço, a cabeça girando enquanto mais mariposas morriam, mais furos derretendo-se em sua visão, e o resto continuava desgovernado, fora de seu controle. Isso aconteceu segundos antes que ela pudesse recolher os sentidos em seu corpo — a maior parte deles, contudo. O suficiente para parar de girar enquanto seus pequenos fragmentos se espalhavam. Sua mente e estômago reviraram-se, nauseados, atordoados e frenéticos. O pior era que ela tinha perdido Lazlo. A mariposa em sua mão havia sido varrida e aspirada para fora da existência e, até onde ela sabia, ele também.

Não.

Uma explosão. Ela tinha entendido isso. O ruído da explosão fora curiosamente surdo. Ela rastejou até a beirada do terraço e reclinou-se com o peito contra o metal, e espiou lá embaixo, não sabendo o que esperar ver em Lamento. Caos — caos para condizer com a agitação de seus sentidos esparramados pelo vento? Mas tudo o que viu foi um delicado florescer de fogo no bairro da âncora, e frondes de fumaça subindo em câmera lenta. Lá de cima, parecia uma fogueira.

Rubi e Pardal, espiando por sobre a balaustrada do jardim, pensaram o mesmo.

Era... bonito.

Talvez não fosse ruim, Sarai pensou — ela rezou —, enquanto buscava suas sentinelas remanescentes. Muitas estavam esmagadas ou machucadas, mas várias dúzias ainda podiam voar, e as fez voar rápido em direção à âncora, o local onde perdera Lazlo.

A visão ao nível da rua não era nada como a vista calma lá de cima. Era quase irreconhecível em relação à paisagem de um momento atrás. Uma névoa de poeira e fumaça pairava sobre tudo, iluminada pelo fogo que ardia no local da explosão. Não parecia uma fogueira ali de baixo, mas uma revolução. Sarai buscou com suas dúzias de olhos, nada fazia muito sentido. Tinha quase certeza de que fora ali que tinha perdido Lazlo, mas a topografia havia mudado. Pedaços de rocha estavam na rua onde antes não havia nenhuma pedra. Elas tinham sido arremessadas pela explosão.

E sob uma delas havia um corpo preso.

Não, disse a alma de Sarai. Às vezes, é tudo que há: um eco infinito da menor das palavras. *Não não não não não* para sempre.

A pedra era um pedaço do muro, e não qualquer pedaço. Era um fragmento do mural, arremessado até ali. O rosto pintado de Isagol olhava ali de cima e o corte de sua garganta aberta parecia um sorriso.

A mente de Sarai havia se esvaziado de tudo, exceto do *não*. Ela ouviu um gemido e suas mariposas voaram até o corpo — e, rapidamente, afastaram-se dele.

Não era Lazlo, mas Drave, que estava com o rosto para baixo, pois fora pego enquanto corria do caos que ele mesmo causara. Suas pernas e pélvis estavam esmagadas pela pedra. Os braços arranhavam a rua como se ele quisesse se libertar, mas seus olhos estavam vidrados, sem enxergar, e sangue borbulhava de suas narinas. Sarai não ficou para vê-lo morrer. Sua mente, que havia se encolhido a uma única palavra — *não* —, desfraldava-se, mais uma vez, com esperança. Suas mariposas separaram-se, cortando a fumaça que soprava até encontrarem outra figura estatelada e imóvel.

Esse era Lazlo, deitado de costas, olhos fechados, boca relaxada, seu rosto branco de poeira, exceto onde o sangue corria de seu nariz e ouvidos. Um soluço formou-se na garganta de Sarai e suas mariposas cortaram o ar na pressa para alcançá-lo — para tocá-lo e saber se seu espírito ainda fluía, se sua pele estava quente. Uma voou até seus lábios, outras até a sua testa. Assim que o tocaram, ela caiu dentro de sua mente, para fora da poeira e fumaça da noite pintada pelo fogo e para... um lugar onde ela nunca estivera antes.

Era um pomar. As árvores eram nuas e pretas.

— Lazlo? — ela chamou, e sua respiração produziu uma nuvem que logo desapareceu. Tudo estava parado. Ela deu um passo e o gelo rachou sob seus pés descalços. Estava muito frio. Ela chamou-o novamente. Outra nuvem de respiração formou-se e desapareceu, mas não houve resposta. Ela parecia estar sozinha ali. O medo aninhou-se em suas entranhas. Ela estava na mente dele, o que significava que ele estava vivo — e a mariposa que pousara sobre seus lábios podia sentir sua respiração fraca —, mas onde ele estava? Onde *ela* estava? Que lugar era este? Ela vagou por entre as árvores, partindo os galhos com as mãos, andando cada vez mais rápido, cada vez mais ansiosa. O que significava o fato de ele não estar ali?

— Lazlo! — ela chamou. — Lazlo!

E então ela chegou a uma clareira e ele estava lá — de joelhos, cavando a terra com as mãos.

— Lazlo!

Ele olhou para cima. Seus olhos estavam vidrados, mas iluminaram-se ao vê-la.

— Sarai? O que você está fazendo aqui?

— Procurando você! — ela respondeu, e correu para lançar seus braços ao redor dele. Ela beijou-lhe o rosto. Sentiu seu cheiro. — Mas o que *você* está fazendo aqui? — Ela pegou as mãos dele entre as suas. Elas estavam sujas de terra preta, suas unhas rachadas e quebradas de raspar a terra congelada.

— Estou procurando uma coisa...

— O quê?

— Meu nome — ele disse, em dúvida. — A verdade.

Suavemente, ela tocou a testa dele, engolindo o medo que a queria sufocar. Tendo sido arremessado daquela forma, ele devia ter batido a cabeça. E se estivesse ferido? E se ele estivesse... avariado? Ela pegou a cabeça dele nas mãos, desejando fortemente estar em Lamento, para segurar sua cabeça de verdade no colo e acariciar sua face e estar lá quando ele acordasse, porque é claro que ele acordaria. É claro que ele estava bem. É claro.

— E... você acha que está aqui? — ela perguntou, sem saber o que mais dizer.

— Tem alguma coisa aqui. Sei que tem — ele respondeu, e... havia algo. Estava solidificado na terra, mas quando ele o tirou, a terra caiu e o objeto brilhou branco como uma pérola. Era... uma pena? Não qualquer pena. Suas extremidades encontravam-se com o ar como se derretessem, como se pudesse se dissolver.

— A Aparição — disse Sarai, surpresa.

— O pássaro branco — completou Lazlo. Analisou a pena virando-a em sua mão. Imagens fragmentadas tremulavam no limite da memória. Vislumbres de penas brancas, de asas gravadas contra estrelas. Ele franziu a testa. Tentar capturar as memórias era como tentar capturar um reflexo. Assim que ele as buscava, elas se distorciam e desapareciam.

Por sua vez, Sarai perguntou-se o que uma pena da Aparição estava fazendo ali, enterrada na mente inconsciente de Lazlo. Mas era um sonho — de um golpe na cabeça, nada menos — e, provavelmente, não significava nada.

— Lazlo — ela disse, umedecendo os lábios, o medo quente e apertado na garganta e no peito —, você sabe o que aconteceu? Você sabe onde está?

Ele olhou em volta.

— Esse é o pomar do mosteiro. Eu costumava brincar aqui quando era criança.

— Não — ela esclareceu. — Isso é um sonho. Sabe onde *você* está?

Ele franziu a testa:

— Eu... eu estava andando para a âncora norte.

Sarai assentiu. Ela acariciou-lhe o rosto, maravilhando-se com o que ele tinha passado a significar para ela em um período tão curto de tempo — seu nariz torto, suas maçãs do rosto grosseiras, os cílios de gato e os olhos sonhadores. Ela queria ficar com ele, era tudo o que desejava — mesmo aqui, neste lugar inóspito. Bastaria dar-lhes meio minuto que eles o transformariam no paraíso — flores abrindo-se nas árvores negras e nuas, uma casinha com uma lareira e um tapete felpudo na frente dela, perfeito para fazer amor.

A última coisa que ela queria fazer — última mesmo — era empurrá-lo por uma porta na qual ela não o pudesse seguir. Mas ela beijou seus lábios, e suas pálpebras, e sussurrou palavras que fariam exatamente aquilo. Ela disse:

— Lazlo. Você tem que acordar agora, meu amor.

E ele acordou.

✷

Da quietude do pomar e dos carinhos de Sarai, Lazlo acordou para... uma quietude que não era silêncio, mas o som virado do avesso. Sua cabeça estava cheia dele, estourando, e ele não conseguia ouvir nada. Ele estava surdo, e estava asfixiado. O ar estava pesado e o impedindo de respirar. Poeira. Fumaça. Por que...? *Por que ele estava deitado?*

Ele tentou sentar-se. Fracassou.

Ficou deitado ali, piscando, e as formas começaram a distinguir-se na sombra. Acima dele, viu um pedaço do céu. Não, não era o céu. Era o céu de Lamento: a cidadela. Ele podia ver o contorno de suas asas.

O contorno de asas. *Sim*. Por um instante, capturou a memória — asas brancas contra as estrelas —, apenas um vislumbre, acompanhado por uma sensação de leveza que era a antítese do que sentia agora, esparramado na rua, olhando para a cidadela. Sarai estava lá em cima. *Sarai*, cujas palavras ainda estavam em sua mente, cujas mãos ainda estavam em seu rosto. Ela tinha acabado de estar com ele...

Não, aquilo era um sonho, ela dissera. Ele estava andando em direção à âncora, era isso. Ele lembrava-se... Drave correndo e luz branca. A compreensão lentamente penetrou sua mente. Explosionista. Explosão. Drave tinha feito aquilo.

Feito *o quê?*

Um som de campainha suplantou o silêncio em sua cabeça. Era baixo, mas estava aumentando. Sacudiu a cabeça, tentando livrar-se dele, e as mariposas em sua testa e bochechas voaram em torno dele como uma coroa. A campainha ficou mais alta. Terrível. Ele conseguiu rolar de lado para levantar-se, apoiando-se nos joelhos e nos cotovelos. Ele cerrou os olhos, que ardiam com o ar quente e sujo, analisou em volta. A fumaça girava como a mahalath e o fogo estava ardendo atrás de telhados estilhaçados, que pareciam dentes quebrados. Ele podia sentir o calor das chamas no rosto, mas ainda não conseguia ouvir o barulho do fogo ou qualquer outra coisa além da campainha.

Ele levantou-se. O mundo girou à sua volta e o fez cair, então levantou-se de novo, mais lentamente.

A poeira e a fumaça moviam-se como um rio entre ilhas de destroços — pedaços de muro e telhado, até um fogão de ferro em pé, como se tivesse sido entregue por uma carroça. Ele estremeceu com sua sorte, nada o tinha atingido. Foi então que viu Drave, que não fora tão sortudo.

Tropeçando, Lazlo ajoelhou-se ao lado dele. Primeiro, viu os olhos de Isagol, no mural. Os olhos do explosionista também estavam fixos, mas cobertos de poeira, sem ver nada.

Morto.

Lazlo levantou-se e continuou andando, embora certamente apenas um tolo ande na direção do fogo em vez de fugir dele. Precisava ver o que Drave havia feito, mas aquela não era a única razão. Ele estava indo à âncora quando a explosão o atingiu e, embora não se lembrasse do motivo, qualquer que fosse não o havia abandonado. A mesma compulsão o motivava agora.

"Meu nome", dissera a Sarai quando ela perguntou o que ele procurava. "A verdade".

Que verdade? Tudo estava obscuro, dentro e fora de sua cabeça. Mas se apenas um tolo vai em direção do fogo, então ele estava em boa companhia. Ele não os ouviu se aproximando por trás, mas em um momento tinha sido varrido com eles: Tizerkane do quartel, mais ferozes do que jamais os tinha visto. Passaram por ele, apressados. Alguém parou. Era Ruza, e era muito bom ver seu rosto. Seus lábios estavam movendo-se, mas Lazlo não conseguia ouvir. Ele balançou a cabeça, tocou seus ouvidos para explicar para Ruza, e seus dedos saíram molhados, então notou que estavam vermelhos.

Isso não podia ser bom.

Ruza viu e agarrou-lhe o braço. Lazlo nunca vira o amigo tão sério. Ele queria fazer uma piada, mas nada lhe veio à mente. Ele afastou a mão de Ruza e fez um gesto para a frente.

— Vamos — disse, embora não pudesse ouvir as próprias palavras melhor do que as de Ruza.

Juntos eles viraram a esquina para ver o que a explosão havia feito.

62

UM APOCALIPSE CALMO

A fumaça cinza e pesada subiu em direção ao céu. Havia um odor acre de salitre e o ar estava denso e granulado. As ruínas em torno do flanco leste da âncora já não existiam mais. Havia uma terra devastada de escombros incinerados agora. A cena era apocalíptica, mas... era um apocalipse calmo. Ninguém estava correndo ou gritando. Ninguém morava ali e isso era uma bênção. Não havia ninguém para evacuar, ninguém e nada para salvar.

No meio disso tudo, a âncora erguia-se invencível. Apesar de todo o poder selvagem da explosão, ela havia permanecido ilesa. Lazlo podia reconhecer Rasalas lá no alto, enevoado em meio ao tecido da luz do fogo difusa pela poeira. A besta parecia tão intocável como se sempre e para sempre fosse lançar seu olhar de morte sobre a cidade.

— Você está bem? — Ruza quis saber, e Lazlo começou a assentir antes mesmo de perceber que o tinha ouvido. As palavras tinham um trinado subaquático e ainda havia uma campainha baixinha em seus ouvidos, mas ele podia ouvir.

— Estou bem — respondeu, tenso demais para estar aliviado. Mas o pânico estava-o deixando, e a desorientação também. Ele viu Eril-Fane dando ordens. Uma carroça em fogo passou. As chamas já estavam baixando à medida que as madeiras antigas eram consumidas. Tudo estava sob controle. Parecia que ninguém tinha se machucado — exceto por Drave, e ninguém choraria por ele.

— Podia ter sido bem pior — ele disse, com uma sensação de ter escapado por pouco.

E, então, como se em resposta, a terra soltou um profundo e rachado *créc* e o lançou ao chão de joelhos.

✶

Drave tinha colocado o explosivo na fenda que o alkahest de Thyon fizera na âncora. Ele tratou-a como pedra, porque pedra era o que ele conhecia:

montanhas, minas. A âncora era como uma pequena montanha para ele, que pensou em explodir um buraco nela para expor seu interior — quis fazer rapidamente o que Nero estava fazendo devagar, e então ganhar o crédito por isso.

Mas o mesarthium não era pedra e a âncora não era uma montanha. Ela permaneceu impenetrável e, assim, o explosivo, encontrando perfeita resistência por cima, não tinha para onde ir a não ser... *para baixo.*

✷

Um novo som atravessou a campainha dos ouvidos de Lazlo — ou era uma sensação? Um estrondo, um rugido, ele podia ouvir com os ossos.

— Terremoto! — gritou.

O chão sob seus pés podia ser o chão da cidade, mas também era um teto, o teto de algo vasto e profundo: um mundo não mapeado de túneis em que o Uzumark fluía na escuridão e monstros míticos nadavam em cavernas fechadas. Ninguém conhecia a profundidade dele, mas agora, todo o invisível estrato subterrâneo intrincado estava em colapso. A rocha tinha se fraturado com a força da explosão e não podia mais suportar o peso da âncora. Rachaduras estavam desenhando-se como teias de aranha, como se fosse de gesso. *Imensas* rachaduras no gesso.

Lazlo mal podia manter-se em pé. Nunca tinha presenciado um terremoto antes, mas era como estar de pé na pele de um tambor enquanto mãos gigantes batiam sem ritmo. Cada concussão o lançava, cambaleando, e ele observou, com perplexidade, à medida que as rachaduras cresciam para se transformar em fraturas largas o bastante para engolir um homem. Os paralelepípedos de lápis-lazúli dobraram-se. Os das beiradas caíram para dentro e desapareceram e as fraturas transformaram-se em abismos.

— Estranho! — Ruza gritou, arrastando-o. Lazlo deixou-se ser arrastado, mas continuou olhando.

Atingiu-lhe como um golpe de martelo o que deveria acontecer em seguida. Sua perplexidade transformou-se em horror. Ele observou a âncora, viu-a estremecer. Ouviu o ruído cataclísmico de rocha e metal à medida que o chão cedia. O grande monólito inclinou-se e começou a afundar, moendo camadas ancestrais de pedra, rasgando-as como se fossem papel. O som era de partir a alma e esse apocalipse já não era mais calmo.

A âncora afundava como um navio.

E acima, com um balanço estonteante, a cidadela dos Mesarthim soltou-se do céu.

63

SEM PESO

Feral dormia na cama de Rubi.

Rubi e Pardal estavam encostadas na balaustrada do jardim, observando o fogo na cidade lá embaixo.

Minya estava no coração da cidadela, com os pés balançando na beirada da passarela.

Sarai estava ajoelhada em seu terraço, olhando para baixo.

Em todas suas vidas, a cidadela jamais havia balançado com o vento. E, agora, sem aviso, havia se inclinado. O horizonte desnivelou-se, como um quadro enviesado na parede. Seus estômagos subiram. O chão sumiu de seus pés. Eles perderam o apoio. Era como flutuar. Por um ou dois segundos muito longos, ficaram suspensos no ar.

Então a gravidade os tomou. E arremessou-os.

Feral acordou quando foi jogado para fora da cama. Seu primeiro pensamento foi em Rubi — primeiro, desorientado, pensou que ela havia lhe empurrado; o segundo, enquanto cambaleava... *morro abaixo?*, se ela estava bem. Ele atingiu a parede, batendo a cabeça e esforçou-se para levantar.

— Rubi! — chamou. Nenhuma resposta. Ele estava sozinho no quarto, e o quarto dela estava...

... inclinado?

Minya foi lançada para fora da passarela, mas segurou na beirada com os dedos e ficou pendurada ali, balançando-se na imensa sala esférica, a cerca de quinze metros do chão. Ari-Eil estava perto, imune à inclinação tanto quanto o era à gravidade ou à necessidade de respirar. Suas ações não eram suas, mas seus pensamentos eram e, enquanto eles se moviam para segurar Minya pelos pulsos, ficou surpreso em perceber-se em conflito.

Ele a odiava e queria que ela morresse. O conflito não tinha a ver com ela — exceto na medida em que era ela que o impedia de se dissolver no nada. Se ela morresse, ele pararia de existir.

Ari-Eil percebeu, enquanto colocava Minya de volta na passarela, que não desejava deixar de existir.

No jardim. No terraço. Três garotas com lábios cor de ameixa e flores no cabelo. Rubi, Pardal e Sarai ficaram sem peso e não havia paredes ou fantasmas para segurá-las.

Ou, havia fantasmas, mas o domínio de Minya era muito rígido para permitir-lhes a escolha que poderiam ou não ter feito: segurar as filhas dos deuses e impedir que elas caíssem no céu. Bahar teria ajudado, mas não podia. Ela só podia assistir.

Mãos seguraram no metal, em galhos de ameixeira.

No ar.

E uma das garotas — delicada em todas as coisas, até nisso — escorregou para fora.

E caiu.

Foi uma longa queda até Lamento. Apenas os primeiros segundos foram terríveis.

Bem. E o último.

64

QUE VERSÃO DO MUNDO

Lazlo viu. Ele estava olhando para cima, chocado com a visão inimaginável da cidadela inclinando-se em seu eixo, quando, através da fumaça e da poeira percebeu algo cair de lá de cima. Uma minúscula coisa distante. Um cisco, um pássaro.

Sarai, ele pensou, e afastou a possibilidade. Tudo era irreal, tingido pelo impossível. Alguma coisa havia caído, mas não podia ser ela, e o grande serafim não podia estar tombando.

Mas estava. Parecia estar inclinando-se para olhar de perto a cidade lá embaixo. Os delegados haviam debatido o propósito das âncoras, presumindo que elas impediam que a cidadela saísse voando. Mas agora a verdade fora revelada. Elas sustentavam-na no lugar. Ou assim tinham feito. Ela inclinou-se devagar, ainda suspensa pelo campo magnético das âncoras do leste, oeste e sul, mas perdera o equilíbrio, como uma mesa sem uma perna. Era possível inclinar-se até um ponto antes de cair.

A cidadela cairia sobre a cidade. O impacto seria inacreditável. Nada poderia sobreviver. Lazlo viu como seria. Lamento estaria acabada, junto a todos que nela estavam. *Ele* estaria acabado, e também Sarai, e os sonhos, e a esperança.

E o amor.

Isso não podia acontecer. Não podia terminar desse jeito. Ele nunca se sentira tão impotente.

A catástrofe no céu estava distante, lenta, até serena. Mas a catástrofe no chão não estava. A rua estava desintegrando-se. A âncora que afundava abria caminho por meio de camadas de crosta e sedimento e as rachaduras encontravam-se e tornavam-se buracos, lançando lajes de terra e rocha na escuridão abaixo, onde a primeira espuma do Uzumark estava saindo de seus túneis. O rugido, o trovão. Era tudo o que Lazlo conseguia ouvir, tudo o que podia sentir. Parecia habitar nele. E no meio disso tudo, ele não conseguia tirar seus olhos da âncora.

O impulso o tinha movido até então. Algo mais forte assumira o comando. Instinto ou euforia, ele não sabia, não pensou sobre isso. Não havia espaço em sua cabeça para pensar. A âncora estava pulsando cheia de horror e rugido, e havia apenas uma coisa mais barulhenta — a necessidade de chegar até ela.

O brilho de sua superfície azul chamava-o. Sem pensar, deu alguns passos à frente. Seus corações estavam na garganta. O que fora uma larga avenida estava rapidamente se transformando em um sumidouro com água escura borbulhando para preenchê-lo. Ruza segurou seu braço, gritando. Lazlo não conseguia ouvi-lo por causa do estrondo de destruição, mas era fácil ler as palavras proferidas pela sua boca.

"Volte!" e "Você quer morrer?"

Lazlo não queria morrer. O desejo de *não morrer* nunca tinha sido tão intenso. Era como ouvir uma música tão bela que fazia entender não só o significado da arte, mas da vida. Isso o devastava e o inspirava, arrancava seus corações e devolvia-os maiores. Ele estava desesperado por *não morrer*, e até mais que isso, por *viver.*

Todos recuavam, até Eril-Fane — como se "recuar" fosse seguro. Nenhum lugar era seguro, não com a cidadela pronta para tombar. Lazlo não podia simplesmente recuar e observar aquilo acontecer, era preciso *fazer* alguma coisa. Tudo nele invocava a ação, e o instinto ou a euforia estavam lhe dizendo *qual* ação.

Ir até a âncora.

Ele desvencilhou-se de Ruza e voltou-se para encará-la, mas ainda assim hesitou. "Meu rapaz", ele ouviu em sua mente — as palavras gentis do velho Mestre Hyrrokkin. "Como *você* pode ajudar?" E as palavras de Mestre Ellemire, nada gentis. "Acho que dificilmente eles estejam recrutando bibliotecários, rapaz". E sempre havia a voz de Thyon Nero: "Ilumine-me, Estranho. Em que versão do mundo *você* poderia *me* ajudar?".

Que versão do mundo?

A versão do sonho, na qual ele podia fazer de tudo, até mesmo voar. Até remoldar o mesarthium. Até segurar Sarai em seus braços.

Ele respirou fundo. Era melhor morrer tentando segurar o mundo em seus ombros do que sair correndo. Era melhor, sempre, *ir correndo*. E assim o fez. Todos os outros seguiram a sensatez e o comando e correram para a segurança efêmera que podiam encontrar antes do cataclisma final. Mas não Lazlo Estranho.

Ele fingiu que era um sonho, pois era mais fácil dessa maneira. Baixou a cabeça e correu.

Sobre a paisagem suicida da rua partindo-se, em volta da espuma turbulenta do Uzumark, sobre os paralelepípedos revirados e as ruínas em fumaça, para o brilho do metal azul que parecia chamá-lo.

Eril-Fane viu-o e gritou: "Estranho!". Ele olhou da âncora para a cidadela e seu horror intensificou-se, uma nova camada acrescentada à tristeza dessa destruição: a filha que havia sobrevivido todos estes anos para morrer agora. Ele parou em seu recuo, e o mesmo fizeram os guerreiros, para observar Lazlo correr para a âncora. Era loucura, é claro, mas havia beleza nisso. Todos perceberam — naquele momento se já não tinham percebido — como tinham passado a gostar do jovem estrangeiro. E mesmo que soubessem que a morte estava chegando para eles, ninguém queria vê-lo morrer primeiro. Eles observaram-no escalar os escombros em movimento, perder o equilíbrio e escorregar, levantando-se novamente para avançar até chegar na parede de metal que parecera intransponível, encolhendo agora que a terra a sugava.

Mesmo que o metal estivesse afundando, Lazlo ainda parecia pequeno perto dela. Foi *absurdo* o que ele fez em seguida: ergueu as mãos e segurou-a, como se, com a força de seu corpo, pudesse sustentá-la.

Havia esculturas de deuses exatamente nessa posição. No Templo de Thakra, serafins seguravam os céus. Podia parecer absurdo ver Lazlo tentar isso, mas ninguém riu, nem desviou o olhar. Apenas Thyon Nero entendeu o que estava vendo. Ele chegou na cena sem fôlego. Correu de seu laboratório com a lasca de mesarthium na mão, desesperado para encontrar Estranho e lhe contar... contar o quê?

Que havia impressões digitais no metal, e isso *podia significar alguma coisa.*

Bem, ele não precisou contar. O corpo de Lazlo sabia o que fazer.

Ele entregou-se, assim como tinha feito com a mahalath. Algum lugar no fundo de sua mente havia assumido o controle. Suas mãos estavam pressionadas totalmente contra o mesarthium, e elas pulsavam com o ritmo de seus batimentos cardíacos. O metal estava frio sob suas mãos, e...

... *vivo.*

Mesmo com todo o tumulto à sua volta, o ruído, o tremor e o chão movendo-se sob seus pés, ele sentiu a mudança. Parecia um zumbido — ou melhor, a sensação nos lábios quando se solta um zumbido, mas por todo o corpo. Ele estava extraordinariamente consciente da superfície de si mesmo, das linhas de seu corpo e dos planos de seu rosto, como se sua pele estivesse viva com algumas vibrações sutis. Era mais forte onde suas mãos entravam em contato com o metal. O que quer que estivesse acordando dentro dele, estava acordando o metal também. Sentiu como se o estivesse absorvendo, ou como se o metal o estivesse absorvendo. O metal estava tornando-se ele e ele, o metal. Era uma nova sensação, mais do que o toque. Sentia, principalmente, nas mãos, mas estava se espalhando: uma pulsação de sangue e espírito e... *poder*.

Thyon Nero estava certo. Parecia que Lazlo Estranho não era um camponês órfão de Zosma.

O entusiasmo varreu seu corpo e, com isso seu novo sentido se desenvolveu, crescendo e estendendo-se, buscando e encontrando, e *sabendo*. Ele descobriu um esquema de energias — a mesma força incomensurável que mantinha a cidadela no céu — e podia sentir tudo. As quatro âncoras e o grande peso que sustentavam. Com uma delas se inclinando e desalinhando-se, todo o elegante esquema havia se rasgado, desgastado. O equilíbrio estava desfeito e Lazlo sentiu, tão claramente como se o serafim fosse seu próprio corpo caindo no chão, como endireitá-lo.

Eram as asas. Elas só precisavam se dobrar. *Apenas isso!* Asas cuja vasta amplitude sombreavam uma cidade inteira, e ele precisava apenas dobrá-las, como um leque.

Na verdade, era fácil. Ali estava toda uma língua nova, falada por meio da pele e, para a surpresa de Lazlo, ele já a conhecia. Ele desejou, e o mesarthium obedeceu.

No céu acima de Lamento, o anjo dobrou as asas, e a luz da lua e das estrelas que, por quinze anos havia permanecido distante, inundou a cidade, parecendo tão brilhante quanto o sol depois de tão longa ausência. Ela incidiu em feixes através do apocalipse de fumaça e poeira enquanto o novo centro de gravidade da cidadela se reajustava em seus três suportes restantes.

Lazlo sentiu tudo isso. O zumbido baixou em seu centro e rompeu-o, inundando-o com essa nova percepção — todo um novo sentido afinado com o mesarthium, e ele era o mestre disso. Equilibrar a cidadela era tão simples quanto encontrar apoio em um terreno irregular. Sem esforço, o grande serafim aprumou-se, como um homem endireitando-se de uma reverência.

Lazlo permaneceu completamente concentrado nesse feito durante os minutos que levou para realizá-lo. Não tinha consciência do seu entorno. A parte profunda de si que podia sentir as energias as seguiu para onde elas levavam, e não fora só o anjo que fora alterado. A âncora também. Todos aqueles que estavam assistindo viram sua superfície irredutível derreter-se e fluir para baixo e para fora: debaixo da terra, para selar as rachaduras na rocha partida — e sobre as ruas, para distribuir seu peso sobre sua fundação comprometida.

E também havia Rasalas.

Lazlo não tinha consciência do que estava fazendo. Era a mahalath de sua alma refazendo o monstro como tinha feito no sonho. Suas proporções passaram de grosseiras e ameaçadoras para flexíveis e harmoniosas. Seus chifres afinaram, estendendo-se e espiralando nas pontas, tão sinuosos quanto tinta derramada na água. E à medida que a âncora redistribuiu o peso, parecendo derreter-se e derramar-se, a besta desceu em cima dela, cada vez mais perto da superfície da cidade, de forma que no momento em que parou, no momento em que tudo parou — a terra de tremer, a poeira de voar, o anjo de assumir uma nova posição no céu — foi isso que as testemunhas viram:

Lazlo Estranho empurrando a âncora, cabeça baixa e braços estendidos, mãos enfiadas até os pulsos no mesarthium fluido, com a besta refeita empoleirada acima. Era o monstro de Skathis, moldado agora não por um pesadelo, mas pela elegância. A cena... A cena era deslumbrante. Ela carregava consigo o arrojo angustiante da corrida de Lazlo até a âncora, toda a certeza da morte e a esperança como uma pequena chama insana brilhando em um lugar escuro, muito escuro, à medida que ele levantou os braços para sustentar o mundo. Se houvesse alguma justiça, a cena seria entalhada em um monumento de vidro de demônio e colocada ali para comemorar a salvação de Lamento.

A *segunda* salvação de Lamento e seu novo herói.

Poucas pessoas testemunharão um ato destinado a tornar-se lenda. Como acontece, que os eventos de um dia, ou de uma noite — ou de uma *vida* — sejam transformados em história? Há um hiato no meio, onde a reverência esculpe um espaço que as palavras ainda têm de preencher. Este era um hiato assim: o silêncio do resultado, no escuro da noite do segundo Sabá da décima segunda lua, e a âncora norte derretida de Lamento.

Lazlo tinha finalizado. A elegância das energias se restaurara. Cidade e cidadela estavam a salvo, estava tudo *certo*. Ele estava cheio de bem-estar. Isso era o que ele era. *Isso era o que ele era*. Podia não saber seu verdadeiro nome, mas o lugar no seu centro não estava mais vazio. Sangue na face, cabelos cobertos de poeira das ruínas desmoronadas, ele levantou a cabeça. Talvez porque não tivesse observado tudo acontecer, mas sim sentido, ou talvez porque... tivesse sido *fácil*, ele não entendia a magnitude do momento. Não sabia que havia um hiato lentamente se preenchendo de lenda, muito menos que era a *sua* lenda. Ele não se sentia um herói e, bem... tampouco sentia-se um monstro.

Entretanto, no espaço onde sua lenda estava juntando palavras, *monstro* estava certamente entre elas.

Ele abriu os olhos, voltando lentamente à percepção do mundo fora de sua mente e encontrou-o ecoando o silêncio. De trás dele vieram passos, muitos e cautelosos. Parecia-lhe que eles juntaram o silêncio como um manto e o carregavam, passo a passo. Não houve gritos de vitória, nenhum suspiro de alívio. Mal havia respiração. Vendo suas mãos ainda enfiadas no metal, ele retirou-as como se as tirasse da água. E... as observou.

Talvez ele não devesse ter se surpreendido pelo que viu, mas tinha. Isso o fez sentir-se dentro de um sonho, porque foi apenas em um sonho que suas mãos apareceram assim. Elas não eram mais do marrom da pele bronzeada pelo deserto, tampouco do cinza dos bebês encardidos e doentes.

Elas eram de um azul celeste vívido.

Azul como centáureas, asas de libélula ou o céu da primavera, não do verão.

Azul como a tirania, a escravidão e assassinato na iminência de acontecer.

Nunca uma cor havia significado tanto, tão profundamente. Ele virou-se para fitar a multidão que se formava. Eril-Fane, Azareen, Ruza, Tzara, os outros Tizerkane, até Calixte e Thyon Nero. Todos o olhavam, para seu rosto que era tão azul quanto suas mãos, e debateram-se — todos, menos Thyon — com uma dissonância cognitiva esmagadora. Esse jovem que eles encontraram em uma biblioteca em uma terra distante, a quem haviam recebido em seus corações e suas casas, e a quem valorizavam acima de qualquer outro estrangeiro que já tivessem conhecido, era também, de modo impossível, cria dos deuses.

65

QUEDAVENTO

Estavam todos tão quietos, tão mudos e paralisados, com expressões vazias com o choque. E então esse foi o espelho em que Lazlo se conheceu: herói, monstro. Cria dos deuses.

Ele viu, no choque dos outros, uma batalha para reconciliar o que achavam que conheciam dele com o que viam diante de si, sem mencionar o que tinham acabado de vê-lo *fazer*, e o que isso significava uma vez que sua gratidão rivalizava com desconfiança e traição.

Naquelas circunstâncias — ou seja, o fato de estarem *vivos* —, poderia se esperar sua aceitação, senão um entusiasmo igual ao de Lazlo. Mas as raízes de seu ódio e medo eram muito profundas e Lazlo viu indícios de repugnância à medida que a confusão daquelas pessoas manchava um sentimento com o outro. E ele não podia lhes oferecer nenhuma explicação. Ele não tinha clareza, apenas um redemoinho enlameado, com traços de toda cor e emoção.

Ele olhou para Eril-Fane, que parecia, particularmente, estupefato.

— Eu não sabia — falou. — Juro a você.

— *Como?* — disse Eril-Fane. — Como é possível que *você* seja… *isso?*

O que Lazlo podia lhe dizer? Ele mesmo queria saber isso. Como um filho dos Mesarthim acabou em uma carroça de órfãos em Zosma? Sua única resposta era uma pena branca enterrada, uma memória distante de asas contra o céu e uma sensação de falta de peso.

— Eu não sei.

Talvez a resposta estivesse na cidadela. Ele inclinou a cabeça para cima a fim de fitá-la, uma nova satisfação florescendo em si. Ele mal podia esperar para contar a Sarai. Para *mostrar-lhe*. Ele nem precisava esperar pelo cair da noite. Ele podia *voar*. Ali mesmo. Ela estava lá em cima, real e quente, carne e respiração, risos e dentes, pés descalços e panturrilhas lisas e azuis e cabelos macios cor de canela, e ele não podia esperar para mostrar-lhe: a mahalath tinha acertado, mesmo que não tivesse desvendado seu dom.

Seu dom. Ele riu em voz alta. Alguns dos Tizerkane recuaram com o som.

— Vocês não veem o que isso significa? — ele perguntou. Sua voz estava forte e cheia de encantamento, e todos a conheciam tão bem. Era a voz do contador de histórias, rouca e pura, a voz do *amigo* que repetia todas as frases tolas que eles inventavam nas aulas de língua. Eles o *conheciam*, azul ou não. Ele queria ultrapassar a fealdade do ódio antigo e dos medos que desvirtuavam a alma e começar uma nova era. Pela primeira vez, isso parecera verdadeiramente possível. — Eu posso mover a cidadela. — Ele podia libertar a cidade da sombra agora, e Sarai de sua prisão. O que ele *não* podia fazer nesta versão do mundo na qual ele era o herói e o monstro ao mesmo tempo? Ele riu novamente. — Vocês não veem? — ele perguntou, perdendo a paciência com a desconfiança e o escrutínio e a inaceitável ausência de celebração. — O problema está solucionado!

Não houve comemoração. Ele não esperava nenhuma, mas eles podiam ao menos estar felizes por não estarem mortos. Em vez disso, estavam apenas chocados, olhando para Eril-Fane para ver o que ele faria.

Ele colocou-se à frente, com passos pesados. Podia ser chamado de Matador de Deuses por um bom motivo, mas Lazlo não o temia. Ele olhou-o bem nos olhos e viu um homem que era grande, bom e humano, que havia feito coisas extraordinárias e coisas terríveis, que se partira e se refizera como uma concha, só então para fazer a coisa mais corajosa de todas: continuar vivendo, embora houvesse caminhos mais fáceis a tomar.

Eril-Fane olhou de volta para Lazlo, assimilando a nova cor de seu rosto familiar. O tempo passou em batimentos cardíacos e, por fim, ele estendeu a mão.

— Você salvou a cidade e todas as nossas vidas, Lazlo Estranho. Nós lhe devemos muito.

Lazlo pegou sua mão.

— Não há dívida — ele respondeu. — Era tudo o que eu queria...

Mas ele interrompeu-se, porque foi então, no silêncio, depois que a terra se assentou e o crepitar do fogo cessou, que os gritos os alcançaram e, um momento mais tarde, trazida por um cavaleiro tomado pelo terror, a notícia chegou.

Uma garota havia caído do céu. Ela era azul.

E estava morta.

✶

O som e o ar foram roubados, e a alegria, o pensamento e o propósito. O encantamento de Lazlo tornou-se seu inverso sombrio: nem mesmo desespero, mas o vazio. Porque para o desespero teria de haver aceitação, e isso era impossível. Havia apenas o *vazio*, tanto *vazio* que ele não podia respirar.

— Onde? — ele engasgou-se.

Quedavento. Quedavento, onde as ameixas maduras choviam das árvores dos deuses e sempre havia o aroma doce de frutas podres.

A queda, lembrou-se, nauseado com a memória repentina. Ele a tinha visto cair? Não. *Não*. Disse para si que não podia ser ela, e tinha de acreditar nisso agora. Ele saberia se Sarai tivesse...

Ele mal podia formar a palavra em sua mente. Ele *sentiria* o medo dela — como tinha acontecido antes da explosão, quando aquela urgência de sensações o tinha atingido, junto com o fedor de enxofre de Drave, como uma premonição. Aquilo só podia ter vindo dela, por meio da mariposa.

A mariposa dela.

Alguma coisa havia penetrado o vazio e essa coisa era o pavor. Onde estavam as mariposas de Sarai? Por que não estavam ali? Elas tinham estado quando ele estivera no chão, inconsciente. "Você precisa acordar agora, meu amor".

Meu amor.

Meu amor.

E elas estiveram com ele quando ele cambaleou pela rua até o fogo. Quando elas partiram? E para onde?

E *por quê?*

Ele fez a pergunta, mas fechou a porta para qualquer resposta. Uma garota estava morta e a garota era azul, mas não podia ser Sarai, afinal, havia quatro garotas na cidadela. Pareceu vil desejar que fosse uma das outras, mas desejou mesmo assim. Ele estava perto o bastante dos restos derretidos da âncora para estender a mão e tocá-los e o fez, instantaneamente, acessando seu poder. E Rasalas — o Rasalas refeito — levantou seus grandes chifres.

Era como uma criatura acordando do sono e, quando ela se moveu — sinuosa, líquida — e abriu suas asas enormes, um terror percorreu os ossos de todos os guerreiros, que empunharam suas espadas, embora elas fossem inúteis e, quando Rasalas saltou de onde estava empoleirado, eles se espalharam, todos menos Eril-Fane, atingido por um terror semelhante ao de Lazlo. Uma garota, caída. Uma garota, morta. Ele estava balançando a cabeça. Seus punhos cerraram-se. Lazlo não o viu. Ele não via ninguém, exceto Sarai, viva em sua mente, rindo, bonita e viva — como se imaginá-la assim provasse que ela estava viva.

Com um salto, ele montou em Rasalas. Sua vontade fluiu para o metal. Seus músculos enrijeceram-se. A criatura saltou, e os dois estavam no ar. Lazlo voava, mas não havia alegria nisso, apenas o reconhecimento desinteressado de que *essa* era a versão do mundo que desejara poucos instantes atrás. Era inacreditável. Ele podia moldar o mesarthium e podia voar. Tudo isso tinha acontecido, mas havia uma peça faltando, a peça mais importante: segurar Sarai em seus braços. Era uma parte do desejo, e o resto tinha acontecido, então isso também tinha de acontecer. Uma voz teimosa e desesperada dentro de Lazlo negociou com o que quer que estivesse ouvindo. Se houvesse alguma providência ou vontade cósmica, algum esquema de energias ou mesmo algum deus ou anjo respondendo às suas preces esta noite, então ele haveria de conceder essa parte também.

E... pode-se dizer que ele atendeu.

Rasalas desceu em Quedavento. Era um bairro normalmente tranquilo, mas não agora. Agora era o caos: cidadãos de olhos arregalados envoltos em um circo de pesadelo no qual havia apenas uma atração. Tudo era histeria. O horror e o cataclisma evitado tinham se derramado sobre ela, misturando o velho ódio e impotência, e à medida que a besta desceu dos céus, o fervor subiu para um novo patamar.

Lazlo estava pouco consciente disso. No centro de tudo, em um bolsão de quietude dentro do ninho turbulento de gritos, estava a garota. Ela estava arqueada sobre um portal de jardim, a cabeça inclinada para trás, braços soltos em torno do rosto. Ela era bela. *Vívida.* Sua pele era azul e sua lingerie era... era *cor-de-rosa*, e seu cabelo, derramando-se solto, era do vermelho alaranjado do cobre e caqui, canela e mel de flores silvestres.

E sangue.

Lazlo *segurou* Sarai em seus braços aquela noite e ela era real e de carne, sangue e espírito, mas sem o riso. Sem a respiração, que havia deixado seu corpo para sempre.

A Musa dos Pesadelos estava morta.

66

DEUS E FANTASMA

É claro que era um sonho. Tudo aquilo, mais um pesadelo. O balanço brusco e nauseante da cidadela, o impotente deslizar da seda sobre o mesarthium na palma lisa do serafim, o esforço inútil de buscar algo em que se segurar e não encontrar nada, e então… a queda. Sarai havia sonhado com quedas antes. Ela havia sonhado em morrer de vários jeitos desde que seu lull parara de funcionar. É claro… daquelas outras vezes, ela sempre acordara no momento da morte. A faca no seu coração, as presas em sua garganta, o instante do impacto, e ela levantava-se repentinamente na cama, sem fôlego. Mas ali estava ela: nem acordada, nem dormindo.

Nem viva.

A descrença veio primeiro, então a surpresa. Em um sonho, havia centenas de milhares de formas de isso acontecer, e muitas delas eram belas. Asas de raposa, um tapete voador, cair para sempre nas estrelas.

Entretanto, só havia mesmo uma maneira e não era nem um pouco bela. Era repentina. Quase repentina demais para doer.

Quase.

Incandescente, como partir no meio, e então nada.

Cercada por fantasmas como sempre estivera, Sarai perguntou-se como era, por fim, e quanto poder uma alma tinha, para deixar o corpo ou ficar nele. Ela tinha imaginado, como outros antes e depois dela, que era de certa forma uma questão de vontade. Se você se agarrasse com todas as forças e se recusasse a abandoná-lo, você podia… bem, você podia *viver*.

Ela queria tanto viver.

Mas quando chegou sua hora, não houve forma de se agarrar e nenhuma escolha. Ali estava algo com o qual não tinha contado: lá estava seu corpo para ela se agarrar, mas nada com que se agarrar. Ela escorregou para fora de si com a sensação de ser largada — como a pena de um pássaro, ou uma ameixa que caiu da árvore.

O choque disso. Ela não tinha peso, não tinha substância. Ela estava no ar e a irrealidade parecida com um sonho de flutuar lutou com a verdade horrível sob ela. Seu corpo. Ela… *ele…* havia caído em um portão e estava curvado sobre ele, de costas, os cabelos longos derramados, flores chovendo dele como pequenas chamas. Seu pescoço era de um azul suave, seus olhos vidrados e fixos. Sua lingerie rosa parecia impudica para ela dali, seu robe havia subido pelas suas coxas nuas — ainda mais quando uma multidão começou a se aglomerar.

E gritos.

Uma lança de ferro tinha atravessado seu corpo, bem no centro do peito. Sarai olhou para aquela pequena ponta de ferro vermelho e… pairou lá, sobre a casca de seu corpo, enquanto os homens, mulheres e crianças de Lamento apontavam, apertavam suas gargantas e soltavam gritos ásperos e vacilantes. Um som tão cruel, rostos tão contorcidos, eles mal eram humanos em seu horror. Ela queria gritar de volta para eles, mas eles não a ouviriam. Não podiam vê-la, não a *ela* — uma fantasma tremendo, sentada sobre o peito de seu próprio cadáver fresco. Tudo o que viam era calamidade, obscenidade. Crias dos deuses.

Suas mariposas encontraram-na, aquelas que restavam. Ela sempre achou que as sentinelas morreriam quando ela morresse, mas algum vestígio de vida havia ainda nelas — os últimos pedaços dela, até que a luz do sol as transformasse em fumaça. Frenéticas, voavam em torno do rosto morto e arrancavam selvagens os seus cabelos ensanguentados — como se a pudessem levantar e carregá-la de volta para casa.

Elas não podiam. Um vento sujo levou-as em um redemoinho e havia apenas gritos, os rostos odiosos contorcidos, e… a verdade.

Era tudo *real*.

Sarai estava morta. E embora não precisasse mais de ar, a constatação a sufocou, como quando acordava de um pesadelo e não conseguia respirar. A visão de seu pobre corpo… *desse jeito*, exposto para *eles*. Ela queria pegar a si mesma em seus próprios braços. E seu corpo… era apenas o começo da perda. Sua alma também iria. O mundo a reabsorveria. A energia nunca se perdia, mas *ela* se perderia, e suas memórias junto, e todo seu desejo, todo seu amor. Seu amor.

Lazlo.

Tudo voltou em uma torrente. A explosão, e o que veio depois. Morrer a tinha distraído. Surpresa, ela olhou para cima, preparada para ver a cidadela caindo do céu. Em vez disso, ela viu… *o céu* — a luz da lua atravessando a fumaça e até o brilho das estrelas. Ela piscou. A cidadela não estava caindo. As asas do serafim estavam dobradas.

A verdade escapou novamente. *O que era real?*

O frenesi ao redor dela, já insuportável, ficou ainda mais selvagem. Ela não teria acreditado que os gritos pudessem ficar ainda mais altos, mas ficaram e, quando viu o porquê, seus corações — ou a memória deles — tiveram uma guinada de esperança bruta.

Rasalas estava no céu e Lazlo montado nele. *Oh, glória*, a imagem! A criatura estava refeita, e... Lazlo também. Ele era Lazlo da mahalath, tão azul quanto céus e opalas, e tirou o fôlego de Sarai. Seus longos cabelos castanhos voavam com o vento do bater de asas de Rasalas, enquanto descia para pousar, e Sarai foi tomada por uma alegria selvagem de alívio. Se Rasalas estava voando, se Lazlo era *azul*, então era tudo mesmo apenas um sonho.

Oh, deuses.

Lazlo desceu das costas de Rasalas e parou na frente de Sarai, e se o desespero dela fora horrível antes daquela onda de alegria, quão desgraçado se tornou depois. Sua esperança não pôde sobreviver ao pesar que viu nele. Ele balançou sobre os pés. Não conseguia recuperar o fôlego. Seus belos olhos de sonhador pareciam buracos queimados e a pior coisa era: ele não estava olhando para *ela*. Ele estava olhando para o corpo arqueado sobre o portão, pingando sangue das pontas dos cabelos cor de canela e foi neles que tocou. Não *nela*, mas *naquilo*.

Sarai viu a mão dele tremer. Ela observou-o traçar com os dedos a fina alça cor-de-rosa pendurada em seu ombro morto, e lembrou-se da sensação da mão dele ali, soltando a mesma alça, o calor de sua boca na pele e os caminhos apurados das sensações, de todas as formas como se tivesse realmente acontecido — como se seus corpos tivessem se unido, e não apenas suas mentes. A crueldade disso era uma faca em sua alma. Lazlo nunca a havia tocado antes e, agora sim, mas ela não conseguia sentir nada.

Ele colocou a alça de volta no lugar. Lágrimas escorreram por sua face. O portão era alto. O rosto morto de Sarai, de cabeça para baixo, estava mais alto do que o dele. Ele abraçou seus cabelos como se fossem algo precioso. O sangue pingou em sua camisa e espalhou-se por seu pescoço e queixo. Ele segurou-a pela nuca. Com que delicadeza ele segurava aquele corpo morto. Sarai estendeu as mãos em direção ao rosto dele, mas elas passaram através dele.

Da primeira vez que entrou em seu sonho, ela havia se colocado à frente dele, segura em sua invisibilidade e ansiosa, desejando que aquele estranho sonhador fixasse seus doces olhos cinza *nela*.

E, então, ele o fizera. Apenas ele. Ele a tinha visto, e o fato de vê-la havia dado existência a ela, como se o enfeitiçamento dele fosse a magia que a tornasse real. Ela tinha vivido mais nas últimas noites do que em todos os sonhos em que entrara antes, mais ainda do que nos seus dias e noites reais, e tudo porque ele a tinha visto.

Mas agora não mais. Não havia mais enfeitiçamento e encantamento — apenas desespero digno de Isagol em sua pior faceta.

— Lazlo! — ela gritou. Ou pelo menos, ela formou o nome, mas não tinha fôlego nem língua nem dentes para lhe dar som. Ela não tinha nada. A mahalath tinha chegado e refeito ambos. Ele era um deus, e ela era um fantasma. Uma página havia sido virada. Uma nova história estava começando. Bastava olhar para Lazlo para saber que seria brilhante.

E Sarai não poderia estar nela.

✷

Lazlo não sentiu a página virar, sentiu o livro fechar-se com violência. Ele o sentiu cair, como aquele que há muito tempo tinha destruído seu nariz, só que dessa vez destruindo sua vida.

Ele subiu à base de pedra do portão e esticou-se para pegar o corpo de Sarai. Colocou uma mão sob sua lombar e a outra ainda segurava sua nuca. Com todo cuidado, levantou-a. Soluços abafados brotaram dele à medida que soltou seu corpo esguio da ponta que o segurava no lugar. Quando ela saiu, ele desceu, aninhando-a no peito ao mesmo tempo devastado e preenchido por um carinho inexprimível. Ali, afinal, estavam seus braços reais, que jamais o enlaçariam. Seus lábios reais, que jamais o beijariam. Ele inclinou-se sobre ela como se a pudesse proteger, mas era tarde demais para isso.

Como era possível que, em seu triunfo, ele salvara *todos* menos *ela?*

Na fornalha de sua dor, a raiva acendeu. Quando se virou, segurando o corpo da garota que amava — tão leve, tão brutalmente sem vida —, o cobertor de choque que havia emudecido os gritos fora jogado fora e o som chegou rugindo para ele, tão ensurdecedor quanto qualquer explosão, mais alto do que o rasgar da terra. Ele queria rugir de volta. Aqueles que não tinham fugido estavam se aproximando. Havia ameaça em seu ódio e medo, e quando Lazlo viu isso, a sensação dentro dele foi como uma rajada de fogo subindo pela garganta de um dragão. Se ele gritasse, queimaria a cidade até carbonizar. Era assim que ele se sentia. Essa era a fúria que estava dentro dele.

"Você entende, não?", Sarai havia dito, "que eles me matariam assim que me vissem?"

Ele entendia agora. E sabia que eles *não* a tinham matado e sabia que a teriam matado, se tivessem tido a chance. E ele sabia que Lamento, a cidade de seus sonhos, que ele havia acabado de salvar da devastação, não estava mais aberta para ele. Ele podia ter preenchido o lugar no centro de si mesmo com a resposta para quem ele era, mas havia perdido muito mais. Lamento *e* Sarai. A chance de um lar e a chance do amor. Perdidas.

Ele não gritou. Rasalas, sim. Lazlo não estava nem mesmo o tocando. Ele não precisava agora; a proximidade era suficiente. Como uma coisa viva, a besta da âncora correu para a multidão que se fechava, e o som que explodiu de sua garganta de metal não foi de fúria, mas de *angústia.*

O som chocou-se com os gritos e suplantou-os. Era como cor afogando cor. O ódio era preto e o medo era vermelho, e a angústia era azul. Não o azul de centáureas ou asas de libélula ou dos céus, e não de tirania, tampouco, ou de assassinatos na iminência de acontecer. Era a cor de pele machucada e tempestades escuras no mar, o azul frio e sem esperança dos olhos de uma garota morta. Era *sofrimento* e, no fundo de tudo, como borra em uma xícara, não havia verdade mais profunda na alma de Lamento do que esta.

O Matador de Deuses e Azareen chegaram a Quedavento quando Rasalas gritou. Eles atravessaram a multidão. O som de dor entalhou-os antes que vissem…

Que vissem Lazlo e o que ele segurava nos braços — o corpo esguio, membros frouxos, as flores pingando sangue, o derramar de cabelos cor de canela, e a verdade que isso traía. Eril-Fane cambaleou. Seu susto foi a ruptura da pequena e corajosa esperança que estava crescendo dentro de sua vergonha e, quando Lazlo montou em Rasalas com Sarai nos braços, ele caiu de joelhos como um guerreiro caído em batalha.

Rasalas alçou voo. Seu bater de asas levantou uma tempestade de poeira e a multidão teve de fechar os olhos. Na escuridão por trás das pálpebras fechadas, todos viram a mesma coisa: nenhuma cor, apenas *perda* como um buraco aberto no mundo.

Azareen ajoelhou-se atrás do marido. Tremendo, ela abraçou-o e curvou-se contra suas costas, encostou o rosto ao lado de seu pescoço e chorou as lágrimas que ele não conseguia. Eril-Fane estremeceu quando as lágrimas dela queimaram sua pele e algo dentro dele cedeu. Ele puxou os braços dela de encontro ao peito e escondeu o rosto em suas mãos. E então, ali, por tudo que tinha sido perdido e roubado, tanto dele quanto por ele em todos aqueles longos anos, o Matador de Deuses começou a soluçar.

Sarai viu tudo, mas não pôde fazer nada. Quando Lazlo ergueu seu corpo, ela nem mesmo conseguiu seguir. Alguma corda invisível havia se rompido e ela estava à deriva. De uma vez, houve uma sensação de… desenlace. Ela sentiu-se começando a se desfazer. Ali estava sua evanescência e era como morrer novamente. Lembrou-se do sonho da mahalath, quando a névoa a tinha desfeito e toda a sensação física desaparecera, exceto por uma coisa, uma coisa sólida: a mão de Lazlo segurando a sua.

Agora não. Ele pegou seu corpo e deixou sua alma. Ela gritou para ele, mas seus gritos eram silenciosos até para si mesma e, com um flash de metal e um redemoinho de fumaça, ele tinha desaparecido.

Sarai estava sozinha em seu desaparecimento final, sua alma dispersando-se no ar.

Como uma nuvem de respiração em um pomar quando não resta nada a dizer.

67

PAZ COM O IMPOSSÍVEL

A cidade viu o novo deus levantar-se para o céu e a cidadela o viu chegar. O brilho suave de Rasalas derramou-se para cima, bater de asa após bater de asa, para fora da fumaça que ainda se agitava em torno dos telhados de Lamento. A lua estava finalmente se pondo; logo o sol se levantaria.

Rubi, Pardal e Feral estavam na beira do jardim. Seus rostos estavam abatidos, cinzentos e seus corações também. Sua dor era inarticulada, ainda emaranhada no choque. Começavam a entender a tarefa que estava à sua frente: a tarefa de *acreditar* que aquilo havia realmente acontecido, que a cidadela tinha se movido de verdade.

E que Sarai havia mesmo caído.

Apenas Pardal a tinha visto e apenas de soslaio. "Como uma estrela cadente", ela havia dito, afogando-se em soluços, quando ela e Rubi finalmente soltaram as mãos da balaustrada e dos galhos de ameixeira que as salvaram de compartilhar o mesmo destino. Rubi balançava a cabeça, negando, *rejeitando* a ideia, e ainda a estava balançando, lenta e mecanicamente, como se não pudesse parar. Feral segurou-a contra o peito. Suas respirações pesadas e cruas como soluços tinham entrado em um ritmo. Ele estava observando o terraço de Sarai e continuava esperando que ela aparecesse. Ele continuava *desejando* que ela aparecesse. Seu pedido de "vamos, vamos", era um canto indizível, no mesmo tempo do balançar de cabeça de Rubi. Mas lá no fundo ele sabia que se houvesse alguma chance de ela estar lá — de que Sarai ainda estivesse *lá* —, ele estaria andando até o fim do corredor para provar com seus próprios olhos.

Mas ele não estava. Ele não podia. Porque suas entranhas já sabiam o que sua cabeça se recusava a aceitar, e ele não queria provar isso.

Apenas Minya não estremeceu de descrença. Tampouco parecia afligida pela dor ou por qualquer outro sentimento. Ela ficou na arcada, apenas alguns passos dentro do jardim, seu corpinho enquadrado por uma arcada a céu aberto. Não havia expressão em seu rosto além de um remoto… estado de alerta.

Como se ela estivesse ouvindo alguma coisa.

O que quer que fosse, não eram bater de asas. Esses, quando chegaram, surrando o ar e salpicados pelos gritos surpresos dos outros, fizeram-na piscar e sair de sua paralisia e, quando ela viu o que se revelou, subindo no ar em frente ao jardim, seu choque foi como um golpe.

Por um momento, cada fantasma na cidadela sentiu suas amarras afrouxarem-se. Imediatamente, a sensação passou. A vontade de Minya reafirmou-se, as amarras, mais uma vez, esticadas, mas todos sentiram, de uma vez, um suspiro de liberdade esquivo demais para explorar. Que tormento — como a porta de uma jaula se abrindo e fechando-se com um estrondo logo em seguida. Isso nunca havia acontecido antes. As Ellens podiam atestar que, em quinze anos, a vontade de Minya nunca havia vacilado, nem mesmo quando ela dormia.

Tal foi seu assombro ao ver o homem e a criatura erguendo-se sobre as cabeças de Rubi, Feral e Pardal para pousar, em meio às rajadas de vento do bater de asas, no canteiro de botões de anadne no centro do jardim. Flores brancas rodopiaram como neve e seus cabelos voaram para trás enquanto ela fechava os olhos contra a corrente de vento.

Mesarthim. Mesarthium. Homem e besta, ambos estranhos, azul e azul. E antes que soubesse *quem*, e antes que soubesse *como*, Minya entendeu todas as ramificações da existência de Lazlo e compreendeu que *isso mudava tudo*.

O que ela sentiu primeiro, diante da solução do seu problema e do de Lamento, não foi *alívio*, mas — lenta e constantemente, devastadora, como um vazamento que roubaria todo o ar do mundo — uma certa perda de controle.

Ela conteve-se tão parada quanto uma rainha em um tabuleiro de quell, os olhos tão estreitos quanto os furos na cabeça de uma cobra, e viu-os chegar.

Lazlo desmontou. Ele tinha visto os outros primeiro — os três rostos pasmos na grade do jardim — e estava bastante ciente dos fantasmas, mas foi Minya quem ele procurou e em quem fixou o olhar, e foi para ela que ele se dirigiu, com Sarai nos braços.

Todos viram o que ele segurava, a forma insuportavelmente partida dela, o rosa, vermelho e canela tão brutalmente belos contra o azul de sua pele e da dele. Foi Rubi quem soltou um soluço doloroso e baixo. O vermelho brilhou em seus olhos vazios. As pontas de seus dedos acenderam e viraram dez velas azuis e ela nem sentiu. A tristeza de Pardal manifestou-se no definhar das flores em volta de seus pés. Seu dom, que eles nunca souberam que funcionava ao revés, estava sugando a vida de todas as plantas que ela tocava. E tampouco Feral invocou conscientemente o conjunto de nuvens que coalesceu em torno deles, bloqueando o céu, o horizonte, a Cúspide, encolhendo o mundo a *este lugar* — este jardim e apenas ele.

Apenas Minya tinha propósito. À medida que Lazlo se aproximou, o mesmo fez seus fantasmas.

Havia uma dúzia posicionada em torno do jardim e muitos mais dentro da galeria, sempre prontos para repelir a invasão. E embora o olhar de Lazlo não desviasse de Minya, ele sentia-os atrás de si. Ele os *viu* atrás dela, através da arcada, e à medida que os mortos de Lamento responderam ao chamado de Minya, movendo-se em direção aos arcos que por quinze anos ficaram abertos entre o jardim e a galeria, Lazlo fechou-os.

A vontade dela invocou os fantasmas e a dele barrou seu caminho. Era um diálogo de poder — sem palavras, apenas magia. O metal dos arcos tornou-se fluido e fechou-se, como não fazia desde a época de Skathis, separando Minya da maior parte de seu exército. Suas costas estavam voltadas para a galeria, e o fluir do mesarthium não fez nenhum som, mas ela o sentiu no emudecer das almas na outra ponta de suas amarras. Ela cerrou os dentes. Os fantasmas no jardim deslizaram para sua posição, flanqueando Lazlo pelas costas. Ele não se virou para os encarar, mas Rasalas o fez, um rosnado de alerta subindo pela garganta de metal.

Rubi, Pardal e Feral observaram tudo isso sem respirar.

Lazlo e Minya encararam-se e podiam ser estranhos, mas havia mais entre eles do que o corpo de Sarai. Minya entendeu, mesmo que Lazlo não. Esse faranji podia controlar o mesarthium, o que significava que ele era filho de Skathis.

E, portanto, seu irmão.

A revelação não atiçou nenhum sentimento de familiaridade, mas apenas uma amargura — de que ele tivesse herdado o dom que deveria ser dela, mas sem nada do sofrimento que a fizera tão desesperada por ele.

De onde ele tinha vindo?

Ele devia ser aquele sobre quem Sarai havia falado, e que a tinha tornado tão desafiante. "Eu conheço um humano que pode suportar me ver", ela dissera, com uma ousadia que Minya nunca tinha visto. "Porque há um que pode me ver, e ele suporta muito bem me ver".

Bem, ela devia estar desinformada ou mentindo. Ele não era humano.

A besta encarou os fantasmas, assim como o homem encarou a garota. Os segundos entre eles estavam carregados de desafio. O poder eriçou-se, mal contido. Em Minya, Lazlo viu a criança impiedosa que havia tentado matá-lo, cuja devoção ao derramamento de sangue tinha enchido Sarai de desespero. Ele viu uma inimiga, e então sua fúria encontrou um foco.

No entanto, ela era uma inimiga que prendia fantasmas como borboletas em uma rede, e ele era um homem com seu amor morto nos braços.

Ele caiu de joelhos na frente dela. Inclinado sobre seu fardo, sentou-se sobre os calcanhares para ficar na altura exata dela. Ele a encarou e não encontrou nenhuma empatia, nenhum lampejo de humanidade e preparou-se para uma batalha.

— A alma dela... — disse ele, e sua voz nunca fora tão rouca, tão crua que era, praticamente, sangrenta. Ele não sabia como funcionava ou o que isso significaria. Apenas sabia que alguma parte de Sarai talvez pudesse ser salva, e *deveria ser.* — Você precisa prendê-la.

Outra pessoa — praticamente qualquer um — teria visto sua dor e perdoado seu tom de comando.

Mas não Minya.

Ela tinha toda intenção de capturar a alma de Sarai. Era isso que estava procurando ouvir. Desde o momento em que ficou sabendo que Sarai tinha caído, havia estendido seus sentidos até o limite, esperando, mal respirando, alerta aos fantasmas que passavam. Era assim que acontecia: ela esforçava-se para ouvir com todo seu ser. E assim como com os sons, a espuma sutil de uma alma podia ser afogada por uma presença mais alta e próxima.

Como um homem arrogante e intruso montado em uma besta de metal alada.

Esse estranho ousara chegar ali e quebrar sua concentração para ordená-la a fazer o que ela já estava fazendo?

Como se, se não fosse por ele, ela fosse deixar Sarai desaparecer?

— Quem você pensa que é? — ela ferveu entre dentes cerrados.

Quem Lazlo *pensava* que era? Órfão, cria dos deuses, bibliotecário, herói? Talvez ele fosse todas essas coisas, mas a única resposta que lhe vinha, e o único contexto relevante, era Sarai — o que ela era para ele, e ele para ela.

— Eu sou... de Sarai o — ele começou, mas não conseguiu terminar. Não havia uma palavra para dizer o que ele era de Sarai. Não eram casados nem prometidos — que tempo tinha havido para promessas? Não eram amantes ainda, mas muito mais do que amigos. Então ele hesitou em sua resposta, deixando-a inacabada, e era, a seu modo, simples e perfeitamente verdadeira. Ele era de Sarai.

— *O que* de Sarai? — perguntou Minya, sua fúria crescendo. — O protetor dela? Contra *mim?* — Isso a enraiveceu, a forma como ele segurava o corpo dela, como se Sarai pertencesse a ele, como se ela pudesse ser mais preciosa para ele do que para sua própria família. — Deixe-a e vá embora — esbravejou, ríspida —, se quiser viver.

Viver? Lazlo sentiu uma risada subir por sua garganta. Seu novo poder cresceu dentro dele. Parecia uma tempestade pronta para explodir através de sua pele.

— Eu não vou a lugar algum — respondeu, sua fúria equiparando-se à dela e, para Minya, isso foi um desafio à sua família e a seu lar, tudo a que ela se dedicou e no que se derramou, cada momento de cada dia, desde que o sangue dos deuses jorrou e ela salvou quem pôde carregar.

Mas salvá-los foi apenas o começo. Ela precisava *mantê-los* vivos — quatro bebês a seus cuidados, dentro de uma cena do crime de corpos e fantasmas, e ela era apenas uma criança traumatizada. Sua mente foi formada no padrão desesperado, de manter vivo, daquelas primeiras semanas e meses à medida que se exauria e se consumia. Ela não conhecia outro jeito. Não havia sobrado nada, *nada*, nem mesmo o bastante para crescer. Por meio de uma vontade absoluta e feroz, Minya colocou até mesmo sua força vital no gasto colossal de magia necessária para prender seus fantasmas e manter seus protegidos seguros — e não só seguros, mas *amados*. Em Grande Ellen, ela deu-lhes uma mãe, da melhor forma que pôde. E no esforço disso tudo, havia impedido seu crescimento, havia secado a si mesma até o osso. Ela não era uma criança. Ela mal era uma pessoa. Ela era um *propósito* e não tinha feito tudo aquilo e *dado tudo de si* apenas para perder o controle agora.

O poder explodiu dela. Rubi, Feral e Pardal gritaram enquanto os doze fantasmas que permaneciam no jardim — Grande Ellen entre eles — voaram até Lazlo com suas facas e ganchos de carne, e Grande Ellen, com suas mãos se moldando em formato de garras enquanto seus dentes viravam presas para envergonhar até o Rasalas de Skathis.

Lazlo nem pensou. Da parede alta de metal que era pano de fundo para o jardim — e que compunha os ombros do serafim e a coluna de seu pescoço — uma grande onda de metal líquido descascou-se e derramou-se, brilhando com os primeiros raios do sol que levantava, para congelar-se em uma barreira entre ele e o ataque violento. No mesmo momento, Rasalas saltou. A criatura não se incomodou com os fantasmas, mas derrubou Minya no chão como um brinquedo para um gato e prendeu-a ali, uma pata de metal pressionando seu peito.

Foi tão rápido — um borrão de metal e ela estava caída. Ela ficou sem respirar, e... Lazlo ficou sem fúria. O que quer que ela fosse, essa garotinha cruel — sua assassina em potencial, nada menos —, vê-la caída daquele jeito à mercê de Rasalas, envergonhava-o. Suas pernas eram impossivelmente finas, suas roupas tão esfarrapadas quanto as dos mendigos de Grin. Ela não desistiu. Seus fantasmas ainda foram para cima dele, mas o metal moveu-se contra, fluindo para bloqueá-los, pegando as armas e congelando em torno deles, impedindo-os de se aproximar.

Ele ajoelhou-se perto de Minya, que ainda lutou, e Rasalas aumentou a pressão da elegante pata sobre o peito dela. O suficiente para segurá-la sem machucar. Seus olhos ardiam, negros. Ela odiava a piedade que viu nos de Lazlo. Era mil vezes pior do que a fúria. Ela cerrou os dentes, interrompeu o ataque dos fantasmas e cuspiu:

— Você quer que eu a salve ou não?

Ele queria. Rasalas levantou a pata e Minya deslizou por debaixo dela, esfregando o peito onde ele a havia segurado. Como ela odiava Lazlo. Ao obrigá-la pela força a fazer algo que ela estava planejando de qualquer forma, parecia que ele tinha *vencido* algo, e ela tinha perdido.

Perdido *o quê?*

O controle.

A rainha estava vulnerável no tabuleiro sem peões para protegê-la. Esse novo adversário possuía o dom que ela sempre almejara e, contra ele, ela não era nada. Seu poder varreu o dela para longe como uma mão limpando migalhas em uma mesa. Seu controle do mesarthium dava-lhes a liberdade de todos os jeitos que imaginaram, mas Minya nem sabia se *ela* seria contada entre *eles*, ou seria varrida assim como seu poder e seus fantasmas. Eles podiam abandoná-la se quisessem, se decidissem que não confiavam nela, ou que simplesmente não gostavam dela. E o que ela poderia fazer? E quanto aos humanos, e o Matador de Deuses, e a vingança?

Parecia que a cidadela balançava sob seus pés, mas ela estava estável. Era o seu mundo que balançava, e apenas ela podia sentir isso.

Ela levantou-se. Sentiu a pulsação nas têmporas. Fechou os olhos. Lazlo observou-a, sentindo uma dor de ternura por ela, embora não soubesse dizer por quê. Talvez fosse apenas porque com os olhos fechados ela parecesse mesmo uma criança de seis anos e isso mostrava o que ela havia sido no passado: apenas uma criança de seis anos com um fardo opressor.

Quando a menina entrou em uma quietude de concentração profunda, ele permitiu-se esperar por aquilo que até então apenas imaginara: que seria possível que Sarai não estivesse perdida para ele.

Que ela estava, mesmo agora, à deriva, como uma flor de ulola carregada pelo vento. *Onde ela estava?* O próprio ar parecia vivo com possibilidades, carregado de almas e magia.

Havia um homem que amava a lua, mas sempre que ele a tentava abraçar, ela partia-se em mil pedaços e deixava-o molhado, de braços vazios.

Sathaz finalmente descobriu que se entrasse no lago e ficasse imóvel, a lua viria até ele e permitiria que ele ficasse perto dela. Apenas perto, sem tocá-la. Ele não podia tocá-la sem estilhaçá-la e, assim, — como Lazlo tinha dito a Sarai — ele fizera as pazes com o impossível. Pegava o que podia receber.

Lazlo amara Sarai como um sonho e a amaria como fantasma também.

Ele finalmente reconheceu que o que carregava em seus braços não era Sarai, mas apenas uma casca, vazia agora da mente e da alma que o haviam tocado nos sonhos. Com cuidado, ele a colocou sobre as flores do jardim, que acolheram-na como uma cama. Seus olhos sem vida estavam abertos. Ele desejou fechá-los, mas suas mãos estavam sujas de sangue, e o rosto dela estava sereno, então ele inclinou-se para perto e usou os lábios: o toque mais leve, pegando seus cílios vermelhos cor de mel com o lábio inferior e levando-os para baixo, terminando com um beijo em cada pálpebra, e depois em cada bochecha e, finalmente, em seus lábios. Leve como o roçar de uma asa de mariposa sobre uma fruta doce e madura com uma fenda no meio, tão suave como pele de pêssego. Finalmente, os cantos, como luas crescentes, onde seu sorriso tinha vivido.

Os outros observaram, com corações partidos ou endurecidos e, quando ele se levantou e voltou-se para Minya, sentiu-se como Sathaz no lago, esperando pela lua.

Ele não sabia como funcionava, não sabia o que procurar. Realmente, não era tão diferente de esperar por ela em um sonho quando ela podia aparecer em qualquer lugar e todo seu ser se apertava em um nó de ansiedade. Ele observou o rosto de Minya, alerta a qualquer mudança em sua expressão, mas não havia nenhuma. Seu rostinho sujo estava imóvel como uma máscara até o momento em que seus olhos se abriram.

Havia uma luz neles. *Triunfo*, Lazlo pensou, e seus corações deram um salto de alegria porque ele achou que isso significava que ela tinha encontrado Sarai e a prendido.

E ela tinha.

Como uma gravura no ar que lentamente se encheu de beleza, Sarai foi recolhida do nada e trazida de volta à existência. Ela estava usando sua lingerie cor-de-rosa, sem nenhuma mancha de sangue. O azul liso de seu peito estava intacto e os cabelos ainda estavam enfeitados de flores.

Para Sarai, a sensação de se tecer era como ser salva de um afogamento, e suas primeiras respirações com os pulmões de fantasma — que eram, como tudo em seu novo estado, ilusão, mas ilusão com forma — foram as mais doces que já experimentara.

Ela não estava viva e sabia disso, mas... o que quer que faltasse ao seu novo estado, era infinitamente preferível à dissolução que quase a havia devorado. Ela riu. O som encontrou o ar como uma voz real e seu corpo tinha massa como um corpo real — embora ela soubesse que ele respondia a um conjunto de regras mais frouxas. E toda a pena e o ultraje que sentira pelos fantasmas de Minya a desertaram. Como ela podia ter pensado que a evanescência era melhor? Minya a tinha *salvado* e a alma de Sarai fluiu na direção dela como música.

Era assim que ela sentia que se movia. Como música que toma vida. Ela lançou os braços em torno de Minya.

— Obrigada — sussurrou, impetuosa, e soltou-a.

Os braços de Minya não tinham respondido, nem sua voz. Sarai poderia ter visto o brilho frio de seu olhar se não estivesse tão levada pelo momento. Nenhum dos seus antigos medos podia se comparar com a dolorosa perda da qual acabara de escapar.

E lá estava Lazlo.

Ela parou. Seus corações de fantasma batiam como corações reais, e suas bochechas coraram — todos os hábitos de seu corpo vivo enraizaram-se em seu corpo de fantasma. Havia sangue no peito dele e encanto em seus olhos. Ele estava azul e inflamado de poder e de *amor* e Sarai voou até ele.

Lágrimas escorreram pela face dele. Ela beijou-as.

Estou morta, ela pensou, mas não conseguiu sentir que aquilo era verdade mais do que sentia que os sonhos que compartilhara com Lazlo eram falsos. Para ele era a mesma coisa. Ela parecia, em seus braços, como parecia em sua mente: única, e tudo o que ele conhecia era felicidade, segundas chances e a magia da possibilidade. Ele conhecia o toque dos lábios de sonho dela e tinha até mesmo beijado seu rosto morto em um suave adeus. Então ele inclinou-se e beijou o fantasma dela, e encontrou sua boca doce, cheia e sorridente.

Ele sentiu seu sorriso. Ele o provou. E viu sua alegria. Suas bochechas estavam coradas e seus olhos estavam brilhando. Ele inclinou a cabeça para beijar seu ombro, movendo a alça cor-de-rosa para o lado com os lábios, e estava sentindo seu perfume — alecrim e néctar — quando ela sussurrou em seu ouvido. O roçar de seus lábios causou-lhe arrepios e as palavras provocaram-lhe calafrios.

Ele paralisou.

Os lábios eram dela, mas as palavras não.

— Nós vamos jogar um jogo — ela disse, e sua voz estava toda errada. Era nítida e doce como açúcar de confeiteiro. — Eu sou boa em jogos. Você vai ver. Este vai funcionar assim.

Ele olhou por cima do ombro de Sarai. Prendeu os olhos nos de Minya e a luz do triunfo nos olhos dela tinha todo um novo significado. Ela sorriu, e os lábios de Sarai sussurraram suas palavras no ouvido de Lazlo.

— Só existe uma regra. Você faz tudo o que eu digo ou eu deixo a alma dela partir. Que tal?

Lazlo retraiu-se rapidamente e olhou para Sarai. O sorriso que havia experimentado sumira de seus lábios, bem como a alegria de seus olhos. Havia apenas horror agora que a nova verdade ficou clara para ambos. Sarai havia jurado a si mesma que nunca mais serviria à vontade deturpada de Minya, e agora... agora ela era impotente contra ela. Ela estava morta e fora salva, mas estava presa e era impotente.

Não.

Ela queria gritar — *não!* —, mas seus lábios formaram as palavras de Minya e não as suas.

— Balance a cabeça se você entendeu — ela sussurrou para Lazlo, e odiou cada sílaba, e odiou-se por não resistir, mas não *havia* como resistir. Quando a alma foi sacudida de seu corpo, não tinha nada para se segurar; nada de braços para estender ou mãos para agarrar. Agora ela não tinha força para resistir.

Lazlo entendeu. A garotinha segurava a alma de Sarai, então também segurava a sua — e de seu poder também.

O que ela faria com ele? O que ela o mandaria fazer? Era um jogo, ela tinha dito. "Balance a cabeça se você entendeu".

Ele entendeu. E segurou Sarai nos braços. Seu fantasma, seu destino, e o destino de Lamento também. Lazlo ficou em pé na cidadela dos Mesarthim e não era desse mundo, e ele não era quem havia sido. "Então você pode ser qualquer um", Sarai dissera. "Até mesmo um príncipe".

Mas Lazlo não era um príncipe. Ele era um deus. E isso não era um jogo para ele.

Assentiu para Minya e o espaço onde sua lenda estava reunindo palavras ficou maior.

Porque essa história ainda não tinha acabado.

CONTINUA...

AGRADECIMENTOS

É hora de agradecer!

Primeiro: Jane. À minha incrível agente, Jane Putch, por me fazer passar por este ano: *obrigada*. Lembra daquela noite em Pittsburgh quando bebi um segundo coquetel e contei a você todo o enredo do livro? Seu entusiasmo foi como combustível, lá e em muitas outras ocasiões desde então. Você é uma parceira incrível, de verdade.

Às equipes da Little, Brown Books for Young Readers e Hodder & Stoughton, que não pestanejaram quando este romance se transformou em uma duologia, quando mudou de personagem principal *e* de título. Ah, sim. Obrigada por aceitarem isso! E obrigada por fazerem seu trabalho de forma tão brilhante, do início ao fim.

A Tone Almhjell e a Torbjørn Amundsen por várias rodadas de feedback essencial — incluindo a importante validação no fim, quando havia perdido todo o contexto. Muito obrigada. Tone, nós vamos descobrir um jeito mais fácil de fazer esta coisa de escrever livros, certo? Qualquer dia desses?

A Alexandra Saperstein pelo firme entusiasmo e apoio. Lembrete: agora é a sua vez de terminar um livro! (Além disso: aventura. Não se esqueça: uma mulher deve ter rugas de olhar para a França, não apenas de escrever sob a luz fraca...)

A algumas pessoas que me deixaram roubar seus nomes legais. Obrigada, Shveta Thakrar, pelo uso de *thakrar* para o meu termo ficcional, e um agradecimento maior ainda ao Moonrascal Drave, cujo nome destinei a um uso menos nobre. Até na minha prova final eu estava me perguntando se deveria mudar o nome do meu explosionista porque me sentia terrível usando *Drave* para uma criatura tão vil! Por favor, saibam que o verdadeiro Drave é um cara legal e grande apreciador de livros de ficção científica e fantasia. (Bônus para você caso saiba em qual outro livro recente de ficção científica e fantasia seu nome aparece.)

Obrigada aos meus pais, sempre.

E acima de tudo, a Jim e a Clementine, minha família. Pela diversão, aventura, normalidade, bobeira, sanidade, conforto, constância, hora do livro, super-heróis, criatividade, inspiração, dias preguiçosos, dias loucos, castelos, bolos, gatos, sonhos, brinquedos, jogos, lar e *tanto amor*. Vocês são tudo para mim.